CARLO A. MARTIGLI

999 – Der letzte Wächter

GOLDMANN
Lesen erleben

Buch

Florenz, zur Zeit der italienischen Renaissance: Pico della Mirandola, einer der großen Philosophen und Theologen seiner Zeit, nimmt wenig Rücksicht auf die Empfindlichkeiten der Mächtigen. Als erster Nicht-Jude beschäftigt er sich eingehend mit jüdischer Religion und plant einen großen Kongress der drei monotheistischen Religionen. Als Vertreterin des einzig wahren Glaubens betrachtet die katholische Kirche Mirandolas Tun mit Misstrauen. Das Fass zum Überlaufen bringen jedoch seine 900 philosophischen und theologischen Thesen, die als Häresie verurteilt werden. Dank mächtiger Gönner und Freunde kann Pico della Mirandola einer Verurteilung entgehen – doch nur, weil die Kirche nicht ahnt, dass er 99 weitere Thesen verfasst hat, die an den Grundfesten des katholischen Glaubens rütteln. Aufgrund seiner Brisanz muss Mirandolas geheimes Werk vernichtet werden. Nur ein einziges Exemplar wird aufgehoben, das von nun an von jeweils einem Wächter pro Generation gehütet wird. Denn schon das Wissen um die 99 Thesen ist höchst gefährlich …

Jahrhunderte später greift ein diabolisches politisches System nach der Weltherrschaft – und will mit Hilfe von Mirandolas brisanten Texten die Macht des Vatikans unterminieren. Wird der Wächter das Geheimnis bewahren können?

»Martigli vereint in seinem geradezu schwindelerregend spannenden Buch historischen Roman mit Thriller. Der Roman spielt mit historischen Fakten, verbindet Fantasie und Realität – und das, ohne je unglaubwürdig zu werden.« *Cultura*

Autor

Carlo A. Martigli wurde in der Toskana geboren und entstammt einer traditionsreichen Familie von Musikern, deren Geschichte bis weit ins Zeitalter der Renaissance zurückreicht. Nachdem er bereits einige andere Bücher verfasst hatte, lag es daher für den Autor Martigli nahe, sein neues, bisher ehrgeizigstes Projekt dieser faszinierenden historischen Epoche zu widmen. »999 – Der letzte Wächter« ist Martiglis erster historischer Thriller, und mit ihm stürmte er in Italien auf Anhieb die Bestsellerlisten. Momentan schreibt er an einem weiteren Buch in diesem Genre, das ebenfalls bei Goldmann erscheinen wird.

Carlo A. Martigli

999
Der letzte Wächter

Roman

Aus dem Italienischen
von Beate Kühn

GOLDMANN

Die italienische Originalausgabe erschien 2009
unter dem Titel »999 – L'Ultimo Custode«
bei Alberto Castelvecchi Editore srl, Rom.

MIX
Papier aus verantwortungsvollen Quellen
FSC® C014496

Verlagsgruppe Random House FSC-DEU-0100
Das FSC®-zertifizierte Papier *München Super* für dieses Buch
liefert Arctic Paper Mochenwangen GmbH.

1. Auflage
Taschenbuch-Ausgabe Oktober 2011

Redaktion: Almut Werner
Umschlaggestaltung: UNO Werbeagentur, München
Umschlagmotiv: © Getty Images /
De Agostini Picture Library DEA / C. Sappa
Th · Herstellung: Str.
Satz: DTP Service Apel, Hannover
Druck und Bindung: GGP Media GmbH, Pößneck
Printed in Germany
ISBN 978-3-442-47630-5

www.goldmann-verlag.de

Ai pochi che adoro
e ai molti che amo.

Für die wenigen, die ich vergöttere,
und alle, die ich liebe.

Prolog

September 2009

Alles begann vor neun Monaten, als mich die Nachricht vom Ableben meines Großvaters väterlicherseits erreichte. Der Familienchronik nach hatte der Hundertjährige ein sonderbares und aufregendes Leben geführt: Er soll ein Einzelgänger und Freidenker, Wohltäter und Abenteurer gleichzeitig gewesen sein; ein äußerst kultivierter, dem Wissen leidenschaftlich zugetaner Mann, ein tief gläubiger Pfaffenverächter. Und er muss ein Frauenheld gewesen sein, denn er verließ meine Großmutter und meinen Vater, als dieser noch ein Säugling war (man muss es meinem Großvater jedoch anrechnen, dass er aus welchen Gründen und wie auch immer versucht hatte, mit ihnen in Kontakt zu bleiben). Wie der Abt des Cenobite Camaldolesi Ordens mir in einem kurzen Brief mitteilte, starb mein Großvater als Eremit im Kloster von Camaldoli. Dem Brief waren ein getipptes Schriftstück beigefügt, mit der ausdrücklichen Mahnung, es aufmerksam zu lesen, und ein antiker, versiegelter (und höchstwahrscheinlich wertvoller) Foliant.

Großvater und ich waren nie besonders vertraut gewesen – ich habe ihn vielleicht drei- oder viermal in meinem Leben gesehen –, wahrscheinlich war der frühe Tod meiner Eltern unserer Beziehung auch nicht gerade zuträglich. Anfangs war ich einfach nur neugierig. Aber je mehr ich las, desto deutlicher spürte ich, wie mich die erzählte Geschichte zu verändern begann. Leider weiß ich nun, dass meine Familie seit Jahrhunderten in ein dunkles Geheimnis verwickelt ist, das sie zum Täter und zum Opfer gleichermaßen machte. Dieses schreckliche, unsägliche Geheimnis nimmt seinen Ursprung vor vielen hundert Jahren und in solch mächtigen Ereignissen, dass die Aufdeckung des Mysteriums durch treulosen Verrat unsere ganze Welt zerstören könnte. Wäre es bereits damals ans Licht gekommen, hätte die Geschichte unseres Abendlandes einen ganz anderen Verlauf genommen (ob zum Besseren oder nicht, sei dahingestellt), doch heute ist die Gefahr umso größer. Zum jetzigen Zeitpunkt habe ich keine Beweise, ob und wie viel Wahres in meiner Erzählung steckt. Ich weiß nicht einmal, ob das Schriftstück von meinem Großvater selbst oder von einer ihm nahestehenden Person verfasst wurde. Doch angesichts der gewaltigen Aufgabe, die vor mir liegt, muss mein Sinn nach Höherem gerichtet sein. Ich allein trage die Bürde der Verantwortung, die Geschichte meiner Familie wahrheitsgemäß niederzuschreiben. Und ich nehme dieses Vermächtnis meines Vorfahren freudig an, als letzter Nachkomme auch das mit diesem Geheimnis verbundene Rätsel endgültig zu lösen. Wenngleich ich Angst habe, dass nichts mehr so sein wird wie vorher, wenn ich das Geheimnis erst einmal gelüftet habe.

Der letzte Wächter

Zwischen Arezzo und Chiusi

Montag, 1. Mai 1486

Auf der antiken Via Cassia, die durch das Val-di-Chiana-Tal die Städte Arezzo und Chiusi miteinander verbindet, galoppierte ein Trupp bewaffneter Männer. Das Fell der Pferde glänzte schweißnass und leuchtete unheimlich im Schein der Eisenfackeln, die die Reiter in den Händen hielten. In dieser Neumondnacht hätte jeder, der ihnen begegnet wäre, sie für eine Rotte Dämonen gehalten, die gekommen war, um die alten Wirtshäuser zu verbrennen, die den Reisenden seit Jahrhunderten Schutz gewährten.

Ein selbstsicherer Mann führte die Gruppe an. Er trug einen leichten Mantel und ein dickes, erlesen gearbeitetes Lederwams. Sein Reitstil war schwerfällig und angestrengt, aber er ritt mit einer Entschlossenheit, die ihn den anderen bei weitem überlegen machte. Sobald das Pferd versuchte, den unerbittlichen Rhythmus des Galopps zu durchbrechen, schlug er ihm seine Sporen in die bereits blutigen Flanken. Seit einigen Stunden wagte niemand mehr, ihn anzusprechen. Giuliano Mariotto de' Medici, Erster Steuereintreiber Arezzos, wurde von dunklen Gedanken heimgesucht, und er gab ihnen nur allzu bereitwillig nach. Er brütete über Racheplänen und dachte beinahe wollüstig an die Bestrafung von seiner Frau und ihrem Liebhaber. Beide waren sie des Ehebruchs schuldig und hatten seine Ehre zutiefst befleckt. Obwohl niemand in seiner Gegenwart den Mut hatte, darüber zu sprechen, wusste er nur allzu gut, dass ihre Flucht Gesprächsthema in den Werkstätten ihrer toskanischen Heimatstadt geworden war. Bald würde die Nachricht Florenz erreichen und den gesamten Hof Lorenzos des Prächtigen erheitern.

Ein Reiter mit einer federbesetzten Kappe und einem dunklen Harnisch beschleunigte seinen Ritt, um zu seinem Herrn aufzuschließen: Im Gegensatz zu diesem war seine militärische Haltung unverkennbar, und durch seinen deutschen Akzent wirkte er nur umso bedrohlicher.

»Herr, die Spuren werden immer frischer – nun haben wir sie. Selbst wenn sie nicht Rast gemacht hätten, wären sie uns früher oder später in die Hände gefallen. Die beiden haben jetzt nicht mehr als ein, zwei Stunden Vorsprung. Allerdings werden unsere Pferde müde und könnten vielleicht ein bisschen Ruhe brauchen.«

»Die einzige Ruhe, die ich heute Nacht jemandem gewähren werde, ist für den, der mich beleidigt hat!« Giuliano verlangsamte nicht einmal seinen Schritt. »Du erstaunst mich, Ulrich, du wirst doch nicht etwa herzweich?«

Die Grimasse auf Giulianos Gesicht gefiel Ulrich von Bern gar nicht. Der Schweizer Söldner, der Gardekommandant des Steuereintreibers, hatte schon für wesentlich weniger getötet. Eigentlich wäre er Giuliano de' Medici vertragsgemäß noch weitere zwei Jahre zum Dienst verpflichtet gewesen. Und eigentlich brach er keine Verträge – sofern er weiterhin seinen Sold bekam wenigstens. In seinem Inneren dachte er, dass Margherita, die Frau seines Herrn, gut daran getan hatte, ihm ein schönes Paar Hörner aufzusetzen.

»Wie Ihr wollt, mein Herr. Ich werde also die anderen anhalten, weiter mit Euch Schritt zu halten. Und, wenn es so ist, wie ich denke, nämlich dass die beiden in einer Herberge zum Schlafen angehalten haben, könnt Ihr in einer Stunde über ihre Körper verfügen, wie es Euch gefällt.«

Im Stillen vor sich hinlächelnd, ritt Ulrich davon. Er hatte mit seinem kehligen Akzent die Wörter *Herberge, Schlafen* und *Körper* mit Absicht betont. Ein eleganter Hinweis darauf, dass Donna Margherita wahrscheinlich genau in diesem Moment viel Spaß mit ihrem Geliebten hatte.

An der alten Abtei »Badia del Pino« bogen sie von der Hauptstraße ab und nahmen eine Abkürzung über die Hügel, die wie Inseln in einem Meer mit tückischem Wellengang aufragten und den Pferden alles abverlangten. Unter ihnen zeichneten sich die Sümpfe ab, die seit jeher die Ebenen verheert hatten. Sie waren an der unerträglichen Hitze im Sommer und der eisigen Kälte im Winter schuld.

Ihr Ritt endete ungewollt an der Festung Badicorte. Da es bereits spät am Tag war, lag der Ort verlassen da, und das verschlossene Tor hinderte den Trupp am Weiterziehen. Giuliano schlug mehrmals kräftig mit seiner hirschledernen Armkachel dagegen. Die spitzen Metallbeschläge machten aus dem Ellbogenschutz eine Waffe – genauso so wie er es sich bei seinem persönlichen Waffenmeister bestellt hatte.

Die Wachsoldaten im Inneren der Festung fuhren auf, nahmen ihre Lanzen und öffneten fluchend die Sehschlitze. Als Giuliano de' Medici seinen Namen brüllte, beeilten sie sich zu öffnen; auf die Bezahlung des Wegezolls verzichteten sie jedoch nicht.

Ohne auf die Pferde Rücksicht zu nehmen, erreichte der Trupp schließlich Marciano in Chiana. Einige Lichter in der Ferne beunruhigten Ulrich. Ohne den Befehl seines Herrn abzuwarten, befahl er, die Fackeln zu löschen und langsam und so leise wie möglich weiterzugehen. Nach wenigen Metern sahen sie eine Herberge und davor ein elegantes Reisefuhrwerk. Zweifelsohne: Hier hatten die Gesuchten angehalten, um sich auszuruhen; oder um etwas anderes zu tun, dachte Ulrich. Wie auch immer, die Jagd hatte ein Ende.

Sie banden die Pferde fest und schlichen sich leise an. Jeder der Reiter hatte ein Schwert und einen scharfen Dolch in der Hand. Auf Ulrichs Zeichen hin krochen sie bis zum Fuhrwerk und schnitten zwei Knechten, die sich im Schlaf umarmt hielten, die Kehlen durch. Gleich nahmen sie sich einen Dritten vor, der sich auf die Spur der leisen Geräusche begeben und sich dem Fuhrwerk genähert hatte. Ulrich nahm ihn sich selbst vor: Er rammte ihm das Schwert in die Seite und hielt ihm mit der anderen Hand den Mund zu, um ihn am Schreien zu hindern. Er ließ die Klinge so lange im Leib des Mannes stecken, bis er fühlte, dass dem Knecht die Lebenskräfte schwanden; dann zog er die blutige Klinge heraus und machte den anderen ein Zeichen, ihm zu folgen. Giuliano stand bereits hinter ihm – gleich würde er die Liebenden überraschen und seine Rache befriedigen, was das Beste überhaupt war.

Leise versuchten sie, in das Haus einzudringen, aber das Tor war versperrt. Es gab keine Möglichkeit, geräuschlos an ihr Ziel zu gelangen, deshalb klopfte Ulrich leise, wie ein Reisender, der einen Ruheplatz suchte, an das Tor. Nach einigen Minuten leuchtete am Fenster im Erdgeschoss ein Kerzenlicht auf, und ein kleiner Sehschlitz in dem massiven Tor wurde geöffnet. Ulrich hüstelte ein paar Entschuldigungen, worauf das Tor sich einen Spaltbreit öffnete – gerade so weit, dass er dem Wirt seinen Dolch ins Gesicht rammen konnte. Dieser versuchte verzweifelt zu schreien, aber Ulrich war schneller und stopfte ihm ein schmutziges Tuch in den Mund. Dabei fiel dem Wirt die Laterne aus der Hand. Ein paar Bedienstete schreckten aus dem Schlaf hoch, doch da brach die Horde Soldaten bereits über sie herein.

Ulrich und seine Männer schrien aus vollen Kehlen. Nun, da ihr Angriff entdeckt worden war, schien es die beste Taktik, den Feind zu erschrecken und zu verwirren.

Was nun folgte, war kein Kampf, sondern ein Gemetzel. Die drei schlafenden Diener hatten nicht einmal mehr Zeit, sich zu bewaffnen, und fanden einer nach dem anderen ihr Ende durch das Schwert. Die anderen, die oben schliefen und von dem Krach aufgewacht waren, versuchten sich nach Kräften zu verteidigen, wurden aber sofort überwältigt. Von Giulianos Männern hingegen war nur einer leicht am Arm verletzt worden. Nachdem der letzte überlebende Diener – der die Tür zur Kemenate der Liebenden bewachte – durchbohrt worden war, trat Giuliano vor die Tür. Zuerst hatte er den Impuls zu klopfen, quasi als letzte Geste der Verehrung für die Frau, die er aus Liebe geheiratet hatte. Jedenfalls hatte *er* sie aus Liebe geheiratet – auf jeden Fall nicht wegen der dürftigen Mitgift, die sie mit in die Ehe gebracht hatte. Bevor er jedoch den Arm hob und sich der Lächerlichkeit ausgesetzt hätte, wurde ihm jedoch klar, dass diese Geste ihm nur Hohn und Spott eingebracht und ihn den Respekt seiner Männer gekostet hätte. Deshalb versetzte er der Tür einen gewaltigen Tritt, um sich gewaltsam Einlass zu verschaffen. Sie sprang jedoch nicht auf.

Von innen war kein Laut zu hören.

Giuliano schaute zu Ulrich, der zwei von seinen Männern ein Zeichen gab. Daraufhin warfen sie sich mit vereinten Kräften gegen die geschlossene Tür, die schließlich doch nachgab, und gingen sofort zur Seite, um ihrem Herrn den Vortritt zu lassen.

Giuliano sah zwei unbewegliche Körper auf dem Bett liegen, und im Halbdunkel konnte er das Weiße ihrer weit aufgerissenen Augen erkennen. Mit einem Wink entfernte er seine Männer, die von Ulrichs höhnischen Blicken gefolgt stumm die Treppe hinuntergingen. Er drehte den beiden den Rücken zu und zündete eine Kerze auf dem Tisch an. Die beiden Liebenden richteten sich unter der dünnen Wolldecke kaum merklich auf. Jetzt konnte er sie sehen, die rotgoldenen Haare seiner Frau, die ihr Antlitz umrahmten, das ihm in ihrem Zorn, in den sich kein Funken Angst mischte, noch schöner erschien, und die blonde Haarpracht von Giovanni Pico, Graf von Mirandola, seinem Rivalen. Dieser betrachtete ihn distanziert und nicht sonderlich überrascht, so, als hätte er sich seit langem auf diese Begegnung vorbereitet.

»Ich sollte Euch umbringen«, sagte Giuliano leise, während er sich den beiden mit einer Drohgebärde näherte.

»Aber das werdet Ihr nicht tun, nicht wahr?« antwortete Margherita kalt: »Denn das könnte ja Eure Geschäfte schädigen.«

»Ich hätte alles Recht der Welt, es zu tun, und niemand könnte mich dafür verurteilen«, antwortete der Erste Steuereintreiber von Arezzo.

»Jemand schon, Lorenzo zum Beispiel.«

»Er hat seine eigenen Probleme in Florenz. Außerdem glaube ich nicht, dass Lorenzo ein ehebrecherisches Paar verteidigen würde. Aber ich könnte *ihn* verschonen und Euch umbringen …«

»Das werdet Ihr nicht tun. Ich weiß es«, höhnte Margherita.

»Was seid Ihr nur für eine Frau? Ihr solltet vor Scham im Boden versinken!«

»Giuliano«, der Ton ihrer Stimme wurde wärmer, »Eure Liebe ist mir teuer gewesen, und ich habe es Euch gegenüber wahrlich nie an Respekt mangeln lassen. Aber ich habe Euch auch immer gesagt, dass ich, sobald ich den Zwilling zu meiner Seele gefunden hätte, meinem Herzen folgen würde und nicht mehr länger meiner Vernunft. Das waren die Bedingungen, die Ihr selbst akzeptiert habt, als Ihr mich zu Eurem Weib nahmt.«

De' Medici warf einen Blick auf den Mann, der neben seiner Frau lag.

»Das ist wahr«, mischte sich Giovanni Pico in das Gespräch der Eheleute ein, »es ist alles wahr, mein Herr. Margherita und ich lieben uns. Und dies so sehr, dass unsere Liebe alle Abmachungen bricht. Ich verstehe Euren Schmerz und Euren Groll, aber wir wussten bereits bei unserer ersten Begegnung, dass wir für einander bestimmt sind.«

»Seid still! Ihr habt kein Recht, so zu sprechen! Und verlangt nicht, dass ich Euer Leben schone, nur weil Ihr ein Günstling des Prächtigen seid!«

»Ich bin bereit zu sterben«, sagte Giovanni und erhob sich, um Giuliano mit nackter Brust entgegenzutreten. »Ihr könnt mich töten – und nach dem Gesetz habt Ihr auch das Recht dazu – oder aber Ihr begreift und versteht. Ich kann Euch nicht hassen, weil Ihr Margherita bis zum heutigen Tag treu beschützt habt, und deshalb werde ich mich Eurer Entscheidung auch nicht widersetzen. Aber egal, was Ihr tut: Sie wird immer mein sein.«

Giuliano starrte Giovanni mit weit aufgerissenen Augen an: Er stand vor einem nackten und wehrlosen Mann, der jedoch eine solche Würde ausstrahlte, dass der Gehörnte ihn nicht blindlings niedermetzeln konnte. Zwar riss er halbherzig den linken Arm hoch, als wollte er ihn mit der Armkachel, die er sich extra für diesen Zweck hatte anfertigen lassen, schlagen, überlegte es sich jedoch anders und bedrohte den Nebenbuhler mit der Parierstange seines Schwertes, das er in seiner Rechten hielt.

Als er die absolute Gelassenheit des anderen bemerkte, hielt er mit geballten Fäusten inne und starrte auf Giovanni.

Die beiden Männer sahen sich lange an, aber in ihren Augen spiegelte sich keine Kampfeslust. Giuliano hatte den Eindruck, die Gedanken des Grafen Mirandola lesen zu können, und dieser spürte dasselbe. Er ließ die Arme fallen und wandte sich an seine Frau.

»Gehen wir jetzt. Ich bringe Euch zurück nach Hause«, sagte er beinahe sanft.

»Ich weiß«, sagte Margherita ernst.

Giuliano beobachtete sie nicht beim Anziehen, und als sie fertig war, bot er ihr seinen Arm, um sie die Treppe hinunterzugeleiten.

Ulrich stieg die Treppe hinauf und betrat das Zimmer, nahm die prächtigen Kleider des Grafen, warf sie ungelenk auf das Bett und bedeutete ihm mit einer Geste, sich schnell anzuziehen.

»Ihr werdet erwartet, edler Mirandola«, sagte er höhnisch, »und leider seid Ihr gezwungen, mir zu folgen.«

Giovanni zog sich unter den Blicken Ulrichs ohne Eile an und wehrte sich nicht, als dieser ihm mit einem robusten Lederriemen die Hände fesselte.

Die Männer des Söldners halfen ihm auf ein Pferd, und nach einem kurzen Ritt erreichte er, von fünf Männern und Ulrich von Bern begleitet, die Mauern von Marciano. Sie ritten durch den Barbacane-Aufgang auf den Waffenplatz. Dort stiegen sie von den Pferden. Zwei Wächter, die die Farben von Siena trugen, nahmen Giovanni in Empfang und führten ihn in den Festungsturm. Die letzte große Tür, die sich ganz oben befand, führte in eine große Arrestzelle. Wortlos wurde er hineingeleitet und alleine gelassen; er hörte, wie die Tür hinter seinem Rücken zufiel und verriegelt wurde.

Giovanni verbrachte die Nacht ohne Schlaf und betrachtete durch ein enges vergittertes Fenster den Sternenhimmel. Der Rosenduft, der von unten emporstieg, war der Duft des Liebesbandes, das er mit Margherita geknüpft hatte. Tief in seinem Inneren wusste Giovanni – und das mit absoluter Gewissheit –, dass Margherita die letzte Frau in seinem Leben gewesen war. Mit ihr hatte er den schöpferischen Akt der wahren Liebe erlebt, der sie zusammengeschweißt hatte und der sie für immer verband.

Florenz

Sonntag, 10. Juli 1938

Jeder der sieben Männer ließ eine kleine Kugel in den Samtbeutel gleiten. Als die Runde beendet war, holte einer von ihnen die Kugeln wieder heraus und reihte sie vor sich auf.

»Fünf weiße und zwei schwarze«, stellte er fest. »Omega hat entschieden. Michael, könntest du bitte die Fensterläden öffnen?«

Ein Hitzeschwall, den die Schatten spendenden Fensterläden bisher ferngehalten hatten, ergoss sich über sie, und die Männer wischten sich unwillkürlich den Schweiß von der Stirn. Die Feuchtigkeit stand im Raum und kündigte mit kleinen Luftwirbeln auf dem Boden ein Gewitter an. Michael steckte den Kopf aus dem Fenster und spähte über die Dächer: über den schmalen Himmelsstreifen, den er sehen konnte, flog ein Schwarm Tauben, der wohl von der Piazza del Duomo kam. In diesem Moment ertönten die Glocken des Giotto-Kirchturms, um die Abendmesse einzuläuten.

»So wie immer, Gabriel?«, fragte Michael und setzte sich wieder.

»Wenn keiner von euch einen besseren Vorschlag hat, würde ich sagen, ja. Warum sollten wir das System ändern – wenigstens solange die Schweiz neutral und sicher bleibt. Als Verwendungszweck können wir ohne weiteres *verschiedene Beratungsleistungen* angeben. Das würde bei einer Routineprüfung keine Aufmerksamkeit erregen.«

»Aber warum müssen wir noch eine Überweisung machen? Giacomo hat Bilanzen vorgelegt, die belegen, dass die Bücherei floriert und keine Zuschüsse benötigt. Außerdem hat er keine zusätzlichen Mittel verlangt.«

Gabriel faltete die Hände, zog die Augenbrauen hoch und schaute über seine Brillenränder hinweg. Nur seine Augen lächelten, als er dachte, dass der Name Remiel ganz besonders gut zu seinem Gesprächspartner passte. Remiel, der Erzengel der Vergeltung, schleudert seine Blitze gegen alles und jeden – dabei ist aber niemand treuer und aufrichtiger als er.

»Giacomo verwaltet das Geschäft sehr gut und würde nur etwas von uns verlangen, wenn er dazu gezwungen ist. Aber du weißt auch, wie wichtig es ist, dass er im Bedarfsfall kurzfristig über gewisse Summen verfügen kann.«

»Das Geld darf nur für einen einzigen Zweck verwendet werden«, stellte Remiel richtig, »und zwar um die Sicherheit des Buches über den Lauf der Zeit hinweg zu gewährleisten.«

»Und genau das tut Giacomo doch schon zeit seines Lebens«, warf Raphael ein, »außerdem wachsen die Rücklagen stetig. Sie reichen für die nächsten zehn Generationen.«

»Niemand behauptet etwas anderes«, beschwichtigte ihn Remiel, »ich wollte doch nur sagen …«

»Liebe Engel …«, unterbrach Gabriel die beiden.

Er sprach nach den Regeln des Protokolls, um seinen Worten mehr Autorität zu verleihen; immerhin bekleidete er noch für drei volle Monate das auf drei Jahre festgelegte Amt des *primus inter pares*. Am Ende des Jahres würde er das Amt an Raphael übergeben und erst in 18 Jahren wieder an der Reihe sein, doch er bezweifelte, dass ihm sein Schicksal noch einmal vergönnte, dieses Amt zu bekleiden.

»Wir alle dienen dem Buch, nicht mehr oder weniger als Giacomo. Und zu unserem Glück haben wir diese kleinen Differenzen untereinander, weil unsere Entscheidungen dadurch umso mehr die Früchte umsichtiger Einschätzungen sind. Omega existiert gerade deshalb, und die Tatsache, dass es uns seit drei Jahrhunderten gibt, sollte uns alle mit Stolz erfüllen …«

»In zwei Jahren werden wir unser 300-jähriges Bestehen feiern.« Michael schlug sich mit den Händen auf die Schenkel. Er war der Jüngste der Gruppe. Er trug den Namen Michael – ›Engel mit dem Feuerschwert‹ –, und dieser Name begeisterte ihn seit seiner Initiation, die nach dem Tod des letzten Michaels gerade einmal drei Jahre zurücklag.

»Schade, dass wir kein Fest veranstalten können«, fuhr er fort. Sein unbekümmertes Lächeln steckte die anderen an und vertrieb jede Spur von Anspannung innerhalb des Omega-Kreises.

»Ich denke, jemand von uns sollte sich in der Abendmesse sehen lassen«, sagte Gabriel, »unsere Frauen werden schon auf uns warten.«

»Darf ich eine Frage stellen?«

»Alles, was du willst, Uriel« antwortete ihm Gabriel. »Ich habe es nicht eilig.«

»Ich bin stolz, seit acht Jahren bei Omega zu sein, und deine Worte haben mich an etwas erinnert, das mir ab und zu in den Sinn kommt.«

Uriels Gedankengänge waren oft verschlungen, gaben aber nicht selten Anlass zu interessanten Diskussionen.

»Warum hat Giacomo nie geheiratet?«

Die Frage blieb lange im Raum stehen. Blicke kreuzten sich – doch niemand war in der Lage, Uriel darauf eine Antwort zu geben. Schließlich unterbrach Gabriel die Stille. Selbst die unschuldigsten Fragen konnten wie Schwerthiebe sein, wenn sie unbeantwortet blieben.

»Ich weiß es nicht genau, aber ich glaube, ihm ist das gleiche wie dem Grafen passiert. Wenn du einmal die Frau deines Lebens gefunden hast, und sie wird dir genommen, ist es nahezu unmöglich, eine neue Liebe zu finden. Aber was das Buch betrifft«, Gabriels Ton wurde ungezwungener, »glaube ich, dass Giacomos Lösung das Fehlen eines direkten, also blutsverwandten Nachfolgers auf das Vortrefflichste regelt.«

Im Abstand von fünf Minuten entfernten sich die einzelnen

Mitglieder der Runde vom Treffpunkt. Sie gingen in alphabetischer Reihenfolge: Zuerst Michael, dann Raphael, Raguel, Ramiel, Uriel und Zadkiel. Sie nannten sich nach den sieben Erzengeln und teilten sich die Aufgabe, Giacomo, den Hüter des Buches, zu beschützen.

Als Letzter verließ Gabriel den Raum in der Akademie der Georgofili. Sorgsam verschloss er die Tür hinter sich.

Draußen wurde er von einem Platzregen überrascht und suchte Schutz unter den Säulengängen der Mercanti-Arkaden. Dabei musste er sich eng an einigen Familien deutscher Soldaten vorbeidrängen. Gerne hätte er das vermieden, aber diese Wassermengen hätten selbst einen Engel am Fliegen gehindert.

Marciano, Val di Siena

Dienstag, 2. Mai 1486

Die frühmorgendliche Stille wurde durch das laute Quietschen des Riegels unterbrochen. Danach war kein Geräusch mehr zu hören.

Vorsichtig ging Giovanni zur Tür. Sie stand offen. Er stieg die steile Holztreppe hinab, die er wenige Stunden zuvor freihändig mit auf dem Rücken gefesselten Armen bewältigt hatte, und trat ins Freie. Ein fertig gesatteltes Pferd schien ihn zu erwarten, ein prachtvolles Salernitanisches Halbblut, robust und muskulös, mit dichter Mähne und weiten Nüstern, aus denen der Atem dampfte. In seinen großen lebhaften Augen, in denen sich die erste Morgenröte und die letzten Sterne der Nacht widerspiegelten, erkannte Giovanni Angst und Aufregung zugleich. Sanft und ohne Eile streichelte er den Hals des Tieres, und als er dessen Vertrauen spürte, stieg er in den Sattel. Alle Tore waren geöffnet, auch das Barbacane-Tor. Eilig verließ Giovanni Pico Marciano und galoppierte zur Herberge zurück.

Hier fand er alles unverändert vor: Die Leichen seiner Diener lagen noch immer vor dem Eingang. In ihren leblosen Gesichtern stand die Ungläubigkeit über ihr überraschendes Ende. Ihnen und den anderen Toten in der Herberge schloss Giovanni sanft die Augen.

Dann ritt er über die Felder, bis er einen Feigenbaum fand, den Baum allen Anfangs, der allen Religionen heilig ist. Er setzte sich im Schneidersitz unter die Schatten spendenden Äste und atmete den Duft der aromatischen Blätter ein. Hier blieb er, einen Tag und eine Nacht, und noch einen Tag – so lange, bis er in der

Abendröte des zweiten Tages spürte, dass er wieder zu seinem höheren Selbst gefunden hatte. Zu dem, was die Christen *Kontemplation* nennen, die Weisen des Islam *Erwachen*, die jüdischen Kabbalisten *mystische Intuition* und die Jünger Buddhas *Erleuchtung*. Man musste einfach nur warten, ohne Eile, das wusste er, dann würde sie schon kommen, die Kontemplation. Und tatsächlich, nach einer Weile sah er die Feuerkugel – die gleiche, die den Beschreibungen vieler Augenzeugen nach auch am Tag seiner Geburt erschienen war. Der Arzt, der ihn auf die Welt gebracht hatte, hatte dieses Phänomen in allen Details niedergeschrieben. Astrologen, Gelehrte und Priester waren an den Hof der Mirandola gerufen worden und hatten unterschiedliche Deutungen aufgestellt, aber alle waren sich einig, dass das Neugeborene zweifellos zu etwas Besonderem auserkoren war. Nun endlich wusste Giovanni Pico, was die Prophezeiung zu bedeuten hatte.

Am Todestag seiner Mutter und in allen anderen schwierigen Momenten seines Lebens hatte er die Präsenz der Feuerkugel gefühlt. Nun spürte er sie wieder; das gab ihm Zuversicht und erinnerte ihn daran, dass ihn nichts von seiner Lebensaufgabe ablenken konnte. Sein ganzes Dasein war diesem einen Zweck gewidmet, auch wenn er sich dessen am Anfang nicht bewusst gewesen war. Aber nun war er bereit und die Zeit des Nachdenkens vorbei. Die Feuerkugel verglühte, und Giovanni öffnete langsam die Augen. Nicht einmal körperliche Schmerzen hätten ihn jetzt mehr aufhalten können.

Fast sieben Monate später, Rom

Montag, 20. November 1486

Der neue Stadtpalast der adeligen Familie della Rovere, der sich am *Borgo Vecchio* befand, war immer noch festlich erleuchtet und geschmückt, obwohl die Nacht schon weit vorangeschritten war. Hausherr und Gastgeber war der neu gewählte Kardinal Domenico della Rovere, seines Zeichens erbitterter Erzfeind seines entfernten Cousins, Giuliano della Rovere. Giuliano war der Neffe des seit nunmehr zwei Jahren verblichenen Papstes Sixtus IV. und bekleidete ebenfalls ein Kardinalsamt. Ehrengast war ein weiterer Kardinal, Don Rodrigo de Borja y Doms, der in Begleitung seiner neuen Mätresse erschienen war, der jungen und schönen Giulia Farnese. Ihre dichte Haarpracht war hochgesteckt und wurde von einer Perlenkette mit einem prächtigen Smaragdverschluss gehalten. Für sie hatte Kardinal Borja Giovanna Cattanei, die von allen nur *Vannozza* genannt wurde, verlassen. Obwohl sie ihm drei Kinder geboren hatte, war sie immer noch eine attraktive Frau, und auch nach der Trennung wagte niemand, ihr Aufmerksamkeit zu schenken oder gar um sie zu werben, denn sie wurde weiterhin als Privateigentum des Don Rodrigo betrachtet.

Ein Musiker spielte mit der *Vihuela de mano*, der weich klingenden spanischen Gitarre und dem Lieblingsinstrument des Ehrengastes auf. Er stimmte ein *Branle vivace* an, um den Tänzern die Gelegenheit zu geben, einander zu umwerben, ein paar Schläge lang innezuhalten und sich dabei tief in die Augen zu blicken, bevor das ausgelassene Treiben wieder von vorne begann. Das fröhliche Stimmengewirr der edlen Damen und Herren erfüllte den Semidei-Saal. Er war reich mit Fresken geschmückt, die musizierende Sirenen und Tritonen, Sphinxen, Zentauren und Satyrn beim Liebesspiel zeigten.

Und doch waren die ausgelassene Atmosphäre und die anregende Musik für Giovanni Pico Graf von Mirandola und Concordia keine willkommene Abwechslung. Seit Monaten kreisten seine Gedanken nur um ein einziges Thema: Die bevorstehende Veröffentlichung seiner Thesen. Nichtsdestoweniger hatte er sich der Einladung nicht entziehen können – denn sie abzulehnen hätte eine schwerwiegende Beleidigung gleich beider Kardinäle bedeutet –, sowohl des Ehrengastes als auch des großzügigen Gastgebers. Lächelnd dachte er an die Vorwürfe, die ihnen Meister Savonarola gemacht hätte – der unerbittliche Sittenwächter. Ganz Florenz fürchtete sich vor ihm, sogar der Mächtige der Mächtigen: Lorenzo der Prächtige. Hätte Meister Savonarola das Treiben dieser Nacht gesehen, hätte er sie mit vernichtenden Worten angegriffen und sie in eine Reihe mit dem korrupten römischen Adel gestellt. Damit hätte er gar nicht so falsch gelegen, dachte Giovanni und seufzte. So gerne er sich der materiellen und moralischen Verführungen auch erwehrt hätte – er hatte keine andere Wahl, als der Einladung Folge zu leisten.

Nun war die Nacht jedoch so weit fortgeschritten, dass er getrost gehen konnte, ohne jemanden zu brüskieren. Erleichtert ließ er sich von einem Pagen seine Kappe und seinen Samtumhang bringen und versteckte unter seinem prächtigen Wams die schwere Goldkette mit den Insignien seiner Familie. Es wäre nicht ratsam gewesen, zu dieser späten Stunde mit zur Schau getragenem Gold und Geschmeide unterwegs zu sein. Zu den umherstreifenden Briganten mit ihren dreischneidigen Dolchen war Rom noch mit einer anderen Seuche infiziert: den Horden spanischer Wegelagerer, die ihrem Beschützer, dem spanischen Kardinal Borja gefolgt waren und nun hofften, dass von dem Reichtum Roms auch etwas für sie abfallen würde. Sie mordeten furchtlos und lieferten sich mit anderen Banden wilde Scharmützel. Wer zufällig in eine solche Auseinandersetzung hineingeriet, war verloren.

Keiner schien die diskrete Flucht des Grafen zu bemerken, denn alle lauschten dem vortrefflichen Lauro de Lorenzo. Er trug eine neue Komposition vor –, möglicherweise sogar aus der Feder des Prächtigen selbst, munkelte man –, die in der Anzüglichkeit ihrer Verse von Gelächter und vulgären Sprüchen begleitet wurde.

Giovanni Pico war froh, dass er die alten und neuen Tänze hinter sich gelassen hatte: Den *Leoncello*-Tanz, die Kreistänze für zwei und vier Paare und allen voran die *Pinzoccara* oder den äußerst anstrengenden *Saltarello*, der einen unweigerlich zum Schwitzen brachte und dadurch die Verbreitung überaus abstoßender Gerüche begünstigte. Er ging Richtung Piazza della Giudea, ihm voraus sein treuer Diener. Dort bog er zum Monte Cenci ab, wo sich die Offizin von Meister Eucharius Silber Franck befand, dem bekanntesten Buchdrucker Roms. Obwohl es schon sehr spät war, zog Giovanni ohne zu zögern an der Glocke und wartete geduldig auf der gegenüberliegenden Straßenseite. Silber Franck schlief wahrscheinlich, aber er war an seine überraschenden Besuche gewöhnt. Andererseits war Giovanni Pico nicht nur sein großer Bewunderer, sondern vor allem ein sehr guter Kunde.

Im Schutz der Dunkelheit dachte der edle Mirandola über die Schicksalsschläge nach, die den Buchdrucker nach Rom verschlagen hatten. Obwohl er konvertiert war, würde er in den Augen der Christenheit immer Jude bleiben, und das wäre ihm früher oder später in seiner Heimat zum Verhängnis geworden. In Deutschland tönten viele neue Prediger, entschlossen wie Savonarola, aber ohne dessen Format, gegen alle Feinde der Christen: allen voran gegen die ausschweifende und korrupte römische Kirche, aber auch gegen die Juden, die Muselmanen und gegen alle, die sich von den christlichen Tugenden entfernt hatten. Denn nur diese garantierten einen Platz im Paradies.

In einem schwachen Moment hatte Eucharius ihm einmal erzählt, dass sein Bruder, ein bekannter Medicus, mit seiner Familie vor dieser Gefahr nach Sevilla geflohen war, wo bis vor wenigen Jahren noch eine blühende jüdische Gemeinde existiert hatte. Leider war er den Mannen des streng katholischen Königs Ferdinand in die Hände gefallen und von Dominikanermönchen im Dienste des allmächtigen Großinquisitors Tomás de Torquemada grausam gefoltert worden.

Giovanni hatte seinen Freund Savonarola öfter spöttisch gefragt, wie er Mitglied im selben Orden sein könnte wie der spanische Großinquisitor. Und Savonarola gab zur Antwort, dass ihre Ziele die gleichen seien, auch wenn die Methoden gegensätzlicher nicht sein könnten, und so verschob sich die Diskussion regelmäßig von der religiösen auf die philosophische Ebene.

Der Buchdrucker Eucharius von Wilzburg hatte mehr Glück gehabt. Trotz der politischen Turbolenzen und der andauernden Zwistigkeiten unter den Mächtigen hatte er sich für Italien entschieden. Seinen Lehrjahren in der Werkstatt Gutenbergs verdankte er, dass er in einem politischen Klima von Erneuerung und Freiheit unverhofft sein Glück gefunden hatte. Er traute dem Frieden jedoch nicht und befürchtete, dass die Verfolgung der Juden früher oder später auch in Italien einsetzen würde. Seinem großzügigen Kunden hatte er unlängst gebeichtet, dass er auf seinen Drucken ein Alias benutzte: Der Künstlername Franck zeugte von seiner jüdischen Herkunft. Graf Mirandola hatte ihn beruhigt: Er hätte nichts zu befürchten, solange ihm edle Familien wie die Orsinis, die Medicis, die della Roveres oder die Borjas selbst, die 20 Jahre zuvor ihren Namen in Borgia italianisiert hatten, Freundschaft und Achtung entgegenbrachten.

* * *

Ein Licht wurde in der Offizin angezündet, dann hörte Giovanni, wie Riegel geöffnet wurden. Im Schein einer Öllampe erschien die Figur von Eucharius, der aus der halboffenen Tür spähte.

»Was soll ich Euch wünschen, mein Graf? Gute Nacht oder einen guten Morgen? Für den ersten Gruß ist es eigentlich bereits zu spät, und weil die Sonne erst in fünf Stunden aufgehen wird, ist es für den zweiten noch zu früh.«

»Wünsche mir ein zufriedenes Leben«, antwortete Giovanni, »dann ist mir jede Stunde des Tages und der Nacht angenehm.«

»Das wäre für jeden Mann mit gutem Willen ein erstrebenswertes Ziel und keine einfache Aufgabe für unseren Herrn«, antwortete Eucharius. Mit einer Geste wies Giovanni seinen Diener an, draußen Wache zu halten, dann trat er zu Eucharius hinein. Dieser verschloss die Tür sofort hinter ihm.

»Ich will dich nicht zu lange aufhalten, mein guter Eucharius. Ich möchte nur wissen, wie es um den Druck meiner Thesen steht.«

»Edler Giovanni, 500 Exemplare druckt man nicht so schnell, wie man ›Amen‹ sagen kann. Obwohl man heute fähig ist, an einem einzigen Tag das zu drucken, woran man früher ein Jahr lang gearbeitet hat … wenn man meinem Kollegen Ulrich Han Glauben schenken darf.«

Der Graf lächelte.

»Ich kenne Han, er ist ein überaus guter Handwerker und ein scharfsinniger, begabter Mann. Als ich seine *De honesta voluptate et valetudine* sah, dachte ich, es sei das philosophische Traktat eines lateinischen Verfassers … aber als ich es bereits gekauft hatte, entdeckte ich beim Lesen, dass es ein Buch über Küchenrezepte war. Alles in allem war es eine angenehme Täuschung, weil ich einige schwerverdauliche Ergebnisse seiner Rezepte am eigenen Leibe selbst erfahren konnte …«

»Hoher Herr, es gibt immer etwas zu lernen, auch für jemanden wie Euch. Verschweigt Eure Entdeckung, auch wenn bereits viele davon wissen. Aufgrund des profanen Inhalts fürchtet Han um seine Drucklizenz.«

»Ich glaube, dass das Gute ohne Freiheit keinen Wert hat. Seneca sagt: ›Tue nichts Gutes, dann passiert dir nichts Schlechtes‹.«

»Wenn das so einfach wäre, hoher Herr.«

»So ist es im Himmel und, wenn die Menschheit die göttliche Eingebung besser kennt, wird es so auch auf Erden sein. Wenn alle Menschen Kinder eines höheren Wesens sind, folgt daraus unweigerlich, dass wir alle gleich sind. Ich hoffe, dass meine Thesen die Welt dafür empfänglich machen.«

Eucharius starrte den Grafen ungläubig an. »Was habt Ihr da gesagt, hoher Herr?«, fragte er. »Habe ich das eben richtig verstanden? Nein, vergebt mir, meine Sinne müssen mich getäuscht haben. Die vermaledeiten alten Ohren verwechseln die Wörter wie ein Obsthändler, der die guten Äpfel zeigt und dann die faulen in den Korb legt.«

»Nein, nein, du hast schon recht verstanden, Eucharius. Und wo wir von Äpfeln sprechen – ich möchte, dass du mir drei Exemplare in rotes Leder bindest, und zwar so, dass man weitere Seiten einfügen kann. Außerdem sollen die Folianten mit einem Schloss ausgestattet sein.«

Perplex sah Eucharius den Grafen an, gegen die Wünsche eines edlen und reichen Herrn konnte er jedoch nichts einwenden.

»Jawohl, Herr. Ich werde Euch das fertige Werk so schnell wie möglich liefern. Aber … wie steht es um die päpstliche Kommission? Erinnert Euch, ich warte immer noch, dass Ihr mir Seine Erlaubnis für die Veröffentlichung überbringt.«

»Sorge dich nicht, Eucharius, früher oder später wirst du sie schon erhalten. Du musst wissen, dass meine Thesen von dem Einzigen, an den deine und meine Vorfahren und sogar der Große Prophet Mohammed geglaubt haben, inspiriert wurden.«

»Sprecht nicht so. Mein Bruder wurde für viel weniger an den Füßen aufgehängt und ihm dann alle Finger zerquetscht und gebrochen. Er war ein guter Medicus – heute aber ist er nur noch ein armer Krüppel.«

»Du hast recht, Eucharius. Aber ich bin mir sicher, dass dieses gottlose Treiben bald ein Ende haben wird und Männer wie dein Bruder nichts mehr zu befürchten haben.«

»Dann segne Euch Gott, Giovanni – welcher auch immer.«

Rom

Dienstag, 21. November 1486

Eure Heiligkeit, der Botschafter der Medici ist angekommen.«

»Lasst ihn warten wie alle anderen auch. Er soll auf keinen Fall glauben, dass er bevorzugt wird.«

»Wie Ihr wünscht, Eure Heiligkeit ... Lasst mich jedoch in aller Bescheidenheit zu bedenken geben, dass die Medici unsere Gläubiger sind. Und in diesen schweren Zeiten ...«

»Ich weiß sehr gut, was wir den Medici schulden«, polterte der Papst los, »daran muss ich nicht von meinem Kardinalvikar erinnert werden. Lasst ihn warten, habe ich gesagt, und ruft mir Fränzchen. Ich will ihn augenblicklich sehen!«

Kardinal Sansoni schwieg, kreuzte die Arme auf dem Rücken und verließ unterwürfig rückwärts schreitend den Saal. Als Neffe des verstorbenen Papstes Sixtus IV. hatte er es geschafft, sich die Position des Kardinalvikars auch bei dem mächtigen Giovanni Battista Cibo zu sichern, der sich Innozenz nannte – der achte seiner Reihe. Und er hatte keinerlei Absicht, sich diese wieder entreißen zu lassen. Er musste allerdings besonders auf der Hut sein, denn obzwar er formal das Amt des Schatzmeisters bekleidete, hielt in Wahrheit einer der illegitimen Söhne von Innozenz VIII. die Schlüssel zu den Reichtümern in der Hand.

Wenige Minuten später kam Fränzchen durch die Geheimtür, die sich hinter dem Thron des Papstes befand und als Fluchtweg geplant worden war: Durch eine Reihe von Räumen konnte man mit Leichtigkeit den Geheimgang, den sogenannten *Passetto del Borgo* erreichen, der den Petersdom mit der Engelsburg verband.

»Ihr habt nach mir verlangt, Vater.«

Sein Ton war unterwürfig, doch seine aufrechte, hochmütige Haltung sprach eine andere Sprache. Fränzchen war gutaussehend und hochgewachsen. Das dichte, rabenschwarze Haar hatte er von seiner Mutter Eleonora, einer neapolitanischen Edelfrau, geerbt. Damit war er das komplette Gegenbild seines Vaters, und vielleicht vergötterte der Papst ihn gerade deshalb so sehr. Seitdem er denken konnte, war Fränzchen nur von dem einen Gedanken beseelt gewesen: Reichtum anzuhäufen. Ein Vermögen – das er beim Würfelspiel genauso schnell wieder verlor. Um seine Spielsucht befriedigen zu können, hatte Cibo ihn sofort nach seiner Wahl zum Papst als Statthalter von Ferentillo eingesetzt, einem reichen Städtchen an der Grenze des Herzogtums zu Spoleto. Leider stellte sich rasch heraus, dass diese Einkünfte Fränzchen nicht ausreichten. Mit Schmeicheleien, Tränen und seiner Schlauheit war es ihm schließlich gelungen, zum Ablasshändler der römischen Kirche ernannt zu werden.

Diese Position ermöglichte es dem Tunichtgut, einen florierenden Handel aufzubauen, den er »weltliche Gnaden« nannte. Wenn sein Vater, der Papst, versuchte, den Kirchenschatz des heiligen Petrus zu mästen, indem er den Adeligen und Kaufleuten Stücke vom Paradies verkaufte, so verkaufte Fränzchen die Gnade auf Erden. Jeder Räuber und Mörder, der es heil nach Rom geschafft hatte, konnte sich bei Fränzchen Straffreiheit im Himmel wie auf Erden erkaufen. Diese hatte allerdings ihren Preis und musste in Golddukaten bezahlt werden. Fränzchen, der über das päpstliche Siegel verfügen konnte, verlangte mindestens 200 Golddukaten für einfache Vergehen, und bei besonders grausamen Verbrechen konnte der Preis schnell auf tausend hochschnellen. Dreiviertel der Einkünfte wanderten in die Kirchenkasse, ein Viertel in seine privaten Taschen – so lautete die Abmachung mit seinem Vater.

»Wie viel Zeit haben wir noch, bevor die nächste Rate in Florenz fällig wird?«, fragte der Papst den Kardinalvikar barsch.

»Wir sind echte Genueser. Deshalb haben wir die Frist bereits verstreichen lassen, ohne die Rate einzulösen.«

»Und aus welchem Grund? Haben wir nicht genug, um zu zahlen?«, Innozenz VIII. schaute zu seinem Kardinalvikar.

Aber bevor dieser antworten konnte, kam ihm Fränzchen zuvor. Er setzte sich lässig auf die Stufen des Thrones und sagte: »Nein, das ist es nicht, Vater. Wir wollen nur, dass die Medici sich Sorgen um das Los ihres Kredits machen. Ein edler Herr zahlt nie pünktlich, umso mehr, wenn er der Papst ist. Der Gläubiger muss sich geehrt und dankbar fühlen, wenn er überhaupt etwas von seinem Geld wiedersieht.«

Innozenz VIII. lächelte: Dieser Sohn, mochte er auch noch so frevelhaft sein, war ihm fast so lieb wie der Thron, auf dem er saß und dessen Erwerb ihn jahrzehntelang Intrigen, Allianzen und Verrat sowie hunderttausend Dukaten gekostet hatte.

»Also, es ist entschieden«, sagte er, »die Medici werden weiter warten. An dieser Stelle können wir den Botschafter eintreten lassen und ihn vertrösten, wenn er auf Rückzahlung drängt.«

Der Kardinalvikar rieb sich die Hände und schob sie langsam in seine weiten Ärmel. Er senkte nur den Kopf, um ein kleines Lächeln zu verbergen.

»Nun, Sansoni! Schläfst du?«, fragte der Papst und unterdrückte ein Lachen. »Lass den Abgesandten der Medici eintreten. Nein, warte. Sage mir erst, wer es diesmal ist.«

»Ein gewisser Jacopo Salviati, Eure Heiligkeit, und er verfügt über alle Credentialen«, antwortete der Kardinalvikar.

»Oh, *belàn*!«, rief Innozenz VIII., der bei jeder Gelegenheit seine genuesische Herkunft unterstreichen musste. »Oder ist er ein Cousin von Francesco?«

»Welcher Francesco, Eure Heiligkeit?«

»Du bist wirklich ein Idiot, Sansoni. Francesco Salviati, der Erzbischof von Pisa, den die Medici *han criccâ*, Gott hab ihn selig.«

»Criccâ? Eure Heiligkeit, ich verstehe Euch nicht, wenn Ihr so sprecht.«

»Na, der, den die Medici aufgehängt haben, weil er an der Verschwörung gegen die Familie de' Pazzi teilgenommen hat«, antwortete der Papst unwirsch.

»Davon weiß ich nichts.«

»Du weißt nie irgendwas, *Maccaccu*. Aber du wirst sehen, er wird es sein. Die Salviati scheinen mittlerweile verstanden zu haben, woher der Wind weht. Lass ihn eintreten, wir sprechen ihm unser Beileid aus.«

»Sofort, Eure Heiligkeit.«

Florenz

Freitag, 15. Juli 1938

Giovanni! Hast du heute das Giornale d'Italia gelesen?«, fragte Giocomo de Mola.

»Nein, ich hatte noch keine Zeit.«

»Es ist ganz und gar unglaublich, was da geschrieben wird, sage ich dir. Auf jeden Fall hätte ich nie gedacht, dass es jemals wieder so weit mit uns kommen könnte. Hör dir das an: ›Die Bevölkerung unseres Landes ist hauptsächlich arischen Ursprungs, genau wie die italienische Kultur.‹ Und hier: ›Es wird Zeit, dass die Italiener sich frank und frei zu ihrer Rassenideologie bekennen. Die Arbeit des Regimes in Italien, das muss endlich laut und nachdrücklich gesagt werden, ist eigentlich rassistisch.‹« De Mola sah sein Gegenüber kopfschüttelnd an. »Es ist einfach unglaublich, dass das Wort Rassismus hier eine positive Bedeutung hat. Aber warte, warte, es kommt noch besser: ›Die Juden sind die einzige Volksgruppe, die sich nie assimiliert hat – letztlich, weil sie aus nicht-europäischen Rassenelementen besteht. Aus Elementen, welche sich diametral von denjenigen Faktoren unterscheiden, die zu der Entwicklung der Italiener geführt hat.‹ Weißt du, was das bedeutet?«

»Von wem ist der Artikel?«

»Es ist kein Artikel, es ist eine Art Manifest von einer nicht näher beschriebenen ›Gruppe faschistischer Gelehrter und Professoren der italienischen Universitäten‹. Vermutlich ist es auf Mussolinis Mist gewachsen, denn es ist nicht unterschrieben.«

»Wenn ich ganz ehrlich bin, bin ich froh, kein Jude zu sein.«

»Ich nicht!«, rief de Mola laut aus. »Heute wäre ich wirklich gern einer. Ich schäme mich, Italiener zu sein! Eigentlich müsste ich einen Leserbrief an das Giornale d'Italia schicken und die Veröffentlichung erzwingen!«

Giacomo de Mola erweckte nicht den Eindruck, gefährlich zu sein. Er war groß und hager und trug sein bereits angegrautes Haar in einem kurzen Bürstenschnitt. Die goldene Brille, die auf einer kleinen, beinahe femininen Nase saß, erschien fragil – in einer Zeit, in der der Schlagstock das Regiment hatte. In seinem schlanken und zähen Körper versteckte sich trotzdem ein Dämon. Obwohl de Mola die vierzig bereits fast zur Hälfte überschritten hatte, traten bei seinen seltenen Wutausbrüchen oder in Gefahrensituationen seine schier unglaubliche körperliche Stärke und seine Gewandtheit hervor – Eigenschaften, die ihn zu einem gefährlichen Gegner beim Fechtkampf machten. Seinerzeit hatte er es mit dem Degen bis in die olympische Fechtmannschaft gebracht und in Stockholm von der Reservebank aus dem Einzelsieg seines Freundes Nedo Nadi beigewohnt.

»An deiner Stelle würde ich das nicht tun. Du wärst dann nämlich auf einen Schlag bekannt wie ein bunter Hund, und mit dem schönen freien Leben und den Annehmlichkeiten der Anonymität wäre es erst einmal vorbei.« Er lächelte.

»Ja, ich weiß«, sagte Giacomo, »ich meine ja nur. Ich weiß, es würde nichts nutzen. Aber du wirst sehen, dies ist erst der Anfang. Zum Glück sind wir nicht in Deutschland – andererseits ist es hier auch nicht besser –, unsere Meinungsmacher äffen die germanische Propaganda ja beinahe wortwörtlich nach. Apropos, wie ist denn gestern das Treffen mit dem Konsul verlaufen?«

»Dr. Wolf war sehr freundlich, und er hat die Bücher, die ich ihm gebracht habe, sehr zu schätzen gewusst. Speziell die seltene Ausgabe von Manuzio, die *Hypnerotomachia Poliphili*.«

»Eine äußerst wertvolle Ausgabe, da hat er wirklich einen hervorragenden Kauf getätigt.«

»Es ist nicht einfach, in der heutigen Zeit jemanden zu finden, der bereit ist, für ein Buch 25.000 Lire zu bezahlen.«

»Ja, das ist wahr, aber dieser Text ist weit mehr wert.«

Widerwillig machte Giacomo de Mola Anstalten zu gehen, wohl wissend, dass er die angenehme Kühle der Buchhandlung leider verlassen musste. Die dicken Steinmauern hielten die Temperatur das ganze Jahr über fast konstant. Dies garantierte nicht nur einen optimalen Erhalt der wertvollen Bücher und antiken Manuskripte, sondern auch ein perfektes Verkaufsklima: Die Kunden der Buchhandlung waren das ganze Jahr über angenehm geschützt vor der klirrenden Winterkälte oder – so wie in diesen Tagen – der beinahe unerträglichen Sommerhitze.

Als Giacomo ins Freie trat, erstickte ihn eine Welle drückender feuchtwarmer Hitze wie eine aufdringliche Umarmung. Der elfenbeinfarbene Panamahut schütze Giacomo kaum vor den Sonnenstrahlen, und er grinste schadenfroh, als er zwei Schläger der Miliz sah, die in schwarzen Hemden, dunkelgrauen Hosen und hohen Stiefeln steckten, auf dem Kopf einen Fez. Obwohl sie recht aufgeblasen wirkten, war er sich sicher, dass sie unter diesen Temperaturen wesentlich stärker litten als er und dass sie ihn um seinen hellen Leinenanzug beneideten.

Für das alljährliche Treffen, das im de'-Pulci-Turm der Georgofili-Akademie stattfand, war er bereits zu spät, deshalb schritt er schneller aus. Wie so oft in der letzten Zeit dachte Giacomo de Mola im Gehen an Giovanni und an ihren gemeinsamen Weg, der seinen Anfang genommen hatte, als er ihn aus dem Waisenhaus geholt und ihn zur Ausbildung ins Jesuitenkolleg nach Livorno geschickt hatte. Der Junge schloss mit Bestnote ab. Seine wache Intelligenz und Giacomos Beziehungen ermöglichten ihm schließlich, in Paris an der Sorbonne zu lernen. Auch sein Studium der Geisteswissenschaften und der italienischen Literatur schloss Giovanni mit Auszeichnung ab.

Giacomos beinahe väterlicher Stolz wurde jedoch geschmälert durch ein unbestimmtes Gefühl, dem Jungen nicht voll vertrauen zu können. Obwohl sie bereits seit über zehn Jahren zusammenarbeiteten und sich besser kannten als manche Ehepaare, ließ Giovanni ihn einfach nicht in sein Inneres blicken. Das mochte an dessen angeborener Zurückhaltung liegen oder in seinen schlimmen Erfahrungen als Waisenkind begründet sein. Die unsichtbare Barriere zwischen ihnen hatte Giacomo jedenfalls bis zum heutigen Tag davon abgehalten, den Jungen in alle Geheimnisse einzuweisen – die wichtigsten hielt er nach wie vor zurück. So lange, bis Giovanni reif genug dafür wäre. Früher oder später wäre es so weit, versicherte sich Giacomo, denn er hatte mit dem Jungen eine gute Wahl getroffen. Weil er keine eigenen Kinder hatte, würde er Giovanni adoptieren. Und dann, wenn er sein Sohn geworden wäre, würde er ihm auch die letzten – und wichtigsten – Geheimnisse offenbaren.

Vielleicht würde sich dies alles sogar noch in diesem Jahr einrichten lassen, denn Giovanni stampfte bereits wie ein junges Pferd im Stall, das bereits Witterung aufgenommen hatte und in Richtung Wettkampf-Piste strebte.

Giovanni Volpe blieb allein in der Buchhandlung zurück. Er wartete, bis die letzten Kunden gegangen waren, und schloss dann sorgfältig Kasse und Ladentür ab. Vor dem Spiegel blieb er kurz stehen und betrachtete nachdenklich sein durchschnittliches Gesicht, das nur durch das leuchtende Rot seiner Haare Aufmerksamkeit erregte. Dann ging er zum Telefon und bat die Vermittlung um ein R-Gespräch. Nannte eine Nummer in Rom. Ja, bitte, schnell. Der Empfänger akzeptiert? Sehr gut, bitte stellen Sie mich durch.

»Herr von Mackensen?«

»Ja, Herr Volpe?«

»Wie geht es Ihnen?«

»Sehr gut, danke, aber sprechen Sie bitte italienisch.«

»Selbstverständlich. Kann ich sprechen?«

»Natürlich«, antwortete der deutsche Botschafter mit einem leicht kehligen Akzent, »dies ist eine sichere Leitung.«

* * *

Die wöchentlichen Treffen in der Georgofili-Akademie waren nur für einen intimen, sorgfältig ausgewählten Gelehrtenkreis bestimmt, weil die Gesprächsthemen nicht regelkonform waren: In der erlesenen Runde erörterte man nämlich nicht die besten Methoden, Olivenparasiten auszurotten, oder diskutierte darüber, ob der philippinische Jasmin resistenter als der chinesische sei, geschweige denn über die Reitkünste der toskanischen Maremma-Gauchos. Man sprach vielmehr frei über Religion, Philosophie, Wissenschaft und Politik – ohne Angst vor Zensur oder Sanktionen haben zu müssen. Wer in die eingeschworene Gemeinschaft der Denker und Gelehrten aufgenommen werden wollte, musste außergewöhnliche Fähigkeiten vorweisen können und bedingungslos an Ideale wie Frieden, Freiheit, Gerechtigkeit und Brüderlichkeit glauben. Eine einzige Gegenstimme bei der Abstimmung unter den Mitgliedern genügte, um dem Bewerber die Aufnahme zu verweigern, und jedes Votum bedurfte einer kurzen Ausführung zur Begründung. Bestand innerhalb der Gemeinschaft Einigkeit darüber, dass der Kandidat geeignet sei, wurde dieser zwar diskret, jedoch nur stufenweise über seine Chancen und die inneren Zusammenhänge des Vereins informiert. Erst wenn die Gemeinschaft sicher sein konnte, dass der Bewerber echtes Interesse hegte, weihte sie diesen in die Ziele und Zwecke des Vereins ein. Nach dieser ganzen Prozedur wurde er dann eingeführt und allen vorgestellt.

Aufgrund der Art und Weise, wie ihre Initiation geschehen war, dachten zwar viele, dass sie in eine geheime Freimaurerloge aufgenommen würden, aber die wenigsten waren enttäuscht, wenn sie herausfanden, dass ihr Irrtum sich bewahrheitete.

Innerhalb der Gemeinschaft gab es noch eine weitere Position, um die sich ein Mitglied bewerben konnte: Ein auf wenige Personen beschränkter geheimer Zirkel kreiste um de Mola und hatte die Aufgabe, ihn zu beschützen: Seit Jahrhunderten trug diese Gruppe den Namen Omega.

Giacomo hatte sich das *Giornale d'Italia* mitgenommen, um

über den abwegigen Rassenartikel zu diskutieren. Er war überzeugt davon, dass es vordringliche Aufgabe der Intellektuellen und Gelehrten des Landes war, die Verbreitung dieser idiotischen Thesen zu verhindern. Dass es ein Kampf gegen Windmühlen war, wusste Giacomo, denn das faschistische Regime förderte genau diese Gerüchte.

Im Gegensatz zu den vergleichsweise harmlosen Bestrebungen der Italiener, ihre Sprache frei von Lehnwörtern zu halten, hielt er die giftigen, eindeutig von den Deutschen inspirierten Hasstiraden gegen die nichtarischen Rassen für äußerst gefährlich. Giacomo war klar, dass er sich mit dieser Meinung nicht zu sehr exponieren durfte. Wenn die Regierung ihn ins Visier nähme, wäre die Mission gefährdet. Nach fast fünf Jahrhunderten des Wartens und sorgfältigster Geheimhaltung konnte er sich das nicht leisten.

Außerdem war er der Hüter des Buches. Dieser vornehmen Aufgabe hatte er sein ganzes Leben gewidmet, wie alle de Molas vor ihm und wie all die de Molas, die nach ihm kommen würden: Seine Familie hütete das Geheimnis des Buches seit nahezu fünfhundert Jahren und vererbte das Wissen zu gegebener Zeit an den auserkorenen Nachfolger. Er war der letzte der Hüter – sein Nachfolger würde Giovanni werden, unmittelbar nach seiner Adoption. Eines fernen Tages, wenn die Zeit reif wäre, würden alle Menschen – ungeachtet ihrer Religion, ihres Geschlechts, ihrer sozialen Herkunft, ihrer politischen Meinung oder ihrer Staatsangehörigkeit – von dem Buch erfahren. Und dann hätte sich der Traum des Grafen Mirandola erfüllt.

Vor einigen Jahren, als der Faschismus noch soziale Ideen vertrat und der Nationalsozialismus sein wahres Gesicht noch nicht gezeigt hatte, erschien dies beinahe möglich. Damals hatte Giacomo für sich und die Söhne seiner Söhne gehofft, dass sich sein Stamm endlich von der Bürde des Buches befreien können würde. Doch obwohl die Welt gerade die Schrecken des Weltkrieges überlebt hatte, schien sie dieser Tage von einer neuen Heimsuchung bedroht. Und so musste er einmal mehr auf der Hut sein, sehr gut und vor allem geduldig aufpassen. Er musste das Buch vor den alten und neuen Dämonen verbergen, die sich die antike Macht wieder zurückerobern wollten – notfalls mit seinem Leben.

Rom

Donnerstag, 7. Dezember 1486

Zerstreut strich Graf Giovanni Pico di Mirandola e di Concordia über die Rücken der Bücher, die der Buchdrucker Eucharius Silber alias Franck sorgfältig in Kisten verpackt hatte.

Er nahm eines zur Hand und las, nach seinen Namen, voller Stolz den Titel:

Johannes Pico Mi.
Conclusiones Sive Thesis DCCCC
publice disputandae, sed non admissae

Er begann in den Seiten zu blättern, die in gotischen Lettern bedruckt waren. Um die Lektüre zu erleichtern, waren die Schriftzeichen allerdings etwas weicher und abgerundeter ausgeführt, ähnlich der gefälligen Schrift der Amanuensischen Mönche, die bekannt für diese Kunstfertigkeit waren.

»Eine wunderbare Arbeit, Eucharius. Ich glaube, wir können beide stolz darauf sein!«

»Die äußere Form zählt nicht, um es mit den Worten Platons zu sagen, und in diesem Fall kann die Ausführung nur eine Fährte sein, die zu seinen Inhalten führt.«

»Hast du es gelesen?«

»Nein, hoher Herr, ich musste eine Entscheidung treffen – drucken oder lesen. Und ich wusste, dass Ihr es mehr schätzen würdet, wenn ich mich Ersterem widme. Nichtsdestotrotz werde ich es mit Eurer Erlaubnis tun, ich bin überaus gespannt.«

»Ich danke dir«, antwortete Giovanni Pico, »und ich hoffe, dass du in der nächsten Auflage dein Alias aus deinem Nachnamen streichst, denn es wird dir nicht gerecht.«

»Ach, mein Herr, das werde ich wagen, wenn Esel fliegen lernen und der Mond wärmer strahlt als die Sonne. Wie Ihr wisst, ist es eben dieses Alias, das meine Herkunft versteckt und mich ein wenig schützt, mein Schutzschild eben.«

»Du weißt, dass ich an den Riten der Kirche teilnehme, Eucharius.«

»So wie ich, hoher Herr«, beeilte sich der Buchdrucker zu versichern.

»Ja, sicher, aber vor dem Gott der Christenheit habe ich weniger Verdienste«, antwortete Giovanni Pico mit einem leichten Lächeln.

Eucharius sah ihn misstrauisch an.

»Ja«, sagte Giovanni, »du hast vor dem Allmächtigen einen großen Vorteil mir gegenüber.«

»Ich verstehe nicht, hoher Herr. Bitte erklärt Euch.«

»Du bist von derselben Rasse wie sein Sohn, Eucharius. Und das erhebt dich vor dem Schöpfer.«

»Oh, Herr, Ihr beliebt zu scherzen. Die Welt sieht mich als der, der ihn gekreuzigt hat, nicht als sein Bruder. Und mir bleibt nur, für diese Sünde, die mein Volk begangen hat, zu büßen, indem ich jeden Tag die heilige Messe höre, öffentlich beichte und großzügig spende.«

»Ich verstehe dich«, antwortete Giovanni freundlich, »aber denke immer daran, dass Jesus Jude war. Er hat gelebt, studiert und gepredigt als Jude. Und als Jude ist er gestorben. Es war Saulus von Tarsus, der Paulus der Heiligen Schriften, der von Christus ein anderes Bildnis zeichnete. Und er hat es aus politischen Gründen getan, mein Freund.«

»Verehrter Graf, ich bitte Euch, hört auf. Wie könnt Ihr Christ sein, wenn Ihr solche Dinge sagt?«

»Ich bin Christ, weil das Wort Jesu wundersam war und immer noch ist.«

»Ich verstehe Euch nicht, mein Graf, oder vielleicht will ich auch gar nicht verstehen.«

»Eucharius, Eucharius, verschließe deine Ohren nicht vor dem Klang der Wahrheit. Du weißt bestens, dass Paulus römischer Bürger war und dass die Juden eine Gefahr für Rom bedeuteten – der gefährlichste Jude von allen war aber eben jener Jesus von Nazareth mit seiner Botschaft. Als römischer Verwalter war es Paulus' Aufgabe, dem Judentum und seinem Volk ihren Heilsbringer wegzunehmen, und so geschah es auch. Wusstest du, dass Paulus von der jüdischen Gemeinschaft der Zauberei bezichtigt wurde und dass ausgerechnet die Römer ihn vor der Verfolgung erretteten? Wusstest du auch, dass Paulus die grausame Herrschaft des Kaisers Nero verteidigte, indem er die Regentschaft als von Gottes Gnaden definierte?«

»Aber Paulus ist heilig und ein Märtyrer der Kirche!« erwiderte Eucharius überzeugt.

»Von welcher Kirche, Eucharius? Der großen Unzüchtigen? Saulus von Tarsus ein Märtyrer? Wer sagt das? Sein Martyrium ist deshalb so geheimnisvoll, weil es nie existiert hat. Niemand weiß genau wo und wie, und vor allen Dingen, *ob* er je gemartert wurde. Wahrscheinlich verschwand er klammheimlich und tauchte als *civis romanus* in irgendeiner weit entfernten, abgelegenen Provinz des römischen Imperiums wieder auf, um sich einen schönen Lebensabend mit Trinkgelagen und seinen epileptischen Halluzinationen zu bereiten.«

»Haltet ein, mein Graf, ich flehe Euch an, Ihr sprecht wie ein Häretiker!«

Der Graf seufzte und schüttelte den Kopf. »Ach ja, die Häresie«, sagte er nachdenklich, »in ihrem Namen werden die schrecklichsten Missetaten begangen. Du weißt genau, dass *Häresie* nichts anderes als ›Wahl‹ bedeutet, und genau diese Wahl, was ich glaube und was nicht, habe ich für mich getroffen. Aber ich möchte dir keine Angst machen. Hab Vertrauen, wir sind alle eins, und das wird die Menschheit bald erkennen.«

»Aber was genau habt Ihr in Euren Thesen geschrieben?«, fragte Eucharius. Die Sorge stand ihm ins Gesicht geschrieben.

»Nichts von alledem, worüber wir gerade gesprochen haben – du brauchst dich nicht zu beunruhigen. Es sind ehrliche Thesen und … deinem Verständnis nach, christliche. Trotzdem werden sie öffentlich disputiert und von den größten Gelehrtengemeinschaften aus aller Welt als wahr anerkannt werden …«

»Welcher Disput? Was wollt Ihr mit diesen Büchern tun? Ich glaubte …«

»Setz dich, Eucharius. Bevor es öffentlich gemacht wird, möchte ich dir mein Ansinnen verraten. Du hast dir mein Vertrauen verdient.«

Silber Franck setzte sich zu ihm, und je länger er den Ausführungen seines edlen Auftraggebers zuhörte, desto mehr verwandelte sich seine erste Sorge in Angst und Beklemmung.

»Aber der Papst weiß nichts von Euren Absichten«, unterbrach er den Grafen, »Ihr hättet ihn beizeiten unterrichten müssen! Und das Buch ist nicht einmal genehmigt worden. Mein Gott! Ich gestehe, wenn ich das vorher gewusst hätte, dann weiß ich nicht, ob ich den Auftrag angenommen hätte.«

»Warum hast du Angst, Eucharius? Keine einzige meiner Thesen ist gegen den Willen von … dem, der Gott genannt wird. Ja, sie sind sogar der Beweis für seine Existenz, auch … wenn sie nicht dem entsprechen, was die menschliche Ignoranz uns über Hunderte von Jahren zu glauben vorgegeben hat. Über *Seine* Worte zu disputieren und die Schrift auszulegen, ist nicht ketzerisch, sondern sogar ein Akt des Glaubens. Sein Wunsch ist es, alle Menschen zu vereinen und, wie Brüder, im selben Hause in Frieden leben zu lassen.«

»Auch die Söhne von Mohammed!«

»Natürlich, auch sie. Glaubst du, sie seien dessen nicht würdig? Auch sie glauben, dass das Evangelium, die Psalmen und die Tora-Bücher göttlicher Inspiration sind. Wo ist also der Unterschied?«

Eilig bekreuzigte sich Eucharius. Diese Geste hatte er sich als Jude nur schwer angewöhnen können; mit den Jahren war sie ihm aber so zur Gewohnheit geworden, dass er sie ebenso leichtfertig wie seine christlichen Mitmenschen gebrauchte. Er blickte in die Augen des Mannes, der seelenruhig und furchtlos über ebenso schreckliche wie gefährliche Dinge sprach. Dass er es wagte, so zu sprechen, war vielleicht auf seine edle Herkunft zurückzuführen, die ihn über die Gesetze erhob, oder seiner Jugend zuzuschreiben. Er schien ein sanfter Mann zu sein, von fast weiblicher Anmut, mit diesen blonden Locken, die ihm bis auf die Schultern reichten – aber seine Worte waren wie Schwerthiebe, die den Himmel teilten.

»Ich kann nicht mit Euch disputieren, noch würde ich es wagen, Euch einen Rat zu geben, aber ich bitte Euch, erhört meine Bitte: Seid vorsichtig!«, bat Eucharius inständig.

Giovanni Pico stand auf und legte ihm seine Hand auf die Schulter. Dann förderte er einen Beutel zutage, aus dem er drei Manuskripte hervorholte. »Hast du auch die drei Exemplare aus Leder, die ich bei dir bestellt habe?«, fragte der Edelmann freundlich.

»Ja, hoher Herr. Ich habe mich persönlich darum gekümmert, so wie Ihr es mir befohlen hattet. Gefallen sie Euch?«

Der Edelmann bewunderte die tadellose und auserlesene Arbeit von Silber Franck. Eine italienische Bindung aus rotem Leder, üppig und glänzend, ohne Fehler und mit einem dünnen goldenen Rahmen verziert, der auf das Leder geprägt war. Der Buchrücken war sechsschichtig verstärkt, um den Einband robuster zu machen, da auf beiden Seiten ein intarsienverziertes eisernes Schloss angebracht war. Jeder Schlüssel war ein kleines Meisterwerk, mit einem Ring an der Reide, auf der jeweils ein Alpha und ein Omega ziseliert waren. Der vielzackige Schlüsselbart war kunstvoll gearbeitet und sah sehr kompliziert aus – ohne den Schlüssel wäre es unmöglich gewesen, den Einband zu öffnen. Alles war genau nach den Anweisungen des Auftraggebers angefertigt worden – auch eine Art Aussparung im Buch, um nachträglich noch weitere Seiten einfügen zu können.

»Du hast eine prachtvolle Arbeit angefertigt, Eucharius, und ich werde dir immer dankbar sein.«

Giovanni Pico lud die Kisten auf den Karren und fügte dann die Manuskripte in die drei Bände aus rotem Leder ein. In diesem Moment sah Eucharius, dass die einzelnen Blätter der Manuskripte untereinander zusammengeklebt waren, sagte aber nichts. Er hat schon genug gesehen und gehört. Er war froh, als sich der laut auf dem Kopfsteinpflaster rumpelnde Karren endlich entfernte. Bevor er in seine Werkstatt zurückging, beobachtete er eine Gruppe von Kindern beim Würfelspiel und verweilte mit Freude eine kurze Weile bei ihrem Gelächter. Doch als er schließlich sein Tor verriegelte, war er bereits tief in unheilvollen Gedanken versunken.

* * *

Einer der Jungen sammelte unter dem Protest der anderen die Würfel ein und steckte sie eilig in das Säckchen unter seinem Hemd. Als ein anderes Kind versuchte, an seinem Umhang zu zerren, zückte er sein Messer und tat so, als wolle er ihm ins Gesicht stechen. Ängstlich ergriff der Zwerg auf seinen krummen Beinchen die Flucht – leider hatte ihm die Natur nichts Besseres mitgeben können. Ein Dritter warf dem Missgestalteten noch ein paar Lehmbrocken nach und machte sich dann mit der ganzen Rotte davon. Kinder eben. Der Zwerg hatte sie mit seinen frisierten Würfeln betrogen, dabei aber nur wenige Taler ergaunert – sie würden gerade einmal für zwei Becher Wein reichen. Trotzdem spürte er, dass der Abend noch nicht verloren war. Der edle Herr, dem er anfangs gefolgt war, um ihn auszurauben, hatte mit Sicherheit etwas zu verbergen – sonst wäre er nicht mitten in der Nacht zu einem Buchdrucker gegangen, der auch noch Jude war. Hätte er diese Entdeckung der richtigen Person verraten, wären sicher ein paar Moneten, ja vielleicht sogar ein paar Silbertaler für ihn herausgesprungen. Auf jeden Fall mehr, als er mit seiner Gauklertruppe, die die spanischen Edelleute Roms amüsierten, in einem Monat hätte zusammenkratzen können. Andererseits – wie hätte ein Zwerg sonst überleben können? Er lief so schnell er konnte zum Pantheon, dann weiter bis zur Santa Maria sopra Minerva-Kirche, dem Sitz der mächtigen Dominikanermönche. Ein Wächter erkannte ihn und lachte ihm ins Gesicht.

»Heiliger Strohsack, Juanito! Was machst du denn zu dieser Stunde auf den Gassen? Ziehst du immer noch mit den Dirnen umher?«

»Nein, deine Mutter fehlt mir noch.«

Der Soldat schlug nach ihm, aber der Zwerg war schneller: Er wich dem Schlag geschickt aus, fiel dabei aber zu Boden.

»Lass ihn in Ruhe, Ramon«, mischte sich der andere Wächter ein, »wenn Juanito hier ist, wird er schon gute Gründe haben.«

»Ich muss mit Don Diego de Deza sprechen«, antwortete der Zwerg, der sich wieder aufgerappelt hatte, »es ist wichtig.«

»Los, Juanito, geh schon hoch, sein Licht brennt noch – Monsignore ist am Beten.«

Mühsam erklomm der Zwerg den Treppenaufgang, der zu den Räumen des Prälaten führte. Unter der schweren Tür schimmerte ein schwacher Lichtschein auf den Gang. Er klopfte und wartete. Nach kurzer Zeit öffnete sich ein Guckloch, und aus dem Verborgenen wurde er von oben bis unten gemustert. Dann öffnete sich die Tür.

Juanito musste sich nicht einmal bücken, um die Hand des Bischofs zu küssen.

»Monsignore, wie geht es Euch?«

»Gut, denn endlich kann ich in mein geliebtes Spanien zurückkehren.«

Juanito runzelte die Stirn – das waren keine guten Nachrichten. Don Diego de Deza war – neben den gelegentlichen Raubüberfällen – seine Haupteinnahmequelle. Er berichtete dem Bischof regelmäßig über das, was er in den Palästen der Adeligen und des römischen Klerus sah und hörte. Es war davon auszugehen, dass seine Vertraulichkeiten bis zu den Ohren von Kardinal Don Rodrigo de Borja, dem Protektor Don Diegos, vordrangen.

»Du hast meinen Rosenkranz unterbrochen«, sagte der Bischof streng. »Ich hoffe, du hast gute Gründe dafür.«

Juanito nickte selbstbewusst und erzählte dann mit Hingabe alle Einzelheiten, die er gesehen hatte. Dass er in seinem Eifer gleich noch ein paar Details dazudichtete, fand er nicht weiter erwähnenswert.

Don Diego maß den Worten keine große Bedeutung bei, aber wenn ein Jude im Spiel war, lauteten die Anweisungen ausdrücklich, nichts unerforscht zu lassen. Er schickte den Informanten mit einer Segnung und einer Goldmünze weg, für immer.

Während Juanito in Richtung Campo de' Fiori zurücktrottete, wo er seinen Obolus mit irgendeiner jungen Dirne durchzubringen gedachte, weckte der Bischof seinen Sekretär und gab ihm exakte Anweisungen, die noch in der gleichen Nacht zu befolgen waren.

* * *

Eucharius erwartete niemanden mehr. Nachdem er die zwei letzten Helfer nach Hause geschickt hatte, verschloss er die Werkstatt. Er lag bereits im Bett, als ihn mächtige Schläge an sein Tor aufschreckten. Hastig stürzte er hinunter, öffnete und verbeugte sich wieder und wieder. Seine Unterwürfigkeit nutzte ihm jedoch nicht: Sosehr Eucharius auch betete, weinte und wehleidig seine schlechte Gesundheit beklagte – schließlich blieb ihm nichts anderes übrig, als niedergeschlagen die Vorladung zu akzeptieren: Noch am selben Tag, dessen Morgenröte sich eben ankündigte, würde der Kardinalvikar ihn in der Sankt-Peters-Basilika verhören. Die päpstliche Missive befahl ihm, »dass er die Beweise seiner Unschuld selbst vorlegen möge«.

Die Ironie der Situation war Eucharius schmerzlich bewusst. Er fühlte sich wie ein zum Tode Verurteilter, der seinen eigenen Strick zur Hinrichtung mitbringen musste. Er ging wieder ins Bett, aber nur um sein Weib zu beruhigen. Als er ihre regelmäßigen Atemzüge vernahm, stand er auf und stieg hinab in die Werkstatt.

Unter einem Stapel von Blättern holte er eine Kopie seiner letzten Anstrengung hervor. Normalerweise machte er es immer so: Er behielt eine Kopie für sich, einerseits weil er stolz auf seine geleistete Arbeit war, anderseits aus Vorsicht und als Beweis für den Fall, dass er nicht bezahlt werden würde. Dieses Mal aber war es anders: Seine Hände zitterten, als sie das Buch hielten. Oh, der Graf mit seinem Wahnsinn: Ein Konzil der Weisen aller Religionen einzuberufen, ausgerechnet in Rom, ohne Erlaubnis des Papstes! Nicht einmal der letzte byzantinische Kaiser hatte so etwas gewagt. Und natürlich wussten in Rom bereits alle Bescheid, noch bevor die ersten Exemplare überhaupt in Umlauf gebracht worden waren. Und – wie sollte es anders ein – hatten sie natürlich als Erstes ihn, den jüdischen Buchdrucker, geholt.

Er hatte alles genau vor Augen: Sie würden seine Werkstatt schließen und ihn in den Kerker der Engelsburg werfen. Dort würden sie ihn foltern und der schlimmsten Schandtaten bezichtigen – und er würde alles gestehen: Dass er die Hostie entweiht, auf das Kreuz gespuckt und an Ostern das Blut unschuldiger Kinder vergossen hätte. Kurzum: Es würde ihm genau wie seinem Bruder ergehen, ja wahrscheinlich noch schlimmer – sie würden ihn bei lebendigem Leibe verbrennen oder in irgendeiner Kloake verschwinden lassen, ohne die Gnade eines Begräbnisses.

Er war verloren, das begriff er in diesem Moment; sein Weib und seine Kinder würden mit Schimpf und Schande aus Rom verjagt werden – und irgendwo in der Einsamkeit verhungern. Denn man würde ihm und den Seinen nichts lassen, sobald sie ihn in ihren Fängen hatten: Das, was nicht verbrannte, würde beschlagnahmt werden. Welcher grausame und doch göttliche Plan, fragte Eucharius sich bitter, konnte Raub und Mord in *Seinem* Namen wollen? Und trotzdem wurden seinen Häschern tausend Jahre Glorie und ewiges Heil versprochen, wenn sie im Namen ihres Gottes meuchelten. Was für Juden wie ihn auf Erden und im Himmel blieb, war nur noch die Hölle.

»Warum, Graf? Warum bin ich es, der zahlen muss? Der ich Euch treu zu Diensten war? Für meine Fertigkeit als Buchdrucker? Jahwe, oh Jahwe, Du hast mich verlassen, und das geschieht mir recht, weil ich Dich verraten habe. Vergib mir, Jahwe! Rette mich, Deinen demütigen Diener. Und du, Graf, der du so mit *Ihm* vertraut bis, lege ein gutes Wort für mich ein!«

Tränen begannen über seine faltigen Wangen zu rinnen, bis aus Verzweiflung schließlich Wut wurde. Er warf das Buch wütend zu Boden und spuckte darauf. Dann hob er es wieder auf und stieß zornig die Ofentür auf. Bevor er den Folianten den Flammen übergab, verharrte er jedoch einen Augenblick und blickte unbeweglich ins Feuer. Es würde ihm nicht helfen, es zu verbrennen. Ganz im Gegenteil, es zu vernichten würde alles nur noch schlimmer machen. Sein Schicksal war besiegelt, so oder so. Eucharius fühlte sich wie ein Judas, der seinen Herrn verraten hatte. Während die ersten Strahlen der Morgenröte durch die Türritzen drangen, wünschte er sich, dass dem Grafen das gleiche Schicksal wie Christus zuteilwerden würde.

Rom

Freitag, 8. Dezember 1486

Eucharius Silber Franck zögerte einen Augenblick, bevor er atemlos die 35 Stufen der weißen Marmortreppe zur Basilika und zum Grab des Petrus hinaufstieg. Viele Gläubige krochen zum Zeichen ihrer Demut auf Knien hinauf, wie es sogar Karl der Große getan hatte; aber er, Eucharius, würde das sicher nicht tun. Er brauchte keine weiteren Demütigungen.

Die drei mächtigen Bogentore, die am Ende der Treppe vor ihm auftauchten, schienen ihm eine Entscheidung abringen zu wollen: Durch welches sollte er gehen? Jedes hatte eine spezifische Bedeutung – und er kannte sie im Gegensatz zu den meisten Christen: Das Tor der Gerechtigkeit war das linke, das der Wahrheit das mittlere und das rechte das des Verstandes. Er wählte das dritte, weil ihn weder Gerechtigkeit noch die Wahrheit hätten retten können. In seinem Umhang hatte er ein Exemplar der *Conclusiones* seines Auftraggebers, des Grafen Giovanni Pico della Mirandola, verborgen. Niemand hielt ihn auf, als Eucharius durch das rechte Tor schritt, und so fand er sich unter dem säulengestützten Kreuzgang wieder, von dem aus er die gigantische Fassade der fünfschiffigen, von Kaiser Konstantin erbauten Basilika bewundern konnte. Um ihn herum, stellte Eucharius mit einem Seitenblick fest, war alles halb verwahrlost, eine Art Baustelle, auf der niemand mehr arbeitete. Vor vielen Jahren hatte Papst Niccolò V. den Baumeister Leon Battista Alberti mit der Renovierung der gesamten Basilika beauftragt. Eucharius kannte die Kunstfertigkeit Albertis; einmal hatte er dessen fantastisches Werk, die *De re aedificatoria*, bewundern können. Sie war von dem florentinischen Buchdrucker Alemanno gedruckt worden, einem Künstler in seinem Fach und jüdischer Abstammung wie er. Seit dem Tod des Papstes waren die Arbeiten an der Basilika jedoch zum Stillstand gekommen, und das Gotteshaus präsentierte sich in zerstörten Mauern, kaputten Deckengewölben und Schuttbergen allüberall.

»Was ist nur aus dir geworden, heilige Kirche Roms?«, murmelte Eucharius. »Sieh dich nur an … Und ich lege mein Vertrauen, meine Hoffnungen, ja, mein Leben in deine Hände? ›Wilde Hure‹ hat dich ein florentinischer Poet genannt: Eine Hure, die es mit den Mächtigen der Welt treibt. Nun bist du wie die Wölfin aus der Apokalypse, die getötet und in die Hölle zurückgeschickt wird, aus der sie kam.«

Eucharius erschrak, als ihn ein aus der Basilika kommender Dominikanermönch, der sein Gesicht unter einer Kapuze verbarg, gebieterisch aufhielt. Ehrfürchtig stotterte der Buchdrucker, dass er vom Kardinalvikar persönlich herbeibefohlen worden sei. Statt einer Antwort bedeutete ihm der Mönch mit einer knappen Kopfbewegung, ihm zu folgen.

Der Buchdrucker nickte eingeschüchtert und achtete darauf, einen gebührenden Abstand zwischen sich und dem Mönch einzuhalten.

Sie traten aus der Kirche heraus und gelangten durch den Portikus in ein mit Zinnen versehenes Gebäude, das von schwer bewaffneten Wächtern gesichert wurde. Der Buchdrucker wurde in einen Raum gebracht, der nur mit einem der florentinischen Mode entsprechenden Kreuzstuhl und einem Gebetsbänkchen eingerichtet war, auf das er sich sogleich kniete. Kurz darauf trat aus einer Tür zu seiner Rechten eine hochgewachsene Gestalt, die ein purpurfarbenes Gewand und eine rot marmorierte Seidenkappe trug. Eucharius wollte aufstehen, aber die Gestalt bedeutete ihm sanft – fast als gewähre sie ihm eine Gnade –, knien zu bleiben und nahm auf dem Stuhl Platz.

»Ich bin Kardinal Sansoni, der Kardinalvikar. Ich höre, Eucharius Silber Franck. Und versuche, offen und ehrlich zu sein, denn Gott sieht dich.«

* * *

Das Gezeter von Innozenz war im ganzen Palazzo zu hören. »Was glaubt er eigentlich, wer er ist, dieser arrogante Jüngling? Will er meinen Platz einnehmen? Ist er darum aus Paris nach Rom zurückgekehrt? Ohne meine Erlaubnis kann Graf Mirandola in Rom nicht einmal das Verzeichnis der Dirnen veröffentlichen.«

»Eure Heiligkeit, ich bitte Euch, jeder kann Euch hören …«

»Ach, ich fass' mir ans Gemächt!«

»Eure Heiligkeit, ich verstehe nicht.«

»Natürlich, wie solltest du auch? Schließlich bist du ja auch dumm und beschränkt.«

»Und was bedeutet das nun, Eure Heiligkeit?«

»Das bedeutet, dass es so unglaublich ist, dass ich es kaum fassen kann! Ach, lass es einfach. Sag mir lieber, ob du dieses Buch gelesen hast.«

»Nein, Eure Heiligkeit, es befindet sich erst seit wenigen Minuten in meinem Besitz. Der Buchdrucker hat es selbst gebracht, ganz in Demut.«

»Wie sagtest du, hieß der gute Christ?«

»Eucharius Silber Franck, er hat eine Werkstatt …«

»Von wegen Christ! Ich kenne ihn, er ist der jüdische Buchdrucker!«

»Er ist schon vor langer Zeit konvertiert, Eure Heiligkeit, konvertiert, und sehr fromm, sagt man mir.«

»Konvertiert oder nicht, ein Jude bleibt Jude. Merk dir das!«

»Eure Heiligkeit, ich bitte Euch …«

»Wer als guter Christ lebt, muss nicht falsche Frömmigkeit heucheln.«

»Ich habe verstanden. Auf jeden Fall können wir die Verbreitung des Buches noch rechtzeitig verhindern.«

Papst Innozenz runzelte die Stirn und blickte seinem Kardinalvikar direkt in die Augen. Kardinal Sansoni hielt seinem Blick stand. Es war noch nicht zu spät, aber man musste schnell handeln. Obwohl er den brillanten Geist des jungen Mirandola schätzte, hatte der Graf diesmal über die Stränge geschlagen, und der Papst konnte diese Arroganz nicht ungestraft durchgehen lassen. Das verstand sogar Sansoni. Niemand, nicht einmal Mirandola konnte es sich erlauben, theologische Behauptungen ohne die Erlaubnis Seiner Heiligkeit zu veröffentlichen.

»Sehr gut, Sansoni, und wie gedenkst du vorzugehen?«

»Ich denke, für den Moment ist es ausreichend, eine Gelehrtenkommission einzuberufen, die den Text untersuchen wird und die dann ...«

»Basta, das reicht schon. Treffe die Vorkehrungen, wie du sie für richtig hältst. Aber mach schnell. Du hast meinen Segen. Meine einzige Bedingung ist, dass Paolo Cortesi Mitglied dieser Kommission wird.«

»Er ist aber ein Bewunderer des Grafen von Mirandola.«

»Das spielt keine Rolle; ich will keine Verurteilung, ich will eine Untersuchung, verstanden?«

»Ja, Eure Heiligkeit, aber leider ... war das noch nicht alles.«

»Was verheimlichst du mir, mein Kardinalvikar?«

»Dieser Jude, Eucharius, hat verlauten lassen, dass der Graf ein Konzil der Weisen einberufen will.«

»Waaaaas?«, schrie der Papst ungehalten. »Hüte deine Zunge, Raffaele Riario Sansoni e Galeotti«, fuhr er drohend fort, »oder ich werde die Freude haben, dich von den Zinnen der Engelsburg baumeln zu sehen und die Krähen zu beobachten, wie sie das Fleisch von deinen Knochen schälen!«

Der Prälat wurde immer kleinlauter: Er wusste, dass die Situation heikel war, in der er sich befand, denn der Zorn des Papstes war gefährlich. Um die Situation zu retten, war es angebracht, ihm Wort für Wort genau das zu erzählen, was ihm der Buchdrucker anvertraut hatte. So würde er den Zorn und die Rachegelüste von Innozenz von sich ablenken – auf Mirandola oder den Buchdrucker.

Und das tat Sansoni: Er distanzierte sich von dem Juden und bürdete ihm ganz allein die Verantwortung für den Wahrheitsgehalt der Geschehnisse auf. Während der Erzählung wechselte die Gesichtsfarbe des Papstes von puterrot bis kreidebleich. Am Schluss schien Seine Heiligkeit am Rande ihrer Kräfte zu sein.

»Das ist … Häresie«, flüsterte Innozenz.

»Das befürchte ich auch, Eure Heiligkeit«, sagte Sansoni. Er war hochzufrieden mit sich und damit, wie er die Tatsachen dargestellt hatte.

Ihm war der junge Adlige, den alle in Paris, Bologna, Rom und vor allem in Florenz vergötterten, noch nie sympathisch gewesen. Ob es an dessen Schönheit lag, an seiner Intelligenz oder seinem edlen Stand aus dem Hochadel, wusste der Kardinalvikar nicht zu sagen. Diesmal konnte der Graf seinem Schicksal nicht entrinnen, und vielleicht könnte er sogar einen finanziellen Vorteil aus der Geschichte ziehen, überlegte Sansoni, denn der Graf war ein Freund des Hauptschuldners der Kirche, des mächtigen Lorenzo de' Medici.

»Und wann soll dieses Konzil stattfinden?«, erkundigte sich der Papst.

»Im Februar, Eure Heiligkeit. Es scheint, dass der Graf von Mirandola mit den enormen Einkünften aus seinen Ländereien die Reise und den Aufenthalt aller Eingeladenen bestreiten wird.«

»Juden, Muslime, Häretiker … alle hier in Rom, vor meiner Nase … – vor der Nase des Papstes! Was wird man über mich sagen?«

»Eucharius gibt an, dass der Graf davon überzeugt war, es würde Euch gefallen.«

»Dieses verdammte Konzil brauche ich wie der Hals einen Kropf«, zischte Innozenz mit einem gezwungenen Lächeln.

Der Kardinalvikar atmete innerlich auf. Die Wut Seiner Heiligkeit war verflogen und er aus dem Schneider. Der Graf von Mirandola hingegen war verloren – es sei denn, seine *Conclusiones* bestünden aus nichts anderem als einer Lobpreisung des Papstes und seiner Politik. Das war jedoch kaum anzunehmen, und damit war es nur noch eine Frage der Zeit, bis der Untergang Mirandolas seinen Lauf nahm; vielleicht war auch der Jude verloren, aber das hatte ohnehin keinerlei Bedeutung für Sansoni.

»Wir müssen das Konzil mit allen Mitteln verhindern«, sagte Innozenz nachdrücklich, »obwohl mir schon schlecht wird, eine einfache Gelehrtenversammlung so zu nennen ... und überhaupt, was für Gelehrte dieser dreiste Graf da geladen hat: Nur Scharlatane und Häretiker!«

»Absolut.«

»Versuche in der Zwischenzeit herauszufinden, ob der jüdische Buchdrucker noch alle Exemplare besitzt. Wenn dem so sein sollte, dann kauf sie ihm alle ab.«

»Alle, Eure Heiligkeit?«

»Ja, alle.«

»Wäre es nicht besser und günstiger, sie einfach zu beschlagnahmen?«

»Du Tor! Niemand darf wissen, dass wir ... davon wissen. Und denk daran, dass der Graf von Mirandola Günstling von Lorenzo de' Medici ist. Hier in Rom ist er Gast von Kardinal de' Rossi, dem Neffen des Prächtigen. Und ich will nicht, dass uns ein diplomatisches Missgeschick passiert. Vorsicht, Sansoni, Vorsicht.«

»Und wenn es noch mehr Exemplare gibt als diejenigen, die der Jude in seinem Besitz hat?«

»Beweg dich. Finde sie! Und versuche auch die Einladungen zum Konzil abzufangen, wenn sie nicht bereits unterwegs sind! Kurz und gut: Tu endlich etwas, bei Gott!«

Sansoni musste über die Verwünschung des Papstes kichern.

»Euer Wille geschehe, Eure Heiligkeit.«

»Der Wille Gottes, Sansoni, der Wille Gottes.«

Rom

Freitag, 15. Dezember 1486

Im Hause des Kardinals de' Rossi saß Giovanni Pico am heimelig knisternden Kaminfeuer und schrieb einen Brief an Girolamo Savonarola, seinen »brüderlichen Feind«, wie er ihn zu nennen pflegte. Der Ton seines Briefes war väterlich, obwohl der Mönch elf Jahre älter war; Pico konnte die Ausbrüche des Mönchs, die Florenz erschütterten, mittlerweile fast wohlwollend und ohne Polemik betrachten. Bald würde die Aufgabe vollbracht sein und alles ans Licht kommen. Die Menschheit würde verstehen und die Lehren Platons endlich umsetzen: Wenn man um das Gute weiß, kann man nur im Guten handeln. Graf Mirandola hielt inne und schaute aus dem Fenster. Der Himmel war klar, und die zarten, engelsflügelgleichen Wolken verbargen ihre Eiskristalle. Es würde ein harter Winter werden.

Die Tür öffnete sich, ohne dass vorher angeklopft worden wäre, und eine Schattengestalt glitt lautlos ins Zimmer. Ein eisiger Hauch wehte hinter ihr hinein. Hinterrücks näherte sie sich dem Grafen und legte eine Hand auf seine Schulter. Dieser hob nicht einmal den Blick, sondern tauchte seelenruhig die Feder ins Tintenfass, um noch ein paar Worte zu schreiben:

Ich schreibe dem berühmtesten Girolamo auf Erden und spüre die Berührung von dem, an dem mir am meisten liegt. Heute ist ein wirklich besonderer Tag.

»Habt Ihr mich erkannt?«, fragte die Gestalt und zeigte ihr Antlitz.

»Girolamo Benivieni, ich würde Eure Berührung auch durch eine Pferdedecke erkennen. Kommt, lasst Euch umarmen.«

Innig umarmten sich die beiden Freunde, aber als Benivieni das Gesicht seines Freundes in seine Hände nahm, erstarrte dieser. Obwohl Benivieni ihm teuer war, mochte der Graf nicht gewisse – und übertrieben zur Schau gestellte – Bezeugungen von Zuneigung. Rasch löste er sich von Benivieni und bedeutete ihm, sich zu ihm zu setzen.

»Setzt Euch, Girolamo, und sagt mir: Seit wann seid Ihr in Rom?«

»Ich kam gestern an. Nun, ich hatte schon zu lange keine Nachrichten von Euch und ich war … ich bin beunruhigt.«

»Worüber?«, antwortete ihm der Graf lächelnd. »Als Lebende haben wir nichts zu befürchten, und was sollte uns als Tote noch ängstigen können?«

»Diesmal werdet Ihr mich nicht mit Eurer Philosophie verwirren. Ich habe Grund zur Furcht, und darum bin ich hier.«

»Ach, kommt schon, Girolamo, die Dinge, von denen Ihr wisst, nehmen ihren Lauf. Meine Thesen sind fertig und auch die Einladungen. Ich war gerade dabei, an Savonarola zu schreiben – ich möchte, dass auch er kommt. In zwei Monaten …«

»In zwei Monaten seid Ihr tot! Und Eure Freundschaft mit Lorenzo wird Euch nicht retten. Die Medici sind einflussreich, aber Ihr … Ihr fordert den Allmächtigen heraus!«

»Nein!«, antwortete Mirandola mit Vehemenz. »Ich fordere die Dunkelheit der Ignoranz heraus, die Arroganz der Macht und all die Ratten, die seit Jahrhunderten die Welt überschwemmen und sogar die Luft verderben, die wir atmen!«

»Und wer glaubt Ihr, hat das alles erschaffen? Wenn Gott uns Menschen alle als Engel im Himmelreich wollte – dann hätte er uns schon lange zu sich geholt. Er will uns aber auf Erden wandeln und uns mit unserer Schuld leben sehen, die uns niemand vergeben kann!«

»Girolamo! Wo ist mein teurer Freund, der immer die richtige

Antwort weiß? Mein Freund mit der freundlichen, aber scharfen Zunge und dem ansteckenden Lächeln? Nehmt Euch in acht, mein Freund, Eure Thesen über die Schuld könnten für ein unredliches Ohr nach Häresie klingen.«

»Ich werde lachen und scherzen, wenn alles vorbei ist. In Florenz weiß man bereits, dass Ihr die Thesen veröffentlicht habt, und es brodelt: Vor allem die Medici warten mit Ungeduld auf die Lektüre, aber auch die Fornabuoni sind gespannt, die Strozzi, die Salviati und sogar die dem Mächtigen feindlich gesinnten Familien wie die Albizzi und die Pazzi. Auch Poliziano kann es kaum erwarten, Eure *Conclusiones* zu lesen, und er lässt verlauten, dass es auf der Welt sonst niemanden gibt wie Euch.«

»Angelo … wie sehr fehlt mir seine Freundschaft und Gegenwart.«

Benivieni fuhr fort:« Also, alle sind wissbegierig und wollen erfahren, was der Geist Mirandolas geschaffen hat. Die einen, um Euch zu huldigen, die anderen, um Euch zu kreuzigen.«

»Und was sagt Savonarola?.«

»Er lässt Euch ausrichten, dass Ihr Euch vor dem Jupiterfest im März in Acht nehmen sollt und dass er Euer Buch verbrennen wird, wenn es dem Papst nach dem Munde redet.«

Graf Mirandola lachte, und sein Freund konnte nicht anders, als in das Gelächter mit einzustimmen. Benivienis Liebe für den Autor der Thesen bereitete ihm große Angst und Sorgen, aber nicht einmal wenn es der liebe Gott von ihm verlangt hätte, hätte er auf diese Freundschaft verzichten können. Er nahm den Kelch mit Wein, den ihm Mirandola angeboten hatte, und schaute ihm tief in die Augen.

»Woran denkt Ihr?«, fragte der Graf. »Wenn Ihr diesen Ausdruck in den Augen habt, dann weiß ich, was ich wirklich zu fürchten habe.«

»Ich dachte an Eure Geburt.«

»An meine Geburt? Ihr wart erst zehn Jahre alt und schon eine Amme?«

»Wie schön wäre es gewesen, wenn ich Eure Geburt hätte erleben dürfen. Mir geht die Feuerkugel durch den Kopf, die über Eurem Haupte erschien, und ihre Bedeutung.«

»Meine Kugel: Sie ist Segen und Verdammnis in einem. Wenn ich sie suche, entzieht sie sich, und wenn ich nicht an sie denke, bricht sie wie ein Meteor über mich herein.«, sagte der Graf seufzend.

»Ihr seid ein Vorbestimmter, Giovanni, ich weiß es, ich fühle es.«

Der Graf nahm einen Schluck aus dem Kelch.

»Vorbestimmt wofür? Ich habe nur eine Aufgabe zu erfüllen, und zwar die, meine Thesen bekannt zu machen. Das ist meine einzige Bestimmung.«

»Mag sein. So Gott es will ... Und wenn die Welt erfährt, was Ihr zu sagen habt, glaube ich, dass Euch viele mit dem Propheten Ezechiel vergleichen werden, der die Verkündigung der Worte unseres Herrn durch den Feuerwagen beschrieb. Es ist wichtig, dass Ihr nicht auf diesem Feuer endet. Denn in Europa lodern bereits viele Feuer.«

»Ich bin kein Prophet, und ich werde durch kein Feuer umkommen. Der Tod selbst wird mich holen«, sagte Mirandola und runzelte nachdenklich die Stirn. »Wenn ich die Feuerkugel benutzen könnte, wie es mir beliebt, dann würde ich sie jedenfalls gegen die verfaulten Missgeburten schleudern, die über die Seelen Roms herrschen.«

Er sah Girolamo Zustimmung heischend an. Als dieser nickte, stand Pico auf und ging in ein kleines holzgetäfeltes Studierzimmer. Er öffnete eines der Kabinettschränkchen und bediente den Mechanismus, der das Geheimfach aufschnappen ließ.

»Hier steht alles geschrieben«, sagte der Graf, auf einmal ernst. Er holte das Manuskript hervor, dessen Seiten zusammengeklebt waren, und legte es auf den Tisch.

»Erzählt mir mehr davon«, bat Benivieni und nahm Platz, »mir scheint es, als würde ich immer noch zu wenig darüber wissen.«

Er wusste instinktiv, dass ein Gespräch über die *Conclusiones* der Schlüssel zur Erkenntnis war, der jedem weiteren Disput ein Ende machen würde. Und er wusste, dass dieser Text den Ursprung der Menschheit erklären würde, den wahren Ursprung, der alle Völker dieser Erde vereinen könnte. Und er würde von dem Wesen sprechen, von der Quelle des Lebens, dem Geheimnis allen Ursprungs, das seit Anbeginn der Schöpfung über das Universum herrschte.

Florenz und Rom

Sonntag, 7. und Montag, 8. Juli 1938

Giacomo de Mola war auf Giottos Kampanile gestiegen und ging auf die dreitürigen Spitzbögen zu. Nach den 400 erklommenen Treppenstufen war er atemlos, aber er fühlte sich gut und mit sich im Reinen. Er wischte sich ein paar Schweißtropfen von seiner Sonnenbrille und sog gierig die leichte Brise in seine Lungen. Weil er nicht schwindelfrei war, vermied es Giacomo de Mola, nach unten zu blicken. Stattdessen ließ er seinen Blick über die Dächer bis zum Palazzo Vecchio schweifen. In der drückenden, hochsommerlichen Schwüle waren nur ein paar Hunde und vereinzelte Stimmen zu hören. De Mola holte sein schwarzes Notizbüchlein hervor, in dem er jeden Sonntag die Ereignisse der letzten Woche notierte. Nichts Persönliches oder Verfängliches, das ihn kompromittieren könnte, verlöre er das Buch – de Mola beschränkte sich auf banale Schilderungen, die für niemanden von Interesse wären. Neben den Ereignissen und verschiedenen Hinweisen gab es nur eine Kuriosität: eine fortschreitende Nummerierung neben jedem Sonntag. Die von heute lautete 23.503. Giacomo lächelte bei der Vorstellung, dass das Buch bereits seit dreiundzwanzigtausendfünfhundertunddrei Sonntagen im Besitz seiner Familie war. Um es zu schützen, waren die de Mola über ganze Generationen hinweg wie Nomaden umhergereist – waren jedoch, wann immer es ihnen möglich war, nach Florenz zurückgekehrt. Über Jahrhunderte hinweg war der Omega-Kreis ein sicherer Hafen gewesen, Schutzraum und Versteck in einem – und das nicht nur an den vielen tausend Sonntagen, sondern an jedem einzelnen gesegneten Tag, der seit dem Jahr des Herrn 1487 ins

Land gegangen war. Ja, Florenz war immer eine liebevolle Mutter gewesen, so wie …

Eine Taube ließ sich auf der Brüstung nieder, und de Mola war sich nicht sicher, ob er sie vertreiben oder sitzen lassen sollte. Die Exkremente dieser Tiere hatten bereits die Marmorschnörkel der Spitzbögen verätzt. Er hielt mit seinen Notizen inne und dachte daran, wie viele Generationen von Tauben und von de Molas sich unter ähnlichen Umständen bereits begegnet waren, und entschied sich, den Vogel nicht zu verjagen. De Mola hatte keine Ahnung, wie lange eine Taube lebte, aber er wusste, dass er seit Ferruccio der 22. de Mola war, der das Buch hütete. Und dass er möglicherweise der letzte sein würde. Andererseits war jetzt nicht die richtige Zeit dafür – so wie auch in den vergangenen Jahrhunderten nie der richtige Moment gewesen war. Auch die Renaissance mit den unaufhörlichen Kämpfen zwischen den mächtigen italienischen und europäischen Herrscherfamilien war nicht geeignet dafür gewesen; vielleicht hätte es während des Jahrhunderts der Aufklärung geschehen können, aber in dieser Zeit hatten sich sogar ganze Länder bekriegt. Und mit Sicherheit waren auch die letzten Jahre des großen Krieges nicht geeignet gewesen. Anstatt das Grauen zu lehren, hatte er den noch viel gefährlicheren Samen des Wahnsinns gesät. Genau das machte ihm jedoch wirklich Angst: Beobachten zu müssen, wie sich in Spanien und Italien der Führerkult in das Bewusstsein der Menschen geschlichen hatte. Momentan beschränkte sich der Kult hierzulande rein auf Äußerlichkeiten wie Paraden und Aufmärsche – in Deutschland hingegen hatte sich die Hitler-Verehrung zu einer wahren Religion entwickelt. Dort war der Führer nicht nur der oberste Priester, sondern Gott selbst. Das Buch jetzt an die Öffentlichkeit zu bringen würde genau das Gegenteil von dem bewirken, was es eigentlich sollte. Die Offenbarung würde eine zerstörerische statt heilende Kraft haben und Zerstörung statt Rettung bringen. Wie viele Hüter, wie viele de Molas würden wohl noch nach ihm kommen? Giovanni würde seinen Namen Volpe bald in de Mola ändern. Er würde die Tradition weiterführen, selbstverständlich, aber auch er war vergänglich. Vielleicht im neuen Jahrtausend …

Die drei Glocken begannen zweistimmig zu läuten, um die Vesper anzukündigen. Die Taube flog davon, und de Mola hielt es auch für besser, den Domplatz zu verlassen, bevor er sich zu füllen begann. Er schaute auf die Uhr; es war viertel vor fünf. Um diese Zeit müsste Giovanni in Rom bereits im Hotel angekommen sein. De Mola freute sich, dass Giovanni dieses Mal einen solventen Käufer gefunden hatte, der bereit gewesen war, 1.500 Lira für ein mittelhochdeutsch-lateinisches Wörterbuch aus dem 16. Jahrhundert zu bezahlen. Giovanni wurde immer selbstständiger, und das war sehr gut, weil er in den nächsten Jahren noch eine weit größere Verantwortung würde übernehmen müssen – die um einiges schwerer wog als das Verwalten eines Antiquariates.

* * *

Der weitläufige Park um die Villa Wolkonsky, der Deutschen Botschaft in Rom, wimmelte vor grauen Wehrmachts- und schwarzen SS-Uniformen – und die zivil Gekleideten, wusste Giovanni Volpe, gehörten alle zur Gestapo. Die Villa war so großzügig mit den auffälligen roten Hakenkreuzfahnen geschmückt, dass sie bereits von weitem zu erkennen war.

Als er am Tor ankam, zeigte Giovanni seinen Ausweis: Der schwarz uniformierte Wachtposten mit der roten Armbinde schaute hochmütig auf ihn herab, was Giovanni als beleidigend empfand. Er erwiderte den Blick des Mannes und starrte ihn durchdringend an – so lange, bis er eingelassen wurde. Mit seinem gut sichtbar angebrachten Besucherausweis schritt er die Allee entlang bis zum Eingangsportal hinauf, dessen Vorbau von vier weißen monumentalen Marmorsäulen getragen wurde. Vor der mächtigen Fassade der pompösen Villa fühlte sich Giovanni wie ein Barbar vor dem römischen Imperator im Colosseum. Als er durch den Eingang trat, kam ihm sogleich ein Botschaftsangestellter entgegen, der offensichtlich bereits über sein Erscheinen informiert worden war. Er geleitete Giovanni in den ersten Stock hinauf, wo er ihn in einem großen Salon zu warten bat. Giovanni setzte sich wie geheißen und sah sich um: Der Raum war komplett mit italienischen Barockmöbeln eingerichtet. Gerade als er eine Kommode bewunderte, spürte er den Blick einer anderen Person im Rücken. Rasch drehte Giovanni sich um und sah die mächtige Gestalt des Botschafters von Mackensen, der ihm lächelnd und mit ausgestreckter Hand entgegenkam.

»Herr Volpe, ich freue mich, Sie zu sehen. Hatten Sie eine angenehme Reise?«

»Es war alles perfekt, Herr Botschafter, danke der Nachfrage.«

»Sehr gut. Wie ich sehe, bewundern Sie gerade meine jüngste Anschaffung.«

»Ja, wirklich sehr schön.«

»Sie verstehen etwas davon, Herr Volpe. Die Kommode entstammt der Werkstatt Giuseppe Maggiolinis, des großen Intarsienmeisters. Es handelt sich um eine wirklich einzigartige Arbeit, wie es sie kein zweites Mal gibt. Vom Meister selbst signiert.«

»Ich gratuliere Ihnen zu dieser Anschaffung, Herr Botschafter«, sagte Volpe unterwürfig.

»Ja, ja, aber jetzt tun Sie mir den Gefallen und kommen Sie erst einmal in mein Büro.«

Als Giovanni das Büro betrat, versteifte sich seine Miene augenblicklich, denn vor dem großen Fenster stand ein arrogant wirkender, zivil gekleideter Mann mit Zigarette. Als er den Botschafter erblickte, schlug er sofort die Hacken zusammen – ein Zeichen dafür, dass er Soldat war.

»Herr Volpe, darf ich Ihnen Herrn Zugel vorstellen. Er wird ab jetzt Ihr Kontaktmann sein. Lassen Sie sich nicht von seinem Alter irreleiten. In Berlin findet dieser junge Mann bereits viel Beachtung, und man kann sich bedingungslos auf ihn verlassen. Wie auf mich übrigens auch«, ergänzte der Botschafter mit einem hinterlistigen Lächeln.

Zugel drückte die Zigarette aus und reichte Giovanni die rechte Hand, während er die linke hinter dem Rücken hielt. Volpe wusste, was diese Geste seit den Zeiten des Meuchelmordes an Cäsar bedeutete: Mit der rechten Hand bot man Loyalität an und verbarg den Dolch gleichzeitig in der Linken. Zugel war Giovanni sofort unsympathisch. Außerdem hatte er sein schwarzes Haar mit zu viel Pomade nach hinten gekämmt; Giovanni fand diese Haarmode schrecklich, nicht zuletzt weil sie gerade jeder zu tragen schien.

»Darf ich ganz offen sprechen, Herr Botschafter?«, fragte Giovanni und zündete sich ebenfalls eine Zigarette an.

»Natürlich, mein teurer Freund«, antwortete der Botschafter, während er sich in einem vergoldeten Sessel zurücklehnte und dabei seine Arme über dem dicken Bauch verschränkte.

»Ich komme sofort auf den Punkt. Leider hat mein Lehrer noch nicht das volle Vertrauen in mich, so dass mir der Zugang noch nicht in vollem Umfang gewährt ist. Ich weiß aber, wo sich das Buch befindet – oder besser gesagt: Ich habe genaue Anweisungen erhalten, was im Falle seines Todes zu tun ist, weshalb ich auch weiß, wie ich an das Buch herankomme.«

Von Mackensen und Zugel warfen sich einen Blick zu.

»Ich glaube allerdings«, fuhr Volpe fort, »dass es sich nur noch um ein paar Monate handelt. De Mola macht sich über die politische Situation in Italien immer mehr Sorgen und braucht jemanden, dem er sich anvertrauen kann. Auch die Judenfrage ...«

»Ist de Mola Jude?«, unterbrach ihn Zugel.

»Nein, er ist Italiener mit entfernten französischen Vorfahren.«

»Schade«, sagte Zugel maliziös lächelnd.

»Der Punkt ist«, sagte Mackensen, während er aufstand, »dass wir nicht viel Zeit haben. Sehen Sie, Herr Volpe, wir sind hier zwar in Rom, in eurem schönen Italien, wo alles so angenehm ist wie euer Klima. Aber in Berlin sieht es ganz anders aus: Dort sind Begriffe wie *langsam* oder *warten* Fremdwörter. Ich verrate Ihnen ein kleines Geheimnis: Unser Reichsführer-SS persönlich, Heinrich Himmler, ist an Ihnen interessiert. Mit Ihrem Angebot haben Sie, wie soll ich sagen, sein Herz erobert. Wie alle großen Eroberer verfügt der Reichsführer über viele Tugenden, allerdings Geduld ist nicht darunter. Seit er von der Existenz des Buches weiß, fragt er andauernd danach. Er will es von uns, daraus macht er keinen Hehl – haben Sie das verstanden?«

Giovanni Volpe war nervös, versuchte aber, dies auf keinen Fall zu zeigen. Er wollte in diesem Match auf Augenhöhe mit den anderen spielen, denn nur so würde er nicht untergehen.

»Sie müssen wissen«, fuhr der Botschafter in vertraulichem Ton fort, »dass Himmler von der großen Mission des Tausendjährigen Reiches überzeugt ist, ja vielleicht noch mehr als unser Führer selbst. Er ist davon überzeugt, dass diese Mission schon seit Beginn der Schöpfung prophezeit worden ist, und er braucht, sagen wir einmal, ›Hinweise‹, die dies zweifellos belegen. Es ist Ihnen wahrscheinlich nicht entgangen, dass die Longinuslanze, mit der Christus am Kreuz durchbohrt wurde, mit allen Ehren von Wien in unser Nürnberg verbracht worden ist. Was Sie noch nicht wissen, ist, dass wir nahe daran sind, auch den Heiligen Gral in unseren Besitz zu bringen, von dem wir wissen, dass er sich in Spanien befindet. Das sind bedeutsame Vorzeichen. Damit das Reich seinen großen Plan – den einzigen, den wahren und für die Ewigkeit gemachten Plan – verwirklichen kann, muss es die wesentlichen Werkzeuge in seinen Besitz bringen. Wir können daher nicht weiter auf Ihr Buch warten: Seine Veröffentlichung wird hoffentlich wie eine Bombe einschlagen, die auch die letzten Widerstände hinwegfegen wird: Widerstände gegen das, was unser Reichsführer die *Religion des Reiches* nennt. Ich sage ›hoffentlich‹, weil bislang ja noch niemand Ihr Buch zu Gesicht bekommen hat. Wenn es sich als gut für das Reich erweist, lassen Sie mich so viel andeuten, dann ist es auch gut für Sie. Sie verstehen mich, nicht wahr, Herr Volpe?«

Die letzten Worte hatten entschlossen und bedrohlich geklungen. Nur mit Mühe gelang es Volpe, Ruhe auszustrahlen, als er seine halbgerauchte Zigarette ausdrückte.

»Es wäre also durchaus willkommen, wenn de Mola so schnell wie möglich sterben würde, nicht wahr?«

»Ja«, sagte von Mackensen lächelnd und breitete seine Arme aus, »das wäre mehr als willkommen.«

»Ich nehme es zur Kenntnis«, antwortete Volpe kalt, »aber ich bin nicht bereit zu …«

»Nein, nein«, unterbrach ihn Zugel und hakte sich komplizenhaft bei Volpe ein, was auf Giovanni aber ganz und gar nicht freundschaftlich wirkte: Mit Abscheu blickte er auf Zugels Hand, die mit rotbraunen, schuppigen Flecken übersät war.

»Nein«, fuhr Zugel unbeirrt fort, »das ist Ihnen auf keinen Fall zuzumuten. Sie sind ein Feingeist. Wir werden uns um diese kleinen Probleme selbst kümmern. Sie werden nur über das Wann und Wie informiert, den Rest übernehmen wir.«

»Das ›Wie‹ interessiert mich nicht, aber ich möchte Sie daran erinnern, dass das Schließfach für weitere 20 Jahre verschlossen bleibt, sollte der Tod meines Meisters nach einem unnatürlichen Tod aussehen«, sagte Volpe und machte sich aus der Umklammerung frei. »Ich will nur – dass unsere Vereinbarung eingehalten wird.«

»Seien Sie beruhigt«, sagte von Mackensen, »Dr. Himmler hat schon Anweisungen für die Bezahlung gegeben. Um die Wahrheit zu sagen, war er ein wenig erstaunt und irritiert, dass Sie Dollar anstelle unserer Mark gewollt haben – Amerika ist wirklich überbewertet. Trotzdem ist alles nach Ihren Regeln ausgeführt worden: Sobald de Mola tot ist und Sie das Buch übergeben haben, werden auf Ihrem Schweizer Bankkonto 200.000 Dollar mehr sein. Ich hoffe für Sie, dass das Buch auch wirklich so viel wert ist, denn ansonsten, Herr Volpe, werden Sie nicht einen Cent von dem Geld genießen können.«

»Das ist das Buch auf alle Fälle wert – jeden Cent – und noch viel mehr«, versicherte Giovanni.

»Und was werden Sie mit dem ganzen Geld machen?«

»Wenn es Ihnen nichts ausmacht, werde ich tatsächlich in die Vereinigten Staaten gehen. Aus diesem Grund habe ich auch Dollar verlangt.«

»Sehr gut, Herr Volpe, Sie können hingehen, wo Sie wollen. Aber: Sollte Dr. Himmler nicht zufrieden sein, werden wir Sie finden … auch wenn Sie Ihren Namen und Ihr Aussehen verändern. Wir haben in den kapitalistischen Ländern viele Freunde.«

»Wann planen Sie weiterzumachen?«

»Haben Sie es so eilig?«, fragte Zugel mit einem doppeldeutigen Lächeln.

»Nein, nein. Ich hatte eher den Eindruck, dass es *Ihnen* eilt«, antwortete Volpe und schaute ihm direkt in die Augen.

»Bald, sehr bald«, beendete der Botschafter die Unterhaltung, indem er Volpe die Hand reichte.

Giovanni Volpe öffnete also seine Aktentasche und holte ein edles, in rotes Ziegenleder gebundenes Buch mit Goldrand hervor und legte es auf den Tisch. Der Botschafter schaute einen Moment überrascht, fasste sich dann an die Stirn und lächelte wissend.

»Das Wappen des Prinzen von Condé«, sagte er und strich zärtlich über den Einband des Buches.

Dann nahm er einen Umschlag aus der Schreibtischschublade und reichte diesen Giovanni Volpe, der ihn schnell in die Innentasche seines Jacketts steckte.

»Wollen Sie nicht nachzählen?«, fragte von Mackensen. »Tausendfünfhundert Lire sind nicht gerade wenig Geld.«

»Nein«, antwortete Volpe ernsthaft, »ich vertraue Ihnen.«

Rom

Sonntag, 17. Dezember 1486

Der Knabenchor der Sankt-Peters-Basilika begann gerade mit dem Miserere, dem 51. Psalm, der die Liturgie eröffnete, als Graf Mirandola und Girolamo Benivieni eintraten. Sie schritten mit ihren raschelnden Gewändern auf der rechten Seite des zweiten Seitenschiffes voran und wirbelten dabei ein bisschen Staub auf. Seit dem Ableben von Papst Niccolò V. vor über 30 Jahren war die Basilika eine einzige Baustelle, was wohl auch noch für viele Jahre so bleiben würde.

Ein Fanfarenstoß aus silbernen Trompeten kündigte den triumphalen Einzug des Papstes an, und als dieser erschien, ertönte ein Chor von Hallelujas. Es klang, als würde die Wiederauferstehung von Christus verkündet. Seine Heiligkeit war von seinen in Purpur gekleideten Kardinälen umringt, und das weiße, mit Goldstickereien verzierte Gewand brachte seine korpulente Gestalt besonders gut zur Geltung. Nachdem er auf seiner Papstsänfte Platz genommen und seine rote, mit Hermelin umrandete *Mozetta* abgelegt hatte, bedeutete er einer Gruppe wartender Adeliger, sich ihm nähern zu dürfen. Einer nach dem anderen trat vor, um vor dem Heiligen Vater niederzuknien und ihm den Pantoffel zu küssen. Dieser tausendjährige Ritus unterstrich die unterwürfige Anerkennung der Autorität des Papstes durch den Adel.

»Wer sind die denn?«, flüsterte Pico verschwörerisch in Girolamos Ohr. »Die Magdalenen, die Christus die Füße küssen, oder Senatoren, die dem Imperator huldigen?«

»Ich weiß es nicht«, antwortete lächelnd Benivieni, »ich weiß nur, dass der heilige Pantoffel einen Geruch hat, der sogar eine Sau verjagen würde.«

»Ihr sprecht ketzerischer als Savonarola und ich zusammen. Innozenz wäre in der Lage, Euch noch für viel weniger kastrieren zu lassen, das ist Euch doch klar, oder?«

»Meine Genitalien sind sicherer als meine Hinterbacken. Ich fürchte mich, ehrlich gesagt, mehr vor den Lanzen seiner Wachen, sollte …«

»Margherita! Sie ist es, endlich! Schaut nur, wie schön sie ist, Girolamo.«

Im gegenüberliegenden Seitenschiff, ganz in ihrer Nähe, stand stolz und mit erhobenem Haupt eine Frau, die regungslos die Szene des Pantoffelkusses beobachtete. Ihre Haltung erschien so ganz und gar nicht unterwürfig, sondern eher neugierig zu sein. Sie trug ein azurblaues Damastkäppchen und einen mit goldenen Lilien auf blauem Grund bestickten Umhang, der ihre Herkunft – nämlich die einer verheirateten de' Medici – symbolisierte.

»Margherita?«, sagte Benivieni ungläubig. »Sie, hier in Rom?«

»Warum glaubt Ihr, dass ich jeden Sonntag hierherkomme, um an der Messe teilzunehmen? Das ist unsere Abmachung. Genau das haben wir uns geschworen, dass wir uns hier, an diesem Ort treffen, sobald die Zeit günstig ist.«

»Das ist nicht möglich! Ihr verzehrt Euch also immer noch nach ihr?«

»Wie könnte ich anders?«

»Reicht Euch nicht, was bisher geschah?«

»Nein, und ich würde es tausend Mal wieder tun.«

»Erzählt es den Geistern derer, die Euretwegen ihr Leben verloren.«

Die drei Bischöfe, die die Messe hielten, stimmten das *Ite missa est* an, und das Volk dankte im Chor mit *Deo gratias* – ehrlich und wahrhaftig dankbar, dass diese lange Messe endlich zu Ende war.

In diesem Moment drehte sich Margherita um und sah ihn. Sie musste sich am Arm ihres Gatten abstützen – so hoch war ihr Herz gehüpft. Die Unpässlichkeit dauerte jedoch nur einen Augenblick, dann zeigte sie sofort wieder ihre übliche Contenance und machte einige Zeichen mit dem Kopf, als würde sie stumm beten.

»Sie will mich sehen«, sagte Pico, »und ich will es auch.«

»Ihr seid dem Liebeswahn verfallen«, konstatierte Benivieni, »sonst würdet Ihr nicht so sprechen. Immerhin steht dort ihr Gatte. Und wir sind in Rom. Wir riskieren Kopf und Kragen!«

»Nein, ich riskiere weitaus mehr, wenn ich mich von ihr fernhalte. Ich erkläre es Euch später.«

»Aber wie wollt Ihr es anstellen, sie zu sehen? Wo wollt Ihr Euch treffen?«

»Übermorgen, zur vierten Stunde, in der dritten Kirche hinter Sankt Peter.«

»Wie bitte? Und überhaupt: Wie konntet Ihr diese Abmachung treffen? Und wann?«

»Jetzt. Gerade eben. Sie hat das Haupt zweimal geneigt. Das bedeutet: in zwei Tagen. Danach hat sie das Haupt viermal nach links gedreht, um mir die Stunde mitzuteilen, und dreimal nach rechts, um mir die dritte Kirche zu bedeuten. Das ist unsere Geheimsprache.«

»Ihr seid also beide dem Liebeswahn verfallen.«

»Das ist noch nicht alles, mein teurer Freund. Margherita hat ihre Hände gefaltet. Das bedeutet, dass einer von uns beiden in Gefahr ist. Ich hoffe nur, dass ich derjenige bin.«

»Das sehe ich anders«, sagte Benivieni leise zu sich selbst.

Giovanni nahm ihn am Arm und zog ihn mit sich fort. Die beiden Männer tauchten in der Menge unter. Draußen waren die Temperaturen milder als zwischen dem kalten Marmor in der schattigen Basilika.

»Gehen wir in mein Haus«, sagte Giovanni wohlgemut, »heute bin ich glücklich, und ich möchte Euch etwas zeigen.«

Benivieni lächelte Giovanni an; er konnte sich dem Enthusiasmus seines Freundes einfach nicht entziehen.

* * *

Die gekreuzten Hellebarden vor der verschlossenen Tür des Audienzsaales versperrten Kardinal Sansoni den Weg.

»Lasst mich vorbei«, drohte er mit ärgerlicher Stimme, aber die Wächter machten keine Bewegung.

»Ich bin der Kardinalvikar!«, fuhr er fort, nun schon weniger überzeugt von sich und deutlich hörbar verunsichert. »Ich habe das Recht einzutreten.«

Die päpstlichen Gardisten ignorierten ihn, und Sansoni blieb nichts anderes übrig, als sich auf eine Bank zu setzen und abzuwarten.

Bald darauf kam aus der Tür, die *ihm* kurz zuvor noch verwehrt worden war, ein junges Frauenzimmer heraus. Sansoni betrachtete die Fremde mit Interesse und Gier: Das enge Damastmieder schien ihre prallen Brüste kaum halten zu können, und die wilde Lockenmähne zu den rot bemalten Lippen deutete darauf hin, dass die Unbekannte keine römische Edelfrau war. Allerdings, musste Sansoni sich eingestehen, war es bei den Frauen, die sich jüngst am päpstlichen Hofe tummelten, schwierig, zwischen einer römischen Baronesse und einer Hure zu unterscheiden. Der Geschmack Seiner Heiligkeit war eindeutig zweideutig.

»Kann ich jetzt eintreten?«, fragte er die Gardisten ärgerlich und wies mit einem unwirschen Kopfnicken auf das Frauenzimmer. Endlich öffnete sich die Schranke aus gekreuzten Hellebarden, und Sansoni trat mit seinem Stapel Papieren unter dem Arm beherzt ein.

Innozenz VIII. naschte Dezembertrauben, die er sich von seinem sizilianischen Landgut hatte liefern lassen.

»Eure Heiligkeit, habt Ihr geruht?«, fragte Sansoni und verbeugte sich tief. Sein Ton war nicht so unterwürfig, wie er hätte klingen sollen.

»Mach mich nicht nervös, Sansoni! Sag mir lieber, was du von mir willst?«

»Ich habe hier eine Liste der Richter, die über die Thesen des Grafen von Mirandola urteilen sollen.«

»Oh, wie brav. Lass mich lesen.«

Innozenz streckte die Hand aus, nahm die Liste und studierte gelangweilt die Namen. Bei einem hielt er spontan inne.

»Pedro Garcia?«, sagte Innozenz verwundert. »Ah, der wurde dir höchstwahrscheinlich von den Borgias befohlen.«

»Er wurde mir ans Herz gelegt, Eure Heiligkeit. Der Bischof von Barcelona ist in der Tat ein großer Freund seiner Eminenz.«

»Seine sogenannte Eminenz in Spanien ist nicht zu freundschaftlichen Gefühlen fähig und hat damit auch keine Freunde: Seine Beziehungen beschränken sich auf diejenigen, die schützen oder beschützt werden – und auf Feinde.«

»Sagen wir also, dass Monsignore Garcia einer seiner Protegés ist.«

»Schon besser, Sansoni. Sei kein Schlitzohr und versuche mich nicht hinters Licht zu führen! Ich bin immer noch der Papst und noch lange nicht tot. Nun gut, sei es, wie es sei – die Liste ist in Ordnung. Du kannst die Ernennungen vorbereiten. Und sag allen Richtern, dass ich das Urteil bis Februar haben will.«

»So geschehe es.«

»Geh nun und rufe den Grafen Mirandola zu mir, ich will mit ihm sprechen.«

»Eure Heiligkeit?«

»Du hast ganz genau gehört, Sansoni. Wieso hast du bis jetzt alles verstanden, und nun, wo ich nach Mirandola verlange, tust du so, als seiest du taub?«

»Weil ... Eure Heiligkeit ... das mit der Untersuchung seines Buches, dem Verdacht der Häresie, die Sache mit dem Konzil ... das alles erscheint mir nicht angebracht, wenn Ihr mir diese Bemerkung erlaubt.«

»Sansoni, du wirst es nie zum Papst bringen. Und weißt du auch, warum?«

Der Kardinalvikar schaute Innozenz verstohlen an: »Weil ich nicht genügend Verdienste vor unserem Herrn und Eurer Heiligkeit erworben habe«, sagte er leise.

Innozenz lachte aus vollem Halse. »Du bist ein guter Diener, Sansoni«, antwortete er, »und du wirst auch noch dem nächsten Papst dienen: ein einziger Kardinalvikar für drei Päpste! Du bist aus dem richtigen Holz geschnitzt, glaube mir. Aber du wirst nie Papst werden, weil du kompromisslos Grenzen siehst: Zwischen richtig und falsch, gut und böse, gerecht und ungerecht. Ein Papst handelt anders: Er muss über Grenzen hinwegsehen, ja, er darf nicht einmal wissen, dass es sie gibt. Und folglich muss er nach den Regeln handeln, die er sich selbst gegeben hat. Hast du verstanden?«

»Nein, Eure Heiligkeit, aber es ist gewiss so, wie Ihr sagt.«

»Brav, Sansoni, nun geh. Ich will Mirandola hier haben – und zwar gleich morgen früh.«

* * *

»Du darfst nicht gehen. Ich bin mir sicher, dass es eine Falle ist.«

Girolamo Benivieni lief nervös auf einem wertvollen türkischen Teppich auf und ab. Das Teppichmuster bestand aus einem achtzackigen Sternenrand auf rotem Grund, und in der Mitte war ein stilisierter Baum in einem großen Gefäß dargestellt.

»Wenn Ihr meinem Gastgeber den Teppich ruiniert, wird er mich davonjagen. Und dann werde ich wirklich im Unglück sein.« Giovanni Pico schien überhaupt nicht besorgt zu sein angesichts der dringlichen Aufforderung, umgehend im Vatikan vorstellig zu werden.

»Kardinal de'Rossi wird schwerwiegendere Probleme haben, wenn er erst beschuldigt wird, einem Häretiker die Gastfreundschaft gewährt zu haben«, wandte Benivieni ein.

»Vielleicht will er mich mit einer Auszeichnung belohnen.«

»Er kann Euch aber auch so gut wie mit allem beschuldigen: Der Entführung Margheritas, von der Ihr Euch im Übrigen fernhalten solltet, der Veröffentlichung der Thesen und wer weiß noch welcher Missetaten, die – wenn er es will – bestens erfinden kann. Ihr habt Euch so viel zuschulden kommen lassen, dass man Euch jede Straftat anhängen könnte.«

»Ja, Ihr habt Recht, Girolamo. Ich werde versuchen, ernsthaft zu sein, obwohl mich seine Launen, die ich sogar schätze, zum Lächeln bringen. Dies ist eine Einladung, der ich mich nicht entziehen kann. Eine Flucht käme einem Schuldeingeständnis gleich. Und sie wäre gleichsam eine Einladung, mich für Missetaten zu beschuldigen, die ich nie begangen habe.«

Giovanni sah ihn an, aber Girolamo wich seinem Blick aus und nahm Platz.

»Wisst Ihr eigentlich«, fragte der Graf ernst, »warum sich in diesem überaus katholischen Hause eines überaus katholischen Kardinals dieser rote Teppich mit achtzackigen Sternen befindet?«

»Nein, aber Ihr werdet es mir sicher gleich sagen.«

»Weil unser Gastgeber«, antwortete ihm Giovanni flüsternd, »obwohl er einer der ersten Kirchenväter ist, ein großer Unwissender ist. Ihm hat einfach das Muster des Teppichs gefallen, er hat aber nicht die Bedeutung erkannt – sonst hätte er ihn wohl kaum in sein Haus gebracht. Nicht einmal geschenkt hätte er ihn genommen.«

»Erklärt es mir, Giovanni, ich verstehe nicht.«

»Der Stern mit acht Zacken ist ein Oktagon und symbolisch also die Verdoppelung der Vier. Es stellt das geheime Wissen und das alchimistische Prinzip dar oder wie immer Ihr es nennen wollt. Es ist das Geheimnis des Alchimisten Nicholas Flamel. Es ist das, was jeder Priester, Bischof oder Kardinal mit Inbrunst brennen sehen möchte. Der Stern steht für den Sieg der Erkenntnis – wie beim Urweib Eva, die den Apfel vom Baum der Erkenntnis pflückte.«

»Aber das ist der Sündenfall, Giovanni!«

»Denkt nach, teurer Freund. Als Ihr ein Knabe wart, hat Euch Euer Magister dafür bestraft, dass Ihr zu viel gelesen und studiert habt? Und ich frage Euch weiter: Kann ein Vater oder eine Mutter einen Sohn bestrafen, weil er danach strebt, das Ebenbild seiner Eltern zu werden? Wie kann Gott wollen, dass seine Kreaturen nicht nach seinem Ebenbild und also nach Erkenntnis streben? Versteht Ihr denn immer noch nicht? Warum ist dies alles geschehen? Warum sind wir vom Licht in die Dunkelheit geraten?«

Girolamo war immer unruhiger geworden, denn umso besser er die bestechende Logik Giovannis verstand, desto größer wurden die Sorgen, die er sich um das Schicksal seines Freundes machte.

»Für all das gibt es eine Erklärung«, fuhr Giovanni fort, »und Ihr kennt sie auch. Wenn ich Euch davon überzeugen kann, dass Wissen Sünde ist, habe ich solche Macht über Euch, dass ich Euch in Unwissenheit halten kann. Und damit werde ich auf immer Macht über Euch haben. Jeder gewalttätige, unrechtmäßige, grausame, kämpferische oder einzige Gott wurde von niemand anderem als einem klugen Menschen erschaffen, der seine Missetaten rechtfertigen wollte. Bedenkt doch, dass es Gott ist, der die Natur des Menschen widerspiegelt und nicht umgekehrt. Darum, und nur aus diesem Grunde, existieren sie alle, der Christengott, Allah oder Jahwe. Sie wurden erfunden, um Kriege, Tod und Unterdrückung zu rechtfertigen. Aber der Funke der Wahrheit ist nicht tot, mein Freund. Über die Jahrhunderte hinweg hatte sie durch viele kleine Zeichen, Schriften, Überlieferungen und Traditionen – wie auch durch diesen Teppich – weiterhin Bestand, und deshalb besteht noch Hoffnung für uns Menschen.«

»Haltet ein, ich bitte Euch, mir dreht sich alles im Kopf.«

»In Ordnung, kehren wir also zum Teppich und zur Unwissenheit unseres großzügigen Gastgebers zurück. Wären wir in Spanien, würden wir nur aufgrund der Tatsache, diesen Teppich unser Eigen zu nennen, in die Hände der Torquameda-Mönche fallen.«

»Ihr übertreibt!«

»Nein, durchaus nicht. Wobei ich anmerken möchte, dass der Teppich nur aufgrund seines Wertes beschlagnahmt wurde – und ganz bestimmt nicht wegen seiner vermeintlich ketzerischen Bedeutung.«

Girolamo lächelte über diese Worte und über die außergewöhnliche Fähigkeit Giovannis, ihm selbst in den ernsthaftesten Situationen ein Lächeln abzuringen. Wortklaubereien, dachte er und schüttelte den Kopf. Für Giovanni schien alles nur ein Spiel zu sein, und Spielen war die einzig wirklich ernsthafte Sache, die es seiner Meinung nach auf der Welt gab.

»Erklärt mir das Geheimnis, das sich in diesem Teppichmuster verbirgt.«

»Es gibt kein Geheimnis. In der Mitte finden wir die Erklärung für alles: Schaut, Girolamo. Das ist der Baum der Erkenntnis, der antike Baum des Lebens. Und das Gefäß, in dem er steckt, ist das Weib, die Mutter, die göttliche Urmutter von allem.« Giovanni packte seinen Freund aufgeregt an den Armen. »Die Hände, die diesen Teppich schufen, waren kunstfertig, wussten aber nicht, was sie wirklich taten. Es waren die Hände einer jungen Frau oder eines Knaben, die die Geschichte und die Anordnung der Sterne auf dem Teppich in einer Werkstatt vor Hunderten von Jahren knüpften. Sie haben einfach nur das überlieferte Wissen, das allen Völkern gemein ist, zu einem Kunstwerk verwoben.«

»Warum wird das Apfelpflücken vom Baum der Erkenntnis aber als der Sündenfall betrachtet?«

»Das habe ich Euch bereits gesagt, Girolamo. Also noch einmal: Wenn Ihr das Ebenbild des Vaters seid, würdet Ihr Euch dann vor dessen Diener, der sich Papst, Pater, Priester oder wie auch immer nennt, verbeugen?«

»Nein. Gewiss nicht.«

»Und dieser Diener sich vor Euch?«

»Nein, denn wir sind schließlich alle gleich.«

Giovanni wurde ernst. »Ihr habt Euch gerade selbst die Antwort gegeben, Girolamo. Wissen ist ein Geschenk, aber jemand hat die Spielregeln geändert. Unter Ebenbürtigen gibt es kein Machtgefüge, keine Kirche und keinen Papst. Die Erkenntnis kennt keine Sünde und keine Käuflichkeit. Es gibt nur die Liebe, Girolamo.«

Florenz

Montag, 19. September 1938

Das Radio übertrug die letzten Momente des Blutwunders am Feiertag des heiligen Januarius, aber Wilhelm Zugel hatte nicht wirklich zugehört, obwohl das Radio seit einer geschlagenen Stunde bei voller Lautstärke lief. Eigentlich hätte er es auch ausschalten können … Er wollte aber sichergehen, dass die Schreie der jungen Frau, die er gerade vergewaltigt hatte und die immer noch halbnackt an das Bettgestell gefesselt war, übertönt wurden.

Zugel mochte die italienischen Huren: Sie waren ganz anders als die deutschen – nicht so professionell und abgebrüht. Seine Volksgenossinnen machten alles und jede vorstellbare Perversion mit – Hauptsache, sie wurden dafür bezahlt. Die Italienerinnen waren weitaus kapriziöser; sie zierten sich, machten einen Haufen Probleme, und je mehr sie schrien und weinten, desto mehr erregte ihn das. Zugel genoss diese Erregung. Die Kleine hatte ihm sofort gefallen, weil sie wie das nette Mädchen von nebenan aussah – wie eine Hausfrau eben. Als er begann, sie zu fesseln, hatte sie sofort angefangen zu schreien wie am Spieß. Es war ihm nichts anderes übrig geblieben, als ihr ein Taschentuch in den Hals zu stopfen. Er hatte aus Spaß so lange gewartet, bis sie ohnmächtig geworden war. Damit sie nicht erstickte, hatte er den Knebel entfernt und ihr das Taschentuch stattdessen wie einen Zügel durch die Mundwinkel gezogen und am Hinterkopf verknotet. Die direkt in die Mikrofone der staatlichen Radioanstalt EIAR gebrüllten Schreie der Januarius-Klageweiber waren mehr als ausreichend gewesen, um das Röcheln und die heftigen Schläge, die er ihr mit Genuss auf Gesicht, Brüste und Oberschenkel verpasst hatte, zu übertönen.

Während er sich befriedigt und zufrieden wieder anzog, dachte Wilhelm Zugel an die Angelegenheit, die er in ein paar Tagen zu erledigen hatte. Der Gestapochef, General von Heydrich höchstpersönlich, hatte ihn mit der »Operation Mirandola« beauftragt. Töten machte ihn zwar nicht so scharf, wie eine Frau zu vergewaltigen, aber ein bisschen Lust verursachte es ihm schon – vor allen Dingen, wenn diese Aktivitäten einen schönen Batzen Geld, die Wertschätzung der Vorgesetzten und ihm eine Vormachtstellung über Seinesgleichen einbrachten. Nicht jeder konnte töten, vor allem nicht so skrupellos: Zu wissen, dass er nützlich und in einigen Fällen sogar unentbehrlich war, erfüllte Zugel mit Stolz und machte ihn noch selbstsicherer. Dieser Fall war besonders brisant, und Heydrich erwartete erstklassige Arbeit, dessen war er sich wohl bewusst. Ohne ihn würde Volpe, dieser kleine Idiot, ernsthafte Probleme haben, an das Buch zu kommen – die Tat musste nämlich zweifellos wie ein natürlicher Tod aussehen.

Zufrieden betrachtete sich der Geheimagent der Gestapo im Spiegel: Heute war sein Auftraggeber das glorreiche Dritte Reich, aber er wusste auch, dass sich die Dinge schnell ändern konnten. Nichtsdestotrotz machte Zugel sich um seine Zukunft keine Sorgen, denn zu allen Zeiten und an allen Orten hatten die Mächtigen dieser Welt immer das Gleiche gewollt: die Macht. Und wenn er den Mächtigen treu dienen und ihnen helfen würde, an die Macht zu kommen und zu bleiben, würde er immer unentbehrlich sein.

Er glättete sein Tweedjackett – sein einziges Zugeständnis an die englische Mode – und schloss seinen Gürtel. Aus der Jackentasche holte er einen kleinen Kamm hervor und kämmte sich sorgfältig das schwarze Haar zurück. Er vermied es, dabei in den Spiegel zu schauen, damit er nicht sah, wie viele Haare ihm dabei ausgingen. Sein Arzt in Berlin hatte ihm mitgeteilt, dass die verdammte Schuppenflechte an dem starken Haarausfall schuld war – ebenso wie an den abstoßenden Flecken auf seinen Händen. Er zog die hauchdünnen Handschuhe über, die er am Vortag in Rom erstanden hatte, und verließ das trostlose Zimmer des San-Frediano-Bordells, von dem aus man ein Stück des Arnos sehen konnte. Aber vorher nahm er einen 100-Lira-Schein aus seiner Brieftasche und legte ihn lachend auf das geschwollene Gesicht des Mädchens. Wenn er sich großzügig zeigte, würde die Bordellbesitzerin keine Geschichten machen und sich nicht an die Polizei wenden. Jetzt, da er bald die Geheimpolizei treffen sollte, wäre es ihm äußerst peinlich gewesen, wenn er sich bei der normalen Polizei für so etwas hätte rechtfertigen müssen.

Die Zentrale der OVRA, der italienischen Geheimpolizei, war nicht weit entfernt, und Wilhelm entschloss sich, zu Fuß zu gehen. Hier war es zwar heißer als in Rom, wo eine leichte Brise die Sommerhitze erträglicher machte, doch ein Spaziergang würde ihm guttun.

Florenz war kleiner als Rom, und alle wesentlichen Institutionen konzentrierten sich in der Innenstadt. In der Hauptstadt waren die Büros der Behörden weiträumig über die ganze Stadt verteilt.

Er flanierte vom Borgo San Jacopo über die Ponte Vecchio. Die Werkstätten der Kunsthandwerker quollen vor Gold nur so über. Die Goldketten waren vor den Werkstätten wie Lametta drapiert, und Zugel verspürte ein unwiderstehliches Verlangen, einfach nach ihnen zu greifen – er wusste jedoch, dass ihn zwischen den ganzen Schmuckkaskaden kleine Äuglein von der Ladentheke aus beobachteten.

»Juden«, murmelte er abfällig und ging schneller, »bald seid auch ihr dran.«

Das Treffen war auf zwölf Uhr in einem Polizeirevier neben den Thermen im Herzen der Stadt anberaumt. Während Zugel eilig zum Treffpunkt ging, suchte er in seiner rechten Jackentasche nach dem Empfehlungsschreiben. Es war vom Hauptinspektor der IV. Division der OVRA, Pasquale Adriano höchstpersönlich unterzeichnet und enthielt die Anweisung, Herrn Wilhelm Zugel jedmögliche Unterstützung zuteil werden zu lassen. Die Anrede »Herr« hatte Zugel zunächst irritiert – schließlich war er Soldat und hatte einen Dienstgrad: Er war Leutnant der Schutzstaffel, und dieser Rang gab ihm das Recht, auch so angesprochen zu werden. Zum jetzigen Zeitpunkt musste man noch Geduld mit den Italienern aufbringen, aber sobald Italien Provinz des Germanischen Imperiums wurde, würde sich hier einiges ändern.

Der Polizist bedeutete ihm, zusammen mit den anderen – irgendwelchen Frauenzimmern und Zivilisten – in der Eingangshalle Platz zu nehmen. Die Uniform des Polizisten war schäbig, die Ellbogen abgewetzt und überall geflickt: Wie konnten diese Männer Respekt einflößen?, fragte Zugel sich und blickte hochmütig um sich. Nach über einer Viertelstunde wurde sein Name aufgerufen. Diese Indiskretion machte ihn wirklich wütend, doch er konnte nichts mehr dagegen tun. Man geleitete ihn in das Büro von Vizekommissar Baldo Moretti – so stand es jedenfalls auf dem Türschild.

»Guten Tag, Herr Zugel«, sagte Moretti, ohne sich vorzustellen. »Ich bin schon über Ihr Erscheinen informiert worden. Sagen Sie mir bitte, was ich für Sie tun kann.«

»Ich benötige nur ein ruhiges Zimmer«, sagte Zugel und schaute sich um, »ich erwarte Kollegen.«

»Ach, ich verstehe«, antwortete der Vizekommissar und sah ihm in die Augen. »Ich kann mir schon denken, um was für eine Art *Kollegen* es sich handelt.«

Er sprach das Wort »Kollegen« so geringschätzig aus, dass Zugel wütend von seinem Stuhl aufsprang und ihn im Eifer des Gefechts umwarf.

»Diese *Kollegen*, wie Sie sich auszudrücken belieben, sind die besten Mitglieder eurer Polizei und zuverlässige Freunde der Gestapo, der ich mit Stolz als Offizier angehöre.«

»Echauffieren Sie sich nicht, Herr Zugel«, antwortete der Vizekommissar ruhig, »ich weiß um die freundschaftlichen Beziehungen zwischen unseren Polizeibehörden. Ich habe ja gar nichts gesagt und stehe Ihnen selbstverständlich ganz zur Verfügung. Sie wünschen ein ruhiges Zimmer? Dann sollen Sie es bekommen.«

Er lächelte maliziös und führte den Deutschen höchstpersönlich. Besagtes Zimmer entpuppte sich als bessere Besenkammer mit vier Stühlen und einem wackeligen Tisch im ersten Stock des Gebäudes – das hätte er diesem Idiot heimgezahlt.

Kurz darauf erschienen zwei Zivilisten, die Zugel zuerst förmlich mit dem Hitlergruß und dann herzlich per Handschlag begrüßten. Der eine hatte eine blonde Tolle, die ihm in die Stirn fiel, und ein gewinnendes Lächeln. Der andere war älter und sah wie ein Bär aus, dem man den Schädel rasiert hatte. Seine Hände waren riesig und behaart.

»Ich heiße Klaue«, sagte der Blonde, »und den da nennen wir Pranke. Unsere richtigen Namen tun nichts zur Sache. Wir stehen Ihnen komplett zu Diensten, Herr Leutnant!«

Endlich fühlte sich Zugel wohl, und erleichtert zeigte er ihnen das Empfehlungsschreiben des OVRA-Chefs.

»Kein Problem: Sie befehlen, und wir gehorchen, Herr Zugel!«, sagte Klaue lächelnd und wiederholte den Hitlergruß.

Wilhelm grinste breit. Das waren Italiener, die ihm gefielen! Er wies sie also an, diesen Buchhändler, einen gewissen Giacomo de Mola, so lange zu observieren, bis sie neue Anweisungen erhielten. Sie sollten über seine Gewohnheiten Bericht erstatten und sofort melden, wenn er Anstalten machte, Florenz zu verlassen. Mehr erklärte er ihnen nicht, und die beiden fragten auch nicht weiter.

»Wenn es keine weiteren Anweisungen gibt«, sagte Klaue, der offensichtlich der Ranghöhere war, »dann gehen wir. Wir müssen heute Abend noch zu einer Vorlesung in der Universität.«

Zugel schaute ihn perplex an, und Klaue lächelte. »Wir müssen einem Professorchen eine Lektion erteilen … ein gewisser Calogero, ein furchtbarer Hitzkopf.«

»Ah, ich verstehe«, antwortete Zugel komplizenhaft, »auch wir haben seinerzeit an den Universitäten Lektionen erteilen müssen, aber das ist nun Gott sei Dank nicht mehr notwendig. Wartet trotzdem noch einen Moment – bevor ihr geht, möchte ich euch noch jemanden vorstellen. Er kommt gerade.«

»Sollen wir ihm auch eine Lektion erteilen, Herr Zugel?«, fragte Klaue augenzwinkernd.

Zugel grinste und schüttelte den Kopf. »Nein, jedenfalls nicht jetzt, aber man weiß ja nie ...«

Eine Zigarettenlänge später wurde an der Tür geklopft. Giovanni Volpe trat ein und musterte die Anwesenden argwöhnisch. Dann grüßte er Zugel mit einem Kopfnicken und wartete ab.

»Herr Volpe, Sie sind überpünktlich. Das ehrt Sie. Darf ich Ihnen die Herren Klaue und Pranke vorstellen? Sie werden uns bei der Durchführung unserer Operation helfen«, sagte Zugel.

»Ich wusste nicht, dass wir noch weitere Personen einweihen müssen«, sagte Volpe ärgerlich. »Ich hatte um größtmögliche Diskretion gebeten. Der Botschafter persönlich ...«

»Halt!«, unterbrach ihn Zugel. »Jetzt sind *Sie* es, der nicht diskret ist, mein lieber Volpe. Die erste und wichtigste Regel lautet: Keine Namen. Auf jeden Fall sind unsere beiden Freunde hier unentbehrlich, um den Plan zu realisieren. Ich darf Ihnen versichern, dass die Herren zuverlässige Freunde des Reiches sind und einen hervorragenden Ruf genießen.«

Volpe hatte ganz genau verstanden, dass er vor zwei Geheimdienstagenten der OVRA stand, jener geheimnisvollen Organisation – über die viel spekuliert wurde, über die man aber so gut wie nichts wusste. Schon ihr Name war obskur – er stand für »Überwachung und Bekämpfung des Antifaschismus«, aber sicher war man sich da nicht: Und so erschien die OVRA vielleicht bedrohlicher, als sie in Wirklichkeit war. Es ging das Gerücht, dass sie allgegenwärtig sei und jeden denunzierte, der sich »antifaschistischen Aktivitäten« gewidmet hätte. Sie würde sich der Methoden der spanischen Inquisition bedienen, hieß es weiter, und wer erst einmal im Gefängnis gelandet war, der käme nicht wieder lebend heraus. Angesichts dieser dummen Provinzschläger schwante Volpe der Verdacht, dass der geheimnisumwobene Ruf der OVRA (wie so vieles andere) nur von der Regierung inszeniert worden war, um die Bevölkerung einzuschüchtern. Volpe ließ sich Zeit, um zu reagieren.

»Wenn das so ist«, antwortete er, »dann ist das in Ordnung. Aber ich bin nach wie vor der Meinung, dass Sie und ich unter vier Augen noch einige Details besprechen sollten.«

»Also gut«, lenkte Zugel ein, »unsere Freunde müssen heute Abend ohnehin noch zur Universität. Ich wollte nur, dass wir uns wenigstens einmal gesehen haben, um uns persönlich kennen zu lernen. In der heutigen Zeit ist es gut, neue Freunde zu gewinnen und zu wissen, dass man immer auf sie zählen kann. Möglicherweise benötigen Sie morgen schon Schutz, Herr Volpe, und diese beiden Ehrenmänner hier können diesen Schutz gewähren. Noch dazu gratis, wenn ich mir diese Bemerkung erlauben darf.« Er lachte.

Volpe verstand die Drohung sehr gut – immerhin war sie auch nicht sonderlich subtil. Dieser sogenannte Schutz bedeutete nichts anderes, als dass die beiden ihn umbringen würden, wenn er sich nicht an die Abmachung halten würde.

Klaue und Pranke verabschiedeten sich mit dem Hitlergruß, während Volpe nur leicht den Kopf neigte. Dann war er mit Zugel allein, der ihn stumm anstarrte.

Typische Gestapotechnik, dachte Volpe und spürte, wie die Angst in ihm hochkroch, weil er wusste, dass das, was er zu sagen hatte, Zugel nicht gefallen würde.

Rom

Montag, 18. Dezember 1486

Von den Fenstern der päpstlichen Privaträume schaute Giovanni auf die Gärten, in denen Seine Heiligkeit – meist in zweifelhafter, aber angenehmer Gesellschaft – zu flanieren pflegte.

»Graf«, vernahm er eine Stimme hinter sich.

Giovanni war sichtlich überrascht, in dieser ungezwungenen Atmosphäre vom Papst höchstpersönlich in Empfang genommen zu werden. Während ihm Innozenz in die Wangen kniff, machte Giovanni eine tadellose Verbeugung und küsste den päpstlichen Siegelring, der das Petrussymbol und das Wappen des Hauses der Cibo trug. Giovanni und der Papst lächelten einander an.

»Eure Heiligkeit.«

»Setz dich, mein Sohn, und erzähl mir alles.«

»In Wahrheit wart Ihr es, der mich rufen ließ, Eure Heiligkeit.«

»Möchtest du beichten? Hast du irgendeine kleine Sünde, die nur der Papst richten kann?«

»Ich habe erst gestern gebeichtet, und obwohl ich ein Sünder bin, sind seitdem doch zu wenig Stunden vergangen, um neue zu begehen.«

»Man weiß ja nie, vielleicht haben sich ja des Nachts ungehörige Gedanken deiner bemächtigt … Ich möchte meinen, dass so manche Dame sich mit einem jungen Herrn deines Aussehens – der noch dazu reich und von edler Herkunft ist – nur zu gerne vergnügen würde.«

»Ich habe heute Nacht tief und fest geschlafen, Eure Heiligkeit. Nicht mehr und nicht weniger.«

»Schon gut, schon gut«, maulte Innozenz verdrießlich. »Jedenfalls: *Ego te absolvo a peccatis tuis in nomine Patris et Filii, et Spiritus Sancti*«, fuhr er hastig fort.

»Amen.«

»Und nun, da wir unsere Seelen gereinigt haben, können wir frei von der Leber sprechen. Sage mir, Giovanni, was gedenkst du zu tun?«

»Nach meinem Gewissen zu leben, Eure Heiligkeit.«

»Ach, ach, ach, du gefällst mir, Giovanni, und ich wünsche mir, dass dir nie etwas zustoßen möge.«

Der Ton war scherzhaft, aber die Worte trafen Giovanni wie ein Dolchstoß, und er bereitete sich sofort auf den nächsten Angriff vor.

»Mit dem Schutz Eurer Heiligkeit kann mir nichts geschehen«, sagte er demütig.

»Gut, auch das gefällt mir. Unter meinem Schutz zu stehen ist besser, als unter dem dieser Geldverleiher, der de' Medici – die weit weg sind.«

»Lorenzo lässt mir die Ehre seiner Freundschaft zuteilwerden, Eure Heiligkeit.«

»Ja, ja, aber jetzt lass uns auf den Grund deiner Anwesenheit zurückkommen. Was soll die Geschichte mit diesen Thesen, die du veröffentlicht hast? Stimmt es, dass du mir ins Handwerk pfuschen und ausgerechnet in Rom ein Konzil einberufen willst? Du bist nicht einmal ein Kardinal. Obwohl … wenn ich es recht bedenke … man könnte dich natürlich auch flugs ernennen … Es würde dich nicht sehr viel kosten, und ich könnte dir zusätzlich eine nicht unbeträchtliche Kommende zuteilwerden lassen. Aber über diese Feinheiten werden wir noch sprechen«, sagte Innozenz händereibend. »Nun sag schon, Giovanni, tu einfach so, als wäre ich dein Beichtvater, dessen Aufgabe es nicht nur ist, dich von den begangenen Sünden freizusprechen, sondern auch, dich davor zu bewahren, neue zu begehen.«

Giovanni faltete die Hände und senkte das Haupt. Diese Pause ermöglichte ihm, seine Ideen neu zu ordnen. Der Papst wusste offensichtlich schon alles, weit mehr, als er erwartet hatte – und das Schlimmste war, dass Seine Heiligkeit es nicht von ihm persönlich erfahren hatte. Giovanni musste sich jetzt sehr in Acht nehmen. Er stand vor einem der mächtigsten Männer der Erde, und er war Gast in dessen Haus. Ein Wimpernschlag des Papstes würde genügen, dass er als Gefangener ging. Innozenz hatte ihm eine kleine Chance gegeben, und die musste er zu seinem Vorteil nutzen – wohl wissend, dass Seine Heiligkeit nicht dumm war.

»Meine Thesen«, sagte Giovanni sehr ruhig, »sind Früchte einer langen Reihe von Studien und Meditationen. Sie zielen einzig auf das tiefe Erkennen der Wahrheit und der Schöpfung – zur größeren Glorie der Schöpfung. Und das, was Eure Heiligkeit Konzil nennen, ist nur ein zwangloses Zusammentreffen verschiedener religiöser Gelehrter, die öffentlich – und nicht in der Abgeschiedenheit ihrer Studierzimmer – disputieren möchten, was ich mit meinen Thesen vertrete. Es sind Thesen, Eure Heiligkeit, denen Antithesen gegenübergestellt werden können, um schlussendlich zu einer Synthese zu gelangen, wenn es Gott gefällt.«

»Wie schön du redest, Giovanni. Aber stimmt es, dass du auch Juden und Muselmanen eingeladen hast?«

»Ja, Eure Heiligkeit, weil ich daran glaube, dass unser Schöpfer der Einzige ist.«

»Du möchtest also sagen, dass du sie überzeugen willst, ihrer Religion abzuschwören und den einzig wahren Glauben zu umarmen, ja? Den Glauben an die Heilige Römische Apostolische Kirche?«

Giovanni entging es nicht, dass auf Innozenz' Tonsur kleine Schweißperlen standen. Ein Tropfen lief ihm bereits die Hakennase hinab. Der Papst wischte ihn mit einer hastigen Geste weg und betrachtete missmutig den feuchten Fleck auf seinem grünen Handschuh.

»Meine Thesen sind vom Schöpfer inspiriert, und der, der das Gute kennt, hat es leicht, ihnen zu folgen. Das erkannte bereits Platon.«

»So sei es, Giovanni. Wie viele Exemplare hast du drucken lassen? Und wie viele davon befinden sich noch in deinem Besitz?«

»Fünfhundert Exemplare, Eure Heiligkeit. Davon habe ich noch hundert.«

»Gib sie mir alle.«

»Ich verstehe nicht, Eure Heiligkeit?«

»Gib sie mir, Giovanni, denn ich habe viele Leser. Du willst den tüchtigen Glaubensgelehrten des Papstes doch nicht die Lektüre deiner Thesen vorenthalten?«

»Nein, Eure Heiligkeit, ich muss sie aber bis nach Florenz bringen.«

»Gut, Giovanni. Dann lass uns folgendermaßen vorgehen: Ich werde dir erlauben, das Konzil abzuhalten, wenn deine Thesen wohlwollend begutachtet worden sind. Ja, wir halten es sogar gemeinsam ab. Und vorher werde ich dich zum Kardinal ernennen.« Innozenz lächelte. »Wer weiß, mit deiner Intelligenz wirst du vielleicht eines Tages selbst noch zum Papst gewählt!«, sagte er. »Schließlich mangelt es dir weder an Geld noch an Rückendeckung. Denke über meinen Vorschlag nach, Giovanni, und nun geh. Der arme Papst muss seine täglichen Gebete beten.«

Giovanni antwortete nicht und kniete nieder, um den Ring erneut zu küssen. Er brannte ihm auf den Lippen, des Schweißes oder der Drohungen wegen, vermochte er nicht zu sagen. Abscheu, Wut und Ohnmacht überschwemmten seine Seele, und sobald Innozenz den Raum verlassen hatte, stürmte auch Giovanni hinaus.

Gedankenversunken ging er den Kreuzgang entlang, als eine robuste Hand ihn von hinten an der Schulter packte.

»Geht nach Florenz, gleich morgen«, murmelte es in Giovannis Rücken. »Rom ist nicht mehr sicher für Euch. Nehmt ein Landhaus in der Nähe von Fiesole und wartet dort.«

Erschrocken drehte sich Giovanni um und sah den Mann an, der ihn aufgehalten hatte. Er war hochgewachsen und robust und trug einen markanten, silbrig glänzenden Kinnbart. Der Unbekannte war bis zu den Beinkleidern in Schwarz gekleidet. Dazu trug er ein goldbesticktes Wams. Er war zweifellos ein Edelmann – obwohl er an der Seite ein zweihändiges Schlachtenschwert trug, das im Gegensatz zu den kleineren Halbschwertern, die gepanzerte und reichverzierte Griffe hatten und von den jungen Edelleuten getragen wurden, schwerer und vor allem schmucklos war. Diese mörderische Waffe konnte auf alle erdenklichen Arten eingesetzt werden: mit der Spitze, der Klinge, schräg von unten und von oben – aber der ungeschützte Griff in Kreuzform gewährte im Gegensatz zu dem gepanzerten Griff des Halbschwertes keinen Schutz und verzieh keinen Fehler.

»Ihr müsst mich mit jemandem verwechseln«, sagte Giovanni bestimmt, aber freundlich.

»Nein, Graf Mirandola. Ich weiß, was ich sage. Bitte tut, was ich Euch rate. Sobald Ihr in Sicherheit seid, werden wir uns wieder treffen.«

Der bärtige Mann ließ Giovanni los und hastete dann die Treppen hinauf, ohne sich noch einmal umzusehen. Instinktiv massierte sich Giovanni die schmerzende Schulter. Sie fühlte sich an, als sei sie von einem Schraubstock traktiert worden. Dann ordnete Giovanni seinen Umhang und verließ das Gebäude durch einen Seitenausgang und ging auf schnellstem Weg nach Hause: Eilig durchquerte er den alten Borgo mit seinen vielen kleinen Häusern, die sich wie steinerne Bettler um die Basilika versammelt hatten. Die Gassen waren dreckig von der Jauche, die die Menschen einfach aus den Fenstern leerten, und er musste sich seinen Weg durch Scharen von grell geschminkten Prostituierten bahnen – viele davon beinahe noch Kinder. Dieser Mann konnte jeder sein, überlegte Giovanni, ein unbekannter Freund, ein Spion der Cibo oder gar ein Spitzel des Papstes, der ihm einen Denkzettel verpassen wollte. Giovanni wusste nur, dass er die Stadt nicht verlassen würde, wie ihm der Unbekannte ans Herz gelegt hatte: Morgen wollte er sich mit Margherita treffen – um jeden Preis, selbst den des eigenen Lebens. Außerdem hatte er in den folgenden Tagen noch eine Verabredung, mit der sein gesamter Plan stand oder fiel. Zwischen all dem Dreck, der Kälte, den Huren, den Kupplern, dem Fäulnisgestank, den hungrigen Ratten und dem Krach der Karren, zwischen dem Geschrei, dem Wehklagen und Gelächter suchte Giovanni Zuflucht in seinen Gedanken, mit denen alles begonnen hatte: Es war die Lektüre einiger Originalschriften der Bibel in aramäischer Sprache gewesen, deren lateinische Übersetzung an einigen Stellen manipuliert worden war. Das hatte die ersten Zweifel an der Wahrheit des heiligen Wortes in ihm gesät. Seitdem hatte Giovanni nicht aufgehört zu suchen und war über babylonische, sumerische und akkadische Handschriften bei der Keilschrift gelandet. Durch Zufall war er dann an die *Enûma elîsch*, den babylonischen Schöpfungsepos, gelangt.

Seitdem verstand Giovanni einige Zusammenhänge.

Aber er war noch weit von der Erkenntnis entfernt, denn jedes Mal, wenn er die tieferen Zusammenhänge entdecken wollte, eröffneten sich ihm neue Welten, zu denen er erst den Schlüssel finden musste. Er studierte die Mysterien Babylons und forschte über die Urgöttin Tiamat, »die alles gebar«, und über Nammu, die sumerische Göttin der Schöpfung. Giovanni las über die Kulturen jenseits der großen Meere, deren Existenz man nur vermutete, deren Mythen jedoch mit denen, die in der alten Welt bekannt waren, exakt übereinstimmten. Es schien ihm, als ob seit Anbeginn der Schöpfung alles durch ein einziges Prinzip miteinander verbunden war.

Dies alles stand jedoch im Kontrast zur Lehre des christlichen wie des jüdischen und islamischen Glaubens. Giovanni kehrte also zum Bibelstudium zurück und suchte zwischen den Zeilen ein Zeichen, eine Art Legende, etwas, was die antiken Mythen mit dem Gottesverständnis des Christentums in Einklang bringen konnte. Vielleicht war ja die Liebe der Schlüssel: Denn in allen drei monotheistischen Religionen ist Gott gut und barmherzig. Aber das hebräische Wort *tov* – ›gut‹ in Bezug auf ein höheres Wesen – wurde in den Schriften des Alten Testaments nur spärlich verwendet. Warum? Sehr viel öfter wurde der Ausdruck *rachum* – barmherzig – verwendet. Und genau hier lag der Schlüssel: *Rachum*, fand Giovanni heraus, leitete sich ab von dem hebräischen Wort für die weibliche Gebärmutter: *Rechem*! Was bedeutete, dass das entscheidende Merkmal Gottes seine weibliche Natur war! Gott war die Mutter. Nicht der patriarchalische Gott, der biblische Gott, der Gott der Heere, der männliche Gott. Gott war die ewige Mutter, die Göttin. Dieses Glaubenselement verband alle antiken Überlieferungen und sämtliche antike Kulturen miteinander; es war die erste und ursprünglichste Form jeder Religion. Ein Glaube, der mit der Menschheit geboren worden war, auf jedem Breitengrad der Erde und unabhängig von anderen Zivilisationen.

Giovanni verstand die schrecklichen Gründe, warum die Schöpferin der Erde – die Urmutter – verloren gegangen und durch den Advent, die Ankunft des Vaters, ersetzt worden war – der aus der Dunkelheit, aus dem Krieg, aus der Bestrafung und aus dem ewigen Tod kam. Und er konnte im dunklen Zeitalter der Gegenwart einen letzten Funken dieses Urglaubens ausmachen – in dem einfachsten Gebet, das er bereits als kleines Kind gelehrt worden war und das sich an eine arme und unwissende Frau aus Palästina wandte: *Ave Maria, gratia plena, Dominus tecum. Benedicta tu in mulieribus, et benedictus fructus ventris tui, Iesus. Sancta Maria, mater Dei, ora pro nobis peccatoribus, nunc et in hora mortis nostrae.* Es hieß nicht *Mater Christi*, sondern *Mater dei* – Mutter Gottes, die Schöpferin. Dies wurde während des zweiten ökumenischen Konzils von Ephesos entschieden, wo das untergehende Römische Imperium sich das letzte Privileg seiner ehemaligen Vormachtstellung gesichert hatte: Rom würde die Hauptstadt der Kirche bleiben.

Jetzt aber, tausend Jahre später, war die Zeit reif. Die Menschheit würde *erkennen*, welch großer Täuschung sie erlegen war, und sich befreien: Er selbst, Elia del Medigo und Abu Abdullah, der Christ, der Jude und der Muselmane: Alle zusammen waren sie bereit, in Rom – wie seinerzeit die 72 Weisen in Alexandria, sechs Vertreter aus jedem der zwölf Stämme Israels – die letzten neunundneunzig Seiten der *Conclusiones* aufzuschlagen.

Zuerst würden sie die 900 Thesen vor den besten philosophischen Gelehrten ihrer Zeit verlesen, um den Geist der Menschen auf das Konzept der Einzigartigkeit des höchsten Wesens vorzubereiten – dann die anderen. Kommentarlos und rein auf die Kraft der Gedanken bauend, die hinter den Thesen standen. So wollten sie die Erkenntnis weitergeben – und den freien Willen ihrer Mitmenschen in die rechten Bahnen lenken: Wenn die Welt erst begriffen hatte, was Giovanni und seine Mitstreiter ihr sagen wollte, würde sie die gesellschaftliche Grundordnung, wie sie vor dem großen Betrug geherrscht hatte, wiederherstellen: Es würde das Prinzip der Gleichheit aller Menschen herrschen, ohne Unterscheidung von Nationen, Religionen oder Rassen. Die Rechte der Frauen würden gestärkt und den Töchtern Evas wieder Ehre erwiesen werden, wie einst, die Gelehrten in einer universellen Sprache sprechen lassen. Jetzt aber, wo Giovanni sich seinem Ziel so nahe fühlte, bedrohten ihn gefallene Engel, die alles daransetzten, um ihn daran zu hindern, seine Mission zu Ende zu bringen.

Mailand

Mittwoch, 21. September 1938

Elena, Liebste! Du hast mir so gefehlt!«

»Oh, *Volpino* mio, du mir auch, du mir auch!«

Giovanni Volpe hatte noch nie die Liebe einer Frau erfahren, außer der käuflichen, die man hastig für ein paar Lire im Bordell bekommen konnte. Sie war schön, seine Elena, noch schöner als die Frauen, die von einem gewissen Boccasile für die Zeitschrift *Mode* gezeichnet wurden (Giovanni kaufte sich die Illustrierte für die einsamen Nächte und masturbierte damit). Nach der langen Zugreise endlich in Mailand angekommen, war er gleich zu ihr geeilt. Es war noch heiß, als er endlich bei ihr ankam, und er war total verschwitzt, aber Elena schien sich daran nicht zu stören. Ihre enge Umarmung war so sinnlich, dass er sofort eine Erektion bekam. Lächelnd schmiegte sie sich noch enger an ihn. Giovanni hätte sie gerne sofort genommen – auf dem Sofa hier und jetzt – aber er traute sich nicht. Er war im Umgang mit ihr noch immer unsicher; mit der Zeit würde sich das allerdings legen, hoffte Giovanni.

Sie hatten sich an San Ranieri in der florentinischen Del-Moro-Bar neben der Buchhandlung kennengelernt. Ihm war genauso heiß wie jetzt gewesen, und vor lauter Nervosität hatte er ohne Unterlass an seiner Nagelhaut gezupft. Er bereute es, dem deutschen Konsul jenen Vorschlag unterbreitet zu haben. Mittlerweile war die Situation so verfahren, dass er nicht mehr wusste, wie er aus der Sache heil wieder herauskommen sollte. Aus dem Augenwinkel hatte er die blonde üppige Frau bemerkt. Sie hatte ihm gefallen, Giovanni konnte sich jedoch nicht vorstellen, dass sie stehen bleiben würde, um *ihn* nach dem Weg zu fragen.

»Entschuldigen Sie, sind Sie aus Florenz?«

Giovanni war von ihrem Aussehen und dem Ton ihrer Stimme so verzaubert, dass er nur nicken konnte und seine Sorgen sofort vergaß.

»Ich suche die Basilika Santa Maria Novella – können Sie mir sagen, wie ich dort hinkomme?«

Er hatte sich vor lauter Aufregung verschluckt, da er mit einem einzigen Schluck seinen Cidre hinuntergestürzt hatte. Panisch hustend sprang er auf, während Elena sich setzte.

»Danke, aber es wäre vollkommen ausreichend gewesen, wenn Sie mir einfach nur den Weg gezeigt hätten«, sagte sie lächelnd, als er sich wieder ein wenig beruhigt hatte.

Giovanni konnte sich nur noch daran erinnern, dass er irgendetwas Banales gestammelt hatte; dann war er in ihren Augen versunken. Als sie sich vorstellte, bekam Giovanni sofort Angst, sie wieder zu verlieren.

»Elena Russo«, sagte sie, »angenehm. Wissen Sie, ich bin zum ersten Mal in Florenz. Ich arbeite in der Präfektur in Mailand und habe mir ein paar Tage frei genommen. Und Sie? Was machen Sie hier? Außer husten und Damen den Weg erklären?«

Elena lächelte und tat dies auch den ganzen restlichen Nachmittag über. Sie lächelte sogar, als er ihr vom Tod seiner Eltern und von seinen Träumen erzählte. Seiner Lebensgeschichte lauschte sie mit großen Augen und stellte ihm so viele Fragen, dass Giovanni sich ihres Interesses an ihm sicher war … Seit diesem ersten zufälligen Treffen trafen sie sich regelmäßig, und Giovanni verliebte sich nicht nur immer mehr in Elena – mit ihr lernte er die Liebe kennen. Nicht die literarische Liebe, die der Dichter und Poeten, der Philosophen und Schriftsteller – sondern die wirkliche Liebe, die aus Küssen, sich vereinenden Körpern und ganzer Hingabe besteht. Es war, als sei er durch Elena ein zweites Mal geboren worden, ohne den Makel des abgelehnten Waisen, dafür aber mit der Hoffnung auf ein gemeinsames Leben mit ihr. De Mola, seinem Meister, hatte Giovanni nichts erzählt. Warum er ihm diese Leidenschaft verheimlichte, wusste er selbst nicht. Vielleicht aus Angst, nicht verstanden zu werden, vielleicht weil er zum ersten Mal in seinem Leben etwas ganz Eigenes hatte, etwas, das er aus eigenem Willen, aus eigener Kraft erobert hatte und das nur ihm allein gehörte.

»Erzähl deiner *Volpina* ruhig alles«, sagte Elena zärtlich und ließ ihn neben sich auf dem Diwan Platz nehmen. Als sie rückte, zog sie sich den Rock höher. »Erzähl ihr nur alles. Und wenn du brav warst, wird sie dich bestimmt zu belohnen wissen …«

Giovanni lockerte seine Krawatte.

»Es ist alles vorbereitet, Liebste, aber ich gestehe, dass ich ein wenig Angst habe vor dem, was da kommt. Wenn es nur einen anderen Weg gäbe …«

»Und welchen?«, fragte Elena ironisch und zog den Rock wieder über ihre Knie. »Möchtest du de Mola vielleicht ergebenst fragen, ob er dir das Buch einfach so gibt? Ich bin mir sicher, er würde es gerne tun.«

»Ja, ich weiß, du hast ja Recht, aber ich fühle mich nun einmal schuldig. Er hat mich aus dem Waisenhaus geholt, hat mich studieren lassen und hat mich sogar zu sich ins Antiquariat genommen.«

»Na und? Er nutzt dich aus, Liebster. Er hat dich zu seinem Diener gemacht und dir lauter Flausen in den Kopf gesetzt. Du liebe Güte, die Mission! Was für ein Theater! Als ob ihr die Welt retten müsstet! Das Buch, das Buch! Als ob das Leben aus dem Hüten eines Buches bestehen würde.« Elena schnaubte.

»Sprich nicht so, ich bitte dich.«

»Und ich?«, ereiferte sie sich. »Zähle ich gar nichts? Ich habe dir alles gegeben, Giovanni, alles! Ich habe sogar die Hochzeit mit einem Grafen abgesagt, einem *Grafen*! Und das nur für dich! Wie dumm ich doch war! Ich glaubte allen Ernstes, du würdest mich lieben und ein gemeinsames Leben mit mir wollen, weit weg von dem allem. Und jetzt sitzt du hier und redest von irgendwelchen unbedeutenden Zweifeln! Du bist ein Scheusal, jawohl, das bist du! Oh Gott, und wie undankbar! Schau, nun hast du mich auch noch zum Weinen gebracht!«

Giovanni hatte sie schon einmal weinen gesehen und es als unerträglich empfunden. Warum musste das Leben nur so kompliziert sein? Wenn er sie zu trösten versuchte, Elena aber jede Geste von ihm abzulehnen schien, dann verfluchte er sich im Stillen. Vielleicht hätte er einfach nur sein Gewissen verfluchen sollen. Bei Gott, wie beneidete er diejenigen, die ihre Ziele konsequent verfolgten und sich dabei nicht vom Weg abbringen ließen. Ihm gelang das nie: Giovanni änderte dauernd seine Meinung, und selbst wenn eine Entscheidung unverrückbar getroffen war, drängte ihn eine innere Unruhe, in letzter Sekunde doch noch alles über den Haufen zu werfen, einen neuen Kompromiss zu suchen und eine andere Lösung zu finden, um sein Handeln zu rechtfertigen.

Elena schluchzte weiter, und Giovannis Gedanken kreisten erneut um das Buch. Er war sich bewusst, dass er das, was er heute war, seinem Lehrer de Mola zu verdanken hatte. Aber vielleicht war ja genau das sein Problem: Sein Meister hatte ihn zu etwas geformt, das er nie hatte sein wollen. Um wie viel lieber würde er anonym und bescheiden unter Millionen anderer unauffälliger Menschen sein kleines Leben führen und die bescheidenen Privilegien genießen, die ihm seine Intelligenz und seine Fähigkeiten verschaffen könnten. An Elenas Seite.

Warum hatte ihn de Mola nie verstanden? Warum hatte der Meister ihn nicht nach seinem *maxima cum laude*-Abschluss an der Jesuitenschule in Livorno oder wenigstens nach dem Studium an der Sorbonne seinen eigenen Weg gehen lassen? Ihm hätte eine Stelle als Ministerialbeamter oder Bibliothekar irgendeiner Universität genügt. Aber nein, de Mola hatte Vertrauen in seine Intelligenz und in sein reines Herz und ihn deshalb kurzerhand zu seinem Nachfolger gemacht. Wie es ihm dabei ging, war dem Meister offensichtlich egal. Weil Giovanni sich dem Willen de Molas aber weder entziehen konnte, noch den Mut hatte, ihm den Dienst zu verweigern, hatte er einfach immer so weitergemacht und sich so verhalten, wie de Mola es wollte. Jedoch um welchen Preis?, fragte er sich nun. Nur um der zu werden, der er einfach nicht war. Und weil Giacomo ihn täglich tiefer in seine Geheimnisse und in die Mission einweihte, konnte Giovanni irgendwann nicht mehr zurück.

»Verschwinde!«, schrie ihn Elena an. »Verschwinde und komm nie wieder.«

»Nein, Schatz, bitte sag so etwas nicht. Alles wird gut. Ich habe Zugel, diesen Deutschen, gebeten, noch ein paar Tage zu warten, damit ich vielleicht doch noch einen anderen Weg finde … du weißt schon. Aber sollte es mir nicht gelingen, dann verfahren wir strikt nach Plan – das verspreche ich dir bei meinem Leben. Und dann gehen wir beide nach Amerika, werden reich und glücklich und machen viele Kinder, genau wie du es willst.«

Elena schniefte und schien sich ein wenig zu beruhigen. Zärtlich strich Giovanni ihr über das lange blonde Haar, das sie mit einer blauen Schleife zusammengebunden hatte.

»Gut, ich verzeihe dir«, sagte sie endlich, »aber mach so etwas nie wieder. Und tu gefälligst, was dir dieser Deutsche sagt, denn er scheint zu wissen, was er tut. Ansonsten …«

»Ansonsten?«

»… wird sich deine *Volpina* einen anderen *Volpino* suchen. Was jammerschade wäre, denn sieh nur, was sie für dich bereithält …«

Elena nahm seine Hand und führte sie unter ihren Rock. Giovanni fühlte sich wie im Paradies. Zum Teufel mit de Mola, Pico und dem Buch, in ein paar Tagen würde alles vorbei sein.

Wenn sie sich liebten, lachte sie immer, und Giovanni machte dieses Lachen glücklich.

Gegen fünf musste er sich leider von ihr verabschieden; er war ohnehin schon spät dran. Um Elena in Mailand zu treffen, hatte er als Vorwand die Übergabe zweier Bücher der Mediolanum-

Buchhandlung genutzt. Eines war von Vitruvio, *De architectura*, eine seltene Ausgabe aus dem 15. Jahrhundert, und das andere ein Buch über die Jagd aus der zweiten Hälfte des 16. Jahrhunderts, *Con Cesare Solatio*. Ausgerechnet über die Jagd – was für eine Ironie des Schicksals: Die Jagd hatte begonnen, und de Mola war die Beute. Nichts und niemand würde ihn von seinem Glück mit Elena trennen, beschloss Giovanni: Elena, Amerika und zweihunderttausend Dollar.

ZUR SELBEN ZEIT, IN FLORENZ

Im gleichen Moment sagte seine gut ausgeprägte Wahrnehmungsfähigkeit de Mola, dass er observiert wurde. Er blieb stehen, fächerte sich mit einer Zeitung frische Luft zu und tat so, als würde er die Hitze nicht mehr aushalten. Dabei blickte er sich verstohlen um. Er entdeckte die beiden sofort: Sie standen auf der Piazza Santa Maria Novella, vor der ältesten Apotheke in Florenz, lässig an ein Fahrrad gelehnt und mit einem Eis in der Hand. De Mola fächerte weiter mit seiner Zeitung und lächelte den Männern zu, woraufhin diese sofort den Blick abwandten. Er musste unbedingt herausfinden, ob sie seinetwegen dort standen. Entschlossen klemmte er sich seine Zeitschrift unter den Arm und ging auf sie zu. Als de Mola nahe genug war, dass er die beiden genau in Augenschein nehmen konnte, stellte er sich neben der Apotheke in den Schatten, seufzte vernehmlich und schaute neidisch auf ihr Eis. Dann entschied er sich für die Offensive frei nach dem Motto: Wenn du das Gefühl hast, beobachtet zu werden, willst dir aber nichts anmerken lassen, dann gehe ohne Scheu auf die Verdächtigen zu: Beginne womöglich sogar ein Gespräch und beobachte dabei genau, wie sie sich verhalten. Entweder halten sie dich für naiv oder aber für sehr schlau: In beiden Fällen ist es ein Vorteil für dich.

Die Männer registrierten sofort de Molas Versuche, Kontakt aufzunehmen, und warfen ihm flüchtige Blicke zu. Dann warfen sie hastig ihr halbgegessenes Eis weg und machten sich mit dem Fahrrad davon. Der große trat in die Pedale, während der Blonde vorne auf der Stange saß. Giacomo zündete sich eine Zigarette an und nickte wissend: Es bestand kein Zweifel – so, wie die Männer reagiert hatten, waren sie in der Tat seinetwegen hergekommen. De Mola hielt sie jedoch nicht für besonders gefährlich, wahrscheinlich waren sie irgendwelche Schläger der OVRA, der Geheimpolizei, über die alle sprachen. Vielleicht waren einem OVRA-Funktionär seine antifaschistischen Ansichten zu Ohren gekommen – wahrscheinlich hatte ein Mitglied der Georgofili-Akademie versehentlich geplaudert. Dass sie ihn wegen des Buches beschatteten, hielt de Mola für ausgeschlossen. Wahrscheinlich würde er irgendwann in nächster Zeit eine Beule verpasst bekommen, vielleicht würden sie ihn auch in irgendein Polizeirevier schleppen und ihn dort Rizinusöl trinken lassen. Mehr nicht. Trotzdem: Obwohl es riskant und weitaus ernster war als eine unangenehme Abführmethode oder irgendeine Beule – er musste die Ausbildung Giovannis beschleunigen, koste es, was es wolle.

Giacomo erinnerte sich, dass auch Pico seinerzeit Lehrgeld bezahlen musste, bevor sein Weg der Erkenntnis abgeschlossen war. Wegen einer Frau. Ja, die Frauen, das war ein empfindliches Thema, und früher oder später würde er mit Giovanni darüber sprechen müssen.

Rom

Dienstag, 19. Dezember 1486

Rom schien ihm nicht mehr gewogen zu sein. In jener Nacht wechselten die Winde, und der lauwarme Schirokko wurde vom eisigen Tramontanawind abgelöst. Die kalte Brise reinigte zwar den Himmel, legte sich jedoch beißend auf Wangen und Beine derjenigen, die sich nicht vor ihr schützen konnten. Es war früh am Morgen, und Giovanni Pico war beschämt zu sehen, wie viele Menschen auf den Gassen unter freiem Himmel genächtigt hatten. In ihren Gesichtern las er Erstaunen, dass sie noch am Leben waren. Er selbst trug einen dunkelroten, pelzgefütterten Umhang, der ihn vor der Kälte schützte, aber leicht genug war, ihn in seiner Bewegungsfreiheit nicht einzuschränken. Kopf und Hände waren durch eine warme Kapuze in derselben Farbe und weiche Wildlederhandschuhe geschützt. Ohne das mit einem roten Band verschnürte Manuskript auch nur einen Augenblick loszulassen, holte Giovanni aus seiner Gürteltasche eine Handvoll Münzen: Heller, Gulden, Dukaten und ein paar Silberkreuzer. Alle Bettler bekamen etwas ab – er behielt nur eine kleine Spende für die Kirche zurück.

Eine Horde Kinder folgte ihm bis auf die Stufen der Sachsenkirche im Borgo Santo Spirito. Auf dem Eingangstor aus dem Jahr 728 erinnerte eine Inschrift an den Erbauer und Spender, den Sachsenkönig Ine aus Wessex. Nachdem er abgedankt hatte, wollte der König seinem irdischen Leben in der ewigen Stadt ein Ende setzen. *Schola Saxonum* hieß das Gebäude, in dem die angelsächsischen Pilger Unterkunft und Schutz erhielten. Obwohl die Kirche offiziell *Santo Spirito* hieß, nannte das Volk sie seit jeher nur die »Sächsin«.

Giovannis Berechnungen nach war dies die dritte Kirche nach dem Petersdom, wo Margherita ihn treffen wollte. Er trat durch das Hauptportal in das einfache Gebäude ein, das direkt an das Santo-Spirito-Hospiz angrenzte. Es war von dem vorhergehenden Papst, Sisto IV., gegründet worden, einem Sproß der altehrwürdigen und mächtigen Adelsfamilie della Rovere. Der Bau des Hospizes war zwar eine verdienstvolle Tat; sie hatte jedoch nicht ausgereicht, um den Hass der Römer zu besänftigen, die Sisto der Perversion bezichtigten und noch heute sangen: »Sisto, endlich bist du tot, los, werft sein verdorbenes Fleisch den Hunden zum Fraß vor!«

Giovanni bekreuzigte sich, benetzte sich mit Weihwasser und warf seine Spende in den schweren eisernen Schrein, der neben dem Taufbecken stand. Er setzte sich auf eine der hinteren Bänke, von der aus er das ganze Kirchenschiff überblicken konnte, und suchte Margherita zwischen den betenden Frauen. Die großen Kirchenfenster reflektierten das einfallende Licht in feinen Staubstrahlen. Wie symbolisch, dachte Giovanni, es ist, als sollten die Menschen daran erinnert werden, woher sie kommen und wohin sie gehen: *Quia pulvis es et in pulverem reverteris.* Aus dem Staub kommst du, und zu Staub wirst du.

Sein Herz klopfte, als er Margherita entdeckte. Sie war selbstverständlich nicht allein erschienen, wie es sich einer Dame ihres Standes geziemte; eine ältere, einfach gekleidete Frau folgte ihr mit gesenktem Kopf. Margherita trug ein mit Gold besticktes Gewand aus grünem Brokat und einen langen, mit Pelz umrandeten Umhang. Ihr zartes Antlitz wurde durch die pelzbesetzte Kapuze ihres Umhangs umrahmt und erschien dadurch umso schöner. Um den Hals trug sie nur eine Kette aus schwarzem Bernstein, einfach und edel zugleich, so wie sie. Giovanni beobachtete, wie sie sich niederkniete, um zu beten. Als sie aufstand, näherte er sich ihr. Ihre Magd musste eingeweiht sein, denn auf Margheritas Kopfnicken hin hatte sie zielstrebig den nächstgelegenen Beichtstuhl aufgesucht, wo sie den Priester mit langatmigen Beschreibungen ihrer vielen Sünden beschäftigen würde; so lange, bis ihre Herrin ihr das Zeichen zum Aufbruch gab.

»Ihr werdet immer schöner, Margherita, und ich bin so glücklich, Euch zu sehen.«

»Ich ebenso, Giovanni. Ihr habt mir jeden Tag, zu jeder Stunde gefehlt!«, flüsterte sie in die Stille der Kirche und sah ihn zärtlich an. Giovanni verließen beinahe die Sinne vor Glück. Wenn es wirklich Engelsstimmen gab, klangen sie nicht schöner, dessen war er sich sicher. Und als er Margherita in die Augen sah, hatte er, dieser eloquente Mann, der seinen Schreibern mühelos ein Buch nach dem anderen diktierte, Schwierigkeiten, die richtigen Worte zu finden.

»Meine Margherita«, flüsterte Giovanni heiser, »ich denke an Euch, wenn ich mich zur Ruhe begebe, und wache auf – mit Euch an meiner Seite. Jede Nacht vor dem Einschlafen wünsche ich mir, dass Ihr mir zum Trost für Eure Abwesenheit wenigstens im Traum erscheint.«

»Giovanni, wir haben keine Zeit für Liebesschwüre. Ihr seid in Gefahr. Ein Mann hat mich gewarnt und mich gebeten – sollte er in seinem Ansinnen nicht weiterkommen –, Euch zur Flucht aus Rom zu überreden.«

»Ist er hochgewachsen und hat einen Bart?«

»Ja, beides trifft zu. Wisst Ihr, wer er ist?«

»Nein, er hat mich gestern in der Basilika aufgehalten und mir dasselbe gesagt wie Ihr gerade eben.«

Margherita sah ratlos aus. »Ich weiß auch nicht, wer er ist«, sagte sie. »Aber um Euch zu überzeugen, hat er mir dies als Beweis seiner guten Absichten gegeben und mich gebeten, es Euch zu überreichen.«

Giovanni nahm ein kleines, mit Lilien besticktes Seidentuch von ihr entgegen.

»Das ist zweifellos von Lorenzo de' Medici.«

»Er warnt Euch, Giovanni. Offensichtlich weiß er mehr, als wir ahnen können!«

»Erst gestern habe ich den Papst getroffen, aber es schien mir, als wollte er mich nur ein wenig einschüchtern und mir Zeit zum Nachdenken geben.«

»Giovanni, ich habe Angst. Versprecht mir, dass Ihr fortgeht. Heute, allerspätestens aber morgen.«

»Gerade jetzt, wo ich Euch sehen durfte …«, klagte Giovanni.

»Meine Liebe wird Euch überallhin folgen, in diesem und in einem anderen Leben. Bevor ich aber an Eurem Grabe stehe und Euch beweine, weiß ich Euch lieber weit weg von mir, aber wenigstens am Leben«, flüsterte sie mit Tränen in den Augen.

»Gut, meine Teuerste, ich werde gehen. Zuvor muss ich jedoch Elia del Medigo und Abu Abdullah sehen. Sie haben sich bereits auf den Weg nach Rom gemacht – um meinetwillen. Seht Ihr diese Papiere? Dies ist eines der drei Exemplare der letzten Thesen, der neunundneunzig, die ich noch nicht veröffentlicht habe. Sie wollen davon Kopien in ihren Sprachen anfertigen lassen, in der Sprache von Jahwe und in der Sprache Allahs. Wenn die Welt von den Thesen erfahren wird, Liebste, dann gibt es keine Grenzen, keine Verfolgungen und keine Kriege im Namen Gottes mehr …«

Margherita legte ihm beide Hände auf den Mund, um ihn zum Schweigen zu bringen. Ein Dominikanernovize, der unfreiwillig Zeuge davon wurde, bekreuzigte sich erschrocken, stand auf und verschwand raschen Schrittes hinter der Sakristei.

»Der richtige Moment ist noch nicht gekommen, Giovanni …«, flüsterte Margherita erschrocken.

»Der richtige Moment wird nie da sein, wenn wir der Welt den Ursprung unserer Existenz und die Macht der Schöpfung nicht endlich offenbaren. Ich weiß, Ihr glaubt an mich, aber ich wünsche mir, Ihr würdet das Buch lesen, um Euch – über Eurer Herz hinaus – auch davon überzeugen zu lassen. Dieses Exemplar ist für Euch, teure Margherita!«

Als Giovanni ihr jedoch das Buch reichen wollte, bemerkte er, dass sie nicht mehr allein in der kleinen Kirche waren: Zwei Pagen knieten, als würden sie auf das Abendmahl warten, direkt vor dem Altar. Drei weitere Männer, offensichtlich Händler oder Pilger, saßen links neben Giovanni. Er wandte sich vorsichtig um. Die Magd hatte mittlerweile den Beichtstuhl verlassen und war verschwunden – genau wie die beiden anderen Frauen, die er beim Hereinkommen wahrgenommen hatte.

Hinter ihnen hörten Giovanni und Margherita die Kirchentür sich öffnen. Als sie den Kopf wandten, sahen sie zwei Mönche eintreten – die beiden hatten es offenbar sehr eilig, denn sie schritten voran, ohne sich mit Weihwasser zu benetzen oder zu bekreuzigen.

»Kniet nieder, Margherita«, flüsterte Giovanni, »und dreht Euch nicht um. Wir sehen uns nächsten Sonntag in der Petersbasilika. Und wenn dies nicht möglich ist, werden wir unserer geheimen Absprache folgen. Denkt daran, ich werde immer bei Euch sein!« Mit wild klopfendem Herzen gehorchte ihm Margherita. Ohne sich von ihr zu verabschieden, wandte Giovanni sich ab und eilte direkt zum Ausgang. Weit kam er jedoch nicht, denn die beiden Mönche versperrten ihm den Weg, die zwei Pagen erhoben sich aus den Kirchenbänken, und auch die anderen drei Männer kamen auf ihn zu.

Obwohl Giovanni in diesem Moment lieber von seinem Schwert Gebrauch gemacht hätte, hielt er das Manuskript fest in seinen Händen und wartete reglos ab, was als Nächstes geschah.

Einer der beiden Mönche nahm seine Kapuze ab und sah ihn direkt an. Er hatte eine gebrochene Nase und einen unregelmäßigen roten Bart. »Im Namen Seiner Heiligkeit, Papst Innozenz: Seid Ihr Giovanni Pico Graf von Mirandola?«, fragte er.

»Ja, das bin ich«, antwortete Giovanni ruhig.

»Im Namen Gottes, dann folgt uns.«

Ein Schatten löste sich hinter der Säule und warf sich mit voller Kraft auf die Mönche. Diese waren nicht auf einen Angriff gefasst und gingen zu Boden.

»Flüchtet! Und denkt an das, was ich Euch gesagt habe!«, raunte sein Retter.

Giovanni erkannte den Mann in Schwarz, der ihn zwei Tage zuvor in der Basilika aufgehalten hatte. Stumm dankte der Gerettete mit einem Augenzwinkern und rannte zum Ausgang. Die drei Männer hatten unterdessen die Verfolgung durch das Mittelschiff aufgenommen, scheiterten jedoch an dem Mann in Schwarz und dessen gezücktem Schwert. Einer der Häscher kam nicht rechtzeitig zum Stehen und lief geradewegs in die Klinge, die ihm mit einem unangenehmen Knirschen den Brustknochen durchbrach. Er sackte einfach lautlos in sich zusammen. Die anderen beiden Verfolger krachten mit den beiden Pagen zusammen, die Giovanni mit kurzen Dolchen in der Hand zu fangen versuchten. Der Mann in Schwarz trat einem der Mönche, der sich gerade wieder berappelt hatte, auf den Kopf und verpasste dem anderen einen Schnitt durch die Kehle.

Margherita lief unterdessen zur Sakristei, um sich dort zu verbergen. Kaum war sie jedoch eingetreten, wurde sie von einer ihr wohlbekannten Hand am Handgelenk gepackt.

»Ihr!«, rief sie überrascht und zornig aus und sah ihn voller Hass an.

»Ja, ich! Ich wusste, dass Ihr Euch treffen würdet. Aber dieses Mal habe ich Gott auf meiner Seite, und dieser wahnsinnige Ehebrecher wird seiner gerechten Strafe nicht entkommen!«

Giuliano Mariotto de' Medici, ihr rechtmäßiger Ehemann, drehte ihr das Handgelenk um und sah sie mit flammenden Blicken an – aber stolz hielt Margherita seinen Blicken stand.

»Was wollt Ihr damit sagen?«, fragte sie, ohne sich ihren Schmerz anmerken zu lassen.

»Ich habe es Fränzchen gesteckt, dem Sohn des Papstes. Es hat mich fünfhundert Golddukaten gekostet, aber das war es mir wert. Und er wird die Information für ein Vielfaches an seinen Vater verkaufen.«

»Ihr habt Euer Geld schlecht angelegt, werter Gatte. Giovanni ist längst geflüchtet.«

Giuliano lachte hämisch. »Niemals! Schaut selbst!« Mit diesen

Worten zerrte er seine treulose Gattin in das Kirchenschiff zurück.

Das Klirren der Schwerter und die Schreie waren verstummt, und Margherita fürchtete bereits das Schlimmste. Was sie dann aber sah, ließ ihr Herz hüpfen vor Freude und Erleichterung. Ihrem Gatten indes blieb das Lachen im Halse stecken: Die drei Häscher lagen in ihrem eigenen Blut, das sich in Lachen über die in den Boden eingelassenen Marmorgräber zweier Ritter ergoss. Die anderen vier Verfolger saßen jammernd auf den Kirchenbänken und beklagten ihre Blessuren.

Giuliano zerrte seine Frau über die Toten hinweg und suchte nach dem Körper seines Rivalen. Im Vorübergehen ohrfeigte er mit der freien Hand einen der Verletzten. »Wo ist er?«, schrie Giuliano zornig.

»Herr«, antwortete einer der Verletzten hinter ihm, »wir sind angegriffen worden … er war wie ein Dämon! Wir konnten nichts ausrichten …«

»Wo ist der Graf?«, schrie Giuliano noch lauter.

»Er konnte leider fliehen«, antwortete ihm einer seiner Männer mit schwacher Stimme.

Giuliano stieß einen schrecklichen Fluch aus, holte einen schmalen Dolch hervor und stieß ihn in den Hals des Mannes. Mit letzter Kraft versuchte der Mann, mit seinen bloßen Händen das herauspulsierende Blut aufzuhalten. Er klammerte sich an Giuliano fest, als wolle er sein Leben zurückfordern, das dieser ihm einfach im Zorn genommen hatte. Dann glitt er zu Boden und ehrte mit einem letzten Röcheln den Gott, in dessen Namen er versucht hatte, des Grafen von Mirandola habhaft zu werden.

* * *

Giovanni rannte. Es war ungewöhnlich, einen Edelmann so laufen zu sehen, denn die Etikette gebot, selbstsicher, hoch erhobenen Hauptes und gemessenen Schrittes zu wandeln. Die Händler in der Via dei Penitenziari ließen ihre Geschäfte links liegen, um die ungewöhnliche Szene zu beobachten und über den Grund der ungebührlichen Eile dieses Edelmannes zu diskutieren. Vielleicht war er ja ein Falschspieler, ein Schwindler oder Verbrecher? Als Giovanni an ihnen vorbeigerannt war, schauten sie – in Vorfreude auf eine spektakuläre Verhaftung – gleich nach, ob die Papstgardisten seine Verfolgung bereits aufgenommen hatten. Ihre Hoffnungen wurden jedoch enttäuscht: Niemand verfolgte den Flüchtenden, der bereits hinter einer Straßenbiegung verschwand.

Um nicht weiter aufzufallen, ging Giovanni nun langsamer und schritt durch die engen Gassen des Borgo Santo Spirito. Die niedrigen Häuser waren so eng aneinandergebaut, dass nicht mehr als zwei Männer nebeneinander gehen konnten. Manche Häuser waren auf der Höhe des ersten Obergeschosses miteinander verbunden, so dass Passanten wie durch ein Tor zwischen den beiden Häusern hindurchgingen. Sie mussten sich jedoch in Acht nehmen, denn der Zwischengang hatte ein Loch in der Mitte, durch das die Bewohner ihre Nachttöpfe ausleerten. Obwohl es sehr kalt war, war der Gestank dieser Gassen unsäglich – genau wie der Schmutz.

Um nicht im Schlamm und in Exkrementen waten zu müssen, drückte sich Giovanni eng an den Häuserwänden entlang und ging immer geradeaus. Er entfernte sich weiter von der Kirche, in der er Margherita hatte zurücklassen müssen, war sich allerdings nicht sicher, wo er sich gerade befand – die Gassen sahen alle gleich aus. Giovanni lief auf einen kleinen Platz zu, weil er auf diesem einen Sonnenstrahl erspäht hatte. Von hier aus konnte er abschätzen, wie weit es bis zur Engelsburg war, und sich entsprechend orientieren. An der Tiberbrücke machte er kurz Halt, um wieder zu Atem zu kommen und seine Gedanken neu zu ordnen. Er dachte an den Mann in Schwarz, der die falschen Mönche angegriffen hatte – oder waren sie echt gewesen? Ohne seinen Retter wäre er nun diesen Mönchen ausgeliefert, die ihn gefesselt und geknebelt in den Annona-Kerker oder in die Geheimverliese der Engelsburg geworfen hätten. War der Fremde, der ihm aus der Ferne beistand, wirklich Lorenzo de' Medici? Und war er wirklich der Einzige, auf den Giovanni noch zählen konnte? Er hätte gleich auf Lorenzos Gesandten hören sollen, schoss es ihm durch den Kopf, doch nun war es zu spät: Er saß in der Falle, wie ein von den Jagdhunden in die Enge getriebener Fuchs. Und das Schlimmste war, dass er nicht einmal wusste, wohin er gehen sollte. Rom war mittlerweile ein zu heißes Pflaster für ihn geworden. Deshalb musste Giovanni Mittel und Wege finden, um nach Florenz zu gelangen. Wie sollte er das aber bewerkstelligen? Sein gesamtes Hab und Gut war im Hause seines Gastgebers, Kardinal de' Rossi, geblieben. Und dass dieses Haus kein sicherer Ort mehr für ihn war, verstand sich von selbst. Giovanni überlegte fieberhaft. Er brauchte Geld und wenigstens für diesen Tag noch Schutz, um seine Flucht aus Rom vorbereiten zu können. Von dem Moment an, in dem er den Papst gegen sich wusste, würde ihm keiner seiner Bewunderer aus den Reihen der Edelleute und Kardinäle mehr helfen können – weder die Borgias, noch die Farnese oder die della-Rovere-Familie.

Eucharius! Vielleicht würde er ihm beistehen! Der Buchdrucker würde ihm zwar keine Gastfreundschaft gewähren können, aber vielleicht würde er ihn bei einem Mitglied der jüdischen Gemeinschaft unterbringen! Bei einem Glaubensgenossen, der den Papst nicht fürchtete oder einfach nur nichts mit ihm zu tun haben wollte. Vielleicht würde man ihm im Ghetto sogar Geld leihen. Sein guter Name würde als Bürgschaft ausreichen. Wachsam wanderte Giovanni in Richtung Judenviertel und von dort aus die de-Cenci-Gasse hinauf. Er ging langsam und versuchte, so wenig wie möglich aufzufallen. Nur allzu gerne hätte er sein auffälliges Gewand mit irgendeinem einfachen Wollumhang getauscht. Eine Gruppe Soldaten ging achtlos an ihm vorbei, und auch die anderen Passanten nahmen keine Notiz von ihm, wie Giovanni erleichtert feststellte.

Die Werkstatt des jüdischen Buchdruckers war geöffnet. Giovanni ging zweimal an ihr vorbei und schaute sich dabei genau um. Auch an diesem Ort konnte er in einen Hinterhalt geraten, doch er hatte keine andere Wahl. Schließlich trat er entschlossen und ohne an der Glocke zu läuten ein. Niemand schien von seiner Anwesenheit Notiz zu nehmen. In einer Ecke pressten zwei Helfer verschiedene Blätter in eine Presse, die von einem dritten mit Tinte bestrichen wurden. Auf der anderen Seite der Werkstatt füllte ein junger Gehilfe den Setzkasten mit Lettern, die auf die Seite gedruckt werden würden. Die Arbeiten wurden gewissenhaft ausgeführt, bemerkte Giovanni, aber von Eucharius fehlte jede Spur. Er wandte sich an den jüngsten Gehilfen, dessen Tätigkeit ohne Probleme unterbrochen werden konnte, und fragte nach seinem Meister.

»Meister Eucharius ist erkrankt. Seit Wochen steigt er nicht mehr in die Werkstatt hinab. Jedes Mal, wenn wir wissen wollen, was zu tun ist, müssen wir zu ihm hinauf. Aber wenn Ihr ihn sprechen wollt«, sagte der Junge freundlich, »dann melde ich Euch gleich an.«

»Was hat Eucharius?«

»Der Bader, der ihn untersuchte, sagt, dass die schwarze Galle daran schuld sei. Sie hat sein Gemüt traurig gemacht und sein Herz schwer. Vielleicht würde ihm ein Aderlass guttun, aber er weigert sich.«

»Es scheint, als wärst du in der Heilkunst bewandert?«

»Nein, hoher Herr, ich habe nur die *Ars medicinalis* von Claudio Galeno gedruckt und sie dabei mehrmals gelesen. Dabei habe ich eine Leidenschaft für die Heilkunst in mir entdeckt.«

»Wie heißt du, mein Junge?«

»Israel Nathan, hoher Herr, und ich bin erst seit kurzem hier.«

»Ja, in der Tat habe ich dich hier noch nie gesehen.«

»Ich werde auch nicht sehr lange hierbleiben, mein Herr. Ich komme aus Deutschland und hoffte auf ein besseres Klima in Rom für uns Juden. Aber ich habe mich getäuscht, hier ist die Situation nicht besser als in meiner Heimat. Vielleicht gehe ich nach

Mailand. Es scheint, dass die Familie der Sforza uns Juden gegenüber gnädiger gestimmt ist.«

»Ich wünsche dir alles Gute, Israel, und wünsche dir, dass du überall, wo du hingehst, deine Gemeinschaft Gottes finden mögest.«

»Möge es auch Euch wohlergehen, mein Herr, den ich als Christen erkenne, der die Thora jedoch sehr gut kennt. Ihr seid sehr gütig. Wünscht Ihr, dass ich Meister Eucharius Euren Besuch melde?«

»Nein, das ist nicht notwendig, ich danke dir«, antwortete Giovanni, »ich kenne den Weg. Und Eucharius kennt mich.«

Mit einem Abschiedsgruß stieg Giovanni die enge Treppe in den ersten Stock hinauf, in dem Eucharius wohnte. Der Buchdrucker war ebenso groß und mager, wie er immerzu ein wenig traurig und geizig war – nach Hippokrates war er deshalb besonders anfällig für die schwarze Galle. Giovanni befürchtete jedoch, dass da noch etwas anderes war, weshalb Eucharius so unfroh aussah. Als er die Blicke des Druckers sah, wusste Giovanni, dass er mit seinen Befürchtungen Recht gehabt hatte.

»Ihr schon wieder«, sagte Eucharius missmutig. In seiner Stimme schwang nichts mehr von ihrer alten Freundschaft mit. »Wie viel Unglück wollt Ihr mir noch bringen? Wollt Ihr, dass ich in den Kerker geworfen, gefoltert und verbrannt werde? Nur, weil ich den Fehler begangen habe, ein Buch zu drucken? Ihr habt mein Leben zerstört, und Euretwegen werde ich arm und unglücklich sterben. In Schmach verscharrt, und Ihr tanzt mit dem Papst fröhlich auf meinem Grab. Geht! Lasst den jüdischen Buchdrucker Eucharius in Frieden!«

Verstört von seinen Worten, kam Giovanni näher und versuchte, Eucharius in die Augen zu sehen. Dieser verweigerte jedoch beharrlich den Blickkontakt und warf den Kopf wie im Delirium hin und her. Giovanni nahm die knochigen Hände des alten Juden in die seinen und drückte sie fest.

Endlich schaute ihn Eucharius an. »Was wollt Ihr von mir?«

»Ich glaube, das weißt du selbst, Eucharius.«

»Ich weiß nichts, Graf, nur dass mein Leben keinen Heller mehr wert ist.«

»Du *weißt*, was ich von dir erbitte, Eucharius. Du liest alle Bücher, die du druckst, und behältst immer eine Kopie für dich, nicht wahr?«

»Ich tue nichts Unrechtes«, sagte der Alte trotzig und versuchte, sich aus dem Griff des Grafen zu befreien.

»Nein, du hast auch nichts Unrechtes getan«, beruhigte Giovanni den alten Mann, »aber du hast die Tagebücher von Uruk gedruckt, du kennst den ursprünglichen Text der Bibel und den Dualismus von Jahwe und Ascherach. Und du hast deine Kenntnisse über die Geschichten der Götternamen von Axieros und Kybele vertieft. Soll ich fortfahren, Eucharius?«

»Ihr … wisst nicht, was Ihr sagt.«

Die Stimme des Alten war immer schwächer geworden. Als der Drucker endete, war jede Spur von Wut verflogen.

»Wir wissen beide, dass du dich nicht fürchten musst. Du hast weit mehr verstanden als das, was du gelesen hast. Bald werden wir unsere Augen gen Himmel richten und unsere Mutter sehen, und vielleicht werden wir es sogar gemeinsam tun.«

»Graf, ich flehe Euch an. Sagt nichts mehr. Jedes Eurer Worte ist wie ein Dolchstoß.«

Eucharius' Stimme war mittlerweile nur noch ein Flüstern.

»Geht, Graf, lasst mich allein, ich bitte Euch. Ich verdiene es nicht einmal, dass Ihr Euer Wort an mich richtet. Nach Eurem letzten Besuch habe ich … ich habe mich gefürchtet und erneut wie ein Judas gehandelt.«

»Judas war ein guter Mann.«

»Er? Ach, das weiß ich nicht mehr, aber *ich* bin es gewiss nicht. Hört mir nun zu. Ich erbitte nicht einmal Eure Vergebung, denn ich büße bereits in meiner Hölle.«

Der Alte begann zu sprechen, und Giovanni hörte sich wortlos sein Geständnis an.

»Du tust gut daran, keine Vergebung zu erflehen. An deiner Stelle hätte ich genauso gehandelt«, sagte er, als Eucharius geendet hatte.

»Nein, Ihr nicht«, sagte der Alte mit Nachdruck, »Ihr seid … anders. Ihr fürchtet Euch nicht!«

»Ich fürchte mich sehr wohl, Eucharius. Ich fürchte um mein Leben, ich fürchte um meine Mission, und ich fürchte, dass die dunklen Mächte am Ende doch noch obsiegen werden.«

Eucharius begann zu weinen und verbarg das Gesicht in seinen Händen.

Giovanni stand auf.

»Sagt mir, was ich für Euch tun kann«, sagte der Buchdrucker mit zittriger Stimme. »Ich bitte Euch! Vielleicht kann ich auf irgendeine Art und Weise wieder etwas gutmachen.«

»Nein, Eucharius, ich danke dir. Es ist besser, wenn du nicht noch mehr in Mitleidenschaft gezogen wirst. Und so wie es jetzt aussieht, wirst du noch weitaus größeren Bedrohungen ausgesetzt sein, und das nicht meinetwegen. Eucharius, wir sind am Anfang eines Krieges, den ich unter allen Umständen verhindern möchte. Die Dunkelheit wird sich ausbreiten über der Erde – wenn ich vorher nicht das Licht bringe. Führe dein Handwerk fort, Meister, und je besser du bist, desto weniger hast du zu befürchten. Ach, und lass diesen Jungen, den ich kennengelernt habe, diesen Israel Nathan, fortgehen. Mit diesem Namen und seiner Wissbegier ist er in Rom nicht mehr sicher.«

»Das werde ich tun, Graf, ich werde es tun, einfach weil es richtig ist. Darf ich Euch wenigstens ein paar Denari mitgeben? Ich habe die für meinen Verrat vereinbarten dreißig Denari nie bekommen, aber ich möchte sie im Namen meines Bruders Judas zurückgeben.«

Giovanni ließ die Münzen in sein Säckchen gleiten.

»Danke, Eucharius. Und denke daran, dass Jesus Christus ohne Judas niemals als Sohn Gottes anerkannt worden wäre«, fügte er lächelnd hinzu.

»Ja, das habe ich auch gedacht, als ich Euch verriet, aber wie meint *Ihr* es?«

»Ein anderes Mal, Eucharius … meine Zeit ist noch nicht gekommen. Jetzt gehe ich. Schalom, Eucharius, und pass auf dich auf.«

»Barmherzigkeit und Wahrheit treffen sich, Gerechtigkeit und Frieden küssen sich … auch Euch ein Schalom.«

»Psalm 85. Ja, Eucharius und bleib dir treu.«

Bevor Giovanni die Werkstatt des Buchdruckers verließ, bat er den jungen Israel, draußen nachzusehen, ob er etwas Auffälliges feststellte oder ob jemand auf ihn zu warten schien. Dem Lehrling fiel nichts auf, und er verabschiedete sich herzlich von Giovanni.

Die Sonne hatte ihren Zenit bereits überschritten, und so zog Giovanni sich die Kapuze tief ins Gesicht und ging seiner Wege. Er wechselte einige Male abrupt die Richtung, nur um zu sehen, ob ihm nicht doch jemand folgte. Dann ging er in Richtung Via dei Trionfi, nur von dem einen Wunsch beseelt: Rom so schnell wie möglich zu verlassen. Er musste absolut vorsichtig sein, denn seine Flucht aus der Santo-Spirito-Kirche hatte sicherlich den Unmut des Papstsohnes erregt und Fränzchen seine Söldner alarmiert.

Giovannis Vermutungen trogen ihn nicht, ganz im Gegenteil: Die Wut Fränzchens ging sogar noch weiter. Er hatte nicht nur vier seiner Männer verloren, sondern auch noch vor diesem Steuereintreiber aus Arezzo, diesem Giuliano Mariotto de' Medici, die Figur eines Idioten abgegeben. Außerdem wollte de' Medici die fünfhundert Golddukaten von ihm zurück, was Fränzchen mindestens genauso erboste. Er würde ihm diesen Affront noch heimzahlen, aber zuerst musste er, um seine Ehre und Würde wiederherzustellen, unbedingt den Grafen von Mirandola aufspüren. Mit seinen Kapitänen war er klar gewesen: Fünfhundert Golddukaten für denjenigen, der den Grafen finden würde und für jeden fünfzig Peitschenhiebe, wenn der Graf am Ende des Tages noch in Freiheit wäre.

Die Horde fiel mit großem Getöse in das Haus des großzügigen Gastgebers, Kardinal de' Rossi, ein. Mit erhobenen Schwertern rissen sie das Tor nieder, überrannten die Dienerschaft samt ihrer Familien und verhafteten Girolamo Benivieni. Dass sie Benivieni zudem in flagranti mit einem gerade einmal fünfzehn Jahre alten Jüngling erwischten, einem Pagen des Kardinals, würde dem Gefangenen noch weitere harte Strafen einbringen. Obwohl die Unzucht mit Knaben, die kaum den Stimmbruch erreicht hatten, ein weit verbreitetes Laster war, war sie erst kürzlich in die Liste der schlimmsten Verbrechen in die Papstbulle *Summis Desiderantes* aufgenommen worden. Und aufgrund des Ortes, an dem es geschehen war, und des Bekanntheitsgrades des Straftäters wollte er es diesmal ganz genau nehmen: Als rechter Arm der Kirche konnte Fränzchen diejenigen, welche *die Kunst des Hinternküssens praktizierten,* ohne Prozess verhaften, auspeitschen und sogar töten lassen, wenn sie nur Widerstand leisteten. So stand es geschrieben.

Als Fränzchen auf der Piazza del Fico eintraf, ging die Sonne bereits unter. Seine Reiterhorde bahnte ihm einen Weg durch die neugierige Menge hindurch, indem sie hier und da gut platzierte Tritte verteilte, um die Aufdringlichsten der Gaffer zur Räson zu bringen.

Girolamo Benivieni kniete zitternd vor dem Sohn des Papstes und flehte um Gnade und Barmherzigkeit. Als er aus dem Palast kam, mit Eisen an den Händen und von den Wächtern umringt, wurde er von der Menge mit Lehmbrocken beworfen. Sein feiner Umhang war kurz darauf dunkel vor Schmutz, was Benivieni aber nicht zu bemerken schien. Mechanisch murmelte er Gebete, und in Gedanken sah er sich bereits in den Verliesen des Annona-Kerkers.

Fränzchen hingegen entfernte sich zufrieden – vielleicht war die Jagd doch nicht ganz erfolglos gewesen.

Florenz

Mittwoch, 5. Oktober 1938

Giovanni Volpe stand vor Wilhelm Zugel wie ein kleiner Junge, der von seinem bösen Onkel beim Bonbonklauen erwischt worden war. Von draußen klatschte der Regen rhythmisch an die Fensterscheiben des schäbigen Hotels in der Via dell'Agnolo. Die alte Wandbespannung war abgewetzt, ließ den einstigen Glanz jedoch noch erahnen. Zugel hatte das Hotel ausgewählt, weil es ein sicherer, vom Regime kontrollierter Ort war; die Wände hatten nur für autorisierte Lauscher Ohren.

Der Deutsche hatte Giovanni den Rücken zugewandt und schaute aus dem Fenster. Im Raum stand der beißende Geruch einer *Mehari*, der in Italienisch-Libyen hergestellten Zigaretten.

»Die Zeit ist um, Volpe«, raunzte Zugel – die Anrede ›Herr‹ hatte er schon seit einiger Zeit aus seinem Wortschatz gestrichen. »Die Geduld des Reiches und auch meine ist am Ende. Ihre lächerlichen Versuche der letzten Wochen, an das Buch heranzukommen, haben zu nichts geführt. Im Namen unseres gemeinsamen Freundes stelle ich Ihnen hiermit ein Ultimatum: Entweder Sie erledigen Ihren Auftrag wie vereinbart und fristgerecht, oder man wird Ihren Kadaver früher oder später aus dem Arno fischen. Habe ich mich unmissverständlich ausgedrückt?«

Volpe nickte nachdenklich. In den letzten Tagen hatte er alles Mögliche versucht, um an das Buch heranzukommen – mit dem Ergebnis, dass sein Lehrer zum ersten Mal misstrauisch geworden war, er jedoch nichts hatte ausrichten können. Mittlerweile war ihm klar, dass er es allein nie schaffen würde und dass seine Elena, seine *Volpina*, nicht mehr lange auf ihn warten würde.

»Wir müssen schnell agieren. Wir haben schon zu viel Zeit verloren – jetzt brauchen wir Ihre Hilfe.«

»Ich habe Ihnen schon gesagt, dass ich nicht willens bin …«

Mit einer schnellen Bewegung drehte sich Zugel um und gab Giovanni eine schallende Ohrfeige.

»Sie befinden sich nicht in der Position, irgendwelche Bedingungen zu stellen. Im Gegenteil, lassen Sie mich Ihnen etwas zeigen, dass ihre lächerlichen Zweifel aus dem Weg räumen wird. Machen Sie diese Schublade auf, Volpe.«

»Was ist da drin?«

»Na los, trauen Sie sich – öffnen Sie die Schublade, es ist keine Bombe.«

Giovanni holte ein Set Damenunterwäsche heraus: Büstenhalter, Höschen und Strumpfgürtel.

»Was soll das bedeuten«, fragte er mit zitternder Stimme.

»Oh, machen Sie sich kein Sorgen, ich will nicht, dass Sie die Fummel für mich anziehen – Sie sind nicht mein Typ. Sagen Sie mir lieber, ob Ihnen diese Gegenstände bekannt vorkommen.«

Giovanni betrachtete die Wäsche aufmerksam – bei der Berührung der weichen Seide lief ein Schauder durch seine Lenden. Dann erkannte er, was er da in Händen hielt, und das wollüstige Schauern mutierte zu einem Zittern. Unendliche Angst stieg in ihm hoch.

»Ja«, sagte Zugel mit einem schwachen Lächeln, »die Sachen gehören Elena – waren sie nicht sogar ein Geschenk von Ihnen?«

Volpe stürzte sich auf Zugel, der ihm solch einen Faustschlag in den Magen verpasste, dass ihm die Luft wegblieb und er zusammenklappte.

»So reagiert kein Mann mit Stil. Noch dazu, wenn es sich nur um eine kleine Warnung handelt, ohne Konsequenzen. Wenigstens noch. Sagen wir, es garantiert, dass alles so läuft wie geplant.«

Volpe saß auf dem Bett und hatte den Kopf in seine Hände gestützt. Die Magenschmerzen waren nichts im Gegensatz zu den Schmerzen, die er in seiner Seele verspürte.

»Was haben Sie mit ihr gemacht?«

»Nichts – bis jetzt. Aber für die Zukunft kann ich nicht garantieren. Eine junge schöne und anziehende Frau ist eine wertvolle Ware. Es gibt Orte, an denen ihre Vorzüge sehr geschätzt werden. Zum Beispiel in Alexandria, in Ägypten. Dort haben wir viele Freunde und dort gibt es viele wohlhabende Männer, welche die Vorzüge einer weißen Frau zu schätzen wissen, vor allem, wenn es sich um eine Frau mit ihren üppigen Brüsten und den weichen Schenkeln handelt.«

»Basta … ich bitte Sie … sagen Sie mir, was ich zu tun habe.«

Zugel öffnete einen Aktenkoffer und legte ein Holzkästchen, in dem sich eine kleine Ampulle befand, auf den Tisch.

»Schauen Sie sich das Fläschchen gut an, denn von ihm hängt Ihre und Elenas Zukunft ab. Die Flüssigkeit darin sieht zwar wie Wasser aus, ist aber in Wirklichkeit Gift. Es heißt Tetrodotoxin. Es wurde von einem unserer Alliierten – einem japanischen Wissenschaftler – entdeckt. Das Lustige ist, dass es das Gift des Kugelfisches ist, wirklich komisch, nicht wahr? Das ist der, der sich aufbläst, wenn er sich bedroht fühlt. So ähnlich wir bei Ihnen vorhin.«

»Und nun?«

»Ein Tropfen dieses Giftes in ein Glas oder auf Fleisch oder Pasta oder auch auf eine Frucht – und die Sache ist geritzt. Es ist absolut geruchs- und geschmacklos.«

»Und wie wirkt es?«

»Ah, Sie geben aber auch nie auf … man stirbt, mein lieber Freund: ein paar Zuckungen, Erbrechen, Durchfall und dann der Herz- und Atemstillstand. Schnell, effizient – zwar nicht ganz schmerzlos, aber man kann ja nicht alles haben, nicht wahr?«

»Aber wie soll ich das denn machen? Ich weiß nicht, wie …«

»Volpe. Enttäuschen Sie uns nicht. Sie stehen an einer Kreuzung, ein Weg führt zu Elena, zu zweihunderttausend Dollar und einem neuen Leben – der andere in den Tod, der sehr, sehr langsam und schmerzhaft sein kann.«

Giovanni Volpe blieb die Luft weg. »Und wann … müsste ich es tun?«, stotterte er.

»Heute? Morgen? Wenn Sie es für richtig halten – aber spätestens bis Sonntag.«

Volpe sah Zugel ins Gesicht. »Das kann nicht funktionieren! Sie wissen genau, dass es wie ein Unfall aussehen muss. Im Falle eines unnatürlichen Todes bleibt das Buch mindestens für weitere zwanzig Jahre hinter verschlossenen Türen. Das ist eine der Klauseln von de Mola, und das wissen Sie auch.«

»Wir haben schon drei Ärzte, die bereit sind zu bezeugen, dass der arme florentinische Buchhändler einem plötzlichen Anfall von … wie heißt es … akuter Magen-Darm-Grippe zum Opfer gefallen ist, die für ihn tödlich endete. Der Arme, er war noch so jung. Niemand wird etwas einzuwenden haben, denn er hat keine Verwandten, die Nachforschungen anstellen könnten, und er wird eilig auf dem englischen Friedhof beerdigt werden.«

»Warum ausgerechnet dort?«

»Weil dort niemand hingeht, außer natürlich den paar Engländern … ein perfekter Platz zum Ausruhen. Schön kühl, mitten im Grünen und genau das Richtige für de Mola. Nun? Sind Sie bereit?«

Vor seinem geistigen Auge sah Giovanni Elena, nackt und in Ketten mitten in einer Horde von Männern, die sich Elena untereinander weiterreichten, und den eigenen, von Fischen zerfressenen Kadaver im Arno treiben. Und er sah auch Giacomo de Mola – mit vor Überraschung aufgerissenen Augen über seinen plötzlichen Tod.

»Ja, ich glaube schon«, flüsterte er. Obwohl das eine Lüge war, nahm er die Ampulle, legte sie in ihr Behältnis zurück und steckte es in seine Tasche.

»Eine letzte Sache noch, Volpe. Hören Sie genau zu, was ich Ihnen sage. Wenn Sie es getan haben, rufen Sie uns nicht an. Wo immer Sie sich auch befinden, gehen Sie fort und setzen Sie sich in das Cafè del Moro und bestellen einen Cidre. Warten Sie eine halbe Stunde und kehren Sie dahin zurück, wo Sie de Mola zurückgelassen haben. Dann können Sie die Polizei über den Todesfall informieren. Wir werden uns bei Ihnen melden und in der Hoffnung, dass sich das Ganze gelohnt hat, gemeinsam das Buch holen. Ah, im Übrigen ist es bis zu diesem Tag sinnlos, Fräulein Elena zu kontaktieren. Sie ist, sagen wir, unser gern gesehener Gast.«

Volpe nahm seinen Mantel und ging – ohne ein Wort zu sagen. Er hatte seine Entscheidung getroffen.

Zugel klopfte also viermal an die Wand. Der Rhythmus hörte sich an wie die ersten Takte der berühmten fünften Symphonie von Beethoven: ta-ta-ta-taa … ta-ta-ta-taa. Genau eine Minute später klopfte es ebenso an der Verbindungstür.

»Komm herein, Elena, die Tür ist offen.«

Elena Russo, die ein weit ausgeschnittenes Kleid trug, das ihre Brüste betonte, kam mit sicheren Schritten in den Raum. Zugel zündete eine Zigarette an und gab sie ihr.

»Hast du alles mit angehört?«

»Alles. Meiner Meinung nach hat er sich vor Angst in die Hosen gemacht.«

»Ja, aber er wird es tun«, sagte Zugel.

»Ja, so wie ich ihn kenne, glaube ich das auch.«

»Du hast Recht. Ich habe Volpe übrigens restlos überzeugt, als ich ihm deine Unterwäsche gezeigt habe. Obwohl ich mit Worten nie besonders gut war«, sagte Zugel, fasste ihr an den Hintern und zog sie an sich.

»Ich erlaube dir nicht …«

»Was?«, sagte er und zog sie noch enger an sich.

»Meine Schenkel *weich* zu nennen«, antwortete sie ihm und blies Zugel den Rauch in die Augen. »Meine Schenkel sind schön fest. Wenn ich sie dir um den Hals lege, könnte ich dich strangulieren.«

»Das stellen wir doch gleich einmal auf die Probe«, sagte Zugel, nahm ihr die Zigarette weg und warf Elena aufs Bett.

Sie dachte jedoch gar nicht daran, sich zu ergeben, sondern nestelte an ihrer Handtasche und zog eine kleine Pistole. Zugel hob die Hände, als sie auf ihn zielte. Elena bedeutete ihm, dass er sich ausziehen solle. Als er vollkommen nackt war, schaute sie auf sein erigiertes Glied und hob sich dann lächelnd den Rock hoch – die Pistole noch immer auf ihn gerichtet.

»Jetzt können wir wirklich die Probe aufs Exempel machen.«

Giovanni Volpe war hinter der Tür geblieben, hatte alles mit angehört und ihr Gestöhne ertragen, bis die Knöchel seiner geballten Faust weiß angelaufen waren.

Florenz, zwei Stunden später

Giovanni tauchte in der Buchhandlung auf – betrunken.

»Guten Tag, Giacomo«, sagte er mit einer Stimme, die ihm selbst fremd vorkam.

De Mola sah ihn erstaunt an, denn so hatte er Giovanni noch nie erlebt. »Was ist los, Giovanni?«, fragte der Meister.

»Nichts«, lallte er, torkelte in die Schnäppchenecke und tat so, als würde er ein Buch suchen.

»Ich dachte, ich schaue mir einmal die Ausgabe des Fibreno Verlags an: Die über den *Prozess der Logen*.«

»Ja, in der Tat, es ist interessant. Du findest es übrigens weiter unten: Unter ›P‹ und nicht unter ›L‹.«

Der Buchhändler beobachtete seinen Ziehsohn über den Rand seiner Lesebrille hinweg und hörte auf, über einen Buchdeckel zu streichen, der reich mit silbernen Intarsien verziert war – eine Arbeit von Quinto Orazio Flacco, die vor über zwei Jahrhunderten in London veröffentlicht worden war.

»Interessierst du dich plötzlich für geheime Logen?« fuhr Giacomo fort. »Seit wann? Davon wusste ich gar nichts.«

Giovanni bückte sich, verlor dabei das Gleichgewicht und riss dabei Halt suchend einige Bücher zu Boden.

Giacomo sprang auf, um ihm zu helfen, aber Giovanni hob abwehrend die Arme.

»Fass mich nicht an!«, schrie er aggressiv.

Giacomo erhob sich und schloss die Tür des Antiquariats ab. Dann setzte er sich vor Giovanni, der immer noch wie eine Marionette mit gespreizten Beinen auf dem Boden saß.

»Was ist passiert?«, fragte Giacomo und sah ihm in die Augen.

Giovanni hob den Kopf; ein Speichelfaden lief ihm aus dem Mundwinkel.

»Willst du wirklich die Wahrheit hören? Oder soll ich weiter lügen, so wie immer?«

»Die Wahrheit, Giovanni«, sagte de Mola und versuchte abzuschätzen, wie stark Giovanni wirklich betrunken war.

»Ich will das Buch, hier und jetzt!«, schrie dieser.

Der Meister wiegte bedächtig den Kopf. »Du willst das Buch? Welches Buch?«

»*Das* Buch!«, schrie Giovanni. »Das geheime! Das, von dem keiner weiß, wo es ist, und das alle haben wollen!«

»Wer will es haben?«

»Schschsch, sie dürfen uns nicht hören. Wenn sie uns hören, werden sie uns umbringen! Und sie sagten, sie würden auch Elena umbringen.«

»Wer ist Elena?«

»Meine Verlobte. Ah, das wusstest du wohl nicht, hä? Jawohl, ich bin mit einer Frau zusammen: Sie ist wunderschön und sehr elegant. Und Sie sagt, dass sie mich liebt und mit mir gehen wird. Ha, und ich glaube ihr. Denn ich glaube ja alles!«

»Giovanni …«

»Fass mich nicht an«, schrie er. »Und jetzt hör mir zu: Entweder du gibst mir das Buch, oder sie werden dich töten. Ich flehe dich an«, sagte Giovanni und wurde weinerlich, »gib mir das Buch freiwillig, sie werden es sich so oder so holen. Gib es mir! Zwinge mich nicht …«

»Wozu?«, fragte de Mola und versuchte, ruhig zu erscheinen.

Giovanni winkte ihn zu sich und bedeutete seinem Meister, still zu sein.

»Dich umzubringen«, flüsterte er dann, »damit.«

Er holte das Holzkistchen aus der Tasche, das die Ampulle mit dem Gift enthielt, und zeigte sie de Mola.

»Ein einziger Tropfen ist genug… Das Zeug heißt Tentradoxin … oder Totrodoxin … jedenfalls ist es das Gift des Kugelfisches. Es ist ein wenig schmerzhaft für dich, aber wenn du erst tot bist, und das soll schnell gehen, dann nicht mehr!« Giovanni lachte irre.

In diesem Moment wusste Giacomo de Mola, dass die Dämonen wieder zurückgekehrt waren und die dunklen Mächte ihr Netz wieder einmal nach dem alten Muster gesponnen hatten. Allerdings hätte er es nicht für möglich gehalten, dass sie diesmal so nah an ihn und vor allen Dingen an das Buch herangekommen waren.

De Mola stand auf und ging zum Telefon. Er ließ sich von der Telefonistin eine internationale Nummer vermitteln, und es war ihm egal, ob sie ihn abhören würden oder nicht. Er hoffte, dass die Telefonverbindung zustande käme; dann würde de Mola das Wort sagen, von dem er sein ganzes Leben lang gehofft hatte, es nie aussprechen zu müssen. Die Leitung stand, und einen Augenblick später hörte er, wie es am anderen Ende der Leitung klingelte. Jemand hob den Hörer ab. Giacomo sagte nur zwei Worte: »Omega brennt.« Dann legte er auf.

Nun wusste dieser Jemand am anderen Ende der Leitung, dass sich das Buch in Gefahr befand. Er wusste aber auch, dass nur de Mola und nur er etwas tun konnten, um es weiterhin zu schützen.

De Mola näherte sich Giovanni, der mittlerweile halb ohnmächtig war, hob ihn ohne Schwierigkeiten hoch und setzte ihn in den Sessel, der normalerweise für Antiquariatskunden reserviert war, die in den Büchern blättern wollten. Dann holte er ein Glas Wasser, in dem er ein graues Pulver aufgelöst hatte, und hielt es an Giovannis Lippen.

»Willst du mich vergiften, Giacomo?« lallte Giovanni und grinste wie ein Depp.

»Nein, ich helfe dir in den Schlaf und schicke damit alle Ängste fort, wenigstens für heute Nacht. Morgen wird es dafür umso härter werden, wenn du aufwachst.« Morgen, dachte er bei sich, morgen wird ein harter Tag für alle werden.

Rom

Dienstag, 19. Dezember 1486,
am Abend

Innozenz hatte seine *Mozetta* bereits abgelegt und den mit Hermelin besetzten *Camauro* auf eine Büste gestülpt, die seine Gesichtszüge trug. Der *Camauro* zeugte nicht nur von seinem Rang, sondern hielt seinen kahlen Kopf, der nur noch einen dünnen weißen Haarkranz aufwies, schön warm. Ein Page legte ihm ein fein gewebtes, spitzenumklöppeltes Leinengewand an, das Innozenz sich in Genua hatte anfertigen lassen. Es klopfte, und ohne eine Antwort abzuwarten, trat ein Bischof ein, der die päpstlichen Gemächer zu jeder Zeit betreten durfte.

»Heiligkeit, Euer Sohn Fränzchen möchte dringend mit Euch sprechen«, sagte der Besucher aufgeregt.

Innozenz ließ ruckartig die Arme fallen, die er erhoben hatte, um dem Pagen das Anziehen zu erleichtern. Das wertvolle Gewand riss auf Schulterhöhe ein, und der Papst schaute wütend zwischen dem Pagen und dem Bischof hin und her.

»*Belàn, figgeu*! Möge Euch ein Krebsgeschwür ereilen! Kann denn ein Papst nie seine Ruhe haben? Sage ihm, er soll in meinem Schlafgemach auf mich warten. Und du«, drohend wandte er sich an den Pagen, »du wirst das Flicken des Gewandes von deinem Lohn bezahlen!«

Fränzchen war kalkweiß vor Wut: Es gab immer noch keine Neuigkeiten von Graf Mirandola. Es konnte doch nicht so schwer sein, ihn zu finden! Mit seinen prachtvollen Gewändern und der dichten blonden Haartracht musste er doch unweigerlich Aufsehen erregen. Fränzchen konnte den Gedanken, versagt zu haben, nicht ertragen. Außerdem ahnte er, dass er mit dem Grafen ein lukratives Geschäft würde machen können – sein Vater würde ihm zweifellos einen schönen Batzen Geld zukommen lassen, wenn er ihm Mirandola brächte. Und wo er schon einmal dabei war, sein Vermögen zu bilanzieren – er dachte gar nicht daran, die fünfhundert Golddukaten zurückzugeben, die er von diesem Steuereintreiber Giuliano de' Medici erhalten hatte.

»*Cossa ti veu, figgè?*«

»Vater, ich bitte Euch, sprecht nicht genuesisch. Ich verstehe es nicht und hasse den Klang.«

»Du verstehst überhaupt nichts«, fuhr ihn Innozenz an. »Was willst du? Warum hast du es so eilig?«

»Ich wollte Euch nur sagen, dass ich die Verhaftung des Grafen Mirandola befohlen habe.«

»Was?«, schrie Innozenz mit puterrotem Gesicht. »Was fällt dir ein? Nur ich kann das tun. Und was wirfst du ihm vor?«

»Ein betrogener Ehemann hat ihn angezeigt, Vater. Der Gehörnte ist übrigens auch ein Edelmann.«

Dass Giuliano Mariotto nur ein weit entfernter Verwandter der florentinischen Medici-Familie war, obwohl er sich als Cousin Lorenzos brüstete, fand Fränzchen unwichtig. Ebenso wie die Tatsache, dass es mit seiner Blaublütigkeit, besonders im Vergleich mit dem antiken Adelsgeschlecht der Mirandola, auch nicht so weit her war. Aber fünfhundert Golddukaten hätten selbst einen Bauern geadelt, fand Fränzchen.

Der Papst war sofort hellhörig geworden, denn Geschichten über die Wollust waren sein Steckenpferd.

»Erzähl mir alles, auch die Einzelheiten«, sagte er eifrig.

Fränzchen legte Innozenz die ganze Geschichte dar. De' Medici hatte Graf Mirandola bezichtigt, einige Monate zuvor sein Weib entführt und mit ihr Unzucht getrieben zu haben. Dies wurde auch von mehreren anderen edlen Herren bestätigt (in Wahrheit waren es irgendwelche Schergen, die in seinen Diensten standen – aber auch dieses Detail konnte vernachlässigt werden, entschied Fränzchen). Die Gattin des Gehörnten habe ihre Reue zwar durch

Bußetaten bezeugt und gestand freiwillig, dass ein Dämon von ihr Besitz ergriffen und sie gezwungen hätte, sich ihrem Liebhaber hinzugeben. Fränzchen wusste natürlich, dass dies eine kolossale Lüge war: Die wahre Geschichte von Donna Margheritas Liebesflucht war in ganz Italien bekannt, aber fünfhundert Golddukaten überzeugten Fränzchen, die Version des Ehemanns zu stützen.

»Vater, hier geht es um die Ehre eines betrogenen Edelmannes und um einen sonderbaren Zauber. Um zu vermeiden, dass sich der edle Herr an die Väter der Inquisition wendet, habe ich es für notwendig erachtet, sofort in Eurem Namen zu handeln. Ich weiß, wie sehr Euch die Angelegenheit Mirandolas am Herzen liegt.«

Innozenz lehnte sich in seinem prächtigen Polstersessel zurück, in dem er manchmal abends noch las. Er hielt sich an den geschnitzten Putten, mit denen die vergoldeten Armlehnen dekoriert waren, fest und baumelte nervös mit den Füßen. Sein Sohn konnte hervorragend lügen, das wusste Innozenz, und er machte das so gut, dass man ihm gerne Glauben schenkte. Die Unbesonnenheit Fränzchens konnte ihm nun vielleicht sogar nützen. Während die Ermittlungen ihren Lauf nahmen, würde er Mirandola noch einmal befragen können. Selbstverständlich würde er ihn gut und respektvoll behandeln – aber eben als Gefangenen. Er würde so tun, als wäre er ein Freund Mirandolas, und das würde dem Grafen noch mehr Angst machen. Denn es gibt nichts Schlimmeres, als vom eigenen Henker mit Samthandschuhen angefasst zu werden, erwartet man doch jeden Moment, dass dieser sein wahres Gesicht zeigt und andere Saiten aufzieht. Diese Furcht wäre eine schlimmere Folter als die Strafe selbst. Innozenz spürte jedoch, dass da noch mehr war. Das Gesicht seines Sohnes sprach Bände.

»Ja«, sagte er. »Ich verstehe. Du hast richtig gehandelt. Und wenn es den Verdacht gibt, dass der Teufel am Werk war, ist es angebracht, sofort zu handeln. Und in Anbetracht der Position des Grafen ist es besser, dass sich der Papst selbst anstelle der Inquisition um die Angelegenheit kümmert.«

Nun musste Fränzchen den für ihn unangenehmeren Part erzählen. Er senkte den Kopf und legte die Hand auf seine Brust.

»Danke, Vater. Leider ist der Graf seiner Verhaftung entkommen, aber ich hoffe, ihn noch heute Abend zu erwischen.«

Innozenz sprang auf.

»Entkommen? Und wie hat er das gemacht? Welche Idioten hast du ausgesandt, um ihn zu fangen, du Tölpel?«

Fränzchen fummelte nervös an seinem Schwertgriff herum und versuchte, Ruhe zu bewahren.

»Meine besten Männer, Vater. Aber in der Santo-Spirito-Kirche, wo die Falle zuschnappen sollte, versteckte sich ein Mann, eine Bestie, ein skrupelloser Mörder, der dem Grafen zur Flucht verhalf und drei meiner Männer ermordete. Vielleicht sogar vier.«

»Und du hast mich gestört, nur um mir deine Misserfolge zu erzählen?« Innozenz war in Rage.

»Nein, Vater«, antwortete Fränzchen beleidigt und zufrieden gleichermaßen. »Aber während wir ihn jagten, haben wir seinen Freund, den Poeten Benivieni, erwischt, der sich gerade mit einem Jüngling verlustierte …«

»Nein! Wirklich? Ich hörte bereits, dass selbst unsere ehrwürdigsten Patres diesem weit verbreiteten Brauch frönen«, grinste der Pontifex. »Ich habe nie verstanden, was sie daran finden. Wie kann man einen Jüngling einer Frau mit ihrer geheimnisvollen Süße und dem lusterfüllten Schoß vorziehen?«

»Das weiß ich auch nicht, Vater«, sagte Fränzchen und lächelte mit leicht geöffneten Lippen. »Das gleiche Blut fließt durch unsere Adern. Aber dass der Poet es mit Knaben treibt, hat besondere Aufmerksamkeit verdient …«

»Also los, sag schon. Worauf wartest du noch?«

»Ich weiß, Ihr seid an den Schriften und den Thesen des Grafen interessiert …«

»Ja«, brummte Innozenz. »Den Papst will er durch sie ersetzen … Es ist also ein ganz privater Angriff!«

»Nun gut, ich habe nicht nur mehrere Exemplare seiner *Neunhundert Thesen* gefunden, also die, die der Buchdrucker anfertigte, sondern auch …«

»Hör auf zu grinsen und sag mir, was du gefunden hast, du Sohn einer Hure, mit Respekt für deine Mutter, hab sie selig!«

Fränzchen zog es vor, nicht auf die Beleidigung seines Vaters einzugehen, und kam gleich zur Sache. »Zwei Handschriften, Vater, die ich Euch gebracht habe. Ich glaube, sie sind viel mehr wert als der Graf selbst. Hier, sie sind Euer.«

Innozenz nahm den aus einigen Seiten bestehenden Folianten von seinem Sohn entgegen. Dann las er auf der Vorderseite den Titel, der in kunstvollen Goldlettern geschrieben war:

Ultimae Conclusiones
Sive Theses Arcanae IC

»Was ist das?«

»Wenn meine Erzieher, die von Euch höchstpersönlich ausgesucht wurden, keine Esel waren, heißt es ›Die letzten geheimen neunundneunzig Conclusiones‹.«

»Ich kann immer noch Latein lesen, du Tölpel. Ich will wissen, was es mit diesen geheimen Thesen auf sich hat!«, polterte der Papst und schlug dabei mit der Faust auf die vergoldete Armlehne seines Sessels.

Fränzchen wusste, wann er sich vor den Wutausbrüchen seines Vaters in Acht nehmen musste – und das war einer dieser Momente. Er gab sich zerknirscht, wie er es schon als Kind getan hatte: Die Fäuste vor die zusammengepressten Lippen gepresst und mit auf die Brust gesenktem Kopf stand er vor Innozenz. »Ehrlich gesagt, Vater, dachte ich, dass Ihr das wissen müsstet«, sagte er nach einer Weile trotzig. »Die Papiere waren in dem Geheimfach eines Möbels versteckt. Nun, ich dachte, dass Ihr die geheimen

Thesen vielleicht suchen würdet … und dass sie großen Wert für Euch hätten.«

»Ich wusste nicht einmal etwas über ihre Existenz. Wahrscheinlich habt Ihr sogar schon in ihnen gelesen, was?«

»Nein, Vater«, antwortete Fränzchen offen und ehrlich. »Ich habe den Titel gelesen, und nachdem sie mir übergeben wurden, habe ich sie Euch sogleich gebracht.«

»Zeig schon her …« Innozenz griff nach dem Buch und polterte sogleich weiter. »Soll das ein Scherz sein? Die Seiten sind zusammengeklebt. Was hast du jetzt schon wieder gemacht?«, fuhr er Fränzchen an.

»Nichts, Vater … ich schwöre bei der heiligen Madonna, dass ich sie so gefunden habe.«

Innozenz versuchte, die Seiten auseinanderzuziehen, aber es schien, als ob das ganze Buchgefüge ein einziger Block wäre. Er versuchte zuerst, mit der Spitze seines Stiletts und dann mit dem Fingernagel die Seiten zu trennen, aber es war nichts zu machen.

»Wie viele Exemplare waren es?«, herrschte Innozenz seinen Sohn an.

»Zwei, Vater, das hier und noch ein zweites, aber … auch das ist zusammengeklebt«, sagte Fränzchen und wollte nach dem Buch greifen.

»Lass es sein, fass es mit deinen Dreckspfoten nicht an!«, schrie ihn der Papst ungehalten an. Er blickte auf den Titel und murmelte: »Geheimthesen: Wieder etwas Neues von diesem Wahnsinnigen … der Kerl ist von einem Dämon besessen … soll der Mirandola doch gleich ganz in Besitz nehmen! Und dann sind die Thesen auch noch in dieser Weise verschlüsselt … mit Absicht, auf dass sie niemand öffnen möge!«

»Vater, Ihr könntet den Alchimisten, Bruder Lorenzo, zum Öffnen rufen.«

Innozenz schaute sich zuerst um, ob sie auch nicht belauscht würden, und warf seinem Sohn dann einen bösen Blick zu.

»Red kein dummes Zeug, Fränzchen, welcher Alchimist? Weißt du denn nicht, dass die Kunst der Alchimie seit über zweihundert Jahren von der Heiligen Römischen Kirche verboten ist?«

»Ich meinte natürlich einen Käutermischer, Vater«, beeilte sich Fränzchen zu versichern.

»Fein, das ist eine gute Idee. Ruf den Mischer, Bruder Lorenzo. Ich will ihn hier in fünf Minuten sehen, ist das klar?«

Kurze Zeit später erschien der Mönch – von einem verzweifelten Fränzchen, der seine Felle beim Vater davonschwimmen sah, herbeigezerrt. Die Kutte des Mönchs war von oben bis unten mit Flecken bedeckt und hatte außerdem einige Brandlöcher.

»Mönch, seitdem ich dich das letzte Mal gesehen habe, bist du noch feister geworden«, begrüßte Seine Heiligkeit den Ordensmann. »Das heißt, ich zahle dir zu viel. Nun, dann beweise mir, dass du dein Geld auch wert bist. Stelle deine Fertigkeiten unter Beweis und schau dir dieses Manuskript an. Was hältst du davon?«

Der Mönch nahm die zu einem Block zusammengeklebten Seiten von Innozenz entgegen und verneigte sich tief vor dem Papst. Dabei gab er unfreiwillig den Blick auf seinen Haarkranz frei, der teilweise verbrannt und mit farbigen Flecken bedeckt war. Die Flecken stammten offensichtlich von irgendwelchen Giften, denn seine gesamte Kopfhaut war unnatürlich grün verfärbt. Aus einer Tasche holte der Mönch ein Paar dicke Brillengläser hervor und begann, das eigenartige Buch zu untersuchen.

»Papier aus Florenz«, murmelte er, »Tinte aus Venedig, wahrscheinlich aus Bleikristall gewonnen. Eure Heiligkeit – es ist ja zusammengeklebt!«

»Feinsinnig beobachtet, mein Mönch, deine Studien haben sich also wirklich gelohnt, du Sohn einer Hure! Natürlich sind sie zusammengeklebt – darum habe ich dich ja rufen lassen. Bist du fähig, diese Seiten zu öffnen?«

»Ich werde es versuchen, Eure Heiligkeit«, sagte der Mönch schnell und wollte sich mit dem Buch unter dem Arm entfernen.

»Wohin gedenkst du zu gehen, Mönch?«

»In meine Werkstatt, Eure Heiligkeit, denn dort habe ich meine Instrumente und meine Flüssigkeiten ...«

»Hol sie hierher, Bruder. Das Buch wird diesen Raum nicht verlassen, denk nicht einmal daran!«

Der Mönch verbeugte sich unterwürfig, gab Innozenz den Folianten zurück und ging. Kurze Zeit später betrat er erneut den Raum, mit verschiedenen Ampullen und farbigen Mineralien im Gepäck, die einen beißenden Geruch verströmten. Fränzchen setzte sich unter das geöffnete Fenster. Er grinste den Mönch drohend an, dann tat er so, als nehme er keine weitere Notiz von ihm, und begann, gleichgültig mit seinem Dolch an einem Stöckchen herumzuschnitzen, das er sich aus dem Kamin geholt hatte.

Der Mönch war so aufgeregt, dass er zu schwitzen und zu zittern begann. Dabei fiel ihm eine Ampulle aus der Hand. Sobald der Inhalt sich auf den Tisch ergoss, begann die Flüssigkeit zu brodeln.

»Achtung, du Bestie«, schrie ihn Innozenz an.

Bruder Lorenzo wischte die Bescherung hastig mit einem Lappen fort und verätzte sich dabei die Hand. Mit schmerzverzerrtem Gesicht löste er eines der mitgebrachten Mineralien in einer wässrigen Flüssigkeit auf. Seine Hand wurde immer roter, und der Schmerz schien nicht nachzulassen. Innozenz beobachtete die Bewegungen des Mönchs, die immer fahriger wurden, und hob seine dichten Augenbrauen.

»Halte ein«, befahl er ihm, »was ist mit deiner Hand?«

»Nichts, Eure Heiligkeit, ich danke Euch – sorgt Euch nicht um mich.«

»Ich sorge mich nicht um *dich*, Bruder, sondern um das Buch!«, stellte Innozenz klar. »Zeig mir deine Hand.«

Der Mönch streckte dem Pontifex zitternd seine Hand entgegen. Der Papst riss die Augen auf, als er die Hautfetzen sah, unter denen das rohe Fleisch rot glänzte. Innozenz zog eine Grimasse und wandte seinen Blick angewidert ab.

»Geh, Mönch«, befahl er ihm. »Halte ein, bevor du noch mehr Schaden anrichtest.«

»Eure Heiligkeit, ich …«

Bruder Lorenzo konnte seinen Satz nicht vollenden, denn er verlor das Bewusstsein. Fränzchen bedeutete zwei Dienern, den Tisch zu räumen und den Körper des Mönchs zu entfernen. Der beißende Geruch von verätztem Fleisch hing in der Luft.

»Öffnet die Fenster«, befahl der Heilige Vater, »hier erstickt man ja.«

»Vater, ich denke, dass …«

»Stör' mich nicht, und vor allen Dingen: hör auf zu denken! Das ist nämlich dein Fehler. Du sollst einfach deinen Kopf nicht gebrauchen!«

Fränzchen sah ihn hasserfüllt an, aber Innozenz kümmerte es nicht. Er war an solche Blicke gewöhnt – und dass sie diesmal von seinem Sohn stammten, machte ihm nicht das Geringste aus.

»Nun geh«, fuhr er fort, »und lass mir Cristoforo holen. Ich will ihn so schnell wie möglich sehen.«

»Cristoforo? Warum?«, fragte Fränzchen und biss sich auf die Zunge. Alle wussten, dass Cristoforo Innozenz' Lieblingsneffe war. Und dass ein sogenannter Neffe des Papstes nichts anderes als ein nicht offiziell anerkannter Sohn war. Als der noch nicht einmal 18-jährige wollüstige Giovanni Battista Cibo die jüngste Tochter einer gewissen Familie Perestrello aus Genua geschwängert hatte, war er von seinem Vater, Senator Arano, an den Hof von Neapel geschickt worden, um die Sache zu vertuschen. Aber im Laufe der Jahre wuchs die Zuneigung des Papstes für diesen Sohn immer mehr, wohl aufgrund der außergewöhnlichen Ähnlichkeit zwischen den beiden, und so nahm er jede Gelegenheit wahr, um diesen Sohn um sich zu haben. Obwohl Fränzchen sich wegen der Nachfolge keine Sorgen zu machen brauchte, war er doch sehr eifersüchtig, ja er hasste Cristoforo.

Der Papst sah ihn mit einem gemeinen Grinsen an. »Warum ich ihn hier haben will? Weil es mir so beliebt, mein Sohn.«

Fränzchen erinnerte sich nicht, jemals von seinem Vater so genannt worden zu sein, aber es war nichts Väterliches in seinem Ton. Eilig verließ er den Raum.

»Warte.«

»Ja, Vater?«

»Dieser Freund von Graf Mirandola, dieser Benivieni – wo befindet er sich zu dieser Stunde?«

»Im Annona-Kerker, Vater …«

»Gut, aber lasst ihm nichts zustoßen. Nichts, was ihm nicht gefällt, verstanden? Niemand soll ihm ein Haar krümmen.«

Fränzchen machte eine leichte Verbeugung und öffnete die Tür.

»Denk daran. Hinter ihm«, fuhr der Papst über seine Anzüglichkeit lächelnd fort, »steht Lorenzo de' Medici, der … bald dein Schwiegervater werden könnte.«

Fränzchen drehte sich so schnell um, dass er sich den Kopf an der Tür anschlug.

»Was?«

»Alles zu seiner Zeit, Fränzchen. Sorge dich nicht und geh jetzt. Ich will Cristoforo sehen, jetzt. Und ich will Mirandola. Tu mir den Gefallen und versage dies eine Mal nicht schon wieder.«

Rom

Dienstag, 19. Dezember 1486, in der Nacht

Giovanni schlug mehrmals den falschen Weg ein, hatte aber Angst zu fragen. Von weitem erkannte er das Stadttor. Es war von vielen Fackeln erleuchtet, deren rötliches Licht sich in den Steinen der mächtigen Stadtmauern widerspiegelte. Obwohl es bereits spät war, konnte man ein eifriges Gewimmel davor erkennen. Jeder, der es passieren wollte, wurde angehalten und kontrolliert. Giovanni hörte Schreie und sah, wie ein Mann flüchtete. Er lief direkt an ihm vorbei, kam jedoch nicht weit: Ein berittener Soldat holte ihn ein und schlug ihm mit einem Holzprügel auf den Kopf. Der Mann fiel um – ob bewusstlos oder tot, vermochte Giovanni nicht zu sagen. Ein Händler, der eben angekommen war und morgen, am Markttag, seine Waren feilbieten wollte, näherte sich ihm und bot ihm Stoffe aus Damaskus an. Er werde ihm die Ware zum halben Preis überlassen, flüsterte er, wenn der Herr kaufen wolle. Nur allzu gern hätte ihm Giovanni den ganzen Karren abgekauft, um ein paar Informationen zu erhalten, aber er hatte nur die wenigen Münzen, die ihm Eucharius gegeben hatte.

»Woher kommt Ihr, Kaufmann?«, fragte er stattdessen.

»Aus Pesaro, mein Herr, der schönsten Stadt der Welt, seitdem sie unter dem Schutz der edlen Sforza-Familie steht.«

»Eine lange Reise habt Ihr da hinter Euch, und ich habe gesehen, dass Ihr beinahe nicht eingelassen worden wärt …«

»Ja, Herr, hier sind alle voller Unruhe. Viele Stadttore sind geschlossen, und es ist schwer, hinein-, aber noch schwerer, wieder aus Rom herauszukommen.«

»Aus welchen Grund?«

»Es scheint, als würden sie nach einem Edelmann suchen, der irgendeines schweren Verbrechens bezichtigt wird. Ich glaube, die Entehrung einer Frau, Hexerei oder Häresie. Gott möge verhindern, dass ich auf diesen Dämon treffe«, sagte der Händler und bekreuzigte sich.

»Gewiss«, antwortete Giovanni.

»Nun, Herr? Möchtet Ihr kaufen? Soll ich Euch den schönen Brokat, der gerade aus Persien eingetroffen ist, zeigen?«

»Guter Mann, ich werde Euch morgen auf dem Markt finden. Dort werden wir uns bestimmt einig werden.«

»Ich erwarte Euch, edler Herr, auf der Piazza del Parione, Ihr könnt mich gar nicht verfehlen!«

Der Mann nickte Giovanni ein letztes Mal zu, schnalzte mit der Zunge, und das Pferd begann mühsam, den vollbeladenen Karren zu ziehen. Giovanni sah dem von den Anstrengungen der langen Reise gezeichneten Händler nach und dankte ihm geistig. Notzucht, Hexerei und Häresie: Der Gesuchte war niemand anders als er, das wusste Giovanni. Vor allem aber wusste er, was ihn erwarten würde, wenn er den Häschern in die Hände fiel. Wie sollte er aber mit heiler Haut davonkommen? Die Fluchtwege waren blockiert, hatte der Fremde berichtet, und so, wie es aussah, konnte er sich nicht einmal mehr auf offener Straße blicken lassen. Giovanni kehrte um und ging zum Borgo Vecchio zurück: Vielleicht würde er dort bei den vielen verfallenen Hütten einen Unterschlupf für die Nacht finden. Allerdings würde er sich nicht nur vor den Banditen, sondern auch vor Spionen und den Soldaten in Acht nehmen müssen. Während Giovanni sich nach einem sicheren Ort für die Nacht umsah, hörte er, wie eine junge Stimme durchdringend nach ihm rief.

»Graf!«

Giovanni drehte sich mit einem Ruck um und sah ein junges Mädchen. Ihrer Kleidung nach zu schließen, war sie eine Dirne: Das bodenlange, auffällig grüne Kleid war schmutzig und schäbig. Dazu trug sie ein spitzenbesetztes Leibchen, das genauso verschlissen war wie der Rest der Kleidung und ihre sprießenden Brüste betonte.

»Ihr kennt mich?«, fragte er sie.

»Nein, aber so elegant wie Ihr gekleidet seid, könnt Ihr nur ein edler Herr sein. Ein Graf also?«

Sie lächelte nicht wie eine dieser Dirnen, die sich jedem anboten, der vorbeikam. Ihre Zähne waren noch nicht schwarz und krumm – ein typisches Zeichen der Syphilis –, sondern klein und sauber. Giovanni lächelte sie an. Aber das, was sie dann sagte, ließ ihm das Blut in den Adern gefrieren.

»Du bist derjenige, den sie suchen, nicht wahr?«

So weit war es also bereits gekommen! Nun suchten sie ihn schon in den übelsten Kaschemmen und sogar an Orten, an die er selbst nicht einmal gedacht hätte! Er schaute dem Mädchen prüfend in die Augen, konnte aber keine Hinterlist entdecken.

Langsam nickte Giovanni. »Ja, das bin ich, aber ich schwöre bei meiner Ehre, dass ich nichts verbrochen habe.«

Laut lachend schüttelte sie den Kopf.

»Ich weiß«, beruhigte sie ihn. »Ihr müsst Euch nicht rechtfertigen. Um zu erkennen, dass Ihr eine reine Seele habt, brauche ich nicht mit Gottes Augen zu sehen. Kommt mit mir – es ist gefährlich, wenn Ihr Euch noch weiter in der Öffentlichkeit zeigt.«

Sie nahm Giovanni bei der Hand und führte ihn durch dunkle Gassen, die nur hier und da von Wirtshäusern erleuchtet waren, aus denen Schreie, Gelächter und Verfluchungen drangen.

Sie gingen durch ein Tor. Das Mädchen nahm eine Kerze aus einer Vertiefung in der Mauer, die wohl einstmals weiß gewesen war, aber nun sogar bei Nacht schmutzig aussah.

»Mein Zimmer ist viel sauberer«, sagte sie leise, und man merkte ihr an, dass sie sich ein wenig schämte.

Während sie die Treppen hinaufstiegen, kam ihnen ein Mann mit heruntergelassenen Hosen entgegen, verfolgt von den wüsten Verwünschungen eines Frauenzimmers. Um nicht von ihm umgerempelt zu werden, sprangen sie schnell zur Seite. Wieder lächelte sie – diesmal ein bisschen maliziös.

Das Zimmer, in das sie Giovanni führte, war karg – ein Bett mit einer Strohmatratze, ein kleiner Schrank und eine Waschschüssel. Aber es war wirklich sauber, und es roch noch leicht nach Lavendel. Durch das kleine Fenster fiel kein einziger Lichtstrahl – aber vielleicht war es ja auch gar kein Fenster, überlegte Giovanni.

»Bei mir waren sie schon«, sagte das Mädchen und blinzelte ihm schelmisch zu. »Sie haben jedoch nichts gefunden ... bis auf mich. Aber sie schienen nicht enttäuscht.« Plötzlich wirkte sie traurig. »Hier seid Ihr sicher«, flüsterte sie. »Ich habe noch etwas Brot, wenn Ihr wollt, den Wein haben sie leer getrunken.«

»Wie heißt du?«

»Leonora, und Ihr?«

»Giovanni. Warum tust du das, Leonora?«

»Weil meine Großmutter mir kurz vor ihrem Tod sagte, es sei besser, einem Verletzten eine Schale Wasser zu bringen, als dem Gewinner einen Lorbeerkranz aufzusetzen.«

Hinter einer Art Vorhang zog Leonora ihr Kleid aus, faltete es sorgfältig zusammen und legte sich dann auf das Bett, an die Wandseite.

»Kommt, Giovanni, sorgt Euch nicht um Eure unschuldige Seele oder um die glückliche Frau, der Eure Liebe gehört. Wir werden wie junge Hunde beieinander liegen und uns wärmen.«

Giovanni zog seinen prächtigen Umhang aus und legte sich neben sie. In der Unschuld des Schlafes kuschelte sie sich an ihn, und obwohl sie sehr schön war, umarmte er sie, ohne sich von ihr angezogen zu fühlen. Giovanni lag lange wach und starrte an die Decke. Als sich seine Augen an die Dunkelheit gewöhnt hatten, verweilten sie auf den Holzbalken und zwei großen Nägeln, die in ihnen steckten. Er stellte sich sein Leben wie einen robusten Holzbalken vor – nicht zu glatt, aber auch nicht zu krumm – und noch frisch genug, dass keine Verwitterungen sichtbar waren. Allerdings waren Nägel hindurchgetrieben, die ihn im Innersten verwundeten und brechen würden. Vielleicht wollten sie ihn aber auch nur zusammenhalten und einengen. Giovanni nahm das Manuskript und schubste es unter das Bett, bis es an etwas stieß, das er für den Nachttopf hielt. Dann deckte er sie beide mit seinem Umhang zu und lächelte. Er schlief mit dem Gedanken an seinen Traum ein, der ihn die ganze Nacht begleiten würde: Er träumte von dem Mädchen und von Margherita, bis die beiden Wesen zu einem Antlitz verschmolzen. Dann kam die Feuerkugel, die beide Frauen verschwinden ließ, und mit ihm, Giovanni Pico, Graf von Mirandola, ein langes und friedliches Zwiegespräch aufnahm.

Als Nächstes fand er sich im Bauch seiner Mutter wieder und sah dem Leben dabei zu, wie es sich vor ihm abspielte: Von seinem geborgenen Standpunkt aus betrachtet, war alles eins, alles richtig und voller Liebe. Doch dann kam der Moment der Geburt. Das Atmen wurde schwer, und er fragte die Feuerkugel, ob nicht vielleicht alles umsonst gewesen sei.

»Ich habe meinen Weg der Erkenntnis zu Ende gebracht«, antwortete sie ihm, »und bei dir bin ich angekommen.«

»Wenn es aber nur mich gibt, welchen Sinn hat dann alles gehabt? Wer kommt noch zu dir?«

»Sie werden es wissen, Giovanni, *coetera norunt*. Sie werden noch mehr erkennen, vom Okzident bis zum Orient, vom Tejo bis zum Ganges, bis zu den Erdpolen. Wenn es so weit ist, musst du ihnen den Schlüssel geben. Der Tag wird kommen, Giovanni, und die anderen wissen es bereits.«

Giovanni hatte noch die Worte *coetera norunt* auf den Lippen, als das Tageslicht aus der engen Gasse zögernd durch das kleine Fenster drang. Sie wachten in einem angenehm warmen Zimmer auf.

Leonora stand als Erste auf. »Singt ein Lied, ich bitte Euch«, sagte sie, während sie den Nachttopf unter dem Schrank hervorholte und hinter den Vorhang ging. »Ich schäme mich – wegen der Geräusche.«

Giovanni gehorchte. Er stimmte ein lustiges Liebeslied an und sang es wie ein Kirchenlied. Leonora lachte dazu. Vorsichtig lugte Giovanni beim Singen unter das Bett: Neben seinem Manuskript lag nicht der vermeintliche Nachttopf, sondern ein kleiner Kupferzylinder.

»Ich habe es am Tiberufer gefunden und mitgenommen«, erklärte Leonora. »Wenn es Euch gefällt, schenke ich es Euch. Wonach steht Euch der Sinn? Ihr seid anders – hat Euch der Morgen ein Lächeln gebracht?«

»Nein, ich habe nur meine Ideen geordnet, Leonora.«

»Das erfreut mich. Wisst Ihr, das Morgenlicht vertreibt die Alpträume, und die Gedanken werden klarer.«

»Du bist klug.«

»Überhaupt nicht, ich folge nur meinem Herzen. Obwohl es manchmal weh tut, macht es das Leben einfacher.«

»Auch ich habe mich dafür entschieden und keine Scheu davor, dich erneut um einen Gefallen zu bitten.«

»Der Tag fängt ja gut an!«, lächelte das Mädchen. »Da ist wirklich jemand, der mich braucht.« Leonora machte eine komische Verbeugung. »Edler Herr, ich stehe zu Euren Diensten.«

»Ich danke dir von Herzen, Leonora.« Giovanni lächelte. »Und da du schon alles weißt – oder dir das, was du noch nicht weißt, bestimmt denken kannst – öffne ich dir mein Herz. Hör zu, ich habe nur wenig Geld, und ich brauche jede Kupfermünze davon. Die Gewänder, die ich trage, sind wertvoll, aber wir müssen sehr vorsichtig sein, wenn wir sie verkaufen wollen. Das wird den Preis natürlich mindern. Heute ist Markt auf der Piazza Parione, und da gibt es einen Stoffhändler …«

»Ich weiß, wo man die besten Geschäfte macht. Gebt mir Eure Gewänder und bedient Euch aus meinem Schrank. Die Kleider sind hässlich, aber sauber – ich habe sie selbst gewaschen. Wartet hier auf mich und geht nicht hinaus, denn es könnte gefährlich sein. Ihr werdet schon sehen: Das Geld, das ich Euch bringe, wird reichen, um bis in das Land der aufgehenden Sonne zu reisen!«

»Leonora, du bist ein Mädchen mit vielen Fähigkeiten, und jede davon ist wundervoll. Ich nehme dein Angebot gerne an. Du kennst sogar eines meiner liebsten Bücher, *Die Wunder der Welt* von Marco Polo. Nur er nennt China ›das Land der aufgehenden Sonne‹. Du kannst also lesen?«

»Ich kann sogar schreiben. Und musizieren und nähen. Und all dies dank der Santa-Chiara-Nonnen, die mich nach dem Tod meiner Großmutter großgezogen haben. Und nicht nur das. Ich kann auch aus der Hand lesen.«

»Möchtest du aus meiner lesen?«, fragte Giovanni freundlich.

»Gerne«, sagte Leonora eifrig, »aber ich bin keine Hexe, wenn Ihr das meint.«

»Eine Hexe? Nein, das bist du wirklich nicht, wenigstens nicht in dem Sinne, wie du denkst.«

Giovanni lächelte und drehte sich mit ausgestreckten Armen um sich selbst, so als wolle er die ganze Welt umarmen. »Eine Hexe ist eine alte Vettel, die sich die Schönheit von teuflischen Dämonen erkauft und Unglück über die Kirchenväter bringt«, sagte er fröhlich und zwinkerte Leonora zu. »Hast du schon einmal so etwas getan?«

Sie lächelte zurück und schüttelte mit gesenktem Blick den Kopf. »Nein, edler Herr«, antwortete sie.

»Siehst du, obwohl du Magie anwendest, bist du keine Hexe. Leonora, Magie zu praktizieren ist nichts anderes, als das Gute auf Erden zu suchen. Sie ist die perfekte Wissenschaft, sowohl im Himmel«, und er zeigte nach oben, »als auch auf der Erde.«

»Was Ihr alles wisst … Dann seid Ihr also auch ein Magier?«

»Nein«, antwortete Giovanni ernst, »so wenig wie du eine Hexe bist. Die Magie wohnt in jedem von uns … In uns Menschen liegen große Schätze verborgen, wir kennen jedoch nicht den Weg, um sie zu bergen. Und doch gibt es Zeichen …«

Giovanni hielt inne, als er den ängstlichen Blick von Leonora wahrnahm. Er wollte ihr keine Angst einjagen, und der Moment der Wahrheit war noch nicht gekommen.

»So, nun hören wir aber auf, über Magie zu sprechen. Du wolltest mir doch aus der Hand lesen, nicht wahr? Welche willst du? Ich glaube, die linke.«

»Nein, beide: Hände übertragen etwas. Wenn man die Hände eines Menschen berührt, lernt man ihn besser kennen: Seine Gedanken, seine Gefühle, und man lernt schnell, einen guten von einem schlechten Zeitgenossen zu unterscheiden. Wenn der Mensch schlecht ist, behalte ich es für mich – und erfinde stattdessen irgendeine Geschichte. Danach gehe ich meiner Wege und denke nicht mehr daran.«

»Woher soll ich nun aber wissen, ob deine Vorhersage richtig ist? Möglicherweise tischst du mir ja eine Lüge auf?«

»Ich habe Euch schon kennengelernt; ich will nur noch etwas mehr über Euch wissen.«

Giovanni öffnete seine wohlgeformten Hände. Leonora betrachtete bewundernd die schlanken, feingliedrigen Finger, die aussahen, als könnten sie zupacken. Er hatte männliche und weibliche Hände gleichermaßen. Leonora drückte sie sanft und schloss die Augen. Eine Woge von Gefühlen erfasste das Mädchen. Sie erschauderte.

»Ihr seid schön, Giovanni, und jung. Aber Eure Hände sagen etwas anderes. Mir war, als hätte ich ein ganzes Leben in Euren Händen gefühlt, viele Jahrzehnte. Es ist, als würde ein Feuer in Euch glühen – etwas, das zu brennen beginnt, wenn es aus Euch herauskommt.«

Für einen Augenblick war Giovanni Pico ganz still. Dann lächelte er. »Das ist meine Feuerkugel, Leonora, du hast recht gesehen.«

»Welche Kugel?«

»Sie erschien am Tag meiner Geburt. Der Medicus und die Hebamme sahen sie im Raum schweben. Als ich fünfzehn Jahre alt war, sah ich sie wieder. Es war der Tag, an dem meine Mutter starb. Seit diesem Tag fühle und sehe ich sie oft in mir, letzte Nacht zum Beispiel. Sie hat sogar zu mir gesprochen. Du bist der erste Mensch, der sie spürt, ohne von ihr gewusst zu haben. Ich darf also annehmen, dass ich nicht vollkommen wahnsinnig bin.«

»Nein, Ihr seid nicht wahnsinnig, Giovanni.«

Einen winzigen Augenblick nur kamen sie sich näher; dann wichen beide zurück und senkten den Blick.

»Ihr seid sehr neugierig und würdet gerne wissen, wer ich wirklich bin«, sagte Leonora lächelnd. »Aber jetzt ist es spät geworden, und ich muss mich um Eure Kleider kümmern!« Sie eilte in Richtung Tür und lief mit dem Sack voller Kleider davon, wild entschlossen, so viel Geld herauszuschlagen, wie sie nur konnte.

Rom

Montag, 25. Dezember 1486

Innozenz hatte gerade die Weihnachtsmesse zelebriert. Vor ihm schritten 20 Kardinäle und hinter ihm 40 Bischöfe. Er selbst saß auf seinem Papstthron, der von den päpstlichen Sänftenträgern, heute in purpurnen Damastgewändern, getragen wurde. Mit seinen weiß behandschuhten Händen segnete Innozenz die vielen anwesenden Adligen und Kaufleute, die an der heiligen Messe teilnahmen.

Fränzchen stand bereits mit Kardinalvikar Sansoni in der großen Sakristei der Basilika, um mit ernster Miene die Bittsteller zu empfangen. Eine Horde Menschen drängte sich bereits so ungeduldig vor dem Eingang, dass die Gardisten sie kaum in Schach halten konnten. Auf dem imposanten Eichenschreibtisch lagen Pergamentrollen; einige davon waren bereits mit dem Papstsiegel versehen, das Fränzchen an seinem Gürtel trug. Auf diese Gelegenheiten wartete er das ganze Jahr über – an Weihnachten und Ostern wurden die meisten Ablasse verkauft. Dem letzten Papst, dem guten della Rovere, sei Dank, hatte sich der Handel mit Ablassbriefen zu einem florierenden Geschäft für die Kirche entwickelt. Fränzchen lächelte selbstgefällig. Sein Verdienst war es, dass der Kommerz noch weiter ausgebaut worden war und die Tarife mittlerweile auch für die ärmeren Sünder erschwinglich waren: Die Preise für einen Ablassbrief richteten sich nun nicht mehr nach der Schwere der begangenen Sünden, sondern jeder zahlte das, was in seinen Möglichkeiten stand.

Fränzchens Verkäufe standen unter einem guten Stern, denn am Tag zuvor hatte der Kardinal und Cousin des Ludovico Orsini, Giovanni Battista, sich zu Tode erschreckt, als ein gewaltiger Blitz in den Turm der feindlichen Orsini eingeschlagen hatte. Der Papst hatte dieses Ereignis zum Anlass genommen, seine feierliche Predigt damit zu würzen. Der Blitz, hatte Innozenz mit donnernder Stimme gepredigt, sei wie der göttliche Zorn – und dann hatte er das Fegefeuer und das Inferno so grauenvoll und schrecklich beschrieben, dass Fränzchen sich entschlossen hatte, sich einen »Totalerlass« seiner Sünden zu gönnen, indem er seinen Namen neben das Siegel des Statthalters von Jesu Christi setzte – natürlich ohne einen Heller dafür zu bezahlen.

Wie er hörte, hatte Cristoforo sich endlich aus Genua auf den Weg gemacht, um ihrem Vater mit seinen alchimistischen und chemischen Künsten zu Diensten zu sein. Die Vorfreude hatte dem Papst die gute Laune zurückgebracht – jetzt lächelte er auch Fränzchen wieder an, was er seit der Geschichte mit dem Manuskript nicht mehr getan hatte.

Kardinal Sansoni gab der Wache ein Zeichen, und der erste Bittsteller trat ein.

»Euer Name«, fragte er, ohne aufzublicken.

»Giovanni de' Magistris, Eminenz«, antwortete der Mann.

Sansoni schaute ihn kurz an. Er war feist und verschwitzt und trug eine schwarze Kappe aus Wollstoff. Sein schwarzer Rock war von guter Manufaktur, und um den Hals trug er eine Kette mit einer eingravierten Gänsefeder.

»Ihr seid edler Herkunft?«, erkundigte sich der Kardinal.

»Nein, leider nicht, Eminenz«, antwortete der Mann, während er nervös mit seiner Kappe spielte.

»Ah«, sagte Sansoni und zog missbilligend die Augenbrauen hoch, während er kalkulierte, wie viel er dem Sünder abverlangen könnte. »Woher kommt Ihr?«, fragte er weiter.

»Aus Asti, Eminenz.«

»Womit verdient Ihr Euer Brot?«

»Ich bin Notar.«

Sansoni und Fränzchen warfen sich einen Blick zu.

»Setzt Euch, Notar«, sagte Sansoni daraufhin. Sein Ton war mit einem Mal wesentlich freundlicher. »Was kann die Heilige Römische Kirche für Euch tun?«

* * *

Leonora war wirklich geschickt gewesen. Sie hatte den Käufern auf dem Markt erzählt, dass die feilgebotenen Kleider keinem Geringeren als dem Prinzen von Aragon gehört hätten, und damit einen weitaus höheren Preis erzielt, als Giovanni zu hoffen gewagt hätte. Zu guter Letzt hatte sie noch den Geldwechsler betrogen, was Giovanni einen ganzen Sack voller Heller und Silberdukaten einbrachte, mit florentinischer und römischer Prägung, einige Reals aus Neapel, venezianische Münzen und große Genueser. Nun besaß er das typische Münzsortiment eines Händlers, der aus Rom zurückkehrte und dort gute Geschäfte gemacht hatte. Er hatte sogar so viel Geld in seinen Taschen, dass er ein paar Heller für die Reise und Almosen für die Armen erübrigen konnte. In der Tasche, die ihm Leonora besorgt hatte, befand sich der Kupferzylinder, in dem er sorgsam das zusammengerollte Manuskript verstaut hatte. Außerdem hatte sie ihm einen Blanko-Passierschein, der auf dem gesamten päpstlichen Territorium gültig war, besorgt. Sie hatte ihn von einem Gastwirt, der ihn beim Kartenspiel von einem Papstgardisten gewonnen hatte. Giovanni trug den Namen ein, unter dem er reisen würde – *Giovanni Leone.* Er würde sich von Rom nach Umbrien und von dort durch die Territorien der Kirche bis nach Florenz durchschlagen, hatte er beschlossen.

Bevor er aufbrach, befahl ihm Leonora, sich noch die Haare zu schneiden. Sie legte höchstpersönlich Hand an und riet ihm zudem, sich während der nächsten Wochen auch nicht den Bart zu stutzen.

Giovanni nickte gehorsam und legte das Gewand an, das Leonora ihm besorgt hatte: Einen schwarzen Samtumhang, der bis über die Knie reichte, ein Paar helle Beinkleider und ein Paar geschnürte Lederstiefel. Damit sah Giovanni aus wie ein gewöhnlicher Kaufmann und fiel nicht weiter auf. Der Mann, der schließlich die Stadt verließ, erinnerte in nichts mehr an den jungen Adligen, der vor ein paar Monaten in die Stadt gekommen war.

Sie würde auf Nachricht von ihm warten, sagte Leonora zum Abschied. Und dass sie sicher sei, dass sich alles zum Guten wenden würde. Sie umarmte Giovanni und hielt ihn einige Augenblicke eng an sich gedrückt. Dann atmete sie aus und stieß ihn abrupt weg, als wolle sie ihn davonjagen.

Giovanni hatte Glück: Er fand sofort eine Mitfahrgelegenheit auf einer Reisekutsche mit insgesamt sechs Plätzen. Drei davon waren schon belegt mit einer Frau und einem Jüngling, der wahrscheinlich ihr Sohn war, sowie einem Abt. Am Zollposten wurden ihre Passierscheine kontrolliert, aber der Zöllner schaute nur flüchtig auf die Dokumente und ließ den Tross durch. Nach ein paar hundert Metern schaute Giovanni zurück und sah noch einmal den Glockenturm der Petersbasilika. Dann zog er sich den langen Schal, der seine Kappe dekorierte, ins Gesicht, schloss die Augen und versuchte zu schlafen. Auf dem holprigen Kopfsteinpflaster, das noch aus den Zeiten des antiken Rom stammte, kam die Kutsche nur langsam voran. Das rhythmische Schaukeln wiegte den Fliehenden schließlich in den Schlaf.

In Civita Castellana machten sie ein paar Stunden Rast, damit sich Mensch und Tier ausruhen konnten, und während sie auf die Weiterfahrt warteten, spielte der Junge auf dem Vorplatz unter den wachsamen Augen seiner Mutter mit einem Tonkreisel. Der Abt hingegen nahm die Gelegenheit wahr, sich Giovanni zu nähern.

»Wohin fahrt Ihr, junger Herr?«, fragte der Kirchenmann neugierig.

Giovanni wurde sofort misstrauisch. Er musste auf der Hut sein, wenigstens bis er die Republik von Florenz erreicht hatte.

»Nach Nocera Umbra, Abt«, antwortete Giovanni, um nicht

den Eindruck zu erwecken, dass Florenz sein Ziel war, »ich möchte in der San-Francesco-Kirche ein Bußgelübde ablegen.«

»Das trifft sich gut«, antwortete der Abt erfreut, »dorthin führt mein Weg auch. Wir könnten zusammen reisen und uns angenehm unterhalten und dabei Rosenkränze beten, wenn es Euch gefällt«, fügte er hinzu und nahm seinen Zwicker aus Eisendraht von der Nase, um Giovanni besser ins Gesicht sehen zu können.

Seine wässrigen Augen und sein falsches Lächeln gefielen Giovanni nicht, aber nichtsdestotrotz nahm er – mit einem leichten Nicken und einer Grimasse, die fast schon an Unhöflichkeit grenzte – das Angebot des Abtes an. Dass er nun gezwungen war, bis nach Nocera Umbra zu gehen, um sich von dieser unliebsamen Begleitung zu befreien, bereitete ihm Unbehagen.

Rom

Mittwoch, 27. Dezember 1486

Komm, Cristoforo, komm, mein Sohn.«

Innozenz hatte Tränen in den Augen, und da er gerührt sein wollte, war er es dann auch wirklich. In Wahrheit flossen seine Augen jedoch noch aus einem anderen Grund über – wie so oft in jüngerer Zeit: Seine Bader hatten eine *Cataracta* bei ihm diagnostiziert. Als strenge Verfechter der hippokratischen Theorie über die Körperflüssigkeiten hatten sie Seiner Heiligkeit erklärt, dass alles von oben nach unten falle und sein Augenlicht deshalb immer schwächer werde. Um sich von dieser leidigen Unannehmlichkeit zu befreien, hatten sie ihm geraten, sich an die Mönche aus Sant'Eutizio zu wenden. In den nahen Sabiner Bergen widmeten sie sich bereits seit langer Zeit der Kunst des Cataracta-Heilens. Als Innozenz die Mönche jedoch rufen ließ und die chirurgischen Instrumente sah, die bei seinen heiligen Augen zum Einsatz kommen sollten, ließ er sie hinauswerfen: Es stimmte, dass er immer schlechter sah – und es stimmte, dass sie oft und ohne Grund tränten –, aber seine Augen gehörten immer noch ihm.

»Eure Heiligkeit, segnet mich«, sagte Cristoforo und kniete vor ihm nieder.

»Ja, schon gut«, antwortete der Papst hastig und half ihm hoch. »Du hast alle meine Segnungen, aber jetzt komm: Wir haben nicht viel Zeit zu verlieren.«

Cristoforo wurde in das Schlafgemach des Papstes gezerrt – im wahrsten Sinne des Wortes – und auf einem niedrigen Sessel vor dem Seiner Heiligkeit platziert.

Der Pontifex saß auf seinem Papstsessel, sah auf seinen Sohn herab und erkannte sich selbst in ihm wieder. Ihre Ähnlichkeit war außergewöhnlich: Cristoforo war nicht so gutaussehend und hochgewachsen wie Fränzchen, aber er war zweifellos sein Sohn und das Ebenbild von Innozenz als Jüngling: Das gleiche breite Gesicht, die fliehende Stirn und die Hakennase. Sogar die Lippen und das runde Kinn glichen einander. Der Papst war schon wieder gerührt (vielleicht musste er aber auch nur die Augen zusammenkneifen, weil es zu dunkel in seinem Gemach war). Er vertraute Cristoforo wie keinem anderen. Nun musste er ihm einige Geheimnisse anvertrauen, obwohl Cristoforo nicht zu seinem Hofstaat gehörte (vielleicht vertraute er ihm gerade deshalb so sehr). Innozenz wusste nicht so recht, wo er anfangen sollte.

»Sag mir, mein Sohn, was führt dich nach Rom?«, setzte der Pontifex an.

»Vater«, antwortete Cristoforo perplex und bereute es sofort, ihn so genannt zu haben, »ich dachte, Ihr hättet mich gerufen.«

»Ach ja. Das stimmt, ich habe dich rufen lassen. Und weißt du auch warum?«

»Ehrlich gesagt, nein.«

Innozenz war verwirrt. »Richtig. Woher solltest du es auch wissen«, sagte er schnell und überlegte kurz. »Außer Fränzchen hat …«

Der Papst kniff die Augen noch stärker zusammen und starrte ihn an, aber Cristoforo neigte den Kopf zur Seite und zog leicht die Schultern hoch.

»Fränzchen sagte nur, dass ich so schnell wie möglich kommen solle, weil Ihr mir etwas Wichtiges zu sagen hättet.«

Innozenz gefiel diese Antwort. Er entspannte sich und versuchte, es sich bequemer zu machen – im Moment kam es ihm vor, als würde er auf einem Sack Linsen sitzen. Er erhob sich aus seinem Sessel und ging zu einem großen eisenbeschlagenen Sekretär aus Nussbaum, der an der Wand gegenüber seinem Baldachin stand. Er hatte ihn sich von seinem Haus- und Hofarchitekten Giuliano da Sangallo anfertigen – und von Lorenzo de' Medici bezahlen lassen. Mit dem großen Schlüssel, den er an seinem Gürtel trug, ließ er das schwere Schloss aufschnappen und holte aus einer Schublade das Manuskript hervor.

»Hier«, sagte er zu seinem Sohn, »was hältst du davon?«

Cristoforo, der versuchte, seine Überraschung zu verbergen, nahm das Manuskript entgegen und begann es zu untersuchen. Innozenz ging derweil nervös im Zimmer auf und ab. Die Gicht holte sich jedoch mit einem stechenden Schmerz ihren Tribut und zwang ihn zu seinem Leidwesen, sich wieder zu setzen. Cristoforo las den Titel und strich gedankenvoll mit den Fingern über die geprägte Schrift. Für den Papst sah es ein wenig so aus, als wolle er ergründen, was es mit dem Inhalt auf sich habe.

»Darf ich eine Frage stellen, Eure Heiligkeit?«

»Ich bin dein Vater, wenn wir allein sind, dann nenne mich bei dem Namen, den ich verdiene.«, mahnte Innozenz voller Zuneigung und sah sich um. »Hier sind wir allein – hoffe ich zumindest.«

»Wie Ihr wollt, Vater. Was soll ich tun?«

»Oh, *belàn*! Ich will, dass du mir diese Blätter öffnest! Aber pass auf, dass die Seiten nicht zerstört werden! Ich vertraue nur dir, denn ich kenne deine Kunstfertigkeit. Und deine Verschwiegenheit: Niemand, hörst du, niemand darf diese Seiten lesen. Nicht einmal du. Das darf nur der Papst, ist das klar?«

Cristoforo nickte, denn er war niemand, der Fragen stellte, auf die er keine Antworten erhalten würde. Allerdings musste er wissen, was er im Falle eines Misserfolges zu erwarten hatte.

»Darf ich wissen, Vater, wer diese Seiten geschrieben und wer sie auf diese Art und Weise zusammengefügt hat?«, fragte der junge Mann vorsichtig.

»Was interessiert dich das?«, fragte ihn der Papst argwöhnisch.

»Weil es besser ist zu wissen, mit wem man es zu tun hat. Ich möchte wissen, ob er Muselmane, Christ, Jude, Osmane, Spanier oder Perser ist – denn wenn er diese Seiten geheim halten wollte, wird er eine Technik verwendet haben, die in seinem Volk oder in seinem Land gebräuchlich ist. Und um das Problem meistern zu können, wäre es also angebracht, dass ich etwas über diesen Schreiber und Buchbinder wüsste.«

»Fein, Cristoforo, dann höre: Wir befinden uns sozusagen im Krieg, und hier«, er deutete auf das Buch, »ist der Feind, den wir besiegen müssen. Über den Autor musst du nur wissen, dass es einer ist, der versucht hat, meine Autorität in Frage zu stellen.«

»Ein Teutone?«

»Nein, nein. Aber warum sagst du Teutone? Weißt du etwas, das ich nicht weiß?«

»Nein, wirklich nicht, Vater. Aber ich weiß, dass Ihr im germanischen Reich Feinde habt und dass Ihr Dominikanermönche dorthin entsandt habt …«

»Nein, die *Toitonen* haben nichts damit zu tun. Diese schöne Bescherung hat ein Italiener, ein Edelmann angerichtet, der mir eigentlich sogar gefiel – bis er sich gegen mich wandte, jedenfalls.«

»Und er heißt …«

»Giovanni Pico della Mirandola«, sagte der Papst in einem Atemzug.

Cristoforo sah seinen Vater an: Der Papst schien fast ängstlich zu sein. So sah Cristoforo ihn zum ersten Mal.

»Ich kenne ihn nicht persönlich«, sagte der junge Mann nachdenklich. »Aber ich weiß um seinen Ruf, der ihm vorauseilt … Wenn er das getan hat, wird es nicht einfach werden, die Seiten zu lösen. Um diese Schriften zu schützen, wird er gleich mehrere, verschiedene Techniken angewandt haben. Ich schließe sogar nicht aus, dass er sie vielleicht mit *Arsenik* getränkt hat.«

»Was ist das?«

»Ein Gift, Vater …«

Seine Gicht vergessend, sprang Innozenz auf und begann sich seine Hände zu reiben – als wolle er sich von dem Gift befreien, mit dem er versehentlich in Kontakt gekommen war.

»Ein Gift …«, sagte er und schaute seinen Sohn an, als sei dieser von einem Dämon besessen.

»Ja, Vater. Es wird aus Arsen gewonnen, das mit dem Saft verfaulter Eingeweide vermischt wurde – von Tieren, die ihrerseits mit Arsen vergiftet wurden. Eine tödliche Mischung, die man auch erhält, wenn man Urin mit …«

»Basta, Cristoforo. Du kennst die Geheimnisse der Pulver und die Macht der Alchimie des Abendlandes. Das reicht. Ich muss gar nicht eingeweiht sein. Öffne einfach diese von Luzifer verfluchten Seiten. Aber sei auf der Hut – ich will weder dich noch das Buch verlieren.«

Auf der Via Flaminia

Samstag, 30. Dezember 1486

Im Städtchen Orte musste Giovanni den Wagen wechseln. Gemeinsam mit dem Abt stieg er in eine andere Kutsche, die sie nach Nocera bringen würde. Die Frau und ihr Sohn fuhren weiter, und ihre Wege trennten sich hier. Kurz bevor ihre Reise in dem neuen Gefährt weiterging, stieg bei Giovanni und dem Abt ein Mann zu, der sich ohne viele Worte in seinen dicken Umhang wickelte und sofort einschlief. Der Abt, der sich mit dem Namen Guidobaldo Cavalli vorgestellt hatte, las zeitweise in einem kleinen, wertvoll aussehenden Buch und stellte viele Fragen. Zu viele Fragen nach Giovannis Geschmack. Unter anderem wollte er seinen Namen wissen.

»Giovanni Leone«, antwortete Giovanni prompt – wie es auf seinem Passierschein stand. Den Nachnamen Leone hatte er zu Ehren Leonoras gewählt. Seinen Vornamen Giovanni hatte er mit Absicht belassen, um sich nicht durch eine spontane Reaktion zu verraten, falls ihn überraschend jemand beim Namen rief.

In der Hoffnung, dass der Abt früher oder später mit seiner Fragerei aufhören würde, nahm Giovanni mittlerweile nur noch sehr einsilbig an der Konversation teil. Als sie in der Stadt Ferentillo ankamen, deren Statthalter Fränzchen Cibo war, näherte sich dem Karren eine Horde Soldaten. Der Kommandant ließ die Reisenden wissen, dass er den Befehl erhalten hatte, ihnen Geleitschutz zu geben, weil es zu Übergriffen von Briganten gekommen war; und so schlugen sie ihr Nachtlager innerhalb der Stadtmauern auf.

Am folgenden Tag, während einer ihrer vielen Pausen, beobachtete Giovanni mit Argwohn, wie der Abt in Castel Ritaldi eindringlich mit dem Kommandanten der Wachen sprach. Ja, es schien sogar, als würde der Abt ihm Befehle erteilen. Giovanni schwante Böses. Würde seine Tarnung auffliegen? Als sich ein bewaffneter Mann neben den Kutscher setzte, dessen gesamtes Gesicht von einem schweren Umhang verborgen war, bekam Giovanni es beinahe mit der Angst zu tun. Angesichts der beißenden Kälte vermummten sich alle Reisenden, die sich keine Fahrt in der Kutsche leisten konnten, derartig. Allerdings war mittlerweile der dritte Mitreisende verschwunden. Damit blieben nur noch er und der Abt übrig; und zu Giovannis Missmut hatte dieser inzwischen aufgehört zu lesen und starrte ihn interessiert an.

Giovanni schloss die Augen und dachte über seine Lage nach: Bei einer genaueren Kontrolle seiner Dokumente würde unweigerlich herauskommen, dass der Passierschein eine Fälschung war – und dann wäre es nur noch eine Frage der Zeit, bis seine wahre Identität aufgedeckt würde. Andererseits: Wenn er nun einfach die Kutsche verließe und klammheimlich seiner Wege ginge, käme das einem Schuldeingeständnis gleich. Nein, ihm blieb nur eines: Bis nach Nocera Umbra zu reisen und sich nichts anmerken zu lassen. Mit etwas Glück würde er dann versuchen, die Grenzen der florentinischen Republik zu erreichen. Wenn er das geschafft hätte, würde er an der Grenze nur noch den Namen Lorenzo de' Medici erwähnen müssen, um von den Grenzsoldaten sicheres Geleit bis nach Florenz zu bekommen.

»Eure Hände sind nicht die eines Kaufmanns, Herr.«

Aus heiterem Himmel hatte die Stimme des Abtes die lange Stille unterbrochen.

»Verzeiht, mein teurer Abt, aber ich bin müde und würde mich gerne ausruhen.«

Der Abt lächelte.

»Oh, ich kenne die menschliche Natur nur allzu gut und die Sünden, die sie zu verstecken sucht. Sagt, Herr, erzählt mir, was Ihr zu verbergen habt.«

»Meine Sünden kennt nur mein Beichtvater«, antwortete Giovanni und erwiderte sein Lächeln, »und Ihr seid es nicht.«

»Erzählt mir nur von Eurer letzten Sünde.«

»In Orte habe ich die Frau des Wirtes gesehen, die nackt in eben dem Bottich badete, in dem auch unsere Teller, von denen wir gegessen hatten, gereinigt wurden. Meine Sünde bestand darin, dass ich, statt das Weib zu tadeln, meinen Reisebegleitern aus Scham nichts davon erzählte.«

Der Abt machte ein angewidertes Gesicht und hielt sich ein duftendes Taschentuch vor die Nase. Erst nachdem er lange und intensiv den Geruch eingeatmet hatte, kehrte er wieder zu ihrer Unterhaltung zurück.

»Nun, Herr ... Leone, Ihr seid zu fein und gebildet, um ein Kaufmann zu sein. Ich frage Euch also noch einmal: Was habt Ihr zu verbergen?«

Das Duell hatte begonnen. Giovanni durfte nicht zu viel über sich verraten; andererseits würde er aber noch mehr Verdacht erregen, wenn er sich der Unterhaltung komplett verweigerte.

»Nicht mehr, als Ihr auch verbergt, mein teurer Abt«, antwortete er deshalb ausweichend. »Ihr schmeichelt mir, doch ich sehe mich nicht in der Lage, solch eine Konversation zu bestehen. Das, was Ihr Raffinesse und Kultur nennt, ist die Summe meiner Erfahrungen, die ich als Kaufmann im Laufe meines Lebens sammeln konnte.«

»Und mit welchen Erfahrungen seid Ihr zu Weisheit gelangt: Was verkauft Ihr denn?«

»Stoffe, Abt, Stoffe jeder Art. Von den einfachsten bis zu den edelsten. Dieses Geschäft erlernte ich von meinem Vater, der leider vor ein paar Jahren von mir ging.«

»Könntet Ihr mir ein paar Stoffe zeigen? Habt Ihr sie in Eurer Satteltasche?«, fragte der Abt eifrig und deutete auf die Tasche, von der Giovanni sich nie trennte.

»Nein, ich bin untröstlich. Die Stoffe reisen mit meinem Diener. Ich trage nur ein paar persönliche Dinge bei mir.«

»Schade. Aber aufgeschoben ist ja nicht aufgehoben. Dann werde ich also in Nocera die Ehre haben, Eure Ware begutachten zu dürfen. Ich könnte ein guter Kunde werden«, fügte er lächelnd hinzu.

»Leider nicht, werter Abt. Nachdem ich mein Gelübde geleistet habe, werde ich mich mit weiteren Kaufleuten in Sant'Elpidio treffen, um ein Schiff nach Venedig zu besteigen.«

»Ihr lasst mich auf dem Trockenen sitzen, na so etwas. Und wo ist Euer Kaufladen dann lokalisiert?«

»In Arezzo«, antwortete Giovanni, ohne nachzudenken – und bereute seine Antwort sofort.

»Ah, auf dem Territorium der Republik. Ich kann mir vorstellen, dass Ihr gute Beziehungen zu Bischof Gentile de' Becchi unterhaltet. Ein großer Mann, denn er hat seinen diplomatischen Werdegang aufgegeben, um unserem Herrn zu dienen.«

Giovanni hatte nie von diesem Bischof gehört. War es eine Falle? Was sollte er jetzt sagen? Dass er ihn kannte? Aber wenn es ihn gar nicht gab?

»Nun, kennt Ihr ihn?«, hakte der Abt nach.

In diesem Moment sprang der Mann, der oben neben dem Kutscher Platz genommen hatte, behände in das Reiseabteil der Kutsche. Giovanni erkannte den silbernen Spitzbart des Mannes, den er vor der Petersbasilika getroffen und der ihn anschließend in der Santo-Spirito-Kirche gerettet hatte. Er erkannte auch das schwere Schlachtenschwert, das die Beweglichkeit des Mannes trotz seiner schieren Größe und des Gewichts nicht im Geringsten einzuschränken schien. Giovanni tat so, als würde er ihn nicht kennen.

»Guten Tag, Abt«, sagte der Mann lächelnd. Sein Umhang war dunkelrot und wurde von einer großen eisernen Schnalle gehalten.

»Kennen wir uns?«, fragte dieser verunsichert.

»Ihr kennt mich nicht, Abt. Aber ich kenne Euch: Ihr seid Guidobaldo Cavalli, Spion und Meuchelmörder des Pontifex.«

Der Abt warf das Büchlein, das er in der Hand gehalten hatte, sofort weg und zog aus seinem Ärmel ein kleines Stilett hervor. Weiter kam er jedoch nicht, denn der Fremde warf sich auf ihn und rammte ihm einen langen Dolch in den Bauch. Um ihn am Schreien zu hindern, hielt er dem Abt mit der anderen Hand den Mund zu.

Wenige Augenblicke später sackte der Kirchenmann in sich zusammen und hörte auf zu atmen. Giovannis Retter legte ihn so ab, dass es aussah, als ob der Tote schlief.

Regungslos hatte Giovanni alles beobachtet.

»Dies ist das dritte Mal, dass ich auf Euch treffe, und das zweite Mal, glaube ich, dass Ihr mir das Leben rettet«, sagte er endlich mit stockender Stimme. »Nun, wer seid Ihr und wie ist Euer Name?«

»Ich habe viele, aber Euch nenne ich meinen wahren Namen: Ferruccio, zu Euren Diensten, Graf von Mirandola. Erlaubt mir zu erwähnen, dass wir in einer weitaus angenehmeren Lage wären, wenn Ihr beim ersten Mal auf mich gehört hättet.«

Seine Worte klangen leicht vorwurfsvoll, und Giovanni fühlte sich ein wenig schuldig. Er dachte an den Mann, der gerade vor seinen Augen gestorben war.

»Wer war dieser falsche Mönch?«

»Er war in der Tat ein Mann Gottes. Allerdings verwechselte er allzu oft die Liebe mit dem Zorn Gottes. Und er gebrauchte das Schwert des Herrn öfter als Seine *Worte.*«

Giovanni schüttelte schuldbewusst den Kopf, und ein diffuses Gefühl der Entmutigung erfasste ihn. In seinen Ohren klang noch der ironische Unterton nach, mit dem dieser Ferruccio den Abt »einen Mann Gottes« genannt hatte.

»Darf ich Euch fragen, wer Euch schickt? Wem verdanke ich diesen Schutz?«

»Das könnt Ihr Euch doch denken, Graf, oder nicht? Mit Eurer Scharfsinnigkeit werdet Ihr es schnell erraten … Aber ich möchte Euch bitten, ab jetzt besser auf mich zu hören; immerhin habe ich Euch mehr als einmal bewiesen, dass Ihr mir vertrauen könnt.«

»Ich vertraue Euch, Ferruccio. Außerdem will es scheinen, dass ich gar keine andere Wahl habe. Nein, es geht nicht um Euch, sondern es gibt noch viele Dinge, die mir nicht klar sind. Warum hat mich der Abt nicht schon vorher verhaften lassen, als wir in der Nähe Roms waren?«

»Soweit ich weiß, hat Fränzchen seine Männer aus Rom losgeschickt, um Euch zu suchen, und in allen Kutschen, die die Stadt verließen, Spione platziert. Abt Cavalli war nur einer von vielen. Offensichtlich war er sich bei Euch nicht ganz sicher; möglicherweise ist er sogar gestorben, ohne Gewissheit erlangt zu haben. Ich muss Euch schon sagen, dass Eure Verkleidung perfekt ist.«

»Und Ihr? Wie habt Ihr mich gefunden?«

Ein kleines Zucken um seine Mundwinkel verriet, dass Ferruccio auch lächeln konnte, und dies tat er nun ganz offen. »Auch ich habe meine Spione«, sagte er, »und als mir der Verkauf gewisser prachtvoller Gewänder zu Ohren kam, dachte ich an einen Mann in Schwierigkeiten, bei dem es sich um Euch handeln musste. Aber um die Wahrheit zu sagen, bin ich einer gewissen Leonora zu Dank verpflichtet, die mir – Eurem Glück sei Dank, Graf – genügend vertraute, um mir von Euch zu sprechen.«

Giovanni wurde ernst. »Ich hoffe, Ihr habt dieser Frau nichts angetan«, sagte er leise.

»Nein, da ich wusste, welcher Beschäftigung sie normalerweise nachgeht, habe ich erwartet, dass sie Geld annehmen würde für Eure Unterstützung. Aber sie hat es abgelehnt, etwas von mir zu nehmen. Stattdessen hat sie mir alles erzählt, was sie wusste. Sie ist wirklich eine eigenartige und auf ihre Art außergewöhnliche Frau. Sie hat das Geld erst angenommen, als ich ihr sagte, dass es von Euch käme. Ihr habt ihr Herz erobert.«

Sein breites Lächeln war offen und ehrlich, und Giovanni erwiderte es gerne.

»Als ich Euch fand«, fuhr er fort, »verfolgte ich Euch aus der Ferne. Und als ich merkte, dass Ihr in Gefahr wart, bin ich zu Euch auf die Kutsche gestiegen.«

»Das war, als der Abt mit dem Kommandanten der Wachen sprach, nicht wahr?«

»Ja, Graf, und ich verstand, dass man Euch wahrscheinlich entdeckt hatte oder Ihr zumindest verdächtigt wurdet.«

»Ich bin Euch wirklich dankbar.«

»Das glaube ich gerne«, sagte Ferruccio übermütig. »Aber nun seid Ihr es, der mir helfen müsst.«

»Wie?«

»Die Soldaten, die uns begleiten, sind mittlerweile in Alarmbereitschaft und auf ein Zeichen des Abts bereit zu handeln.«

»… der mittlerweile tot ist.«

»… der gerade schläft, Graf, seht Ihr das nicht? Und er hat verlangt, nicht gestört zu werden. Habt Ihr das schon vergessen?«

Die Kutsche machte einen Schlag, und der tote Abt rutschte zu Boden. Ferruccio hob ihn hoch und brachte ihn erneut in Position. Dann legte er dem Toten einen Gürtel um die Hüften, den er aus der Innenverkleidung der Kutsche gerissen hatte, und band ihn an der Rückenlehne fest. Damit nichts von dieser waghalsigen Konstruktion zu sehen war, bedeckte er ihn zum Schluss sorgfältig mit dem Umhang.

»Sie sind zu viert, Graf, und es wird nicht einfach sein, sie loszuwerden. Es ist wichtig, dass sie nicht merken, was dem Abt zugestoßen ist. Bis jetzt glauben sie nur, dass sich in der Kutsche eine wichtige Persönlichkeit befindet, auf die ein hohes Kopfgeld ausgesetzt wurde – darum werden sie Euch unversehrt lassen. Zum richtigen Zeitpunkt werde ich Euch ein Zeichen geben, dann gebt Ihr vor, Euch sei unwohl, und sagt, dass Ihr eine Pause braucht. Ihr lasst Euch beim Absteigen helfen, und so lange kümmere ich mich um den Rest.«

* * *

Eine Stunde später lagen die Leichen der vier Männer feinsäuberlich nebeneinander hinter der Kutsche. Ferruccio, der eine leichte Schulterverletzung hatte, musste sich anstrengen, um sie von der Straße wegzuzerren und sie in einen Graben zu stoßen, der zwar nicht besonders tief, dafür aber gut unter wuchernden Erikabüschen verborgen war. Die rötliche Farbe des Unterholzes überdeckte vortrefflich das Blut auf den Leichen. Zum Schluss kam der Abt an die Reihe. Sie rissen ihm hastig die Kleider vom Leib, Ferruccio verscharrte den Körper notdürftig, und Giovanni zog sich derweil die Kleider des Abtes an, wie sein Retter ihn angewiesen hatte.

»Ihr seht nicht wie ein Mann der Kirche aus, Graf. Versucht, ein wenig ernster dreinzublicken.«

»Ferruccio, ich fühle mich auch sehr ernst. Der Weg meiner Thesen ist mittlerweile mit Leichen gepflastert.«

»Welche Thesen?«

Weil Giovanni nicht antwortete, stieg Ferruccio in die Kutsche und gab dem Kutscher Anweisung weiterzufahren. Während des ungleichen Kampfes war der Kutscher ruhig und teilnahmslos sitzen geblieben – so wie es ihm der Ritter befohlen hatte. Was aus dem Fremden würde, war dem Kutscher herzlich egal gewesen; sein Gehorsam war allein den Münzen geschuldet, die Ferruccio ihm zugesteckt hatte. Und er hatte es sogar heimlich genossen mit anzusehen, wie die Schergen des Papstes – einer nach dem anderen – ihr Leben lassen mussten.

Als die Räder wieder rollten, lehnte Giovanni sich erleichtert zurück. Er hätte gern mehr über seinen Retter erfahren, war sich jedoch im Klaren, dass er vorerst keine Antworten auf seine vielen Fragen erhalten würde. Er war sich nur einer Sache gewiss – und zwar, dass er diesem Ritter sich selbst und vor allen Dingen das Buch anvertrauen konnte.

»Wo gehen wir nun hin?«, fragte Giovanni.

»Nach Florenz, Graf«, antwortete Ferruccio fröhlich und schien sich überhaupt keine Gedanken darüber zu machen, dass er gerade fünf Männer getötet hatte.

»Der Kutscher wird uns bis in die Hölle fahren, bei der ganzen Angst, die er hatte, und den Goldmünzen, die ich ihm gegeben habe. Wenn er alles richtig macht, bekommt er noch mehr und wird sich eine ganze Armee von Postkutschen kaufen können, die von hier bis nach Paris fahren. Seine Aufgabe ist es, uns so schnell wie möglich von hier fortzubringen. Sobald Fränzchens Häscher das Verschwinden der Kutsche und der Männer bemerken, was früher oder später passieren wird, hetzen sie uns ein ganzes von Cherubinen und Seraphinen unterstütztes Regiment auf den Hals. Außerdem vermute ich, dass der Prächtige bereits auf uns wartet. Mir wurde gesagt, dass Ihr das kostbare Geschenk mit Euch führt.«

Giovanni hätte lieber einen Peitschenhieb auf seinen nackten Rücken verpasst bekommen, als diese letzten Worte gehört. Das bedeutete, dass auch Lorenzo mittlerweile Bescheid wusste. Vor ihm würde er aber nicht so einfach wie vor Innozenz' Soldaten flüchten können: Lorenzo war nicht nur überaus mächtig, sondern hatte ihn auch gerettet – wofür Giovanni tief in seiner Schuld stand.

Rom, am selben Tag

Samstag, 30. Dezember 1486

Derjenige, der die Seiten dieses seltsamen Buches *Ultimae Conclusiones Sive Theses* zusammengeklebt hatte, verstand etwas von seinem Handwerk, befand Cristoforo. Er drehte das Buch um und bemerkte einerseits die Festigkeit und andererseits die Feinheit der Arbeit. Ein Symbol für die Verschmelzung der Gegensätze, dachte Cristoforo – Stärke und Schwäche, Geist und Materie, Gut und Böse; wie sie die alchimistische Philosophie anstrebte. Nicht umsonst wurde Graf Mirandola in seinen Kreisen für einen der ganz großen Meister gehalten: Sein profundes Wissen und seine Fähigkeit, die schwierigsten Aufgaben mit einer Mühelosigkeit zu lösen, die das Problem beschämend einfach aussehen ließ, brachten ihm Bewunderung und Neid gleichermaßen ein. Mirandola schien sich, soweit Cristoforo informiert war, nie näher mit Magie beschäftigt zu haben, aber wenn er es getan hätte, wäre er sicherlich ein ganz großer Meister geworden. So wie Hermes Trismegistos, dessen Werk *Corpus Hermeticum* – ein zentrales Werk der Alchimie – erst vor kurzem von seinem Freund Ficino in die lateinische Sprache übersetzt worden war. Oder Nicholas Flamel, der den Stein der Weisen gefunden hatte und der der Transmutation von Blei in Gold auf die Spur gekommen war. Ja, mittlerweile hielt das *Opus Alchemicus* nicht mehr viele Geheimnisse für Mirandola bereit.

In dem Raum, der Cristoforo auf Anordnung seines Vaters zur Verfügung gestellt worden war, befanden sich nicht nur einige verbotene magische Texte, sondern auch alchimistische Werkzeuge aller Art: Destillierkolben, Kleber, Lösungsmittel und farbige Pulver, Mineralien, Ampullen, Kräuter und chemische Substanzen, die Cristoforo unbekannt waren. Er dachte über die geheimnisvollen Wege des Schicksals nach, die er wahrscheinlich früher »Vorsehung« genannt hätte. Wie sehr er sich immer gewünscht hatte, eines Tages dem großen Meister Giovanni Pico zu begegnen – und nun war *er* gerufen worden, um das Geheimnis des Grafen aufzudecken. Vom Papst, dem mächtigsten Mann höchstpersönlich. Cristoforo war zwar das Produkt eines päpstlichen Fehltritts und wurde in den langen Korridoren des Vatikans nur »geheimer Bastard« und bestenfalls »weit entfernter Neffe« genannt. Dass Fränzchen, Teodorina und die anderen – sieben, acht, zehn oder gar mehr? – Stiefgeschwister ebenso wenig legitime Nachkommen waren, hatte ihn, den Erstgeborenen, immer gekränkt. Doch mittlerweile war ihm das ziemlich egal. Heute besaß er einen großen Einfluss auf den Vater und war das mächtigste von all seinen Kindern. Sein Vater hatte ihn auserwählt, ein Geheimnis zu lüften, dessen Dimension er noch nicht kannte, das aber gewiss überaus bedeutungsvoll war. Dies hatte Cristoforo nur seinem Wissen über die Alchimie zu verdanken, jener Wissenschaft, an der sich die Geister schieden: Die Kirche verunglimpfte und verurteilte sie als Teufelszeug, der Heilige Vater – sein Vater – hingegen pries sie als Segen.

Cristoforo lächelte, als er die exzellente Arbeit des Grafen betrachtete. Die Blätter waren aus Hanffasern und Maulbeeren, die mit Eiweiß und Leim vermischt und zu einer speziellen Paste verarbeitet worden waren, hergestellt und von ihrer Konsistenz robust und dünn gleichermaßen. Der Graf musste die trockenen Seiten nochmals unter Zugabe von Eiweiß und Leim befeuchtet haben, so dass sie sich so kompakt zusammenfügten, dass aus ihnen ein Block, eine Art Backstein aus Papier, entstanden war. Diese Methode kannten nur die arabischen Alchimisten. Ohne das Papier und die genaue Verarbeitung zu kennen, würde jeder falsche Versuch, die Seiten zu trennen, scheitern, und das Manuskript wäre für alle Zeiten ruiniert. Cristoforo würde die muselmanische Alchimie wählen müssen, um die Seiten zu lösen, schätzte er, nämlich die der Elisire und Essenzen – die feuchte Alchimie. Und das im Zentrum der Christenheit, am Hofe seines Vaters – welch eine Ironie!

Mit Destillierkolben und Wasserdampf hatte Cristoforo eine dampfende Essenz aus Lavendel, Sandarak und Terpentin, das er aus Orangenschalenextrakt gewonnen hatte, hergestellt. Lavendel war ein exzellentes Lösungsmittel, während Sandarak und Terpentin das Papier und die Schrift schützen sollten. Seine Methode hatte Erfolg gehabt – und Cristoforo konnte in den Seiten blättern. Zufrieden bestrich er nun die einzelnen Blätter mit einer hauchdünnen Schicht aus Aloe-Vera-Essenz. Von den alten Ägyptern bis zu den Gelehrten der Hermetik war diese Essenz für ihre fixierenden und versiegelnden Eigenschaften bekannt: Sie würde die Buchseiten hart und stabil machen. Nun würde nur das Schwert des Feuers ihnen etwas anhaben können.

Dass er schneller zum Erfolg gekommen war als angenommen, hatte er seinem Vater noch nicht mitgeteilt – und würde das auch nicht tun: Cristoforo wollte die verbleibenden Tage bis zum Ablauf seiner Frist nutzen, um die Gedankenwelt Giovanni Picos zu durchdringen und um besser verstehen zu können, warum der Papst von dem Manuskript so magisch angezogen schien. Er musste das Manuskript gleich hier und jetzt lesen – es abzuschreiben würde zu viel Zeit kosten und wäre außerdem zu gefährlich: Wenn dieser Text in seinem Besitz gefunden würde, wusste Cristoforo, würde er mit den Käfigen der Engelsburg Bekanntschaft schließen und mit den Krähen, die ihm im Kerker die Augen aushacken würden.

Einen ganzen Tag und eine ganze Nacht las Cristoforo langsam und bedächtig Zeile für Zeile. Und mit jeder Seite fühlte er in sich die immense Macht des Wissens aufsteigen, bis er an einem Punkt angelangt war, an dem er glaubte, den Schlüssel für etwas zu besitzen, von dem er nie zu träumen gewagt hätte. Nichts und niemand würde ihm im Wege stehen, keine Könige und keine Päpste würden ihn aufhalten können: Der Wert seines Wissens überstieg sogar den sagenhaften Goldschatz Spaniens. Mirandola hatte gut daran getan, das Manuskript »die geheimen und verborgenen Thesen« zu nennen und sie zu beschützen wie seinen Augapfel. Sobald Cristoforo nach Genua zurückgekehrt wäre, würde er die fundamentalen Aussagen der Thesen niederschreiben. Seine Augen leuchteten. Mit diesem Plan würde er in die Geschichte eingehen. Aber bis zu diesem Moment war sein Leben in höchster Gefahr, denn sein Vater würde ihn gewiss töten lassen, wenn er von seinem Verrat erführe. Und an seiner Stelle hätte Cristoforo genauso gehandelt.

Rom

Montag, 1. Januar 1487

Cristoforo bittet um eine Audienz, Eure Heiligkeit.«

Der Kardinalvikar war im Halbdunkel auf leisen Sohlen in das Studierzimmer des Papstes getreten und hatte sich Seiner Heiligkeit bis auf wenige Schritte genähert.

Innozenz lag auf einem Diwan zwischen blauen Kissen, die mit seinem Familienwappen bestickt waren, und machte ein Nickerchen. Nach dem hastig heruntergeschlungenen Mahl und den fleischlichen Vergnügungen danach hatte er sich schläfrig und müde gefühlt. Die Anstrengungen hatten sich jedoch gelohnt – er hatte die Nichte der abgelegten Geliebten von Kardinal Borgia gehabt. Der Kardinal selbst hatte sie ihm besorgt; und Borgia hatte nicht zu viel versprochen: Das Mädchen hatte große Ähnlichkeit mit seiner Tante, der wundervollen Vannozza, und gab sich, auch nachdem sie ihn befriedigt hatte, mit einer unerschütterlich zur Schau gestellten Distanz, die Innozenz anstachelte: Er hatte sich bei ihr wie ein Löwe gefühlt. Das neue Jahr hätte nicht besser beginnen können.

Träge öffnete er ein Auge und brauchte etwas Zeit, um zu realisieren, was Sansoni da gerade gesagt hatte. Dann war er jedoch auf einen Schlag hellwach.

»Worauf wartest du noch? Lass ihn vor, du *Maccaccu*!«, schrie der Papst seinen Kardinalvikar an und warf das heilige Mützchen nach ihm.

Schnell setzte er sich auf und öffnete, noch bevor sein Sohn das Zimmer betrat, die Arme.

»Komm zu mir, mein Sohn.«

»Vater, segnet mich ...«, antwortete Cristoforo unterwürfig.

»Du hast all meine Segnungen, mein Sohn. Aber sag mir, welche Neuigkeiten bringst du mir?«

»Diese, mein Vater.« Cristoforo öffnete eine lederne Dokumentenmappe und holte das Manuskript von Graf Mirandola hervor. Der Papst warf einen gierigen Blick darauf, hielt aber sogleich ungehalten und enttäuscht inne.

»Es ist ja immer noch verschlossen!«

»Nein, Vater«, versicherte ihm Cristoforo, »die Seiten können nun gelesen werden.«

Innozenz' Miene hellte sich schlagartig auf.

»Aus Respekt vor Euch habe ich noch nicht alles geöffnet«, fuhr er fort, »denn wie es unser Herr im Vaterunser lehrt: *›ne nos inducas in tentationem‹*, ich wollte nicht der Versuchung erliegen, es zu lesen. Nach meiner Behandlung reicht nun aber ein dünnes, richtig geschliffenes Stilett, um die Seiten zu öffnen. Ich möchte Euch nicht mit der Beschreibung meiner Schwierigkeiten, die ich während meiner Arbeit hatte, langweilen. Für die Hingabe, mit der Graf Mirandola versucht hat, sein Werk zu schützen, verdient er all meinen Respekt.«

Innozenz hielt die Hände auf, um das Manuskript entgegenzunehmen, aber Cristoforo machte keinerlei Anstalten, es ihm zu reichen.

»Vater, ich wollte Euch meinen Dank dafür aussprechen«, fuhr er mit unbeweglicher Stimme fort, »dass Ihr mir all diese Instrumente und seltenen und geheimen chemischen Substanzen zur Verfügung gestellt habt, ohne deren Hilfe ich diese Aufgabe niemals hätte bewältigen können.«

Erneut machte Innozenz eine Geste, um das Buch entgegenzunehmen, aber auch diesmal tat sein Sohn so, als hätte er dies nicht bemerkt. Der Papst begann, die Geduld zu verlieren.

»Ich hoffe, ich konnte Euch zu Diensten sein«, fuhr Cristoforo derweil unbeirrt fort, »und ich hoffe, Ihr werdet so großmütig sein und mir meine Bitte nicht verweigern.«

›Aha, daher weht der Wind‹, dachte der Papst und lächelte Cristoforo zu, ›dieser kleine Bastard. Was er wohl haben will? Viel jedenfalls, so viel ist sicher. Wie auch immer – auf jeden Fall verdient er es. Wie viel er wohl von mir haben will? Und wo soll ich es herbekommen? Ich muss aufpassen, dass Fränzchen nicht eifersüchtig wird. Er wäre fähig und würde ihn umbringen. Ach, diese Kinder!‹ Laut sagte er: »Alles, was du willst, mein Sohn, aber erinnere dich«, sagte er und sah Cristoforo Mitleid heischend an, »erinnere dich, dass die Kassen der Kirche noch nie so leer waren wie in diesen Zeiten.«

»Ich will kein Geld, Vater.«

»Nicht?«, fragte Innozenz und wurde sogleich wachsam.

»Nein, Vater, ich möchte einen Brief von Euch.«

»Einen Brief?«

Cristoforo hielt das Manuskript noch immer eng an seine Brust gedrückt. Innozenz schaute ihn plötzlich gar nicht mehr väterlich an und faltete die behandschuhten Finger, auf denen gut sichtbar das Symbol seiner Macht, der Ring, prangte.

»Ja, Vater«, Cristoforos Tonfall war sicher, aber unterwürfig, »einen für das Haus Aragon in Spanien, für Isabella von Kastilien, für Heinrich VII. aus dem Hause der Tudors und für Karl von Frankreich.«

Während Cristoforo die Namen der mächtigsten Monarchen Europas nannte, klang seine Stimme immer selbstsicherer.

Innozenz schaute seinen Sohn immer erstaunter an. Hatte diese Arbeit seinen Sohn um den Verstand gebracht? »Warum nicht gleich auch noch einen für den Kaiser von Katai und Zipangu?«, spottete Seine Heiligkeit.

Cristoforo umklammerte das Manuskript fest mit beiden Händen.

»Kann sein, dass ich den Brief auch für sie brauchen werde, Vater. Denn dorthin will ich gehen. Aber auf dem Seeweg, und ich weiß, dass ich es schaffen kann.«

»Ach, mein guter Sohn«, sagte der Papst erleichtert, »*du* immer mit deinen Ideen. Es ist ein schwieriges und gefährliches Unterfangen, das Reisen, Cristoforo.«

»Ich weiß, Vater, aber stellt Euch einmal vor, was es bedeuten würde, den Seeweg in den Orient zu erschließen. Jedes Schiff kann 1.000 Pferde transportieren und dazu noch in der halben Zeit.«

»Der Ozean birgt viele Gefahren.«

»Auch das Festland, Vater. Wie viele Wagenladungen gehen, bevor sie uns erreichen, verloren, weil die Mannschaften auf Indianer und andere Wilde treffen? Und sind unsere Schiffe im Mittelmeer vielleicht sicherer? Die türkischen Freibeuter entern unsere Galeonen mühelos mit ihren schnellen und wendigen Schaluppen; sie berauben uns unserer Reichtümer und versklaven unsere besten Seeleute. Alle Königshäuser könnten große Vorteile aus meiner Expedition ziehen.«

»Und du? Welchen Vorteil hättest du von diesem Unterfangen? Glorie? Oder willst du deine Dienste den Franzosen oder den Spaniern anbieten?«

»Darf ich Euch etwas beichten, Vater?«

Argwöhnisch sah Innozenz seinen Erstgeborenen an. Er kannte seinen Sohn nicht gut, und sein Vertrauen in ihn gründete hauptsächlich in der Tatsache, dass Cristoforo sich von den Machtspielen im Dunstkreis des Papstes immer ferngehalten und sein Glück bisher ganz allein geschmiedet hatte.

»Warum willst du beichten?«, fragte Seine Heiligkeit und blickte seinen Sohn prüfend an.

»Weil das, was ich Euch anzuvertrauen habe, unter dem Schutze des Beichtgeheimnisses stehen muss. Auf diese Weise möchte ich mich auch für das Vertrauen, das Ihr mir entgegengebracht habt, erkenntlich zeigen.«

Innozenz hatte nichts zu verlieren, wenn er diesen Vorschlag annahm, und vielleicht würde sein Sohn ja tatsächlich mit einem Geheimnis aufwarten, das er noch nicht kannte. Der Papst wusste nur zu gut, dass die Geheimnisse der Beichte denjenigen, die sie abnahmen, keine Probleme bereiteten, sondern ihnen noch mehr Macht über die Beichtenden gaben.

»Dann beginne dein Geständnis mit einem Gebet und öffne deinem Vater dein Herz.«

Cristoforo kniete nieder, legte das Manuskript neben sich auf den Boden und begann zu beten.

Innozenz wurde ungeduldig. »Halte ein«, befahl er und winkte ab. »Überspringen wir den unnötigen Teil, für den ich dir ohnehin schon Absolution erteilt habe. Also: Ich höre.«

»Ich habe in den letzten Jahren nautische Karten studiert, ich habe den Erzählungen von Seefahrern gelauscht und alle Arten von Schiffen befehligt. Ich habe Tausende Berechnungen angestellt und bin zu einem Ergebnis gekommen, Vater.«

»Nun sag schon, bei Gott, halte mich nicht hin.«

»Vor Katai gibt es noch ein anderes Land, im Okzident, ungefähr sechs- oder siebentausend Seemeilen von hier entfernt.«

Ein leichtes Lächeln umspielte Cristoforos Lippen, als er diesen letzten Satz aussprach. Nun schwieg er und sah seinem Vater in die Augen.

»Ein anderes Land? Eine Insel?« Der Papst wusste nicht, was er sagen sollte.

»Viel mehr, mein Vater, vielleicht ein ganzer, nicht erforschter Kontinent, der nur darauf wartet, erobert zu werden.«

»Und du …?«

»Ich werde ihn demjenigen König übergeben, der es mir ermöglicht, diesen Kontinent zu erobern. Und ich werde der Generalgouverneur über diese Ländereien sein.«

»Und wenn sie gar nicht existieren? Warum ist denn niemand schon vorher darauf gekommen?«, fragte der Pontifex mit zwinkernden Augen. »Und wenn du falsch liegst? Was würdest du dann tun?«

»Ich weiß, was ich sage, Vater. Ich bin mir sicher, aber ich will mehr: ich will es auch wissen. Und sollte ich falsch liegen, werde ich bis nach Katai weitersegeln und hier den Handel auf dem Seeweg öffnen.« Cristoforo sah den Papst eindringlich an. »Ich weiß, dass mir das, was ich Euch erzählt habe, niemand glauben würde. Jeder, der die notwendigen Mittel besitzt, könnte eine Spedition für Handelszwecke finanzieren – aber wer sollte das Geld dann auch wirklich ausgeben wollen? Mit Eurer Unterstützung, Vater, kann ich die Mittel bekommen, die ich brauche, um aufbrechen zu können: Männer und Schiffe. Ihr allein kennt nun die Wahrheit. Helft mir, sie der Welt zu beweisen.«

Innozenz begann über diesen seltsamen Vorschlag nachzudenken. Je länger er seinen Sohn betrachtete, desto klarer wurde ihm, dass sein Erstgeborener vielleicht doch nicht komplett verrückt war. So gut kannte er Cristoforo, dass er um dessen Leidenschaft für das Reisen wusste. In den Orient wollte der Junge seit Jahren schon. Innozenz wusste jedoch auch, dass Cristoforo an viele Türen geklopft hatte, um einen Mäzen für sein Vorhaben zu finden – allerdings ohne Erfolg. Wer wollte schon auf einen vielversprechenden Kapitän – ohne Adelstitel, ohne gesellschaftliche Stellung und ohne Vermögen – setzen? Sein Sohn war offensichtlich aber so besessen von seinem Traum, dass er nicht aufgab; was Innozenz Respekt abnötigte. Cristoforo war eben ein wahrer Cibo, der, wenn er sich einmal etwas in den Kopf gesetzt hatte, nicht mehr davon abzubringen war. Auch im Hinblick auf seine Männlichkeit hatte Cristoforo seinem Namen bisher alle Ehre gemacht: Die päpstlichen Spione hatten Innozenz über zahlreiche Frauen und viele illegitime Enkel berichtet. Nun konfrontierte der Jüngling ihn unerwartet mit diesem unverschämten Gesuch … und wie er es vorbrachte … ohne das Manuskript aus den Händen zu lassen. Innozenz war wütend. Einerseits. Andererseits: Was sollte ihn dieser Brief schon kosten? Letztlich wäre es ja nur das Gewähren eines Ansinnens, wenn er der Bitte seines Erstgeborenen willführe. Cristoforo musste jedoch aufhören, sich so herausfordernd an diese Blätter zu klammern – sonst würde er sich dem Verdacht aussetzen, den Pontifex zu erpressen. Und das würde ihm nicht gut bekommen.

»Nun gut, nehmen wir an, ich stelle dir diesen Geleitbrief aus, was würde ich davon haben?«, fragte Innozenz listig.

»Ein Land, das Euren Namen trägt, mein Vater. Ich würde dem schönsten Euren Namen, Cibo, geben. Damit wärt Ihr am Ende berühmter als Alexander der Große.«

»Sprich diesen Namen nicht aus, er bringt Unglück.«

»Was sagt Ihr, Vater?«

»Ach, vergiss es. Außerdem geben alle meine Söhne mir etwas – um mir zu danken, dass ich sie in die Welt gesetzt habe und für alle Privilegien, die sie genießen. Du bist also nicht allein, und besonders generös ist dein Angebot nicht!«

»Was schlagt Ihr mir dann vor, Vater?«

»Die Hälfte Deiner Einkünfte als Generalgouverneur.«

»Ein Drittel, Vater.«

»Du bist ein echter Cibo!« Innozenz lachte, »nun gut, ein Drittel sei gewährt. Hätte ich zwei Drittel eingefordert, hättest du mir die Hälfte angeboten.«

»Vielleicht, Vater.«

»So sei es. Die Vereinbarung ist getroffen. Und nun, sag mir, wie der Brief aussehen soll.«

Cristoforos Augen begannen zu leuchten. »Die Form überlasse ich Euch, Vater. Der Brief sollte jedoch die Bitte enthalten, dass ich empfangen und angehört werde – und dass mein Anliegen sorgfältig und wohlwollend geprüft werde. Außerdem, bitte ich dich zu argumentieren, solle der Leser die großen Vorteile bedenken, die ihm zuteil würden, wenn er mir meine Bitte gewährte. Fünf Briefe, Vater, erbitte ich, einen für jeden Herrscher und einen für Jakob Fugger, den deutschen Kaufherren.«

»Du wirst Sie bekommen«, sagte der Pontifex. »Aber sprich mit niemandem darüber, auf dass du nicht für wahnsinnig gehalten wirst. Sage denjenigen, an die du dich wenden willst, nur, dass du Katai und Zipangu erreichen willst, um die Handelswege zu verbessern und sie von der Türkenplage zu befreien. Nur so wirst du dir Gehör verschaffen können.«

»Ihr glaubt mir also, Vater?«

»Von wegen! Nicht einmal im Traum, aber das hat nichts zu sagen. Entdecke eine neue Welt und erreiche Katai. Mir ist es egal. Und nun«, unterbrach sich der Papst, »würdest du bitte so freundlich sein und mir diese Blätter geben?«

* * *

Noch bevor die zwölfte Stunde um war, hielt Cristoforo die Briefe in seinen Händen. Sie waren von einem obskuren Sekretär geschrieben worden und vom Haupt der Christenheit höchstpersönlich unterzeichnet und mit seinem Siegel versehen. Während Cristoforo sich tief vor ihm verbeugte, konnte er nicht umhin, ein leichtes, aber triumphierendes Lächeln aufzusetzen. Er hatte die wichtigste Partie in seinem Leben gespielt und gewonnen. Vielleicht wusste sein Vater, dass er die geheimen Thesen des Grafen von Mirandola sehr wohl gelesen hatte. Und vielleicht hatte er zwischen den beiden Möglichkeiten, die ihm nun blieben, da er einen Mitwisser hatte – Cristoforo einfach umzubringen oder ihn für sein Schweigen zu bezahlen –, den Weg, der sich am meisten lohnte, gewählt. Indem er ihm sein Geheimnis erzählt und auf seine Habgier gesetzt hatte, war Cristoforo mit dem Leben davongekommen. Ob der Pontifex nun aber wusste, dass er wusste oder nicht – der Papst würde ganz andere Probleme bekommen, wenn er die Geheimnisse des Grafen erst selbst lesen würde. Cristoforo stellte sich das Gesicht seines Vaters bei der Lektüre vor: Wer weiß, ob das Herz des Alten das überstehen würde.

Er ging auf den Vorplatz der Basilika und mischte sich unter das bunt gekleidete Volk, das feierte und froh war, ein weiteres Jahr voller Hunger, Krankheiten, Verfolgungen und Flüchen überlebt zu haben. Viele waren als Papst oder Kardinal verkleidet und hatten auf ihre Gewänder Obszönitäten gemalt. Aber es war der erste Januar, ein heidnisches Fest – und Dinge, die sonst mit Peitschenhieben und Ketten oder dem Pranger bestraft worden wären, und zwar nicht zu knapp, wurden heute toleriert. Cristoforo meinte, Giuliano della Rovere als Römerin verkleidet gesehen zu haben – das Gesicht weiß gepudert, mit rot bemalten Lippen und von einer Gruppe halbnackter Soldaten begleitet. Cristoforo hüllte sich in seinen schwarzen Umhang und verbarg sein Gesicht. Bevor er sich in das Labyrinth aus Gassen aufmachte, um zum nächsten Ablegeplatz am Tiber zu gelangen, warf er einen letzten Blick auf die Kathedrale der Christenheit – denn vielleicht würde er sie nie wiedersehen. Möglicherweise würde sie auch bald vom Volke niedergebrannt werden – von demselben Volk, das in Angst vor Bestrafung durch einen grausamen und rachsüchtigen Vater lebte.

Sollte sie doch brennen: Er wäre gut 6.000 Meilen entfernt, wenn es wirklich dazu käme.

Florenz

Freitag, 7. Oktober 1938

Das Wichtigste war, das Manuskript zu retten; an sein eigenes Leben würde er erst später denken. Giacomo de Mola war sich bewusst, dass seine Häscher mittlerweile ganz nah an ihm dran waren. Es war ein schlauer Schachzug von ihnen gewesen, Giovanni als Köder zu benutzen. Leider hatte er aus seinem Ziehsohn nicht herausbekommen können, wer *sie* waren.

Seitdem Giovanni ihm alles gebeichtet hatte, waren zwei Tage vergangen. Noch in derselben Nacht hatte er ihn in die Klinik eines alten Freundes, nach Fiesole in der Nähe von Florenz gebracht. Auch dieser Freund war Mitglied des engeren Kreises der Georgofili, und Giacomo konnte ihm vertrauen. Giovanni hatte sofort Beruhigungsmittel bekommen. Er stand mittlerweile so stark unter Drogen, dass er weder sich selbst noch anderen Schaden zufügen konnte. Wahrscheinlich hatte Giovanni sich deshalb so unglaublich betrunken, weil es die einzige Möglichkeit gewesen war, Giacomo die ganze Wahrheit zu erzählen und damit aber auch zu zeigen, dass ihm etwas an seinem Ziehvater lag. Da Giacomo sein ganzes Leben dem Schutz des Buches gewidmet hatte, hatte sich dabei vielleicht sein Herz verschlossen, und er fragte sich schon, wie sehr er Giovanni seine Zuneigung wirklich hatte zeigen können.

Trotzdem, seitdem er sich erinnern konnte, hatten ihn seine Eltern mit unendlicher Liebe großgezogen. Schon von Anfang an hatten sie immer über das Buch gesprochen und ihn, wie in einem Märchen, an dessen geheimnisvolle Präsenz gewöhnt. Aber diese Liebe hatte er weder geben noch nehmen können. Die wenigen

Frauen, die ihn auf seinem Lebensweg begleitet hatten, waren von ihm immer auf Distanz gehalten worden. Giacomo traute ihnen nicht, und deshalb hatte er ihnen nie die Liebe geben können – wenigstens nicht dieselbe Liebe, die er in den Augen seiner Eltern sah, wenn sie einander ansahen. Diese Liebe währte ihr ganzes Leben lang und bis zum Tod; er war kaum zwanzig Jahre alt gewesen, als er sie verlor: Die beiden Liebenden waren eng umschlungen in ihrem Bett gestorben. Der Arzt hatte gesagt, dass es ein sehr seltener, aber deshalb nicht unmöglicher Tod gewesen sei: Weil seine Eltern die Trennung von dem liebsten Menschen nicht ertragen hätten, darum waren sie einfach gemeinsam gegangen, friedlich und einer nach dem anderen. Am Anfang war Giacomo sehr verstört gewesen; selbst die Freunde seines Vaters aus dem Omega-Kreis hatten ihn kaum davor bewahren können, nicht unter der Last der alleinigen Verantwortung zusammenzubrechen. Dann hatte der Krieg dafür gesorgt, dass er erwachsen wurde.

Ja, auch er hatte dazu beigetragen, dass Giovanni Verrat geübt hatte, und sicherlich war auch diese Frau, Elena, mit im Spiel gewesen. Allerdings wusste er noch immer nicht, wer so akribisch seinen Tod geplant hatte, um an das Buch zu gelangen. Ein Verräter innerhalb der Gruppe? Die faschistische Partei? Jemand, von dessen Existenz er nichts wusste?

Vor fünfhundert Jahren hatte sich Pico hauptsächlich gegen die Kirche wehren müssen, aber Giacomo glaubte nicht, dass ihn die gleichen Mächte von damals bedrohten. Eine Spur könnten diese Vorstadtschläger sein, die ihn observiert hatten. Wahrscheinlicher war jedoch, dass sie ihn wegen der Treffen der Georgofili-Akademie oder irgendwelcher Äußerungen über das Regime, die ihm öfters über die Lippen kamen, beobachtet hatten. Seit den Lateranverträgen, welche die Kirche und das faschistische Regime eng miteinander verbanden – eine politische Meisterleistung, musste Giacomo unwillkürlich denken –, waren natürlich beide Parteien daran interessiert, alles unter einen Teppich zu kehren.

Vielleicht kam die Bedrohung von jenseits des Ozeans, von einem Sammler?

Er zweifelte daran, dass Giovanni sich mit solchen Personen oder deren Auftraggebern, und dann auch noch aus Amerika, in Verbindung gesetzt hatte. Das Pico-Manuskript war sicherlich sehr wertvoll – aber nicht für einen Sammler. Nein, es war vielmehr der Inhalt des Buches, der interessant war. Giovanni war einem obskuren, teuflischen Netz in die Falle gegangen, und irgendjemand wollte das Manuskript wegen seiner Bedeutung und seinem Inhalt besitzen. Demjenigen ging es mit Sicherheit nicht um die historische Bedeutung, die ein unveröffentlichtes Werk eines Philosophen aus dem fünfzehnten Jahrhundert haben konnte. Giacomo würde es bestimmt herausfinden, aber zunächst musste er das Buch in Sicherheit bringen und die Sicherheitsvorkehrungen ändern.

Die ehrwürdige Mayer Bank würde bald öffnen – dort hätte Giovanni das Sicherheitsfach im Falle von Giacomos Tod öffnen lassen können, um an das Buch zu kommen. Natürlich musste es sich um einen natürlichen Tod handeln – andernfalls würde das Sicherheitsfach für weitere 20 Jahre verschlossen bleiben und sein Inhalt direkt in einen englischen Trust übergehen. Giovanni hatte bislang noch nicht erfahren, dass sich in dem Sicherheitsfach nur ein Schlüssel und ein Zugangscode für eine Schweizer Bankgesellschaft in Lugano befanden. Von der Schweizer Neutralität bewacht, befand sich das Buch dort tief unter der Erde. »Bewacht von der Schweizer Garde – wenn das der Vatikan wüsste!«, hatte der letzte Hüter vor ihm, sein Vater, einmal scherzhaft gesagt und gelacht.

Das Sicherheitsfach gehörte zu einem Konto, auf dem ungefähr zwei Millionen Schweizer Franken lagen – eine Reserve, auf die er nun zurückgreifen musste. Das Ende des Antiquariates bereitete ihm jedoch den größten Schmerz. Sobald er das Buch hätte, würde er Notar Lamberti bitten, den Umschlag mit der Schenkungsurkunde, die das Geschäft und alle Bücher der Georgofili-

Akademie überließ, zu öffnen. Und dann würde Giacomo für immer von der Bildfläche verschwinden.

Aber auch Giovanni musste verschwinden. Momentan war er in Sicherheit, aber nicht mehr lange: Die, die ihm die Falle gestellt hatten, mussten Giovanni nun für immer zum Schweigen bringen, wenn sie nicht entdeckt werden wollten. Giacomo musste so schnell wie möglich diese Elena finden, bevor es Giovanni tat – sollte er sie überhaupt noch sehen wollen. Die Frau würde ihm ansonsten bestimmt helfen, einigen Dingen auf die Spur zu kommen …

Die Bank hatte geöffnet, und Giacomo trat in die schwach beleuchtete Eingangshalle. Der grüne Marmor, mit dem die Wände vom Boden bis unter die Decke verkleidet waren, hielt die Temperatur angenehm kühl. Er ging zu einem der Bankschalter und füllte ein Formular aus, mit dem er den gesamten Betrag seines Kontos auf das von Giovanni überwies. Obwohl es keine enorme Summe war, schaute ihn die Bankangestellte leicht überrascht an – verhielt sich aber wie immer sehr professionell und sagte nichts. Sie führte die Überweisung aus und gab Giacomo den Beleg. Dieser nickte zufrieden und bat sie dann freundlich, ihn in den Tresorraum zu führen. Als sie aufstand, sah er, dass sie einen cremefarbenen Rock und eine weiße, spitzenbesetzte Bluse trug, deren Kragen von einer Perlenbrosche zusammengehalten wurde. Obwohl es warm war, trug sie Seidenstrümpfe mit schwarzer Naht, die ihre schön geformten Beine betonten. Wie sich wohl Elena kleidete und was für eine Figur sie hatte?

»Guten Morgen, Dr. de Mola, ich freue mich, Sie zu sehen.«

Der Bankdirektor der Mayer Bank und Enkel des Gründers, Maurizio Mayer, kam ihm entgegen.

»Ganz meinerseits. Aber ich möchte Sie nicht aufhalten«, sagte Giacomo. »Ich muss nur an mein Sicherheitsfach.«

»Sofort. Wenn Sie erlauben, werde ich mich persönlich darum kümmern.«

»Danke, aber ich bin sicher, dass Sie sich mit wichtigeren Dingen beschäftigen müssen.«

»Glauben Sie das nicht«, lächelte Mayer. »Außerdem kann es sein, dass ich mich bald mit nichts mehr beschäftigen muss.«

Giacomo schaute ihn über die Ränder seiner Brille hinweg an. Das war nicht einfach so dahergesagt ... Er zog es vor, nichts darauf zu erwidern – wenn der Direktor diese kryptische Andeutung näher ausführen wollte, würde er es bestimmt tun. Und das machte er auch:

»Es kann sein, dass ich Sie in Ihrem Geschäft um eine Stelle als Bote bitten muss«, sagte er mit einem bitteren Lächeln, während sie die cremefarbene Marmortreppe hinab in den Tresorraum stiegen.

»Ich verstehe nicht, was Sie meinen, Dr. Mayer.« Diesmal musste Giacomo antworten. Sich weiter diskret zurückzuhalten, hätte totales Desinteresse signalisiert.

»Ich weiß, dass ich mit Ihnen sprechen kann, und ich bitte Sie für diese Vertraulichkeit um Nachsicht. Aber die Banca d'Italia hat ein Ermittlungsverfahren gegen uns eingeleitet. Nein, nicht wegen der Bank. Die Konten sind in Ordnung, und der Bank geht es so gut wie nie zuvor. Es ist, weil wir Juden sind, Dr. de Mola.«

Sie hatten den Tresorraum durch eine massive Stahltür betreten, die fast einen halben Meter dick war. Mayer öffnete das Eisengitter, hinter dem sich die Sicherheitsfächer befanden, mit einem großen Schlüssel. Es war offensichtlich, dass er reden wollte, und de Mola hörte ihm aufmerksam zu.

»Die Abteilung ›zum Schutz des italienischen Sparers‹, die direkt dem Finanzministerium unterstellt ist, hat die Banca d'Italia gebeten, eine akkurate Kontrolle vorzunehmen«, berichtete Mayer. »Sie sind oben und kontrollieren gerade unsere ganzen Unterlagen. Ihr Vorgesetzter, den ich seit vielen Jahren kenne, hat mir gerade gesagt, dass in Rom schon alles entschieden wurde. Aber vielleicht langweile ich Sie damit.«

»Nein, keineswegs. Es tut mir leid, das zu hören. Aber ich hatte mir schon gedacht, dass sich die Dinge in diese Richtung entwickeln würden, und bin wirklich empört.«

»Danke, Dr. de Mola, Sie sind sehr freundlich. Ich fürchte, dass wir früher oder später die Bank schließen oder verschleudern müssen. Aber es handelt sich hier nicht um Willkür, sondern um das Gesetz, und das ist ja gerade das Verrückte. Die neu verabschiedeten Rassengesetze sind schuld. Ich glaube sogar, dass Sie mich nun nicht einmal mehr als Bote in Ihrem Antiquariat beschäftigen dürften. Trotzdem, Ihre Gelder sind in Sicherheit, und um die Sparer nicht nervös zu machen, wird die ganze Angelegenheit diskret und vorsichtig abgewickelt. Sollten Sie jedoch etwas in Ihrem Sicherheitsfach aufbewahren, das Sie niemandem zeigen wollen, dann nehmen Sie es mit, Dr. de Mola. Leider könnten wir Ihnen die Diskretion, die den Erfolg unserer Bank ausgemacht hat, nicht mehr garantieren.«

Diese Warnung schien vom Himmel geschickt, denn genau aus dieser Sorge heraus war Giacomo in der Bank erschienen. Voller Mitgefühl reichte er Dr. Mayer die Hand.

»Wenn ich etwas für Sie tun kann, dann zögern Sie nicht, mit mir Kontakt aufzunehmen ... und danke für den Hinweis«, sagte er mit warmer Stimme und drückte Mayer die Hand.

»Indem Sie mir Gehör schenkten, haben Sie schon viel für mich getan, Dr. de Mola. Klingeln Sie, wenn Sie hier fertig sind. Ich würde mich freuen, mich von Ihnen noch persönlich verabschieden zu können, bevor die«, und er zeigte mit dem Finger nach oben, »mich mitnehmen werden. Ansonsten: Adieu.«

Sie verabschiedeten sich mit einer kurzen Umarmung, und während Mayer das Eisengitter hinter sich schloss und eilig die Treppe hinaufging, holte sich de Mola die Kassette aus dem Sicherheitsfach.

Ein paar Minuten später ging er mit dem Schlüssel und dem Code der Schweizer Bankgesellschaft in Richtung Bahnhof. Er ging vor der Taufkirche am Dom vorbei und war wie immer von der gewagten Brunelleschi-Kuppel fasziniert, die er schon so oft bewundert hatte – wie auch Giovanni Pico bereits vor ihm. Er fragte sich, ob er sie je wiedersehen würde.

Als er die Via Cerretani und die Via Panzani hinter sich gelassen hatte, erreichte er den Bahnhofsvorplatz. In der Gepäckaufbewahrung holte Giacomo den Koffer ab, den er dort am Vortag deponiert hatte und in den er hineingepackt hatte, was eben ging. Es war nicht einfach, das halbe Leben in einem Koffer zu verstauen.

Auf dem Weg nach Florenz

Mittwoch, 3. Januar 1487

In Sant'Eraclio verließen sie die Via Flaminia und machten einen Bogen um Foligno. Sie kamen an Cantalupo und Brufa vorbei und kreuzten den Weg nach Perugia. Dann schritten sie am Tiber über die Val-di-Ceppo-Brücke und kamen ohne Probleme am Zollposten vorbei. Als Passierschein reichten ein paar Kupfermünzen aus Camera, die das Wappen von Papst Innozenz trugen und so neu waren, dass sie wie Fälschungen aussahen.

Sie fuhren weiter.

Die Straße war voller Briganten, die dem legendären Ghino di Tacco nacheiferten und besonders gerne Kutschen überfielen, die aus dem verhassten Rom kamen. Der Kutscher hatte jedoch mehr Angst vor Fränzchen und seinen Männern – die, nachdem ihre Kumpane nicht mehr aufgetaucht waren, in der Zwischenzeit sicherlich die Verfolgung aufgenommen hatten.

Der letzte Aufstieg, um die Villa di Santa Petronilla auf den Hügeln zu erreichen, machte den Pferden schwer zu schaffen. Als sie endlich ankamen, nach einem ganzen Tag ohne Pause, waren die Tiere am Rande ihrer Kräfte. Ihr braunes Fell war mit Schweiß bedeckt, und ihre Rücken waren von den Peitschenhieben des Kutschers gezeichnet.

Bevor sie in das von Mauern umsäumte Gasthaus, das gegenüber einer großen Abtei lag, eintraten, warfen Giovanni und Ferruccio noch einen letzten Blick zurück auf die hinter ihnen liegende Tiefebene. Sie lag in der blassen untergehenden Abendsonne, und aufsteigende Nebelschwaden ließen sie wie einen großen

Sumpf aussehen, aus dem sich Reiher und Kraniche für ihre letzte Jagd vor der Nacht erhoben.

Das Wirtshausschild zeigte ein schwarzes Wildschwein auf rotem Grund, das so ganz und gar nicht zu den dunklen Farben der gegenüberliegenden, altehrwürdigen Abtei passte – eine seltsame Mischung aus heilig und profan. Ferruccio bestellte Getränke und Speisen direkt auf ihr Zimmer, das gut und gerne vier weiteren Reisenden Platz geboten hätte; Ferruccio hatte jedoch darauf bestanden, es allein zu nutzen, und einen Aufpreis dafür bezahlt. Während sie das Feuer im großen Kamin anfachten, klopfte ein Diener schüchtern an die Tür und brachte eine Karaffe Rotwein und einen Auflauf aus Lamm- und Wildschweinfleisch, das – dem Schild nach zu urteilen – wohl die Spezialität des Kochs war.

»Graf«, sagte Ferruccio, nachdem sie eine Weile stumm gegessen hatten, und tunkte noch einige Brocken Brot in die Soße, »darf ich Euch fragen, warum Ihr den Mächtigen so viel wert seid? Es ist Euer gutes Recht, auf diese Frage nicht zu antworten, ich frage aus reiner Neugierde.«

Giovanni zögerte einen Augenblick, aber dieser Mann gefiel ihm, und deshalb entschloss er sich, ihm ehrlich zu antworten.

»Es war ausgerechnet meine Neugierde, die mich in diese Schwierigkeiten brachte, aber das wird Euch nie passieren, Ferruccio. Trotzdem würde ich es immer wieder tun. Auf jeden Fall erzähle ich Euch, was ich weiß. Schuld an der Sache haben ich und ein Buch, das ich geschrieben habe.«

»Das Buch, das Ihr mit Euch führt?«

»Ich habe kein Buch bei mir.«

»Graf, Ihr seid der Erste, den ich mit Gefallen verteidigt habe. Ihr seid wach, intelligent, redet nicht mehr, als sein muss, und tut niemals etwas ohne Grund. Nichts kann Euch überraschen – Ihr besitzt die Weisheit eines Greises, und man möchte meinen, Ihr würdet bereits seit vielen Jahren leben, obwohl Ihr noch so jung erscheint.«

»Ich danke Euch, auch ich bewundere Euch für Euren Mut und Eure … Fähigkeiten.«

»Ihr seid Euch aber noch nicht sicher, ob Ihr mir vertrauen könnt, nicht wahr? Ich verstehe Euch, aber ich habe schon vor einiger Zeit den Kupferzylinder bemerkt, auf den Ihr aufpasst, als enthielte er die Reliquien unseres Erlösers. Er ist nicht verschlossen, er enthält keine Flüssigkeit, er macht ein Geräusch wie ein Knüppel, ist aber keine Waffe. Ich kann verstehen, dass Ihr nicht mit mir darüber sprechen wollte, aber, ich bitte Euch, scherzt nicht mit mir. Mit Verlaub, wenn es mein Auftrag gewesen wäre, es in meinen Besitz zu bringen, hätte ich dies längst getan. Mehr habe ich dazu nicht zu sagen.«

Mirandola hatte den Worten seines Reisebegleiters aufmerksam zugehört. Dieser nagte bereits wieder genüsslich an dem fetttriefenden Wildschweinknochen.

»Im Talmud der jüdischen Tradition, in denen die Gespräche zwischen Studierenden und Lehrern zitiert werden, steht geschrieben, dass nicht die Heiligen im Recht sind, sondern die, die im richtigen Moment das Richtige tun«, sagte Giovanni ernst.

Ferruccio nahm den Knochen aus dem Mund und schluckte seinen Bissen hinunter.

»Interessant«, sagte er bloß. »Seid Ihr Jude?«

»Nein, aber würde das etwas für Euch ändern?«

»Nein, ganz im Gegenteil, vielleicht hätte ich dann noch mehr Sympathie für Euch.«

»Seid *Ihr* Jude?«

»Nein, aber es gibt Tage, an denen ich es gerne wäre.«

»Ihr habt mir die Antwort gegeben, die ich hören wollte, und nun gebe ich Euch die meine. Aber es ist eine lange Geschichte, Ferruccio. Wollt Ihr sie wirklich hören?«

»Wir haben Zeit, Graf, auch wenn sie uns jemand wegnehmen will.«

Giovanni schenkte sich etwas Wein ein und trank langsam einen Schluck.

»Ich werde versuchen, Euch nicht zu langweilen«, setzte er an. »Nun, ich erzählte Euch bereits, dass alles mit einem Buch begann, das ich geschrieben habe, das ich jedoch wirklich nicht bei mir habe. Das Manuskript, das ich bei mir führe, ist die logische *Konklusion* des ersteren, das ich erst vor wenigen Wochen veröffentlicht habe, und die Summe dieser Bücher ist nicht zwei, sondern neunhundertneunundneunzig.«

Amüsiert sah ihn Ferruccio an. Er hatte nichts von dem, was Giovanni gesagt hatte, verstanden und zeigte dies ganz offen.

»Ihr tut ganz recht daran, Euch zu wundern. Lasst es mich erklären: Das erste Buch, das ich geschrieben habe, führt zu der Konklusion, dass es keine wirklichen Unterschiede zwischen der christlichen und jüdischen Religion gibt. Indirekt kann man sogar daraus schließen, dass dies auch für die Anhänger Mohammeds gilt. Die Bibel, die Evangelien – und zwar alle, nicht nur die vier kanonischen – verbindet eines: Die Existenz eines einzigen wahren Gottes – den ich vorzugsweise ›Höheres Wesen‹ nenne. Auch die Prinzipien, Normen und Botschaften der Religionen ähneln einander, wenn man genau hinsieht. Die Anerkennung dieser Gleichheit aber lässt nur den einen Schluss zu: Alle Kriege, die wir bisher im Namen Gottes führten – für welchen auch immer – waren falsch. Die Verfolgungen aus einer Glaubensüberzeugung heraus, und allen voran die Kreuzzüge, der sogenannte Heilige Krieg, haben mit dem Blut von Christen, Juden und Muselmanen die heilige Erde nur rot gefärbt, ohne sie deshalb fruchtbarer zu machen.

Über diese Erkenntnis wollte ich mit Christen, Juden und Muselmanen in einer Versammlung disputieren – und am Ende mit unseren Brüdern den Schlüssel für unsere gemeinsame Identität finden.« Giovanni lächelte. »Wie Ihr Euch vorstellen könnt, gefiel dies der Kirche nicht sonderlich, die ich – obwohl ich ihr immer noch angehöre – nur zu gerne reformiert und vereint sehen würde.

Das zweite Buch, das ich übrigens hier mit mir führe, ist noch wertvoller als das erste …« Wieder lächelte Giovanni und hielt inne. »Ich sehe, ich habe Euch verstört.«

Ferruccio war sehr ernst geworden. Er spielte mit seinem Dolch und fuhr gedankenvoll über das kalte Metall. Dann nahm er den Dolch in beide Hände und umklammerte dessen Griff.

»Was Ihr gesagt habt, klingt seltsam«, sagte er, »jedenfalls für mich. Einer meiner Vorfahren hat für genau diese Überzeugung bitter bezahlen müssen. Sprecht weiter, Graf, und entschuldigt die Unterbrechung.«

»Einer Eurer Vorfahren? Wer seid Ihr, Ferruccio? Jetzt habt Ihr meine Neugierde erweckt. Diese Charakterschwäche verbindet uns.«

Ferruccio stand auf, ging zum Fenster und holte tief Luft.

»Ich glaube, ich bin Euch schuldig, meine Identität aufzudecken, Graf«, sagte er, ohne sich umzudrehen, »Eures Vertrauen wegen, das Ihr mir bis jetzt entgegengebracht habt. Ich bitte Euch jedoch, gleich wieder zu vergessen, was ich Euch nun sage, und keinem Menschen davon zu sprechen.« Als Giovanni nickte, fuhr Ferruccio fort: »Mein Name ist nicht von so edler Herkunft wie der Eure, aber ich trage ihn nichtsdestotrotz mit Stolz. Ich nenne mich de Mola, Ferruccio de Mola«, sagte er und drehte sich zu Giovanni um. »Vielleicht sagt Euch dieser Name nichts, aber wenn Ihr ihn auf Französisch aussprecht, werdet Ihr mehr über mich wissen.«

Giovanni Pico schaute ihn überrascht an. *Auf Französisch aussprechen*? Was sollte das bedeuten? Plötzlich traf ihn der Blitz der Erkenntnis, und er verstand oder glaubte zu verstehen: Wenn dieser Ferruccio derjenige war, für den er ihn hielt, dann war sein Name einer der berühmtesten der Christenheit, ein Name, dessen Träger die größte Macht und die schlimmste Kerkerhaft kennengelernt hatte und der heute noch nach Schwefel roch.

»Ihr seid also der Nachkomme von Ritter …«, sagte Giovanni atemlos.

»Ja, Graf, von Jacques de Molay – in direkter Linie.«

Nun schaute Giovanni sein Gegenüber zum ersten Mal wirklich an – mit einer Bewunderung, die nicht nur auf seine Kampfeskunst zielte. Jacques de Molay war der letzte Anführer der Tempelritter in Jerusalem gewesen. Giovanni wusste nur allzu gut um ihre heroischen militärischen Unterfangen, obwohl seit mehr als zweihundert Jahren, seit der Auflösung des Ordens, ein Schleier des Schweigens und Vergessens über sie ausgebreitet worden war. Noch besser als ihre Geschichte kannte er jedoch ihre religiösen Weltanschauungen.

»Jacques de Molay«, flüsterte Giovanni ehrfürchtig, »der vor Notre Dame von Philipp dem Schönen auf dem Scheiterhaufen verbrannt wurde. Eine Schandtat, die sich bis zum heutigen Tage in unsere Erinnerung eingebrannt hat.«

»Ihr glaubt also nicht an seine Schuld?«, fragte Ferruccio leise.

»Schuld?« Giovanni lachte bitter. »Er war so schuldig wie Catull, der Verteidiger der römischen Republik. Auch das ist eine dieser Geschichten, die von den Gewinnern geschrieben wurde. Den Namen de Mola würde ich vielleicht sogar mit noch mehr Stolz tragen als den meinen. Und ich sage Euch noch etwas, Ferruccio. Das, was ich Euch über meine Thesen erzählte, wussten schon die Wegbegleiter Deines Vorfahren, als sie sich nachts vor den Mauern Jerusalems heimlich mit den Weisen des jüdischen und muselmanischen Glaubens trafen. Am Tage mussten sie einen Krieg gegen die Andersgläubigen führen und sich gegenseitig umbringen. Aber in der Nacht konnten sie sich treffen und darüber disputieren, wie nahe sie alle dem einzigen Wesen waren, das über ihnen stand. Vielleicht hatten sie noch nicht das Wissen, über das ich heute verfüge – aber ihr wacher Geist leuchtete, wie der reinste aller Smaragde –, denn sie waren der Wahrheit ganz nah, für die ich heute kämpfe und verfolgt werde. Ein weiteres Mal wollen *sie* nun aber verhindern, dass diese Wahrheit verbreitet wird.«

»Woher wisst Ihr diese Dinge?«, de Mola schaute ihn an wie ein Gespenst. Dann lächelte er und reichte Giovanni die Hand. »Ich bin einer der Nachkommen derjenigen Ritter, die ihrem Glauben nicht abschwören wollten und dafür verfolgt und ermordet wurden. Und ich werde weiter meiner Aufgabe treu ergeben bleiben. Der Tempel wird nie vergehen.«

»Viele Dinge wisst Ihr aber immer noch nicht, Ferruccio. Mir wurde ermöglicht, diese religiösen Fragen zu studieren – weil man mir eine neugierige Natur, Begabung und ein außergewöhnliches Gedächtnis nachsagt. Ich habe nie den Verleumdungen geglaubt, die die Auflösung des Ordens Eurer Vorfahren zur Folge hatten. Es war nur die Angst vor ihrer Macht und ihrem Wissen – die *auri sacra fames* – und natürlich die abscheuliche Geldgier ihrer Gegner, die das Ende der Hüter des Tempels besiegelten.«

»Jetzt verstehe ich, warum sie Euch suchen, Graf«, sagte de Mola mit einem leichten Lächeln um die Lippen, »und ich wünsche, dass Ihr nicht so endet wie mein Vorfahre.«

Giovanni schaute ihm in die Augen. »Das ist noch nicht alles«, sagte er leise.

»Reicht das noch nicht?«, antwortete de Mola und strich sich über seinen Kinnbart.

»Eigentlich schon, aber das, wofür sie mich suchen, geht noch einen Schritt weiter. Ich habe Euch von meinem ersten Buch erzählt, dessen Thesen bereits von den Tempelrittern und den Lehrern der anderen Religionen vorweggenommen und diskutiert worden waren. Ich habe die Gedanken der Tempelritter weitergedacht. Darum verfolgt mich der Papst, aber wenn er erst den Inhalt von *diesem* Manuskript kennen würde, hätte er mir schon alle Dämonen seines kirchlichen Infernos auf den Hals geschickt.«

»Ich habe keine Angst vor Dämonen, ich habe schon viele von ihnen getötet«, sagte de Mola mit fester Stimme. »Erzählt mir die ganze Geschichte, wenn es Euch beliebt.«

Rom

Donnerstag, 6. Januar 1487

Zwei ganze Tage und Nächte hatte Papst Innozenz VIII., der 213. Papst, Nachfolger des heiligen Petrus und Hüter der Christenheit, sein Schlafgemach nicht mehr verlassen. Er hielt keine Messe, gewährte keine Audienzen und verweigerte sich sogar der Schönheit der jungen Adriana de Mila, einer Cousine Kardinal Borgias, der sich grämte, weil er sie dem Papst persönlich geschenkt hatte. Auf dem großen Eichentisch hatte der Pontifex alle Blätter ausgebreitet, die ihm sein Sohn Cristoforo übergeben hatte. Er hatte jedes Wort und jeden Satz der *Ultimae Conclusiones sive Theses Arcanae IC*, der *letzten neunundneunzig Konklusionen oder Geheimen Thesen des Giovanni Pico Graf von Mirandola*, genauestens studiert. Wieder und wieder hatte er jeden Verweis, jede Aussage und jeden Gedanken gelesen. Müde, aber mit lichtem Blick in seinen weit aufgerissenen Augen hatte Innozenz am dritten Tag seiner selbst gewählten Klausur endlich die vollständige Bedeutung der philosophischen Aussagen erfasst. Und was er gelesen hatte, erfüllte ihn mit größerer Angst, als würde er das Inferno mit eigenen Augen ansehen müssen oder seine totgeborenen Bastarde aus ihren Gräbern auferstehen, Rom von den Sarazenen belagert oder ein Piratenschiff die Engelsburg angreifen sehen.

Er hatte die Apokalypse vor sich. Die Thesen Mirandolas waren das Erdbeben, das die Säulen, auf denen die Autorität der Kirche seit fast eintausendfünfhundert Jahren ruhte, hinwegfegen würde. Jede Seite der *Ultimae Conclusiones* war eine Schlangengrube, und die Kirche konnte jederzeit hineinstürzen.

Die Intention von Graf Mirandola war ihm nun vollkommen

klar: Die neunhundert Thesen waren das trojanische Pferd, mit dem er die anderen neunundneunzig der Welt zugänglich machen wollte – ein einfacher, aber genialer Plan. Er, Innozenz, würde jedoch nicht tatenlos zusehen, wie das mächtigste Imperium auf Erden mutwillig zerstört wurde, nein: Er würde nicht als letzter Papst in die Geschichte eingehen! Das Geheimnis der Kirche, das seit über tausend Jahren von seinen Vorgängern beschützt und gehütet wurde, würde nicht enthüllt werden, das schwor er sich. Er hielt die Schlüssel des heiligen Petrus, und auf diesem Fundament war die Kirche erbaut worden.

Zweifel und Unwissenheit machen Angst – und als Innozenz nun Gewissheit darüber erlangt hatte, dass sich über den Kirchenmauern ein Sturm zusammenbraute, der sie in ihren Grundfesten erschüttern würde, spürte er, wie seine Kräfte zurückkehrten und mit ihnen sein Appetit auf Nahrung und Fleischeslust. Ungestüm zog er an einer Kordel, die neben seinem Bett hing, und wenige Minuten später, als ihm seine Diener den kleinen Schreibtisch vor dem Fenster eindeckten, verließ ein feminin aussehender junger Pater, dessen Augen wie die einer Kurtisane geschminkt waren, lächelnd Innozenz' Gemach. Er wusste bereits, wo er innerhalb der nächsten fünf Minuten – mehr waren ihm nicht gewährt worden, um dem Willen Seiner Heiligkeit zu willfahren – ein Frauenzimmer finden würde, das er dem Pontifex servieren konnte. Wahrscheinlich würde Kardinal della Rovere nicht sehr erfreut sein, wenn er erführe, dass ihm seine jüngste Entdeckung, das hübsche Küchenmädchen, vom Kirchenoberhaupt höchstpersönlich unter der Nase weggeschnappt worden war. Aber der Papst hatte nun einmal das erste Wahlrecht, und selbst ein della Rovere würde warten müssen. Der junge Pater lächelte. Mit ein wenig Glück würde es ihm ja vielleicht vergönnt, den Kardinal trösten zu dürfen.

Als er beide Gelüste befriedigt hatte, wurde Innozenz wieder zu Giovanni Battista Cibo, dem politischen Strategen, der berechnend seine Interessen verfolgte und andere manipulierte. Zuerst musste er jemanden finden, mit dem er diese Verfluchung teilen konnte. Allein würde er es nie schaffen, Mirandola zu trotzen, denn seine Krankheiten pflegten wie ein Blitz aus heiterem Himmel über ihn zu kommen und ihn für Tage niederzustrecken. Außerdem konnte ihm zu jeder Sekunde irgendjemand in den Rücken fallen. Zudem war es nicht einfach, die richtige Vertrauensperson zu finden. Fränzchen war zu dumm und Sansoni zu unterwürfig. Cristoforo war schon weg und hatte anderes im Sinn. Sein größter Förderer, della Rovere, war ohnehin bereits zu mächtig, und dieses Geheimnis würde ihn nur noch mächtiger machen. Genau dieser Gedankengang brachte Innozenz schließlich auf eine Idee, wie er diesen unbequemen Kardinal in seiner Macht beschneiden konnte. Innozenz würde sich heimlich mit einem dritten Mann verbünden, der mit beiden verfeindet und sein gefährlichster Gegner war – und er würde den sichersten Weg wählen: Er würde ihn kaufen. Innozenz lächelte. Er wusste auch schon wie: Er würde ihm die Krone anbieten, die er nie bekommen hatte: die Krone, die aus Dornen bestand und die er sich doch am meisten auf der Welt wünschte. Aber erst nach seinem Tod, nicht vorher. Er würde natürlich äußerst vorsichtig vorgehen müssen, um diesem unglückseligen Ereignis nicht vorzugreifen, aber immerhin würde er zwei Fliegen mit einer Klappe schlagen und hätte gleichzeitig einen mächtigen Feind weniger. Die Würfel waren also gefallen – genau wie bei Caesar, als er den Rubikon überschritt: Auch in seinem Fall gab es kein Zurück mehr. Innozenz seufzte, dann ließ er Kardinal Don Rodrigo Borgia rufen, seinen gefährlichsten Gegner im Kampf um das Amt des Papstes.

Florenz

Montag, 11. Oktober 1938

Dass Frauen rauchten, war mittlerweile gesellschaftlich akzeptiert – dass eine Frau jedoch nachts um elf Uhr, an die Mauer der Ponte delle Grazie gelehnt, eine Zigarette rauchte – das war ein ungewöhnliches Spektakel. Niemand wagte es, stehen zu bleiben. Die nächtlichen Spaziergänger mit ihren Hunden wechselten die Straßenseite, und Autofahrer, die bei ihrem Anblick abbremsten, fuhren enttäuscht weiter. Sie konnte keine Prostituierte sein, sonst hätte die Polizei sie schon lange abtransportiert. Außerdem war sie zu gut gekleidet – ein graues Persianerjäckchen schützte sie vor der Feuchtigkeit und der Kühle der Nacht. In Schwierigkeiten konnten sie auch nicht sein, denn sie stand arrogant, mit gekreuzten Armen und hocherhobenem Haupt da.

Ein Straßenkehrer, der ein paar nette Worte wechseln wollte, näherte sich und sprach sie freundlich an. Er erhielt jedoch keine Antwort, denn ein Wagen ausländischen Fabrikats kam wenige Meter von ihnen entfernt zum Stehen. Mit dem breiten Absatz ihres Schuhs drückte die Frau die Zigarette aus und warf dem Straßenkehrer einen ironischen Blick zu. Dann ging sie gemächlich zum Wagen und setzte sich neben den Fahrer, der sofort und ohne aufzublenden losfuhr.

Wilhelm Zugel war kein Mann vieler Worte – und so schwieg er während der ganzen Fahrt zur Belvedere-Festung. Als sie ankamen, kurbelte Elena die Scheibe herunter und nahm ein Päckchen Camel aus ihrer Handtasche. Die Ohrfeige traf sie ohne Vorwarnung. Instinktiv hatte sie die Hand gehoben, um zurückzuschlagen, aber Zugel hielt ihr Handgelenk fest.

»Weißt du nicht, dass es verboten ist, amerikanische Zigaretten zu rauchen?«, fuhr er sie an.

»Idiot! Du hast mir weh getan«, schrie Elena. Das Gefühl von Ohnmacht und Demütigung hätte sie beinah zum Weinen gebracht, aber es gelang ihr, den Impuls zu unterdrücken.

»Aber die Klapse auf den Hintern gefallen dir.«

»Tu das nie wieder, du Hurensohn ...«

Die zweite Ohrfeige, diesmal mit dem Handrücken verabreicht, tat noch weher als die erste – nicht nur körperlich.

»Und nun sage, was du zu sagen hast, oder ich mache weiter.«

»Und wenn ich anfange zu schreien?«

»Komm, steig aus«, sagte Zugel sanft.

Sie gingen an einem kleinen Platz entlang, der hinter den Gärten der Panoramaterrasse lag, von wo aus man über ganz Florenz schauen konnte. Die nächtlichen Nebelschwaden waren zu dünn, um Giottos Glockenturm, die Domkuppel und rechts den Turm des Palazzo Vecchio zu verschleiern.

»Gib mir eine amerikanische Zigarette.«

Auf seine Ellbogen gestützt lehnt Zugel an der Brüstung. Er atmete den süßen Duft der Camel ein und ließ ihn durch die Nase wieder entweichen.

»Du kannst reden, Elena. Wie du siehst, ist hier niemand, außer uns und vielleicht irgendeinem Spanner in den Gärten. Was wolltest du mir sagen?.«

Elena holte Luft.

»Giovanni ist verschwunden. Seit über drei Tagen hat er mich weder angerufen, noch ist er bei mir vorbeigekommen. Das passt nicht zu ihm. Das Antiquariat ist geschlossen.«

Zugel legte seinen Arm um ihre Schultern, und Elena erschauderte. Er presste sein Glied an ihr Pobacken. Sie ließ ihn gewähren, vielleicht würde ihn das etwas ablenken.

»Schau, Elena«, sagte er und presste sich enger an sie, »das macht mich sehr traurig. Glaubst du, er hat den Rückwärtsgang eingelegt?.«

»Ich weiß nicht, was ich davon halten soll. Darum habe ich dich angerufen.«

»Ich verstehe.«

»Ich habe Angst, dass etwas schiefgegangen ist.«

»Es gibt Schlimmeres, vor dem man sich fürchten muss, meine süße Elena.«

Zugel schob sie mit Gewalt an die Brüstung, drückte ihr die Zigarette auf dem Handgelenk aus und hielt ihr mit der anderen Hand den Mund zu, um sie am Schreien zu hindern. Elena versuchte, ihn zu beißen, doch er lehnte sich auf sie und blockierte ihre Arme. Ein Ohrring fiel 20 Meter tief in den Abgrund.

»Wenn uns jemand sieht, wird er denken, dass ich dich hier und jetzt nehme und dass du eine richtige kleine Hure bist. Und weißt du was – vielleicht werde ich das sogar gleich tun.«

Trotz des Schmerzes konnte Elena seine Erektion spüren.

»Was willst du von mir?«, fragte sie ihn mit tränenerstickter Stimme.

»Nichts«, sagte Zugel und ließ sie los, »ich habe nicht einmal mehr Lust auf dich. Versteck dich irgendwo und tauche für ein paar Tage unter. Sollte er dich suchen und nicht finden – umso besser: Er wird nervös werden und Fehler machen. Derweil ziehe ich meine Strippen. So, und jetzt ist Schluss. Ich werde mich um de Mola kümmern. Schau, wie du zurückkommst; bis zur Stadt sind es nur ein paar Schritte – und sollte jemand versuchen, dich anzufassen, dann mach wenigstens den glücklich.«

Zugel strich sein Jackett glatt, rückte seine Manschetten zurecht und ging zum Wagen zurück. Bevor er einstieg, schenkte er Elena noch ein eisiges Lächeln.

»Oh, und noch etwas: Versuche nicht, mit mir Kontakt aufzunehmen, meine Liebe. Sollte es notwendig sein, werden wir dich zweifellos finden.«

Elena sah dem Wagen hinterher. Sie fasste sich an den Bauch. Wenn Zugel auch noch den Rest erfahren hätte, wäre sie vielleicht nicht am Leben geblieben. Sie schaute sich um, aber der Platz war menschenleer. Kraftlos setzte sie sich auf den Boden und ließ endlich ihren Tränen freien Lauf.

Elena schluchzte immer lauter und zog sich immer mehr in sich zurück, so dass sie zutiefst erschrak, als sie den Schatten bemerkte. Mit verschwommenem Blick sah sie eine Hand, die sich ihr entgegenstreckte. Es war die Hand einer Frau mit rot lackierten Fingernägeln und einem billigen Ring am kleinen Finger.

»Ciao«, sagte die vom Zigarettenrauch heiser gewordene Stimme, »bist du neu hier?«

Elena wischte sich mit dem Ärmel ihrer Pelzjacke die Tränen ab und schaute die Frau genauer an. Sie war nicht mehr jung, das konnte man an ihren Tränensäcken sehen, und es war klar, was sie hier machte.

»Nein … entschuldigt … ich bin keine …«

»Hure?«, antwortete lachend die Frau. »Na gut, niemand ist perfekt. Los, steh schon auf, dir geht es ja schlechter als mir. Hast du mit deinem Liebsten gestritten?«

»Ich … fühle mich nicht gut.«

»Schau, meiner ist besser als dein Verlobter. Hör auf eine Schlampe. Ach, übrigens, ich heiße Arcangela.«

»Und ich Elena.«

»Komm zu mir nach Hause, heute Abend sind eh nur Schwule unterwegs!«

Sie stützte Elena, und gemeinsam gingen sie die alte Cannettostraße hinunter bis zu Arcangelas Wohnung. Dort legte sie Elena ins Bett, deckte sie zu, und Elena schlief wie ein kleines Mädchen ein.

Rom

Freitag, 5. Januar 1487

Der Kardinal erschien gekleidet wie ein Fürst – allerdings nicht wie ein Kirchenfürst. Über dem mit Goldfäden durchwebten purpurfarbenen Gewand trug er die prächtigen Insignien des Alcantara-Ordens: Eine große goldene Raute, auf der das grüne Lilienkreuz des Ordens prangte, ein Geschenk von Ferdinand, dem König Aragons.

»Eure Heiligkeit, ich bin erstaunt und geehrt zugleich, dass Ihr mich gerufen habt.«

Rodrigo Borgia nahm seine rote Kappe ab und warf sie achtlos zur Seite. Sie war mit schwarzem Wolfspelz ummantelt, der auch seine militärisch geschnittene Weste zierte. Die Beinkleider steckten in prächtigen purpurfarbenen Schnürstiefeln – es fehlte nur noch das Schwert, und der Spanier hätte an einer Parade teilnehmen können. Innozenz lächelte ihn an und sagte nichts. Die Arroganz, die sich hinter dem vermeintlichen Respekt verbarg, und der wohldosierte Gebrauch der Wörter, der nichts, nicht einmal den Ton der Stimme dem Zufall überließ – das gefiel dem Papst an diesem Mann. Es war besser, ihn zum Freund als zum Feind zu haben.

»Kommt, Kardinal«, sagte der Papst, nachdem der Kardinal seinen Ring geküsst hatte, und stand auf, um Borgia gleich zu Beginn ihres Treffens klarzumachen, wer hier die Bedingungen diktierte. »Ihr seid immer willkommen. Ich wünschte mir, Ihr würdet mir öfter die Ehre Eurer Anwesenheit erweisen.«

Diese Förmlichkeiten waren kein Zufall, denn sie erhöhten die gewünschte Distanz noch zusätzlich.

Kardinal Borgia folgte dem Papst in dessen Studierzimmer, und als sein Gast eingetreten war, verschloss Innozenz persönlich die Tür hinter sich. Aus den Augenwinkeln beobachtete der Pontifex seinen Gast und genoss dessen offensichtliche Neugier.

»Ich dachte, Ihr wärt zornig auf mich«, setzte dieser an. »Außerdem nahm ich an, dass Euch die junge de Mila nicht zugesagt hat.«

In den Augen von Innozenz blitzte kurz Begierde auf, dann fing er sich jedoch wieder und antwortete möglichst gleichgültig: »Ein anderes Mal, gerne. Leider war ich nicht in der richtigen Stimmung für solch einen … angenehmen Zeitvertreib.«

Borgia öffnete die Hände und lächelte den Papst an.

»Nehmt Platz, Kardinal, und habt die Güte, mir zuzuhören«, sagte der Pontifex und setzte sich auf seinen Lieblingssessel, der ihn mindestens um eine halbe Spanne größer wirken ließ.

»Seid jedoch gewarnt: Das, worüber ich Euch gleich sprechen werde, darf diesen Raum nicht verlassen. Ihr kennt die Folgen, die solch eine Tat nach sich ziehen würde.«

»Ihr habt das Wort des Mannes und des Kardinals«, antwortete Borgia mit einer leichten Verbeugung, »mehr kann ich Euch im Moment nicht anbieten, Eure Heiligkeit.«

»Wir haben das gleiche Alter, Borgia, wisst Ihr das?«

»Gewiss, Eure Heiligkeit, ich bin Euch nur wenige Monate voraus.«

»Ihr könntet Papst an meiner Stelle sein …«

Borgia erstarrte. Dieser Satz war nicht einfach so dahergesagt. Es steckte eine Absicht dahinter – welche, wusste der Kardinal noch nicht zu sagen –, und er gefiel ihm ganz und gar nicht. Sie waren zwei mächtige Männer, und bis zu diesem Zeitpunkt waren sie sich immer mit Respekt begegnet. Dieser Vorstoß Cibos aber konnte den Beginn eines Krieges bedeuten. Der Wind hatte gedreht, und Borgia fragte sich, ob er Cibo im Notfall den Dolch, den er in seinem rechten Ärmel versteckt hielt, rechtzeitig an die Kehle halten konnte, bevor er selbst zum Opfer würde.

»Mein Freund, habe ich Euch überrascht?«, fragte der Papst und lächelte scheinheilig.

»Ich muss gestehen, ja, aber die Vorsicht gebietet mir zu schweigen.«

»Habt keine Angst – ich habe Euch nicht gerufen, um Euch in eine Falle zu locken oder Euch in Versuchung zu führen. Das, was ich zu sagen habe, wird Euch noch weitaus mehr überraschen, denn es wird eine heilige Allianz zwischen uns besiegeln.«

»Eure Heiligkeit, ich bitte Euch, mich nicht für dumm zu halten. Das wäre eine Beleidigung, die ich nicht ertragen könnte.«

»Ihr seid nicht nur hier, weil ich Euch nicht für dumm halte, sondern weil ich Euch auf meiner Seite brauche. Lasst uns vergessen, was uns trennte, Kardinal. Vergessen wir della Rovere – dessentwegen *ich* an Eurer Stelle den Papstthron bestiegen habe. Lassen wir unseren Argwohn hinter uns – und Ihr werdet sehen, dass wir beide große Vorteile daraus ziehen. Vor allen Dingen müssen wir jedoch die größte und bedrohlichste aller Gefahren von uns fernhalten.«

Kardinal Borgia sah seinem Gegenspieler lange in die Augen, dem Manne, der ihn – trotz seiner Schachzüge – Jahre zuvor um den Stuhl des heiligen Petrus gebracht hatte. Er versuchte, in Innozenz' Augen Spuren von Hinterlist zu entdecken, aber dieser hielt seinem Blick stand.

»Also, sind wir uns einig?«

»Ich bin bereit, Euch anzuhören.«

»*Deo gratias*!« rief der Papst erleichtert aus. »Für einen Augenblick befürchtete ich, dass Ihr Euch weigern würdet, mich anzuhören. Nun, so lasst mich beginnen: Ich nehme an, Ihr wisst alles über das Konzil von Ephesos, nicht wahr?«

»Ich weiß nur das, was ich studierte. Meines Wissens wurde das Wesen Marias disputiert. Und dass ihr die Rolle der *Theotokos*, der Mutter Gottes, zugesprochen wurde, die im Gegensatz zu den Thesen von Nestor stand, der sie als *Christotokos* wollte, also Mutter von Christus.«

Innozenz nickte. »Nestor hatte Unrecht, aber nicht einmal er wusste, in welchem Ausmaß. Wie Ihr wisst, kam es während des Konzils zu schweren Unruhen.«

»Giovanni«, sagte Borgia in einem vertraulichen Ton, den er bisher nie gewagt hatte, »ich hoffe, ich bin nicht hier, um eine Prüfung über die Geschichte der Kirche zu bestehen!«

Der Papst lächelte, als er seinen Taufnamen hörte. So hatte ihn zum letzten Mal vor Jahrzehnten seine Mutter genannt. Aber diese Vertraulichkeit störte ihn gar nicht so sehr, weil er dabei war, mit Borgia ein Geheimnis zu teilen, das sich die Päpste seit mehr als tausend Jahren überlieferten, und in das sie nur nach ihrer Wahl eingeweiht wurden – zumindest müsste es so sein.

»Nein, auch ich weiß nicht viel darüber«, sagte Innozenz ehrlich, »aber Ephesos ist wichtig. Und bald wird es auch für Euch wichtig sein. Das Konzil war Schauplatz harscher Dispute, unlösbarer Probleme, schwerer Intrigen und blutiger Kämpfe. Aber nicht wegen Nestor oder anderer Häresien, die auf die Bannliste kamen. In Ephesos disputierte man über die Kirche, die von Paulus reformiert worden war, und seine Macht, die noch nicht gefestigt und nur mit Not verteidigt werden konnte. Rom war am Ende, während Konstantinopel immer reicher wurde. Der Kaiser plante, die Kirche nach Konstantinopel zu holen, und so das letzte Bollwerk des Okzidents zu zerstören. Um das zu erreichen, musste er beweisen, dass die Kirche von Petrus auf Lug und Trug gebaut war und dass die einzige Wahrheit, die sie würde retten können, aus dem Orient kam. Der Kaiser wollte eine neue Kirche, versteht Ihr, Rodrigo? Eine neue Ordnung, die sich auf die Tatsache stützte, dass es den Gott, der bislang angebetet wurde und auf den sich die Kirche von Petrus stützte, so nie gegeben hatte!«

Rodrigo Borgia strich sich über seinen Nasenhöcker. Er hätte es vorgezogen, sich in einem seiner nächtlichen Alpträume zu befinden, aus denen ihn die tiefschwarzen Augen der wunderschönen Giulia erlösen könnten, als hier vor dem Papst zu stehen ohne Aussicht auf Erlösung.

»Habt Ihr gehört, was ich sagte?«

»Wir haben und hatten überall Feinde, immer – aber unsere Macht ist seit eintausendfünfhundert Jahren ungebrochen.«

»Ihr versteht nicht – aber Ihr könnt auch noch nicht verstehen. Stellt Euch für einen Augenblick vor, der Adel und der Reichtum Eurer Familie beruhten auf Hinterlist und Täuschung. Und nun stellt Euch weiter vor, Ihr wärt im Besitz eines Dokumentes, das über diese Umstände mit sicheren Beweisen Zeugnis ablegte. Was würdet Ihr tun?«

»Ich würde es vernichten.«

»Sehr richtig. Wenn die Beweise aber eines Tages dazu dienen könnten, Euch gegen Anfeindungen zu verteidigen, und Ihr es zu Eurem Vorteil nutzen könnten – nicht nur für Euch, sondern auch für die Söhne Eurer Söhne – was würdet Ihr tun?«

»Ich würde es hüten, als sei es das wichtigste aller Geheimnisse, und ich würde nur an meinen vorbestimmten Erben das Wissen darüber weitergeben«, erwiderte der Kardinal ohne zu zögern.

»Auch das ist richtig. Und seht, so verhält es sich auch bei uns: Wir, die Kirche, sind eine Familie, Rodrigo, und ich bin der 213. Sohn. Ich bin der Hüter des Geheimnisses unserer Macht und unseres Ruins.«

Borgia versteifte sich, und während Leidenschaft und Besonnenheit, die typischen Charaktereigenschaften seines Blutes, miteinander kämpften, versuchte er, in den Worten und Augen des Papstes den Hinweis auf eine Falle zu finden. Aber, bei Gott, Innozenz schien ehrlich zu sein.

»Ich schlage Euch jetzt einen Pakt vor, Rodrigo. Ihr könnt dieses Zimmer verlassen, so frei, wie Ihr gekommen seid, und vergessen, was ich Euch gesagt habe. Solltet Ihr aber hier verweilen, öffne ich Euch die Siegel des Erbes, das jeder Papst seinem Nachfolger hinterlässt – mit all seinen Geheimnissen. Wenn Ihr mich überlebt, schwöre ich bei meinen Söhnen und meinem ewigen Heil, dass Ihr der nächste Papst sein werdet.«

Der spanische Kardinal kniff seine Augen zusammen, bis sie

nur noch zwei Schlitze waren. Entweder war Innozenz wahnsinnig geworden, oder seine Träume wurden gerade Wirklichkeit. Möglicherweise auch beides. Er faltete die Hände, aber nicht um zu beten. Seine Gedanken rasten, und es war nicht einfach, sie im Zaum zu halten. Er zwang sich jedoch zu Bedacht.

»Ich möchte Euch zwei Fragen stellen, Giovanni, und dann werde ich meine Entscheidung treffen«, entgegnete Borgia mit fester Stimme. Ihr habt mir nur eine verschwommene Beschreibung des Geheimnisses geliefert, das Ihr mir aufdecken wollt. Gestattet mir die Frage: Warum wollt Ihr es mit jemandem teilen? Und: Warum gerade mit mir? Warum nicht mit Eurem Verbündeten della Rovere, der jetzt gewiss Höllenqualen erleidet, weil er mich in Privataudienz bei Euch weiß?«

Innozenz lächelte, wenn er an die Qualen von della Rovere dachte, die dieser wahrscheinlich gerade wirklich durchlitt, weil jemand ihn heimlich unterrichtet hatte. Hauptsächlich lächelte er jedoch, weil er wusste, dass Borgia seine Entscheidung getroffen hatte.

»Ihr tut gut daran, immer noch zu argwöhnen, aber ich hoffe, Ihr werdet meine Gründe dafür verstehen«, setzte der Pontifex an. »Das Geheimnis ist kein Geheimnis mehr, aber derjenige, der es entdeckte, ist sich des enormen Werts seiner Entdeckung nicht bewusst. Außerdem – und das ist noch viel wichtiger – wurde die Nachricht noch nicht verbreitet.

Ich hoffe, Ihr versteht, was ich sage. Wenn Ihr schon kein Vertrauen habt, so habt, ich bitte Euch, wenigstens Geduld!«

Borgia verschränkte die Arme vor seiner Brust.

»Und all das«, Innozenz lächelte, »dank … eines Juden, denkt nur. Seht, ich bin seit einiger Zeit krank, und ich glaube, ich leide an einer leichten Form der französischen Krankheit. Wenn sie jedoch ausbricht, werde ich weder mich selbst noch die Kirche verteidigen können. Ihr kennt die Wirkungen dieses Morbus auf den Geist, nicht wahr? Er ruft Halluzinationen, Wahnsinn und Visionen hervor. In diesem Fall würde es nicht nur für mich eine große Gefahr darstellen, sondern für die gesamte Christenheit auf Erden. Darum brauche ich einen Verbündeten. Ihr habt mich gefragt, warum ich Euch auserwählt habe, und es ist richtig und redlich, dass ich Euch antworte. Ihr kennt die Antwort bereits, sie liegt nahe: Keiner meiner Söhne hat Eure Qualitäten, und della Rovere ist schon mächtig genug – außerdem machen seine Angewohnheiten ihn angreifbar und erpressbar für die vielen neugierigen Novizen, die um ihn herumscharwenzeln. Ihr hingegen könnt nur gewinnen und habt nichts zu verlieren: Folglich seid Ihr der, den wir brauchen, die Kirche und ich. Wenn Ihr bei Gesundheit bleibt und Ihr schließlich den Schlüssel des heiligen Petrus in den Händen haltet, werdet Ihr Euch schon zu benehmen wissen, ich bin mir sicher. Nun sagt mir: Bleibt Ihr? Hört Ihr mich weiter an?«

Rodrigo Borgia stand auf, kreuzte die Hände auf dem Rücken und begann, unruhig im Zimmer umherzugehen. Er hatte seine Entscheidung bereits getroffen – und er wollte gleich beginnen, sich wie ein Papst zu benehmen. Dann setzte er sich wie die spanischen Ritter, mit einem Bein baumelnd, auf den Eichentisch.

»Ihr ruft mich zum Kampf. Gut, so sei es. Und wenn ich Euch überlebe, werde ich mich Alexander nennen – wie Alexander der Große, der als Erster die Welt eroberte. Was meint Ihr?«, sagte Borgia provozierend.

»Die Sterne raten den Mächtigen nicht zu diesem Namen. Aber er muss Euch gefallen. Also, es ist entschieden, Ihr werdet der sechste Alexander sein – wenn Ihr mich überlebt. Und nun zu uns … ehrenwerter Alexander.«

Innozenz ging zu einer unauffälligen Holzbank, in der sich eine schwere Eisenkassette befand. Er brauchte mehrere Schlüssel, um die Schlösser zu öffnen. Bei jedem Klicken überliefen Borgia wohlige Schauer, die von seinen Lenden bis in sein Hirn stiegen, und als Innozenz ihm einen Haufen Blätter vorlegte und einen mit fünf Tonsiegeln verschlossenen Umschlag, fühlte er das Gleiche wie bei einem Orgasmus. Mit einer Kopfbewegung bedeutete ihm derjenige, den er bereits jetzt nur noch als seinen Vorgänger betrachtete, das Siegel zu öffnen und den Inhalt zu lesen.

»Dies ist die geweihte Siegelrolle der Heiligen Römischen Kirche, die nur der Papst kennt, und die er entweder öffnen oder über die Jahrhunderte hinweg bewahren kann. Das ist unser Geheimnis, damit besiegeln wir das Leben oder den Tod von Gott.«

Zum ersten Mal wurde das Wissen um den Inhalt der Siegelrolle, das tausend Jahre alte *Sacrum Sagillum*, zu Lebzeiten eines Pontifex von zwei Personen geteilt.

* * *

Die Siegelrolle stammte aus der Zeit des Konzils von Ephesos. Die Seiten waren in klassischem Latein verfasst, einer Sprache, die für Kardinal Borgia keine Geheimnisse barg. Seine Hände zitterten leicht, als er die ersten Seiten las, die darüber handelten, weshalb das Konzil gerade in Ephesos stattgefunden hatte. Welche Stadt wäre geeigneter gewesen als der Sitz des Artemis-Kults, um die Unwahrheit des alten Glaubens zu verkünden? Genau neben der Konzilsbasilika wurde eine antike Statue der Großen Mutter, der vielbrüstigen, die ganze Menschheit nährenden Göttin, errichtet. So subtil dieser Akt war, umso deutlicher waren die mahnenden Worte des Kaisers: Theodosius eröffnete das Konzil mit einem Satz aus dem Thomas-Evangelium: »Jedem, der den Vater verflucht, sei verziehen, jedem, der seinen Sohn verflucht, sei verziehen, doch jener, der die Mutter verflucht, wird keine Verzeihung erfahren, weder im Himmel noch auf Erden.« Theologisch gesehen, war diese Ermahnung eine auf diejenigen gemünzte Drohung, die es wagen würden, die Große Mutter zu verfluchen.

»Wer hat diese Seiten geschrieben?«, fragte der Kardinal und schaute zum ersten Mal von den Blättern auf.

»Unten steht seine Unterschrift mit Siegel. Papst Coelestin I., der Vorsitzende des Konzils, wagte nicht, irgendetwas niederzuschreiben. Sein Nachfolger Sixtus III. jedoch wollte diejenigen, die nach ihm kommen würden, warnen und hielt schriftlich fest, was während des Konzils wirklich geschah. Er wies darauf hin, dass die Kirche ihren Untergang riskiert hätte, wenn sie den Schmeicheleien und Drohungen des Orients nachgegeben hätte.«

»Und wenn sich doch jemand mit den Kaisern aus dem Orient verbündet hätte?«

»Das hätte sich für niemanden gelohnt – in Rom, meine ich. Das Imperium des Okzidents war dem Ende nahe, und eine Allianz mit dem Orient hätte der römischen Kirche bald jegliche Macht entzogen. Die einzige Möglichkeit zu überleben bestand darin, den Glauben in Rom zu bewahren und nötigenfalls Bündnisse mit den neuen Invasoren einzugehen. Deshalb wurde der Mythos der Konstantinischen Schenkung erfunden.«

Mit einem Ruck drehte sich Rodrigo Borgia zum Papst um und schaute ihn mit weit aufgerissenen Augen an.

»Was meint Ihr damit?«, fragte er scharf.

Innozenz seufzte und breitete die Arme aus.

»Dass die Konstantinische Schenkung, auf der unsere Vormachtstellung, die Macht Roms beruht, eine Fälschung ist.«

Borgia atmete schwer.

»Das ist unmöglich. Der Kaiser schenkte Papst Silvester seine Paläste, um ihm dafür zu danken, dass er ihn von der Lepra geheilt hatte. Alle wissen das, sogar unsere Feinde!«

»Ach, Rodrigo, dieses Buch hier vor Euch birgt mehr Geheimnisse als alle unsere Gespielinnen. Lest selbst, was Kirchenvater Stefan II. schrieb. Er war es, der die Schenkung erfand, als die Kirche daniederlag, um die Geburt unseres Staates rechtfertigen zu können. Ohne ihn würde es unsere Existenz nicht geben, Rodrigo. Die Kirche besäße weder Reichtümer noch Territorien und schon gar keine Macht über Könige und Kaiser. Heute wäre ich wahrscheinlich ein Bankhalter wie viele, und Ihr würdet Euren Männern voran über die sanften Hügel Spaniens reiten und Eure Pfründe verwalten.«

»Nun beginne ich viele von den Dingen zu verstehen, die Ihr

mir vorhin angedeutet habt«, sagte der Kardinal leise und senkte das Haupt.

»Lest weiter, und Ihr werdet mehr verstehen«, ermutigte ihn Innozenz. »Und danach, wenn Ihr gelesen habt, was der Graf von Mirandola geschrieben hat, werdet Ihr noch besser verstehen.«

»Was hat Mirandola mit alldem zu tun? Ihr bezieht Euch doch wohl nicht auf die *Neunhundert Thesen*.«

Innozenz lächelte. Es stimmte, Borgia konnte noch nicht alles wissen, aber bei der Vorstellung, dass Borgia auch noch die anderen lesen würde, wurde sein Lächeln immer breiter. Er senkte den Blick und faltete die Hände.

»Vertraut mir, danach wird Euch alles klar sein.«

Rodrigo las weiter und verweilte ab und zu bei Verweisen, die ihm die Sorgen der Päpste vor Innozenz erhellten. Es gab Zeitensprünge in den Berichten – manchmal über hundert Jahre hinweg. Pflichtbewusstere Päpste wiederum zeugten ausführlich davon, wie manche Männer mit ihren Ideen der Wahrheit gefährlich nahe gekommen waren. Borgia las eine Notiz von Papst Zacharias, der den Merowingerkönig Childerich III. abdanken ließ, aus Angst, dass sich dessen Verehrung für Magdalena – der wirklichen Braut Christi – zu weit im Volk verbreiten könnte. Um die angebliche Verbindung zwischen den Merowingern und Christus zu sprengen, krönte er an Stelle von Childerich Pippin zum König der Franken und begründete damit die Dynastie der Karolinger.

Am aufmerksamsten las Borgia die Erinnerungen von Papst Silvester II., demjenigen Papst, der die Magie besser als jeder seiner Vorgänger kannte, der sie noch selbst praktizierte und der den Zeitenwechsel in das Jahr 1000 überlebte. Das mögliche Ende der Welt hatte ihm keine Sorgen bereitet, dafür jedoch der Kaiser von China, Zhen Zong, der ihm ausgerechnet im Jahr 1000 eine Delegation entsandte. Die Delegierten wollten friedlich über das Ende des ersten kosmischen Zyklus des Ouroboros, der sich in den Schwanz beißenden Schlange, diskutieren. Ihre Gelehrten hatten interessante Ähnlichkeiten mit Eva, der Schlange und dem

Baum der Erkenntnis aus der biblischen Tradition festgestellt. Die Frau in der christlichen Überlieferung besitze erstaunliche Ähnlichkeit mit ihrer Schöpferin, ließen die Abgesandten des chinesischen Kaisers vermelden, und darüber wollten sie mit den Gelehrten der römischen Kirche disputieren. Mit den Ergebnissen dieses Disputs gedachten die Chinesen, die erste Enzyklopädie über die religiösen Wissenschaften zu beenden. Silvester gelang es, seine Gäste fünf Jahre lang hinzuhalten und damit die Komplettierung der Enzyklopädie zu verhindern. Am Ende kehrten sie angewidert nach Katai zurück.

Borgia war überrascht, wie viele jüdische Gelehrte sich mit der Illusion nach Rom begeben hatte, Unterstützung für ihre Thesen zu erhalten. Sie predigten – ganz im Geiste der jüdischen Volkstradition und der Zeugnisse der ältesten Schriften – die Existenz und die Vormachtstellung der schwarzen Muttergöttin Lilith. Diese Männer wurden ausgerechnet von ihren eigenen Lehrern verfolgt, die sie selbst zum Studium ermutigt, die Idee der Muttergöttin jedoch immer verteufelt – aber nie abgestritten – hatten. In Absprache mit den höchsten jüdischen Würdenträgern war jeweils genau der Zeitpunkt ihres Verschwindens notiert – mit einem Gebet für ihre Seelen am Rand der Notiz.

Die letzten interessanten Anmerkungen betrafen den geheimen Kampf von Papst Clemens V. gegen den Heiligen Ritterorden aus Jerusalem. Es ging dabei um die Geheimnisse des heiligen Grals und die alles überstrahlende Bedeutung des weiblichen Prinzips in aller Schöpfung. Die Tempelritter hatten seit Jahren Beweise für die Existenz des heiligen Grals zusammengetragen und waren sogar so weit gegangen, den Vorgänger von Clemens, Papst Benedikt XI., herauszufordern, um ihn zu zwingen, der Christenheit und der ganzen Welt die Wahrheit zu offenbaren. Sie verloren den Kampf – der Orden wurde zerstört und mit ihm die in seinem Besitz befindlichen Beweise. Clemens V. selbst hatte in der Siegelrolle seine Zweifel über die wirkliche Existenz dieser Beweise zum Ausdruck gebracht.

»Hatten die Tempelritter wirklich diese Beweise?«, fragte der Kardinal skeptisch und sah Innozenz an.

Der Pontifex wiegte den Kopf. »Vielleicht, vielleicht auch nicht. Es kann sein, dass sie etwas ahnten oder dass sie das Siegel in ihren Besitz bringen wollten, um Gewissheit zu erlangen. Keiner weiß es. Ihr müsst Clemens jedoch verstehen: Er lebte in ständiger Angst vor den Italienern und den Franzosen, die ihn hassten. Selbst vor Philipp, der ihm zu seinem Amt verholfen hatte, musste er sich fürchten. Wenn dich jemand im Dunklen angreift, schlägst du mit dem Schwert oder der Peitsche um dich und trachtest danach, dem Gegner erst einmal den Kopf abzuschlagen, um dich zu schützen. Erst dann siehst du dir in aller Ruhe an, was er in den Händen gehalten hat.«

»Das ist ein umsichtiges Vorgehen!«

»Ich wusste, dass Ihr so denkt. Wenn Ihr die Geheimakten des Tempelritterprozesses einseht, werdet Ihr entdecken, dass die Anklage wegen Sodomie und den ganzen anderen Dingen gänzlich unrechtmäßig war, das stimmt.«

»Aber sie sind verurteilt worden.«

»Ja. Damals – Ihr werdet Euch sicherlich daran erinnern – standen wir jedoch im Dienste des französischen Königs, der hohe Schulden bei ihnen hatte. Lasst es mich so ausdrücken: Unsere Interessen gingen Hand in Hand. Darüber werdet Ihr in den Büchern jedoch nie etwas zu lesen bekommen. Nur durch sie, Rodrigo, nur durch die Siegelrolle werdet Ihr die Wahrheit erfahren.«

Der Kardinal gähnte und strich sich über seine Tonsur.

»Seid Ihr müde? Möchtet Ihr ein wenig Wein?«, fragte Innozenz fürsorglich.

»Ja, gewiss. Wenn Ihr ihn mit mir teilt, wird er mir nicht schaden.«

Innozenz schüttelte den Kopf und schaute den Kardinal wie ein kleines Kind an, das seine honigverklebten Hände auf dem Rücken versteckt.

»Rodrigo, Rodrigo, Ihr seid doch der Experte für Zaubertrank und Gift. Außerdem solltet Ihr nicht immer annehmen, dass die anderen Euch grundsätzlich Gleiches mit Gleichem vergelten.«

»Dann werde ich ihn mit Genuss trinken, Euren Wein«, sagte lächelnd der Kardinal. »Aber müde bin ich nicht. Gebt mir den Mirandola. Ich möchte verstehen, warum Ihr ihn so fürchtet. Er wird doch nicht etwas wissen über …«

»Er kennt die Siegelrolle nicht, aber er hat zu viel studiert. Das war sein Ruin.«

»Das habe ich meinen Söhnen auch schon immer gesagt.«

»Lest das, jetzt«, fiel ihm Innozenz ins Wort und legte das Manuskript aus rotem Ziegenleder vorsichtig auf einer weißen Damasttischdecke ab. Einen Moment lang glaubte Rodrigo, in dem Buch einen Blutfleck zu sehen. Gierig griff er danach, setzte sich auf den Papststuhl und begann zu lesen. Zwei Bücher, zwei Geheimnisse und die Aussicht, dass der Stuhl bald ihm gehören würde – er war so freudig erregt wie schon lange nicht mehr. Er verschlang das Buch ohne aufzublicken, und die Zeit verging wie im Flug für ihn. Nicht so für Innozenz, der nervös an seinen Fingerringen herumspielte.

Als Rodrigo Borgia fertig gelesen hatte, blickte er zu Innozenz auf – mit geballter Faust auf seiner Brust.

»Was ist so Besonderes an diesem Mann? Ist er ein Genie oder ein Engel? Ein Dämon? Oder was?«

»Ich weiß es nicht«, sagte Innozenz kopfschüttelnd. »Ich weiß nur, dass er etwas Magisches an sich hat, Rodrigo. Etwas, das mir Angst macht, wenn ich ganz ehrlich bin. Man sagt, dass bei seiner Geburt eine Feuerkugel über seinem Haupt erschien – es stimmt, es gibt viele Zeugen dafür. Außerdem verfügt er über eine beängstigende Intelligenz und ein unglaubliches Gedächtnis, wie viele Zungen übereinstimmend berichten. Lest ihm zwei Seiten in irgendeiner Sprache vor, und er ist fähig, sie einen Augenblick später, Wort für Wort auf Italienisch wiederzugeben.«

»Er wäre ein trefflicher Spion.«

Innozenz lachte. »Ja, das wäre in der Tat schön, wenn wir ihn für unsere Zwecke einsetzen könnten. Ich habe bereits versucht, ihn auf meine Seite zu ziehen, aber wie alle Männer, die von einer grandiosen Idee besessen sind, hat er sich nicht kaufen lassen. Mirandola ist unglaublich reich – auch nachdem er ein Vermögen für die Dokumente, Briefe und antiken Schriften ausgegeben hat, um sie zu studieren. Ich bin überzeugt, dass er immer einen Weg finden wird, uns zu überlisten – wenn es der Zufall und Gott nicht anders wollen.«

»Bezieht Ihr Euch auf den Juden, den Ihr erwähntet?«

»Ja, Eucharius Silber Franck, den Buchdrucker. Als er erfuhr, dass Mirandola nicht nur ohne meine Erlaubnis die neunhundert Thesen hat drucken lassen, sondern auch noch ohne mein – unser – Wissen ein Konzil der Weisen aller Religionen in Rom einberufen wollte, hat er sich in die Hosen gemacht vor Angst.«

Der Kardinal fasste sich wieder an seinen Nasenhöcker und kniff die Augen zusammen, die immer kleiner wurden.

»Ja, nun habe ich seinen Plan verstanden«, sagte Borgia ernst. »In Wahrheit wollte er den Disput um die *Neunhundert Thesen* nutzen, um die geheimen zu verbreiten. Und dann wäre alles zu spät gewesen, welch Aufsehen, welch Skandal … Wie ist es in Euren Besitz gelangt?«

»Auch ich habe meine Spione und Methoden. Lasst mir wenigstens dieses kleine Geheimnis, Rodrigo«, sagte der Papst lächelnd. Innozenz zog es vor, die Umstände zu verschweigen, unter denen Fränzchen das Manuskript im Hause von Kardinal de'Rossi, dem Gastgeber Mirandolas, an sich gebracht hatte. Bestimmte Dinge taten selbst in dieser Allianz nichts zur Sache. Borgia fragte nicht weiter, aber einen Zweifel bezüglich der Echtheit des Manuskriptes hatte er schon.

»Könnte es nicht eine kunstvolle Fälschung eines unserer Feinde sein?«, fragte der Kardinal skeptisch.

»Es ist so echt wie Christus … nein, lassen wir ihn aus dem Spiel. Es ist so echt, wie wir, die wir hier miteinander sprechen.

Mirandolas Plan war so perfekt wie seine unerhörte, ja fast dämonische Intelligenz, glaubt mir.«

»Zweifellos. Ob sie von einem Engel oder einem Dämon kommt, ist unwichtig. Diese Ideen würden sich wie eine Seuche verbreiten, vor allem deshalb, weil sie so manchem zupasskämen, auch innerhalb der Kirche. Und alles, was wir zur Widerlegung vorbringen könnten, wäre die Verteidigung einer Todgeweihten.«

»Wenn er es darauf anlegt, findet er viele Adepten in ganz Europa, die bereit wären, alles zu glauben – auch dass Gott die Gicht hat, nur um die römische Kirche in die Verdammnis zu stoßen.«

»Vor allen Dingen im Deutschen Reich. Stellt Euch vor, wie viele Edelleute dort daran interessiert sind, unsere Autorität in Frage zu stellen. Wenn das Heilige Römische Reich nicht mehr existiert, sind auch die Kurfürsten von ihrem Gehorsam gegenüber dem Kaiser entbunden. Und sie würden sich ohne Zögern gegen uns wenden, nur um nicht abgesetzt zu werden. Aber Schluss jetzt, beendet Eure Lektüre und lasst uns darüber sprechen, wie wir dies alles verhindern können.«

»Ich habe schon einige Ideen, Giovanni – seid zuversichtlich: Nur einmal im Lauf der Geschichte konnte David Goliath besiegen.«

Auf dem Weg nach Florenz

Dienstag, 9. Januar 1487

Es war bereits Abend, als die beiden Reiter die sanften Hügel von Fiesole am Horizont auftauchen sahen. Aus den Nüstern ihrer Pferde dampften Atemwolken, die in der beißend trockenen Kälte bis über ihre Köpfe stiegen. Die Reiter hielten an und blickten auf das Panorama, das sich ihnen bot: Weiter unten lag Florenz; man sah den Dom wie einen grauen Fleck, der sich vor den braunen Palästen und dem hoch aufragenden Stadtturm abhob. Die florentinische Republik: die Freiheit. Seitdem sie sich auf ihrem Territorium befanden, mussten sie sich nicht mehr verstecken.

In Arezzo hatten sie sich getrennt: Der Kutscher hatte seinen Anteil bekommen und zusätzlich fünf Golddukaten für sein Schweigen. Damit würde er ein Gasthaus eröffnen und sesshaft werden. Ferruccio hatte die Kutsche gegen zwei robuste Maremmapferde umgetauscht, während Giovanni an der Porta Fiorentina auf ihn gewartet hatte. Da seine Liebesflucht mit Margherita, der Frau des mächtigen Steuereintreibers der Stadt, wahrscheinlich noch in aller Munde (und Ohren) war, schien es Giovanni nicht ratsam, sich dort blicken zu lassen. Allerdings sah Giovanni mit seinen abgeschnittenen Haaren und dem kurzen struppigen Bart nicht mehr aus wie der, der wenige Monate zuvor mit seiner Liebsten geflohen war.

Nachdem sie die Stadt verlassen hatten, waren die beiden Männer dem Lauf des Arno gefolgt und hatten geschlafen, wo sich ein sicheres Versteck bot.

Während sie nebeneinanderher ritten und über alle möglichen Themen diskutierten, hatte Giovanni die Vorzüge seines Reisebegleiters schätzen gelernt: Ritter de Mola verbarg hinter der harten Schale eines Kriegers eine sensible Seele und umfangreiche Kenntnisse der Religionen und Philosophien. Kraft und Ehrlichkeit waren rare Charaktereigenschaften, die sich selten in ein und demselben Menschen manifestierten – Giovanni fand jedoch beide in seinem Begleiter. Außerdem war de Mola fähig, sich mit Erfolg in einer dunklen und gefährlichen Welt zu behaupten. Trotzdem fühlte sich Giovanni in diesem Moment, vor der ganzen Erhabenheit der Kulisse von Florenz allein. Er presste den Kupferzylinder mit den geheimen Thesen nervös an sich.

Dies entging Ferruccio nicht. »Was habt Ihr? Mittlerweile sind wir in Florenz.«, sagte er.

»Das macht mich ja so nervös, Ferruccio«, antwortete Giovanni. »Ich bin vor dem Papst geflohen – aber kann ich das auch vor Lorenzo?«

»Was meint Ihr damit?«

»Lorenzo de' Medici ist mein Freund. Aber wird er der Verlockung widerstehen können, mich nach den wahren Gründen meiner Flucht zu fragen? Und ich, der ich tief in seiner Schuld stehe – werde ich ihm den Inhalt dieses Buches verheimlichen können?«

»Warum solltet Ihr es ihm vorenthalten? Könntet Ihr in Florenz nicht das tun, was Euch Rom verwehrte?«, schlug Ferruccio vor.

»Und sich so offen gegen den Papst stellen? Das würde Lorenzo nie tun, nicht einmal, wenn er es könnte. Es würde ihn zu viel kosten, sowohl politisch als auch finanziell. Eine offene Rebellion könnte den Papst sogar dazu bringen, Karl von Valois nach Florenz zu rufen. Ein junger Franzose ohne Rückgrat, der leicht nachgeben könnte und der eine mächtige Armee besitzt.« Giovanni stockte und sah den Ritter an. »Und da gibt es noch etwas, Ferruccio – etwas, das Euch betrifft.«

De Mola zog die Zügel an. »Nun seid Ihr mir eine Erklärung schuldig«, sagte er erstaunt und ein wenig beunruhigt.

»Nehmt es Euch nicht zu Herzen, Ferruccio. Ihr seid Eurem Herrn verpflichtet, mehr als ich vielleicht.«

»Wollt Ihr damit sagen, dass ich ihm von dem Buch, den Thesen, erzählen muss? Ist es das, was Ihr sagen wollt?«

»Ja, und ich sage Euch, dass ich Euch vollkommen verstehen würde, wenn Ihr ...«

Statt einer Antwort zog de Mola sein Schwert und hielt es ihm an den Hals. Giovanni spürte, wie die Spitze genau die Ader berührte, in der das Leben floss. Das Schwert zitterte leicht in den Händen de Molas, aber nicht seine Stimme.

»Ihr haltet nicht viel von mir. Wisst Ihr, wie einfach es für mich wäre, Euer Blut spritzen zu lassen? Nur ein kleiner Druck dieses Eisens, ein einziger, entschlossener und präziser Stoß, wie ich ihn schon so oft ausgeführt habe. Für keinen habe ich um Verzeihung gebeten, nicht einmal Gott. Ich könnte Euch ermorden, irgendwo verscharren und das Buch in meinen Besitz bringen. Mit diesem Buch könnte ich dann vor Lorenzo treten und Euren Tod durch päpstliche Meuchelmörder oder irgendeinen Briganten beweinen. Ich könnte es ihm schenken und erzählen, was in ihm geschrieben steht und von ihm zehn-, ja hundertmal mehr Lohn bekommen, als ich für Euren Schutz erhielt. Was aber, glaubt Ihr, hindert mich daran, dies zu tun?«

Graf Mirandola sagte kein Wort.

»Ich verfüge zwar nicht über Euer Wissen«, fuhr de Mola fort, »aber – bei den Seelen, die ich zur Hölle fahren ließ – ich kenne nur einen Weg, den ich gehen will, und das ist der Weg der Ehre! Ihr habt mir Euer Herz geöffnet – und auch wenn Ihr wenig über mich zu wissen glaubt, wisst Ihr doch schon mehr als der mächtige Prächtige oder die Dirnen, mit denen ich ganze Nächte getrunken und das Lager geteilt habe.«

Mit einer lockeren Bewegung steckte de Mola den Zweihänder wieder in die Schwertscheide und gab dem Pferd die Sporen.

Giovanni holte ihn sofort ein.

»Ferruccio, warte!«

Er rief nach ihm, als wäre er ein Freund oder ein Gefährte, mit dem er Freud und Leid auf dem Schlachtfeld geteilt hatte.

»Ich muss mich bei dir entschuldigen; ich hatte nicht die Absicht, dich zu verletzen. Ich hatte mich nur damit abgefunden, dass du einem anderen Herren verpflichtet bist. Nimm meine Hand an, ich bitte dich, und damit meine Freundschaft.«

Giovanni zog sich den Handschuh aus und wartete mit ausgestreckter Hand.

Ferruccio zog die dichten schwarzen Augenbrauen hoch, dann entspannte sich sein Gesichtsausdruck, er zog sich den rechten Handschuh aus und packte mit einem breiten Lächeln die Hand seines Gefährten.

»*Nunc, amicus*«, sagte er.

»*Amicus es, amice.*«

Auf dem Weg in die Schweiz

Samstag, 16. Oktober 1938

Der weiß-rote Littornia-Zug hatte pünktlich um 14.53 Uhr den Bahnhof in Mailand verlassen. Die Pünktlichkeit der An- und Abfahrten war der ganze Stolz des Regimes. Dass das Zugpersonal und die Maschinenführer persönlich mit Gehaltsabzügen und Sanktionen für eventuelle Verspätungen geradestehen mussten, die sogar Entlassungen nach sich ziehen konnten, störte die Reisenden wenig. Giacomo de Mola wusste dies und ertrug die unfreundliche Eile, die der Zugschaffner an den Tag legte, als er ihn nach dem Billett fragte. Der Schaffner war ein Sohn des Volkes, nicht viel älter als Giacomo, und übte seine Autorität ohne Freude und Höflichkeit gegenüber den Reisenden erster Klasse aus. Seine Geldbörse, die er am Gürtel seiner verschlissenen Uniform trug, enthielt nur ein bisschen Wechselgeld und war genauso wie er vom Alter gezeichnet.

Der Zug nach Lugano fuhr dicht an Unterholz und Bäumen entlang und zog dabei einen Wirbel aus Farben und Blättern hinter sich her. In den Kurven verlor er ein wenig an Fahrt, um dann auf den langen Geraden wieder eine stabile Geschwindigkeit zu erreichen.

Als sie im Bahnhof von Chiasso hielten, wusste Giacomo, dass es eine lange Pause werden würde. Die Grenzkontrollen wurden immer strenger. Die Schweiz war, genau wie Frankreich, eines der freundlicheren Länder, wenn es darum ging, politisch Verfolgte aufzunehmen; allerdings begann sie bereits, dem Druck der Deutschen nachzugeben: In jüngster Zeit trugen die Schweizer Behörden in die Reisedokumente derjenigen, die verdächtigt wurden, der jüdischen Rasse anzugehören, ein »J« ein und schickten sie in ihre Heimatländer zurück. Für die, die aus Österreich und Deutschland einreisen wollten, war dies ihr Todesurteil.

Obwohl er sich über die Perfektion der Dokumente und den guten Klang seines Namens keine Sorgen machen musste, war Giovanni ein wenig aufgeregt, als er seinen Reisepass und den Personalausweis hervorholte. In Mailand hatte er einige Tage Zeit gehabt, sich mit seiner neuen Identität auseinanderzusetzen. Giacomo de Martini. Unternehmer. So lauteten auch seine Dokumente. Der edle zweireihige Kamelhaarmantel und die englischen schwarzen Schuhe mit Schnalle, die farblich passenden Seidensocken sowie die farbige Eugenio-Marinella-Krawatte mit ihren englisch-antikonformistischen Farben waren die perfekte Tarnung. Sogar an den Stilbruch hatte Giovanni gedacht, der die Echtheit seiner Tarnung noch glaubwürdiger machte – wie eine falsche Note während eines Konzerts. Um nicht aufgesetzt zu wirken, musste die perfekte Tarnung etwas an sich haben, das nicht ganz genau passte. Deshalb wählte Giovanni die auffällige Krawatte, in dem Bewusstsein, dass kein dem Regime nahestehender Beamten oder Unternehmer Krawatten aus dem Hause des britischen Hoflieferanten tragen würde. Denn Albion, wie England im italienischen Rundfunk immer häufiger genannt wurde, war Feindesland.

Der rote Zugwagen der Schweizer Eisenbahngesellschaft war schon an die italienischen Wagons gekoppelt worden, aber die Kontrollen waren noch immer in vollem Gang. De Mola sah, wie ein Paar mit einem Kind aussteigen musste und die Frau schrie, als der Mann von einigen Männern in Zivil in einen schwarzen Lancia gezerrt wurde. Das Auto brauste mit offenen Wagentüren und Staubwolken hinterlassend davon. Nur der Hut des Mannes blieb zurück, den die Frau schnell aufhob und unter ihrem Mantel versteckte. Die Soldaten mischten sich nicht ein, denn die Geheimpolizei hatte bereits genug getan.

Der Reisepass von Giacomo de Martini wurde genauestens von

einem kleinen Mann kontrolliert, der sich ein paar längere Haarsträhnen quer über den Kopf gekämmt hatte, um seine Glatze, die ein paar Feuermale hatte, zu kaschieren. Seine Augen sahen hinter den dicken Gläsern riesig aus, und seine wulstigen Lippen waren zu einem Dauerlächeln verzerrt. Wahrscheinlich war es seine Art zu zeigen, dass er sich nicht so einfach hinters Licht führen ließ. Giovanni hielt seinem Blick mit einer gewissen Gleichgültigkeit stand.

»Doktor de Martini?«, fragte der kleine Mann.

»Bitte?«, antwortete de Mola emotionslos und mit aufgesetzter Höflichkeit.

»Wohin fahren Sie?«

»Nach Lugano.«

»Arbeit oder Vergnügen?«

»Ich hoffe, beides«, antwortete Giovanni weltmännisch.

»Dürfen wir einen Blick auf Ihr Gepäck werfen, bitte?«

Die Stimme klang freundlich, aber die Frage war zweifellos ein Befehl.

»Bitte.«

Gelangweilt las de Mola weiter, während er fieberhaft den Inhalt seines Koffers durchging und überlegte, ob der Inhalt den eifrigen Beamten misstrauisch machen könnte.

Was der schmierige Kerl fand, schien ihm jedoch nicht auffällig: Hemden mit Monogramm, feine Unterwäsche und ein Scheckheft aus der Schweiz. Mit Sicherheit würde ihn der Beamte nicht wegen Bargeldschmuggel festhalten können, dachte Giovanni zufrieden. Für einen italienischen Unternehmer gehörte es fast schon zum guten Ton, Geld im Ausland zu haben. Sogar der italienische König hatte seine Schätze in der Bank von England deponiert – in einer guten und stabilen Währung: dem englischen Pfund.

Nun stellte sich der Soldat, der den Beamten begleitete, zwischen ihn und den Koffer und versperrte de Mola die Sicht. Giovanni konnte nur sehen, wie die kleinen verschwitzten Hände fahrig durch seine intimen Sachen wühlten. Er würde alle Kleider waschen, bevor er sie anzöge.

Endlich wurde der Koffer zugeklappt; der kleine Mann machte eine leichte Verbeugung und schlug die Hacken zusammen.

»Ich wünsche Ihnen einen angenehmen Aufenthalt«, sagte er und hob seine Rechte. Giovanni war unschlüssig, ob der Beamte einen Hitlergruß andeutete oder ob die erhobene Hand als Geste der Entschuldigung zu deuten war.

Sobald sie die Gegend zwischen Bissone und Melide überquert hatten, bereitete sich Giovanni auf den Ausstieg vor. An Gepäck hatte er nur eine schwarze Tasche aus Nappaleder und einen hellen Lederkoffer. In diesen beiden Gepäckstücken befanden sich die letzten 30 Jahre seines Lebens.

Lugano war wie ausgestorben. Giovanni fand sofort ein Taxi, das ihn zum Hotel *Villa Principe Leopoldo* brachte. Vorsichtshalber hatte er im Voraus nichts gebucht – angesichts der verbotenen Preise und der Jahreszeit konnte er jedoch problemlos ein Zimmer für den ganzen Monat mieten.

Giacomo ging auf die Terrasse, die auf den östlichen Seitenarm des Sees, in Richtung Italien, ging. Einige Minuten lang atmete er tief die feuchte Luft ein. Dann ging er in sein Zimmer zurück und ließ sich vom Empfang mit einer Nummer in Italien verbinden. Das Telefon klingelte, und er wartete, dass das Telefonat durchgestellt wurde.

»Omega auf Basis«, sagte er und hängte auf. Dann legte er einige Papiere, zusammen mit seinem Scheckheft und etwas Bargeld, in den Zimmersafe und legte sich erschöpft aufs Bett.

Nun blieb ihm nur noch zu warten. Wenn nichts dazwischenkäme, würde er am Montagmorgen auf die Bank gehen und das Buch holen.

Florenz

Mittwoch, 24. Januar 1487

Kurz vor zwölf Uhr mittags läuteten die Glocken eine *Santa Reparata* ein. Sie begann mit den Glocken des Santa-Maria-del-Fiore-Turms, dessen weißer Marmor in der kalten Wintersonne erstrahlte. Die Glocken im nahegelegenen braunen Marinella-Turm des Signoria-Palazzos, die im Angriffsfall die Garde herbeiriefen, antworteten prompt. Dann läutete die Volognana-Glocke der Bragello-Residenz. Normalerweise läutete sie nur bei den Enthauptungen, um dann, wenn der Kopf rollte, einen Schlag auszusetzen. Als Nächstes setzte das Geläut der San-Lorenzo-Kirche ein, dann die Glocken von Santa Maria Novella und Santa Trinità – so lange, bis ganz Florenz von den Glockenklängen erfüllt war. Die Menschen strömten auf die Straßen: Die Neugier war stärker als die Vorsicht; außerdem gingen alle davon aus, dass das Glockengeläute freudige Nachrichten verkündete.

Von der Terrasse seiner zypressenumsäumten Villa in Fiesole konnte Giovanni auf Florenz blicken und die Wogen der Menschenmassen spüren, die in Richtung Zentrum strömten, um die Neuigkeiten zu erfahren. An allen strategischen Punkten der Stadt waren Boten positioniert. Giovanni war so versunken in diesen Anblick, dass er den Diener nicht bemerkte, der ihm einen Boten mit einer Missive von Lorenzo de' Medici ankündigen wollte. Seit Tagen hatte Giovanni diesen Moment gefürchtet. Atemlos brach er das rote Siegel und las den Sendbrief: Der mächtige Herrscher von Florenz lud ihn zu einem Festmahl ein, und dort würde Lorenzo ihn sicher beiseitenehmen und über seine Flucht aus Rom ausfragen, dessen war sich Giovanni sicher.

Der Bote fragte unterwürfig, ob Giovanni ihm die Ehre erweisen würde, ihm seine Antwort anzuvertrauen. Giovanni nickte, setzte sich an den Sekretär und schrieb sie schnell auf ein Blatt, das sein Wappen trug. Er faltete es zusammen, band eine Kordel darum, ließ den Siegellack schmelzen und brachte sein Siegel auf.

Als sich der Bote entfernt hatte, nahm er die Missive nochmals zur Hand. Diese Einladung war das unglückseligste Ereignis, das er sich vorstellen konnte. Die Glocken von Florenz zeugten davon. Dann schrieb er eine weitere Nachricht, die er seinem verlässlichsten Diener gab und diesen anwies, sie so schnell wie möglich dem Adressaten zu überbringen.

* * *

Die Fassade des herrschaftlichen Palazzos schien zu brennen: Das dunkle Bossenwerk war von dem Schein Hunderter Fackeln erleuchtet; die größten von ihnen formten ein gigantisches »C«.

Graf Mirandola kam in Begleitung seines Pagen auf dem Vorplatz des Palazzos an. Dort wartete bereits eine ganze Volksmasse, um die Parade der Adligen, die an den Hof Lorenzos des Prächtigen eingeladen worden waren, zu bewundern. Die Stadtwache hatte mit ihren gekreuzten Hellebarden einen Schutzring um den Palazzo gezogen und hielt jeden, der unerlaubt eindringen wollte, mit Faustschlägen oder den Ellenbogen fern. Am Rande des Platzes standen kleine Buden, vor denen Gaukler ihre Kunststücke vorführten. Aus dem Augenwinkel sah Giovanni, wie der Bart eines Feuerschluckers zu brennen begann, als ein Schrei ihn kurz ablenkte. Giovanni suchte mit den Augen den Urheber des Schreis. Beim Absteigen von seinem Ross schweifte sein Blick an der Palazzowand entlang. Auf dem Balkon im ersten Stock sah er einen Schatten und nahm gleichzeitig wahr, dass die Schreie auf dem Platz noch lauter wurden: Lorenzo, der Herrscher von Florenz, zeigte sich dem Volk.

Giovanni ging weiter in Richtung Innenhof. Auch dieser war von Lichtern und Fackeln hell erleuchtet. Aus einer Delfinstatue in der Mitte des Platzes sprudelte roter Wein, der an Blut erinnerte. Einige Pagen mit roten Beinkleidern und grüner Weste, die ihre dunkle Hautfarbe betonte, boten allen Gästen, sowohl den edlen Damen als auch den Kavalieren, Kelche mit Wein an.

Auf dem breiten marmornen Treppenaufgang traf Giovanni viele bekannte Gesichter; mit einigen von ihnen wechselte er ein paar Höflichkeitsfloskeln.

Der Dugento-Saal war festlich geschmückt: Von der mit wertvollen Hölzern getäfelten Decke hingen schmiedeeiserne Lüster herab, die den Saal in hellem Licht erstrahlen ließen. Große Kohlefeuerstellen spendeten Wärme, und einige der anwesenden Damen und Herren hatten sich auch bereits ihrer wertvollen Mäntel entledigt – wie die Gruppe der prachtvoll gekleideten Damen, die um einen hochgewachsenen Mann mit blauer französischer Kappe und einer Biberstola herumstand. Eine der Edelfrauen trat lachend zur Seite, und Giovanni erkannte, dass es sich bei dem eleganten Edelmann um Fränzchen handelte. Das »C« auf der Fassade des Palazzos, das Zeichen der Cibo, brannte heute zu seinen Ehren. Und ihm und seiner Braut zu Ehren fand auch das prächtige Fest statt. Während des Festmahls würde Lorenzo die Vermählung seiner Tochter Magdalena mit dem Sohn von Papst Innozenz VIII. verkünden.

Giovanni wurde mit einem Gruß und einem freundlichen Lächeln vom Gastgeber begrüßt, der aber sofort wieder in einem Heer aus Federkappen und Mänteln verschwand. Er schaute sich nach Ferruccio um und hoffte, dass dieser seine Nachricht erhalten und eine Einladung am Hofe erwirkt hatte.

Die Tafel in Form eines Hufeisens nahm den gesamten Saal ein und war mit solch einem Reichtum gedeckt, dass sogar der an Luxus gewöhnte Mirandola staunte: Auf den feinen azurblauen Brokattischdecken glänzten Geschirr und Besteck aus purem Gold, und die weißen Kelche jedes Gedecks waren mit vergoldeten Lilien verziert. Ein Fanfarenstoß eröffnete das Festmahl. Die Eingeladenen, jeder von einem Pagen begleitet, setzten sich zu Tisch, an dessen Ende der Prächtige mit Fränzchen zu seiner Rechten und Magdalena zu seiner Linken thronte. Ein Diener wies Giovanni seinen Platz. Respektvoll verbeugte sich dieser vor den beiden Damen, zwischen denen er sitzen würde.

»Ihr seid also der berühmte Mirandola«, sagte die Ältere. »Wie könnt Ihr nur so jung sein?«

»Ihr kennt meinen Namen?«

»Der Page nannte ihn mir, denn ich wollte wissen, mit wem ich die Ehre haben würde zu speisen.«

»Die Ehre ist ganz meinerseits, meine Dame.«

»Endlich lerne ich Euch kennen. In Florenz spricht man über nichts anderes. Ihr seid ein Schelm – lasst Euch das von einer Dame von Welt sagen.«

Der nächste Fanfarenstoß kündigte den ersten Gang an, der aus zehn vergoldeten Spanferkeln bestand, die beim Servieren Feuer spuckten, gefolgt von Kaninchen und Hechten, auch sie vergoldet. Dieser prachtvolle Anblick brachte die geschwätzige Frau jedoch immer noch nicht zum Schweigen.

»Wie unhöflich von mir«, plapperte sie weiter, »ich habe mich noch gar nicht vorgestellt. Ich bin die Witwe Becuccio, und das ist meine Tochter Cecca.«

Die Jüngere stand auf und grüßte unbeholfen. Giovanni lächelte sie höflich an.

»Gefallen Euch diese Gläser?«, fuhr die Frau fort. »Ich sah, dass Ihr sie bewundert habt. Sie kommen alle aus meinen Werkstätten, aus dem Val d'Elsa-Tal. Der Prächtige ist mein bester Kunde, und dass er mir die Ehre hat zuteilwerden lassen, an dem Verlobungsfest seiner Tochter teilnehmen zu dürfen, bringt uns hoffentlich Glück – denn auch meine Tochter Cecca ist nun im heiratsfähigen Alter.«

»Ach, wirklich?«, sagte Giovanni und täuschte Interesse vor.

»Sie hat gerade ihr 18. Lebensjahr vollendet und verfügt über eine beträchtliche Mitgift. Natürlich ist mein Vermögen mit dem unseres Gastgebers nicht zu vergleichen, aber ich besitze überall Ländereien, Werkstätten und Häuser. Sag es ihm, Cecca.«

»Oh, ja, Herr Graf, meine Mutter gab mir eine beträchtliche Mitgift, und ich bin bereit, meinem zukünftigen Ehemann jeden Wunsch zu erfüllen.«

Die Witwe Becuccio lächelte zufrieden.

»Wisst Ihr, wie hoch die Mitgift von Magdalena sein wird?«, flüsterte sie.

»Nein, das weiß ich nicht.«

»Sie umfasst alle Besitztümer der Familie de' Pazzi, den Stadtpalast in der Via del Proconsolo miteingeschlossen.« Sie hielt einen Moment inne, um ihre Worte wirken zu lassen, dann fuhr sie fort: »Der gute Papst Innozenz wird glücklich sein, und mit Verlaub gesagt – ich bin es auch. Diese Allianz der de' Medici mit der Papstfamilie wird auch mir neuen Handel bescheren, und wenn der Bräutigam meine Gläser bewundert, wird er bestimmt eine große Menge davon bestellen. Ich habe schon den Entwurf für die Hochzeitsgläser: eine goldene Lilie, umrahmt von den Rauten der Familie Cibo.«

»Ich bin mir sicher, er wird begeistert sein.«

Die Farbe Gold zog sich wie ein roter Faden durch jeden Gang des Festmahls: Vom satten Gelb der Hornkleesalsa, die zu den gebratenen Fasanen und Tauben gereicht wurde, bis zu dem Hellgelb der in Zitronenscheiben eingelegten Kaninchen. So wie es sich gehörte, probierte Giovanni von jedem Gang nur einige wenige Bissen und ließ den Rest auf den Tellern, die sofort abgeräumt wurden.

»Ihr seid nicht verheiratet, Graf?«, fragte die junge Frau.

»Doch, ich bin es«, antwortete Giovanni und lehnte sich müde zurück.

Cecca Becuccio riss die Augen auf und schlug mit der Faust auf den Tisch.

»Wie kann das sein? Man hat uns das Gegenteil erzählt«, empörte sie sich und sah hilfesuchend ihre Mutter an. »Mama! Sagt schon etwas!«

Die Witwe Becuccio blickte ihn scheel an, dann nahm sie sich wortlos eine Kaninchenkeule, biss wütend hinein und beendete so die Konversation, während ihr ein Tropfen Sauce in den tiefen Ausschnitt tropfte.

Nach mehr als zwei Stunden löschten die Diener fast alle Leuchter, und der Saal lag im Halbdunkel. Der hundertste Fanfarenstoß läutete den krönenden Abschluss des Mahls ein: Ein gigantisches Tablett, das auf den Schultern von acht Dienern hereingetragen wurde, versprühte Funken nach allen Seiten. Auf ihm thronte eine enorme, goldüberzogene römische *Lupa*, an deren Zitzen zwei Kinder saugten. Lorenzo sagte etwas, aber in der allgemeinen Aufregung um die Skulptur verstand Giovanni kein Wort. Er sah nur, wie Fränzchen aufstand und dem Gastgeber seinen Dank aussprach. Während er die Szene betrachtete, die ihn an den Tanz um das Goldene Kalb erinnerte, ließ ihm ein Diener ein Kärtchen in den Schoß gleiten. Giovanni sah sich um, aber die Witwe Becuccio, voll des süßen Weins und des gierig heruntergeschlungenen Essens, hielt die Augen halb geschlossen. Ihre Tochter Cecca scherzte mit einem Kavalier zu ihrer linken Seite. Niemand beachtete ihn, weshalb Giovanni schnell ein Auge auf das Kärtchen warf und es sogleich in einer Öllampe verbrannte, die vor ihm stand.

Das Fest nahm seinen Lauf: Nachdem sich die Gäste eine Pause mit bitterem Wurzelsalat und einem Becher mit wertvollem Fruchteis gegönnt hatten, für das die florentinischen Köche berühmt waren, wurden nun die ebenfalls mit Blattgold überzogenen Störe aufgetragen. Die Pagen hatten sich als Fischer verkleidet und schritten zur Musik von Harfen und Zupfgeigen, die das Meeresrauschen imitierten, an die Tische. Während den Gästen serviert wurde, gesellten sich weitere Musiker zu dem Orchester. Gemeinsam spielten sie *Saltarelli*, französische *Gagliarde*-Tänze und lustige *Morisken* auf, um das Publikum zum Tanz zu animieren. Mit militärischer Disziplin räumten die Diener schnell das Geschirr ab, brachten den Tisch weg und stellten die Stühle an den Wänden entlang auf.

Auf diesen Moment des Durcheinanders hatte Giovanni gewartet: Unauffällig schlich er sich durch eine der Haupttüren und lief die Treppe hinunter. Im Hof nahm er eine kleine Seitentür und ging durch einen Korridor, der nach draußen bis vor den Zollposten führte. Dort erwartete ihn ein Mann mit Kapuze.

»Ich freue mich, dich zu sehen«, sagte eine wohlbekannte Stimme.

»Ich auch, Ferruccio.«

»Gehen wir, ich will nicht, dass man uns zusammen sieht.«

* * *

Sie erreichten von der Via Gondi aus den Borgo dei Greci. Ferruccio ging vor Giovanni her. Nachdem sie eine enge Gasse durchschritten hatten, betraten die beiden Männer ein Wirtshaus, auf dessen Schild ein barbusiges Weib prangte. In einer dunklen Ecke setzten sie sich an einen Tisch. Sofort kamen zwei Dirnen und gesellten sich zu ihnen.

»Ein anderes Mal, Ihr schönen Damen«, sagte Ferruccio. »Heute Nacht müssen wir uns um unsere Seelen kümmern.«

»Und an unsere denkt Ihr nicht? Auch wir haben eine Seele, hier drunter«, lachten sie und wedelten mit ihren Röcken.

»Hier, nehmt«, antwortete Ferruccio und warf ihnen eine florentinische Silbermünze zu, »damit rettet Ihr Eure Seelen und noch mehr.«

Ferruccio und Giovanni sahen ihnen nach, als sich die Dirnen entfernten. Der Wirt brachte übelriechenden Wein in zwei Holzkrügen, die seit Jahren nicht mehr abgewaschen worden waren. Vielsagend blickten sie sich an und trafen schweigend eine Übereinkunft – keiner von beiden würde den Wein anrühren. Der Wirt wurde sofort bezahlt, damit sie den restlichen Abend ihre Ruhe hatten.

»Eine Hure hat oft mehr Ehre im Leib als die meisten Damen edlen Geblütes«, sagte Ferruccio, »jedenfalls mehr als die, die dich heute Abend mit ihrer Tochter verheiraten wollte.«

»Es scheint, dass du schon wieder alles weißt.«

»Es ist sehr hilfreich, Pagen und Huren zu seinen Freunden zählen zu können.«

»Und es ist gefährlicher mit Edelleuten und Gelehrten …«

»Darauf kannst du wetten, mein Freund; aber ich möchte um nichts auf der Welt darauf verzichten, umso mehr, wenn sie deinen Namen tragen. Übrigens – da, schau.«

Ferruccio krempelte sich den Ärmel hoch: Auf dem Arm war ein tiefer Schnitt.

»Eine bleibende Erinnerung an einen von Fränzchens Meuchelmördern.«

»Sie haben dich hier in Florenz angegriffen?«, fragte Giovanni.

»Um ehrlich zu sein, war ich es. Ich wollte ein paar Informationen von ihm. Am Ende habe ich sie schließlich auch bekommen. Ich musste aber sehr überzeugend sein.«

»Könnte er sich nicht an dir rächen? Oder reden?«

»Ich glaube, dass die Hechte im Arno zu dieser Stunde schon seine Zunge gefressen haben.«

Giovanni schüttelte den Kopf und sah seinen Freund Ferruccio an. Er konnte ein Lächeln nicht unterdrücken. Er, ein Anhänger Platons, ein Philosoph, ein Adliger war der Freund eines Mannes, der für eine Information tötete.

»Was hast du ihn gefragt?«

»Später, Giovanni, das ist jetzt nicht so wichtig. Sag mir lieber, warum du mit mir sprechen wolltest. Eigentlich kann ich es mir aber bereits denken.«

»Die beiden mächtigsten Männer Italiens sind eine heilige Allianz eingegangen. Ich bin nicht einmal mehr in Florenz sicher, Ferruccio.«

»Es ist eine politische Hochzeit.«, sagte der Ritter ernst. »Magdalena und Fränzchen kennen sich nicht einmal. Stell dir vor, der Bräutigam hat sich sogar einige seiner römischen Lieblingshuren mit nach Florenz gebracht.«

»Ja, ich weiß es nur zu gut, und ich fürchte ihn. Aber nicht um meines Lebens willen, dass weißt du.«

»Sag mir, was ich für dich tun kann, Giovanni.«

»Du musst niemanden umbringen – ganz im Gegenteil«, beruhigte der Graf seinen Freund. »Du musst jemanden beschützen. Aber nicht mich, dafür ist nun keine Zeit mehr. Das Buch, Ferruccio. Ich will, dass du es für mich aufbewahrst. Du bist der einzige Mensch, dem ich wirklich vertraue.«

Ferruccio griff automatisch nach dem Weinkrug, hielt aber sofort wieder inne.

»Ein Freund hält dir nicht das Schwert an die Kehle.«

»Das und noch mehr kannst du tun, wenn es dir gelingt, ihn so weit zu bringen, dir zu vertrauen. Hör mir zu, mein Freund. All das, was in dem Buch geschrieben steht, habe ich in meinem Kopf, und ich könnte jederzeit alles erneut niederschreiben. Allerdings bräuchte ich Monate dafür, und ich habe keine Zeit mehr. Daher benötige ich auch das Buch nicht mehr. Ich ziehe es außerdem vor, dass es an einem sicheren Ort von einer Person meines Vertrauens aufbewahrt wird. Ich habe noch zwei Exemplare in Rom, und der Einzige, der weiß, wo sie sich befinden, ist Girolamo Benivieni, an dessen Freundschaft und Treue ich nicht zweifle.«

Ferruccio rammte wütend seinen Dolch in den Tisch. Von den anderen Tischen stieg Gemurmel auf.

»Dann haben wir ein Problem. Dieser Bastard hat mir doch nicht alles erzählt! Das ist es, was ich dir vorhin sagen wollte. Girolamo wurde verhaftet.«

»Wann? Und welche Missetat soll er begangen haben?«

»Es geschah, kurz bevor du Rom verlassen hast. Es waren die Männer Fränzchens. Ich weiß nicht, ob auf seine Anweisung oder die seines Vaters. Benivieni ist der Sodomie bezichtigt worden und ist, soviel ich weiß, noch im Kerker.«

»Aber das ist nicht wahr!«

»Glaubst du wirklich? Ich weiß nicht. Die Verhaftung geschah im Hause von Kardinal de' Rossi, und ich bin sicher, dass sie dich dort suchten.«

Der Graf holte tief Luft und senkte den Kopf.

»Die beiden Exemplare … ich dachte, sie wären in Sicherheit. Ich habe sie in einem Geheimfach in meinem Sekretär aufbewahrt. Nur Girolamo wusste davon.«

Ferruccio legte ihm die Hand auf den Arm.

»Es tut mir leid, aber mittlerweile haben sie entweder die Exemplare gefunden oder Girolamo zum Sprechen gebracht. Er wurde in den Annona-Kerker gebracht – und auf Sodomie stehen Folter und Scheiterhaufen.«

Graf Mirandola stützte den Kopf auf die Hände.

»Das ist schrecklich. Er, der harmlose Poet, zwischen den schlimmsten Verbrechern. Glaubst du, dass er schuldig ist?«

»Nur du kannst das wissen, Giovanni, denn du kennst ihn seit Jahren …«

»Ich habe nie etwas bemerkt! Wir haben immer nur über Philosophie, über das Buch, und ja, auch über die Liebe gesprochen. Die Liebe der Poeten.«

»Soweit ich weiß, lehnte Platon es nicht ab, sich mit seinen Schülern zu vergnügen.«

»Ja, aber sie waren in Griechenland, und dort herrschten andere Sitten. Ich … weiß es nicht. Wie auch immer – ich muss ihm helfen; dasselbe würde er auch für mich tun.«

»Wir werden sehen, was wir tun können.«

»Danke, Ferruccio, dass du allzeit bereit bist, mir zu helfen. Wie werde ich dir nur jemals dafür danken können?«

»Hat mein weiser Freund vielleicht die Lehre Epikurs vergessen? ›Von allem, was die Weisheit für die Glückseligkeit des ganzen Lebens bereitstellt, ist der Gewinn der Freundschaft das bei weitem Wichtigste.‹ Du staunst? Du beleidigst mich immer noch ob meiner vermeintlichen Ignoranz! Schluss jetzt, mein Freund – machen wir uns lieber über das Buch Gedanken.«

»Und du überraschst mich immer noch ... Auf jeden Fall ist es jetzt wichtiger, dass du das Buch hütest. Ich bin nur eine lebende Kopie von ihm: Wenn sie mich treffen wollen, werden sie beides haben.«

»Was soll ich tun?«

»Versteck' es, ohne mir zu sagen, wo. Hüte es für immer. In diesem Buch ist nicht nur mein Leben, sondern auch das einer neuen Welt. Einer Welt ohne den Gott der Heere, ohne einen Gott, der die Schuldigen und Unschuldigen gleichermaßen bedrängt, einen ohne Bart und flammendes Schwert. Dieses Buch zeugt von meiner Hoffnung, dass sie eines Tages aufhören werden, in seinem Namen Krieg zu führen, dass sie niemanden mehr über die anderen stellen und dass die Frau als Schöpferin und liebevolle Mutter anerkannt wird, dass sie der Rolle der bemitleidenswerten Maria, der Christusmutter, zu der sie die Kirchenväter machten, entwachsen kann. Die Unterdrückung der Frau ist ein absurder Irrweg, um die Menschheit noch mehr irrezuführen und sie unter der Knute der Ignoranz zu halten.«

»Ich weiß nicht, ob die Menschheit fähig ist, diese Dinge zu verstehen, Giovanni, auch wenn die Beweise im Himmel geschrieben stünden und sie ihnen jede Nacht erscheinen würden.«

»Ich weiß, es wird Jahre, vielleicht Jahrhunderte dauern. Ich möchte diesen Samen säen und dem Setzling dabei zusehen, wie er ans Licht kommt. Ich weiß nur zu gut, dass daraus nie ein Baum mit einem dicken, unverwüstlichen Stamm und schützenden Ästen und Blättern wird, doch für den Anfang reicht es aus, wenn nur wenige verstehen. Ich vertraue darauf, dass sich diese Erkenntnis mit der Zeit wie die Lava eines Vulkans ihren Weg bahnen wird.«

»Du hast mein Wort, Giovanni, ich werde tun, was du von mir verlangst.«

Graf Mirandola legte seinen Mantel ab und legte ihn sich auf die Knie.

»Gib mir deinen Dolch«, sagte er.

Mit der Klinge schlitzte er das wertvolle Futter auf und holte das Manuskript hervor. Er legte es auf den Tisch und sah Ferruccio zu, wie dieser sein Wams öffnete und sich das Manuskript auf die Brust band.

»Hab Dank«, fuhr Giovanni fort. »Nun weiß ich, was ich zu tun habe: Ich werde eine Synopsis des Buches vorbereiten und in Paris vorsprechen. Das Universitätskollegium stellt eine unabhängige Autorität dar – und vielleicht werden sie mich anhören: Das ist im Moment die einzige Hoffnung.«

»Warum nicht in Neapel? König Ferrante hängt weniger vom Papst ab als der französische König.«

»Mein Freund, Haudegen, Hüter, Gelehrter, Nachkomme eines der edelsten Ritter der Geschichte und nun auch noch Politiker … Du könntest Recht haben, Ferruccio. Ich werde es überschlafen. Ich hoffe nur, dass du mit dem Gewicht, das du dir eben aufgeladen hast, auch schlafen kannst.«

»Das werde ich, aber mit einem offenen Auge – so wie immer«, erwiderte Ferruccio lächelnd. »Nun geh zurück zu deinem Fest. Der Prächtige könnte deine Abwesenheit bemerken. Ich gehe nach dir in die andere Richtung.«

Giovanni erhob sich, und obwohl es im Gasthaus düster war, konnte Ferruccio beobachten, dass ihm viele Blicke folgten. Die kurzen Haare ließen ihn im Gegensatz zu seinen blonden Locken von früher männlicher aussehen, aber Mirandola strahlte nach wie vor eine beinahe weibliche Grazie aus. Vielleicht, überlegte der Ritter, wäre es für seine Haltung, aber auch für seine Verteidigung nicht schlecht, wenn er ihm etwas über die Kunst des Schwertkampfes beibringen würde – nur ein paar Grundregeln wie den Gebrauch eines Degens: Eine leichte Klinge und ein paar hinterlistige Tricks würden schon ausreichen.

Ferruccio trat aus dem Gasthaus und bemerkte, dass zwei finstere Gestalten mit spanischer Haartracht an einer Ecke herumlungerten. Instinktiv drehte er sich, um zu sehen, ob die gegenüberliegende Straßenseite frei war, als die Klinge, die ihn von hinterrücks treffen sollte, in seine Brust eindrang. Er spürte ein starkes Brennen, vor allem als er zurücktaumelte, aber wieder einmal verließ er sich auf seinen Instinkt. Er zog seinen Zweihänder und machte eine schnelle gebückte Drehung, um eine Mauer im Rücken zu haben. Sie waren zu dritt, und derjenige, der ihn hinterrücks angegriffen hatte, schien der schwächste von allen zu sein. Sein Gegner wich zurück, parierte den Stoß und hob dabei den Arm, um zum Schlag auszuholen. Genau darauf hatte Ferruccio gewartet: Er ging die Bewegung mit und erwischte seinen Angreifer mit einem tiefen Hieb in die Seite. Der Mann stieß einen Schrei aus und fiel zu Boden – allerdings ohne das Schwert loszulassen. Die andern beiden warfen sich auf ihn, aber Ferruccio überraschte sie, indem er sich ihnen mit gezücktem Schwert entgegenwarf und zwischen ihnen hindurchsprang. Darauf schwang er das erhobene Schwert einmal um sich – und traf einen der beiden Gegner. Nun war nur noch einer übrig, der sich verschüchtert in Verteidigungsstellung begeben hatte und ängstlich zurückwich, ohne Ferruccio dabei aus den Augen zu lassen. Er hatte ganz offensichtlich keine Lust mehr weiterzukämpfen, machte kehrt und ergriff die Flucht.

Die Wunde brannte, aber er fühlte sich nicht geschwächt und schritt zügig aus. Er durchquerte den Borgo dei Greci und begab sich direkt zu seiner Unterkunft. Sie gehörte den Peruzzis, den Bankiers der de' Medici. In seiner Kemenate zündete Ferruccio ein Licht an und begann sich auszukleiden. Als er Giovannis Buch hervorholte, bemerkte er in der Mitte einen kleinen Riss. Als er das Buch drehte, sah er, dass es blutig war: Das Buch hatte den tödlichen Hieb abgewehrt. Ferruccio reinigte sich die Wunde mit Johanniskrautsalbe und verband sie mit einem sauberen Stoffstreifen. Dann betrachtete er den Blutfleck und entschied, dass er ihn nicht entfernen würde. Ob es ein Zeichen Gottes, der Göttin, der Vorhersehung oder ein glücklicher Zufall war, war unwichtig.

Rom

Freitag, 23. Februar 1487

Heinrich Kramer ging im Vorzimmer des Papstes nervös auf und ab. Er war hochgewachsen und mager und trug die Kutte und das weiße Überkleid des Dominikanerordens. Kramer hatte eine ausgeprägte Adlernase, die unter seiner schwarzen Kapuze hervorlugte und ihn wie ein Frettchen aussehen ließ, das alles witterte und seiner Beute unbarmherzig nachstellte. Jacob Sprenger hingegen saß ruhig da und beobachtete das Hin und Her seines Lehrers. Auf seinen Knien ruhte ein schwerer, gelber Lederfoliant, von dessen glänzendem Frontispiz er ab und zu nicht existierende Staubkörner schnipste.

Kardinalvikar Riario Sansoni beobachtete beide. Er saß an einem Tisch voller Papiere, Siegel, Schreibfedern und Tintenfässchen, was ihn effizient und wichtig aussehen ließ. In Wirklichkeit hatte ihn Kardinal Borgia, der in letzter Zeit immer öfter beim Papst war, angewiesen, die Mönche genau zu beobachten und ihm sofort jedes verdächtige Benehmen zu melden. Ganz zu schweigen davon, dass der Spanier über keinerlei Autorität verfügte, um ihm irgendwelche Anweisungen geben zu können – was sollte schon Verdächtiges an zwei deutschen Mönchen sein, die alles getan hatten, um so schnell wie möglich nach Rom zu kommen? Jedenfalls hatte er Borgia versichert, dass er sie keinen Moment aus den Augen lassen würde, und das tat er bereits seit über zwei Stunden.

Es schlug Mittag, und er hatte Hunger: Eigenartigerweise hatte die beginnende Fastenzeit in ihm noch mehr Appetit geweckt. Die Tür des päpstlichen Studierzimmers öffnete sich, und Heinrich Kramer drehte sich schnell um, als Sansoni seinen eigenen Namen hörte. Der Kardinalvikar deutete ein Lächeln an und eilte in das Zimmer, wobei er sorgfältig die Tür hinter sich schloss.

»Seit wann warten sie?«, fragte ihn Borgia.

»Seit über zwei Stunden, Eure Eminenz.«

»Habt Ihr etwas Außergewöhnliches bemerkt?«

»Kramer läuft auf und ab, während Sprenger die ganze Zeit sitzen geblieben ist.«

Der Spanier machte eine vielsagende Handbewegung und bedeutete Sansoni, sich zu entfernen.

»Lasst sie eintreten und schließt die Tür sorgfältig hinter Euch. Niemand hat die Erlaubnis, einzutreten.«

Wieder ein Befehl! Wie es Euch beliebt – so sei es, Kardinal, so sei es. Aber solltet Ihr eines Tages meiner Unterstützung oder meiner Stimme bedürfen, müsst Ihr lernen, mir Respekt entgegenzubringen, dachte Sansoni bitter.

Die beiden Dominikaner traten mit gesenktem Blick ein. Kramer hatte seine Arme unter seiner Kutte verschränkt, und Sprenger hielt das Buch mit solcher Ehrfurcht, als wolle er Borgia auf einem Kissen die Schlüssel der Stadt übergeben. Beide knieten vor Papst Innozenz und Kardinal Borgia nieder, der auf einem niedrigeren Stuhl an der Seite des Pontifex Platz genommen hatte.

»Meine lieben Söhne«, begrüßte sie der Papst und kam dann gleich zur Sache. »Welche Notizen bringt ihr mir aus Deutschland?«

»Eure Heiligkeit«, sagte Heinrich Kramer, »Eure Eminenz. Wir erbitten Euren Segen, auf dass unsere Worte von *ihm*, der alle unsere Taten hört und sieht, erleuchtet seien.«

»Guter Mönch«, antwortete Seine Heiligkeit, »es geschieht nicht alle Tage, dass der Papst und ein Kardinal einen doppelten Segen aussprechen. *Benedicat vos omnipotens Deus, Pater, et Filius, et Spiritus Sanctus.*«

»Auch die Absolution, Vater.«

»*Ego vos absolvo et cetera et cetera.* Kann ich euch nun nach Notizen aus Deutschland fragen, oder habt ihr noch weitere Anliegen?«

Ohne jede Nervosität schob sich Heinrich Kramer die Kapuze zurück und blieb mit unbedecktem Haupte stehen. Borgia betrachtete den schmalen Kopf und seine winzige Tonsur, die wie ein Vogelnest aussah.

»*Mala tempora currunt*. Kaiser Maximilian zeigt keinerlei Respekt vor dem König der Könige Roms, ein Amt, das er dank Gott und Euren Gnaden ausübt. Seitdem seine Gattin Maria verstarb, führt er ein ausschweifendes Leben, und seine Freiherren stiften das Volk zu Revolten gegen die Heilige Römische Kirche an. Die Häresie greift um sich und besudelt mit ihren Pestbeulen auch die unschuldigsten Seelen. Das Schwert des Erzengels Gabriel sollte dieses Land mit seinem heiligen Feuer von Wollust und Laster reinigen. In Deutschland wird Jesus Christus jeden Tag aufs Neue ans Kreuz geschlagen – durch Gedanken, Worte und vom Bösen eingeflüsterte Taten.«

»Ein tröstliches Bild«, knurrte Kardinal Borgia halblaut.

»Interessant, erzähle mir mehr, mein Sohn«, ermunterte der Papst den Mönch. »Es ist also wahr, dass sich viele Frauen in Deutschland den fleischlichen Genüssen mit dem Teufel hingeben?«

Der Blick des Dominikaners erhellte sich, und unter dem besorgten Blick seines Mitbruders erhob er sich, ohne um Erlaubnis zu fragen. Er hob den rechten Arm mit gestrecktem Zeigefinger gen Himmel und zeigte mit dem linken auf das Buch, das neben Bruder Sprenger auf dem Boden lag.

»Ewig schändlicher Satan, stinkendes Sammelbecken aller Bosheiten, verfaulendes Fleisch und todbringende Gesellschaft! Die Wollust macht das Weib zu einer leichten Beute für Dämonen und böse Geister – ausgenommen unsere tugendhaften Heiligen und natürlich die Heilige Jungfrau Maria – gewiss.«

»Gewiss«, echote Borgia.

»Reich mir das Buch, Jacob«, fuhr Kramer fort und nahm den

schweren Band aus den Händen seines Mitbruders, der die ganze Zeit über geschwiegen hatte, entgegen. »Hier, Eure Heiligkeit, ist das Mittel, mit dem wir uns gegen die apokalyptischen Abartigkeiten erwehren wollen. Eure heilige Bulle *Summis desiderantes affectibus* inspirierte mich zu diesem Werk: *Malleus Maleficarum*. Seht, es ist schwer, genau wie der *Hexenhammer*, den ich verfasst habe. Er soll jede Hexe erschlagen, denn Hexen fürchten das Höllenfeuer nicht, weil sie auf dem Hexensabbat …«

»Ja, ja, schon gut, Bruder, wir haben verstanden«, schnitt ihm Borgia das Wort ab, der sich Giulias weichen Körper nun wirklich nicht in den Tentakeln Satans vorstellen mochte.

»Kann ich noch eine letzte Anmerkung machen?«, tönte Heinrich Kramer erneut, während Jacob ohne Erfolg an seiner Kutte zog.

»Es sei dir gewährt«, seufzte der Papst.

»Gott hat mir, zusammen mit Eurer heiligen Bulle, eine Eingebung geschenkt, die wir in das Buch aufgenommen haben. Er hat mir die Bedeutung des Wortes *femina* gezeigt. Es besteht aus *fe* und *minus*. Versteht Ihr? *Das Weib ist weniger*! Und mit ihrem minderen Intellekt gibt sie sich leichter den Versuchungen des Satans hin.«

»Sehr gut, mein teurer Bruder. Und all das steht in deinem *Malleus Maleficorum* geschrieben, ja?«

»*Maleficarum*, Eure Heiligkeit, *Maleficarum*. Weil die Bosheit weiblich ist.«

»So sei es. Und nun hört mir gut zu, ihr Mönche. Im Namen Gottes lasst ihr dieses Buch drucken und in ganz Deutschland von euren Mitbrüdern verbreiten. Wir wollen die Hexen Satans auftreiben, wo immer sie sich auch verbergen, Alte und Junge, Ehefrauen und Nonnen, das tut nichts zur Sache. Haben wir uns verstanden?«

Der Papst schaute Kramer streng an und wartete auf eine Antwort der beiden Mönche.

»Ja, Eure Heiligkeit«, stotterte Jacob Sprenger.

»Beide«, verlangte Kardinal Borgia, und nachdem auch Kramer mit einem »Ja« geantwortet hatte, fuhr er fort: »Hiermit seid ihr zu Generalinquisitoren für alle deutschen Territorien ernannt, und eure Autorität wird im Namen des Papstes ausgeführt. Kein Bischof, kein Kurfürst wird die Macht haben, euch in eurem Tun zu behindern. Nehmt weitere Mitbrüder und initiiert sie, treu eurer Verpflichtung. Wir wollen Ergebnisse haben. In keiner Stadt und in keinem Dorf dürfen die Frauen hoffen, der Verfolgung zu entgehen, wenn sie sich schuldig gemacht haben. Seid barmherzig, aber unbeugsam. Seid gerecht, aber entschlossen, den Dämon aus ihren Seelen zu reißen. Nur so sind sie zu retten! Und noch etwas, Kramer!«

»Eminenz«, sagte dieser und verbeugte sich tief.

»Lass dich nicht mehr auf frischer Tat ertappen.«

»Was meint Ihr, Eminenz?«

Jacob Sprenger hielt sich die Hände vor das Gesicht, während sein Mitbruder zu schwitzen begann.

»In Deutschland hast du dir einen Namen als *Institor,* der reisende Ablassverkäufer, gemacht, das weiß ich aus sicheren Quellen. Hör mit diesen Dummheiten auf. Wenn ihr eure Arbeit gut macht, schenken wir jedem von euch ein reiches Kloster, aber ich will nichts mehr von deinen Geschäften mit der Sündenvergebung hören, sonst wirst du zusammen mit den Hexen auf dem Scheiterhaufen brennen.«

»Das ist alles üble Nachrede der Feinde Christi, die das Hinterteil Satans küssen«, ereiferte sich Kramer, doch der Papst winkte nur müde ab.

»Geht nun, geht«, sagte Innozenz, »und beginnt mit eurer Arbeit. Nein, wartet. Von wem lasst ihr das Buch drucken?«

»Ehrlich gesagt, wissen wir das noch nicht. Aber es gibt genügend Buchdrucker in Deutschland«, erwiderte Kramer ratlos.

»Darum kümmern wir uns. Überlasst uns das Buch, und wir werden euch mitteilen, wenn genügend Exemplare für eure Arbeit fertig sind. Nun geht.«

Die beiden Mönche entfernten sich unterwürfig und drehten sich nicht um, bis sie an der Tür waren. Jacob versuchte, sie zu öffnen, doch sie war verschlossen.

»Sansoni!«, schrie der Papst.

* * *

»Ich kann es *gratis et amor dei* drucken lassen.«

»Über dieses päpstliche Privileg habt Ihr mit mir noch nie gesprochen.«

»Ich scherze nicht. Ein gewisser Buchdrucker steht noch in meiner Schuld, weil ich ihn nicht in Ketten legen ließ – ihn und seine ganze Familie.«

»Eine große Schuld offenbar, um wen handelt es sich?«

»Ein Jude.«

Besorgt schaute Kardinal Borgia Innozenz an.

Der Papst winkte ab. »Kein Problem, er ist ein Konvertit, das behauptet er jedenfalls von sich. Es handelt sich um Eucharius Silber Franck, den Drucker der Thesen von Mirandola.«

»Nur um zu sparen, würdet Ihr das *Malleus Maleficarum* von einer Hexe und ihrem Dämon drucken lassen?« Der Kardinal war empört.

»Rodrigo! Ich finde, das ist eine nette Geste meinerseits. Mit dieser freiwilligen Spende wird der sündige Drucker seine Seele reinwaschen. Für ihn ist es ein gutes Geschäft, und uns hätten hundert Exemplare mehr als fünftausend Dukaten gekostet.«

»Es wird ihn trotzdem ruinieren.«

»Nein, er wird sich das Geld von seinen jüdischen Freunden leihen. Sie sind doch alle reich, und so mancher sogar reicher als Ihr.«

»An die werden wir auch denken, danach. Nun ist es wichtig, dass wir auf unserem Weg weitergehen.«

»Ihr seid geschickt, Rodrigo.«

»Das ist nur der Anfang, Giovanni. Und nun erlaubt mir, Euch zu verlassen. Es wurde zu viel über das Feminine gesprochen, ich habe Lust, meine Giulia zu sehen.«

»Geht, geht, Ihr habt es Euch verdient, Kardinal. Und denkt an das Fest zu Ehren von Fränzchen und Magdalena; Ihr solltet dort übermorgen auf keinen Fall fehlen.«

»Cibo e Medici für immer vereint, Euer Geschick steht dem meinen in nichts nach«, sagte Borgia und dachte daran, wer von den Eheleuten wohl zuerst sterben würde und woran. Altersschwäche oder eine schwere Krankheit schloss er aus.

Am gleichen Tag, später

Der Borgia-Stadtpalast

Rodrigo Borgia verließ den Vatikan in Begleitung einer kleinen Eskorte seiner besten Männer, die mit Hellebarden und Kurzschwertern bewaffnet waren. Er überquerte den Tiber und steuerte auf seinen neuen Stadtpalast zu. Die militärische Kleidung der Soldaten war ein krasser Gegensatz zu seinem weißen Gewand und dem purpurfarbenen Mantel mit dem dazu passenden Birett, mit dem er allzu gerne seine Glatze kaschierte. Eigentlich war es ungewöhnlich, dass Borgia liturgische Gewänder trug, die seinen Rang anzeigten – für gewöhnlich war er nur mit einem kleinen Degen und einem goldverzierten Dolch unterwegs. Die Wachen öffneten das schwere Tor und verbeugten sich vor ihrem Herrn. Borgia ging durch den Eingangsbereich in den Hof. Er sah zu einem der Fenster hoch und hoffte, das Antlitz seiner Giulia, der schönen Farnese, zu erblicken. Er nahm an, dass er wirklich in sie verliebt war. Oder war es nur sexuelle Raserei? Borgia stürmte eilig die Treppen hinauf, entledigte sich im Gehen seiner Waffen und ließ sie einfach fallen. Die Diener beeilten sich, sie rechtzeitig aufzufangen, bevor sie zu Boden fallen und Schaden nehmen konnten. Giulia war nicht da, aber nichtsdestotrotz war der Raum von Wärme erfüllt. Zwei Pagen halfen ihm dabei, seine Gewänder abzulegen und eine feine schneeweiße Wolltunika anzuziehen. Sie war mit wertvollen Seidenstickereien versehen, die aus einer Weberei aus Alicante kamen. Früher oder später würde er die Werkstatt kaufen, da sie ohnehin nur noch für seine Familie produzierte. Ein Diener brachte eine Karaffe mit süßem Wein aus Porto. Rom war schön, so wie seine Frauen, aber seine spanische Heimat war und blieb ihm der liebste Flecken Erde.

Der Nachmittag ging vorbei, und die laue Frühlingsluft war erfüllt vom Ruf der Schwalben. Rodrigo Borgia lehnte an der Säule eines Zwillingsfensters und betrachtete die Petersbasilika. Das tat er oft in letzter Zeit. Dabei stellte er sich vor, wie es sein würde, auf dem Thron zu sitzen. So vielversprechend alles begonnen hatte, so weit war der Weg dorthin, und so voller Hindernisse.

Das erste Hindernis war sein Alter. Obwohl er sich bei Giulia immer wie ein junger Hengst fühlte, war er schon 56 Jahre alt – ein Alter, das viele nur mit Mühe erreichten. Die Gesundheit von Innozenz war zum Beispiel nicht mehr die beste, und er war sogar noch ein Jahr jünger.

Dann war da noch della Rovere. Er hatte Innozenz bereits sein Missfallen bekundet, dass der Papst ihn zum Vize-Kardinalstaatssekretär der Römischen Kurie ernannt hatte. Innozenz hatte diese Idee gehabt, um den intensiven Kontakt, den die beiden in der letzten Zeit pflegten, zu rechtfertigen. Dass er der della-Rovere-Familie jedoch ungebührlich viel Macht über Rom und die ganze Kirche einräumte und ihnen bald nur noch mit teuer erkauften neuen Allianzen die Stirn würde bieten können, hatte Seine Heiligkeit zu spät begriffen.

Schließlich galt es noch einen weiteren Gegner im Auge zu behalten: Im Kampf um den Papstthron von Sixtus IV. waren sie damals, vor drei Jahren, zu dritt gewesen – und der Neffe von Sixtus arbeitete bereits wieder daran, den Thron zurück in die Familie zu holen.

Und dann war da auch noch die »Angelegenheit Mirandola«. Wenn er nicht mit eigenen Augen die heilige Siegelrolle gesehen hätte, hätte er den geheimen Thesen von Pico nicht so viel Gewicht beigemessen. Die allerdings würden reichen, um Mirandola zum Tode zu verurteilen oder ihn wenigstens ins Exil in ein weit entferntes Land zu schicken.

Wenn der Inhalt der geheimen Thesen in der momentanen Situation der Kirche publik würde, wäre das der Sprengstoff, der das heilige Schiff zum Kentern bringen könnte – wurde die Macht Roms doch von allen Seiten bedroht: vom Orient, von Deutschland, von England und dem Osmanischen Reich. Ohne die göttliche Autorität wäre der Papst nichts als ein Hofnarr mit Tiara, der Monarch eines kleinen Königreichs ohne Armee und seines Namens nicht würdig. Auch die treuesten Monarchen würden die religiöse Instabilität, welche die Veröffentlichung der Thesen zweifelsohne nach sich ziehen würde, für ihre Zwecke auszunutzen versuchen – selbst die Aragonier aus Neapel würden ihre Rechtsansprüche auf einen reichen, aber wehrlosen Staat anmelden, dessen war er sich sicher.

Was wäre, wenn Mirandola etwas über die Existenz der Siegelrolle erführe? Jeder andere würde wohl versuchen, den ein oder anderen persönlichen Vorteil daraus zu ziehen – oder einfach aufgeben. Aber Mirandola war nicht so einer; er war ein Gelehrter und damit ein gefährlicher Fanatiker, den man so schnell wie möglich ausschalten musste.

Borgia hatte bereits mit der Verteidigung begonnen und hatte Innozenz an das lateinische Sprichwort *si vis pacem para bellum* erinnert: Wenn du Frieden willst, bereite dich zum Krieg. Wenn Gott (oder wer auch immer von dort oben die menschlichen Geschicke leitete) nicht wollte, dass die *Konklusionen* bekannt würden, musste alles, was mit den Thesen im Zusammenhang stand, verbrannt und überall und mit allen Mitteln behauptet werden, dass das Weib ein niedrigeres Wesen als der Mann und sein Wesen grundsätzlich dämonisch sei. Je stärker sie die Betrachtungen Mirandolas angriffen und stattdessen ihre eigenen Behauptungen unter den Völkern verbreiteten, desto absurder und blasphemischer würden Mirandolas Thesen der Welt erscheinen, sollten sie durch einen unglücklichen Zufall doch unter das Volk geraten. Borgia war sich sicher: Dies war der einzige Weg, und nur so würde das Siegel in Sicherheit bleiben.

Das Blau des Himmels wurde zu Abendrot, und ein erster Stern ging über der Petersbasilika auf. Er hatte sie schon so oft angeschaut, aber nie wirklich gesehen. Sollte Gott oder der, der die Sterne am Firmament verteilt hatte, wahrhaftig existieren und ihm ein Zeichen geben? Ganz gewiss war dem schwachen Geiste Innozenz' von einem höheren Wesen etwas eingehaucht worden, das ihn getrieben hatte, Rodrigo dieses Geschenk zu machen. Er an seiner Stelle hätte wahrscheinlich genauso gehandelt, aber beileibe nicht Innozenz auserwählt. Gut, dass es die Borgia gab. Er musste um jeden Preis Papst werden. Jeder andere, der an seiner Stelle Papst würde, müsste unweigerlich von dem Siegel erfahren. Was sollte er aber dann tun? Ihm alles erzählen? Warum? Um sein Leben noch mehr zu gefährden? Oder nichts verraten, aber aus welchem Grund? Welche Macht würde ihm das geben? Keine – außer er würde sich mit Mirandola zusammentun und sich an die Spitze einer Revolte stellen. Doch um welchen Preis? Was würde ihm dies einbringen? Ein Königreich? Einen Dank der Nachwelt?

Nein. Er war aus einem anderen Holz geschnitzt. Wenigstens könnte Innozenz ihm den Gefallen tun und möglichst bald schwer erkranken. Die französische Krankheit half ihm nicht weiter – sie konnte sich über Jahre hinziehen. Außerdem wären die Auswirkungen auf sein Gehirn bedrohlich, und er konnte nicht sicher sein, dass Innozenz das Geheimnis des Siegels nicht im Delirium jemandem verraten oder seine Nachfolge anderweitig überdenken könnte. Vielleicht sollte er ihm den Übergang ins Jenseits mit einer besonders ansteckenden Hure erleichtern, überlegte Borgia und lächelte düster.

Er hielt noch immer den leeren Weinkelch in der Hand und blickte gedankenverloren auf den Abendhimmel. Ein letzter roter Sonnenstrahl blendete ihn, so dass er sich umdrehte. Und dann sah er sie.

»Giulia!«

Sie war leise in sein Zimmer gekommen und stand nun unmittelbar vor ihm. Giulia trug ein weiches dunkelrotes Samtgewand, das ihre weiße Haut erstrahlen ließ. Ihr enges Mieder betonte den schönen Körper, und um den Hals trug sie die goldene Kette mit dem Rubinanhänger, die er ihr geschenkt hatte. Ihre goldene Haarpracht reichte bis über ihre nackten Schultern hinab. Obwohl sie noch sehr jung war, sah sie würdevoll, ja beinahe streng aus. Als sich ihre Blicke jedoch trafen, kam sie lächelnd und mit ausgestreckten Armen auf ihn zu. Rodrigos Herz schlug schneller – das war das Paradies, das er für alle Ewigkeiten wollte. Keine Macht, keine Ehre und kein Reichtum waren mit der Liebe, die er für seine Giulia empfand, vergleichbar.

»Giulia, du bist so wunderschön«, flüsterte er.

»Man hatte mir Eure Ankunft gemeldet, aber als ich zu Euch kam, wart Ihr so in Euren Gedanken versunken, dass ich Euch nicht zu stören wagte.«

Ihre Stimme erfüllte das Zimmer wie eine frische duftende Brise. In ihren dunklen Augen verschmolzen Pupille und Iris zu einem magischen Etwas. Vom ersten Tag an hatte Rodrigo Borgia diese wunderbaren Augen bewundert, und sie übten noch immer maßlose Anziehungskraft auf ihn aus. Dass diese Augen zu einem jungen Mädchen gehörten, hatte ihn keinen Moment lang gestört – Giulia musste einfach ihm gehören. Der Kardinal näherte sich ihr und küsste sie leidenschaftlich, während er ihr die Arme auf den Rücken drehte. Sie stöhnte, und das erhöhte seine Leidenschaft umso mehr: Er drehte sie um und zurrte rabiat an ihrem Mieder, während sie sich eilig die engen Ärmel aufknöpfte.

Das Gewand fiel zu Boden, und Giulia trug jetzt nur noch ein Hemdchen. Als Rodrigo sich das seine vom Leib riss, wurde unter seinen Beinkleidern aus Leinen eine imposante Erektion sichtbar. Er kniete sich vor ihr nieder, fast so, als würde er sie anbeten, befreite sie von ihrem Hemdchen und zog Giulia an sich. Zärtlich fasste er sie bei der Hand und führte sie zu dem breiten Bett in der Zimmermitte, das aussah wie ein Altar mit gedrechselten Säulen.

Sie schloss die Augen und spreizte die Beine für ihren Herrn. Rodrigo wurde schwindlig, und obwohl er kurz davor gewesen war, in sie einzudringen, erschlaffte seine Erektion. Giulia tat so, als würde sie es nicht bemerken und umfasste seine breiten Schultern mit ihren Mädchenarmen. Rodrigo spürte, wie die Kraft langsam wieder in ihm aufzusteigen begann, und drang dann heftig in sie ein. Das Mädchen schloss die Augen, doch die Calendulasalbe, die sie sich vorher in die Vagina geschmiert hatte, ließ sie keinen Schmerz verspüren.

Giulia lag mit dem Kopf an seiner Schulter. Ihr Arm ruhte auf seiner Brust. Sie schien zu schlafen. Rodrigo atmete ruhig und betrachtete die an die Decke gemalten Jagd- und Liebesszenen. In der Mitte triumphierte eine mit Pfeil und Bogen bewaffnete Diana über Beute und Jäger. Aus ihrem ledernen Harnisch lugte eine jungfräuliche Brust hervor. Sie wurde von einer Gruppe halbnackter junger Männer umrahmt, die sich auf das anschließende Fest zu freuen schienen. Die Gesichter der Männer waren alle der Göttin zugewandt – so, als würden sie nur auf ein Zeichen von ihr warten. Rodrigo betrachtete Giulias Antlitz – es war einfach vollkommen.

»Kleines Weib, Große Mutter«, murmelte er, »bist du wahrhaftig der Ursprung von allem? Wenn Gott eine Sie ist, dann kann sie nur dein Antlitz haben. Durch dich fühle ich mich wie neu geboren – mit dir und in dir. Du bist mein, schöne Giulia, mein ganz allein, für immer.«

»Habt Ihr etwas gesagt, Rodrigo?«

»Nein, schlaf weiter, mein Liebstes.«

Der Schlaf übermannte ihn. Mit halb geschlossenen Augen warf er noch einen letzten Blick auf die Fresken und glaubte in der Nackten, die sich in einem kleinen Teich erfrischte, die Gesichtszüge von Vannozza zu erkennen, seiner letzten Geliebten vor Giulia. War es eine Geschmacklosigkeit des Malers oder nur seine Vorstellungskraft? Oder womöglich eine Warnung der Großen Mutter, dass er kein anderes Weib neben ihr besitzen durfte? Vorsichtig umarmte er Giulia, um sie nicht zu wecken, und fühlte sich dabei wie eine riesige Spinne, die gerade ihr Netz spann. Giulia, aber nur sie, würde nichts zu befürchten haben. Das *Malleus Maleficarum* war nur der erste Schritt auf seinem Weg zur Macht. Weitere würden bald folgen, sie standen ihm nun klar vor Augen. Alles würde nur dem einen Ziel dienen: die heidnische Mutter zu zerstören, Pico zu zerstören und Papst zu werden.

Lugano

Montag, 18. Oktober 1938

Männer in eleganten dunkelblauen Anzügen huschten wortlos durch lange Korridore, die durch Gittertüren unterteilt waren. Alles war in kaltes Neonlicht getaucht. Jeder Angestellte war für genau einen Schlüssel verantwortlich – wie die Aufseher im Gefängnis –, und um an das Sicherheitsfach zu kommen, musste man mehrere Sicherheitskontrollen über sich ergehen lassen. De Mola unterschrieb unzählige Male unzählige Unterlagen. Die drei Sicherheitsfragen, die ihn als den Unternehmer de Martini auswiesen, beantwortete er ohne zu zögern. Als er durch die letzte Gittertür gegangen war, wurde er von einem bewaffneten Wachmann die Treppe hinunterbegleitet, die ihn immer tiefer unter die Erde führte. Endlich kam er in einem großen Raum an, dessen Wände dunkelrot gestrichen waren. Hinter einer weiteren Gittertür sah er die Tür des Tresorraums mit dem Symbol der Bankgesellschaft, den drei Schlüsseln. Der Vatikan hatte nur zwei. Die Sicherheitsschleuse war vier Meter hoch und verfügte über eine dicke Stahlwand, die jeden abgeschreckt hätte, der auf die Idee gekommen wäre, hier eindringen zu wollen. Auf ein Zeichen des Wachmanns hin betätigte ein Angestellter hinter der Tür den elektrischen Mechanismus, der die schwere Metallschleuse öffnete. Er grüßte kurz den Wachmann, der draußen blieb, und verschloss hinter de Mola sofort wieder die Schleuse.

»Würden Sie mir bitte Ihren Schlüssel zeigen?«, fragte er höflich und streckte die Hand aus. Wortlos reichte Giacomo ihm den Schlüssel. Aus dem Inneren des Tresorraums strömte ein warmes Licht auf den Gang. Der Angestellte ging voraus und bedeutete

Giacomo, ihm zu folgen. Den Schlüssel hielt er wie eine brennende Kerze vor sich. Er war wie ein Engel, der ihn in das Paradies zu Gott geleitete.

Seine Hände zitterten, als Giacomo das Sicherheitsfach öffnete: Vor wie vielen Jahren hatte er zum letzten Mal den Inhalt gesehen? Er konnte sich nicht mehr daran erinnern – er wusste nur, dass er jetzt hier war, um das Buch zu holen. Nicht einmal mehr die neutrale Schweiz war noch sicher genug für Omega, und das Buch würde nun eine lange und gefährliche Reise antreten müssen. In den Vereinigten Staaten, dem Land der Freiheit und Demokratie, wo die Vereinten Nationen gegründet worden waren, würde das Buch sicher sein.

Als er allein war, öffnete er das Sicherheitsfach. Ein schwarzer Ledereinband schützte das Manuskript des Giovanni Pico della Mirandola, das dieser vor fast 500 Jahren de Molas Vorfahren anvertraut hatte. Seit dieser Zeit hatten die de Molas es gehütet: versteckt zwischen tausenden anderen Büchern, in einem Keller in einer Eisenkassette, unwissenden Mönchen während des Zeitalters der Aufklärung untergeschoben und dann in den Tresoren der berühmtesten Bankiersfamilien hinterlegt. Die Rothschilds, die Nathans, die Mylius', die Lombards, die Picetes in England, Frankreich und Deutschland, aber auch die Ghios aus Italien und sogar Camond in der Türkei hatten die *Ultimae Conclusiones sive Theses Arcanae IC*, die *Neunundneunzig Geheimen Thesen* beschützt und vor den Augen der Welt versteckt. Unterdessen verbreiteten sich die anderen neunhundert Thesen und hatten unter Philosophen und Theologen ein unterschiedliches Interesse geweckt.

De Mola drehte sich mit einem Ruck um, denn sein Instinkt sagte ihm, dass er beobachtet wurde. Er verharrte regungslos und lauschte, hörte jedoch nur das beruhigende Summen der elektrischen Alarmanlage. Einen Augenblick später spürte er einen stechenden Schmerz am Hinterkopf, brach zusammen und verlor das Bewusstsein. Ein Mann mit schwarzen, nach hinten gekämmten Haaren und hässlichen Flecken auf den Händen fing ihn an den Achseln auf und ließ ihn langsam zu Boden gleiten. Wie geplant, warnten zwei leichte Klopfzeichen den Angestellten, der sofort von seinem Platz aufsprang. Er war solche Sachen nicht gewohnt und nahm all seinen Mut zusammen.

»Schnell!«, sagt der Mann leise. »Keine Angst, ich habe ihn nicht getötet.«

Das hatte der Angestellte auch gesehen, aber Angst hatte er trotzdem. Während der Mann das Manuskript und weitere Papiere in einer ledernen Aktentasche verschwinden ließ, versuchte der Angestellte, de Mola auf einen Stuhl zu setzen. Der Fremde bedeutete ihm jedoch, es sein zu lassen.

»Sind Sie bereit?«

»Ja, Herr Zugel, ich bin bereit«, flüsterte der Bankangestellte – 20.000 Deutsche Mark hatten eine große Überzeugungskraft.

Zugel lächelte ihn beruhigend an, als er seine Lieblingswaffe, eine Beretta Kaliber 9 mit Schalldämpfer, zog. Er stieß sie ihm in den Rücken und lotste ihn in Richtung Gittertür. Der Angestellte erhob mechanisch die Hände, bediente den elektrischen Schalter und öffnete nervös das Tor. Der Wächter griff sofort nach seiner Waffe.

»*Fermo*«, sagte Zugel in einem perfekten Italienisch, »ich werde ihn erschießen, und dann sind wir nur noch zu zweit. Nimm die Pistole mit zwei Fingern deiner linken Hand«, fuhr er fort, »und leg sie auf den Boden. *Adesso*.«

Zugel hielt die Pistole an die Schläfe des Angestellten und entsicherte sie. Der Wachmann zögerte einen Moment, tat dann aber wie ihm geheißen.

»Schieb die Pistole zu mir rüber und entferne dich. Ganz langsam.«

Die Anweisungen von Zugel waren ruhig und präzise. Der Wachmann verstand, dass er es mit einem Profi zu tun hatte und er besser gehorchte.

Zugel bückte sich, um die Waffe aufzuheben. Den Angestellten ließ er dabei nicht aus den Augen. Dann schlug er ihm wie vereinbart mit der Beretta auf den Kopf.

»Begleite mich nun zum Ausgang. Eine falsche Bewegung, und ich töte dich. Ich habe keine Angst und nichts zu verlieren«, fügte Zugel noch hinzu. Das allerdings war nicht ganz korrekt. Die Aktentasche, die er unter dem Arm trug, bedeutete für ihn Reichtum, Anerkennung und Bewunderung der höchsten Vertreter des Reiches. Himmler höchstpersönlich würde ihn umarmen und vielleicht in den Kreis der schwarzen Ritter aufnehmen. Zuerst aber musste er hier raus, und er wusste auch schon, wie ...

An der ersten Gittertür ging alles gut. Der Wachmann, der sich sofort in die Hosen gemacht hatte, als er die Pistole auf sich gerichtet sah, war so beschäftigt mit seiner Furcht, dass er seinen Tod gar nicht bemerkte. Es ging sehr schnell: Ein glatter Schuss in die Stirn, und der Weg war frei. Die zweite Wache versuchte zu fliehen, aber Zugel schoss ihm in die Beine, bevor er an den Alarmknopf kam. Blutend und von der Waffe bedroht, musste er zurückkriechen und das Gitter öffnen. Zugel schoss ihm direkt zwischen die Augen. Auch bei der dritten Tür war er nicht gerade zimperlich, und vor den aufgerissenen Augen eines Bankangestellten schoss er dem Wachmann eine Kugel in den Nacken. Der fiel um wie ein Sack und rührte sich nicht mehr.

»Los, öffne die Tür, oder ich töte dich.«

Der Mann kam der Aufforderung sofort nach. Während er noch mit erhobenen Händen vor ihm stand, dankte Zugel ihm seinen Gehorsam mit einem Schuss von schräg unten durch den Hals, der den Schädel durchschlug und Knochensplitter und weiße Gehirnmasse bis an die Decke spritzen ließ. Dann durchquerte er in aller Ruhe den angrenzenden Salon, verließ die Bank und atmete draußen, an der frischen Luft, tief durch.

Zugel ging am See entlang, wo er seinen DKW 7 geparkt hatte. Sein nächstes Auto, beschloss er, würde ein Mercedes sein – am liebsten ein 500-er K; mit so einem Wagen konnte er alle Frauen haben, die er wollte, vielleicht sogar eine Schauspielerin wie diese

Magda Schneider, die mit ihrem adligen Getue die perversesten Fantasien in ihm auslöste.

De Mola öffnete die Augen und versuchte, sich aufzurichten, da fuhr ihm ein schneidender Schmerz in den Nacken und zwang ihn, seine Augen wieder zu schließen. Einen Moment lang gab Giacomo diesem Bedürfnis nach; als er jedoch begriff, wo er war und was passiert sein musste, riss er sie wieder auf: Er lag auf dem Boden des Tresorraums, die leere Kassette aus dem Sicherheitsfach neben sich. De Mola nahm seine Brille und setzte sie auf. Angstvoll schaute er in die Kassette, aber das Buch war nicht mehr da. Sein Blick schweifte rastlos weiter. Neben der Gittertür lag der Bankangestellte; ein dünnes Blutrinnsal rann an seinem Kopf herab.

Giacomo lief die Korridore entlang und stieg über die herumliegenden Leichen. Bis er oben im Salon angekommen war, hatte er vier Tote gezählt. De Mola schaute sich um, zog sich die Kapuze seines Regenmantels ins Gesicht und ging dann entschlossenen Schritts hinaus. Der erste Luftzug ließ ihn erzittern, und er spürte den eiskalten Schweiß auf seiner Haut. Ein Auto fuhr an ihm vorbei und ignorierte ein Stoppschild. De Mola notierte sich das Kennzeichen. An der Ablegestelle der Ausflugsboote für die Touristen fand er eine öffentliche Telefonzelle. Während die Telefonistin die Verbindung herstellte, holte er tief Luft, um die Kraft zum Sprechen zu haben.

»Omega, sechs, sechs, sechs.«

Am anderen Ende blieb es still.

»Bitte wiederholen Sie.«

»Omega, sechs, sechs, sechs.«

»In Ordnung, bleib wo du bist, Gabriel wird dich kontaktieren.«

Rom

Freitag, 2. März 1487

Vor dem großen Tor des Palazzo Savelli erschien ein Soldat zu Pferde. Er ritt vor einem Karren, der von zwei Ochsen gezogen und von vier Hellebardenträgern, die das Wappen des Papstes trugen, begleitet wurde. Die heruntergelassenen Visiere mit Nasenschutz und die bis über die Knie reichenden Kettenhemden mit den ledernen Rückenpolstern verliehen ihnen ein kriegerisches Aussehen. Hinter dem Karren schritten Trommler, die alle vier Schritte einen Trommelwirbel ausführten und der Prozession die Aura eines Trauerzugs verliehen. Der schaurig-monotone Rhythmus, mit dem die Verurteilten aus dem Savelli-Kerker ihrer Strafe zugeführt wurden, war auf der ganzen Via Mont Serrat, auf der die Päpste normalerweise bis zum Lateran entlangschritten, zu hören.

Tanzende und springende Kinderhorden umschwärmten die Prozession, und aus den Fenstern der umliegenden Häuser blickten die Menschen herab, um einen Blick auf den Verurteilten zu erhaschen. Sicherlich würde er auf dem Campo de' Fiori gehängt werden. Der Karren schien leer zu sein, aber vielleicht lag ja auch ein Toter drin, der so schlimme Missetaten begangen hatte, dass man ihn trotzdem noch aufhängen wollte, um ein Exempel zu statuieren. Viele Frauen, Edelleute und Händler waren neugierig geworden und schlossen sich dem Zug an. Sogar die Prostituierten, die dort ihrem Gewerbe nachgingen, mischten sich unauffällig unter die Menge und versuchten mehr schlecht als recht, mit ihren grellen Kleidern nicht aufzufallen.

Als sie auf dem Campo de' Fiori ankamen, hielt die Prozession vor einer Gruppe Soldaten an, die einen großen Holzstapel bewacht hatten. Die Menschenmenge scharte sich eng um die Soldaten und rückte enger zusammen. Offensichtlich wurde niemand erhängt, denn es fehlte der Galgen, und es wurde auch niemand verbrannt, denn es fehlte der Pfosten, an den der Verurteilte normalerweise gekettet wurde. Einige, die vermeinten, sich mit den Bestrafungen der Kirche auszukennen, verkündeten, dass es sich mit Sicherheit um ein Ordal, genauer gesagt ein Feuerordal handeln musste, das weit schlimmer als ein Autodafé war, denn bei der Vollstreckung eines Ordals hatte der Angeklagte keine Möglichkeit, seine Sünden zu bereuen. Wenn der Verurteilte fähig wäre, auf glühenden Kohlen zu gehen, ohne sich zu verbrennen, bedeutete dies, dass er unter dem Schutz Gottes stand und deshalb unschuldig war. Manchmal aber wurde ihm dieser Schutz auch vom Teufel gewährt und darum, so lautete die gängige Praxis, war es in jedem Fall sicherer, den Verurteilten trotzdem zu verbrennen. Es war immer noch besser, eine unschuldige Seele in das Paradies zu schicken, als dass ein Sohn des Teufels ohne Bestrafung unter dem braven Volke wandeln konnte.

Endlich zündeten die Soldaten das trockene Holz mit etwas Zunder an. Es entzündete sich sofort, und kurz darauf begannen die Holzscheite zu glühen. Nun war der Moment gekommen, um das Tuch vom Karren zu heben. Alle reckten die Hälse, um besser sehen zu können: Das war genau der Moment, auf den die Taschendiebe gewartet hatten, um unter die Kleidung der Gaffer zu greifen. Einige schnitten mit einer schnellen Bewegung die Ledergürtel durch, an denen die Geldbörsen hingen, während ihre auf dem Boden kriechenden Komplizen die Beute aufschnappten, um dann so schnell wie möglich das Weite zu suchen. Die Taschendiebe waren geschickte Straßenjungen und die Fänger oft ihre kleinen Brüder. Sie versteckten sich mit der Beute so flink unter den weiten Röcken ihrer Schwestern, dass selbst die päpstlichen Wachen nichts gegen sie ausrichten konnten.

An diesem Tag geschah jedoch etwas Unvorhergesehenes: Als

die Menge vor einer besonders mächtigen Stichflamme zurückwich, schnitt ein junger Dieb einem feisten Schweinehändler aus Versehen seinen dicken Bauch anstelle des Gürtels durch. Der Händler brach über dem kleinen Bruder des Diebes zusammen und quiekte dabei wie eines seiner Schweine. Die Menge nahm jedoch keine Notiz von ihm, sie hatte nur noch Augen für den Karren, denn was da geschah, war wirklich sehr ungewöhnlich. Anstelle eines armen Sünders warfen die Soldaten eine große Menge Bücher, die unter dem Tuch gelegen hatten, in das Feuer. Alle waren enttäuscht. Die Fachleute für Bestrafungen urteilten, dass es bestimmt häretische Bücher seien, und dass man, wenn man des Verfassers schon nicht habhaft werden konnte, wenigstens seine Bücher verbrannte. Und sie hatten Recht.

Wie einfache Adelige gekleidet, hatten Innozenz und Rodrigo Borgia die Bücherverbrennung von den Fenstern im zweiten Stock des Palazzo Condulmer aus beobachtet.

»Das ist nur der Anfang, Giovanni.«

»Ja, und als Nächstes verbrennen wir auch den Grafen Mirandola«, sagte Innozenz gut gelaunt.

Der Kardinal drehte sich zu ihm um.

»Nein, Giovanni, nur seine Bücher. Dabei bleibt es. Wir wollen ein Zeichen setzen. Er wird ganz einfach nur verschwinden und vergessen werden. Ein Buch kann nicht zum Märtyrer gemacht werden, ein Mensch aber sehr wohl. Wir müssen vorsichtig sein.«

»Was habt Ihr mit ihm vor?«, fragte der Papst und rieb sich seine behandschuhten Hände. Seine Augen glänzten im Schein des Feuers erregt.

»Vergebung.«

»Was? Seid Ihr des Wahnsinns? Zuerst verbrennen wir seine Bücher, und dann vergeben wir ihm?«

»Genau das. Mirandola wird es erfahren und es mit der Angst zu tun bekommen. Wenn die Kommission dem Volk dann öffentlich erklärt, weshalb seine Schriften gottlos und ketzerisch sind, wird er verstehen, dass er verloren ist. Dann werdet Ihr ihm wiederum öffentlich verzeihen und ihn nach Rom kommen lassen. In seiner Verzweiflung wird Mirandola sich an jeden Strohhalm klammern, und Euer Großmut wird für ihn wie der letzte Rettungsanker sein. Er wird kommen und sich in Eure gütigen Hände begeben. Und an diesem Punkt wird Mirandola auf wundersame Weise verschwinden, ganz ohne Aufsehen. Die Große Mutter wird gütig zu ihm sein, meint Ihr nicht?«

Giovanni Battista Cibo lächelte, während die Flammen langsam erloschen und die Menge sich zerstreute. Unter den Letzten befand sich eine junge Frau, der die Soldaten aus Spaß das leuchtend grüne Kleid vom Leibe reißen wollten. Ihr Gesichtsausdruck zeugte von Unmut, aber eine Prostituierte konnte sich solchen Zudringlichkeiten nicht verweigern. Erst als sie ein Messer zückte und ihnen drohte, den kleinen Wurm in ihren Beinkleidern abzuschneiden, ließen sie enttäuscht von ihr ab.

Leonora wusste, von wem die zu Asche gewordenen Bücher stammten, und entschied, den jungen Grafen, dem sie sich anvertraut hatte, zu warnen, koste es, was es wolle – und wenn sie mit ihrem eigenen Leben dafür bezahlen würde. Den Schweinehändler hingegen fand man Stunden später mit offenem Gedärm hinter dem Torre Arpacra neben dem Gasthaus della Vacca. Er lag nackt, mit dem Gesicht nach unten, im Schlamm, und sein fetter Hintern begann sich bereits gelb zu verfärben. »Verblutet und seiner Kleider beraubt« – beschied der herbeigerufene Bader. Keiner wusste, wer der Tote war, und so wurde er kurzerhand in einen Sack gepackt und in das Armengrab der San-Paolo-Kirche geworfen.

Rom

Montag, 5. März 1487

Wer ist dieser edle Herr?«

»Wer denn, Eure Eminenz?«, fragte Notar Mellini, ohne aufzublicken.

»Wenn Ihr nicht aufschaut …«, antwortete ihm der alte Frangipane verärgert und deutete auf einen Mann. »Dort hinten, der stattliche Ritter mit dem schwarzen Gewand und dem roten Barett.«

Der Notar seufzte, legte die Schreibfeder auf dem Schreibpult ab, putzte sie sorgfältig, schraubte das Tintenfässchen zu, nahm seine Brille ab und folgte dem Zeigefinger Frangipanes.

»Wer, Eure Eminenz, der mit dem Spitzbart?«

»Ja, genau der. Ich habe ihn hier noch nie gesehen, aber er kommt mir doch bekannt vor.«

Der Notar betrachtete den Fremden aufmerksam. Seine Kleidung war so achtbar, dass er nicht zum römischen Adel gehören konnte. Ein Händler konnte er auch nicht sein, denn er trug die Goldkette und den Rubinring mit der Selbstverständlichkeit eines Edelmannes. Der Notar ließ den Blick über die Anwesenden schweifen, die sich im Audienzsaal des Laterans versammelt hatten, konnte aber nichts Außergewöhnliches feststellen und schüttelte daher den Kopf.

»Ich fürchte, ich kann Euch nicht dienen, Eminenz.«

»Dieser Tage, so erzählt man sich in Rom«, flüsterte ihm der adlige Frangipane ins Ohr, »sei der Sohn von Mattia Corvino angekommen.«

»Wirklich, der König von Ungarn?«

»Ja, das könnte der Prinz sein, der gekommen ist, um mit dem Papst eine Allianz gegen den Sultan auszuhandeln. Oder einer seiner Botschafter.«

Vor ihnen nahm sich ein Dominikanermönch die Kapuze ab, drehte sich um und bedeutete ihnen mit gerunzelter Stirn zu schweigen.

Ferruccio hatte bemerkt, dass man ihn beobachtete und dass das gezischte Gemurmel im Saal sich auf ihn bezog. Wenn ihn jemand ansah, hielt er dem Blick stand, zwar nicht herausfordernd, aber doch mit einer gewissen Herablassung. Ab und zu deutete er wortlos ein grüßendes Lächeln an, ohne jemanden Bestimmten zu meinen, und verstärkte so den Eindruck, aus der Fremde zu kommen.

Die Frau neben ihm flüsterte etwas in sein Ohr. Ihre Worte waren leise, aber deutlich zu vernehmen. Für alle sah es so aus, als würde sie ihm in seiner Muttersprache erklären, was gerade vor sich ging. Das schwarze Kleid und die elegante, nur von einer Perlenkette zusammengehaltene Haartracht verschleierten weder ihr Jugend noch ihre Schönheit, obwohl sie bereits Witwe zu sein schien.

Leonora hatte große Augen gemacht, als Ritter de Mola am Tag der Bücherverbrennung bei ihr aufgetaucht war. Sie hatte sich schon alles Mögliche überlegt, wie sie Ferruccio warnen könnte, als er wie ein Engel – oder ein herbeigeflehter Dämon – einfach erschien. Sie hatte ihm alles über die pompöse Vermählung des Papstsohns mit Magdalena de' Medici in der Petersbasilika erzählt. Der Trauungszeremonie waren Festivitäten, wie man sie seit den Zeiten des Imperiums nicht mehr gesehen hatte, in ganz Rom gefolgt. Sie hatte ihm erzählt, was man im Volk über den immer größer werdenden Einfluss von Kardinal Borgia tuschelte, den man mittlerweile *geminus Innocentii*, den Zwilling des Papstes, nannte. Dann erzählte sie ihm von der Bücherverbrennung und dass der Name Giovanni Pico eingegangen sei in die Liste der Häretiker. Aber de Mola schien bereits alles zu wissen. Also wunderte sie sich nicht, dass er ihr ein wunderschönes, reich besticktes schwarzes Kleid gab und sie bat, ihn in den Lateran zu begleiten. Ein adliges Paar würde sich unauffälliger unter die anwesenden Patrizier mischen können, um der Urteilsverkündung durch die päpstliche Kommission beizuwohnen. Dort, erklärte Giacomo, könnten sie sich unmittelbar und aus erster Hand die Anschuldigungen gegen die *Neunhundert Konklusionen von Giovanni Pico* anhören und abschätzen, wie groß die Gefahr wirklich war, in der sich der Graf befand.

Ein Herold verkündete den Einzug der Kommission, die an einem großen Tisch, an dem 15 Stühle standen, Platz nehmen würde. Als die Theologen den Saal betraten, erhob sich das zahlreich erschienene Publikum voller Respekt. Viele der Kommissionsmitglieder trugen die Kutten der Dominikaner – sie waren am unerbittlichsten und darum die gefährlichsten. Ferruccio erkannte unter ihnen den Albionenhasser Pedro Garcia, Bischof von Ales und Kappelan von Rodrigo Borgia. Er setzte sich an die Mitte des Tisches und ergriff das Wort.

»Im Namen des Vaters, des Sohnes und des Heiligen Geistes«, sagte er und hielt kurz inne, bis sich alle bekreuzigt hatten, »und Ihrer Heiligkeit, Papst Innozenz VIII. Diese Kommission wurde gerufen, die *Neunhundert Konklusionen* des berühmten Grafen Giovanni Pico della Mirandola und Concordia einer Prüfung zu unterziehen. Unsere guten Brüder haben mit reiner und klarer Seele die genannten Konklusionen gelesen, sie studiert und disputiert. Mit Hilfe des Heiligen Geistes, der Heiligen Römischen Kirche, aller Heiligen, Erzengel, Cherubine und Serafine ist die Kommission nun zu einer Entscheidung gelangt.«

»Endlich«, flüsterte Ferruccio Leonora ins Ohr, und sie musste ein Lächeln hinter dem Schleier verbergen, den sie sich vor die Lippen hielt.

»Die These, dass die Seele von Christus nicht in die Hölle hinabgestiegen ist«, tönte Pedro Garcia, »ist falsch und ketzerisch. Es ist falsch und ketzerisch, dass die Todsünde nicht mit dem Fegefeuer geahndet werden kann. Und es ist nicht nur gegen die guten Sitten, sondern auch für fromme Ohren skandalös und beleidigend, dass man das Kreuz nicht anbeten solle. Die These, dass uns keine Wissenschaft besser als die der Magie und der Kabbala von der Göttlichkeit Jesu Christi überzeugen kann, ist unwahr, falsch und häretisch.«

Viele der Anwesenden hatten die Köpfe auf die Brust gesenkt, um zu verbergen, wie tödlich langweilig sie diesen Sermon fanden und wie schläfrig sie der salbungsvolle und anklagende Ton von Bischof Garcia machte: Wenn ein Argument besonders heikel war, wurde er tragisch oder triumphierend, und mit nervtötender Vehemenz ermahnte er, unbedingt zu glauben und auf Gott zu hoffen, um die Seele – nicht aber das Gewissen – zu erwecken.

Ferruccio hatte Leonora ritterlich den Arm angeboten und sie ihm mit ausgesuchter Grazie die Hand gereicht. So verließen sie den Lateranpalast, gingen in Richtung Via Appia und bogen dann in eine unauffällige Seitenstraße, in die Via Veio, ein. Hier hatte Ferruccio eine Wohnung gemietet. Wohl oder übel akzeptierte Leonora die Situation, fürchtete jedoch insgeheim, dass ihr Begleiter zudringlich würde. Früher wäre sie froh gewesen, wenn solch ein Kavalier sie erwählt hätte, um ihm ein paar schöne Stunden zu verschaffen, denn nicht selten hatten Hunger und Not sie gezwungen, auch die Gesellschaft von rüden Männern zu ertragen. Wenigstens waren ihre Stammkunden nicht gänzlich unangenehm gewesen: Händler, Abenteurer, der eine oder andere Soldat und ab und an ein unwichtiger Prälat.

Nun aber, nachdem de Mola sie zu einer edlen Dame gemacht und sie auch so behandelt hatte, wollte sich Leonora nicht so einfach hingeben. Und für Geld schon gar nicht, denn sie hätte sich dann noch schmutziger als beim ersten Mal gefühlt.

Seitdem sie die Wohnung betreten hatten, war Ferruccio stumm geblieben, und das hatte sie noch nervöser gemacht. Unruhig entschied sie zu gehen – in der Hoffnung, dass er verstehen und es ihr ersparen würde. Rom war schließlich voll von willigen Frauen.

»Du kannst nicht in dein Zimmer zurückkehren, Leonora.«

Sie errötete, denn die Stimme Ferruccios war sanft, während er sie fest mit seinen dunklen Augen ansah.

»Warum nicht?«, fragte sie und hoffte, dass ihm ihre roten Wangen nicht auffielen.

Ferruccio lächelte.

»Das hier ist dein neues Heim. Es ist sicher; der Besitzer ist ein Freund des Grafen, und ihn interessiert nicht, wer darin wohnt. Der Graf will nicht mehr, dass du … er will nicht mehr, dass du in dein Zimmer und in deine Welt zurückkehrst.«

Diesmal war er peinlich berührt, denn es war nicht einfach, die richtigen Worte zu finden, ohne sie zu verletzen. Sie bemerkte es und war ihm dankbar. Das ermutigte ihn fortzufahren.

»Ich kann auf mich selbst aufpassen, ich habe es bis zum heutigen Tage ganz gut allein geschafft«, wandte Leonora ein.

»Darum geht es nicht. Du verdienst sowohl die Bewunderung des Grafen als auch die meine. Heute warst du perfekt. Es schien, als würdest du diese Welt und die Verhaltensregeln in den adligen Kreisen ganz genau kennen. Also ich meine, ich war mir dessen sicher, aber …«

»Vielleicht bringt es Euch ja zum Lachen, aber ich bin von den Santa-Chiara-Nonnen erzogen worden. Jemand hat für meine Erziehung bezahlt, vielleicht mein Vater, den ich nicht kenne. Solange bezahlt wurde, bin ich mit solcher Sorgfalt erzogen worden, als würde ich eines Tages einen Edelmann heiraten. Warum dann alles über Nacht endete, weiß ich nicht – vielleicht verstarb mein Wohltäter, oder er hatte sein gesamtes Vermögen verloren. Als die Äbtissin mir mitteilte, dass ich gehen müsse, haben sich gewisse Personen, die mit Neid auf mich blickten, darüber gefreut. Von heute auf morgen saß ich ohne Geld auf der Straße. Nichtsdestotrotz habe ich aber nie die Schmeicheleien, die elegante Haltung, die Bewegung der Hände, des Antlitzes, der Blicke und die anderen Künste vergessen, in denen eine edle Jungfrau unterrichtet sein muss. Bei den Nonnen habe ich Musizieren und Gesang, lesen und schreiben gelernt, und ich kann sogar auf Französisch Konversation machen, obwohl ich die Sprache seit langer Zeit nicht mehr spreche. Ich glaube sogar, ich kann es gar nicht mehr. Was habt Ihr, Ferruccio, langweile ich Euch? Oder habe ich etwas gesagt, das Euch verärgerte? Vielleicht spreche ich zu viel, aber ich habe so selten Gelegenheit dazu.«

Ferruccios Herz schlug schneller, und er konnte ihr erst antworten, nachdem er Atem geschöpft hatte.

»Nein, Leonora, verzeih. Aber ich war von deinen Worten verzaubert. Auch in meiner Welt kommt es nicht oft vor, dass eine Frau so zu mir spricht.«

»Mir will scheinen, dass die Damen, die Ihr trefft, nicht sehr wohl erzogen sind«, erwiderte Leonora maliziös.

»Ich ergebe mich«, sagte Ferruccio und hob die Hände. »Dies kommt übrigens auch äußerst selten vor. Aber du hast das Thema gewechselt. Ist das auch ein Teil deiner Erziehung durch die Nonnen?«

»Dies auch, ja«, antwortete sie ihm schelmisch. »Das ist eine typische weibliche List. Setzt Euch, Ferruccio, Ihr seid so groß und so freundlich, dass es mir schwerfällt, das Wort frank und frei an Euch zu richten. Ich bin Euch und dem Grafen unendlich dankbar, und ich erinnere mich an sein Versprechen. Aber ich habe nichts, womit ich mich erkenntlich zeigen könnte, und das, was ich hätte, will ich Euch nicht geben.«

Ferruccio senkte den Kopf. Er spürte ihren Blick auf sich ruhen und wagte nicht aufzublicken. Dann faltete er die Hände wie zum Gebet und rührte sich nicht von der Stelle.

»Du hast schon zu viel Leid ertragen, Leonora. Ich glaube, du hast deine Schuld dem Leben gegenüber mehr als beglichen. Keiner von uns wird dich um eine Gegenleistung bitten – du hast schon so viel gegeben. Dies hier ist nun dein Heim. Bei der Bank der de' Medici hier in Rom kannst du dir holen, was du zum Leben und für deine Kleidung brauchst. Du kannst dir eine Magd suchen, die dich begleiten und sich um die Wohnräume kümmern wird. Wenn du es wünschst, werde ich für ein paar Tage hier verweilen und dir zur Seite stehen, damit du dich an dein neues Leben gewöhnen kannst. Du kannst alles von mir verlangen, Leonora, nur nicht, dass der Graf und ich unsere Entscheidung ändern.« Vorsichtig nahm er ihre Hand und fuhr fort: »Nun muss ich dich aber verlassen, denn ich habe noch einige Angelegenheiten zu regeln, wo deine Anwesenheit nicht opportun wäre. In der Kammer findest du Kleider, die du anprobieren kannst und … nun ist aber Schluss mit dem Kummer.«

Ferruccio nahm sein Schwert und ging, ohne sie noch einmal anzusehen. Leonora blieb allein in den vielen Zimmern zurück, die sie noch nicht kannte. Seitdem sie aus dem Kloster verjagt worden war, hatte sie nicht mehr gebetet, nun aber kam ihr doch ein Gebet über die Lippen. Es war jedoch nicht an Gott gerichtet, den sie nicht mehr kannte, sondern an etwas Liebevolles, Fürsorgliches – ein Wesen, das ihr ganz nahe war. Sie dachte an ihre Mutter, an die sie sich kaum mehr erinnerte, und sah sie im Geiste über sich gebeugt. Leonora legte das schwarze Kleid ab und ging an den Schrank, in dem sie weitere Kleider vorfand. Sie wählte ein graues Damastkleid mit Ärmeln, einem Gürtel und einem Ausschnitt aus blauem Samt. Dann trat sie ans Fenster und ließ ihren Tränen freien Lauf.

Draußen in den dunklen Gassen Roms, in denen die Sonne erst am Mittag aufging, streiften Soldaten umher. Sie hatten starke Ketten dabei und den Befehl, so viele Prostituierte wie möglich fortzubringen, denn unter ihnen befanden sich sicher Frauen, die nach Hexerei rochen.

Florenz

Sonntag, 18. März 1487

Misstraut den Gesetzen und den Herrschern, die Euch das ewige Heil versprechen, denn sie kommen als Schafe im Wolfspelz! Wehe den Sündern!«

Die Predigt ging zu Ende, aber Bruder Girolamo Savonarola hatte sich, so wie immer, einen letzten Feuerstrahl aufbewahrt. Er machte eine Pause, damit seine letzten Worte umso eindringlicher erklangen.

»Und du, Rom, Quelle jedweder Bedrohung! Wollust, Sodomie und Käuflichkeit sind deine Töchter! Dir wird keine Gnade ohne Bestrafung und Erneuerung gewährt! In einem Monat ist Ostern: Ich aber sage euch – denjenigen, die den Kopf nicht beugen, wird er abgeschlagen! Die, die sich nicht mit dem Blute Christi die Seele reinwaschen, werden brennen! Und nun geht in Frieden.«

Die Mauern der kleinen Santa-Verdiana-Kirche erbebten immer noch von den Worten des Mönches, als die würdevolle Prozession der Gläubigen durch das enge Hauptportal hinaus ins Freie trat. In der engen Via dell'Agnolo und auf den nahe gelegenen Wiesen warteten Kutschen und Pferde, denn die kleine Kirche lag vor den Toren von Florenz. Lorenzo de' Medici bereute, dass er den Dominikanermönch früher hatte in der San-Marco-Basilika predigen lassen: Seine Moralpredigten gegen die Korruption der Kirche, die schlechten Sitten und die Herrschenden hatten der Politik der Kompromisse und Allianzen nicht gutgetan. Diese Politik hatte Florenz jedoch reich gemacht und der Stadt eine zentrale Rolle im Gleichgewicht des italienischen Machtgefüges zugestanden. Obwohl der florentinische Herrscher ihn sehr verehrte, hatte er dem Mönch schließlich die Position eines einfachen Predigers in einer weit entfernten Kirche auferlegt, wo er nicht mehr so viel Unheil anrichten konnte. Manchmal wohnte er den Predigten, als einfacher Kaufmann verkleidet, noch bei.

Giovanni saß ganz hinten im Kirchenschiff, fast unter dem Chor, und bewunderte das fantastische Altarbild der Jungfrau mit Kind von Giotto di Bondone. Der blaue Umhang und das goldene Gewand passten wunderbar zueinander und hoben die Figur besonders hervor. Der Ausdruck auf dem Antlitz der Jungfrau war nicht eindeutig – als wolle die Jungfrau ein Geheimnis verbergen und es nur mit dem Maler teilen. Pico schaute nach links und beobachtete Savonarola, wie er die aufrichtigen Komplimente der Gläubigen entgegennahm. Zu seinen Predigten kamen immer sehr viele Menschen aus den verschiedensten Schichten der Gesellschaft – Adelige saßen mit Kaufleuten und dem einfachen Volk gemeinsam auf den Bänken. Der Mönch hatte zahlreiche Anhänger in Florenz, was die kirchlichen Würdenträger misstrauisch gemacht hatte. Sie fürchteten seine wachsende Popularität. Überhaupt wunderte sich Pico, dass der Mönch bei all dem, was er über die römische Kirche sagte, noch nicht seines Amtes enthoben war.

Giovanni ging auf ihn zu und wartete, bis der Geistliche Zeit für ihn hätte. Unbeeindruckt verteilte der Mönch jedoch weiter Ermahnungen und Segnungen, während seine spitze Hakennase den Bittstellern die Erde zu zeigen schien, auf der sie zu knien hatten. Pico brauchte dringend seinen Rat, denn der Brief, den er aus Rom erhalten hatte, verlangte nach einer Entscheidung.

Als Savonarola endlich allein war, zog er seine Kapuze über den Kopf und ging in die Sakristei zurück. Als er etwas hinter sich bemerkte, wandte er sich nicht um, sondern sagte nur gleichmütig: »Wenn Ihr derjenige seid, der ich glaube, dann haben meine Worte keine Wirkung auf Euch gehabt.«

»Eure Worte sind scharf wie die Klingen Toledos, aber der Schutzpanzer Eurer Freundschaft ist noch viel stärker.«

Der Mönch drehte sich zu ihm um, nahm die Kapuze ab und zeigte seine von dichtem schwarzem Haar umrahmte Tonsur. Der wilde Haarkranz ließ ihn beinahe wie einen Biber aussehen.

»Was ist mit Eurer goldenen Lockenpracht geschehen?«, fragte er Giovanni, ohne zu lächeln.

»Sie gehört in ein anderes Leben. Ich bin nun ein neuer Mensch, denn ich habe die Geometrie kennengelernt«, antwortete Pico.

»Lasst Platon in Ruhe, Ihr seid in der Kirche und steht vor einem Diener Gottes. Ihr habt einen Bart. Seid Ihr hier, um Mönch zu werden?«

»Das werde ich tun, sobald Savonarola einen Ehrenplatz im Palazzo della Signoria hat.«

»Passt auf. Ihr habt gerade ein Gelübde abgelegt!«

»Und ich werde es respektieren.«

»Warum seid Ihr also nach so langer Zeit erschienen, wenn Ihr nicht Mönch werden wollt und meine Worte keinerlei Wirkung auf Euch haben?«

»Um unserer Freundschaft willen. Und weil ich einen guten Rat benötige.«

»Das Erste kann ein Freund gewähren, das Zweite ein Beichtvater. Was braucht Ihr?«

»Beides. Mehrere Eigenschaften in einer Person zu vereinen ist möglich und erstrebenswert.«

»Ihr seid blasphemisch und ohne Ehrfurcht! Umarmt mich, Giovanni. Seit langer Zeit habe ich nicht mehr solche Freude empfunden, wenn ich einem Menschen wiederbegegnet bin.«

Sie verließen die Sakristei und gingen auf die grünen Wiesen, denen der Frühling blühende Mandelbäume und die ersten Brustbeeren beschert hatte. An den Wiesenrändern blühten die Mimosen so gelb, dass sie aus purem Gold zu sein schienen, das die florentinische Republik mit vollen Händen an ihre Bürger verteilte. Pico überragte den Mönch mit fast einer Spanne. Von weitem konnte man Savonarola für einen alten, buckligen Mönch halten, obwohl er nur 35 Jahre zählte.

Die Wucht der Worte seines jungen Begleiters hatte den Ordensmann beeindruckt. »Vergesst den Freund: Wenn ich Euch nicht als Beichtvater anhöre, befürchte ich, werde ich eines Tages verraten müssen, was Ihr mir anvertraut. Ihr seid wahnsinnig, Giovanni. Euer Geist ist verwirrt durch die Sünde des Hochmuts.«

»Ihr kennt mich wie kein anderer. Ich habe mir diesen Weg nicht ausgesucht. Vielmehr hat der Weg mich ausgesucht. Glaubt mir, Girolamo, alles ist wahrhaftig, logisch und voller Liebe.«

»Auch wenn es so wäre – was ich allerdings nicht glaube – würdet Ihr es wagen, Christus und seine Taten über Bord zu werfen?«

»Alles muss in einem neuen Licht betrachtet werden, und keine seiner Taten steht im Gegensatz zu seinem Beispiel. Die Liebe ist die Mutter, Girolamo, und wir sind ihre Kinder.«

»Ihr flucht, und damit kann ich Euch keine Absolution erteilen.«

»Ich möchte nicht Eure Absolution, ja, ich verlange nicht einmal, dass Ihr mir Glauben schenkt, ohne zu lesen und zu vertiefen, woüber ich mit Euch sprach. Ich möchte aber Euer Verständnis, denn Ihr kennt die Liebe, und ich meine nicht die Liebe zu Gott, sondern die zwischen Mann und Frau …«

»Ich habe auf sie verzichtet«, rief der Mönch. »Und das wisst Ihr nur zu gut, erinnert Ihr Euch nicht mehr? Seit jenem Moment widme ich meine Gedanken nur noch Gott.«

»Und dem Verrat der Kirche.«

»Das ist etwas anderes. Geht, Giovanni. Aber sagt mir zuvor noch eines: Was wollt Ihr eigentlich von mir?«

»Den weisen Rat eines Freundes. Nicht mehr.«

»Das wird der letzte sein, Giovanni. Euer Pflug hat eine zu tiefe Kluft zwischen uns gegraben. Ich kann und will Euch nicht folgen.«

»So sei es. Dann werden wir uns also erst im Himmel wiedersehen.«

»Nun gut, dann hört mir also zu, zum letzten Mal«, sagte der

Mönch. »Nicht alle neunhundert Thesen sind verdammt worden, dreizehn von ihnen wurden mit Zustimmung betrachtet. Verteidigt sie und geht zum Gegenangriff über. An Redegewandtheit sollte es Euch nicht mangeln, obwohl Euer Urteilvermögen am wichtigsten ist. Agiert aber ausschließlich von Florenz aus; hier seid Ihr sicher. Und was die anderen Thesen betrifft, die für die Ersteren das Trojanische Pferd waren: Vergesst, versteckt, verbrennt sie! Und traut nie dem römischen Löwen, auch wenn es Euch schwerfällt.«

»Ich muss Margherita wiedersehen, Girolamo, ohne sie kann ich nicht sein.«

»Dann geht und legt Euch selbst den Strick um den Hals. Die Wollust vernebelt Euch den Geist! Sie werden Euch umbringen, Giovanni, hört auf meine Worte!«

»Die Liebe ist stärker als der Tod, Girolamo. Und das, was ich für Margherita empfinde, ist nicht Wollust, obwohl ich mit ihr eine Musik hörte, die nur von Engelschören stammen kann.«

»Diese Chöre waren die Fürze des Teufels ...«

»Sprecht nicht so, ich bitte Euch. Ich weiß doch, dass Ihr mich versteht.«

»Es ist nicht richtig, mich für ein Geheimnis, das ich Euch in einem schwachen Moment beichtete, auszunutzen.«

»Euer Geheimnis ist in meinem Herzen verschlossen. Aber nicht nur aus diesem Grund muss ich nach Rom zurückkehren«, antwortete Pico. »Ihr wisst, dass ein anderer Girolamo mein Freund ist.«

»Benivieni?«

»Ja, auch er befindet sich seit geraumer Zeit in Rom, und zwar im Kerker. Ihm wird eine schwerwiegende Anklage gemacht.«

»Häresie?«

»Nein, Sodomie. Ich kann es mir beim besten Willen nicht erklären.«

»Er hat mir nie gefallen, er ist schwach – und die Schwachen können sehr gefährlich sein.«

»Nicht alle können so stark sein wie Ihr.«

»Meine Stärke ist ganz allein die Frucht meiner Überzeugung. Aber ich habe Angst, große Angst. Allem voran vor den Feuern des Infernos, die – wie auch die irdischen Feuer – oft von Unschuldigen genährt werden. Ihr müsst sehr wachsam sein, Giovanni.«

»Ihr ebenfalls. Das, was Ihr sagt, *könnte* nicht nur als Ketzerei ausgelegt werden, nein, es *ist* pure Häresie. Ach, Girolamo, wir sind wie zwei Davide, die Goliath von unterschiedlichen Seiten angreifen. Ich für meinen Teil habe nie glauben können, dass David nur eine Steinschleuder brauchte.«

»Schluss jetzt. Tut, wie ich Euch geraten habe. Gebraucht Euer Geld, um Benivieni freizukaufen, aber begebt Euch auf keinen Fall nach Rom. Und nun geht! Euer Diener, der Euch von weitem folgt, geht mir auf die Nerven, und Euer Pferd stampft so nervös mit den Hufen wie Ihr. Nun schaut Euch diesen Nieswurz an!«

»Ich kenne sein Gift.«

»Nicht gut genug.«

»Werden wir uns wiedersehen, Girolamo?«

»Das bezweifle ich, vielleicht vor Gott oder … seiner Mutter.«

Wortlos ging der Mönch seiner Wege und drehte sich nur noch ein letztes Mal um, um den Zeigefinger gen Himmel zu heben. »Erinnert Euch an Euer Versprechen. Ihr werdet Mönch, wenn ich Florenz erobert habe«, sagte er ernst.

Sein Pferd hatte bereits Schaum vor dem Maul, doch Giovanni trieb es unbarmherzig weiter den steilen Aufstieg nach Fiesole hoch. Das Treffen mit dem Mönch hatte ihn erschöpft. In Gedanken war er bereits in Rom. Später schrieb er bei Kerzenlicht in seinem Studierzimmer einen Brief.

Mein lieber Freund und Bruder,
ich habe mit dem Mönch gesprochen, den du kennst. Aufgrund meiner Gesundheit rät er mir ab, eine Reise nach Rom anzutreten. Hier ergeht es mir ganz gut, obwohl ich es nicht wage, mich den Behandlungen des Medicus zu unterziehen. Ich schicke dir eini-

ge Münzen. Versuche alles in deiner Macht Stehende, um unseren teuren Poeten, dessen ergreifende Verse mir noch in den Ohren klingen, von seinen Widrigkeiten zu befreien. Ich bin in Gedanken bei meiner teuersten Blume, die ich nicht pflücken konnte. Begieße sie mit meinen Tränen und lass sie wissen, dass unser Versprechen immer noch gilt. Und wenn du kannst, lass mir Neuigkeiten über meine zweite Blume zukommen, der es – hoffe ich – in ihrem neuen Garten wohl ergeht. Ich weiß, dass du es ihr an nichts mangeln lässt. Im Namen unserer lieben Mutter.

Rom

Samstag, 31. März 1487

Ferruccio las den Brief mit einem Lächeln. Leonora sprach ein Dankgebet, so wie sie es in ihrer Kindheit zu tun gelernt hatte – sowohl bei guten als auch bei schlechten Nachrichten.

»Gute Neuigkeiten?«

»Möchtest du sie lesen?«

»Nein, sie sind schließlich an Euch gerichtet. Also, was steht in dem Brief?«

»Nichts, das einem Spion verdächtig vorkommen könnte. Er fragt nach dir und ob es dir gut geht, hier.«

Leonora nickte.

»Warum willst du also immer noch draußen umherwandeln?«

»Ich bitte Euch, Ferruccio. Ich bin es nicht gewohnt, nichts zu tun, und ich fühle mich mittlerweile wie eine gemästete Gans. Schaut doch nur – sehe ich nicht fülliger aus?«

Wie ein kleines Mädchen drehte sie eine Pirouette, und Ferruccio fühlte zum ersten Mal ein Verlangen in sich aufsteigen. Er schämte sich sofort dafür und versuchte, aus ihrem Gesicht zu lesen, ob sie es bemerkt hatte. Das wäre das Letzte, was er wollte. Er fürchtete ihre Reaktion, und wenn er in ihren Augen eine Ermunterung entdecken würde, das wusste er, würde er sie verabscheuen. Dabei wäre es nicht einmal ihre Schuld.

Ferruccios Sorge war jedoch unbegründet: Leonora schien nichts zu bemerken, jedenfalls sah es nicht so aus.

»Das Kleid passt dir perfekt. Und du bewegst dich wie eine edle Dame.«

»Wer weiß, vielleicht bin ich das ja sogar. Aber Ihr habt meine

Frage nicht beantwortet«, sagte sie, während sie ihre Hände in die Hüften stemmte und einen Schmollmund machte.

»Du bist sehr wohl geraten, meine Liebe, und auf keinen Fall bist du feist. Allerdings hast du das Thema gewechselt. Rom ist ein gefährliches Pflaster, und daher ist es nicht angebracht, dass du allein oder mit einer Magd auf die Straße gehst.«

»Dann begleitet Ihr mich. Ich bitte Euch. Ich tue alles, was Ihr mir sagt.«

Ferruccio schüttelte den Kopf.

»Ihr wollt nicht?«, fragte Leonora.

»Natürlich will ich. Es ist nur … dass ich nicht gewöhnt bin, eine Dame zu begleiten.«

»Ihr werdet das sehr gut machen, das weiß ich, und ich werde mich in Eurer Nähe sicher fühlen.«

Widerwillig willigte Ferruccio ein, und sie traten auf die Via Veio: Leonora strahlte und fühlte sich in ihrem langen weichen Samtumhang mit den großzügig fallenden Ärmeln sichtlich wohl. Ihre Haare, die sie aus Vorsicht schwarz gefärbt hatte, waren mit einer gelben Kordel am Hinterkopf zusammengefasst. Nur ein paar Locken ringelten sich hier und da um ihren Hals. Ihre hohe Stirn verlieh ihr eine natürliche Würde. Er bot ihr seinen Arm an, den sie mit Grazie und Eleganz annahm. Leonora schaute ihn an.

»Euer Berett ist komisch.«

»Es ist Teil der Bekleidung eines Edelmanns«, sagte er, ohne sich zu ihr zu neigen. »Ich bin also komisch für dich?«

»Ich habe nicht gesagt, dass *Ihr* komisch seid. Ganz im Gegenteil, Ihr seht sehr gefällig aus. Ich bin es nur nicht gewöhnt, Euch mit dieser Kopfbedeckung zu sehen.«

Mit der freien Hand rückte sich Ferruccio den roten Mantel zurecht. Er trug ihn ärmellos, um sich mit dem Schwert freier bewegen zu können. Der Mantel war der einzige Farbtupfer – denn sein Wams, die Beinkleider und die Schuhe waren allesamt schwarz. Ein Stoffsäckchen hing an seiner Seite.

»Warum kleidet Ihr Euch immer schwarz?«

»Weil ich so nicht gezwungen bin, aus verschiedenen Farben auswählen zu müssen«, antwortete er verschlossen und wechselte das Thema. »Wohin soll ich Euch begleiten?«

»Überallhin, wo es ein bisschen Leben auf den Straßen gibt.«

Sie nahmen die Via Appia und gingen ins Zentrum. Morgens waren die Straßen voller Verkehr, und Ferruccio führte Leonora zu seiner Linken, an den Häusern entlang. So war sie gegen Schlammspritzer geschützt, und vor allen Dingen hatte er die rechte Hand, die auf dem Schwertknauf ruhte, frei zur Verteidigung.

Leonora war schön, und in dem Kleid ähnelte sie einer dieser neuen Madonnen, die überall in den Kirchen dargestellt wurden. Es waren keine strengen und distanzierten Figuren mehr, sondern wahrhaftige Frauen, deren göttliche Natur trotz alledem in ihnen erstrahlte. Ferruccio bemerkte, dass er die bewundernden Blicke der Leute genoss, die respektvoll zur Seite traten. Es war kein Stolz, sondern ein Gefühl des Friedens und der ruhigen Glückseligkeit. Seitdem er sein Elternhaus verlassen hatte, mit gerade einmal 15 Jahren, um sich einer Fechtschule anzuschließen, hatte er nicht mehr solche Gefühle verspürt, und nun genoss er jeden einzelnen Augenblick.

Auf der Via San Gregorio, nahe am Nymphenpark von Kaiser Nero, tauchten die ersten Ladengeschäfte auf. Bei Tag wurde dort flaniert, nachts vergewaltigt und gemordet. Allmorgendlich mussten die Wachen Kadaver und Schwerverletzte wegräumen. Leonora verweilte immer wieder vor Auslagen, bewunderte hier ein Stück Seide und dort einen Brokat oder eine Stickereiarbeit. In anderen Geschäften begutachtete sie die Machart einer Vase oder eines Vorhangs, mit der sie die Einrichtung ihrer Unterkunft verschönern wollte. Aber jedes Mal, wenn Ferruccio sie fragte, ob sie den Wunsch habe, lehnte sie ab und ging zum nächsten Stand. An der Kreuzung von Via dei Cerchi und San Teodosio, wo man den Geruch des Tibers schon riechen konnte, blieb Leonora vor einer Backstube stehen. An dem vorgelagerten Stand auf der Gasse pries der Bäckergeselle die Güte des Zuckergebäcks an, das er in einer Pfanne ausbuk. Leonora wurde neugierig und zog Ferruccio mit sich. Nachdem der Geselle weißes Mehl mit Eiern und Safran vermischt hatte, buk er den Teig in heißem Schmalz aus. Dann legte er das Gebäck auf einen Teller, bestreute es mit Zucker und garnierte es zum Schluss mit einem Löffel Honig.

»Möchtest du?«, fragte Ferruccio.

»Nur, wenn Ihr auch etwas nehmt.«

Sie saßen am Tiberufer, genau vor der Isola Tiberina. Ferruccio war mit Zucker bestäubt, der auf seinem schwarzen Wams besonders gut zu sehen war. Leonora hatte mit Honig verklebte Hände und drohte, ihn zu berühren. Beide hätten nicht sagen können, wann sie das letzte Mal so viel Spaß gehabt hatten. Ihr Gelächter wurde durch den penetranten Ton einer Glocke unterbrochen, die ganz in ihrer Nähe erklang. Schon liefen die ersten Neugierigen an ihnen vorbei.

»Schauen wir, was geschieht.«

»Glockenspieler und Totengräber sind immer diejenigen, die schlechte Nachrichten überbringen.«

»Seid still, Ferruccio, ich bitte Euch. Vielleicht ist es ja auch ein Fest, von dem er kündet. Kommt, begleitet mich. Was es auch immer sein mag, mit Euch an meiner Seite kann mir nichts geschehen.«

Ferruccio wischte sich den Zucker ab, der sogar auf seinen Schuhen gelandet war, und brummte etwas vor sich hin. Leonora nahm ihn am Arm, so wie man es mit dem Bruder der Braut tat, und sie ließen sich von der Menge treiben, die immer schneller wurde. Vor der Kirche Misericordia versperrten ihnen die Menschen die Sicht – aber beim Anblick Ferruccios traten alle zur Seite.

Und dann sahen sie, wen die Menge angestarrt hatte: angekettete, in Lumpen gehüllte, barbusige Frauen. Leonora hielt sich die Hand vor den Mund, als sie eine von ihnen erkannte. Sie hatte ein grün und blau geschlagenes Gesicht, und ein Auge war komplett zugeschwollen. Leonora klammerte sich an Ferruccios Arm, der sich ihr sofort zuwandte.

»Gehen wir, mir gefällt nicht, was deine Augen erblicken könnten.«

»Ich … kenne eine dieser Frauen.«

»Du kennst sie?«

»Ja, früher … wir haben einmal das Zimmer geteilt.«

»Komm, gehen wir, es könnte gefährlich werden. Wenn sie dich wiedererkennt …«

»Ferruccio: Schaut mich an. Wie könnte sie? Nein, ich will nicht gehen. Ich muss wissen, was sie ihnen antun wollen!«

Ferruccio antwortete nicht, aber Leonora hatte Recht: Es war unmöglich, in der jungen Edelfrau, die er an seiner Seite hatte, das Mädchen zu erkennen, das sie einmal gewesen war, und das Gewerbe, in dem sie einst gearbeitet hatte.

Einige Mönche mit Kapuze bedeuteten der Menge zu verstummen und führten die Frauen in die Kirche. Das Tor öffnete sich, und sie traten, von dem schweigenden Mob begleitet, ein. In der Mitte des Kirchenschiffs wurde der große Kirchenlüster herabgelassen und an seiner Stelle ein Sack aufgehängt.

»Gehen wir, Leonora, ich bitte dich!«, bat Ferruccio eindringlich. Obwohl er Handschuhe trug, spürte er, wie sie sich mit ihren Fingernägeln an ihm festkrallte. Ihr Blick starrte gebannt auf das Geschehen vor ihnen. Leonoras Gesicht war schneeweiß geworden. Die Nacktheit der misshandelten Frauen wirkte an diesem geweihten Ort umso obszöner, und die geschwollenen Gesichter sahen noch schrecklicher aus. Es schien, als seien sie einem makabren Totentanz oder einer Freske des Jüngsten Gerichtes entsprungen. Ferruccio wusste, was nun geschehen würde, und versuchte, Leonora wegzuziehen. Aber es war nichts zu machen: Wie in Trance beobachtete Leonora das Geschehen und stellte sich wahrscheinlich vor, dass einer der geschundenen Körper ihrer hätte sein können.

Eine der Frauen wurde losgekettet und an Händen und Füßen gefesselt. Sie schrie, spuckte voller Verachtung vor ihren Peinigern aus und wurde sofort brutal von einem der Mönche geohrfeigt. Einen Augenblick später stopften sie ihr einen Lappen in den Mund, um sie am Weiterschreien zu hindern. Die Frau wehrte sich jedoch weiter – so lange, bis sie, die Stille mit ihrem Stöhnen unterbrechend, der Länge nach hinfiel. Die anderen Frauen schienen nicht einmal mehr die Kraft zum Atmen zu haben.

Die Mönche kamen gemessenen Schrittes auf die widerspenstige Frau zu, hoben sie hoch, und das Letzte, was Ferruccio sah, waren ihre vor Angst weit aufgerissenen Augen, bevor sie mit Gewalt in den Sack gesteckt wurde. Vier Mönche positionierten sich darum herum und zogen den Sack so hoch, dass er gerade noch den Boden berührte. Dann begannen sie, ihn wie ein Pendel hin und her zu schwingen. Schließlich brachten sie den Sack dazu, sich um sich selbst zu drehen. Im Inneren des Sackes zappelte es wild; für die Zuschauer sah es so aus, als würden in ihm zwei Katzen miteinander kämpfen.

Ferruccio zerrte Leonora aus der Kirche, und diesmal ließ sie ihn gewähren. Draußen hatten sich bereits Horden von Bettlern versammelt und hofften, dass das Gewissen der Leute, die dem Spektakel beigewohnt hatten, genügend gequält worden war, um ihnen ein paar Almosen zu gewähren. Ferruccio holte eine Münze hervor und warf sie einem Bettler zu, dessen Hände mit Lumpen umwickelt waren.

»Gott sei mit Euch«, murmelte dieser.

Leonora hatte in der Hand des Bettlers eine Silbermünze glänzen sehen. Sie war immer noch verstört und durcheinander, aber sie hatte diese Geste trotzdem bemerkt.

»Ihr habt ihm eine venezianische Lira gegeben. Sie wird ihm für einen Monat zum Leben reichen, wenn er sie heute Abend nicht in irgendeinem Gasthaus verprasst.«

»Es ist wahrscheinlicher, dass er seinem Weib ein Geschenk macht.«

»Wie meint Ihr das?«

»Er ist einer meiner Männer, und ich bezahle ihn gut«, sagte Ferruccio. »Er hat die Aufgabe, uns aus der Ferne zu beobachten. Wenn ich stehen bleibe und ihm ein Almosen gebe und er mir antwortet mit ›Gott sei mit Euch‹, dann heißt das, es besteht keine Gefahr. Wenn er mir jedoch antwortet ›Möge der Herr Euch beschützen‹, dann bedeutet es, dass uns jemand beobachtet und verfolgt. Oder noch Schlimmeres. Aber heute haben wir nichts zu befürchten.«

* * *

Leonora sagte auf dem Nachhauseweg kein einziges Wort. Ferruccio erntete nur einen gemurmelten Dank, als er sie kurz und beinahe entschuldigend anhob, um ihr eine große faulige Schlammpfütze zu ersparen. Er blieb nicht zum Essen, und während er der Magd Anweisungen gab, beobachtete Leonora ihn misstrauisch. Erneut las er Graf Mirandolas Brief und verbrannte ihn dann. Ferruccio verabschiedete sich von Leonora und verließ die Wohnung. Hinter dem Haus stand in einem angrenzenden Stall sein Pferd, ein starker Neapolitaner mit breitem Kopf und grauem Fell. Ferruccio hatte das Pferd seit Tagen nicht mehr geritten; um es gefügig zu machen, gab er ihm etwas Zucker und einen Apfel. Anfangs verweigerte das nervöse Tier seinen Sattel und wollte ihn auch nicht aufsitzen lassen. Es drehte immer wieder den Kopf nach ihm um, so als würde es ihn nicht mehr wiedererkennen.

»Nun bereitest du mir auch noch Sorgen«, murmelte er und streichelte seinen robusten Hals, »aber ich muss mich auf dich verlassen können.«

In leichtem Trott ritt er Richtung Appia Nuova und Sant'Andrea. Die de' Medici hatten dort vor kurzem eine kleine Bank für Kaufleute und Geldverleiher eröffnet. Zahlreiche Wachen, die vor dem Gebäude positioniert waren, hielten Banditen und Bettler fern. Graf Mirandola hatte dort für Leonora und Ferruccios Bedürfnisse ein beachtliches Konto auf Ferruccios Namen eröffnen lassen. De Mola brauchte allerdings nichts. Seine Dienste in Lorenzos Auftrag hatten ihm weit mehr eingebracht, als er erwartet hatte – obwohl ihm Lorenzo seit Monaten keinen Auftrag mehr anvertraute.

Der letzte war der Schutz des Grafen gewesen. Ferruccio fragte sich, ob Lorenzo seine Freundschaft mit Giovanni zu Ohren gekommen war: War das vielleicht der Grund, warum er seine Dienste nicht mehr in Anspruch nahm? Wie auch immer. Es war besser so, und das, was er gerade für Giovanni und Leonora tat, befriedigte ihn umso mehr: Er fühlte sich lebendig, nützlich und wichtig. Allerdings verfluchte er sich, dass es ihm nicht gelungen war, Leonora von der Folter mit dem Pendel fernzuhalten. Sie war sich nicht im Klaren gewesen, wie schrecklich diese Folter war. Er kannte diese Methode nur zu gut – mit ihr konnte man selbst die widerspenstigsten Spione zum Reden bringen. Der Gefolterte verlor bereits nach wenigen Minuten die Orientierung, der Geist wurde schwach, und am Ende verlor er vollkommen den Verstand. Was hatten die Mönche mit der Folter einer Prostituierten bezwecken wollen? Das einzige Geständnis, das man von ihnen bekommen konnte, war, dass sie sich fleischlichen Genüssen mit dem Teufel hingegeben hatten. Hexen, Teufel, böse Geister und Folter – in Rom hatte die Jagd auf Frauen begonnen, und wenn er Leonora nicht bald fortbrächte, würde auch sie zur Beute werden.

Mehr denn je musste er sich auf sein Pferd und sein Schwert verlassen. Mit den Goldmünzen in seinem Säckchen hätte er ein ganzes Regiment kaufen und mit ihm den Annona-Kerker erstürmen können. Es hätte sicher mehr Spaß gemacht, den »teuren Poeten«, wie Giovanni Benivieni in einem Brief genannt hatte, mit einem Kavallerieangriff zu befreien – es wäre aber mit Sicherheit nicht die beste Methode gewesen. Gold war der stille Schlüssel, um jedes Gefängnis zu öffnen, und kein Wachkommandant würde der Farbe des Reichtums widerstehen können.

Florenz

Dienstag, 19. Oktober 1938

Die letzten acht Tage war Elena von Arcangela aufgepäppelt, verwöhnt und beschützt worden. Dafür hatte diese sogar ihr Gewerbe vernachlässigt. Ihr Zuhälter, der sich um seine Geschäfte Sorgen machte, war bei Arcangela aufgetaucht, aber sie hatte ihm nur mit ihren hochhackigen Schuhen auf den Kopf gehauen; so war er kleinlaut wieder abgezogen und hatte sich sogar bei ihr entschuldigt. Elena hatte darauf bestanden, wenigstens die Hälfte der Miete zu bezahlen, aber es war nichts zu machen.

»Für mich war es fast wie ein kleiner Urlaub«, hatte Arcangela ihr gesagt, »und es tut mir gut, wenn ich mich um jemanden kümmern kann.«

Seit ihrem letzten Treffen mit Zugel hatte Elena weder von ihm noch von Giovanni etwas gehört. Arcangela war zweimal am Antiquariat vorbeigegangen, aber die Rollläden waren nach wie vor heruntergelassen, und die Post lag vor der Eingangstür auf dem Boden. Giovanni machte ihr jedoch am meisten Sorgen. Wenn er wirklich nicht dazu in der Lage gewesen war, den Befehl auszuführen, hatte er bestimmt schon alles gebeichtet. Es war Elena klar, dass sie sich in einer schwierigen Lage befand, denn sie wusste zu viel und hatte versagt. Zugel könnte jeden Moment bei ihr auftauchen, und diesmal würde es kein Pardon geben – er würde sie mit an Sicherheit grenzender Wahrscheinlichkeit umbringen. Normalerweise hätte sie sich in einem solchen Fall ihre Ersparnisse geschnappt und wäre nach Frankreich oder Südamerika abgehauen. Irgendwie hätte sie sich dort schon zurechtgefunden. Aber diesmal war alles anders. Sie hatte es sich zwar nie träumen lassen, aber nun musste sie es sich eingestehen: Sie hatte Angst. Und zum ersten Mal stellte sie sich Giovanni nicht wie eine einfache Beute, sondern als Mann vor, der sie geliebt hatte. Seinetwegen befand sie sich nun in tödlicher Gefahr. Dumm. Starrköpfig. Süß. Elena wusste, dass sie schwach geworden war, aber sie konnte nichts dagegen tun. Sie verspürte das verzweifelte Bedürfnis, mit jemandem darüber zu reden. Aber es hätte ihr leidgetan, Arcangela, die in diesem Moment die Einzige war, die ihr die Hand gereicht hatte, in diese Angelegenheit mit hineinzuziehen. Auch das war ein Zeichen von Schwäche.

»Meine Liebe, du machst dir viel zu viele Gedanken. Du musst dich von ihnen befreien. Komm, hier ist deine Arcangela, die sich um dich kümmert.«

Elena schaute auf das Tablett mit dem Caffè Latte und dem noch warmen Brioche und übergab sich.

»Na! Elena, du trägst doch wohl nicht etwas Kleines in dir?«

Sie beschloss, Arcangela zu beichten.

»Ja, so ist es«, sagte Elena leise.

»Von diesem Kerl, der dich auch noch geschlagen hat! Und nun will er, dass du es wegmachen lässt, nicht wahr?«

»Ja«, log Elena.

»Du willst es aber behalten?«

»Ja«, gab sie ehrlich zu.

Sie wusste selbst nicht, warum. Das Kind, das sie unter ihrem Herzen trug, konnte sowohl von Zugel als auch von Giovanni sein. Aber das war nicht wichtig – sie wollte nur, dass es lebte. Das Kind würde ihre letzte Rettung sein. Es fühlte sich an, als wolle das Schicksal ihr eine zweite Chance geben, und für nichts auf der Welt wollte sie darauf verzichten – selbst wenn sie dafür mit ihrem Leben bezahlen müsste.

»Dann hör' mir zu. Diesen Mistkerl darfst du nie wieder sehen. Ich kenne diese Typen. Die sind am schlimmsten und am gefährlichsten.«

Du weißt gar nicht, wie recht du hast, dachte Elena.

»Ich würde dich ja auch länger hier behalten, aber ich muss arbeiten«, sagte Arcangela. »Wenn es dir schlecht gehen sollte, könnte ich dir nicht einmal helfen. Lass es uns deshalb so machen, wie ich gesagt habe. Es wird schon alles gutgehen, meine liebe Elena.«

Als Arcangela sie wie eine Tochter umarmte, ließ Elena ihren Emotionen freien Lauf – sie lachte und weinte gleichzeitig.

* * *

Eine Stunde später saß Elena in einem Auto mit einem Mann, der bedeutend jünger als Arcangela und äußerst attraktiv war. Er sah aus wie die Fischer von Capri aus der Werbung, und betrachtete sie mit Neugierde. Der Fiat Topolino holperte auf und ab – Elenas Magen ebenso. Es hatte zu regnen begonnen, und das Hin und Her der Scheibenwischer verstärkte ihre Übelkeit nur noch mehr.

»Fühlen Sie sich nicht gut? Soll ich anhalten?«

»Nein, danke, Sie sind sehr freundlich.«

»Wissen Sie, ich bin ein ernsthafter junger Mann, und entschuldigen Sie, dass ich mich einmische. Ich möchte nicht, dass Sie schlecht über mich denken, nur weil ich vor ein paar Tagen ein bisschen ungehalten war. Aber Sie wissen ja, wie das ist. Ich habe mir Sorgen gemacht. Arcangela ist wichtig für mich … Sie verstehen mich, nicht wahr?«

»Sie müssen sich nicht bei mir entschuldigen. Vielmehr muss ich mich bei Ihnen entschuldigen. Und wenn Sie meinetwegen einen Verdienstausfall hatten, bin ich gerne bereit, ihn zu ersetzen.«

»Auf gar keinen Fall, Sie beleidigen mich. Es ist mir eine Ehre, Ihnen helfen zu können; außerdem ist mir ein Wunsch von Arcangela Befehl. Und sollten Sie eines Tages etwas brauchen, einen Gefallen oder eine Arbeit oder sonst irgendetwas – dann gehen Sie in die Bar Napoletano und fragen Sie nach Antonio, dem Schönen. Das bin ich, mit Verlaub.«

»Danke, Antonio«, sagte Elena und konnte sich diesen jungen Burschen beim besten Willen nicht als Arcangelas *Verlobten* vorstellen. »Ich werde dran denken.«

»In einem Jahr eröffne ich mein eigenes Etablissement. Ich werde mir gute Mitarbeiter suchen, und Arcangela wird wie eine Dame behandelt werden. Sie wird an der Kasse sitzen und das Geld zählen.«

Auf seine Weise liebte dieser Antonio seine Arcangela wirklich; außerdem war er gutaussehend und wohlerzogen – und er kam aus einer ganz anderen Welt – einer Welt, die mit Sicherheit besser war als die ihre.

In der Nähe von Pistoia fuhren sie eine Seitenstraße hinauf, die sich zwischen den Villen und langen Steinmauern entlangschlängelte. Elena fürchtete noch immer, dass sie sich übergeben müsste.

»Wir sind da. Der Eingang liegt hinter dieser Kurve. Es ist besser, wenn ich mich nicht blicken lasse, Sie verstehen schon. Alles Gute.«

Elena dankte ihm und ging in die Richtung, die ihr Antonio gezeigt hatte. Als das Auto, das sich bereits entfernt hatte, noch einmal im Rückwärtsgang zurückkam, drehte Elena sich lächelnd um.

»Im Falle eines Falles«, rief er ihr zu, »vergessen Sie nicht: Antonio, der Schöne, steht Ihnen immer zu Diensten.«

Über dem Holztor war ein Herz angebracht, an dem eine Eisenglocke hing. Elena zögerte einen Moment, dann zog sie kräftig an der Kette. Kurz darauf öffnete ihr eine junge Nonne. Elena hatte sich eine mächtige Gestalt in Nonnentracht vorgestellt; vor ihr stand nun jedoch nur eine Schwester mit einem kleinen Häubchen und einer weißen Schürze über der blauen Kutte, die ihr bis zu den Knöcheln reichte.

»Was suchst du, meine Gute?«, sagte sie. »Hast du dich verirrt?«

Elena schluckte, bevor sie antwortete.

»In gewisser Weise ja, Mutter.«

»Ich bin keine Mutter, sondern Schwester Camilla. Komm herein und nimm etwas zu dir.«

Die Schwester schloss das Tor hinter ihr und nahm sie am Arm, während sie ihr sofort von den Kindern ihrer Schwester und ihren Eltern erzählte, die sie jeden Sonntag besuchen kamen. Als sie in den Innenhof traten, sah Elena eine Christusfigur, die ein blutendes Herz in den Händen hielt. Ihr wurde schwarz vor Augen, und sie ließ sich in die offenen Arme der Schwester fallen.

Rom

Dienstag, 3. April 1487
und die folgenden Tage

Der Mann stand bereits seit ein paar Stunden vor dem Haus. Er bettelte nicht und war auch nicht wie ein Bettler gekleidet. Unter seinem Hut schaute ein dichter schwarzer Bart hervor, und er hielt sich wie ein junger Mann. Er schien auch kein Söldner zu sein, denn er trug kein Schwert, sondern nur einen kurzen Dolch, der in einer Silberscheide steckte. Ein Spion hätte sich besser verkleidet. Mittlerweile lungerte er seit über zwei Stunden vor dem Haus herum, beobachtete die Passanten und schien sich ausschließlich für die Bewohner des Hauses zu interessieren.

»Kannst du bitte einmal schauen, Leonora?«

»Wo?«

Jedes Mal, wenn er ihre Stimme hörte, war es für ihn, als würde eine weitere Kerze im Raum angezündet werden. Und wenn sie lachte, dann war der Raum von dem hell strahlenden Licht eines ganzen Lüsters erfüllt.

»Hier, komm ans Fenster, aber zeig dich nicht. Betrachte den Mann und sage mir, ob du ihn kennst.«

Leonora stellte sich auf die Zehenspitzen, spähte vorsichtig aus dem Fenster und schüttelte dann den Kopf.

»Könnte es ein Verehrer sein? Vielleicht hast du ihn auf der Straße getroffen und ein paar Worte mit ihm gewechselt?«

»Dein Schwert und meine Magd, die ein Gesicht wie eine Megäre macht, schrecken jeden ab«, sagte Leonora, »sogar denjenigen, der nur etwas fragen will.«

Ferruccio wollte etwas erwidern, doch sie gebot ihm zu schweigen.

»Sagt nichts«, sagte Leonora, »ich weiß und verstehe alles. Der Graf hier, der Graf da, die Gefahren auf den Gassen, die Gefahr, erkannt zu werden und so weiter und so weiter. Mein lieber Gefängniswärter, Ihr müsst Euch nicht rechtfertigen. Es ist nur … ich langweile mich ein wenig, und ich kann es kaum erwarten, dass wir von hier fortgehen.«

»Sobald ich diese eine Angelegenheit geregelt habe, gehen wir nach Florenz.«

»Dort bin ich nie gewesen. Eigentlich war ich noch nie irgendwo. Aber ich bin sicher, dass es mir dort gefallen wird. Sagt mir, Ferruccio, ist es wahr, dass Ihr oft im Palast der Medici wart?«

Ferruccio sah, wie der Mann sich hinter einer Magd ins Haus schlich, und gab ihr keine Antwort auf ihre Frage.

»Warte, Leonora. Dieser Mann fragt schon wieder. Er gefällt mir nicht, jetzt ist Schluss. Ich gehe nachsehen.«

»Ist es nicht angebracht zu warten, bis er verschwindet?«

»Vielleicht, aber an diesem Punkt ist es besser, sich dem Teufel zu stellen, als abzuwarten, bis er an der Tür klopft.«

Ferruccio legte sein Schwert an und versteckte einen kurzen Dolch in seinem linken Ärmel. Zwei Schläge an der Tür ließen beide aufschrecken. Leonora starrte Ferruccio erschrocken an.

»Ihr habt den Teufel wahrlich herbeigerufen«, flüsterte sie kaum hörbar, »und … nun hat er wirklich an die Tür geklopft.«

»Ich glaube nicht an den Teufel, aber das muss der Mann sein. Vor dem Haus ist sonst niemand mehr. Geh' bitte in dein Zimmer und bleibe unbedingt dort.«

Leonora lief in ihr Zimmer, und Ferruccio stellte sich hinter die Tür. Auf das erneute Klopfen hin riss er schnell die Tür auf, umklammerte den Mann von hinten, hielt ihm seinen Dolch an den Hals und zog ihn ins Innere. Mit einem Tritt schloss er die Tür. Als der Mann versuchte zu lachen, umklammerte Ferruccio ihn nur noch fester.

»Ich hoffe, unsere Freundschaft ist stärker als Euer Ungestüm«, sagte der Fremde fröhlich.

»Giovanni!«

Ferruccio ließ ihn sofort los. Der Mann nahm den Hut ab und lächelte. Ferruccio erkannte ihn kaum wieder mit seinem schwarzen Pagenschnitt und dem Vollbart. Aber seine Stimme war unverkennbar.

»Empfängt man so seine Freunde? Mit einem Dolch an der Kehle?« Graf Mirandola öffnete die Arme und umarmte Ferruccio.

»Du kannst dir nicht vorstellen, wie sehr du mir gefehlt hast.«

»Aber … du hier … seit wann … und warum? Wir wären zu dir gekommen.«

Giovanni Pico legte seinen kurzen Umhang ab und warf ihn auf die Holzbank neben der Tür.

»Ich habe es in Florenz nicht mehr ausgehalten, so weit weg von dir, von Leonora und … Margherita. Und der gute Girolamo …«

»Du hättest nicht hierherkommen dürfen. Als ich deinen Brief erhielt, hätte ich es mir nie träumen lassen, dass du dich in die Höhle des Löwen trauen würdest. Ach, Giovanni, hier hat sich alles verschlechtert, und du setzt dich einer großen Gefahr aus.«

»Ich bin ein ehrenwerter Stoffhändler und habe mich auch schon an meine neue Profession gewöhnt. Laut diesem Dokument erteilt mir, dem portugiesischen Kaufmann Giovanni Madredeus, der Vogt des Königs von Neapel das Recht, überall im Namen Seiner Majestät, König Ferdinand, Handel zu treiben.«

»Madredeus … wie die Mutter Gottes. Du hast wirklich den richtigen Namen gewählt.«

»Ironie und Lachen gehen mir schon viel zu lange ab. Ich will leben, Ferruccio. Ehrenwert und glücklich. Ist das möglich?«

»Ich muss dir viele Dinge erzählen, die augenblicklich in Rom geschehen. Neben Innozenz gibt es einen zweiten Papst – Kardinal Borgia.«

»Ein guter Feind von mir.«

»Wahrhaftig. Sie haben öffentlich deine Bücher verbrannt … Leonora!«

Giovanni wurde blass.

»Leonora? Was sagst du da?«

»Verzeih. Ich hatte Leonora gesagt, dass sie sich in ihrem Zimmer verstecken und leise sein soll. Ich muss ihr von deiner Ankunft berichten.«

»Ich glaube nicht, dass das noch notwendig ist – außer dieses unterdrückte Lachen stammt von einer hustenden Katze.«

Leonora kam herein und trug ein wunderbares bodenlanges blaues Kleid. Ihre Haare hatte sie unter einer gelben Damasthaube verborgen, die bis auf die Schultern reichte. Die beiden Männer waren sprachlos.

»Leonora«, sagte Giovanni, »du bist … wunderschön.«

Sie machte eine leichte Verbeugung und sah aus den Augenwinkeln Ferruccio an.

»Ja, sie ist wirklich sehr schön. Sie hat dir zu Ehren ein anderes Gewand angelegt, Giovanni. Vorher sah sie aus wie eine Schweizer Bäuerin.«

»Das ist nicht wahr!«, protestierte Leonora. »Wenn ich mit ihm zusammen bin, lohnt es sich einfach nicht, solche Gewänder anzulegen. Danke, Giovanni.«

Sie lief lachend auf ihn zu und umarmte ihn wie einen Bruder. Dann setzten sie sich an den Tisch, lachten und aßen und taten so, als wäre es ihnen nie besser gegangen. Die Männer wetteiferten miteinander, wer Leonora die meisten Komplimente machte, und sie saß strahlend in ihrer Mitte.

»Ferruccio ist viel galanter, wenn Ihr dabei seid«, sagte sie schelmisch zu Giovanni.

»Das ist nicht wahr. Ich mache mir einfach Sorgen, wenn du allein auf den Straßen unterwegs bist, oder wenn ich nicht hier sein kann.«

»Giovanni, musstest Ihr mir wirklich diesen schwarzen Raben auf den Hals schicken, um auf mich achtzugeben?«

»Ich vertraue ihm mehr als jedem anderen auf dieser Welt. Und er hat mir mehr als einmal das Leben gerettet.«

»Wie oft?«, fragte Leonora mit großen Augen.

»Vielleicht drei Mal«, antwortete Ferruccio für seinen Freund, »aber wenn du weiterhin so unvorsichtig bist, dann bleibt noch genug Zeit, um dir das Leben noch wesentlich öfter zu retten.«

Giovanni lächelte, und seit langer Zeit – nach viel zu langer Zeit – fühlte er sich wieder zuversichtlich.

»Meine Freunde«, sagte der Graf, »ohne euch wären meine Philosophie, mein Wissen und meine Entdeckungen bedeutungslos. Aber ich muss meine Schulden begleichen, deshalb bin ich nach Rom gekommen. Du weißt, was ich meine, Ferruccio. Die erste Schuld habe ich bei einem Freund, der vielleicht meinetwegen die schlimmsten Stunden und Tage seines Lebens erleidet. Die zweite und noch wichtigere ist die meines Herzens – euren Blicken nach zu urteilen, könnt ihr mich verstehen. Die erste Aufgabe könnte ich meinem Freund übertragen, an die zweite kann nur ich denken.«

Leonora war rot geworden, und Ferruccio tat so, als hätte er die zarte Anspielung überhört.

»In Ordnung. Ich weiß, die Stimme des Herzens ist mächtiger als die des Verstandes. Aber lass mich dir helfen«, bot er Giovanni an.

»Ich weiß, dass du die Sache mit Girolamo allein lösen könntest. Aber möglicherweise würde er sich ängstigen, wenn er dich erblickt. Lass uns deshalb gemeinsam handeln. Um Margherita möchte ich mich jedoch allein kümmern.«

»Ich werde dein Schatten sein, so wie sie deine Sonne ist.«

Giovanni lächelte und wandte sich an Leonora. »Deine Anwesenheit hat einen Mann der Waffen in einen Poeten verwandelt. Darauf kannst du stolz sein«, sagte er.

»Ich werde an eurer Seite kämpfen!«, erwiderte Leonora mit Inbrunst.

»Und Ferruccio hat eine holde Maid in eine Kriegerin verwandelt. Ich habe euch zu lange allein gelassen«, sagte Giovanni lächelnd. »Es war wahrhaftig Zeit zurückzukommen.«

Lugano

Mittwoch, 20. Oktober 1938

»Nun, Doktor de Martini, wie fühlen wir uns heute?«

Giacomo de Mola lächelte den Doktor an. Eine Krankenschwester trat an sein Bett und schüttelte ihm fürsorglich die Kissen auf. Er sah auf die Uhr; es war sieben Uhr dreißig. Seit zwei Tagen lag er wegen seiner Kopfverletzung im städtischen Krankenhaus von Lugano. Der *Corriere del Ticino* hatte über einen blutigen Banküberfall in der Schweizer Bankgesellschaft berichtet.

»Ich habe Ihnen eine Zeitung mitgebracht. Ich hoffe, Sie freuen sich darüber«, fuhr der Arzt fort, »auf Seite fünf ist ein Artikel, der Sie interessieren könnte.«

»Danke … Doktor?«

»Riva, Leopoldo Riva«, antwortete der Arzt, nahm die Krankenakte de Molas, die am Ende des Bettes hing, und begann, in ihr zu blättern.

Giovanni seufzte. Das war das Problem mit den Krankenhäusern. Dieser Doktor Riva war der dritte Arzt, der ihn in zwei Tagen untersuchte. Giacomo legte die Zeitung auf seinen Nachttisch und schaute aus dem Fenster. Er lag im letzten Stock bei den Selbstzahlern und konnte auf den Berg Brè schauen, auf den eine Seilbahn hinaufging. Sobald es ihm besser ging, würde er mit der Seilbahn in das auf dem Gipfel liegende Örtchen hochfahren. Es war ein guter Ort, um auf weitere Anweisungen von Omega zu warten.

»Schauen Sie sich bitte den Artikel an, Dr. Martini, jetzt, bitte.«

In seinem schmerzenden Kopf klingelten sämtliche Alarmglocken. Giacomo starrte den Arzt an. Wer war er? Ein Handlager

Zugels, der die Arbeit zu Ende bringen sollte oder …? Langsam nahm er die Zeitung in die Hand und schlug Seite fünf auf. Dort klebte ein Telegramm.

Viele Grüße an Gabriele.
Nächsten Sonntag treffen wir uns mit dem Grafen in der Kirche.
Erhole dich.

Giacomo war erleichtert und schaute dem Arzt mit offenem Blick in die Augen.

»Geben Sie mir bitte die Zeitung zurück. Ich habe sie noch nicht gelesen«, sagte dieser.

»Die Lektüre war sehr interessant«, antwortete de Mola. »Ich hoffe, ich werde Sie an meinem Bett wiedersehen, Doktor.«

»Ab jetzt werde ich mich um Sie kümmern.« Der dichte graue Schnurrbart bedeckte zwar seine Lippen, doch in seinen Augen war ein Lächeln zu erkennen. »Sie haben eine böse Verletzung.«

»Die bereitet mir die wenigsten Schmerzen. Es ist etwas anderes.«

»Die Welt dreht sich immer noch, Doktor … wie war Ihr Name?«

»De Martini, es ist besser so.«

»Richtig, de Martini. Ich sagte, die Welt dreht sich immer noch, und Sie erinnern sich bestimmt, dass im alten Rom einmal im Jahr die Rollen vertauscht wurden: Während der Saturnalien wurden die Sklaven zu Herren. Auch in unseren Zeiten kann sich von einem Moment auf den nächsten alles ändern und ein Jäger zum Gejagten werden. Wir sind schon auf seiner Spur.« Die Stimme des Arztes wurde ernst, »und wir werden alles tun, um das wiederzubekommen, was Ihnen gestohlen wurde.«

De Mola nickte unsicher und spürte die Nähte an seiner Wunde. Instinktiv fasste er sich an seinen Schädel. Langsam stand Giacomo auf und ging ans Fenster – er war schwächer, als er dachte. Er teilte die Meinung des Arztes nicht – mittlerweile waren zwei

Tage vergangen, und Zugel hatte bestimmt schon seine Belohnung abgeholt. Wahrscheinlich zusammen mit dieser Frau, Elena. So schwierig wie es war, von Deutschland in die Schweiz zu gelangen, so einfach war der umgekehrte Weg. Wenigstens befand sich Giovanni nun in Sicherheit.

»Meinen Sie?«, fragte de Mola und drehte sich um. »Ich würde nur zu gerne glauben, was Sie mir sagen. Aber ich glaube nicht an die römischen Bräuche. Wissen Sie, wer gesagt hat, dass die Erde allen gehört, dass es keine Mauern oder Grenzen gibt, weder arm noch reich, weder groß noch klein, weder Könige noch andere Herren und dass alle gleich sind?«

»Ein Marxist, nehme ich an?«, antwortete der Arzt vorsichtig. Konnte sein Patient ein Kommunist sein?

»Nein, Doktor, das steht in den Sibyllinischen Büchern geschrieben. Es ist eine Prophezeiung. Zweitausend Jahre später hat sich jedoch nichts geändert. Und das ist es, was ich am meisten fürchte. Es ist nicht der Diebstahl an sich, um den ich mir Sorgen mache, sondern dass sich auch in den nächsten zweitausend Jahren nichts ändern wird.«

Rom

Freitag, 6. April 1487

Ein hagerer und schmutziger Mann mit langen verdreckten Haaren ging vor den beiden maskierten Männern her. Ihre prächtigen Gewänder passten weder in den Annona-Kerker, noch eigneten sie sich für einen Spaziergang entlang der feuchten und stinkenden Tuffsteinmauern. Immer tiefer drangen sie in den Kapitolshügel vor.

»Wir haben den Rubikon überquert«, flüsterte Giovanni seinem Freund Ferruccio zu.

Heimlich verwünschte der Wärter seinen Kommandanten, der ihm befohlen hatte, die beiden geheimnisvollen Besucher in den Kerker zu führen. Er war angewiesen worden, ihnen denjenigen Gefangenen mitzugeben, den sie sich aussuchen würden. Eine Silbermünze, die gerade für einen Krug Bier oder eine Frau reichte, war in seine Jacke geglitten – was er aber in die Taschen des Kommandanten hatte wandern sehen, war pures Gold gewesen. Sie kamen in einen Raum, der aus kleinen, durch Gitter unterteilten Höhlen bestand. Der Gestank nach Exkrementen, Blut und Tod war unbeschreiblich. Sie hörten ein schwaches Wehklagen und wussten instinktiv, dass es nie erhört werden würde. Der Wärter grinste böse, als er die angeekelten Gesichter von Giovanni und Ferruccio bemerkte. Er öffnete die Tür und bedeutete ihnen mit einem Kopfnicken einzutreten. Da Ferruccio ihm nicht traute, packte er den Wächter am Arm und zog ihn mit hinein.

»Wenn du versuchst abzuhauen«, flüsterte er ihm ins Ohr, »dann schneide ich dir die Kehle durch und werfe dich den Männern hier zum Fraß vor.«

Der Raum war nur durch zwei Fackeln erleuchtet, deren Qualm die Luft unerträglich und das Atmen fast unmöglich machte. Niemand schien ihre Anwesenheit zu bemerken. Giovanni begann, sich zwischen den Gefangenen umzusehen, um vielleicht das Antlitz seines Freundes zu entdecken. Nur ein einziger Mann schien sich für die beiden Besucher zu interessieren. Er war kräftig gebaut, und das Licht der Fackeln spiegelte sich auf seinem kahlen Schädel. Er saß auf einem Stuhl, während zwei Jünglinge ihm die Füße massierten. Ferruccio nahm den Wächter beiseite.

»Wer ist das?«

»Er nennt sich ›der König‹. Er ist seit Jahren hier und von allen vergessen worden.«

»Bring' ihn her.«

»Seid Ihr des Wahnsinns? Der schlitzt mich auf, wenn ich mich ihm nur nähere.«

Ferruccio ging entschlossen auf den, der sich ›der König‹ nannte, zu und stieg dabei über mehrere Körper.

»Man sagt mir, du seiest der König. Tust du mir einen Gefallen?«, sprach er ihn an.

»Kommt ganz darauf an. Was bekomme ich dafür?«

Seine Stimme war tonlos.

»Ich habe Gold.«

»Das ist hier wertlos.«

»Sag' mir also, was du willst.«

Der König bedeutete Ferruccio näher zu kommen und flüsterte ihm etwas ins Ohr.

Dieser nickte. »Gewiss. Und nun bringe mir den Mann, den wir suchen. Er ist Poet und heißt Girolamo.«

»Ah«, rief der König aus, »der Sodomit.«

Die beiden Jünglinge zu seinen Füßen lachten. Der König packte einen von ihnen am Kiefer.

»Geh und hol' ihn«, befahl er dem Jungen.

Einige Augenblicke später kam der Junge mit einem ausgemergelten zitternden Etwas am Arm zurück, das mit leerem Blick vor sich hinstarrte. Der König gab Giovanni einen Wink. Als dieser sich dem gebrochenen Wesen näherte, blinzelte der geschundene Mann heftig und begann zu weinen. Giovanni legte ihm seinen Mantel um die Schultern.

»Es ist vorbei, Girolamo, es ist alles vorbei«, sagte er leise und begütigend.

»Und nun löst Euren Teil der Abmachung ein«, forderte der König.

Ferruccio näherte sich dem Wärter und hielt ihm einen Dolch an die Kehle. Die beiden Jungen sprangen auf und stopften ihm den Mund zu.

Dieser versuchte verzweifelt, um sich zu treten und sich zu wehren, während er vor den König gezerrt wurde.

Ferruccio und Giovanni, die Girolamo stützten, gingen zum Ausgang zurück und hörten den König schon nicht mehr, als er über den Kopf des Wärters streichelte und sanft zu ihm sagte:

»Seit langer Zeit warte ich auf diesen Moment. Heute Nacht wirst Du meine Königin sein.«

Rom

Mittwoch, 11. April 1487

Girolamo Benivieni war noch nicht wieder ganz hergestellt. Er hatte jedoch bereits zugenommen und wieder eine rosige Gesichtsfarbe. Aber seine Launen waren miteinander im Konflikt. Seit seiner Inhaftierung dominierte die schwarze Galle das Wesen des Poeten und war verantwortlich für seine apathische Melancholie. In gewissen Momenten allerdings, wenn die gelbe Galle dominierte, haderte er mit Gott und der Welt und beschuldigte im Zorn sogar seinen Retter Giovanni. Er sei die Ursache von all seinem Leid, warf Benivieni ihm dann vor. Diese Extreme beruhigten sich, sobald Girolamo seinen Gefühlen Luft gemacht hatte; einen Moment später versank er bereits wieder in seiner Traurigkeit. Dann bat er unter Tränen um Verzeihung für seine bösen Worte. Um die endgültige Heilung zu beschleunigen, würde man Laxantien, Aderlasse und Klistiere anwenden müssen.

»Wenn ich könnte, würde ich Elia del Medigo herbeirufen. Er könnte Girolamo sofort helfen«, sagte Giovanni nachdenklich zu Ferruccio.

»Wenn del Medigo Florenz verlässt, dauert es genau einen Tag, bis Borgia seine Schriften verbrennt, und zwei, bis er ihn auf dem Scheiterhaufen brennen lässt.«

»Ich weiß, Ferruccio – und darum rufe ich ihn nicht. Aber ich mache mir Sorgen um Girolamos Geisteszustand. Er hat sich so stark verändert, dass ich ihn kaum wiedererkenne. Seine Krisen verfolgen mich. Manchmal denke ich, er hat Recht, wenn er mich beschuldigt, der Grund für sein Unglück zu sein.«

»Mir macht es mehr Sorgen, wenn ich daran denke, dass wir

ihn nach Florenz mitnehmen müssen. Sobald sie seine Flucht entdecken, werden sie nach ihm und seinen Komplizen suchen. Und dabei unweigerlich an dich denken. Warum suchst du nicht das Weite, Giovanni?«

»Wegen Margherita.«

»Margherita, Margherita, Margherita. Immer nur sie. In diesen Dingen kann ich dir keinen Rat geben. Warum bist du dir überhaupt so sicher, dass sie immer noch in Rom weilt? Könnte sie nicht in Arezzo sein? Das ist immerhin ihre Heimat.«

Giovanni lächelte und holte einen Brief hervor, den er seinem Freund vorlas.

»›Addio. Gebt mir und meinem Gemahl meine Ehre zurück. Und so wahr mir Gott helfe – ich habe meinem Gatten Treue und Liebe versprochen. Versprecht und versprecht nochmals, dass Ihr mich nicht mehr suchen werdet‹.«

»Und du suchst sie immer noch? Das ist Wahnsinn. Sie bittet dich, von ihr abzulassen – verstehst du das denn nicht?«

»Ganz im Gegenteil. Sie lässt mich wissen, dass sie Ende Mai in Rom ist. Sie erwartet mich.«

Ferruccio und Leonora sahen sich verständnislos an.

»Einige Buchstaben sind hervorgehoben. *Ende Mai in Rom.* Auch aus diesem Grund bin ich hier. Wir haben unsere eigene Geheimsprache. Am ersten Sonntag in der ersten Kirche hinter der Petersbasilika.«

»Am Sonntag ist Ostern.«

»Umso besser. Die Kirchen werden übervoll sein, und es ist Tradition, in mehrere zu gehen. So wie ich jetzt aussehe, wird mich ohnehin niemand erkennen – nicht einmal sie. Ferruccio, ich schwöre dir – wenn ich Margherita überzeugen kann, mir zu folgen, dann mache ich alles, was du willst. Ich würde es sogar aufgeben, meine Thesen vor dem Papst zu verteidigen.«

»Das könntest du bereits jetzt tun. Hat es Sinn, die *Neunhundert Thesen* zu verteidigen, wenn es nicht die sind, die für dich am bedeutsamsten sind? Dich interessieren doch viel mehr die anderen Thesen – jene, welche die Wahrheit über die Mutter enthalten.«

Zuerst nickte der Graf, dann schüttelte er den Kopf. Ferruccio wurde unruhig. Er verstand nicht.

»Ich versuche es dir zu erklären, Ferruccio – habe Geduld mit mir, ich bitte dich. Sag mir zunächst, ob du als Mann der Waffen jemals den Namen eines Chinesen, *Sun Tzu*, gehört hast?«

»Nein, ich habe noch nie von ihm gehört.«

Ferruccio biss in einen Apfel und hörte seinem Freund geduldig zu. Er wusste, wie sehr es Giovanni genoss, ihn an seinem Wissen teilhaben zu lassen, und außerdem konnte er immer noch etwas dazulernen.

»Dieser Sun Tzu war ein chinesischer General, der vor zweitausend Jahren gelebt und ein überaus wichtiges Traktat über die Kunst des Kriegführens verfasst hat, das den Titel *Bing Fa* trägt. Er vertrat die Meinung, dass Dispute und Wettkämpfe nicht mit Krieg beantwortet werden können.«

»Du bist sogar der chinesischen Sprache mächtig? Ach, eigentlich sollte ich mich über nichts mehr wundern bei dir.«

»Wissen kann auch ein Fluch sein, Ferruccio, und manchmal würde ich nur allzu gerne darauf verzichten.«

»Ja, du hast Recht, entschuldige die Unterbrechung. Erzähle weiter. Die Worte des Generals erscheinen mir allerdings seltsam.«

»Du hast Recht. Aber es scheint, dass Sun Tzu ein sehr weiser Mann war. Er vertrat außerdem die These, dass die Strategie wichtiger sei als die Schlacht selbst, um den Krieg zu gewinnen. Und dass diese Prinzipien für das alltägliche Leben Anwendung finden sollten.«

»Jetzt wird es interessant.«

»Wenn ich nun zulassen würde, dass meine neunhundert Thesen ohne meine Gegenwehr verurteilt würden, sähe das wie ein Schuldeingeständnis aus. Darüber hinaus würde ich meine Glaubwürdigkeit verlieren, wenn ich dann die anderen neunundneunzig Thesen vorstellte, die mir, wie du ganz richtig sagst, wirklich etwas bedeuten.«

»Ich bin kein Stratege, aber so, wie ich dich verstanden habe, willst du deine Thesen nur deshalb vor dem Papst verteidigen, um zu zeigen, dass du stark bist. Selbst wenn du aus dem Disput als Verlierer hervorgehen solltest, hättest du der Welt aber doch gezeigt, dass du von ihrer Ernsthaftigkeit überzeugt bist. Und das wiederum würde deine Glaubwürdigkeit in Bezug auf die anderen Thesen untermauern.«

»Ja! Ihr seid wirklich zwei Genies. Worin liegt aber der Sinn von alldem, Giovanni? Willst du dich wirklich für eine Idee umbringen lassen?«

Leonora schaute beide an, stand auf und ging in ihr Zimmer, ohne eine Antwort abzuwarten.

»Den Frauen wohnt mehr Weisheit inne als uns, Giovanni. Und manchmal sehen sie klarer.«

»Ja, ich weiß. Und genau aus diesem Grund möchte ich die göttliche Mutter bekannt machen. Die Welt soll von ihrer Liebe erfahren, von ihren Prinzipien, und sie soll verstehen, weshalb und wie genau sie langsam verschwand. Erst als der Mensch einen Gott nach seinem Ebenbild erschuf, gab es Krieg und Missbrauch. Ich möchte der Menschheit Hoffnung geben. Und nur die Frau, das feminine Prinzip, ist dazu fähig.«

Rom

Ostersonntag, 15. April 1487

Als die Sonne aufging, machten sich in den Gassen und Straßen Roms Männer und Frauen auf den Weg. Wortlos gingen sie in Gruppen oder als Paare zu der nächstgelegenen Kirche und warteten, dass sich die Tore öffneten. In jeder Kapelle und in jeder Basilika waren die Christusstatuen auf den Katafalken befestigt worden, um die Auferstehung des Herrn zu feiern. Auserwählte Männer nahmen die Statuen auf ihre Schultern und trugen sie durch die Straßen Roms. Vor ihnen schritten Weihrauch schwenkende Ministranten und hinter ihnen Mönche, Ordensbrüder, Prälaten und Nonnen – und dann, ganz am Ende, die Gläubigen. Viele Pfarrer trugen weiße Gewänder und beteten in einem obskuren Singsang vor den Christusstatuen geheimnisvolle Dankgebete.

Nach der Prozession kehrten die Menschen wieder in ihre Häuser zurück. Wer es sich leisten konnte, aß ausgebackene Schafskutteln, Salami oder wenigstens ein geweihtes hartgekochtes Ei. Um zwölf Uhr begannen die Glocken zu läuten, die die Wiederauferstehung ankündigten. Wieder verließen die Menschen ihre Häuser, um in ihrer Festtagskleidung der heiligen Messe beizuwohnen. Niemand durfte an diesem Tag fehlen – denn sich vom Körper Christi zu nähren war Pflicht an diesem Tag. Wer nicht am Heiligen Abendmahl teilnahm, beging eine Todsünde, die das ewige Fegefeuer nach sich ziehen würde. An jeder Ecke standen bewaffnete Papstgardisten, als wollten sie die Menschen erinnern, den Ritus einzuhalten.

Allein um die öffentliche Ordnung zu wahren, schienen die Gardisten jedoch nicht zu patrouillieren – dazu waren es zu viele.

Ferruccio hatte Recht gehabt – in Rom hatte sich vieles geändert. Giovanni konnte nur langsam voranschreiten, denn er hatte eine alte Magd dabei, die er am Arm mit sich führte. Ferruccio hatte nicht mit sich reden lassen.

»Ich weiß, dass ich dich nicht daran hindern kann, dich mit Margherita zu treffen, vorausgesetzt, ihr findet euch in dem Getümmel auf den Straßen. Aber gehe wenigstens mit einer Dienerin aus dem Haus. Ein Edelmann, der am Ostersonntag alleine zur Messe geht, fällt auf – ja, er erscheint sogar verdächtig. Zu zweit nimmt keiner Notiz von euch.«

Giovanni gab nach. Die Alte wurde hergerichtet und ihr ein anständiges, ihrem Alter entsprechendes Kleid angezogen. Ferruccio hatte ihr eingebläut, dass sie Giovannis Anweisungen unbedingt zu folgen habe und dass sie vor den Augen der Leute so tun sollte, als wäre er ihr Sohn.

Es war der dritte Aprilsonntag, und die drittnächste Kirche hinter dem Petersdom war die Sachsenkirche, wo sie sich das letzte Mal gesehen hatten. Die Alte beklagte sich über Giovannis Tempo. Ihre Hüftgelenke und das ungewohnte Schuhwerk machten sie langsamer. Der Graf, der ohnehin bereits unter ihrem langsamen Gang litt, nahm sie noch fester am Arm und zog sie kurzerhand mit sich.

Erst an der Tiberanlegestelle Porto dei Travertini vor dem imposanten Palazzo Salviati, wo die Menschenmassen an die Flussmauern strömten, war Giovanni gezwungen, sein Tempo zu verlangsamen. Er erlaubte der Alten, sich hinzusetzen, und lehnte sich ebenfalls über die Mauern. Beinahe wäre er von einem Karren überfahren worden, der von zwei robusten Pferden gezogen wurde. Drei Frauen, welche die Kapuzen ihrer Umhänge tief über die Köpfe gezogen hatten, saßen darauf. Ihnen folgte eine Gruppe bewaffneter Soldaten. Einer der Soldaten versuchte, die Masse mit Peitschenhieben auseinanderzutreiben. Giovanni schaute über die Flussmauern und sah am Ende der Rampe, die zum Fluss hinunterführte, drei Pfähle. Ein Scheiterhaufen! In Rom, am Ostersonntag. Die drei Frauen wurden vom Karren geholt und wie Säcke auf den Schultern der Soldaten hinuntergetragen. Die Menge johlte. Ein Mönch begleitete sie und machte das Kreuzeszeichen.

»Schaut! Die Töchter der Sünde erhalten ihre gerechte Bestrafung«, rief der Gottesmann.

»Aber, bei Gott, was haben sie getan? Und heute ist …«

»Seid still! Und flucht nicht! Man merkt, dass Ihr ein Fremder seid. Versteht Ihr nicht? Es sind Hexen, die gestanden haben, dass sie das Hinterteil Satans geküsst haben!«

Der Mönch begann, immer lauter zu schreien, und seine Stimme drang bis zu den Ohren aller Anwesenden: »Gleich werden sie im Fegefeuer schmoren, und dort wird ihre Wollust Frieden finden. Haltet ein, Sünder! Senkt die Augen! Und dankt unserem Heiligen Vater, dass er ihnen die Kapuze aufsetzen ließ. Ihr würdet unter ihren Blicken zu Asche werden! Auf die Knie, auch Ihr, Fremder! Und nun gebt etwas, auf dass Euch Eure Sünden verziehen werden – oder seid Ihr etwa Komplize dieser Vermaledeiten?«

Giovanni sah sich gezwungen niederzuknien und zu warten, bis der Mönch die Spenden eingesammelt hatte.

Als er endlich mit der Alten weitergehen konnte, roch er hinter sich verbranntes Fleisch.

Giovanni ließ die Alte vor der Sachsenkirche und wies sie an, sich nicht von den Stufen der breiten Treppe zu entfernen. Die Kirche war voller Menschen, und er versuchte, sich an den Apsiden der einzelnen Kapellen vorbei einen Weg zu bahnen. Er musste sie finden und sich zu erkennen geben, denn mit dem Bart und den schwarzen Haaren sah er nicht wie der Mann aus, den Margherita kannte. Während er sie suchte, fragte er sich, ob sein neues Aussehen möglicherweise Margheritas Gefühle ändern könnte, aber er verjagte diese absurden Gedanken sofort. Die Zeit verstrich, und die Menschen begannen, vor Christus niederzuknien, um sich an ihm zu laben. Giovanni blieb stehen und beobachtete den Ritus des Brotteilens und Weintrinkens. Was in seinen Ursprüngen ein Moment der Brüderlichkeit war, war zu einem schrecklichen Opferritus verkommen – welche Mutter würde es erlauben, ihren eigenen Sohn verschlingen zu lassen? Dem Gott der Heere, des Krieges und der Apokalypse schien dieses Opfer jedoch wohlzugefallen. Als Giovanni zusah, wie die geweihten Eier gesegnet wurden, musste er lächeln. Dieser Ritus gehörte der Mutter. Denn seit Anbeginn der Bräuche symbolisierten Eier die Fruchtbarkeit und die Erneuerung der Natur. Die Messe ging zu Ende, die Menschen verließen die Kirche, und Giovanni kam sich verloren vor. Er spähte sich nach allen Frauen um. Als er eine Hand auf seiner Schulter spürte, drehte er sich erschrocken um.

»Ich konnte dich nicht allein gehen lassen«, sagte Ferruccio mit ernster Stimme und beugte sich näher zu ihm. »Ich weiß, wo sie ist«, raunte er Giovanni zu.

»Ist sie am Leben? Geht es ihr gut?«

»Ja, aber was ich dir zu sagen habe, wird dir nicht gefallen.«

* * *

Die beiden Männer gingen hinter der alten Dienerin her, die im Gehen Rosenkränze betete.

»Heute Morgen habe ich früh das Haus verlassen und bin zu Mariotto de' Medici gegangen.«

»Aber warum? Und wenn dich jemand erkannt hat?«

»Niemand kennt mich. Außerdem steht ein alter Freund von mir in seinen Diensten. Verzeih' mir, Giovanni, aber ich habe ihrem Brief nicht getraut.«

»Und? Was hast du entdeckt?«

»In den ersten Tagen dieses Monats ist Margherita in das San-Sisto-Kloster zu den Nonnen des heiligen Dominikus gebracht worden. Ob es gegen ihren Willen geschah oder nicht, konnte ich nicht herausfinden. Mir wurde erzählt, dass es – um kein Aufsehen zu erregen – in den frühen Morgenstunden geschah.«

Giovanni war still geworden und blickte zu Boden.

»Ich glaube, wir sind nun an einem Punkt angelangt, an dem es zu schwierig und zu gefährlich für euch ist, euch zu treffen.«

Graf Mirandola hörte ihm jedoch bereits nicht mehr zu, er war zu tief in Gedanken versunken.

»Ich erhielt den Brief Ende März«, sagte er halblaut. »Das bedeutet, dass Margherita ihn noch selbst verfasst hat. Mein Gott, Ferruccio!«

Sie wurden von einer Gruppe Soldaten überholt, die langsam durch die Menge ritten und die Menschen kritisch beobachteten. Eine Horde verwahrloster Kinder sprang um sie herum und machte einen Heidenlärm. Die Menschen traten schnell zur Seite, um die Gardisten vorbeizulassen, denn alle hatten sie etwas zu verbergen – entweder vor den Augen Gottes oder vor denen der Menschen. Und sie hatten Angst, dass ihre Sünden unter den wachsamen Blicken der Papstgardisten zu Tage treten und sie verraten könnten.

»Giovanni, ich hoffe nicht, dass du …«

»Ich muss, Ferruccio. Ich bitte dich, hilf mir! Vielleicht kannst du mir mein Leben erneut retten. Wie viel Geld haben wir noch?«

»Der Kommandant der Kerkerwache hat uns zweihundert Goldmünzen gekostet. Er hatte dreihundert verlangt, und ich hatte zur Sicherheit die doppelte Summe dabei.«

»Das bedeutet, wir haben noch Geld und müssen uns kein neues holen. Wir könnten es schaffen. Wie viel kostet eine Äbtissin, Ferruccio?«

»Ah, Giovanni, das kann ich dir nicht sagen. Ich habe schon so viele Männer gekauft und auch die ein oder andere edle Dame – aber eine Nonne!« Ferruccio schüttelte den Kopf. »Aber ich denke, dass dich die Äbtissin für zweihundert Goldmünzen sicherlich mit einer jungfräulichen Novizin Unzucht treiben lassen würde.«

Giovanni haute ihm ordentlich auf die Schulter. »Das glaube ich auch«, grinste er begeistert.

»Du bist eigenartig, Giovanni. Wenn du über Philosophie

sprichst, dann erscheint es, als würdest du tausend Jahre Wissen in dir tragen. Aber wenn es um Margherita geht, dann erscheinst du wie ein junger Student, der den Weiberröcken hinterhersteigt.«

»Ohne Leidenschaft hätte ich nicht das Prinzip der göttlichen Liebe entdeckt, Ferruccio. Die Leidenschaft ist der Wind, der die Segel der Vernunft erfüllt und vorantreibt. Ohne sie würde der Mensch orientierungslos und ohne Hoffnung in den Wellen des unendlichen Ozeans treiben.«

»Jetzt bist du wieder zum Philosophen geworden. Sag mir, was ich tun soll, mein Freund.«

»Der Stratege und Menschenkäufer bist du. Schmiede einen Plan, damit wir Margherita befreien können.«

»Zuerst Girolamo, nun Margherita. Wenn es nach dir ginge, würden die Kloster und Kerker Roms leer stehen«, sagte Ferruccio lächelnd.

Florenz

Donnerstag, 21. Oktober 1938

Die Regentropfen liefen in dünnen Rinnsalen an den Fensterscheiben hinunter und gaben nur einen verschwommenen Blick auf die dahinterliegenden Wiesen und Bäume frei. Das Donnern des nächtlichen Gewitters hatte ihn geweckt. Er war an das Fenster getreten, um die Blitze, die wie Schwerthiebe des Lichts auf die Erde heruntergingen, zu betrachten. Er stand schon seit Stunden so. Nun war es Zeit für Giovanni Volpe zu gehen. Die letzten Tage in der Klinik hatten seinen Geist und seine verwundete Seele geöffnet. Der vage Geruch von Desinfektionsmitteln, die entfernten Stimmen, die sich in den langen Fluren verloren, die kalten Kacheln und das Echo leerer Zimmer: Das alles erinnerte ihn an seine Zeit im Waisenhaus. Er hatte die zwei wichtigsten Menschen in seinem Leben verloren: Giacomo de Mola und Elena. Qual und Wut kamen wieder in ihm hoch, aber mittlerweile waren diese Gefühle kalt und kristallin. Er ging in sein Badezimmer, schaute in den Spiegel und drehte den Wasserhahn auf: Mit diesen ungepflegten Haaren und dem langen Bart würde er unmöglich das letzte Kapitel seines Lebens aufschlagen können.

Vorsichtig klopfte Giovanni an die Tür des Klinikdirektors, Professor Ermete Terracini.

»Herr Volpe, schön, Sie zu sehen. Treten Sie ein.«

»Guten Tag, Herr Professor. Wie geht es Ihnen?«

»Mir geht es gut. Sie sehen auch viel besser aus; Sie haben eine gute Farbe! Das freut mich wirklich. Sie sind ein neuer Mensch, Herr Volpe.«

»Ja, in der Tat, das bin ich auch wirklich, und dafür wollte ich mich bei Ihnen bedanken.«

»Ach, das brauchen Sie nicht. Die moderne Medizin und das althergebrachte Wissen über das Ausruhen haben das vollbracht. Aber die beste Medizin steckt in uns selbst: Die alten Inder nannten sie Seelenhygiene oder spirituelle Heilung.«

»Da bin ich ganz Ihrer Meinung, Herr Professor. Ich spüre ein ganz neues Gleichgewicht in mir.«

»Schön, ich freue mich wirklich, Sie so zu sehen. Eine oder zwei weitere Wochen hier würden Ihnen aber noch guttun. Danach können Sie wieder arbeiten.«

»Ja, Herr Professor, ich glaube auch, dass die Arbeit nur gut für mich sein kann.«

»Ja, zweifellos.«

»Darum frage ich mich, ob es möglich wäre, dass ich im Antiquariat vorbeigehe, um einige Bände zu holen. Wissen Sie, ich beginne langsam unter meiner Untätigkeit zu leiden.«

Terracini sah ihn über seine Brillenränder hinweg an. Er kannte die ganze Geschichte seines Patienten – fast jedenfalls. Als de Mola ihn hierhergebracht hatte, befand er sich in einem bemitleidenswerten Zustand. De Mola hatte ihn gebeten, Giovanni wenigstens bis zu seiner Rückkehr dazubehalten. Solange er unter Beruhigungsmitteln gestanden hatte, war das auch kein Problem gewesen – nun aber würde er ihn nicht mehr gegen seinen Willen hierbehalten können. Nichtsdestotrotz schien es dem Patienten wirklich viel besser zu gehen.

»Wissen Sie, Herr Volpe, Doktor de Mola ist noch nicht zurückgekehrt, und wie Sie sich sicher vorstellen können, hatte er mich eindringlich gebeten, Sie wieder vollkommen herzustellen. Sie wissen sicherlich, wie wichtig dem Doktor Ihre Gesundheit ist.«

»Darf ich rauchen, Herr Professor?«

»Eigentlich nicht, aber wenn Sie mich so fragen, dürfen Sie mir auch eine anbieten.«

Volpe lächelte, und während sich die Flamme des Feuerzeugs in den Brillengläsern des Professors spiegelte, bereitete er seine Antwort vor.

»Ich habe Giacomo sehr gerne«, sagte Giovanni, »und ich weiß, wie wichtig ich für ihn bin. Dafür bin ich ihm auch unendlich dankbar. Und genau deshalb habe ich mir eine Überraschung für ihn ausgedacht. Bevor es mir so schlecht ging, war ich dabei, Bücher zu katalogisieren … Professor, kann ich offen mit Ihnen sprechen?«

»Natürlich. Mit Ihnen verbindet mich nicht nur der Eid von Hippokrates, sondern auch unser gemeinsamer Freund.«

»Sehen Sie, Professor, im Laden bewahren wir einige überaus wertvolle jüdische Inkunabeln aus dem 15. Jahrhundert auf. Und in dieser Zeit ist mir gar nicht wohl, sie dort zu wissen. Sie werden dem Buchdrucker Joshua Salomon Soncino zugeordnet. Unter anderem befindet sich auch die *Favola Antica*, einer der ältesten Texte der Kabbala, unter ihnen. Hier wären sie in Sicherheit, und wenn Sie es möchten, kann ich sie Ihnen gerne zeigen. Sie sind von unvergleichlicher Schönheit und ein Meisterwerk in Miniatur.«

Terracini riss die Augen auf: Er hatte zwar nicht viel von dem verstanden, was ihm Volpe erklärt hatte, aber wie Volpe über die geheimnisvollen Bücher gesprochen hatte, hatte ihn verzaubert. Dieser Mann war definitiv gesund.

»Es wird mir eine Ehre sein, diese Inkunabeln zu betrachten«, sagte Terracini aufrichtig. »Wenn Sie es wünschen, können Sie sie in meinem Tresor aufbewahren. Ich bin auf die Geschichte dieser Bücher gespannt. Nicht allein deshalb, weil ich selbst Jude bin, wie Sie vielleicht wissen.«

»Seien Sie stolz auf Ihren Nachnamen!«

Terracini unterschrieb den Entlassungsschein ohne zu zögern. Ja, bis jetzt war er auf seinen Nachnamen stolz gewesen, aber in der letzten Zeit war ihm aufgefallen, dass er unbewusst angefangen hatte, seinen Nachnamen unleserlich zu unterschreiben.

Nur seinen Vornamen, Ermete, den ihm seine Eltern zu Ehren des großen italienischen Schauspielers Zacconi gegeben hatten, schrieb er deutlich.

Der Bus fuhr langsam nach Florenz hinunter. Eben hatte es aufgehört zu regnen, und die Straßen waren voller Piniennadeln und rutschig. Weshalb ihm gerade *Antica Favola* als Buchtitel in den Sinn gekommen war, konnte Giovanni im Nachhinein nicht mehr sagen. Jedenfalls war es eine perfekte Eingebung gewesen, denn er hatte die Neugierde des Professors geweckt. Giovanni stieg am Bahnhof aus, holte die Schlüssel von zu Hause und ging dann zu Fuß ins Antiquariat. Er nahm die Post, die sich vor der Ladentür angesammelt hatte, und warf sie ungelesen auf den Tisch.

Man konnte riechen, dass der Laden seit einiger Zeit geschlossen war, und bald würde sich ein weiterer, hartnäckigerer Geruch verbreiten. Auch für Bücher gibt es eine Hölle. Und nicht nur die des Feuers, das sie in kürzester Zeit zu Asche macht. Nein, die Bücherhölle ist wesentlich subtiler, aber genauso tödlich: Der Schimmel. Der weiße, der braune und der rote würden sich nach und nach wie ein Gift von innen durch den im Papier enthaltenen Leim fressen. Giovanni seufzte. Auch er war vergiftet worden, aber mit einem viel süßeren Gift: Elena. Er öffnete den Tresor und sah die Inkunabeln der *Favola Antinca*. Beinahe hätte er sie an sich genommen, aber dann riss er die mit Klebeband befestigte Pistole ab, die an der Innenwand des Tresors klebte. Giovanni war zwar kein Experte, konnte aber durchaus mit ihr umgehen. Er steckte sie sich, so wie er es in den amerikanischen Krimis gesehen hatte, hinten in den Hosenbund. Dann schloss er sorgfältig den Laden ab und ging zum Polizeirevier in die Via delle Terme, wo er Zugel getroffen hatte. Hier wollte er mit seiner Suche beginnen.

* * *

Giovanni war zu tief in seine Gedanken versunken, als dass ihm aufgefallen wäre, welch dumme Idee es war, mit einem Revolver bewaffnet in ein Polizeirevier zu spazieren; außerdem war er nach wie vor davon überzeugt, dass Kleider Leute machten. Er sah wie ein junger und ehrenwerter Bürger aus, der einfach nur mit einem Polizeibeamten sprechen wollte.

Wie immer war es der Vize-Kommissar, der die Kastanien aus dem Feuer holen musste. Normalerweise schlug er sich mit wohlhabenden Bürgern herum, die von ihm verlangten, Dienstmädchen, Laufburschen oder Bettler zu bestrafen, nur weil sie ihnen nicht genehm waren.

»Ich bin Vize-Kommissar Moretti. Was kann ich für Sie tun, Herr …?

»Volpe, Doktor Moretti, Giovanni Volpe.«

Na dann schaun' wir mal, was dieser Volpino will.

»Vor einiger Zeit habe ich hier einen Ihrer … deutschen Kameraden getroffen«, sagte Giovanni und hoffte damit, seiner faschistischen Gesinnung genug Ausdruck verliehen zu haben, um keinen Verdacht zu erregen. »Er heißt Zugel, Wilhelm Zugel. Nun, ich müsste dringend mit ihm sprechen.«

»Ich habe seinen Namen noch nie gehört«, antwortete Moretti abweisend.

Ihr Bastarde, dachte er bitter, *ihr kommt in mein Haus, um gemeinsame Sache zu machen. Natürlich erinnere ich mich an dieses Schwein, aber ich werde einen Teufel tun und dir das auf die Nase binden.*

»Aber wir sind uns hier begegnet«, wandte Giovanni ein, »in einem kleinen Büro. Und es waren noch zwei weitere Personen dabei. Für mich wäre es von hoher Wichtigkeit, ihn kontaktieren zu können.«

Moretti runzelte die Stirn. »Hören Sie, Herr Volpe, warum gehen Sie nicht zum Deutschen Konsulat und fragen dort nach ihm? Es befindet sich im Zentrum. Gehen Sie dort hin, na los, gehen Sie schon! Sie werden sehen, dass Ihnen Ihre Freunde dort bestimmt helfen werden.«

Giovanni hatte alles falsch gemacht – wieder einmal. Ihm wurde heiß vor Aufregung.

»Doktor Moretti, es tut mir leid. Vielleicht habe ich mich nicht richtig ausgedrückt. Ich habe keine *Freunde* im Deutschen Konsulat.«

»So! Und weshalb kommen Sie dann hierher, um diese Leute hier zu suchen?« Der Vize-Kommissar war mit seiner Geduld am Ende und wurde lauter. »Zuerst machen Sie mit einem Deutschen gemeinsame Sache, einem *Kameraden*. So sagten Sie doch, oder? Und dann finden Sie ihn nicht mehr. Wie sagten Sie, hieß er? Zugel? Was hält Sie dann noch hier? Gehen Sie nach Deutschland. Dort finden Sie so viele von diesen Nazis, wie Sie wollen. Hier gibt es nur die Bianchi, Rossi, Verdi und Neri! Keinen Zugel! Und nun gehen Sie und lassen Sie mich gefälligst meine Arbeit machen!«

Unter den neugierigen Blicken der Anwesenden verließ Giovanni wie ein geprügelter Hund das Kommissariat.

In der Nähe des Polizeireviers lungerten immer noch die beiden Provinzschläger herum.

»Klaue! Schau mal, der da. Ist das nicht der Typ, den Zugel sucht?«

Der andere schaute auf und zeigte mit seinem dicken Finger auf Volpe.

»Wer? Der da?«

»Nicht mit dem Finger auf ihn zeigen, du Idiot!« Er schnaubte wütend. »Du Blödmann, siehst du, jetzt hat er uns bemerkt! Los, holen wir ihn uns.«

Giovanni hatte sie wiedererkannt: Der Blonde war unauffällig, aber der andere sah aus wie ein riesiger kahlgeschorener Bär und konnte einfach nicht übersehen werden. Er blieb einen Moment unschlüssig stehen: Er wollte Zugel finden, unter einem Vorwand mit ihm reden und ihn dann umbringen. Ob die beiden ihn zu Zugel führen könnten? Sein Zögern war fatal: Ehe Giovanni reagieren konnte, stürzte sich der Bär auf ihn und drehte ihm den Arm auf den Rücken. Brutal drängte er ihn in eine kleine Seitenstraße, wo ein schwarzer Fiat geparkt war, den der Blonde bereits gestartet hatte. Der Bär zerrte ihn auf den Rücksitz des Autos, knebelte Giovanni und setzte sich dann auf ihn.

Rom

Mittwoch, 16. Mai 1487

Fränzchen stand mit gesenktem Haupt da und machte ein unglückliches Gesicht. Sein Vater, Papst Innozenz, hatte ihn noch nie so betreten gesehen. Ob er nur so tat, war nicht wichtig. Für einen Vater war es trotzdem eine gewisse Befriedigung. Sie hätte noch größer sein können, wenn nicht Kardinal Borgia an einem Schreibpult neben ihm gesessen hätte. Er vermutete und befürchtete, dass die dunklen Wolken auf dem Gesicht seines Sohnes von der Anwesenheit des spanischen Prälaten herrührten. In einer Ecke des Audienzsaals stand Kardinalvikar Riario und beobachtete genüsslich die Szene.

»Ich und der Kardinalvikar haben eine überaus unangenehme Nachricht erhalten, die uns große Sorgen bereitet«, sagte Innozenz streng. »Ein Gefangener ist aus dem Annona-Kerker geflohen, und ein Wächter wurde brutal ermordet. Man fand ihn mit einer Aubergine im Anus. Du bist der Verantwortliche für die Wächter. Was hast du zu deiner Entlastung zu sagen?«

Wenn er mit seinem Vater alleine gewesen wäre, hätte sich Fränzchen anders verhalten; er hätte vielleicht einen Scherz über die Aubergine gemacht und angemerkt, dass der geflohene Häftling ein Sodomit gewesen war. Aber Borgia hatte seine Augen streng auf ihn gerichtet, und leider war er seit einiger Zeit sehr eng mit seinem Vater befreundet. Das machte Fränzchen Angst und trug gleichzeitig dazu bei, seine Wut nur noch zu vergrößern: Wenn er mit Borgia allein gewesen wäre, hätte er nicht gezögert, ihm sein Schwert mitten ins Herz zu stoßen.

»Bei meiner Ehre, ich weiß es nicht. Die Einzelheiten sind mir nicht bekannt. Ich weiß nur, dass der Sodomit Girolamo Benivieni, den ich auf Eure Anweisung holen sollte, nicht mehr da war. Ich habe jedoch herausgefunden, dass der Kommandant der Wachen eine große Summe Geldes bei sich hatte. Daraus schloss ich, dass er sich hatte kaufen lassen. Ich habe ihn in die Engelsburg schaffen und foltern lassen. Er hat dann gestanden, dass ihn zwei edle Herren, die Masken trugen, und die er vorher noch nie gesehen hätte, bezahlten. Dann ist er gestorben. Das ist alles, Vater … Eure Heiligkeit.«

»Wie ist er gestorben?«

»Nun. Leider ist das Fett, das wir ihm auf die Beine geschmiert hatten, auch auf den Rest des Körpers gelangt. Als wir ihm die Füße anzündeten, um ihn geständig zu machen, hat sich das Feuer auf seinem ganzen Körper ausgebreitet. Nun, so ist er dann bedauerlicherweise gestorben. Ich denke aber, dass er uns alles gesagt hat, was er wusste.«

Der Papst schaute auf das mächtige Kreuz, das an Kordeln von der Decke hing und den Raum dominierte.

»Mein Sohn ist wirklich ein Idiot!«, rief er zornig.

Rodrigo Borgia war irritiert und hörte sich den Tadel seines Vorgängers an.

»Ist dir klar, mein teures Fränzchen«, sagte der Kardinal mit versteinerter Stimme, »dass du einen schlimmen Fehler begangen hast? Aus Gründen, die du nicht wissen kannst, war dieser Benivieni sehr wichtig für uns. Wir suchen eine überaus gefährliche Schlange, die sich heimtückisch überall verstecken kann. Und weißt du, was eine Schlange am liebsten frisst? Eier. Girolamo Benivieni war unser Ei, unser Köder. Und du hast ihn einfach entkommen lassen.«

Rodrigo zeigte mit dem Finger so drohend auf Fränzchen, dass Innozenz es mit der Angst zu tun bekam. Mittlerweile kannte er Borgias Zielstrebigkeit und wusste, dass dieser nie leere Drohungen ausstieß. Er machte ein grimmiges Gesicht und wandte sich erneut an seinen Sohn.

»Der Kardinal hat Recht. Und es ist richtig, dass du für das, was du angerichtet hast, bezahlst.«

Fränzchen verlor den Boden unter seinen Füßen. Wie konnte sein Vater dem Kardinal so hörig werden?

»Riario, notiert Folgendes«, befahl der Papst. »Der hier anwesende Fränzchen Cibo muss dem Vatikanstaat innerhalb der nächsten 30 Tage eine Summe in Höhe von hundert Golddukaten zahlen. Dies als Strafe dafür, dass er, allerdings ohne sein direktes Zutun, einen Gefangenen hat entkommen lassen. Habt Ihr alles aufgeschrieben?«

»Ja, Eure Heiligkeit«, antwortete Riario, ohne den Kopf zu heben, während die Schreibfeder über das Pergament kratzte.

»Du kannst nun gehen«, sagte Innozenz und hielt seinem missratenen Sohn den Ring zum Kuss hin.

Rückwärts schreitend und mit gebeugtem Haupt verließ Fränzchen den Saal. Das Einzige, was er während seiner Erzählung verschwiegen hatte, waren die zweihundert Goldmünzen, die er dem Kommandanten abgeknöpft hatte. Er rechnete schnell im Kopf aus, wie viel ihm übrig bleiben würde, nachdem er seine Strafe bezahlt hätte – und alles in allem hatte er trotzdem noch einen guten Schnitt gemacht.

»Du auch«, sagte der Papst zu Riario. Eilig wurde dieser verscheucht, als er sich Innozenz näherte, um ihm den Ring zu küssen.

Als sie alleine waren, drehte sich Rodrigo Borgia mit einem ironischen Lächeln zu Innozenz um.

»Ihr seid ein überaus strenger Vater.«

»Ihr kennt Fränzchen nicht. Ich habe ihn an seiner empfindlichsten Stelle getroffen, beim Geld.«

»Gewiss. Nun ist aber unser Vorhaben, Benivieni zu benutzen, um Graf Mirandola anzulocken, gescheitert. Wahrscheinlich war er es sogar, der die Flucht seines teuren Freundes geplant hat.«

»Ihr meint, er hat es gewagt, hierherzukommen?«

»Das vielleicht nicht. Aber bei seinem Vermögen kann er es

sich erlauben, jeden zu kaufen. Oder ist vielleicht sogar Fränzchen in die Angelegenheit verwickelt?«

Innozenz sprang von seinem Stuhl auf.

»Was wollt Ihr damit sagen?«, rief er aufgebracht.

»Irgendwie müssen wir den jungen Pico herbeilocken. Am besten, Ihr verfasst einen Erlass, in dem Ihr sowohl ihn als auch seine Thesen verurteilt und gleichzeitig verlauten lasst, dass Ihr bereit seid, ihm eine öffentliche Widerrufung seiner Thesen zu gewähren. Und ladet ihn nach Rom ein.«

»Darauf wird er nicht hereinfallen. Er wird sich denken können, dass wir seine Thesen, ich meine die anderen, die, die viel gefährlicher für ihn und uns sind – bereits gefunden haben.«

»Versuchen wir es trotzdem. Erinnert Euch, dass er nicht die leiseste Vorstellung hat, wie nah er der Wahrheit gekommen ist. Und weil von unserer Seite aus bislang nichts passiert ist, denkt er sich vielleicht, dass ihm sein Versuch, seine Thesen zu beschützen, gelungen ist. Er weiß, dass er ein überaus fähiger Alchimist ist.«

»Ich würde ihn aus dem Weg räumen und Schluss. Ohne viel Aufhebens.«

»Um die Fliege zu fangen, müssen wir Honig auslegen, sonst wird ihn sein Instinkt von uns fernhalten!«

»Schon gut, schon gut. Ich lasse die Verurteilung schreiben. Und dann werden wir ja sehen, was geschieht.«

»In der Zwischenzeit müssen wir uns wappnen. Wir müssen so schnell wie möglich die Verbreitung des *Malleus Maleficarum* dieser fanatischen Deutschen vorantreiben. Dann haben wir einen Sündenbock, nämlich die Frauen. Wenn das Volk glaubt, sie seien der Ursprung allen Übels auf Erden, sind wir auf der sicheren Seite. Versteht Ihr mich, Innozenz?«

Dem Papst lief der Schweiß herunter.

»Ja, ja, ich weiß schon. Mir wurde gesagt, dass der *Malleus* in wenigen Tagen fertig sein wird. Der jüdische Buchdrucker scheint gute Arbeit geleistet zu haben.«

»Jeder Inquisitor, jede Papstbulle muss den Text enthalten. In der Zwischenzeit vermehren wir die Scheiterhaufen. Ich brauche mehr Hexen. Das nächste Mal will ich zehn.«

»Zehn?«

»Versteht Ihr nicht? Das Volk will das so! Rom, Italien und ganz Europa müssen brennen. Zehn? Nein, zehntausend. Zehntausend Frauen, die wegen Gotteslästerung, Hexerei und Wollust verurteilt werden, sind eine zu große Zahl, als dass die Weiber weiterhin glaubwürdig und anbetungswürdig sind – nicht einmal mehr die da oben, die der Ursprung von allem ist.«

Rodrigo Borgia stand zufrieden auf: Er spürte, wie die Macht durch seine Adern floss. Seine Strategien würden den Sieg davontragen – und im richtigen Moment würde er den Platz von diesem Syphilitiker einnehmen. Und dann würde er seinen eigenen Sohn, seinen Cäsar, an die Stelle dieses Idioten von Fränzchen setzen. Er konnte es kaum erwarten.

* * *

Einige Tage später hatte der Papst einen so bösen Rückfall, dass der deutsche Medicus ihm verordnete, Blut zu trinken. Dies verursachte dem Pontifex in den darauffolgenden Tagen und Wochen ein eigenartiges Fieber und später noch seltsamere Gelüste, eine Art von geistiger Umnachtung, die der persönliche Medicus von Rodrigo, Andrea da Tarragona, ›Fleischsucht‹ nannte. Es war die gleiche Krankheit, die Kain heimsuchte, als er, nach Fleisch dürstend, durch die Welt irrte, weil er das unschuldige Blut seines Bruders vergossen hatte.

Innozenz weigerte sich, die Verurteilung des Grafen Mirandola auszusprechen, da er bereits im Februar solch einen Erlass verfasst hatte. Er schrieb jedoch einen offenen Brief gegen die Thesen Picos. Innozenz gab darin zu verstehen, dass er dem Grafen aufgrund von dessen christlichen und philosophischen Qualitäten eine letzte Möglichkeit gewähren würde, um sich vor dem päpstlichen Gericht zu rechtfertigen. Des Weiteren verfasste er ein Schreiben, das sich an alle gekrönten Häupter Europas richtete. Darin ermahnte er die Herrscher, den Frauen, welche die Hexereien des Satans verbreiteten, Einhalt zu gebieten.

Der *Malleus Maleficarum* verbreitete sich wie ein Lauffeuer und fand täglich neue Anhänger, dass es die rosigsten Erwartungen bei weitem übertraf. Jeder Vertreter des Pontifex in Europa wollte weitere Exemplare haben. Allein nach Spanien wurden über zweihundert Bücher gesandt. Der arme Eucharius Silber Franck, der ohne Bezahlung immer weiter drucken musste, sah sich in die Enge getrieben und floh aus Rom. Vorher hatte er jedoch einem unbekannten Ritter, der ihm einen Siegelring Mirandolas gezeigt hatte, noch ein Exemplar geschenkt. Kardinal Rodrigo Borgia, Vize-Kardinalstaatssekretär der römischen Kurie, bemächtigte sich umgehend der Druckerei, denn er hatte die Wichtigkeit der Erfindung Gutenbergs sehr wohl erkannt.

Rom

Montag, 11. Juni 1487

Ein adeliges Paar in feiner Kleidung stieg in Begleitung eines Dieners von seinen Rössern und überließ die Pferde einem Stallburschen. Eine gleißende Morgensonne reflektierte die weiße Marmorfassade der San-Sisto-Kirche in der Via Mamurtini. Vor dreihundert Jahren hatte Dominikus von Guzman die antike römische Basilika mit dem alten Kloster Santa Maria in Tempulo vereint und die orthodoxen Tempulinischen Ordensschwestern gezwungen, in den Schoß der Kirche des Okzidents zurückzukehren. Sie brachten enorme Reichtümer mit, die es ihnen erlaubten, ihre Traditionen beizubehalten. Die dominikanischen Regeln hatten ihnen jedoch eine strenge Klausur auferlegt, weshalb das Kloster über die Jahre zu einem diskreten Rückzugsort für adlige junge Damen geworden war. Die Familien dieser Frauen gaben vor, ihre Töchter vor den weltlichen Bedrohungen schützen zu wollen, in Wirklichkeit wollten sie jedoch nur eines: die Besitztümer der Familien zusammenhalten.

Die drei gingen zu einem Seiteneingang des Klosters und klopften an das polierte Eisentor, das wie ein Edelstein in die Mauer eingefasst war. Das Guckloch des Tores wurde geöffnet, und das Gesicht einer Frau in Nonnentracht kam zum Vorschein.

»Wir haben die Erlaubnis von Kardinal de' Rossi, mit einem Ihrer Schützlinge zu konferieren.«

Durch eine größere Öffnung weiter unten wurde eine dürre Hand ausgestreckt, die sich erwartungsvoll öffnete. Ferruccio übergab ihr das gefälschte Pergament mit Siegel und Unterschrift des Kardinals, dessen Gastfreundschaft Giovanni für lange Zeit genossen hatte. Was die drei nicht wussten: Genau aus diesem Grund war der Kardinal de' Rossi in Mission nach Palermo entsandt worden. Dort zählte Kardinal Borgia auf den spanischen Statthalter, der de' Rossi ohne großen Aufwand würde verschwinden lassen. Für Giovanni und Ferruccio zählte allerdings nur, dass er sich dieser Tage nicht in Rom aufhielt.

Sie mussten eine ganze Weile warten, bis die Nonnen ihre Entscheidung gefällt hatten. Ein kleines schmutziges Mädchen hatte Leonora unterdessen für einen Heller einen Hocker gebracht. Das Alter des abgemagerten Mädchens war undefinierbar, und es humpelte, weil es einen Klumpfuß hatte. Leonora steckte ihr eine Silbermünze mit dem Ebenbild des Papstes zu und bekam dafür ein strahlendes Lächeln geschenkt. Endlich wurde das Tor von einem grobschlächtigen Kerl geöffnet, der die Besucher abweisend musterte, sie dann jedoch eintreten ließ.

Giovanni, Ferruccio und Leonora folgten ihm durch einen Säulengang, der den Blick auf einen wunderbaren Blumengarten freigab, in dessen Zentrum ein großer Busch mit gelb-grünen Blüten wuchs.

»Das ist eine Christrose. Sie gehört zur Familie des giftigen Nieswurz. Dieses Exemplar ist eine spät blühende Sorte, die erst im Frühjahr ihre Blüten trägt«, sagte eine Frauenstimme, die nichts Feminines an sich hatte.

Ferruccio und Giovanni drehten sich um und grüßten respektvoll. Diese Frau musste die Äbtissin des Klosters sein. Leonora grüßte ebenso mit einem leichten Kopfnicken.

»Die Blüten sind wunderschön, aber sie haben einen abstoßenden Geruch, und sowohl die Blätter als auch die Blüten können tödlich sein, wenn man sie verschluckt. Nun, so ist das mit der Schönheit: Sie ist gefährlich, denn hinter ihr verstecken sich die Sünden, der Schmutz und der Tod.«

Die Äbtissin ließ die Worte kurz nachhallen, dann stellte sie sich vor: »Ich bin Eufemia Cosmopula und stehe diesem Kloster vor. Wer von Euch ist Ferruccio de' Capitani?«

»Ich, ehrenwerte Mutter«, antwortete Ferruccio. »Und das sind meine Gemahlin Leonora und Giovanni, seit vielen Jahren mein treu ergebener Sekretär.«

»Warum wollt Ihr eine unserer Konversen sehen?«, fragte die Äbtissin misstrauisch. »Eine Missive des Kardinals ist ein mächtiger Schlüssel, aber hier habe ich das Sagen!«

Giovanni senkte als Zeichen der Demut den Blick – und dachte an die Person, mit der er zuletzt über den giftigen Nieswurz gesprochen hatte …

Ferruccio näherte sich unterdessen der Äbtissin und sprach so leise, dass sie gezwungen war, ihr Ohr ganz nah an seinen Mund zu halten.

»Es handelt sich hier nicht um mich, Mutter, sondern um diesen unglücklichen Jüngling, mutterlos und mit unbekanntem Vater. Edelfrau Margherita hatte versprochen, ihm wichtige Dinge über seine Herkunft zu verraten. Denn es scheint, dass er der Sohn eines Onkels ihres Gemahls ist und eine weitläufige Verwandtschaft mit den de' Medici aus Florenz aufweisen kann.«

»Ach, sogar die de' Medici!«, rief die Äbtissin aus und sah dabei Giovanni an, der weiterhin den Kopf gesenkt hielt.

»Ich weiß, wie viel Ihr für die armen Seelen hier tut. Die Mutter Giovannis hätte eine von ihnen sein können. Und um Euch dafür zu danken, möchte ich dem Kloster fünfzig Golddukaten spenden, damit Ihr die verlorenen Töchter weiterhin in Eure Gebete einschließt.«

»Das ist eine großzügige Spende, die für uns recht ungewöhnlich ist. Margherita hat ihr Gelübde noch nicht abgelegt. Angesichts der verzweifelten Situation Eures Sekretärs und der Intervention des Kardinals glaube ich jedoch, dass wir an sie herantreten können. Natürlich nur in Anwesenheit einer Mitschwester. Und selbstverständlich nur, wenn sie den Anblick eines Mannes noch akzeptieren kann.«

»Natürlich und selbstverständlich, ehrenwerte Mutter.«

»Wartet hier.«

Ferruccio machte eine leichte Verbeugung. Das Verhalten der Äbtissin war ihm von Anfang an zuwider gewesen. Zuerst feindselig und plötzlich dem Vorschlag Ferruccios gar zu sehr zugeneigt. Sie war falsch. Giovanni ging nervös auf und ab.

»Denkt daran«, sagte Leonora und berührte ihn am Arm, »seid nicht ungestüm, wenn Ihr sie erblickt. Sie wird verzweifelt sein. Seid sanft. Das sage ich Euch als Frau.«

»Ich werde Euren Rat befolgen, obwohl es nicht einfach für mich sein wird«, versprach Giovanni.

»Ich kenne die Liebe, Giovanni, und ich weiß, dass es Euch danach dürstet und Ihr Euch daran zu laben wünscht. Aber Ihr müsst Respekt für Margheritas Zustand aufbringen.«

Sie mussten über zwei Stunden warten, bis die Äbtissin wieder erschien. Auf einmal ertönten im ganzen Säulengang das *Kyrie Eleison* und das *Christe Eleison*, von einem Chor gesungen.

»Das ist unsere altehrwürdige Tradition und unser Privileg«, sagte die Äbtissin. Dreimal am Tag sprechen wir einhundert Mal das Kyrie Eleison.«

Mit geschlossenen Augen und vor der Brust gekreuzten Armen wiederholte sie die Anrufung fünfmal. Dann bekreuzigte sie sich und hielt dabei drei Finger ihrer Hand zusammen.

»Margherita erwartet Euch, Giovanni. Nur ihn«, fügte sie hinzu und hielt Ferruccio und Leonora zurück. »Für Euch und Eure Gemahlin habe ich frischen Zitronensaft vorbereiten lassen. Ihr könnt hier warten; der Tag ist mild und lädt zu Gebet und Andacht ein. Wenn Ihr etwas wünscht, dann wendet Euch an Gregorio, der mich sogleich rufen wird.«

Der grobe Kerl mit seinen dicken Stirnwülsten war lautlos hinter ihnen aufgetaucht und grunzte zustimmend.

Giovanni folgte der Äbtissin bis zu einer kleinen Holztür, die in einen Gebetsraum führte. Er blickte sich suchend um, sah aber niemanden. Hinter ihm wurde die Tür geschlossen.

* * *

Aus einer kleinen Nische, neben einem Altar, auf dem eine Statue der Jungfrau Maria stand, sah Giovanni endlich Margherita eintreten. Sie trug ein hellblaues hochgeschlossenes Gewand, das ihr bis zu den Füßen reichte, und einen hellen Schleier, der ihre Haare bedeckte. Keinerlei Schmuck zierte ihren Körper, und ihre Hände, die unter den weiten Ärmeln herausschauten, waren mager und knochig. Giovanni fühlte, wie sich sein Herz zusammenkrampfte, und er konnte kaum an sich halten, um ihr nicht entgegenzustürmen. Was ihn daran hinderte, war die feiste, kleine Ordensschwester, die Margherita begleitete. Über ihrer weißen Tunika trug sie ein schwarzes Überkleid, das ihren gesamten Körper bedeckte. Sie hatte eine dicke Kordel um ihre Hüften geschlungen, an der ein silbernes Kreuz baumelte. Margherita wartete auf ein Zeichen der Ordensschwester, um sich Giovanni nähern zu dürfen. Als diese nickte und Margherita vor ihm Platz nahm, erkannte Giovanni eine große Hoffnungslosigkeit in ihrem Blick.

»Margherita.«

Als das Antlitz seiner Geliebten sich mit Tränen benetzte, versuchte Giovanni, ihre Hand zu nehmen, aber sie zog sie sofort zurück.

»Mein Liebster«, flüsterte sie kaum hörbar.

»Hört mir zu, Margherita«, sagte er leise, »wir sind hier, um Euch fortzubringen. Ich bin hier mit einem Freund – Ihr kennt ihn, denn er warnte Euch, als ich in Gefahr war. Draußen warten vier Pferde auf uns – Ihr seid frei.«

Margherita deutete ein sanftes Lächeln an, schüttelte aber den Kopf.

»Ach, Giovanni, Ihr wisst nichts. Giuliano hat eine besondere Enthebung erwirkt, die es ihm ermöglicht hat, mich zu verstoßen. Ich bin nicht mehr seine Gemahlin.«

»Umso besser … dann können wir zusammen sein, ohne uns verstecken zu müssen. Ihr werdet meine Frau werden, Margherita.«

»Das ist nicht möglich. Ich werde bewacht. Es ist wie in einem Gefängnis hier, und in zehn Tagen werden sie mich zwingen, das Gelübde abzulegen. Mich erwartet die Klausur.«

Giovanni schüttelte überzeugt den Kopf. »Nichts dergleichen wird geschehen, Liebste. Wir bringen Euch heute fort von hier, bald. Sie haben kein Recht, Euch gegen Euren Willen hier zu behalten. Und von ein paar Ordensschwestern lassen wir uns bestimmt nicht aufhalten! Ich werde nun hinausgehen und Ferruccio herbeirufen. Und Leonora. Ihr kennt sie nicht, aber Ihr könnt ihr vertrauen. Sobald wir draußen sind, suchen wir das Weite. Uns erwartet ein neues Leben, Margherita!«

»Ich habe Angst, Giovanni.«

Diesmal nahm er fest ihre Hand und küsste sie. Die Schwester kniete weiter betend vor dem Altar und drehte ihnen den Rücken zu. Sie sahen einander tief in die Augen und gaben sich einen bebenden Kuss. Giovanni stand auf, aber Margherita hielt ihn zurück.

»Geht nicht, ich bitte Euch.«

»Liebste, ich kehre gleich zurück, und dann wird uns niemand je wieder trennen können.«

Giovanni warf einen letzten Blick auf die Ordensschwester, die konzentriert Rosenkränze herunterbetete. Dann kehrte er in den Säulengang zurück – fand jedoch niemanden mehr vor. Suchend ging er umher und fand Ferruccio und Leonora schließlich in einiger Entfernung. Sie saßen neben dem Wärter, der auf einer Bank lag.

»Er hat eine Beule auf dem Kopf«, sagte Ferruccio, »aber ich habe ihm nicht allzu sehr geschadet. Er wird aber sehr wütend sein, wenn er wieder zu sich kommt.«

In diesem Moment hörten sie das Geräusch herannahender Schritte. Einen Augenblick später erblickten sie einen Mann mit gezücktem Schwert. Giovanni erstarrte.

»Kennst du ihn?«, fragte Ferruccio, während er in Habachtstellung ging und Leonora sich entfernte.

»Ja«, antwortete Giovanni versteinert, »er heißt Ulrich und ist der Wachkommandant von Giuliano, Margheritas Gemahl.«

Ulrich von Bern trat zur Seite, und zu Giovannis Schreck trat aus der Tür hinter ihm Giuliano Mariotto de' Medici. Er hatte Margherita am Arm gepackt und zerrte sie brutal hinter sich her. Hinter ihm kam die Äbtissin zum Vorschein.

»Die Friedenstaube unseres Herrn hat verhindert, dass diese geweihten Mauern mit Sünde und Wollust besudelt werden. Geht fort und wagt nicht, den Willen Gottes herauszufordern! Gregorio! Komm her!«

Aber der Riese rührte sich nicht.

Giovanni kam näher, während Ferruccio ihm folgte und hinter ihm stehen blieb.

»Giuliano, lasst sie gehen. Lasst uns in Frieden gehen. Ihr habt sie verstoßen, und sie gehört Euch nicht mehr.«

»Wie könnt Ihr es wagen!«, schrie die Äbtissin. »Gregorio!«

»Seid still!«, knurrte Giuliano. »Das ist meine Angelegenheit. Geht lieber beten!«

Eufemia Cosmopula hielt sich geschockt die Hand vor die Brust. Wie konnte er es wagen? Er auch? Ein devoter Christ und betrübter Ehemann. Er hatte sie eindringlich vor jedem gewarnt, der es wagen würde, mit Margherita in Kontakt zu treten – denn es wären, so versicherte er der frommen Frau, sicherlich Gesandte des Dämons! In diesem Falle, hatte die Äbtissin ihm versprochen, Margherita beizustehen, um der armen Sünderin zur Buße und zur Rettung ihrer Seele zu verhelfen. Wie konnte er sich jetzt nur gegen sie wenden? Ihr wurde schwarz vor Augen, und sie musste sich an eine Mauer lehnen, um nicht den Boden unter den Füßen zu verlieren. Und wo war Gregorio?

»Ich wusste, dass Ihr kommen würdet. Ihr konntet nicht widerstehen! Es war ein Fehler, dass ich Euch damals nicht getötet habe. Aber nun naht das Ende. Nun werdet Ihr erfahren, was es heißt, Giuliano de' Medici zu beleidigen. Ihr wollt dieses Weib? Nehmt sie, sie gehört Euch – für immer!«

Grob stieß er Margherita zu Giovanni hinüber. Im selben Moment holte Ulrich zu einem brutalen Schwerthieb hinter dem Rücken der Frau aus. Ferruccio schaffte es gerade noch, mit einer Breitseite die Klinge des Schweizers abzuwehren. Dann versuchte er, Ulrich mit einer schnellen Drehung seines schweren Schlachtenschwertes zu entwaffnen. Dieser ließ jedoch nicht locker und riss sein Schwert hoch. Ferruccio sprang rechtzeitig zur Seite und zwang seinen Gegner zurückzuweichen, indem er ihm seinen Mantel über das Schwert warf. Genau das hatte Ferruccio gewollt, denn nun hatte er mehr Platz zum Kämpfen und lief nicht Gefahr, jemanden aus Versehen zu treffen.

Alles Weitere geschah in einem Wimpernschlag: Giovanni spürte, wie Margherita in seinen Armen zusammensackte. Während sie vor ihm zu Boden sank, sah er einen Dolch, der ihr zwischen den Rippen steckte.

»Margherita«, schrie er und versuchte, sie mit einem Arm zu stützen. Als er ihr über die Wangen strich, sah sie kurz auf, schloss dann aber sofort wieder die Augen. Giovanni hielt sie eng an sich gedrückt und legte sie sanft auf dem Boden ab. Er konnte es nicht glauben. Mit einem wilden Schrei versetzte ihm Giuliano de' Medici einen Fußtritt, der Giovanni zu Boden warf. Dieser zeigte keinerlei Reaktion, was Giuliano nur noch mehr provozierte. Er brüllte wie von Sinnen und stürzte sich auf ihn. Er fiel direkt in Giovannis ausgestreckten Arm und in das Messer mit gezackter Klinge, das sich bis zum Anschlag in Giulianos Bauch versenkte. Beide sahen einander sprachlos in die Augen. Giuliano betrachtete ungläubig den Blutfleck, der sich unter Giovannis Faust auszubreiten begann.

De' Medici fiel auf die Knie und spürte, wie das Leben aus ihm wich, während er sich die Hand auf den Bauch presste. Ein Schwall roten Bluts quoll aus seinem Mund. Er versuchte zwar, noch etwas zu sagen, konnte aber nur noch ein unverständliches Gurgeln von sich geben. Ulrich hatte zum ersten Mal in seinem Leben Schwierigkeiten. Der Mann, den er vor sich hatte, bedrängte ihn schwer und schien aus Marmor zu sein. Aus den Augenwinkeln sah er, dass sein Herr verloren war. Er sammelte seine letzten Kräfte, sprang auf eine Brüstung und rannte zum Tor, in der Hoffnung, dass der andere ihn nicht hinterrücks angreifen würde. Der Stallbursche, der draußen gewartet hatte, sah nur einen Mann, der aussah, als würde ihn eine Horde Dämonen verfolgen. Neugierig beobachtete er, wie der Mann stürzte, sich wieder aufrappelte und dann hinter einer Mauer verschwand.

Leonora war an Ferruccios Seite, und Giovanni hielt Margherita in seinen Armen. Neben ihnen lag Giuliano de' Medici, der sie mit den leblosen Augen eines Toten anstarrte.

Die Äbtissin erwachte aus ihrem Alptraum. Langsam taumelte sie rückwärts bis zu einer Eisenglocke, an der sie mit ganzer Kraft zog. Der schrille Klang der Klosterglocke dröhnte durch die Hallen, und sofort kam eine Gruppe Ordensschwestern angelaufen. Als sie sahen, was geschehen war, begannen alle durcheinanderzuschreien. Ferruccio und Leonora nutzten die allgemeine Verwirrung und halfen Giovanni, der immer noch Margherita in den Armen hielt, aufzustehen. Sein Wams war blutverschmiert. Fassungslos schaute Giovanni in ihre Gesichter und versuchte, für das Geschehene eine Antwort zu finden, die es jedoch nicht gab.

»Komm, Giovanni, wir können hier nichts mehr tun. Gleich werden die Soldaten kommen. Wir dürfen nicht länger hierbleiben«, sagte Ferruccio leise.

Der Graf nickte geistesabwesend. Als letzte Geste seiner Liebe küsste er Margherita auf die Stirn und legte vorsichtig ihr Haupt auf dem Boden ab. Dann stand er auf und ließ sich zum Ausgang ziehen. Als er auf sein Pferd stieg, erschien ihm die Feuerkugel. Sie strahlte noch heller als die Sonne, die ihnen auf die Köpfe schien. Giovanni sprach mit ihr, und sie antwortete ihm. Diesmal jedoch konnten ihn die Worte der Feuerkugel nicht trösten. Zum ersten Mal in seinem Leben jagte er sie fort. Zögernd entfernte sie sich, bis sie vollkommen verglüht war.

Rom

Donnerstag, 28. Juni 1487

Eine Hitzewelle hatte den Beginn des Sommers eingeläutet. Seit vielen Tagen hatte es nicht mehr geregnet, und anstelle des Schlamms war ein feiner Staub getreten, der den Hals austrocknete. Jedes Mal, wenn die Reiterhorden durch die Straßen Roms stürmten, hielten sich die Adligen und feinen Damen duftende Tüchlein vor die Gesichter. Das geschah in der letzten Zeit immer öfter.

»Noch eine Hexe, verflucht sei sie«, war der Kommentar, der am häufigsten zu hören war.

Auf den Märkten und in den Gasthäusern erzählten Kaufleute und Reisende, dass in ganz Italien, Spanien und ganz besonders in Deutschland eine unerbittliche Jagd auf die Töchter des Dämons stattfinden würde. Jeder konnte eine Geschichte darüber zum Besten geben. Je mehr die Geständnisse der Angeklagten beschrieben und weitergegeben wurden, umso schrecklicher und unglaublicher erschienen die Details ihrer gotteslästerlichen Hexereien und die furchtbaren Bestrafungen, die sie erwarteten. Es wurde immer offensichtlicher, dass diese Frauenzimmer seit Jahrhunderten einen teuflischen Plan verfolgten. Aufgrund ihrer angeborenen Wollust gaben sie sich ohne zu zögern dem Teufel hin, was sie immer zahlreicher und mächtiger machte.

Zum Glück hatte die Kirche rechtzeitig erkannt, dass die Zeit des Antichristen gekommen war. War die Pest im letzten Jahrhundert nicht ein untrügliches Zeichen hierfür gewesen? Jede Familie hatte mindestens einen Toten zu beklagen. Und war der schwarze Tod nicht schon wieder in Polen ausgebrochen?

Einige wenige Unwissende vertraten zwar die Ansicht, dass die Angeklagten oft nur aus Eifersucht oder wegen Familienfehden beschuldigt wurden und dass diese Geschäfte nichts mit dem Satan zu tun hatten. Tatsächlich reichte mittlerweile eine anonyme Anzeige aus, damit der unerbittliche *Hexenhammer,* der *Malleus Maleficarum,* die Nichtsahnende in Ketten legen konnte. Die Kästen mit den anonymen Bezichtigungen in den Kirchen waren voller als der Opferstock für die Spenden. Die Frauen, die vor das Gericht gebracht wurden, hatten keine Wahl mehr: Entweder konnten sie sich sofort schuldig bekennen und schmerzlos sterben. Wenn sie sich jedoch verteidigten, mussten sie die schrecklichsten Torturen erdulden. Schmiede und Handwerker hatten sich in großer Zahl in die Dienste der Inquisitoren begeben, um ihnen neue und effiziente Folterinstrumente anzufertigen, die besonders gut geeignet waren, um auch den Widerspenstigsten ihre Geständnisse abzuringen. Um noch größere Schmerzen zu vermeiden, baten die Angeklagten oft um das Wasserordal. Mit Wackersteinen beschwert, wurden sie an Händen und Füßen gefesselt und in einen kalten See geworfen. Wenn sie auf den Grund sanken, bedeutete dies, dass sie unschuldig waren. Wenn sie allerdings an die Wasseroberfläche kamen, waren sie schuldig, denn der Teufel hatte ihnen in diesem Fall alle Öffnungen verstopft.

Diese Nachrichten waren dem Grafen Mirandola auch durch Ritter de Mola zu Ohren gekommen. Seit dem tragischen Tod Margheritas hatte Giovanni das Haus nicht mehr verlassen, aber seit Wochen sprach man in Rom über nichts anderes mehr. Leonora ließ ihn keinen Augenblick aus den Augen und kümmerte sich darum, dass er sich nicht zu viele Stunden alleine grämte und nicht vergaß zu essen. Mit Ferruccio hielt sie oft einen vertraulichen Blickkontakt, und die gemeinsame Sorge um den Grafen brachte sie einander Tag für Tag näher. Wenn sie aneinander vorbeigingen und sich aus Versehen streiften oder berührten, zuckten sie nicht zurück, sondern lächelten sich zu. In ihnen reifte etwas heran, das nicht nur Freundschaft war. Aber es war das Gefühl, das ihrem Freund verwehrt worden war, und daher versuchten sie, es schamhaft zu verbergen – auch vor sich selbst.

Giovanni hingegen, der so tat, als würde er nichts von alldem sehen, hatte sehr wohl bemerkt, was die beiden miteinander verband. Seltsamerweise fühlte er sich von dieser aufkeimenden Liebe jedoch getröstet, denn in den letzten Wochen lastete die Erinnerung an Margherita wie ein schwarzer Stein auf seinem Herzen und in seinen Eingeweiden.

Girolamo Benivieni war aufgrund seiner eingebildeten Krankheiten, über die er nicht müde wurde zu klagen, in einem abseits gelegenen Zimmer untergebracht worden. Giovanni ertrug ihn kaum noch, zumal der Poet der irrigen Meinung war, Giovannis Schmerz mit langweiligen und sich wiederholenden Oden und Gedichten lindern und die Erinnerung an Margherita durch seine Freundschaft ersetzen zu können. Benivieni war beleidigt, wenn seinen Bemühungen kaum Interesse entgegengebracht wurde, doch nur für einen Abend – am nächsten Tag war er aufdringlicher denn je.

An jenem Abend saßen Ferruccio und Giovanni bei einem Glas süßem Wein mit Speck und Nüssen zusammen.

»Ich habe Mittel und Wege gefunden, um Girolamo nach Florenz zu bringen. Ich gestehe dir, dass seine Anwesenheit mir hier unerträglich geworden ist«, sagte Ferruccio ehrlich.

»Auch für ihn wird es eine Wohltat sein«, antwortete Giovanni. »Obwohl ich ihn immer noch gerne habe.«

»Wenn es nicht so wäre, hätte ich ihm schon längst die Kehle durchgeschnitten.«

Giovanni lächelte.

»Und wie willst du ihn fortbringen?«

»In ein paar Tagen wird ein Schiff mit einer Ladung Wein und Öl nach Livorno aufbrechen. Ich habe mich schon mit dem Kapitän auf zehn Golddukaten geeinigt. Dafür wird er Girolamo bei der Abfahrt verstecken. Sobald er sich dann von Florenz aus meldet und uns mitteilt, dass es ihm gut geht, erhält der Kapitän weitere zwanzig Dukaten. Eine gute Vereinbarung, findest du nicht?«

»Weiß Girolamo schon etwas?«

»Ich zähle darauf, dass du es ihm sagst.«

Der Graf lächelte immer noch.

»Du verfügst über die bessere Überzeugungskraft. Ich für meinen Teil habe dann meine Schuld ihm gegenüber beglichen.«

»Er ist dir wirklich sehr verbunden und bewundert dich über alle Maßen«, wandte Ferruccio ein. »Ich weiß aber auch, dass es für ihn schwer sein wird: wie ein in Schmalz ausgebackener Kloß.«

»Nun ist gut, Ferruccio. Du hast mir die Seele erleichtert, und ich danke dir von Herzen dafür. In einer Angelegenheit hat Benivieni jedoch nach wie vor Recht: Ich muss meine Thesen verteidigen, sonst ist alles verloren.«

»Ich werde dafür sorgen, dass deine *Apologie* dem Papst auf verschwiegenem Wege zugetragen wird. Das wird nicht schwierig sein, und wir werden so tun, als würde sie direkt aus Florenz kommen.«

Giovanni schenkte sich und Ferruccio noch ein wenig Wein nach.

»Ich möchte dich um noch etwas bitten.«

»Was immer du willst, Giovanni. Vielleicht ist meine Freundschaft für dich nicht so offensichtlich wie die von …«

Der Graf berührte Ferruccios Arm.

»Sag nichts, es ist nicht notwendig. Hör dir aber an, was ich dir zu sagen habe. Es ist die Bitte eines Freundes. Ich möchte nur an deiner Seite sein, wenn du und Leonora euch ewige Treue schwört.«

»Giovanni …«

»Du weißt nicht, wie groß meine Freude darüber ist, dass ich eure Liebe täglich wachsen sehe.«

»Ist das so offensichtlich?«

»Ich glaube, sogar Girolamo hat es bemerkt.«

»Ich habe ihr noch nichts … noch nichts gesagt.«

»Irgendwann wirst du es schon tun, und dann wird sie glücklich sein.«

»Glaubst du?«

»Ich bin mir sicher, ihr verdient es alle beide.«

Ferruccio seufzte.

»Ich fühle mich fast ein wenig schuldig.«

»Das vergeht. Die Liebe einer Frau ist die beste Medizin für die Seele und nicht nur für sie.«

Giovanni trat ans Fenster. Er öffnete es und schaute in den nächtlichen Sternenhimmel. Er holte tief Luft und nahm den Geruch des Frühsommers wahr, den der Wind von den Feldern Roms herwehte.

»Die Erde ist fruchtbar, und obwohl überall Blut vergossen wird, trägt sie nach wie vor ihre besten Früchte. Ich habe meine reifen lassen, und nun riskiere ich, dass sie verfaulen. Auf die eine oder andere Weise muss ich einen Weg finden, um wenigstens den Samen der Erkenntnis zu verbreiten. Ich verfaule hier, Ferruccio.«

»Ich verstehe dich. Du hast Recht, denn das Klima hat sich verändert, und ich glaube, das hängt mit dem immer stärker werdenden Einfluss Kardinal Borgias auf den Papst zusammen. Mir wurde erzählt, dass sie letzten Sonntag sogar gemeinsam die Messe zelebriert haben. Und ich bin davon überzeugt, dass die grausame Inquisition vom Kardinal selbst gelenkt wird. In Spanien ist es Torquemada, der – mit dem Segen von König Ferdinand und Königin Isabella – schaltet und waltet, wie es ihm genehm ist.«

»Ich muss von hier fortgehen, Ferruccio. Und du hattest Recht: Ich hätte nie hierherkommen dürfen.«

»Aber du hattest ein Ziel vor Augen, das dein Lebensinhalt war. Ich hatte dir geraten, von Rom fernzubleiben, weil du mir wichtig bist und weil viele Gefahren auf dich lauerten – aber an deiner Stelle hätte ich genauso gehandelt.«

»Ich habe Zerstörung und Tod gebracht. Ich habe sogar getötet, Ferruccio.«

»Du hast dich nur verteidigt. Giuliano hatte weit mehr als diesen schnellen Tod verdient. Sobald sich Girolamo in Sicherheit befindet, gehen wir gemeinsam nach Florenz. Und ich werde Leonora heiraten – wenn sie mich will.«

»Ich werde nicht nach Florenz gehen.«

»Möchtest du nach Mirandola zurückkehren?«

»Nein, ich verfolge einen anderen Plan, um die Thesen zu verbreiten. Es gibt noch eine andere Stadt, die fruchtbar für sie ist: Paris. Rom ist nicht die einzige Stadt auf dieser Welt.«

Später in der Nacht wachte Giovanni schweißgebadet auf. Erneut hatte er im Traum das Antlitz Margheritas erblickt, und über ihre Lippen waren die süßesten Worte gekommen, die er je gehört hatte. Leider konnte er sich nach dem Aufwachen nicht mehr an sie erinnern. Dafür hörte er in seinem Kopf aber immer noch die wüsten Verwünschungen von Giuliano de' Medici, während er selbst mit Flammen kämpfte. Beide waren im Kloster gemeinsam beerdigt worden. An Schlaf war nicht mehr zu denken. Er ging ans Fenster und öffnete es. Es war Halbmond. Die dunkle Seite erinnerte Giovanni an das, was er verloren hatte, und die helle an das, was das Leben noch für ihn bereithalten würde.

* * *

Derselbe Mond warf sein bläuliches Licht durch die Fensterscheiben eines Schlafzimmers. Im Palazzo Borgia waren vor kurzem alle Kerzen gelöscht worden. Der Tiber floss träge unter den Fenstern dahin, und alles war still. Die Ruhe wurde nur von den flüsternden Schiffern unterbrochen, die ihre Schmuggelware transportierten. Giulia hatte sich erleichtert und war zurück ins Bett gestiegen, als sie in die offenen Augen des Kardinals blickte.

»Habe ich Euch geweckt? Was habt Ihr, mein Herr? Gedanken, die Euch den Schlaf rauben?«

Der nackte und behaarte Bauch des Kardinals hob sich unter einem Seufzer. Seine Augen wanderten zu den an die Decke gemalten Liebesszenen, jedoch ohne sie wirklich wahrzunehmen. Er drehte sich zu seiner Geliebten um, die ein weißes Leinennachthemd trug, das ihre Nacktheit durch die transparenten Blumenmuster nur noch verführerischer machte.

»Nein, alles geht seinen Gang. Die Prozesse gehen mit den Verurteilungen Hand in Hand. Fränzchen leckt sich immer noch seine Wunden, aber meine Macht als Vize-Kardinalstaatssekretär ist unantastbar.«

»Und wann werdet Ihr Kardinalstaatssekretär?«

»Meine Blume, das kann nur der Papst sein.«

»Das ist es also, was Ihr Euch mehr als meine Liebe wünscht.«

»Ach, Giulia, Giulia! Das verstehst du noch nicht, dafür bist du noch zu jung.«

Rodrigo stand auf, zog sich einen leichten Morgenmantel aus rotem Damast über und begann im Zimmer auf und ab zu gehen.

»Ich spüre in mir, wie die Jahre voranschreiten, und – ob du es glaubst oder nicht – ich bin so alt wie Innozenz. Verstehst du? Ich kann nicht mehr lange warten. An einem Tag sagt er, dass er krank und bereit zum Sterben sei, und am nächsten Tag gibt er sich der Völlerei hin, als wäre er dreißig Jahre jünger. Und ich befürchte, dass er früher oder später, wenn die französische Krankheit komplett von seinem Gehirn und seinen Gedärmen Besitz ergriffen hat, ein Geheimnis ausplaudert.«

»Was für ein Geheimnis, mein Herr?«

Giulia war müde. Sie räkelte sich genüsslich und hielt sich dabei an den Säulen des Bettes fest. Giulia in dieser Position zu betrachten und sich zu erregen, waren für den Kardinal ein und dasselbe.

»Ein enormes Geheimnis, das unbedingt gewahrt werden muss, Giulia, auch vor dir. Ein fanatischer Philosoph, Graf Mirandola, ist ihm sehr nahe gekommen. Bald aber wird das nicht mehr wichtig sein, denn sein Körper wird in den Katakomben des Petersdoms begraben werden.«

»Ist Graf Mirandola nicht dieser hochgewachsene Jüngling mit der langen goldenen Lockenpracht? Der wegen seiner Thesen verurteilt wurde?«

»Du weiß sehr viel. Und ich sehe, du kennst den Grafen. Wie ist er? Gefällt er dir vielleicht?«

»Ich bin Euer, mein Herr, mit Körper und Geist. Und wenn mein Körper mit Euch sündigt, erfreut sich daran sogar meine Seele.«

»Dann scheint mir der richtige Moment gekommen, dass unsere Seelen sich gemeinsam erfreuen.«

An diesem Abend gab er sich ganz der Lust hin, und Giulia ging mit ihren Gedanken auf Reisen. Zu dem jungen Grafen, den sie vor Monaten auf einem Fest im Palazzo della Rovere erblickt und der mit seinen blonden Locken und seiner freundlichen und zugleich ernsthaften Art einen bleibenden Eindruck bei ihr hinterlassen hatte. Schade, dass sein Fleisch bald den Würmern zum Opfer fallen würde.

Prato

Mittwoch, 27. Oktober 1938

Die Stimme Benito Mussolinis erklang aus dem Radio.

»Kameraden! Es ist sinnlos, dass die Diplomaten immer noch Versailles retten wollen. Europa, so wie es in Versailles konstruiert wurde, nämlich auf einer Pyramide aus Ignoranz für die Geografie und Geschichte Europas, liegt im Sterben. In dieser Woche wird sich das Schicksal Europas entscheiden. Und in dieser Woche kann ein neues Europa auferstehen: ein Europa der Gerechtigkeit und der Vereinigung aller Völker. Kameraden! Wir sind für dieses Europa.«

Der rauschende Applaus schien nicht aufhören zu wollen, und Klaue nutzte die Pause, um sich noch mehr Wein zu holen. Als er zurückkam, dauerte der Applaus immer noch an. Endlich ebbte er ab, das Pausenzeichen des Radios ertönte und kündigte damit eine neue Sendung an.

»Nun hören Sie den großen Erfolg von Maestro Dino Olivieri, ›Tornerai‹; es singt Galliano Massini.«

Klaue drehte das Radio leiser, denn er ertrug es nicht, wenn Süßholz geraspelt wurde. Er kratzte sich am Kopf und ging in die Küche zurück, wo Pranke saß und malte. Dieses Tier von Mann war unfähig, einen zusammenhängenden Satz hervorzubringen, aber wenn man ihm Stifte zum Malen gab, dann zeichnete er Bilder, die wie Fotografien aussahen, so schön waren sie.

»Was machst du da?«

Pranke lächelte stolz wie ein Schüler vor der Lehrerin.

»Das ist das Haus, das hier der Garten, und das ist das Auto. Und schau, hier hinter dem Fenster, das bist du, der rausschaut.«

»Zeig her.«

Ja, das war er wirklich: Die Figur, die hinter dem Fenster stand und Pranke beim Malen beobachtete. Wie hatte er es nur geschafft, mit nur zwei Bleistiftstrichen sein spitzes Gesicht mit der blonden Tolle so präzise wiederzugeben?

»Du bist wirklich gut.«

»Danke«, antwortete Pranke und malte weiter.

Klaue wusste nicht, was er sagen sollte. Er wollte reden und sich ablenken, aber mit Pranke war das ein wirklich schwieriges Unterfangen.

»Die Rede von Mussolini habe ich schon einmal gehört. Ich glaube, es ist schon eine Weile her.«

»Mussolini ist ein guter Mann, denn er hat mich auf die Schule geschickt«, sagte Pranke, ohne von seiner Zeichnung aufzusehen.

»Natürlich ist er gut, ich habe ihn ja gar nicht kritisieren wollen. Ich habe es nur so gesagt. Langsam wird es mir hier langweilig. Seit einer Woche haben wir nun schon diesen Kerl im Keller, und das gefällt mir ganz und gar nicht.«

»Es sind sechs Tage.«

»Ja, schon gut. Sechs Tage oder eine Woche, was macht das schon für einen Unterschied? Warum sagt uns Zugel nicht, was wir mit ihm machen sollen?«

»Vielleicht weiß er das selber nicht so genau.«

»Na, du bist mir ja eine große Hilfe. Wenn das so weitergeht, bringe ich ihn selber um die Ecke.«

»Wie du willst. Wenn du Hilfe brauchst, sag einfach Bescheid.«

»Klar musst du mir helfen, was denkst du denn? Dass ich es allein schaffe? Ruhe! Der *Duce* spricht wieder.«

Eilig kehrte Klaue ins Wohnzimmer zurück und versuchte, das Radio lauter zu drehen, aber es ging nicht. Dann versuchte er, den Sender besser einzustellen, aber das Problem schien am Radio zu liegen. Nach zwei kräftigen Schlägen auf das Radio ertönte endlich die Stimme des Faschistenführers – nur war er leider bereits am Ende seiner Rede angelangt: »Wir dürfen nicht nur eine Allianz der Verteidigung eingehen. Das ist nicht notwendig, denn niemand würde es wagen, uns anzugreifen. Wir aber wollen die Landkarte der Welt verändern.«

Noch mehr Applaus – diesmal schaltete er das Radio jedoch aus.

»Ich verstehe nicht. Zuerst spricht er über den Frieden und dann davon, dass er die Landkarten der Welt ändern will«, murmelte er ratlos.

»Ich war gut in Erdkunde.«

Klaue schaute seinen Kumpan an und schüttelte den Kopf. Pranke war stark wie ein Gaul – er dachte aber auch wie einer. Er begann, ihn zu provozieren.

»Los, Pranke, zeichne mal eine nackte Frau.«

Pranke wurde rot bis unter die nicht vorhandenen Haarspitzen.

»Nein, keine nackte Frau.«

»Na dann zeig mir doch wenigstens, wie du mit den Ohren wackeln kannst.«

Vor ein paar Monaten waren sie ins Kino gegangen und hatten *Dick und Doof* gesehen. Als sie das Kino verließen, hatte Pranke wie Doof mit den Ohren gewackelt. Pranke grinste und wackelte mit den Ohren.

»Bravo«, sagte Klaue. Da er sich aber immer noch langweilte, entschied er sich, nach dem Gefangenen zu sehen. Er nahm die Pistole und ging in den Keller. Volpe war gefesselt, obwohl er nicht einer von den Typen zu sein schien, die Schwierigkeiten machten – aber man konnte ja nie wissen. Wenn er in der OVRA Karriere machen wollte, musste Klaue zeigen, dass er zuverlässig war, und wenn er bei dem Deutschen einen Fehler beginge, wäre es mit seiner Karriere vorbei. Er knipste den Lichtschalter an. Die nackte Glühbirne erleuchte den Raum nur schwach.

»He du! Steh auf!«

Giovanni Volpe war an einer Eisenstange angekettet, die an der

Wand befestigt war. Die schweren Eisenketten erlaubten ihm gerade so, sich auf eine alte, von Ratten zerfressene Matratze zu legen. Er machte keine Anstalten, sich zu bewegen.

»He du! Ich habe gesagt, du sollst aufstehen!«

Die Stimme, die ihm antwortete, war vollkommen gleichgültig.

»Und wenn ich es nicht tue? Was machst du dann? Mich umbringen?«

Klaue blieb in gebührender Entfernung stehen.

»Das habe ich nicht zu entscheiden. Ich muss nur kontrollieren, ob du noch am Leben bist.«

»Richtig. Du führst nur aus. Der Lakai des Kameraden. Wie begrüßt du ihn, sag? Zu Diensten, ehrenwerter Herr Zugel?«

Giovanni streckte den rechten Arm zum Hitlergruß aus und ließ dabei die Ketten rasseln. In Klaue stieg die Wut hoch, und unwillkürlich umklammerte er die Pistole fester. In diesem Moment geschah etwas vollkommen Unvorhergesehenes: Giovanni sprang mit einem Satz auf und stürzte sich auf ihn – wohl wissend, dass er ihn nicht erreichen konnte. Klaue erschreckte sich und schoss ihm dabei genau in die Brust. Giovanni schrie, aber nicht vor Schmerz. Er hatte seine letzte Schlacht gewonnen und stieß einen Triumphschrei aus. Dann fiel sein Kopf nach hinten, und sein Körper zuckte im Todeskampf. Klaue schoss erneut, und diesmal traf er ihn am Kopf. Ein roter Blutfleck trat zwischen den schwarzen Haaren hervor. Die kleine Kaliber 22 hatte ihm den Schädelknochen durchschlagen, ohne ihn zu zertrümmern. Klaue wich zurück, wendete sich ab und rannte die Treppe hinauf. Er atmete schwer und zitterte.

Pranke erblickte ihn, sagte aber nichts und malte weiter.

»Pranke, hör mir zu.« Klaue hatte Schwierigkeiten, die Wörter auszusprechen. »Ich habe Mist gebaut. Ich habe Volpe umgebracht, aber nicht mit Absicht.«

»Das war nicht schön. Du hättest auf den Befehl von Zugel warten müssen. Dann hätten wir es gemeinsam getan.«

Pranke antwortete ihm, ohne den Blick von seiner Zeichnung zu wenden, so als würde ihn das alles nichts angehen.

»Verdammt, Pranke! Das weiß ich selber. Jetzt müssen wir den Kadaver loswerden. Und zwar so, dass ihn niemand mehr finden kann.«

»Und was erzählen wir Zugel?«

»Das weiß ich nicht! Ich weiß nur, dass dieser Volpe nie gefunden werden darf.«

»Bist du dir wirklich sicher, dass er tot ist?«

Klaue sah den Blutfleck auf dem Kopf vor sich und schrie: »Verdammt nochmal, natürlich bin ich mir sicher! Wo können wir ihn hinbringen?«

»Warum wegbringen? Wir können ihn auch hier im Keller verscharren.«

Pranke hatte die ganze Zeit weitergemalt. Aber sein Pferdehirn hatte genau das Richtige gedacht.

»Pranke, du bist ein Genie«, rief Klaue dankbar.

»Ich will dir nur helfen. Außerdem habe ich gerade mein Bild fertig gemalt. Schau mal, ich habe sogar den Keller mit dem da drinnen gemalt. Gefällt es dir?«

Klaue sah fassungslos, mit welcher Genauigkeit sein Kumpan den angeketteten Volpe gezeichnet hatte. Sogar die Haarfarbe hatte er exakt wiedergegeben. Er riss ihm die Zeichnung aus den Händen und zerfetzte sie in viele kleine Teilchen.

»Mein Bild …«

Pranke betrachtete die Papierfetzen auf dem Tisch. Sein Gesichtsausdruck änderte sich schlagartig – von tiefster Traurigkeit zu blinder Wut.

»Das hättest du nicht tun dürfen«, sagte er mit tonloser Stimme.

»Du dummes Tier!«, fuhr Klaue ihn an. »Stell dir vor, irgendjemand würde deine Zeichnung finden! Hilf' mir lieber.«

»Das hättest du nicht tun dürfen«, wiederholte Pranke. Er erhob sich und näherte sich drohend seinem Komplizen.

»Was machst du denn, du dumme Bestie ohne Hirn! Nimm deine Hände weg, und zwar sofort!«

Aber es war zu spät: Wie zwei Schraubstöcke begannen Prankes Hände ihm den Hals zuzudrücken. Klaue versuchte zu schreien, aber er konnte keinen Ton mehr herausbringen. Er sah den Wahnsinn in Prankes Augen und realisierte, dass er keine andere Wahl hatte. Er presste den Lauf der Beretta auf dessen Bauch und drückte ab. Als Pranke das Bewusstsein verlor, lockerte sich sein Griff.

Als Pranke mit einem ungläubigen Gesichtsausdruck nach hinten kippte, kam Klaue wieder zu sich und lief hustend und wankend aus dem Haus. Ängstlich schaute er sich um, aber niemand war zu sehen. Eilig stieg er in den Wagen, drehte den Schlüssel und ließ die Kupplung kommen. Der Fiat Balilla sprang sofort an, und Klaue raste die Schotterstraße hinunter, eine Staubwolke hinter sich lassend. Eine enge Kurve zwang ihn zu bremsen. In letzter Sekunde konnte er dem Karren ausweichen, der von einem Ochsen gezogen und von einem Bauern mit Heu beladen wurde. Wütend hupte Klaue mehrmals, aber der Bauer schien sich davon nicht aus der Ruhe bringen zu lassen. Diese Provokation brachte Klaues Geduldsfaden zum Reißen: Er kurbelte das Fenster herunter und bedrohte den Bauern mit der Pistole. Diese Drohung half – der aufmüpfige Bauer schaffte den Karren eilig von der Straße. Nicht jedoch, ohne sich das Autokennzeichen einzuprägen. Er schaute dem Wagen nach, bis er hinter einer Kurve verschwand, dann drehte er sich um und spuckte auf den Boden.

Rom

Montag, 16. Juli 1487

Ferruccio traute der Magd nicht. Er befürchtete, dass sie zu viel über ihre Herrschaften ausplauderte, um sich vor ihresgleichen wichtig zu machen. Darum ging er jeden Montag, wie ein einfacher Diener gekleidet, auf den Markt, um Obst und Gemüse, Brot und Fleisch und auf besonderen Wunsch von Leonora den ein oder anderen Blumentopf zu erstehen. Als drei Tage zuvor frühmorgens ein Karren vor dem Haus anhielt, mit Möbeln, Teppichen und zum Schluss mit Girolamo Benivieni beladen wurde, war Leonora sehr beunruhigt gewesen. Giovanni und Ferruccio wussten, dass die Ware samt Poeten auf ein vor der Tiberinsel ankerndes Schiff gebracht wurde, das sich dann zum alten Traianshafen aufgemacht hatte. Dort wurde alles auf die Santa Marta umgeladen, eine kleine Kogge mit majestätischem Rahsegel und einer robusten Reihe von Rudern. Ferruccio war dem Karren in sicherer Entfernung gefolgt, musste sich aber am Hafen zu erkennen geben, um den Kapitän zu bezahlen. Zuvor überzeugte er sich jedoch noch davon, dass Girolamo auch gut in einem der Fässer versteckt war, wenigstens so lange, bis die Zöllner die Ware auf dem Schiff inspiziert hatten. Nach fünfzehn Tagen würde die Santa Marta wieder zurückkehren und der Kapitän sein restliches Geld bekommen, sobald Girolamo seine Ankunft bestätigt hätte. Jetzt blieb ihnen nichts anderes übrig, als zu warten.

Natürlich musste Ferruccio wachsam sein, aber er war der Einzige, der noch auf den Straßen Roms umherstreifen konnte, ohne gleich um sein Leben fürchten zu müssen. Leonora und Giovanni hingegen hatten gute Gründe, sich weder in der Öffentlichkeit zu zeigen, noch in ihrer Klausur entdeckt zu werden. Da die aufgezwungene Isolierung sie zwang, viel Zeit miteinander zu verbringen, war es ihnen mittlerweile zur Gewohnheit geworden, lange Gespräche zu führen und sich Dinge anzuvertrauen, die ihrer Freundschaft eine neue Intensität verlieh. Leonora wollte alles wissen; ihre Neugier war unersättlich, und Giovanni war überrascht und fasziniert zugleich, als sie ihn bat, ihr die Ergebnisse seiner Studien genauer zu erklären. Giovanni erzählte ihr, wie er nach und nach dem Geheimnis der Großen Mutter, dem göttlichen Urprinzip, auf die Spur gekommen war. Leonora war begeistert und belustigt zugleich, dass ganz im Gegensatz zu einem strengen Gott mit Bart eine weibliche Figur der Ursprung von allem sein sollte.

»Und die Kirche?«, fragte sie skeptisch. »Was hat sie mit der Großen Mutter zu tun?«

»Die Kirche war ursprünglich eine jüdische, gegen das römische Imperium gerichtete Sekte, die von Paulus von Tarsus geschickt in das Machtgefüge Roms integriert wurde. Über die Jahre wurde das Christentum zur liebsten Religion der Römer. Ende der Geschichte, den Rest kennst du.«

»Ich weiß, es klingt eigenartig. Aber seitdem wir über die Mutter sprechen, verspüre ich wieder den Wunsch zu beten«, sagte Leonora nachdenklich.

»Und für was möchtest du beten? Nein, sag es mir nicht. Ich werde es dir sagen: Dass Ferruccio aufhört, sich wie ein Eremit zu benehmen, und um deine Hand bittet.«

Leonora öffnete die Lippen, konnte aber keinen Laut von sich geben. Sie schloss die Augen, senkte den Kopf und seufzte.

»Ich habe keinerlei Anrecht auf ihn. Und wahrscheinlich bin ich seiner auch nicht würdig ...«

»Das waren auch Marias Worte – und sie hat den Erlöser geboren. So etwas darfst du nicht einmal denken. Lass dir im Vertrauen sagen, dass ich Ferruccio schon gefragt habe, wann er dich endlich bittet, ihn zu heiraten, denn ich will euer Trauzeuge sein.«

Leonora schaute auf, und sie konnte kaum noch atmen. Sie nahm all ihren Mut zusammen, um Giovanni das zu fragen, was ihr am meisten auf der Welt am Herzen lag: »Du glaubst also wirklich, dass er mich heiraten will?«

»Ich denke, dass es an der Zeit ist, ihn das zu fragen. Und da ihr beiden offenbar unfähig seid, werde ich es tun«, entgegnete Giovanni beherzt.

Leonora näherte sich ihm und umarmte ihn mit ihrer ganzen Zuneigung. Wie sie so in Giovannis Armen stand, den Kopf an seine Brust gedrückt, vergaß sie die Schmerzen und Demütigungen, die sie bisher in ihrem Leben hatte ertragen müssen. Sie war ihm so nah, und Giovanni hatte den Eindruck, dass dieses Haar und diese Arme, die ihn umarmten, zu einer anderen Frau gehörten. Er entfernte sie sanft, streichelte ihr über die Wange und zog sich in seine Kammer zurück.

* * *

Das Gasthaus zum Bären in der gleichnamigen Gasse war ein Gasthaus der besonderen Art. Wahrscheinlich aufgrund der Nähe zu den wichtigsten Adelspalästen und dem Vatikan trafen sich dort die besten Diener Roms. Dort begegneten sich Pagen, Diener, Kutscher, Stallburschen, Wäscherinnen und Laufburschen in freizügiger Ungezwungenheit. Sie wussten, dass sie sich dort in einem geschützten Raum bewegten, und gefahrlos lästern und sich hinter dem Rücken ihrer Herrschaften vergnügen konnten, ohne ausspioniert und gemaßregelt zu werden.

Ferruccio hatte sich angewöhnt, regelmäßig dorthin zu gehen. Er gab sich als Schildknappe der de' Medici aus – was nicht einmal so weit von der Wahrheit entfernt war. Alle mochten ihn, weil er großzügig und unterhaltsam war. Seine Anekdoten über das Leben am florentinischen Hof waren so amüsant, dass sämtliche Frauen um seine Aufmerksamkeit wetteiferten und sich nur allzu gerne auf seinen Schoß setzten. Diejenigen unter ihnen, die hinter seinem Rücken damit prahlten, ihn besessen zu haben, lösten damit entweder Ungläubigkeit oder Neid aus. Ferruccio wusste Bescheid, schwieg jedoch dazu und ließ die Gerüchte einfach laufen, denn dieser Ort war eine überaus wichtige Quelle an Informationen.

Der warme *Ponentino,* der eine angenehme Brise brachte, ließ noch auf sich warten; deshalb war es um diese frühe Morgenstunde bereits sehr heiß. Ferruccio ging an der Engelsburg vorbei und sah drei neue Käfige an den Bollwerken. Sie bewegten sich keinen Deut. Vielleicht waren die Männer in ihnen schon längst Kadaver. Diese Todesart fürchtete er am meisten, sie war schlimmer als die Folter, das Kentern oder der Gangrän, die es einem immer noch erlaubten, seinem Leben mit einem richtig ausgeführten Schwerthieb ein Ende zu setzen. Ferruccio wurde noch durstiger. Ein unglaublicher Gestank von verfaultem Fisch stieg ihm von einem der am Fluss ankernden Boote in die Nase, und er konnte es kaum noch erwarten, endlich etwas zu trinken zu bekommen.

Als er in das Gasthaus eintrat, ertönte von einem der Tische lautes Gelächter. Ein Küchenmädchen, das Ferruccio an ihrem weißen Häubchen erkannte, saß auf dem Schoß eines Jünglings und gab eine Geschichte zum Besten. Er trug die azurblaue Livree mit vergoldeten Eichenblättern der Familie della Rovere. Das Mädchen war mollig – ein Zeichen, dass der Koch ihr offensichtlich die besten Leckerbissen zukommen ließ. Während sie Hühnerbeine verputzte, die von den Tabletts der Herren gefallen waren, durfte er ihr wahrscheinlich den Hintern oder die Brüste begrapschen. Ferruccio bezahlte seinen Krug Apfelwein und setzte sich fröhlich über so viel Gelächter zu ihnen an den Tisch.

»Nicht nur das«, hörte er sie erzählen. »Die Zofe berichtete, dass ihre Herrin, als sie von ihr gebadet wurde, seufzte und sagte, wie schade es doch sei, dass sein Stab nicht mehr zum Einsatz käme.«

Alle lachten und hauten mit den Krügen auf den Tisch. Ferruccio ließ sich anstecken und stimmte in das Gelächter ein, obwohl er nicht wusste, über wen sie gerade sprachen.

»Blondschopf hat viel Spaß«, sagte einer und wischte sich die Lachtränen aus dem Gesicht. »Wenn du ihn aber ärgerst, bist du ein toter Mann!«

Eine weitere Lachsalve begleitete den letzten Satz, während der Jüngling in seiner hellblauen Livree die Gelegenheit nutzte, um dem Küchenmädchen an die Brüste zu fassen.

»He«, sagte sie und sprang auf, »was glaubst du, wer du bist? Geh und begrabsche besser die Euter einer Kuh!«

»Bietest du mir etwas zu Trinken an?«, fragte sie dann, an Ferruccio gewandt, und lächelte kokett.

Ferruccio bot ihr ritterlich den Arm und lud sie ein, sich zu ihm an den Tisch zu setzen. Normalerweise hätte er es nicht abgelehnt, mit ihr in den oberen Stock des Gasthauses zu gehen, in eines der Zimmer, die man beim Wirt für ein paar Heller haben konnte. Nun aber, obwohl er schon lange abstinent war, weilten all seine Gedanken nur noch bei Leonora.

»Wer bist du?«, fragte ihn das Mädchen.

»Ein Diener des Schwertes«, antwortete Ferruccio ihr höflich.

»Das sehe ich«, sagte sie und schaute dabei mehr auf seine Beinkleider als auf sein Schwert.

»Und du?«, fragte er sie, um ihre Aufmerksamkeit umzulenken.

»Ich diene in den Küchen von Madonna Giulia Farnese.«

Ferruccio horchte auf und stellte ihr ein Glas Apfelwein hin. Das Mädchen prostete ihm zu und nahm einen Schluck. Vielleicht würde diese Begegnung sich als nützlich erweisen, hoffte Ferruccio. Er musste es nur vorsichtig genug anstellen, damit sie keinen Verdacht schöpfte, sondern munter plauderte.

»Ah, die schöne Giulia«, sagte er vertraulich, »in Rom spricht man nur noch über sie. Sie soll eine gute Herrin sein, sagt man.«

»Ja, sie ist in der Tat freundlich und großzügig, obwohl sie noch sehr jung ist. Und wem dienst du?«

»Den de' Medici.«

Ferruccio entschied sich, nahe bei der Wahrheit zu bleiben, falls ihn irgendjemand wiedererkennen sollte.

»Ich weiß, dass zwischen unseren Herrschaften böses Blut ist«, sagte das Mädchen.

»Warum? Haben sich die de' Medici eine Verfehlung gegen Donna Giulia zuschulden kommen lassen?«

»Aber nein, du bist verrückt!«

Ferruccio bedeutete dem Wirt, noch mehr Wein zu bringen.

»Ich wollte damit nur sagen«, fuhr das Mädchen fort, spülte das bittersüße Getränk mit einem Schluck hinunter und rülpste zwanglos, »dass der Liebhaber meiner Herrin den Herrschern aus Florenz nicht sonderlich wohlgesinnt ist.«

»Was willst du damit sagen?«, fragte Ferruccio leise. »Dass Kardinal Borgia einen Krieg gegen die de' Medici plant?«

Das Dienstmädchen zuckte mit den Schultern.

»Von diesen Dingen weiß ich nichts. Ich weiß aber, dass er auf einen von ihnen eifersüchtig ist«, sagte sie und hielt sich die Hand vor den Mund, um ein gemeines Lachen zu verbergen.

»Eifersüchtig?«, fragte Ferruccio neugierig und hoffte, dass sie weiterplauderte. Wenn es sich allerdings nur um einen Gehörnten handelte, konnte er es auch bleiben lassen, ihr weiterhin Apfelwein zu spendieren, denn die Eskapaden der jungen Adeligen interessierten ihn nicht. Sein Instinkt riet ihm jedoch weiterzumachen.

»Du musst wissen«, sagte das Dienstmädchen leise und legte ihre Brüste auf dem Tisch ab, »meiner Herrin gefällt ein edler Herr aus der Fremde. Ich weiß nur, dass er blond wie eine Madonna sein soll und dass er, wie man munkelt, dem Hause de' Medici angehört. Wie ich hörte, will ihn der Kardinal verschwinden lassen.«

Ferruccio hatte noch nie eine blonde Madonna gesehen, aber er bot dem schwatzhaften Mädchen weiteren Apfelwein an.

»Sag bloß!«, sagte er und streichelte ihr mit einem Finger über die pummelige Wange. »Und das alles nur, weil er ihr ein bisschen gefällt – dann müsste ich für deine schönen Augen alle hier im Raum umbringen.«

Sein galantes Kompliment ging nicht ins Leere – das Mädchen strahlte und befeuchtete sich eifrig die Lippen. Der Apfelwein hatte ihre Zunge gelockert.

»Du weißt, wie man mit Frauen spricht«, sagte die kleine Schöne, »nicht wie diese Bauerntölpel hier. Also, eigentlich dürfte ich dir das alles nicht erzählen. Da gibt es noch etwas. Komm näher.«

Ihre Lippen waren den seinen ganz nahe, und Ferruccio hoffte inständig, dass das Mädchen nicht weitergehen würde.

»Dieser Jüngling hat wohl ein Geheimnis entdeckt, das für die Kirche sehr wichtig ist.« Sie sah ihn mit großen Augen an und schlug sich dann die Hand vor den Mund. »Bei Gott, gewisse Dinge sollte ich wirklich nicht erzählen.«

»Du kannst mir vertrauen«, raunte Ferruccio und wickelte sich eine ihrer Locken um den Finger, »ich bin es gewöhnt, Geheimnisse für mich zu behalten.«

»Mehr weiß ich nicht, aber meine Herrin grämt sich wegen seines Schicksals.«

»Kennst du seinen Namen?«

»Du willst ihn doch nicht warnen?« Das Mädchen zuckte sofort zurück.

»Nein, sei beruhigt. Alles, was du mir erzählt hast, bleibt in meinem Herzen.«

Jede weitere Frage hätte sie alarmiert, weshalb Ferruccio es gut sein lassen wollte. Das Mädchen sah so erschrocken aus, dass er kurz fürchtete, es könnte zu seiner Herrin gehen und ihr reumütig alles beichten und auf Knie um Verzeihung flehen.

»Ich muss nun gehen«, sagte er schnell, »aber ich würde dich gerne wiedersehen. Bist du morgen hier?«

»Nein«, antwortete sie schon friedlicher, »aber am Sonntag habe ich die Erlaubnis, in die Kirche zu gehen. Wenn du mich bis dahin nicht vergessen hast, können wir uns hier wieder treffen, gegen Mittag.«

»Wie könnte ich dich vergessen?«

»Du hast mich nicht einmal gefragt, wie ich heiße. Und ich weiß auch nicht, wie du heißt!«

»Das wird unser Geheimnis sein«, sagte Ferruccio, während er aufstand und ihr einen Kuss andeutete.

Nicht einmal er wusste, was er eigentlich mit diesem Satz hatte sagen wollen; er war ihm einfach entschlüpft – aber dem Mädchen schien er zu gefallen.

Während Ferruccio schnell zurück in die Via Veio ging und es kaum erwarten konnte, Leonora wiederzusehen, dachte er darüber nach, was ihm das Küchenmädchen da gerade anvertraut hatte. Es gab zu viele seltsame Zufälle in dieser Geschichte, die ihm ganz und gar nicht gefiel. Nun war auf jeden Fall der Moment gekommen, Rom für immer zu verlassen.

Rom

Samstag, 21. Juli 1487

Rodrigo Borgia genoss seinen Triumph. König Ferdinand von Aragonien und seine Gemahlin, Königin Isabella von Kastilien, hielten Einzug in die Petersbasilika. Begleitet wurden sie von einer Delegation edler Ritter und prächtig gekleideter Damen.

Früher wäre Borgia in ihren Reihen geschritten, aber an jenem Tag saß er an Innozenz' Seite und empfing die Edlen. Das Protokoll sah vor, dass die königlichen Hoheiten vor dem Papst niederknieten und er ihnen den Ring zum Kuss darbot. Und da Borgia neben dem Papst saß, würde dieser Kniefall vor dem ersten Diener Gottes auch einer Huldigung seiner Kardinalswürde vor aller Welt gleichkommen. Hinter dem Herrscherpaar erblickte er Tomás de Torquemada. Mit seinem regungslosen Gesichtsausdruck, dem massigen Körper, den Schweinsäuglein und den schmalen Lippen wäre er der perfekte Henker, dachte Borgia gehässig – fehlte nur noch das Beil auf dem Rücken. Allein die Tonsur der Dominikanermönche wies ihn noch als einen Mann Gottes aus.

Borgia kannte Torquemada seit seiner Jugend. Der religiöse Eifer, den Torquemada bereits damals an den Tag legte, hatte ihm noch nie gefallen; er war genau wie sein Onkel Giovanni, der sein Vorgänger als Abt von Subiaco gewesen war. Dass er nun tot war, lag in Borgias Veranwortung, und dieselbe Bestrafung, schwor sich der Kardinal, würde auch Torquemada blühen. Jetzt war ihm Tomás noch nützlich, wenigstens in Grenzen, denn er lenkte seinen heiligen Zorn mehr auf die Juden als auf die Frauen. Dass die Hebräer niemandem etwas zuleide getan hatten, störte ihn in seinem Fanatismus wenig. Borgia runzelte die Stirn. Die Juden waren geschickte Geldverleiher und Kaufleute, hervorragende Ärzte und kluge Philosophen. Sie könnten gut und gerne ihre Verbündeten sein, denn beteten sie nicht bei ihrem Morgengebet: Gelobet seist du, Ewiger, unser Gott, König der Welt, der du mich nicht als Weib erschaffen hast. Die Herrscher knieten nieder, und Rodrigo tat es ihnen gleich.

Borgia hatte alles vorbereitet und Kardinalvikar Riario, dem die Rolle des Großen Zeremonienmeisters oblag, mit all seinen Forderungen ins Schwitzen gebracht. Allein die Tischordnung war ein Problem für sich. Er hatte sich den Platz links neben Ferdinand erzwungen und den Papst davon überzeugt, dass der Ehrenplatz rechts neben Isabella sei. Er war überrascht zu sehen, dass Cristoforo, der Bastard des Papstes, gegenüber der Königin Platz nahm und neben dem neuen Oberbefehlshaber des spanischen Heeres, dem Herzog von Coimbra, zu sitzen kam. Er beobachtete außerdem, dass Cristoforo der Königin einen Brief überreichte, den sie ohne ein Zeichen der leisesten Überraschung entgegennahm. Borgia spürte, wie ihn der Zorn packte. Aber er würde schon noch herausfinden, welche Angelegenheiten ihm verheimlicht worden waren – und von wem.

Das Mittagsmahl war opulent: Römische Spezialitäten wechselten sich mit spanischen Gerichten ab. Warme Fladen, gefüllt mit Pecorinokäse, und Makkaroni an Gänsefleisch wurden nach Wachteln und Fasanen im Schinkenmantel gereicht. Nachdem das Mahl beendet war, ging man in den hinter der Basilika liegenden Gärten spazieren. Während Borgia angewidert della Rovere mit seiner neuesten Eroberung beobachtete, von der man nicht wusste, ob es ein Mann war, der Frauenkleider trug, oder umgekehrt, winkte ihn Innozenz zu sich her. Rodrigo küsste elegant die Hand der Königin und machte eine leichte Verbeugung vor dem König. Dem spanischen Herrscherehepaar entging nicht die vertrauliche Geste, die er sich erlaubte, als er die Hand auf Innozenz' Schulter legte und ihn einladend anlächelte.

»Mein lieber Rodrigo«, sagte der Papst und öffnete die Arme, »danken wir Gott für das vortreffliche Wohlbefinden unserer Gäste.«

»Dominus vobiscum.«

»Et cum spiritu tuo«, antwortete der König.

»Amen«, beendete Rodrigo die Segnungsformel.

»Wir haben eine interessante Abmachung getroffen, Rodrigo, und ich wünsche, dass Ihr als Erster davon erfahrt.«

»Das erfreut mich außerordentlich«, sagte Borgia misstrauisch.

»Auf die Anregung unserer geliebten und treuen Freunde hin habe ich der Nominierung von Tommaso di Torquemada als Generalinquisitor Spaniens zugestimmt. Damit haben wir auch eine befriedigende Vereinbarung mit der spanischen Krone, die uns so am Herzen liegt, gefunden.«

»Mein Herz gehört der Kirche und Spanien«, antwortete Borgia emotionslos. »Darum kann ich nur hocherfreut darüber sein. Und was sieht diese Vereinbarung weiter vor?«

»Dass alle konfiszierten Besitzungen und Reichtümer der Juden zu zwei Dritteln an Ihre Majestäten gehen und zu einem Drittel an den Generalinquisitor Spaniens, der die Hälfte davon für seine Ausgaben erhält und die andere uns zukommen lässt.«

Rodrigo hätte ihn am liebsten mit seinen eigenen Händen erwürgt. Giovanni war vollkommen verrückt geworden.

»Deo gratias!«, sagte der König eilig, nachdem der Herzog von Coimbra die Worte des Papstes übersetzt hatte.

Hijo de una perra y puta madre – du Hundesohn, dachte Rodrigo, während er dem König verbindlich zulächelte.

Isabella von Kastilien flüsterte dem Herzog von Coimbra etwas ins Ohr.

»Meine Königin möchte ihrem lieben Sohn erklären, dass sie sich außerdem verpflichtet hat, jedmögliche Unterstützung für die Umsetzung des Planes zu gewähren, der Euch so sehr am Herzen liegt. Auch will sie für sämtliche Ausgaben aufkommen.«

Rodrigo fühlte sich doppelt hintergangen. Die Königin hatte offensichtlich bemerkt, dass er nichts von diesem Plan wusste, und wollte ihm durch die Blume sagen, dass sie ihn nicht besonders vorteilhaft fand. Außerdem hatte sie ihm zu verstehen gegeben, dass der Papst noch etwas vor ihm verheimlichte. ›Frag ihn, und du wirst viele Dinge verstehen‹, meinten ihre Worte eigentlich.

Der Kardinal antwortete nicht, küsste der Königin jedoch eindringlich die Hand und schaute ihr dabei tief in die Augen. Sie hatte ihn ›ihren Sohn‹ genannt, obwohl sie viel jünger war als er. Sie war immer noch eine begehrenswerte Frau mit einer wunderschönen, dichten blonden Haarpracht. Ihr Auftreten war würdevoll wie das seiner Mutter, aber im ehelichen Alkoven, so munkelte man, sei sie wild und unersättlich.

»Bebamos y celebremos en honor de nuestro dio.«

Ferdinands Stimme unterbrach die schmutzigen Gedanken, die Kardinal Borgia sich gerade über die Königin machte. In den Gärten erschien ein Heer von Dienern, die nach der spanischen Mode gekleidet waren und Pfauenfedern im Haar trugen. Die Gäste stürzten sich auf das Zitronensorbet. Das hierfür notwendige Eis war lange vorher in speziellen Lagerräumen, die sich tief unter der Basilika befanden, gelagert worden – besonders zu dieser Jahreszeit war es eine erlesene Delikatesse. Eine Gruppe Musikanten begann zu spielen. Hörner und Flöten begleiteten eine Laute, die vorzüglich von einem spanischen Jüngling gezupft wurde. Einige der Anwesenden deuteten ein paar Tanzschritte an, aber die drückende Hitze erstickte jede Anwandlung zum Tanzen im Keim. Am frühen Nachmittag zog sich die Gesellschaft zurück, um den Seeweg anzutreten. Am Ankerplatz erwartete sie die *Real Galea*, ›die Unbesiegbare‹: das Flagschiff der spanischen Flotte. Endlich konnte sich Rodrigo in einem unbeobachteten Moment Papst Innozenz nähern.

»Was habt Ihr mir vorenthalten, Giovanni?«, sagte er, während er lächelnd die Verneigungen der Adeligen und Prälaten erwiderte.

»Was meint Ihr?«, fragte Seine Heiligkeit abweisend.

»Die unmögliche Vereinbarung, die Ihr mit Ferdinand und Isabella getroffen habt, ohne mich davon zu unterrichten.«

»Es erschien mir nicht von so großer Wichtigkeit.«

»Ihr habt der Nominierung von Torquemada, diesem Wahnsinnigen, zugestimmt und der Krone erlaubt, zwei Drittel aller konfiszierten Reichtümer der spanischen Juden zu behalten. Das sind Zehntausende!«

»Die Hälfte von einem Drittel geht in die Kassen der Kirche.«

»Spielt nicht mit irgendwelchen Zahlen. Die Inquisition soll Frauen und Hexen verfolgen und nicht die Juden.«

»Die Frauen haben allerdings kein Geld, die Juden sehr wohl.«

»Ihr vergesst unser Ziel. Wir wollen das Bild der Frau, die weibliche Essenz, zerstören.«

»Dafür sind die Scheiterhaufen in Deutschland und hier ausreichend. Wir brauchen auch das Gold.«

»Das stimmt zweifellos, aber Gold ist nicht alles.«

Borgia verlor die Geduld. Er spürte, dass Innozenz nicht nachgab, und holte zum letzten Schlag aus.

»Was hat Euch Isabella im Gegenzug für diese Vereinbarung versprochen?«

»Nichts.«

Borgia packte Innozenz am Arm und drückte zu. Er stieß ihn unter das dichte Blattwerk eines Mirabellenbaums in eine Ecke. Seine Stimme war scharf, als er ihm drohte: »Nehmt Euch in Acht, Giovanni, wir haben einen Pakt miteinander geschlossen. Fordert nicht meinen Zorn heraus und beleidigt nicht meine Intelligenz!«

Innozenz schwitzte sichtbar, und dies nicht nur wegen der Hitze. Rodrigo packte ihn noch fester am Arm.

»Sie hat versprochen, meinem Sohn Cristoforo zu helfen«, ächzte der Pontifex zwischen zusammengebissenen Zähnen.

Rodrigo war perplex.

»Erklärt mir das.«

»Seit Jahren sucht Cristoforo Geldgeber für seinen Plan. Er ist davon überzeugt, dass es zwischen Europa und Asien noch einen weiteren Kontinent gibt, der auf dem Seeweg erreichbar ist. Und Spanien ist das nächstgelegene Festland, um abzulegen.«

»Und?«

Innozenz holte ein Taschentuch hervor und wischte sich die Stirn.

»Lasst meinen Arm los. Man beobachtet uns«, zischte er, worauf Rodrigo sofort von ihm abließ. »Königin Isabella«, fuhr Innozenz dann fort, »wird ihm alles zur Verfügung stellen, was er braucht. Sie wird ihm eine Flotte geben und den Gouverneursposten über alle Länder, die er im Namen des Königreiches von Kastilien und Aragoniens einnehmen wird.«

»Ihr seid vollkommen wahnsinnig! Warum habt Ihr solch einem Handel zugestimmt?«

»Ich konnte nicht anders. Mein eigener Bastard hat mich erpresst!«

Die Stimme Innozenz' hatte einen weinerlichen Ton angenommen. Rodrigo Borgia befahl einem Diener, zwei Stühle zu bringen. Der Papst ließ sich sofort auf einen fallen.

»Ich verstehe nicht … Ihr gewährt solch enorme Reichtümer wegen einer Erpressung … worum handelt es sich?«

»Cristoforo weiß alles oder, besser gesagt: er ahnt es. Versteht Ihr nicht? Ich habe es für die Kirche getan, und ich musste es tun, sonst wären wir alle am Ende gewesen.«

»Was weiß Cristoforo?«, fragte Rodrigo eisig.

»Er weiß um die geheimen Thesen von Pico.«

Der Papst erzählte alles und versuchte seinem Vize-Kardinalstaatssekretär zu erklären, warum er Cristoforo um Hilfe gebeten hatte und wie er diesen mit den Briefen für alle europäischen Häupter belohnt hatte, wie er jedoch weiter von Cristoforo erpresst wurde, weil dieser seinen Plan vervollständigen wollte.

»Ich habe verstanden«, sagte Rodrigo und versuchte, seine Gedanken neu zu ordnen. »Sagen wir, solange er noch nicht abgereist ist, haben wir unsere Ruhe. Er braucht Gelder und eine Flotte. Wir können noch eins tun: Isabella sagen, dass sie ihn hinhalten und weiter auf die Folter spannen soll. Obwohl ich eine viel bessere Idee hätte, wie wir ihn quälen können! Das wird auch ihr zugutekommen. Und wir haben ausreichend Zeit, um den Grafen und seine Ideen verschwinden zu lassen. Damit dürfen wir aber nicht mehr länger warten. Hat er Euch seine Verteidigung bereits gesandt?«

»Ja, es ist ein kurzer Text und überheblich noch dazu. *Apologie* hat er ihn genannt, und er widerspricht allen Anschuldigungen.«

»Sehr gut. Lasst ihn rufen und sagt ihm einen gerechten Prozess und freies Geleit zu. Wir müssen ihn hier in Rom haben, sofort.«

Der Papst nickte, stand auf und ging langsam davon.

Rodrigo blieb sitzen und schaute ihm nach. Innozenz ließ die Schultern hängen, und das Gehen fiel ihm offensichtlich schwer. Vielleicht würde er sich ja mit Cristoforo einigen können – möglicherweise würde es jedoch notwendig werden, auch seinen Vater auszulöschen. Es wäre sicher möglich, den Verlauf der Krankheit, an der Innozenz litt, zu beschleunigen, sollte sie ihn nicht schnell genug ins Grab bringen. Rom und die Kirche brauchten endlich einen neuen Papst, der energischer, intelligenter und mächtiger war und besser auf die Feinde der Kirche achten würde. Rodrigo stand auf. Der neue Gesalbte des Herrn war bereit.

Rom

Montag, 6. August 1487

Die Mitteilungen des Pontifex wurden in der Basilika angeschlagen. Ob es sich um eine päpstliche Breve oder Bulle handelte, stand in jedermanns eigenem Ermessen, je nachdem, wie wichtig er die Mitteilung fand. Auf jeden Fall musste jeder Bürger den Inhalt des Dokuments kennen, auch wenn er weder lesen noch schreiben konnte. Für einen kleinen Obolus erklärten daher die anwesenden Schreiberlinge den Menschen, was in den Direktiven des Papstes zu lesen stand. In der Breve des Vortages hatte Papst Innozenz erklärt, dass die Neunhundert Thesen von Graf Giovanni Pico della Mirandola ketzerisch und schädlich seien, und verbot ab sofort deren Lektüre und Verbreitung. Ferner forderte er Mirandola, der die Inhalte in einer nicht näher beschriebenen *Apologie* verteidigt hatte, auf, sich dem verständigen und verzeihenden Papst anzuvertrauen. Mit der aufrichtigsten Beteuerung, dass im Falle seines persönlichen Erscheinens niemand wagen würde, das Leben oder die Unversehrtheit des Grafen zu gefährden. Im Namen des Herrn.

Unter dem Eindruck dieser Versprechen gab Leonora der Dienerschaft in der Via Veio Anweisungen, alsbald das Reisegepäck vorzubereiten.

»Übermorgen reisen wir ab. Das Schiff hält in Livorno, und von dort aus wird es nicht schwer sein, eine Möglichkeit zur Überfahrt nach Genua zu finden. Bist du sicher, dass du nicht mit uns nach Florenz kommen möchtest?«, fragte sie Giovanni eindringlich.

»Nein, das ist der einzige Weg, der mir bleibt, um meine Thesen doch noch vorzustellen. Nächstes Jahr wird Charles von Valois die Regentschaft in Frankreich übernehmen, und er hat keinerlei Furcht vor dem Papst. Außerdem ist er ein enger Verbündeter der de' Medici, obwohl seine politischen Intentionen geheimnisvoller als die Chaldäischen Orakel sind. Paris ist meine letzte Hoffnung.«

»Paris kann warten. Brauchst du dazu nicht das Buch? Wenn wir in Florenz sind, könnten wir …«

»Nein, Ferruccio, das Buch muss von dir gehütet werden, und du darfst nicht einmal mir offenbaren, wo du es versteckst. Wenn ich nichts weiß, kann ich es auch nie verraten, geschehe, was da wolle. Ich erinnere mich an jeden Satz und jedes Wort, das ich geschrieben habe.«

»Du und dein Gedächtnis! Eines Tages musst du mir dein Geheimnis verraten!«

»Ich habe weder vor dir noch vor Leonora Geheimnisse. Ich bitte dich nur, mit eurer Vermählung bis zu meiner Rückkehr zu warten. Ich möchte dabei sein.«

»Das wirst du – denn in jenem Moment werde ich die Unterstützung eines wahren Freundes brauchen!«

Im selben Augenblick erschien Leonora, zerzaust und mit gerötetem Gesicht.

»Giovanni, verzeiht, aber ich kann es nicht allein. Euer Sekretär ist voller Papiere, und ich weiß beim besten Willen nicht, ob ich sie alle zusammen einpacken soll oder einzeln sortiert.«

»Ich komme schon, Leonora, und danke für alles, was du für mich tust.«

»Ich kann es kaum erwarten abzureisen … mit meinem Bräutigam«, sagte sie und strahlte Ferruccio an.

Dieser ging auf sie zu und nahm ihr Gesicht zwischen seine Hände, aber sie wich lachend zurück.

»Wenn Ihr nicht gewesen wärt«, sagte sie zu Giovanni, »hätte dieser Jüngling so lange gewartet, um mir seine Liebe zu erklären, bis ich alt und hässlich geworden wäre.«

»Das ist nicht wahr«, protestierte Ferruccio, »es ist nur, dass ... ich an solche Dinge nicht gewöhnt bin.«

»Das will ich doch hoffen! Wie vielen Frauen vor mir hast du deine Liebe erklärt?«

Ferruccio protestierte erneut, aber sie legte ihm zwei Finger auf den Mund.

»Nein, sag mir nichts. Ich könnte vor Schmerz und Eifersucht vergehen. Ich lasse euch nun mit euren Disputen allein und streite mich nebenan weiter mit der Dienerschaft.«

Beide sahen sie mit ähnlicher Zuneigung, aber unterschiedlichen Gefühlen an.

»Du kannst dich wahrlich glücklich schätzen, Ferruccio, denn Leonora ist eine wundervolle Frau«, sagte Giovanni aufrichtig.

»Ja, das meine ich auch. Sie wird eine perfekte Ehefrau und Mutter sein.«

»Wie ich sehe, hast du die besten Absichten. Aber nimm dich in Acht, wenn du in Florenz bist. Der Hof ist tolerant, aber die Kirche dafür umso weniger. Girolamo, ich meine: Savonarola, toleriert nicht einmal eine Berührung zwischen Ehemann und Eheweib, die nicht der Zeugung dient. Sieh dich vor, dass ihr bei der Vermählung nicht zu dritt seid.«

»Über diese Dinge habe ich mit Leonora nie gesprochen«, sagte Ferruccio. »Ich warte, dass sie es tut.«

»Eine verliebte Frau kennt keine Hindernisse und Verbote. Ich habe beinahe den Eindruck, dass *du* sie im Zaum halten musst und nicht umgekehrt.«

* * *

»Jetzt hör' endlich auf, Tränen zu vergießen, es wird nicht das erste und auch nicht das letzte Mal sein!«

»Aber er war anders, ich habe die Aufrichtigkeit in seinen Augen gesehen!«

Cecia rupfte ein Huhn nach dem anderen und riss dermaßen an den Federn, dass sie gleich die ganze Haut mit abriss.

»Und pass besser auf, die Herrin hat heute Abend Gäste. Reiß den Viechern nicht die ganze Haut weg!«

Aber Cecia schien die Köchin gar nicht zu hören, der sie eigentlich zu Diensten sein musste. Mit tränenverschleiertem Blick und der Wut, die sie im ganzen Körper verspürte, setzte sie ihr zerstörerisches Werk mit dem armen Federvieh fort. Zum Glück waren die Tiere schon tot, dachte die Köchin, als sie beobachtete, wie Cecia ein ganzes Hühnerbein samt Federn ausriss.

»So, nun ist aber Schluss«, schimpfte sie und nahm dem Küchenmädchen das halb gerupfte Huhn aus der Hand. »Wenn du dich an ihm rächen willst, dann geh in den Hof und dreh den Hühnern den Hals um, hier werde *ich* weitermachen.«

Cecia ging schnaubend in den Hühnerstall und griff nach einem Hähnchen. Das Tier hatte nicht einmal mehr Zeit, einen Laut von sich zu geben – so schnell hing sein Kopf leblos herunter.

Cecia tat der Köchin leid. Sie näherte sich der Magd, wischte sich die Hände an der Schürze ab und nahm sie tröstend in die Arme.

»Ihr zwei da, geht an die Arbeit, ihr seid hier nicht zum Tratschen«, schrie sie der erste Koch an, der gerade die Marinade für die Hähnchen vorbereitete. »Hier ist schon alles fertig!«

»Oh, werdet lieber Pfaffe«, schrie die Köchin zurück, »und seid beruhigt, ich werde schon alles recht machen!«

Cecia legte ihren Kopf an die Brust der Köchin und schluchzte.

»Er ist ein guter Mann, verstehst du? Ein feiner Kerl, nicht so wie die Bestien, die ihre Hände überall haben.«

»Ja, die kenne ich«, sagte die Köchin mit lauter Stimme für die Ohren des Kochs, »manche Männer denken wirklich an nichts anderes.«

»Er hat mich verhext, ja, genau das hat er getan. Und ich dumme Gans habe ihm auch noch alles Mögliche erzählt! Er hat mich zum Narren gehalten, das hat er getan!«

»Was hast du ihm denn erzählt? Hoffentlich nicht, dass wir das Fleisch vom Markt weiterverkaufen, oder?«

Cecia schniefte. »Ach was. Er hat sich doch gar nicht für uns interessiert!«, rief sie aufgebracht. »Er wurde nur ganz närrisch, als ich ihm von diesem Jüngling erzählte, an dem Madonna Giulia Gefallen gefunden hat und den der Kardinal zu Hackfleisch machen will.«

»Was ist das für eine Geschichte?«

»Du kennst sie auch. Ich habe sie von Fiammetta, die es von Nerino erfuhr. Oh, ich bin so töricht gewesen! Und dann schmierte mir dieser Kerl auch noch Honig ums Maul: ›Liebste hier und Liebste da‹ und gab mir zu trinken und streichelte mich.«

»Wo? Da unten?«

»Aber nein! Das interessierte ihn nicht die Bohne.«

»Schon gut, aber jetzt hör schon auf, an ihn zu denken. Hier, trockne deine Tränen, mein Kind. Der hat dich wirklich nicht verdient, und vielleicht … gefielen ihm ja sowieso die Burschen!«

Cecia hörte auf zu weinen und ging zurück zu den Hühnern. Jetzt ließ sie die Tiere erst ein bisschen schreien, bevor sie ihnen, diesmal mit etwas mehr Feingefühl – so wie es sich eben gehörte – den Hals umdrehte. Als die Köchin mit ihrer Arbeit fertig war, redete sie mit Fiammetta, die es Nerino erzählte, der sich seinem Saufkumpan, dem persönlichen Sekretär von Kardinal Rodrigo Borgia, anvertraute.

* * *

Zur gleichen Zeit durchkämmten die Spione ganz Rom. Der Befehl war unmissverständlich: Es bestand der begründete Verdacht, dass sich Graf Mirandola irgendwo in der Stadt verbergen würde. Jeder, dem etwas auffiel, musste alles stehen und liegen lassen und sofort Meldung machen. Außerdem sollte auf die Spuren eines Söldners der de' Medici geachtet werden: Ein hochgewachsener Mann mit Spitzbart. Ein Besucher von Gasthäusern und Schankstuben. Flink mit der Zunge und wahrscheinlich auch schnell mit dem Schwert. Am Nachmittag erschien vor dem mächtigen Kardinal Borgia ein verängstigter Mönch, der von zwei seiner Schergen herbeigezerrt worden war. Er hatte ein blaues Auge und einen schwarzen Fleck darunter, der aussah wie ein Kohlestrich. Fragend schaute der Kardinal seinen Mann an.

»Er wollte nicht vor Euch erscheinen, Eure Eminenz, daher mussten wir ein bisschen nachhelfen.«

Der Mönch stürzte auf die Knie, und dabei rutschte ihm die Kapuze über den Kopf.

»Gnade, Monsignore, Gnade für Euren demütigsten Diener!«, jammerte er. »Ich habe noch nie jemandem etwas zu Leide getan, ja, nicht einmal eine Frau habe ich berührt! Immer habe ich im Gebet und in Verehrung für unseren Herrn gelebt! Gewährt mir das auch weiterhin, Monsignore!«

»Amen«, sagte der Kardinal und wandte sich an den anderen Schergen.

»Was macht dieser Mann Gottes hier?«

»Ich habe in den Kirchen gesucht, mein Herr. Denn dort finden gewöhnlich diejenigen Zuflucht, die sich zu verstecken wünschen. Und als ich mit diesem Mönch sprach, erfuhr ich, dass er vor zwei Monaten zu einer Letzten Ölung gerufen wurde. Es handelte sich um einen florentinischen Edelmann, der aufgespießt worden war.«

»Nichts Ungewöhnliches.«

»Nun, dies geschah im Kloster von San Sisto.« Der Mann sah, dass der Kardinal aufmerksam wurde, und fuhr selbstsicher fort: »Aber das ist noch nicht alles. Der Tote war Giuliano Mariotto de' Medici, der Gemahl von Margherita. Und selbige war, so wird jedenfalls gemunkelt, die Geliebte von ebendiesem Grafen von Mirandola.«

»Bei Gott!«, rief Borgia aus und lähmte den vor Ehrfurcht erstarrten Mönch. »Sprich«, schrie er, packte ihn an den Schultern und zwang den Mönch dabei, ihm in die Augen zu sehen, »was weißt du noch?«

»Sprich! Das hat dir der Kardinal befohlen«, der Scherge verpasste dem Mönch einen solchen Tritt in den Hintern, dass dieser zwar nicht zu Boden fiel, aber den Ernst der Lage durchaus erkannte.

»Ich schwöre bei der Madonna, dass ich nicht mehr weiß.«

»Du fluchst, mein Mönch.«

Der eisige Blick des mächtigsten Mannes von Rom, der vielleicht noch mächtiger als der Papst war, durchdrang ihn bis ins Mark, und der Mönch spürte, dass er sich leider in die Hosen gemacht hatte. Zur Angst gesellte sich nun auch noch die Scham.

Der Kardinal war angewidert: »Bei Gott«, wiederholte er, an seinen Schergen gewandt, »er hat sich in die Hosen geschissen.«

Aber der Mönch war nicht mehr in der Lage zu sprechen.

Borgia verlor die Geduld und herrschte den verstörten Bediensteten an: »Was hat er dir sonst noch erzählt? Mach endlich den Mund auf!«

»Nicht viel mehr, Eure Eminenz, aber bevor ich ihn hierherbrachte, war ich in dem Kloster, in dem der Vorfall geschah, und habe dort nachgeforscht.«

Der Mann blieb regungslos stehen und genoss die Befriedigung, die er seinem Herrn gleich bereiten würde.

»Ja und?«

»Ich habe die Äbtissin des Klosters befragt. Sie hat mir gestanden, dass de' Medici, der dann im Kampf das Nachsehen hatte, von zwei Männern angegriffen wurde. Einer von ihnen war hochgewachsen und trug einen Spitzbart. Er hat wohl einen der Söldner, der den Toten begleitete, in die Flucht geschlagen.«

»Und der andere? Beschreibt ihn mir.«

»Jung, kleiner, mit Bart und schwarzen Haaren.«

»Das passt nicht …«

»Vielleicht hat er sich verkleidet.«

»Ja, das könnte sein …«

»Aber da ist noch etwas, Monsignore.«

»Bei Gott und allen Heiligen, was hast du erfahren? So lass dir doch nicht alles aus der Nase ziehen!«

»Die Äbtissin hat mir erzählt, dass eine Frau dabei war.«

»Die Geliebte! Margherita!«

»Nein, das glaube ich nicht, Eure Eminenz, sie scheint gestorben zu sein.«

Rodrigo strich sich sanft über die Nase. Auf der Suche nach einer Antwort wanderten seine Augen flink zwischen seinen Dienern, dem Mönch und den glänzenden Marmorböden hin und her. Dann hob er den Zeigefinger seiner rechten Hand, an dem er einen monströsen Rubin trug.

»Aber du bist dir nicht sicher, sagst du?«

»Nein, Eure Eminenz.«

»Schluss jetzt. Wir haben keine Zeit mehr. Nun wissen sie, dass wir sie suchen, und die Breve von Innozenz ist vollkommen nutzlos. Ab jetzt übernehme ich das Kommando und befehle euch: Findet dieses Trio und unterrichtet jeden, dass der Graf nun ein anderes Aussehen hat. Bart und schwarzes Haar statt der blonden Lockenpracht.«

»So geschieht es.«

»Ich werde einen sofortigen Haftbefehl erlassen. Es ist keine Zeit mehr für Scharmützel und Intrigen. Ich will Mirandola hier, tot oder lebendig. Ist das klar?«

Florenz

Sonntag, 30. Oktober 1938

Die gesungene Messe begann um zwölf Uhr mittags und endete nicht vor eins. Das Kirchenschiff der San-Marco-Basilika war mit Gläubigen überfüllt, die sich fast bis unter den Altar drängten. Unter dem Kreuz des heiligen Angelikus nahmen Mönche, Chorherren und Ministranten auf den langen Kirchenbänken Platz. Alle trugen die gleichen Gewänder, waren aber in den verschiedenen Stimmlagen aufgestellt – vom tiefsten Bariton bis zu den breit gefächerten Altstimmen. Einige, die sich nicht für den religiösen Inhalt der Messe interessierten, waren einfach nur deshalb gekommen, weil sie die gregorianischen Gesänge der letzten Messe des Monats genießen wollten. Einige Besucher, darunter fünf Männer mit ihren Familien, hatten aber noch ganz andere Gründe. Nach dem *Introitus* und dem *Kyrie* verschwanden sie unauffällig, einer nach dem anderen, durch das Querschiff und schlüpften durch eine kleine Seitentür. Sie gingen zielstrebig in den angrenzenden Sant'Antonino-Kreuzgang und erreichten schließlich das Innere von San Dominikus. Einem zufälligen Beobachter wären sie wie fünf Aristokraten erschienen, die keinerlei Interesse für die gesungene Messe aufbrachten, und an diesem schönen Tag in der klösterlichen Ruhe eine schöne Zigarette genießen wollten. Sie trugen allesamt bekannte Namen und stammten aus Familien, die seit Jahrhunderten miteinander befreundet waren und sich einmal pro Woche in der *Accademia dei Georgofili* trafen. Alle fünf gehörten zu einer Gruppierung, die sich Omega nannte. Die Mitglieder wechselten zwar im Laufe der Zeit, aber das Ziel war seit fünfhundert Jahren immer noch ein und dasselbe.

Das wichtigste Mitglied unter ihnen fehlte allerdings: Giacomo de Mola, der Hüter. Sie waren seinetwegen gekommen, denn sie mussten nun, nachdem das Manuskript verschwunden war, eine neue Strategie festlegen. Sie waren vor der Statue von San Dominikus, der auf die Häresie tritt, stehen geblieben. Die Häresie wurde von einer nackten Frau mit verzweifeltem Gesichtsausdruck und mageren, von einem Buch bedeckten Hängebrüsten dargestellt. In ihrem Arm verbiss sich ein Hund – eine Gruppierung aus Marmor, die obszön und ketzerisch zugleich erschien.

»Und so hat also der heilige Dominikus am Ende doch gewonnen«, sagte einer der Anwesenden und betrachtete nachdenklich die Skulptur.

»De Mola trifft keine Schuld.«

»Er hat getan, was getan werden musste«, sagte der, der über die größte Autorität zu verfügen schien. »Das Absurde ist, dass er im Moment nicht in Gefahr sein dürfte, aber es trotzdem sicherer ist, wenn er im Verborgenen bleibt.«

»Er könnte hierher zurückkehren«, sagte einer und drückte seine Zigarette auf der Marmorskulptur aus.

»Das werden wir sehen, wenn es so weit ist. Auch hier. Wir alle sind in Gefahr.«

»Gabriel, denkst du an Volpe? Seitdem er verschwunden ist, bin ich noch nervöser.«

»Nein, er weiß nichts über uns. Vielleicht ist er ja nach Deutschland geflohen.«

»Nach Deutschland? Glaubst du, dass es die Deutschen waren, die das Buch gestohlen haben?«

»So, wie die Dinge gelaufen sind, ist es das Wahrscheinlichste.«

»Aus welchem Grund?«

»In Deutschland übt die Kirche, obwohl sie dem Regime zu Diensten ist, immer noch einen großen Einfluss auf die Bevölkerung aus. Der böse Mann mit Schnauzbart toleriert die Kirche zwar; er weiß jedoch, dass sie eine Gefahr für ihn werden könnte.

Das Buch könnte ihre Autorität untergraben und das *Reich* zu einer Ersatzreligion werden lassen.«

»Gott sei mit uns …«, fügte Raffael nachdenklich hinzu.

»In meinen Augen geht es den Deutschen um noch viel mehr: Hier wird der Grundstein für die Vergöttlichung Hitlers gelegt.«

»Dann ist es aus. Wenn dies geschieht, sollten wir uns auflösen«, sagte Zachiel nach einer Weile in die Stille.

»Nein. Das können wir immer noch tun, wenn wir merken, dass wirklich gar nichts mehr zu machen ist. Bis dahin bleiben wir zusammen und hoffen weiter.«

»Hoffen worauf, Gabriel?«

»Auf unsere Mutter, zum Beispiel. Oder auf die Arroganz derjenigen, die auf den Sieg der Mächtigen hoffen. Wir werden es bald wissen, meine Herren«, beendete er die Unterhaltung und ließ einen schwarzen Aschestreifen auf dem Fuß der Häresie zurück, als er seine Zigarette ausdrückte. »Wir sehen uns wie üblich nächste Woche in der Akademie.«

Die Wewelsburg

Dienstag, 2. November 1938

Der Zweitakter des grauschwarzen DKW F7 begann zu schwächeln, aber Wilhelm Zugel war nicht bereit, ihm eine Ruhepause zu gönnen. Er war von Sankt Gallen, wo er eine Woche auf Anweisungen gewartet hatte, ohne Unterbrechung durchgefahren. Über 600 Kilometer ohne anzuhalten, außer zum Tanken und um seinen Bedürfnissen nachzukommen. Nun fehlten bis zur Wewelsburg nur noch wenige Kilometer. Dass ihn der *Reichsführer-SS* Heinrich Himmler persönlich in Empfang nehmen würde, wagte er nicht zu hoffen, aber dass er umgehend vorgelassen würde – das schon. Zugel schaute kurz auf die Aktentasche, die auf dem Beifahrersitz lag, und berührte sie flüchtig. Das Dokument verkörperte eines der Symbole, das der mächtige Chef der Polizei und des Sicherheitsdienstes des Deutschen Reiches suchte.

Himmler wollte es haben, und Zugel würde es ihm übergeben. Eines der wichtigsten Ziele Himmlers war es, die Autorität der katholischen Kirche zu untergraben, da sie einen negativen Einfluss auf den germanischen Geist ausübte. Sein größter Triumph wäre, wenn er beweisen könnte, dass der jüdische Gott eine Erfindung der Menschen war und dass es ganz andere Zeichen im himmlischen Alphabet gab, wie zum Beispiel die Figur einer blonden Frau mit arischem Aussehen. Die geheimen Thesen des Grafen Mirandola würden zur Verwirklichung dieses hochpolitischen Unterfangens beitragen.

Der Hinterantrieb des Autos kämpfte sich auf die von der Burg dominierte Anhöhe hoch. Allein schon die Tatsache, dass er die Burg besuchen durfte, erfüllte Zugel mit Stolz und Befriedigung.

Er kannte die Legende, die sich um sie rankte, und wusste, dass die Burg mit ihrem dreieckigen Grundriss einzigartig und mysteriöserweise nach Norden ausgerichtet war. Er wusste außerdem (wie nur wenige Deutsche übrigens), dass Himmler sie als Wiege des Ahnenerbes, des schwarzen Ordens, auserwählt hatte – die Burg war der Ort der *germanischen Zwecksuchung* über das arische Ahnenerbe. In seinem Kopf stellte Zugel sich halbnackte Walküren und Helden mit glänzenden Schwertern vor und Orgien von himmlischen Kräften mit arischen Schönheiten. Er gierte danach, daran teilnehmen zu dürfen. Worum es sich bei der *germanischen Zwecksuchung* genau handelte, war ihm selbst nicht so ganz klar, aber er wusste, dass es sich um geheime Forschungen und okkulte Riten handelte, an denen die Mächtigen des Landes laborierten, die beweisen sollten, dass die Mission des Reiches die ganze Welt erobern würde.

Hochmütig zeigte Zugel der Wache seine Ausweispapiere und fuhr dann lässig durch den Park, dessen Eichenbäume den Eingang des Burgtors verbargen.

Als er endlich die weiße Fassade mit dem großen, überstehenden Dach und die beiden Festungstürme erblickte, spürte Zugel, dass nun der erhebendste Moment seines Lebens gekommen war. Er parkte seinen Wagen neben den anderen Dienstfahrzeugen und bemerkte sehr wohl, dass sie um einige Klassen besser waren als sein eigener. Ein wunderschöner offener Porsche und ein fabrikneuer BMW 328, beide schwarz. Das waren Autos – so wie die Frauen, die ihm gefielen! Zwei SS-Männer standen am Eingang Wache und ließen ihn problemlos passieren. Im großen Salon im Erdgeschoss waren die Wände mit Hakenkreuz-Standarten behängt. In jeder Ecke glänzten antike Ritterrüstungen.

»Willkommen, Leutnant Zugel, wir haben Sie schon erwartet. Bitte nehmen Sie Platz.«

Der Soldat, der ihn empfing, lächelte ihn freundlich und ohne Förmlichkeiten an: Er hatte den gleichen Dienstgrad wie Zugel, der die Begrüßung mit dem Hitlergruß erwiderte.

Draußen begann es bereits dunkel zu werden, aber der Saal war durch die neuen Quarzlampen, mit deren Produktion Deutschland gerade begonnen hatte, taghell erleuchtet. Ihr gelbliches Licht passte gut zu den antik aussehenden Fackeln an den Wänden. Nach einer langen Wartezeit kam ein Mann die Treppe hinunter und näherte sich ihm. Mager, in einem grauen Doppelreiher, erinnerte er Zugel vage an den Reichspropagandaminister Joseph Goebbels. Im Gegensatz zu diesem benahm sich der Fremde vor ihm aber eigenartig, beinahe feminin.

»Leutnant Zugel?«

»Jawohl.«

Zugel war respektvoll und ein wenig verunsichert aufgestanden, denn der Mann hatte eine autoritäre Art an sich. Als er ihn wortlos musterte, hatte Zugel den Eindruck, dass sein Blick kurz auf seinen Schuhen verweilte.

»Hermann Heinz, Sekretär von Doktor Wust. Wenn Sie mir bitte folgen würden«, sagte er. Sein Ton war zuvorkommend, aber man spürte, dass er gewohnt war, Befehle zu erteilen.

Ein Aufzug brachte sie in den dritten Stock. Während sie durch einen Flur gingen, hatte Zugel die Gelegenheit, den dritten Turm, der um einiges größer als die beiden anderen war, zu bewundern. Es war der Nordturm, in dessen Mitte ein Marmormosaik in Form eines Sonnenrads, dem Symbol der alten arischen Religion, eingelassen worden war. Heinz betrat vor ihm ein Zimmer, das wie ein ganz normales Büro aussah; es war wie das Arbeitszimmer eines Notars oder eines Universitätsprofessors eingerichtet.

»Ich nehme an, Sie haben etwas für uns.«

Zugel holte das Manuskript aus seiner Aktentasche und übergab es stolz dem Mann. Dieser legte es in seine Schreibtischschublade, ohne auch nur einen Blick darauf zu werfen. Zugel spürte, wie ihm ein Schauer über den Rücken lief.

»Danke, Herr Leutnant. Sehr gute Arbeit. Sie können hier in der Burg bleiben, um sich auszuruhen. Das Abendessen wird um Punkt acht serviert.«

Zugel biss die Zähne zusammen. Er wusste nicht, was er darauf antworten sollte. Der Mann sah ihn an und schürzte die Lippen wie eine Frau, wenn sie sich Lippenstift aufträgt.

»Kann ich noch etwas für Sie tun, Herr Leutnant?«

»Nein, aber ich meine, dass das Buch sofort einer Prüfung unterzogen werden sollte. Ich weiß, dass Herr Reichsführer Himmler sehr daran …«

»Sie haben Ihre Pflicht getan, Herr Leutnant«, Heinz fiel ihm ins Wort, und seine Stimme klang auf einmal gar nicht mehr freundlich. »Wenn Sie mich nun entschuldigen würden, ich habe noch weitere Angelegenheiten, um die ich mich kümmern muss. Heil Hitler!«

»Heil Hitler«, antwortete Zugel und entfernte sich.

Das Zimmer, das ihm zugewiesen wurde, glich der Zelle eines Mönches: Nichts als ein Bett, ein eintüriger Schrank und ein angrenzendes Zimmerchen mit Toilette und Dusche. Das Fenster lag auf der Talseite. Sobald er sich sicher war, allein zu sein, suchte sich Zugel etwas, an dem er seine Wut auslassen konnte. Da das Zimmer jedoch nichts bot, musste er damit vorliebnehmen, sich seine Fingernägel in die Unterarme zu graben. Dann nahm er sich ein Kissen vor den Mund und schrie sich seine ganze Wut aus dem Leib.

Von Rom nach Livorno

Mittwoch, 8. August 1487
und die folgenden Tage

Sie waren mit einem alten Karren quer durch die Stadt gefahren. Die Kontrollen auf dem Tiber waren allerorts verschärft worden, was ihre Angst, entdeckt zu werden, immer größer machte, dass drei Personen samt Kutsche und Gepäck (das sie notdürftig unter Obstkisten und Getreidesäcken getarnt hatten) unbemerkt reisen konnten. Jemand aus dem Haus hatte ihre Abfahrt bestimmt beobachtet. Wenn Leute aus Rom abreisten, fanden das die Menschen ganz allgemein ungewöhnlich, denn eigentlich wuchs die Stadt, und außerdem galt Rom als attraktivste Stadt Italiens. Erste Bemühungen, den antiken Glanz wiederzubeleben, waren bereits sichtbar, obwohl im Kolosseum nach wie vor Füchse und Wölfe herumlungerten.

Die drei Reisenden passierten die Reihen der Straßenhändler, die den Seeleuten auf ihren Karren Obst brachten, fuhren dann zwischen Feldern, Gemüsegärten, Bauerhöfen und Ruinen auf der Via Portuense entlang, bis sie zu den Überresten des antiken Hafens gelangten. Ferruccio erkannte das Schiff sofort wieder: Die Santa Marta ankerte an einem der letzten Ankerplätze, die noch aus den Zeiten Trajans stammten. Der Kapitän war freundlich, drängte aber zum Aufbruch. Es waren viele Soldaten unterwegs, und in den Hafenspelunken tuschelte man, dass sich hier ein paar gefährliche Verbrecher herumtreiben würden, auf die ein Kopfgeld ausgesetzt war.

»Ich hoffe, es handelt sich dabei nicht um Euch«, meinte der Kapitän.

»Nein, so wichtig sind wir nicht. Unser Geld jedoch – das

könnte für einen Räuber gewiss verlockend sein. Aber nur für den, der mich nicht kennt.«

Zärtlich tätschelte Ferruccio sein Schwert. Der Kapitän wurde ernst.

»Auch ich habe meine Ehre, und meine Männer kämpfen für mich unter dem Einsatz ihres Lebens bis in den Tod!«

Die Santa Marta wurde aus dem Hafen gerudert, und der leichte Schirokko geleitete sie schnell auf das offene Meer hinaus. Das Wasser war ruhig, aber im Westen kamen ein paar Wolken auf, die vielleicht einen Sturm bringen würden. Wenn der Wind nicht bald drehte, wären sie gezwungen, einen sicheren Hafen anzusteuern.

Giovanni lehnte auf Deck an der Reling und betrachtete die Sonne. Sie hatte den Horizont des Meeres fast erreicht und schien in ihm zu versinken. Von der Küste war nur noch schemenhaft ein Turm zu erkennen. Leonora trat zu ihm und hängte sich bei ihm ein. Lange sahen sie schweigend auf das Meer hinaus. Ferruccio ließ sie ganz bewusst allein – die beiden sollten ruhig ihren Gedanken freien Lauf lassen: über die Toten und die Lebenden und über ihre Ängste und Hoffnungen, die sie hinter sich gelassen hatten. Ferruccio brachte sie von der hungrigen Wölfin fort, denn er liebte sie beide. Als er sah, wie Leonora ihren Kopf an Giovannis Schulter lehnte, verspürte er kein bisschen Eifersucht, sondern nur warme Zuneigung.

* * *

Die Wachen leisteten nur zaghaft Widerstand. Sie wagten es nicht, ihn aufzuhalten, und so drang Kardinal Borgia nahezu ungehindert in das Schlafgemach von Innozenz ein, der noch schlief. Es war noch vor Sonnenaufgang, und die Morgenmessen waren noch nicht gehalten worden.

»Er ist geflohen!«, schrie der Kardinal.

Der Frau, die bei Innozenz im Bett lag, entfuhr ein Schrei, und nackt, wie sie war, sprang sie aus dem Bett, um eiligst das Weite zu suchen. Der Kardinal versuchte, ihr einen Tritt zu geben, während er auf das Bett von Innozenz zustürmte. Dieser riss erschrocken die Augen auf und versuchte, sich zu orientieren. Er war noch nicht wirklich wach und schien noch gar nicht gewahr zu sein, wen er da vor sich hatte. Instinktiv zog er sich schützend das Bettlaken bis zur Nasenspitze hoch. Rodrigo näherte sich ihm bis auf eine Handbreit.

»Rodrigo! Ihr seid es! Aber wer ist denn geflohen?«

»Der Graf! Dieser verfluchte Kerl ist an Bord eines Schiffes geflohen.«

Die Frau schrie immer noch und versuchte mehr schlecht als recht, sich mit dem Vorhang des Fensters zu bedecken. Der Kardinal ging auf sie zu und presste ihr das Kinn schmerzhaft zwischen dem Zeigefinger und Daumen seiner Hand zusammen.

»Nimm deine Sachen und verschwinde aus diesem Raum«, knurrte er bedrohlich. Er sprach langsam, damit sie gezwungen war, seinen Atem zu riechen. Als sie das Schlafgemach des Papstes verließ, konnte sie diesmal den Tritten des Kardinals nicht ausweichen. Währendessen hatte sich der Papst einen Morgenmantel aus grünem Brokat übergezogen.

»Von wem habt Ihr das erfahren? Ist es eine zuverlässige Quelle?«

»Meine Spione begehen nie Fehler, dafür ist ihnen ihr Leben zu lieb und teuer«, blaffte Borgia und fügte hinzu: »Sie befinden sich auf einem Schiff nach Livorno.«

»Wir haben keine Schiffe, Rodrigo, wir können ihre Verfolgung nicht aufnehmen.«

»Ich weiß. Das ist ein anderes Problem, um das wir uns noch kümmern müssen. Die Armut der Kirche ist eine Schmähung der Glorie Gottes. Das Geld ist da, Giovanni. Wir müssen es uns nur noch holen. Aber zuvor müssen wir unsere Rechnung mit Mirandola begleichen, sonst ist alles umsonst gewesen.«

»Aber wie können wir sie erreichen?«

»Mit Sicherheit nicht über das Meer. Über das Festland ist es jedoch sehr wohl möglich. Ich will ihn tot – ob durch die Hand Gottes oder einen Henker, interessiert mich nicht. Er ist das einzige Hindernis, das mich noch aufhalten kann!«

Innozenz schaute ihn beunruhigt an.

»Ihr nehmt das zu persönlich. Pico ist gegen die Kirche, nicht gegen Euch und mich.«

»Gegen die Kirche sein heißt gegen uns sein. Und darum ist es sehr wohl eine persönliche Angelegenheit. Ich glaube, nun ist der Moment gekommen, dass Euer Sohn seine Missetaten wiedergutmachen kann.«

»Fränzchen?«

»Ja, ich weiß, Ihr habt noch mehr Bastarde, aber ja, ich dachte just an ihn. Bietet ihm an, was er haben will. Von mir aus kann er auch Statthalter von Rom werden. Wenn er Giovanni fängt und tötet.«

* * *

Lehmbrocken, Schweiß, Staub und Schlamm; Schreie und das bebende Getrampel nervöser Hufe. Glänzende Rüstungen, poliertes Leder, Schwerter und Speere an den Satteln der Pferde – Bogen und Armbrust auf dem Rücken: Dies waren die 50 berittenen Krieger, die Fränzchen Cibo in weniger als einem Tag um sich versammelt hatte. Sie waren bereits im Morgengrauen und noch vor Sonnenaufgang aufgebrochen. Der Sohn des Papstes ritt allen voran und gab das Tempo vor; neben ihm ein bewaffneter Schildknappe, der das Banner mit dem Cibo-Wappen trug. Fränzchen war der Einzige, der einen Stechhelm mit Nackenschutz trug. Noch hatte er sein Visier nach oben geklappt, und wenn er an den Bauernhöfen und den Mühlen vorbeikam, dann wurde er mit Verbeugungen und Grußworten erst respektvoll gegrüßt und mit Verfluchungen und Verwünschungen verabschiedet, sobald er außer Hörweite war.

Sein Vater hatte Fränzchen versprochen, ihn zum Statthalter Roms zu machen, wenn er diesen Auftrag erfolgreich erledigen würde. Diesmal, das schwor er sich, würde er sich diese Gelegenheit nicht entgehen lassen. Außerdem wollte er sich für die Flucht von diesem Benivieni, dem Sodomitenfreund des Grafen, rächen.

Während die Santa Marta sanft auf der Höhe von Ladispoli segelte und das offene Meer mit frischem Wind suchte, wechselten Fränzchen und seine Mannen in Civitavecchia zum ersten Mal die Pferde. Die Männer hatten die Pferde bis zum Äußersten getrieben, und so erreichte der Trupp mit den päpstlichen Insignien schneller als erwartet den Posten Capalbio. Er war der Sitz von Giovan Battista Orsini, dessen Familie sich stolz gegen die Wahl Innozenz' gestellt hatte. Der Ritter, mit einer beträchtlichen Anzahl von Männern im Rücken, verweigerte Fränzchen den Pferdewechsel, der sich daraufhin gezwungen sah, sich, seinen Männern und den Tieren eine Ruhepause zu gönnen.

Am dritten und letzten Tag der Überfahrt hatte die Santa Marta einen ordentlichen Westwind, der sie bis zum Abend gut vorantrieb und das raue Meer nur ab und an über das Heck schwappen ließ. Sie holten die Segel ein und ruderten bis nach Giannutri. Das Gewitter erhellte den abendlichen Augusthimmel; von weitem konnte man unzählige Blitze sehen, die wie ein goldenes Gatter erschienen, das von einem wahnsinnigen Meeresgott auf und zu geschlagen wurde. Eine kleine Galeone, die ihnen gefolgt zu sein schien, zerschellte auf den Klippen am östlichsten Punkt der toskanischen Insel.

»Wahrscheinlich Piraten«, bemerkte der Kapitän der Santa Marta geringschätzig.

Fränzchen konnte die Pferde erst in Orbetello wechseln und zu seinem Ärger auch nur zu einem überhöhten Preis – die schwache Republik von Siena musste ihre Schäfchen ins Trockene bringen, denn sie hatte weder Gegner noch Verbündete. Die Santa Marta fuhr weiter an der Isola del Giglio vorbei. Die Reitertruppe kämpfte sich durch die Sümpfe, die hinter Castiglione lagen, und musste schließlich noch einen Umweg über die Küste reiten. Durch das mühsame Reiten im Sand verloren sie zusätzlich wertvolle Zeit. Von einer Sanddüne aus konnte Fränzchen am Horizont ein Schiff mit einem großen Rahsegel erspähen.

Als die Santa Marta mit ihrer Pontifexstandarte zwischen Elba und Piombino – dem Besitz der Appiani – durchsegelte, gab die Festung der Rivelli drei Kanonenschüsse ab. Jakob IV., Herr über Piombino, hatte überall Feinde – außer in Rom. Einmal an der Inselspitze vorbei, kam ein beständiger Wind auf, und die Ruder konnten eingeholt werden. Das Schiff durchpflügte die sanften Wellen, und das Wohlwollen des Meeres wurde durch eine Delfinschule bezeugt, die mit eleganten und erstaunlichen Pirouetten das Schiffsheck umtanzten. Leonora erfreute sich an diesem Schaupiel, und wenn sie sich zu Ferruccio und Giovanni umdrehte, sah sie in entspannte Gesichter.

Um das Gebiet der Appiani zu vermeiden, hatten die Reiter einen Umweg über die Hügel genommen. Als sie sich wieder der Küste zuwandten, gerieten sie jedoch in einen Hinterhalt: Zwei Männer wurden von Armbrustschützen getroffen, die in den Bäumen postiert gewesen waren. Fränzchen befahl, die Formation aufzulösen, und sich im Kreis aufzustellen, um den Angriff abzuwehren. Er hätte die Männer von Gherardesca den Briganten vorgezogen – mit den Gherardescanern hätte Fränzchen für ein paar Goldflorinen freies Geleit aushandeln können. Sie hielten sich bis zum Abend. Als sich dann jedoch noch eine weitere Horde schlecht bewaffneter Wegelagerer zu den Briganten gesellte und diese Fränzchens Truppe gemeinsam von allen Seiten angriffen, war er mit seiner Geduld am Ende und befahl zurückzuschlagen.

Die langen Schwerter und die militärische Disziplin waren schließlich stärker als Mistgabeln und Holzprügel, und als der Kampf endlich zu Ende war, zählte Fränzchen auf dem Schlachtfeld 20 Brigantenleichen und vier von seinen Leuten. Zur Abschreckung wurden die Verletzten mit dem Schwert gerichtet – unter ihnen auch ihr Anführer, der durch einen Axthieb schwer verletzt worden war.

Bei Sonnenaufgang setzten sie ihren Marsch fort, während die Santa Marta ihren Bug gen Livorno richtete.

Livorno

Samstag, 11. August 1487

In dem vor Schiffen und Fischerbooten nur so wimmelnden kleinen und äußerst geschäftigen Hafen ankerte die Santa Marta direkt vor dem großen Turm, auf dem der *Marzocco*, der florentinische Löwe und das Wappentier der herrschenden de' Medici, thronte. Während Ferruccio den Kapitän bezahlte, waren Leonora und Giovanni bereits an Land gegangen und fanden sich in einer bunt gemischten und in allen Sprachen parlierenden Menschenmenge wieder: Mohren mit Gesichtern und Armen so schwarz wie Ebenholz, Juden mit ihren schwarzen Gehröcken und langen Schläfenlocken, Soldaten ohne Uniform, dafür aber mit goldenen Ohrringen, Fischer und Dirnen; dazwischen Händler, die Stoffe, Gewürze und Schmuck feilboten. An den Verkaufsständen, die zu improvisierten Wechselstuben umgewandelt worden waren, wurde lebhaft über die Wechselquoten diskutiert. Giovanni beobachtete den schnellen Wechsel von Florinen und Talern in Genueser, von venezianischen Dukaten, neapolitanischen Augustalis und französischen Goldpistolen oder wertvollen sarazenischen Goldtari. Es waren flinke Transaktionen, bei denen das Vertrauen ein grundlegendes Element darstellte.

Ferruccio trat zu Giovanni und ließ seinen Blick schweifen.

»Die Medici können zufrieden sein«, sagte er. »Nicht nur der Hafen wird von Tag zu Tag größer, er verdunkelt bereits den Ruhm Pisas.«

Giovanni lächelte. »Das wird ein nützliches Gesprächsthema sein, wenn du dich erneut am Hofe Lorenzos vorstellst und dir den Segen für deine Vermählung von ihm erteilen lässt.«

»Von den de' Medici?«, Leonora sah ihn besorgt an. »Ich will mich nicht bei Hofe vorstellen!«

»Ich fürchte, das ist ein kleiner Obolus, den du bezahlen musst«, antwortete der Graf sanft. »Du wirst am Arm Ferruccios erscheinen, eine leichte Verbeugung machen, und einen Augenblick später wird dir Lorenzo fasziniert zu Füßen liegen.«

»Daran hatte ich nicht gedacht«, sagte Ferruccio und grinste. »Eigentlich möchte ich nicht gezwungen sein, mit ihm zu kämpfen!«

»Ihr Männer habt kein Hirn. Ich werde zur Mutter beten, auf dass sie euch etwas davon gewähren möge.«

Von ihrem Gepäckkarren gefolgt, gingen sie in die naheliegende Festung, die den alten Zwinger beschützte. Dort gab es eine Poststation, wo sich ihre Wege trennen würden. In der Loggia wählte Ferruccio zwei Knappen aus, die Giovanni auf seiner langen Reise begleiten würden – Brüder aus Bologna, jung und mit ehrlichem Blick.

»Bist du nach wie vor von deinem Plan überzeugt?«

»Ja, Ferruccio. Du weißt, dass es meine letzte Möglichkeit ist. Aber ich bin guter Dinge, denn die Studenten an der Universität zu Paris sind zwar nicht so weise wie del Medigo oder Abdullah, aber dafür sind sie zu Hunderten, und sie haben einen offenen Geist. Ich werde dort bestimmt den einen oder anderen finden, der mir Glauben schenkt und mir folgt. Bei allem, was mir auf der Welt am liebsten ist: Ich schwöre euch, dass wir uns wiedersehen. Ich werde rechtzeitig zu eurer Hochzeit zurückkehren.«

»Giovanni!«

Leonora umarmte ihn wie einen Bruder und weinte hemmungslos.

»Ich bitte dich, Leonora«, Ferruccio legte ihr zart die Hand auf die Schulter, »für Giovanni ist es besser, wenn er nicht auffällt.«

Leonora nickte und wich zurück. Als sie Giovanni zum Abschied auf die Wangen küsste, benetzte sie dabei seinen Bart mit ihren Tränen, die wie kleine Perlen darin hängenblieben.

Ferruccio öffnete eine Reisekiste und holte ein Futteral hervor, aus dem er ein dünnes Schwert zog, das eine überaus ungewöhnliche Fasson aufwies. Es hatte einen Silberknauf und ein kreuzförmiges Heft mit fein gearbeitetem Gefäßbügel. Er nahm es mit beiden Händen und überreichte es Giovanni.

»Es ist für dich«, sagte er leise. »Ich habe es extra für dich anfertigen lassen. Es ist sehr leicht und hat einen speziellen Schutz für deine Hände.«

Giovanni nahm das Schwert entgegen und bewunderte die exzellente Ausführung. Die Klinge war hauchdünn, schien aber nichtsdestotrotz robust und sehr scharf zu sein. Es wog kaum mehr als ein großer Dolch, und der Griff war mit feinen schwarzen Lederriemen ummantelt. Dann balancierte er es mit der rechten Hand aus, und obwohl er mit Waffen nicht besonders vertraut war, konnte er die leichte Handhabung in Verbindung mit der hohen Stabilität würdigen.

»Es ist wunderschön«, sagte er aufrichtig, »wenn ich auch gestehen muss, dass ich mir nicht sicher bin, ob ich fähig sein werde, es zu benutzen.«

»Sollte der Moment je kommen, dann wird deine Hand geführt werden.«

Lange umarmten sich Giovanni und Ferruccio wortlos. Dann trennten sie sich voneinander und vermieden es, sich noch einmal umzublicken. Ferruccio und Leonora gingen zur Poststation für Florenz, während Giovanni seine Abreise mit seinen neuen Knappen vorbereitete.

* * *

Es war kurz vor Sonnenuntergang, als ein Trupp Soldaten die Erlaubnis erhielt, mit ihren Waffen in den gut gesicherten Hafen einzureiten. Die Pferde waren schweißüberströmt und die Männer sichtlich müde. Einzig ihr Kommandant schien in seiner Arroganz noch Kraft zu haben, überheblich um sich zu blicken. Die Menschen traten zur Seite, als der Trupp an ihnen vorbeiritt, aber in ihren Gesichtern stand eine stolze Feindseligkeit, nicht nur weil die Männer so widerlich stanken, dass der Geruch noch eine ganze Weile in der Luft hängenblieb.

Als sie in die Nähe des Marzocco-Turms kamen, schob Fränzchen sein Visier hoch, stieg vom Pferd und ging mit zweien seiner Männer zu den Anlegeplätzen, an denen sich Schiffe aller Art drängten. Gerade als sie sich trennen wollten, um nach der Santa Marta zu suchen, sahen sie, dass sie mit heruntergelassenem Steg genau vor ihnen ankerte. Als Wache war nur ein orientalisch aussehender Matrose eingeteilt worden. Stolz stand er da mit seinem nackten Oberkörper, dem glänzenden Schädel und einem hervorstehenden Kehlkopf, in der Hand eine Eisenstange. Als Fränzchen mit seinen Männern über den Steg schritt, stellte der Orientale sich ihm breitbeinig in den Weg.

»Lass uns vorbei«, sagte Fränzchen gebieterisch, »wir wollen mit dem Kapitän sprechen.«

»Er ist nicht an Bord«, erwiderte der Wächter mit einem fremdländischen Akzent.

»Bei Gott«, brummte Fränzchen, »wir haben keine Zeit zu verlieren. Also los, wo ist der Kapitän?«

»In einem der Gasthäuser, um sich zu betrinken, glaube ich. Und wer seid Ihr?«

Fränzchen verlor die Geduld. »Ich glaube dir nicht. Lass uns vorbei«, raunzte er und zückte sein Schwert. Seine Männer taten es ihm gleich.

Der Mann stürzte davon und verschwand unter Deck.

»Sucht überall«, befahl Fränzchen, als er an Bord kam, »der Graf trägt einen schwarzen Bart. Und nehmt euch vor dem Mann mit dem Spitzbart in Acht, er könnte gefährlich sein. Nehmt auch die Frau, wenn ihr sie findet – sie könnte uns als Pfand nützlich sein.«

Dazu kam es jedoch nicht: Einen Augenblick später stürmten dreißig mit Dolchen, Holzprügeln und Äxten bewaffnete Männer unter Deck hervor und kreisten sie von allen Seiten ein. Fränzchen und seinen Männern blieb nur noch, sich Rücken an Rücken mit seinen Männern in Verteidigungsstellung zu bringen. Der einzige der Angreifer, der eine Jacke trug, ging auf Fränzchen zu.

»Haltet ein! Ich bin Francesco Cibo, der Sohn Seiner Heiligkeit, des Papstes«, schrie Fränzchen, aber seine Stimme hatte den tiefen Klang der Arroganz verloren und war nun schrill vor Angst.

»Ja natürlich, und ich bin der Heilige Geist!«, höhnte der Offizier. »In Abwesenheit des Kapitäns habe *ich* hier das Kommando«, fügte er, eher in Richtung Mannschaft, hinzu, »das heißt, hier auf dem Schiff habe ich die Macht über Leben und Tod.«

Fränzchen erwiderte nichts, sondern schluckte nur. Seine Beine begannen zu zittern.

»Ich sehe, dass der hohe Herr gut gekleidet ist«, fuhr der Offizier fort, »obwohl er wie Möwenscheiße stinkt.«

Seine Worte lösten lautes Gelächter bei der restlichen Mannschaft aus: Genau das hatte der Offizier gebraucht, um seine Befehlsgewalt über die ungebetenen Gäste zu untermauern.

»Werft eure Schwerter fort!«, rief er. Seine Stimme klang wie ein Befehl, dem Fränzchen sich nicht zu widersetzen wagte: Rasch schnürte er sich das Halfter ab und legte es mitsamt dem Schwert langsam auf die Planken. Seine Männer taten es ihm sofort nach.

»Und nun zieht euch aus«, schrie der Offizier weiter, »oder wir hängen euch kopfunter am Mast auf.«

»Wir können zahlen«, sagte Fränzchen und ließ seine Hand in sein Wams gleiten.

»Um zu zahlen und zu sterben bleibt immer noch Zeit, nicht wahr?«

Die Seeleute lachten und bereiteten sich auf das Spektakel vor. Fränzchen nickte ergeben und gab seinen Männern ein Zeichen. Wohl oder übel zogen sie sich ihre Stiefel, Hemden und Beinkleider aus und behielten nur noch ihre Unterhosen an.

»Und nun«, sagte der erste Offizier und wandte sich dabei an seine Männer, »glaube ich, dass diese edlen Herren ein schönes Bad gebrauchen können!«

Die Meute auf dem Deck explodierte einstimmig: »E Viva!« Fränzchen und seine Männer wurden grölend über das Oberdeck an die andere Seite der Reling gestoßen. Doch ihre Freude war nur von kurzer Dauer, denn in diesem Moment erschien der Kapitän an Bord.

»Was geschieht hier?«, fragt er seinen Ersten Offizier.

»Diese drei sind ohne Erlaubnis und mit gezückten Waffen an Bord gekommen. Außerdem stinken sie wie Tierkadaver, weshalb wir …«

»Wer sind die?«, unterbrach ihn der Kapitän.

»Ich schwöre, dass ich Francesco Cibo bin! Ich bin der Sohn von Innozenz VIII., dem Papst von Rom«, sagte Fränzchen schnell.

Diese Worte, die eher gefleht als geschrien wurden, lösten bei der Meute wieder so lautes Gelächter aus, dass der Kapitän sie kaum beruhigen konnte.

»Seid Ihr es wirklich?«, fragte der Kapitän und dachte an seine Geschäfte mit Rom. »Könnt Ihr es beweisen?«

Fränzchen gewann etwas von seiner Überheblichkeit zurück und zeigte dem Kapitän den Haftbefehl für Giovanni Pico Graf von Mirandola und jeden, der ihm oder seinen Begleitern Gastfreundschaft oder Hilfe gewährte. Am Ende des Dokuments erkannte er das Siegel von Papst Innozenz.

»Könnt Ihr lesen?«

Fränzchen hatte die Veränderung im Gesicht des Kapitäns wahrgenommen, und sein Ton wurde noch abfälliger. Der Seemann überdachte kurz die Situation – seine, die seiner Familie und die seiner Mannschaft. Dann wandte er sich an Fränzchen.

»Mögt Ihr das Ungestüm meiner Männer verzeihen, sie konnten es nicht ahnen«, sagte er und deutete eine Verbeugung an.

Schnell legte Fränzchen seine Kleider an.

»Nun«, sagte er hastig, »fangen wir noch einmal von vorne an.

Also: Wo sind eure Passagiere? Und lügt nicht, sonst lasse ich euch alle aufhängen.«

»In Rom, vielleicht«, sagte der Kapitän und hielt dabei seinem Blick stand. »Auf jeden Fall ist dieser Haftbefehl am Tage meiner Abreise aus Rom erlassen worden; folglich konnte ich also nichts darüber wissen.«

»Wo sind sie, in Gottes Namen?«, schrie Fränzchen.

»Heute Morgen sind sie an Land gegangen, und seither habe ich sie nicht mehr gesehen. Das ist die Wahrheit, Eure Eminenz. Wenn Ihr es wünscht, könnt Ihr das Schiff von oben bis unten durchsuchen.«

Wie eine Hundemeute, die die Witterung des Wildschweins verloren hatte, war die Mannschaft ganz still und orientierungslos geworden, als sie hörten, dass ihnen ihre Beute entwischt war. Fränzchen hätte seinen Männern befehlen können, das Schiff von oben bis unten zu durchsuchen, dabei jedoch wertvolle Zeit verloren. Der Kapitän wusste nur zu gut, was er riskierte, und Cibo entschloss sich, ihm Glauben zu schenken. Wenn das Schiff erst nach Rom zurückkehrte, würde er noch genügend Zeit haben, um seine Rachegelüste zu befriedigen.

»Wenn Ihr die Unwahrheit gesagt habt, werdet Ihr dafür mit Eurem Leben bezahlen«, sagte er drohend zum Kapitän, bevor er von Bord ging. Seine Männer gingen schweigend hinter ihm drein.

Zurück auf dem Festland, befahl Fränzchen, alle Gasthäuser zu kontrollieren und jeden Soldaten oder Amtsträger zu befragen. Livorno war nur eine kleine Häuseransammlung – die drei konnten also nicht einfach verschwunden sein.

Es war bereits tiefe Nacht, als ihn einer seiner Männer in dem Gasthaus aufsuchte, das Fränzchen gewählt hatte, um auf Nachrichten seiner Leute zu warten. Alle Tische, bis auf diejenigen um seinen herum, waren voller Menschen, die fröhlich aßen und tranken.

»Sie wurden gesehen, Eure Eminenz.«

»Wo?«, fragte Fränzchen und leerte einen weiteren Krug Apfelwein.

»Sie sind noch heute Morgen abgereist«, sagte der junge Knappe, der seinen Herrn begleitete. »Der Mann mit dem Bart in Richtung Paris, ich habe es selbst gehört. Die anderen beiden, der Mann mit dem Spitzbart und die Frau, sind nach Florenz, sagt man.«

»Paris …«, lallte Fränzchen, »was macht Mirandola dort, in Paris?«

»Eminenz«, fuhr der Knappe fort, »mein Name lautet Marzio da Pisa, und wenn Ihr es wünscht, kann ich Euch begleiten. Zwei meiner Weggefährten begleiten den Mann, den Ihr sucht, und ich kenne den Weg, den sie einschlagen werden.«

Fränzchen stand taumelnd auf und warf dabei die Sitzbank um.

»Nun gut«, grölte er, »gehen wir also nach Paris!«

Die Leute schauten sich nach ihm um.

»Was glotzt ihr so?«, grölte Fränzchen weiter. »Ja, schaut mich gut an! Ich gehe nach Paris, und wenn ich ihn erwischt habe, werde ich Statthalter von Rom! Habt ihr verstanden, ihr dummen Ochsentreiber?«

An den Tischen wurden Beleidigungen laut, und ein paar Männer erhoben sich mit geballten Fäusten. In diesem Moment krachte Fränzchen auf seinen Tisch, der ihn mit Getöse unter sich begrub. Der junge Knappe und der Soldat zogen den Betrunkenen unter dem umgestürzten Tisch hervor und schleiften ihn davon. Die Anwesenden betrachteten kopfschüttelnd die Szene und versenkten dann wieder ihre Löffel in einer nach Meeresbrise duftenden Fischsuppe, der *Cacciucco*, als sei nichts gewesen.

Auf dem Weg nach Paris

ab Montag, 13. August 1487

Graf Mirandola lernte Valdo und Dado Centesi, die beiden von Ferruccio angeheuerten Brüder aus Bologna, die ihn nach Paris begleiten sollten, zu schätzen. In Sarzana hatten sie ihn freundlich gezwungen, sein nervöses Ross gegen einen robusten Zelter zu tauschen. Er war zwar langsamer, lief aber in einem ruhigen Tölt, der es ihnen ermöglichte, bequem ein kontinuierliches Tempo zu halten, und somit größere Entfernungen zurückzulegen. Auf Nebenstraßen entlangreitend, erreichten sie am späten Abend das Fontana-Buona-Tal. In einem Gasthaus nahmen sie ein einfaches Mahl zu sich, und bevor sie sich schlafen legten, übten sie im Schein einer Fackel noch eine halbe Stunde den Schwertkampf.

»Wir sind Schüler von Filippo Vadi«, sagten sie nicht ohne Stolz, »und unser Waffenmeister hat uns immer geraten, keinen Tag ohne Exerzitien verstreichen zu lassen.«

Sie passierten Genua und auf Giovannis Bitte, die Territorien der Cibo zu meiden, ritten sie Richtung Albenga. Von dort erreichten sie die Ländereien der Savoyarden. Hier war der Weg sicherer. Den beiden Brüdern war die Gegend vertraut, denn sie hatten dort bereits in den Diensten einiger Adliger oder Kaufleute gestanden. Die Nacht verbrachten sie im Kartäuserkloster von Casotto, wo die Mönche sich freuten, dass sie edle Herren auf der Durchreise beherbergen konnten. Der Schlaf ereilte Giovanni sofort, und nach langer Zeit erschien ihm die Feuerkugel wieder. Doch diesmal sprach sie nicht zu ihm, und Giovanni wachte mit traurigen Vorahnungen auf. Paris war noch weit, und er betete zur Mutter, dass sie Ferruccio und Leonora schützen und Margherita ihm weiter nahestehen möge.

Um die Mittagszeit kamen sie vor den Mauern Cuneos an, wo auf dem Waffenplatz ein großer Jahrmarkt stattfand. Es gab Stände mit Tongeschirr und Stoffen, Waffen und Zaumzeug für Pferde und Ochsen und alle Arten von Werkzeugen, um die Erde zu bearbeiten.

Horden kleiner Jungen setzten sich in Fässer und ließen sich fröhlich umherrollen, während die anderen mit Ringen und Holzstäben wetteiferten. An allen Ecken verkauften Bäcker und Weinhändler ihre Waren und luden zum Probieren ein. Artisten zeigten ihre Künste – sie balancierten auf Holzstangen oder jonglierten mit Kugeln und Keulen, die sie hoch in die Luft warfen.

Giovanni und die zwei Knappen stiegen von ihren Pferden und banden sie neben den anderen fest; sofort bot sich ein rot gekleideter Zwerg mit Federkappe an, auf sie aufzupassen. Auf der einen Seite der Kathedrale hatte eine Schauspieltruppe ihre Bühne aufgebaut, und um sie herum hatte sich eine dichte Menschenmenge versammelt. Das laute Gelächter zog die drei Neuankömmlinge magisch an, und als sie sich einen Platz unter den Zuschauern erobert hatten, sahen sie auch den Grund dafür. Die beiden Hauptdarsteller stellten den jungen König von Frankreich und Papst Innozenz dar. Ein dritter, als Frau verkleideter Schausteller kam ab und zu hinter den Kulissen hervor, foppte die beiden lautstark und nahm Reißaus, sobald König und Papst mehr schlecht als recht versuchten, ihn zu fangen. Am Ende gelang es dem Papst, das vermeintliche Frauenzimmer zu fangen, und nachdem er dem König einen Tritt verpasst hatte, hob er dessen Kostüm hoch, zog ihm die Beinkleider herunter und versohlte ihm vor der ganzen Meute den Hintern. Giovanni, der darüber eher erstaunt als belustigt war, bemerkte, wie sich ihm ein Mann näherte.

»Ihr kommt aus der Fremde, nicht wahr?«, sprach dieser ihn freundlich an.

Giovanni ging sofort in Habachtstellung und erwiderte ausweichend: »Ja, mein Herr, wir kommen aus Florenz.«

»Ach, darum macht Ihr dieses Gesicht! In Florenz hätte Euer teurer Mönch, dieser Savonarola, dafür alle an den Galgen gebracht, die Schausteller wie die Gaffer.«

»Das mag sein. Andererseits haben die Zeiten sich aber zum Besseren gewendet – seit Karl dem Großen können die Narren sich doch unbesorgt über ihre Herrscher lustig machen, ohne um ihr Leben bangen zu müssen, seht Ihr das nicht auch so?«

»Da bin ich Eurer Meinung, so müsste es sein. Außerdem feiern wir heute die *Entschlafung* Marias, und Ihr wisst ja: Wenn die Katze aus dem Haus ist, tanzen die Mäuse auf dem Tisch.«

»Es freut mich, Eure Bekanntschaft zu machen«, sagte Graf von Mirandola, der begann, an der Unterhaltung Gefallen zu finden, »ich bin Giovanni Leone und diene den Herren von Florenz!«

Er hatte seinen Zweitnamen benutzt, den er seit seiner Flucht aus Rom angenommen hatte, denn bislang hatte dieser ihm immer Glück gebracht.

»Moses Albo. Die Freude ist ganz meinerseits.«

Giovanni war perplex, und sein Gegenüber bemerkte es.

»Ja«, sagte er, »ich bin Jude. Stört Ihr Euch daran?«

»Nein, gewiss nicht. Ich habe viele Freunde unter Eurem Volke.«

»Und ich hoffe, hier neue zu finden«, erwiderte Albo fröhlich. »Mein Vater war Rabbiner, und als ich noch ein Knabe war, entschloss er sich, Spanien zu verlassen. Ich hasste ihn dafür, aber heute glaube ich, dass er mir damit mein Leben gerettet hat.«

»Auf dass es immer so sein möge.«

»Die Savoyarden stehen den Religionen und Völkern sehr tolerant gegenüber, und die französischen Verbündeten tun es ihnen gleich.«

Vado kam auf sie zu und trat unauffällig hinter Giovanni. »Wir müssen weiter, uns erwartet ein beschwerlicher Weg«, raunte er ihm zu.

Giovanni nickte und reichte seinem Gesprächspartner, der sich mit seinem wahren Namen vorgestellt hatte, die rechte Hand.

»Ihr seid ein rechter Mann«, sagte er ihm. »Schalom, Moses.«

»Schalom, Meister Leone. Und Ihr verfügt über die Seele, um es zu werden.«

* * *

Sie wurden problemlos auf das Territorium der Markgrafen von Saluzzo eingelassen. Am Spätnachmittag erreichten sie nach einem langen Anstieg, der den Pferden alles abverlangt hatte, ein kleines Dorf am Fluss Po. Es lag in einem Tal, das von sanft geschwungenen Bergen umrahmt wurde, und endete in einer steilen Schlucht. Nachdem sie an Steinbrüchen vorbeigekommen waren, in denen schneeweißer Marmor abgetragen wurde, fanden sie Unterkunft in der Poststation von Ghisola.

»Das ist unser Ziel«, sagte Valdo und zeigte auf eine graue Bergkette. »Dort gibt es ein nahezu unbekanntes Loch, durch das wir hindurchreiten können. Das erspart uns viel Zeit und unangenehme Begegnungen. Hier treiben sich nämlich herrenlose Soldatenhorden und Überlebende des letzten Krieges des Markgrafen herum. Nun bekommen sie keinen Sold mehr und knöpfen sich jeden vor, der über die Grenzen will. Dem entgehen wir, indem wir dort hindurchreiten, durch den *Buco del Viso.*«

»Hauptsache, wir enden nicht in einem anderen Loch«, erwiderte Dado.

Valdo schaute ihn vorwurfsvoll an, und Dado entfernte sich mit einem breiten Grinsen auf dem Gesicht.

»Verzeiht ihm, Graf, er ist kaum jünger als ich, aber manchmal muss ich wie ein Vater zu ihm sein.«

»Ich habe ihm nichts nachzusehen,und ich muss ihm anrechnen, dass er mein Gemüt manchmal auch mit seinen Sprüchen erfreut. Dado, warte«, schrie er ihm hinterher, »ich muss dir etwas über das Loch erzählen. Es sind nämlich die Verse eines Poeten aus der Toskana.«

Erstaunt über so viel Vertraulichkeit vonseiten seines Herren, kehrte Dado um und gesellte sich erneut zu ihnen.

»Es geht um die Dämonen der Hölle, die ihren Meister grüßen. Hör zu: ›Sie warteten auf seine Befehle, und bevor sie sich noch ihrem Meister der Finsternis öffneten, wurden ihnen schon ihre Löcher gestopft‹. Kennst du diese Verse?«

Dado lachte aus vollem Hals und antwortete: »Nein, Graf, diese Verse kenne ich nicht, aber sie wurden von einem echten Poeten geschrieben. Wisst Ihr«, fuhr er, immer noch lachend, fort, »diese Dämonen erinnern mich an meine Waffenkameraden. Wenn wir alle in einer Kammer schliefen, dann donnerten ihre Fürze wie Kanonensalven. Und ich schwöre bei meiner Seele, wenn man ihnen eine Fackel an den Allerwertesten hielt, dann züngelten die Flammen wie aus einem Inferno heraus. Mit Eurer Erlaubnis, Graf.«

Kopfschüttelnd brachte Valdo die Pferde in den Stall und kümmerte sich höchstpersönlich um ihre Versorgung. Der kommende Tag würde lang werden und zahllose Widrigkeiten und Gefahren bergen. Der Mensch konnte manchmal verzeihen – der Berg jedoch nicht.

* * *

Verfluchtes Besäufnis und verfluchter livornesischer Apfelwein! Fränzchen wachte am darauffolgenden Abend auf, weil er im Schlaf geglaubt hatte, Pferdegeräusche zu hören. Das vermeintliche Hufgetrappel entpuppte sich jedoch als besonders lauter Schnarcher eines Frauenzimmers, fett wie eine Sau. Unerklärlicherweise lag das hässliche Weib neben ihm im Bett und rührte sich nicht, als Fränzchen leise aufstand. Er stieg die Treppen hinunter. Im Gastraum war der Gestank nach Erbrochenem und Exkrementen noch schlimmer als in seiner Kammer. Wutentbrannt griff sich Fränzchen den nächstbesten seiner Mannen, gab ihm ein paar Ohrfeigen und befahl, sofort aufzubrechen.

»Bei Nacht?«, fragte ihn dieser mit großen Augen.

Fränzchen horchte auf. War er tatsächlich einen ganzen Tag lang bewusstlos gewesen? Seine Wut wuchs noch mehr, und tobend zwang er alle, trotzdem aufzubrechen. Sie würden schon irgendwo auf dem Weg nach Paris schlafen können, aber jetzt nicht. Er fluchte. Nun hatte der Graf einen ganzen Tag Vorsprung.

Auf der Wewelsburg

Samstag, 6. November 1938

Er war nun schon den dritten Tag hier in der Festung, aber niemand hatte es für notwendig gehalten, ihm irgendetwas mitzuteilen. Die Vorgesetzten ignorierten ihn, und sie taten es mit Absicht. Zugel kam sich wie ein Gespenst vor, das ziellos zwischen den anderen Geistern umherwandelt. Das einzige Zeichen, dass seine Anwesenheit überhaupt wahrgenommen wurde, waren die hastigen militärischen Grüße derer, die in der Militärhierarchie unter ihm standen. Zugels Moral war am Ende; aus Langeweile und Ärger waren Wut und Paranoia geworden. Er hatte sich zwar vorgesehen, nicht den Fehler zu begehen und sich dies anmerken zu lassen, doch nun war das Maß voll! Dass er vorsichtig sein musste, verstand sich allerdings von selbst, denn ihm war sehr wohl bewusst, dass die Waffen-SS nichts dem Zufall überlassen würde. Er war jedoch gerüstet – denn vor knapp einem Jahr hatte er in der Tirpitz-Uferstraße 76 in Berlin an seinem letzten Übungslager der Abwehrstaffel teilgenommen. Nun musste er nur noch herausbekommen, wie der Tagesablauf hier funktionierte, und die erlernten psychologischen Abwehrtechniken im Feindesland anwenden – denn die Burg war für ihn nunmehr zum feindlichen Territorium geworden. Die erste Regel, um zu überleben und den Plan zu Ende zu bringen, lautete, die Burg auszuspionieren. Ja, das hatte oberste Priorität!

Den lieben langen Tag wechselte Zugel je nach Bedarf sein Verhalten und seine Strategien. Mal war er locker, dann tat er so, als müsste er Unterlagen von A nach B bringen, dann blieb er in den

Fluren zum Rauchen stehen und beobachtete dabei die Örtlichkeiten und die Gewohnheiten der Bewohner.

Zwei einfache, mit Mauser-Maschinengewehren bewaffnete Soldaten, die sich vollkommen unbeeindruckt von seinem Rang zeigten, hielten ihn mit gekreuzten Lanzen vor dem Zugangstor des Nordturms auf. Ohne mit der Wimper zu zucken, doch mit einem lautlosen Fluch auf den Lippen, wich Zugel zurück. Er wusste, dass er keine weitere Gelegenheit mehr haben würde herauszubekommen, ob sich in dem Turm wirklich der Sitzungssaal für die zwölf Ritter des schwarzen Ordens befand, der dem direkten Befehl Himmlers unterstand. Dass die Wewelsburg, ganz im Gegensatz zu allen anderen Burgen, von Süd nach Nord ausgerichtet war, hatte er bereits verifizieren können. Und dass der Nordturm die Pfeilspitze war, die den Weg nach Thule – dem Eden der arischen Ur-Rasse – wies, traf ebenfalls zu. Dies war der Ort, der ihm zustand! Zugel seufzte sehnsüchtig. Wenn er nur mit Reichsführer Himmler sprechen könnte! Er hätte einer der Zwölf werden können. Aber dies war mittlerweile undenkbar geworden. Das Wahrscheinlichste war, dass dieser Heinz mit diesem von Mackensen unter einer Decke steckte und die beiden ganz allein die Lorbeeren für die Beschaffung des Buches einstreichen wollten. Weil Himmler sich zurzeit gar nicht auf der Burg befand, stellte Zugel eine Gefahr für Heinz und Mackensen dar, denn früher oder später würden seine Verdienste zu Tage treten; lange würde sich ihre Intrige nicht aufrechterhalten lassen. Außer … nein, aber das wäre wirklich undenkbar, es gab sicher keine fünfte, von Heinz geleitete Kraft, die es darauf anlegte, das Buch an sich zu bringen! In beiden Fällen konnte er nur zu einer einzigen Entscheidung gelangen, und die hatte Zugel bereits für sich getroffen.

Von einem Fenster, das in den Burghof ging, sah er Hermann Heinz: Mittlerweile kannte er dessen manische Angewohnheiten. Der Plan war fertig und auch zwei mögliche Fluchtwege. Es war ein schwerwiegender Fehler der arroganten Deutschen gewesen, ihn wie einen einfachen Handlanger zu behandeln. Dieser niederträchtige Fettsack von Mackensen, der es sich als Botschafter des Reiches in Rom gut gehen ließ, hatte ihn nur benutzt. Und Heinz? Wenn dieser nur einen Funken Anstand im Leib hatte, würden sie gemeinsam den Dank des Reichsführers entgegennehmen und vielleicht sogar Komplimente von Hitler persönlich erhalten. Wenn Heinz jedoch ein Verräter war … würde er es nie beweisen können. Zugel seufzte. Er würde es also riskieren müssen, sich auf Heinz einzulassen. Und dabei musste er so viel Kapital wie möglich aus der Sache herausschlagen. Er hatte getötet, gut, das ließ sich nicht leugnen – aber das war in diesen Zeiten ja das ganz normale Tagesgeschäft, und in bestimmten Momenten hatte es ihm auch Spaß gemacht. Allerdings rächte sich das nun: In Italien und der Schweiz hatte Zugel eine solche Blutspur hinterlassen, dass ihm nun kein Fluchtweg mehr offen stand. Und Deutschland könnte ihm noch gefährlicher werden als die anderen beiden Länder. Andererseits: Wenn man erst einmal zweihunderttausend Dollar besaß, konnte man überall hingehen – auch nach Amerika. Er wollte nicht mehr, aber auch nicht weniger als das, was das Deutsche Reich diesem Dummerchen von Volpe bezahlen wollte. Wenn das der Wert des Buches war, würde er genauso viel verlangen. Natürlich war das eine kleine Erpressung. Immerhin würde er aber jemanden erpressen, für den das Buch sehr wertvoll war, und zwar weit mehr als ein paar Menschenleben.

Zugel seufzte, als ihm aufging, dass er einen fatalen Fehler begangen hatte: Wenn er von Anfang an in die eigene Tasche gewirtschaftet hätte, hätte er sich so manche Unannehmlichkeit erspart. Ein Blick auf die Uhr sagte ihm, dass es Zeit war, zum Abendessen zu erscheinen. Und das war der Moment.

Zugel drehte den Wasserhahn der Dusche ganz auf. Kalt. Die deutsche Gründlichkeit war ein Mythos – genauso wie all das, woran er bis vor zwei Tagen noch geglaubt hatte. Er zog sich aus und wickelte sich nur ein weißes Handtuch um die Hüften. Wenn sie ihn überraschten, könnte er immer noch sagen, dass während dem Duschen das warme Wasser ausgegangen sei.

Vorsichtig stieg Zugel die Dienstbotentreppe hinab. Ein Dienstmädchen, das ihm entgegenkam, grinste, als sie ihn fast nackt erblickte.

Ein anderes Mal, mein kleines Mädchen, jetzt kann ich nicht.

Nun kam der gefährlichste Part an die Reihe. Er hatte seine kleine Beretta M35 unter dem Handtuch versteckt, was unvorteilhaft war. Wenn sie ihn in flagranti ertappten, würde ihm nicht genügend Zeit bleiben, sich die Pistole an die Schläfe zu setzen.

Die Tür von Heinz' Büro war nur angelehnt, und ein schwaches Licht drang nach außen. Das war nicht geplant. War er heute ausnahmsweise einmal nicht mit den anderen Offizieren im Offizierskasino zum Rauchen? Konnte es sein, dass Heinz die Tür offen und das Licht einfach angelassen hatte? Langsam näherte sich Zugel. Die Kälte begann sich bemerkbar zu machen, vor allen Dingen kroch sie vom kalten Steinboden an den nackten Füßen empor. Als er sich kaum merklich nach vorne beugte, hörte er das Rascheln von Papieren. Vorsichtig spähte Zugel in den Raum und sah Heinz, der mit dem Rücken zur Tür dabei war, unter der einzigen Lampe ein Dokument zu lesen. Zugel würde niemals unbemerkt in den Raum eintreten können. Zugel seufzte. Nun hätte er einen Plan B gebrauchen können, den er allerdings nicht hatte. Nach kurzem Nachdenken lächelte er, zog sich das Handtuch aus und wickelte darin die Beretta ein. Vollkommen nackt trat er ins Büro.

Hermann Heinz hatte ein Geräusch gehört, hob den Kopf und riss die Augen auf. Ein Mann, vollkommen nackt und wie man sehen konnte, gut bestückt, schritt geradewegs auf ihn zu. Heinz lief puterrot an, und ihm blieb – im wahrsten Sinne des Wortes – erst einmal die Spucke weg. Als der Mann um seinen Schreibtisch herumging und nur noch einen Schritt von ihm entfernt war, erkannte er den Leutnant, der ihm das antike Manuskript übergeben hatte. Aber da hatte dieser ihn schon im Schwitzkasten. Heinz hatte nicht einmal mehr Zeit, irgendeinen Gedanken zu fassen, als sein knackendes Genick ihn in die ewige Dunkelheit schickte.

Zugel suchte in der Schreibtischschublade und hoffte auf einen glücklichen Zufall. Nichts. Dann schaute er sich um. Wenn sich das Buch noch hier befinden sollte, dann mit Sicherheit in einem Panzerschrank. Suchend blickte er sich um. Und tatsächlich, da war er, ein alter Gerlich, nachlässig hinter einem Vorhang versteckt. Es würde nicht besonders schwer sein, ihn zu knacken – allerdings hatte Zugel feuchte Hände und vor allen Dingen keine Zeit. Sein laut pochender Herzschlag verhinderte, dass er das leise Geräusch der Kombination, das von einem Experten leicht wahrgenommen worden wäre, hören konnte. Er schaute auf die Uhr: Seitdem er den Raum betreten hatte, waren nicht mehr als zwei Minuten vergangen. Er versuchte sich zu beruhigen, trocknete sich seine Hände ab und hielt erneut das Ohr an den kalten Stahl des Tresors. Eine Zahl nach der anderen, wie das kaum hörbar knirschende Geräusch von Holzwürmern, rastete ein. Zugel drehte zaghaft am Griff, und da sprang die Tresortür auf. Darin lag die schwarze Aktentasche mit dem Buch. Er atmete auf, ging zum Schreibtisch zurück, legte Heinz seine Beretta in die Hand und – nachdem er sie gut in das Handtuch eingewickelt hatte – drückte ab. Der Frotteestoff dämpfte das Geräusch des Schusses hinreichend – niemand konnte etwas gehört haben. Dann öffnete er Heinz die Hosen und holte nicht ganz problemlos sein Glied heraus. Bei einer genaueren Untersuchung könnten den Leichenbeschauer vielleicht Zweifel überkommen, aber um jeden Skandal zu vermeiden, würde man den Todesfall letztendlich als Selbstmord deklarieren, so viel war sicher.

Niemand sah ihn, als Zugel auf sein Zimmer zurückging. Er drehte den Wasserhahn zu und zog sich wieder an. Sein Koffer war schon gepackt und wartete nur noch auf das Manuskript.

Gemächlich und mit einer Zigarette in der Hand ging Zugel die Treppe hinunter. Der Saal im Erdgeschoss war voller Menschen, die auf das Abendessen warteten. Kurz angebunden befahl er dem wachhabenden Soldaten, seinen Wagen vorzufahren, dann trat er in den Burghof und wartete. Wenn noch etwas schiefgehen konnte, dann jetzt. Unruhig blickte Zugel sich um. Von weitem konnte er zwei Lichter erkennen, die sich schnell näherten. Ein Soldat der Schutzstaffel mit Feldwebel-Abzeichen stieg aus seinem Auto, das mit laufendem Motor auf ihn wartete. Während er davonfuhr, sah Zugel noch einmal in den Rückspiegel, um einen Blick auf die Burg und seine Träume, die er hinter sich gelassen hatte, zu erhaschen.

Florenz

Montag, 8. November 1938 und die darauffolgenden Tage

Nachdem Zugel einen Tag und eine Nacht durchgefahren war, erreichte er endlich Florenz. Er hatte gehofft, nicht mehr hierher zurückkommen zu müssen, aber mittlerweile hatte sich die Situation verändert. Nun musste er sehr vorsichtig sein. Früher oder später würden sie sich auf der Wewelsburg fragen, warum er so überstürzt abgereist war – und das ausgerechnet an dem Abend, an dem Hermann Heinz tot aufgefunden worden war. Bei seinem Glück hatte Heinz bereits weitergegeben, dass er das Buch von Zugel erhalten hatte, so dass der Diebstahl umgehend bemerkt würde – und er als Täter überführt. Es war also nur noch eine Frage der Zeit, bis ihm die Gestapo und die SS zu Leibe rückten und sie ihre Häscher aussandten, um das Buch zurückzuholen. Die einzige Möglichkeit, ihnen zu entkommen, war Amerika – Volpes Traum. Aber dafür brauchte Zugel dringend Geld. Nun, de Mola würde es ihm geben.

Zugel versteckte sich in einem Hotel, wo normalerweise Künstler abstiegen, und bezahlte für eine Woche im Voraus. Dann rasierte er sich den Schädel und die Augenbrauen ab. Das war die einzige mögliche Tarnung. Mit der Straßenbahn fuhr er ins Zentrum und stieg in der Via Tornabuoni, die nur ein paar Schritte von de Molas Antiquariat lag, aus. Zugel stellte sich schon dessen Gesicht vor, wenn er ihn sah. Vielleicht würde de Mola ihn im Affekt sogar angreifen, aber dafür hatte er vorgesorgt: Er hatte seine Luger dabei. Sie war zwar nicht so handlich wie die Beretta, aber aufgrund ihrer Größe bestimmt überzeugender. Er würde de Mola überzeugen müssen, dass es sich bei der Affäre mit dem Buch lediglich um ein Geschäft handelte und dass persönliche Dinge hier wirklich nichts zur Sachen taten. Ganz im Gegenteil: De Mola würde sich eigentlich bei ihm bedanken müssen, dass er ihn in der Schweiz nicht getötet hatte. Es war eine glückliche Eingebung gewesen, de Mola nicht zu erschießen, denn wem hätte er heute das Buch verkaufen sollen? Aber was, wenn er auf Volpe träfe? Zugel ging entschlossen weiter. Das würde nichts ändern.

Das Antiquariat war immer noch da, aber auf dem Schild stand nun ein anderer Name: *Accademia dei Libri*. Als Zugel den Laden betrat, roch er sofort die altertümlichen Ausdünstungen des Pergaments und den säuerlichen Geruch von Leim und Harzen.

»Guten Tag.«

Ein Mann mit Zwicker und kurz geschorenem Haar kam auf ihn zu. Es war kein bekanntes Gesicht.

»Ich möchte mit Herrn de Mola sprechen.«

»Oh, das tut mir leid, Doktor de Mola betreut dieses Geschäft nicht mehr. Es gibt einen neuen Besitzer.«

»Ach, und Herr Volpe? Gibt es ihn noch?«

»Nein, tut mir leid. Um ehrlich zu sein, kenne ich ihn gar nicht.«

Zugel überlegte kurz. Alle beide verschwunden. Damit hatte er nicht gerechnet. Aber die Antwort auf seine Fragen ließ nicht lange auf sich warten.

»Hier kommt immer noch Post für Doktor de Mola an, und sie wird regelmäßig abgeholt. Wenn Sie möchten, dann können Sie ihm eine Nachricht hinterlassen«, bot der Fremde ihm dienstfertig an.

»Danke.« Zugel atmete erleichtert auf. Das war die Idee, die ihm gefehlt hatte. »Sie sind sehr freundlich.«

»Nehmen Sie Platz. In diesem Laden ist es nicht sehr bequem, aber an Schreibutensilien und Papier fehlt es bestimmt nicht.«

Als er fertig geschrieben hatte, klebte Zugel den Brief sorgfältig zu und verließ den Laden. Ein unangenehm heftiger Sprühregen rann ihm wie Tränen über sein Gesicht und hinter seinem Schädel hinab bis in den Hemdkragen. In der Straßenbahn versuchte er, sich mit dem Ärmel seines Mantels abzutrocknen, aber schwarzes Leder war dafür nicht sonderlich gut geeignet. Er musste unbedingt diesen Mantel loswerden, der ihn als Deutschen oder als Italiener, der seinen großen Bruder nachäffte, auswies: Die abweisenden oder neidischen Blicke sagten alles. Vielleicht würde es aber auch schon reichen, den Reichsadler mit dem Hakenkreuz gegen die amerikanischen Adler auszutauschen. Wenn er die deutsche Krone und das Hakenkreuz entfernen würde, würden die Raubvögel gar nicht so unterschiedlich aussehen.

Als der Deutsche den Laden verlassen hatte, führte der Brillenträger sofort ein Telefongespräch.

»Er war hier und hat einen Brief für Giacomo dagelassen.«

»Öffne ihn! Was steht drin?«

Lange sagten die beiden Männer nichts, dann ergriff der Brillenträger das Wort.

»Er hat das Buch, Gabriel, und er will verhandeln. Er hat eine Adresse angegeben.«

»Hatte ich nicht gesagt, dass ihr die Hoffnung nicht aufgeben sollt? Ich werde Giacomo Bescheid sagen. Jetzt muss er wieder ran.«

Im Laden spielte das Radio abwechselnd Liebeslieder und vehemente Reden, die die Verbrechen der Juden denunzierten. Alle sagten mehr oder weniger unverblümt, dass es mit jeder Geduld einmal zu Ende gehe und dass das Maß nun voll sei. Viele Familien fragten sich, was sie falsch gemacht hatten. Andere wiederum wussten, dass Hasstiraden auf die Juden eine uralte Sache waren, die in den letzten Jahrhunderten regelmäßig aus der Unterwelt emporschwappte. In der *Accademia dei Georgofili* zweifelte im verschworenen Kreis von Omega mit Sicherheit niemand mehr daran, dass hier etwas vorbereitet wurde, das bald die ganze Welt verdunkeln würde.

Auf dem Weg nach Lyon

Freitag, 17. August 1487
und die folgenden Tage

Von hier aus können wir zwei Wege einschlagen, Eure Eminenz«, sagte Marzio da Pisa. »Ich würde über den *Buco del Viso* reiten oder über die Delfino-Burg.«

»Welcher Weg ist der schnellere?«, fragte Fränzchen.

Sie befanden sich in der Nähe der Burg Reynaud, wo sie gehofft hatten, ihre mittlerweile vollkommen erschöpften Pferde wechseln zu können, aber von der Festung waren nur noch ein paar Ruinen übrig geblieben, aus denen ein paar Rauchschwaden stiegen. Das verkohlte Holz roch nach verbranntem Fett.

»Ich würde den *Buco del Viso* nehmen, aber wir sind zu zahlreich und verfügen nicht über die richtigen Pferde.«

»Und nun?«

Sein neuer Herr zahlte gut, und wenn da nicht der Extrasold wäre, der ihm in Aussicht gestellt wurde, hätte er alles getan, damit er die Flüchtenden nicht einholen würde, denn sein neuer Herr war rechthaberisch und tückisch.

»Dann rate ich, den Weg über die Delfino-Burg einzuschlagen. Er ist zwar länger, aber in dieser Jahreszeit kommt man leichter voran. Außerdem liegt am Fuße der Felsen eine Poststation. Dort könnten wir die Pferde wechseln.«

»Ich kann dir nur vertrauen, Marzio, aber lass dir sagen: Wenn du dich irrst, dann wirst du mit Peitschenhieben bezahlt werden!«

»Ich irre nicht, mein Herr, und mein Rücken ist mir teuer. Wenn es die Pferde aushalten, werden wir heute Abend Briançon, das bei Escartons liegt, erreichen.«

»Sicherlich werden sie auch dort vorbeikommen, und wenn

wir Glück haben, können wir sie dann verhaften. Wenn sie Paris vor uns erreichen, ist jedoch nichts mehr zu machen, denkt daran! Los, beeilen wir uns!«

* * *

Der *Buco del Viso* erschien Giovanni wie der Eingang zu einem Höllenschlund. Für die, die sich nicht auskannten, sah er nur wie eine schmale schwarze Spalte zwischen grauen Felsbrocken aus, die den Berg wie eine kaum wahrnehmbare, aber umso tiefere Wunde durchschnitt. Sie hatten die Pferde an den Zügeln genommen und ihnen die Augen verbunden. Langsam schritten sie durch den Engpass, und bei jedem Schritt riskierten sie, über die scharfen Felskanten zu stolpern. Als sie in den *Buco* hineingegangen waren, hatten sie die von den Felsen aufsteigende Wärme hinter sich gelassen. Nun aber, als sie endlich auf der anderen Seite des *Buco* herauskamen, empfing sie dichter Nebel, der jede Sicht unmöglich machte. Vorsichtig gingen sie weiter in der Hoffnung, dass der Nebel sich auflöste. Und tatsächlich: mit jedem Meter, den sie sich vom *Buco* entfernten, wurde er lichter, und die drei Männer konnten die Landschaft um sich her wahrnehmen. Grüne Wiesen, in denen sich – blauen Flecken gleich – kleine Bergseen auftaten, säumten den Pfad. An einem von ihnen labten sich Reiter und Pferde, bevor sie den steilen Abstieg in Angriff nahmen. Sie trafen auf weidende Milchkühe und wurden in den kleinen Dörfern überschwänglich von Frauen und Kindern gegrüßt, die um einiges dünner waren als ihre Tiere. Dann tauchte vor ihnen das Massiv von Briançon mit seinen mächtigen Felswänden auf. Dado näherte sich dem Grafen und ließ sein Pferd fröhlich neben ihm tänzeln, als hätte er gerade etwas auf dem Jahrmarkt gewonnen.

»In einer Woche sind wir in Paris«, sagte er munter.

»Na, lass es zehn Tage sein«, berichtigte ihn sein Bruder. »Es gefällt mir nicht, Dinge zu versprechen, die ich dann nicht einhalten kann.«

»Mir reicht es, dass ich vor Ende des Monats und zu Beginn der Vorlesungen an der Universität sein kann«, beschwichtigte ihn Giovanni lächelnd.

»Das werdet Ihr, Herr Graf, das kann ich Euch versprechen.«

* * *

Die Delfino-Burg war eine obligatorische Zwischenstation, wenn man von Savoyen aus nach Frankreich wollte. Aus diesem Grund hielten die Burgherren, die Albòn, den ganzen Tag das Burgtor geöffnet, obwohl der Kapitän der Wachen ganz und gar nicht damit einverstanden war. Sogar nachts, wenn die Tore geschlossen wurden, durfte jeder um Einlass bitten und konnte darauf zählen, für sich und seine Tiere Unterkunft und Verpflegung zu erhalten. Von Geschrei und Krach aufgeschreckt, rannte der Kapitän eilig aus dem Schilderhaus und fand eine bewaffnete Horde vor, die gerade in die Burg eingeritten war und sich dort schon wie die Herren aufführte, während seine wenigen Männer mit gesenkten Schwertern in der Ecke standen. Er verfluchte sich selbst und die Herren von Albòn, die von ihren Nachbarn allenfalls respektiert, nicht jedoch gefürchtet wurden. Wenn das Gitter der Zugbrücke geschlossen gewesen wäre, hätte er sich jetzt nicht mit dieser Rotte herumschlagen müssen. Allerdings erschien ihm der Anführer, der seinen Männern knappe Befehle auf Italienisch erteilte, kein Übeltäter zu sein. In seinem Herzen keimte die Hoffnung auf, dass es sich vielleicht um eine Gruppe Söldner der Monferratos handeln würde. Mit denen würde man nämlich verhandeln können. Sie führten zwar keine Standarten und Fahnen mit sich; vielleicht waren sie jedoch bei einem Kampf mit den befreundeten Truppen der Savoyarden verloren gegangen. Er rückte sich seinen breiten Gürtel, an dem sein schweres Schlachtenschwert hing, zurecht und hob die rechte Hand als Zeichen des Friedens. Dann ging er beherzt auf die Meute zu. Womit der Kapitän nicht gerechnet hatte, war, dass der Anführer der Truppe sich zu einem seiner Männer wandte und mit seiner Schwertspitze auf ihn zeigte. Bevor er noch etwas sagen konnte, traf ihn der Pfeil der Armbrust in den Hals. Mit Entsetzen betrachtete Marzio die Szene, aber schon rief Fränzchen laut seinen Namen.

»Sag ihnen, dass wir frische Pferde, Wasser und Essen brauchen. Und zwar schnell, wenn sie nicht wollen, dass unsere Armee sie hinwegfegt wie ein Kehrbesen tote Mäuse. Los, Marzio, du hast schon verstanden! Übersetze es und basta!«

Ohne ihren Kapitän führten die verängstigten Soldaten den Befehl sofort aus, und nachdem die Rotte bekommen hatte, was sie wollte, ritt sie in Richtung Briançon davon.

* * *

Graf Mirandola und die Brüder Centesi ritten durch ein breites Tal. Zu ihrer Linken lag ein imposantes Bergmassiv, an dessen Ende sich die Festung Lautaret befand. Hier ermöglichten ihnen einige Goldmünzen, ihre Pferde in einen robusten Hengst und zwei Jungstuten einzutauschen. Je weiter sie abstiegen, desto häufiger kamen sie an Dörfern mit Poststationen vorbei. Das Gasthaus auf der Straße nach Grenoble mit dem Wappen des Hauses Savoyen, einem weißen Kreuz auf rotem Grund, auf dem Aushängeschild, hätte einen Prinzen beherbergen können, so komfortabel waren die Räume. Sie aßen Wildschweinfleisch mit süßem Brot und tranken alten Wein, so dunkelrot wie Taubenblut. Giovanni meinte, bereits hier die Gerüche und Geschmäcker von Paris wiederzuerkennen, und freute sich auf die Stadt. In dieser Nacht schliefen die drei in einem luxuriösen Gemach, dessen Tür mit drei goldenen Lilien auf azurblauem Stoff bezogen war. Die Gastwirtin schwor, dass Louis de Valois und seine Gattin Charlotte von Savoyen hier genächtigt und Giovanna, das fünfte ihrer acht Kinder, gezeugt hätten.

»Ich hoffe, dass heute Nacht niemanden die Lust von Valois überkommt«, scherzte sie und zwinkerte den Männern zu. »Oder muss ich die ganze Nacht damit verbringen, auf dem Rücken liegend die Holzbalken an der Decke zu zählen?«

Während der Reise war Giovanni immer vertrauter mit ihm geworden, und es machte Dado Spaß, lustige und vulgäre Verse zu erfinden, die ihm mit kindlicher Natürlichkeit entsprangen.

»Graf«, sagte Valdo, »beruhigt ihn, bei Gott. Wenn er sich in dieser Position zum Schlafen legt, dann schnarcht er wie das Wildschwein, das wir gerade verspeist haben.«

Ein paar Stunden nach ihrer Abreise wurde die Wirtin vor einer Horde berittener Soldaten gewarnt, die sich dem Gasthaus näherten. Sie verriegelte alles, trieb die Tiere in den Stall und wartete mit klopfendem Herzen, während die mit Messern bewaffneten Diener und Köche sie zu beruhigen versuchten. Zu ihrer unendlichen Erleichterung ritt die Horde vorbei, ohne anzuhalten.

In Bourgoin mussten Giovanni und die Brüder eine der Stuten umtauschen, die aus Eifersucht dauernd nach dem Hals der anderen schnappte und jedes Mal nach dieser trat, wenn sie nebeneinander her ritten. Während sie warteten, ließ Dado Giovanni einen süßen Kuchen probieren, der aus Mehl, Hefe, Milch, Honig und Eiern bestand.

»Ich weiß nicht, ob ich lieber mit so etwas in meinem Bauch oder mit meinem Schwengel in einer holden Maid sterben möchte! Mit Verlaub, Graf Mirandola«, grinste Dado und biss herzhaft in sein Stück.

Etwas weiter entfernt, in Saint-Laurent de Mure, beobachteten die auf den Feldern arbeitenden Bauern mit Sorgen eine bewaffnete Soldatenhorde, die seit Tagen dort kampierte. Graf Mirandola und die Brüder Centesi trafen ohne Vorwarnung auf sie. Sich umzudrehen und zu fliehen, wäre für die Soldaten jedoch eine Einladung zur Verfolgung – deshalb war ihre einzige Chance, einfach weiterzureiten, als sei nichts geschehen. Das taten sie auch – bis sich ihnen fünf Lanzenträger in einer Reihe in den Weg stellten. Ein Reiter kam auf Giovanni und die Brüder zu. In seiner Linken hielt er eine Lanze, auf der eine kleine Standarte mit dem

Wappen der Herzöge von Savoyen wehte. Zwei weitere Soldaten ritten an ihnen vorbei und blockierten sie von hinten. Während Valdo und Dado mit ihrer Nervosität auch die Stuten ganz verrückt machten, blickte Giovanni dem Kapitän fest in die Augen und ritt ihm das letzte Stück entgegen.

»Graf von Mirandola?«, fragte ihn dieser mit einem ausgeprägten französischen Akzent.

Giovanni wurde blass: Sein Name erwischte ihn wie ein Blitz aus heiterem Himmel. In einem einzigen Moment sah er sein Leben an sich vorbeiziehen: Florenz, Rom, Margherita, die Thesen, die Verurteilung, die Mutter. Paris rückte plötzlich in weite Ferne.

»Graf von Mirandola?«, wiederholte der Kapitän.

»Das bin ich«, sagte Giovanni, denn er wusste, dass es sinnlos war, seine Identität weiter zu verbergen.

»Hättet Ihr die Güte, mir zu folgen? Wir haben die Anweisung, Euch zu seiner Eminenz, Herzog Philipp, zu begleiten.«

»Mit wem habe ich die Ehre?«

»Gérard di Rochefort, Kapitän der Kavallerie von Herzog Philipp von Bresse.«

Der Edelmann machte eine tiefe und lange Verbeugung, was Giovannis Befürchtungen jedoch nicht linderte.

»Aus welchem Grund schickt mir Philipp seinen Kapitän?«, fragte er misstrauisch.

»Ich bin Soldat, Graf, und ich disputiere nicht über Befehle. Und das war ein Befehl.«

»Nun gut, Gérard di Rochefort, ich folge Euch. Aber lasst meine beiden Knappen gehen.«

Gerade wollte der Kapitän etwas entgegnen, als hinter ihnen lautes Geschrei ertönte. Die beiden Männer fuhren herum und sahen, wie Dado sich mit gezücktem Schwert auf den Reiter direkt hinter ihm stürzte. Mit einem einzigen Hieb durchtrennte er ihm fast komplett den Hals. Kurz bevor er seinen letzten Atemzug tat, gelang es dem Verwundeten jedoch, Dado sein Schwert in die Seite zu rammen.

Giovanni erstarrte vor Schreck, doch Valdo sprang von seinem Pferd und eilte auf Dado zu. Er schrie den Namen seines Bruders heraus und konnte ihn gerade noch auffangen, bevor dieser vom Sattel rutschte. Dado lächelte schwach, als er in den Armen seines Bruders lag und Valdo ihm zärtlich über seine Haare streichelte.

»Entschuldige … Valdo … ich wollte nicht … Der Graf Mirandola gefiel mir nur so gut«, flüsterte Dado schwach. Dann fiel sein Kopf mit einem Lächeln zurück, und er blieb regungslos liegen. Versteinert sah Giovanni zu, wie Valdo ihm in einer letzten Geste der Zuneigung die Augen schloss. In seinen eigenen Augen war nur noch Schmerz zu lesen.

»Es tut mir leid«, sagte Gérard di Rochefort, »aber es ist nicht unsere Schuld. Auch ich habe einen Mann verloren. Nun müssen wir aufbrechen. Eurem Knappen steht es frei zu gehen.«

»Kann ich mich von ihm verabschieden?«

»Bien sûr, Monsieur le Comte.«

Giovanni stieg von seinem Ross und näherte sich Valdo, dem die Tränen über die Wangen liefen. Er schien am Horizont hinter den Reitern einen Punkt zu fixieren.

»Valdo …«

»Es ist nicht Euer Fehler, Graf«, sagte Valdo und vermied es, seinen Herrn anzusehen.

»Dado hat mir das Lachen zurückgegeben, das mir vom Leben genommen wurde. Ich werde ihn nie vergessen.«

»Ich danke Euch, Graf.«

»Schau mich an, ich bitte dich.«

Valdo gehorchte, und Giovanni streifte seinen goldenen Chevalierring vom Ringfinger. In einem prächtigen Karneol war das Wappen seines Hauses eingraviert.

»Behalte ihn – in Erinnerung an mich. Solange ich lebe, kann derjenige, der mir diesen Ring zeigt, alles von mir verlangen.«

Valdo ließ es wortlos zu, dass Giovanni ihm den Ring auf den kleinen Finger steckte.

Der Graf nickte ihm ein letztes Mal zu und wandte sich dann an den Kapitän: »Ich bin bereit«, sagte er und stieg auf sein Pferd. »Wo befindet sich der Herzog?«

»Im Schloss von Vincennes. Auf uns wartet ein langer Ritt.«

Auf dem Weg nach Paris

Sonntag, 19. August 1487

Den katholischen Herrschern Ferdinand von Aragonien und Isabella von Kastilien wurde die Stadt Malaga dargeboten, nachdem mehr als fünfzehntausend der Bewohner mit dem Schwert gerichtet worden waren. Die wenigen Überlebenden wurden als Sklaven verkauft. Nach sechs Monaten stolzen Widerstands hatten sich die Malaganer endlich ergeben. Der Sieg wurde Gott und einem seiner Fürsprecher, dem Mönch Francesco di Paola, zugesprochen, der seinerzeit den Sieg prophezeit hatte. Und zwar just in jenem Moment, als die christliche Armee die Belagerung des letzten muselmanischen Bollwerks auf spanischer Erde aufgeben wollte, obwohl sie in der Überzahl war.

Am selben Tag ereilte Rom die Nachricht über die besiegten Mohren. Rodrigo Borgia verfasste eine Antwort, in der er verfügte, dass am Ort des Triumphs eine Kathedrale errichtet werden solle, der er den Ehrentitel *Basilica minor* verleihen wollte.

Auf den Straßen nach Paris feierten viele Kirchenglocken den Sieg. Ihr durchdringendes Läuten erreichte auch eine berittene Horde, deren Weg durch die Dörfer mit Raub, Plünderungen, Vergewaltigungen und Morden gepflastert war. Der schlimme Ruf, der ihnen vorauseilte, wurde von denjenigen, die ihnen noch nicht zum Opfer gefallen waren – es aber befürchteten –, noch weiter geschürt.

In Saint-Laurent de Mure erweckte ein gerade erst verlassenes Soldatenlager die Aufmerksamkeit ihres Anführers. Fränzchen Cibo wies seine Männer an zu halten und rief den Führer zu sich. Die Männer warfen sich erschöpft auf den Boden.

»Finde ein Gasthaus und frage nach, wer hier war. Diese Geschichte gefällt mir ganz und gar nicht«, befahl er.

Marzio da Pisa ging vorsichtig durch das Dorf. Neben ein paar streunenden Hunden war er der Einzige auf der Straße. Alle Fenster und Türen waren verriegelt. Die Nachricht ihrer Ankunft hatte offensichtlich bereits die Runde gemacht. Das Schild eines Gasthauses erregte seine Aufmerksamkeit. Die Tür war verrammelt, aber aus dem Innern drang Stimmengewirr. Marzio klopfte mehrmals an die Tür, aber niemand öffnete ihm. Also versuchte er zu bitten, und zwar in der lokalen Sprache.

»Ouvrez! Je vous en prie.«

Endlich näherten sich Schritte. Jemand spähte durch das Guckloch, und als er sah, dass Marzio allein war, entriegelte er das Schloss und ließ ihn eintreten. Während Marzio sich umschaute, wurde die Tür bereits wieder hinter ihm verschlossen. In einer Ecke saß ein Mann, den er gut kannte, bei einem Krug Wein. Er hatte einen abwesenden Gesichtsausdruck – vielleicht war er ja betrunken, obwohl das so gar nicht zu ihm gepasst hätte.

»Valdo«, murmelte er und ging auf den einsamen Trinker zu.

»Marzio?«, das Erstaunen vermischte sich mit der Vernebelung des genossenen Weines. »Was machst du denn hier?«

Marzio nahm ein Glas, trank es in einem Zug leer und füllte es sich erneut.

»Ich muss mit dir trinken, um alles zu erzählen.«

Sie leerten zwei Krüge, bis sie sich alles gesagt hatten. Dann hörte sich Marzio die Geschichte über Dados Tod an und weinte mit ihm.

»Daran bin allein ich schuld«, sagte Marzio unter Schluchzen.

»Nein«, erwiderte Valdo wütend, »die Schuld haben immer die hohen Herren! Sie laufen ihren Träumen hinterher. Ihre Hirngespinste sind ihnen wichtiger als ihre Männer, die sie in ihren Wahnsinn mit hineinziehen. Verflucht seien alle Mächtigen – möge der Engel der Vernichtung mich erhören und sie einen nach dem anderen zerstören! Soll er sie aus ihren Palästen treiben, die

Hundsfotte den Armen ihrer Huren entreißen und ihre Söhne vor ihren Augen töten. Und nun geh, Marzio, geh zurück zu deinem Herrn, erzähl ihm alles und lass dich gut dafür bezahlen.«

Fränzchen stieß eine lange Reihe wüster Verfluchungen aus, als er die Geschichte im Detail von Marzio erzählt bekam. Dann machte er seinem Zorn Luft, indem er seine Männer erst mit Tritten aufscheuchte und dann wieder um sich versammelte.

»Wenige Meilen vor uns reitet eine ganze Kompanie von Savoyarden«, rief er aufgeregt. »Der Graf ist bei ihnen, und ich muss ihn haben, koste es, was es wolle. Wir werden an ihnen vorbeireiten und ihnen eine Falle stellen. Wir sind vierzig Männer, und in Rom warten viertausend Goldflorinen auf uns: Diejenigen, die überleben, dürfen sie sich teilen. Aber seid gewarnt: Ich werde jeden töten, der uns den Rücken zuwendet!«

»Und du?«, fragte Fränzchen, an Marzio gewandt. »Willst du kämpfen?«

»Mit Eurer Erlaubnis, Eure Eminenz, möge meine Aufgabe hier enden. Wenn es Euch beliebt, würde ich gerne mit meinem Gefährten weiterziehen.«

»Das steht dir frei«, sagte Fränzchen sanft und zuckte mit den Schultern.

Als Marzio ihm jedoch den Rücken kehrte, durchbohrte Cibo ihn hinterrücks mit seinem Schwert, durchstach sein Herz und drückte so lange zu, bis die Spitze seiner Klinge zum Brustkorb heraustrat.

»Er erwähnte nicht, mit welchem seiner beiden Gefährten er weiterziehen wolle – ob mit dem Toten oder dem Lebenden!«, sagte er fröhlich und drehte sich grinsend zu seinen Männern um. Aber niemand gab mehr einen Laut von sich.

* * *

Seit Menschengedenken wurde er nur der *Wald Gottes* genannt, noch bevor die Bewohner dort ihr Holz sammeln gingen. Es war ein heiliger, friedlicher Ort. Die Druiden sammelten hier ihre magischen Kräuter im Schatten alter Eichen, und diejenigen, die den Wald durchquerten, wussten, dass es sicherer war, im Schatten der Bäume als über die sonnendurchfluteten Lichtungen zu reiten. An jenem Tage versteckte sich hinter jeder Eiche ein mit Pfeil und Bogen bewaffneter Schütze, und jeder Einzelne von ihnen fragte sich, ob er nach diesem Tag in Wohlstand leben oder fern der Heimat sterben würde.

Sie mussten nicht lange warten. Die herannahende Kolonne bestand aus gut ausgerüsteten Rittern in Reisearmatur. Sie trugen die Farben Savoyens und die goldenen Lilien Frankreichs, die sich im dichten Blattwerk mit dem Licht des Waldes vermischten. Der Vorreiter gab eine zügige Geschwindigkeit vor. Fränzchen wartete, bis die ersten Reiter an ihm vorbei waren, und versuchte unterdessen, Graf Mirandola in der Gruppe auszumachen. Wenn er den Angriff überleben würde, hätte er nichts dagegen; ansonsten würde er eben den stinkenden Kadaver nach Rom karren. Fränzchen wartete noch einen Moment und stieß dann einen lauten Pfiff aus: Von beiden Seiten des Weges ging aus dem Dickicht eine Wolke von Pfeilen nieder. Einige wurden von Ästen oder Büschen abgefangen, aber andere trafen ihr Ziel. Gérard di Rochefort schrie seinen Männern zu, die Formation aufzulösen und sich in Sicherheit zu bringen. Die Männer klammerten sich an die Mähnen ihrer Rösser und galoppierten aus der Schusslinie. Sie waren allesamt gut ausgebildete Soldaten, die genau wussten, wie sie sich im Falle eines Angriffs zu verhalten hatten. Die Reiter am Ende der Kolonne hatte es am schlimmsten erwischt. Viele waren zu Boden gestürzt, und noch bevor sie wieder auf ihre Pferde steigen konnten, rief Fränzchen bereits zum Angriff. Sofort stürzten zahllose Kämpfer aus der Deckung und fielen über die Überlebenden her.

Fränzchen hielt sich hinter seinen Männern zurück und wartete auf seinen großen Moment. Plötzlich vernahm er einen Hornstoß aus den Reihen der Angegriffenen. Kurze Zeit später ertönte der Hornstoß erneut – diesmal jedoch weiter entfernt und hinter seinem Rücken. Die Erde begann zu beben und Fränzchen mit ihr. Eine kompakte Reiterformation kam im Sturmgalopp und mit eingehängten Lanzen auf ihn zugestürmt.

Rochefort hatte sein Bataillon geteilt, so wie es die Kriegshandbücher lehrten, die Fränzchen aber nie gelesen hatte. Die erste Gruppe des Bataillons hatte Schwierigkeiten, sich gegen den heftigen Angriff zu behaupten, aber der vertraute Hornstoß, der nun zum dritten Mal – und zwar diesmal ganz aus der Nähe – erklang, kam unerbittlich näher. Fränzchens Männer reagierten zu spät. Sie versuchten noch, sich im Kreis aufzustellen, um sich des Angriffs von beiden Fronten zu erwehren, doch es war bereits zu spät: Der Kampf dauerte nicht lange. Die letzten fünf Überlebenden warfen ihre Waffen weg und baten um Gnade. Rochefort gewährte sie ihnen jedoch nicht, denn wer aus dem Hinterhalt angriff, verdiente keine Schonung. Als der Kapitän die Gefallenen zählte, erschien einer seiner Ritter mit einem Flüchtigen, den er an den Haaren mit sich schleifte. Wundersamerweise war dieser weder verletzt, noch blutete er. Obwohl seine Kleider vor Schmutz nur so strotzten, konnte man erkennen, dass sie äußerst kostbar waren. Der Ritter stieß den Fremden neben den Toten auf die Knie. Rochefort hielt die Seinen zurück, die den Gefangenen mit ihren Schwertspitzen malträtieren wollten, und näherte sich ihm. Als er vor ihm stand, riss der Kapitän seinen Kopf hoch und hielt ihm sein Schwert an die Kehle. Als ihre Blicke sich kreuzten, las Rochefort in Cibos Augen nur unendliche Angst.

»Wer seid Ihr? Und warum habt Ihr nicht an der Seite Eurer Mannen gekämpft? Ihr seid ein Feigling und verdient zu sterben«, sagte der Kapitän verächtlich.

»Gnade, edler Ritter«, flüsterte Fränzchen zitternd, »tötet mich nicht. Ich bin viel wert, wenn Ihr Lösegeld einfordern wollt.«

Rochefort spuckte ihm ins Gesicht, doch der verängstigte Cibo machte keine Anstalten, es abzuwischen.

»Einer wie Ihr ist nichts wert, denn er lässt seine Gefährten im Kampf sterben, ohne mit eigener Hand zu kämpfen.«

»Nein, das stimmt nicht«, wimmerte Fränzchen. »Ich bin viel wert. Ich sage Euch, wer ich bin. Heute ist Euer Glückstag, edler Herr. Mein Name lautet Fränzchen Cibo, und ich bin der Sohn seiner Heiligkeit, des Papstes.«

Die Männer um Rochefort brachen in lautes Gelächter aus, und in kurzer Zeit machten die Worte des Gefangenen in der ganzen Truppe die Runde. Dem Kapitän gefiel diese Eröffnung jedoch ganz und gar nicht, denn sie erschien ihm wie eine Art Gotteslästerung. Mit der behandschuhten Faust schlug er Fränzchen so hart ins Gesicht, dass dieser blutend nach hinten kippte.

Giovanni Pico hatte die Szene von weitem beobachtet, ohne zu verstehen, worum es ging. Auf ein Zeichen Rocheforts bat ihn der Vizekommandant, ihm zu folgen.

»Graf«, sagte der Kapitän, »ich frage Euch: Kennt Ihr diesen Mann? Er sieht wie der Anführer der Banditen aus, die uns angegriffen haben.«

Fränzchen Cibo kniete vor Giovanni Pico della Mirandola. Ihre Blicke trafen sich. Der Erste bebte vor Wut und Angst, und der Zweite fragte sich, welch absurdes Schachspiel das Schicksal mit ihm spielte. Wer war er eigentlich? Giovanni hatte immer geglaubt, der Turm zu sein, der leuchtet – aber vielleicht war er doch nur ein einfacher Läufer, der dazu verdammt war, immer nur ein Quadrat nach dem anderen zu überwinden?

»Nein«, sagte er, »ich habe ihn noch nie gesehen.«

Fränzchen versuchte, sich auf ihn zu stürzen, aber ein Tritt Rocheforts beförderte ihn zurück in den Staub.

»Ich wusste es«, sagte der Kapitän und zog sein Schwert. Der Gefangene versuchte verzweifelt, auf den Knien zu flüchten.

»Nichtsdestotrotz glaube ich, dass er die Wahrheit sagt«, fuhr Giovanni, an Rochefort gewandt, fort. »Und dass ich der Grund für den Kampf war. Er machte Jagd auf mich.«

Rochefort sah von de Mola zu Cibo und versuchte das Band zu

erkennen, das die beiden Männer verband. Dann erinnerte er sich daran, dass er Soldat war und seinen Herrn nie enttäuscht hatte.

»Wollt Ihr ihn vor einem Gericht anklagen, Graf?«, fragte er sachlich.

»Nein, Kapitän, ich möchte nur baldmöglichst mit dem Herzog konferieren.«

»Nun gut, aber Ihr habt noch Zeit, Eure Meinung zu ändern. Holt ihn hoch und bindet ihn auf dem Pferd fest. Dieser… Bandit kommt mit uns, wer er auch sein mag. Der Herzog wird entscheiden, was mit ihm geschehen soll.«

Die gefallenen Ritter wurden entlang des Weges begraben und ihre Ruhestätte mit notdürftig gebauten Kreuzen versehen, auf denen ihr Name geschrieben war. Die Rotte der Angreifer warfen sie jedoch in ein Massengrab, auf dem sie ein Kreuz mit der Inschrift ›italienische Banditen‹ aufstellten.

Fränzchen, dreckig, mit zerrissener Kleidung und blutend, konnte sich mit auf dem Rücken gebundenen Händen und angeleinten Zügeln kaum auf dem Pferdrücken halten. Um sich abzulenken, dachte er sich alle möglichen Arten der Vergeltung aus, mit denen er sich für die Tritte des Kapitäns und die Demütigungen des Grafen rächen würde. Er sah sie bereits als Skelette von den Zinnen der Engelsburg baumeln. Diese Vorstellung verschaffte ihm wenigstens zeitweise Befriedigung.

Vincennes, Florenz, Rom

ab Mittwoch, 3. Oktober 1487

Seit fast einem Monat befand sich Giovanni Pico, Herr von Mirandola und Graf zu Concordia, in Gefangenschaft des Herzogs Philipp von Bresse. Er hatte zwar einen Pagen, der sich um seine Belange kümmerte, und bewohnte, wenn man es denn so nennen konnte, das gesamte obere Stockwerk des mächtigen Burgturms der Festung von Vincennes – aber es war ihm nicht erlaubt, seine Räume zu verlassen. Von den Fenstern aus konnte Giovanni Soldaten und Familien beobachten, wie sie ihren täglichen Aufgaben nachgingen: Dem Wachwechsel, dem Transport von Lebensmitteln und Waren aller Art, militärischen Übungen und selten die eine oder andere Festivität, von deren Musik er außer ein paar Tönen oder einer Schwingung kaum etwas hören konnte. Bei besonders klarem Wetter schweifte sein Blick zu den weit entfernten Dächern von Paris. Nur in ganz wenigen Momenten war es ihm erlaubt worden, auf der offenen Terrasse zu wandeln, von der man eine fantastische, abwechslungsreiche Aussicht genießen konnte: Der bunte Blätterwald, die grauen Steinhäuser und der rote Sonnenuntergang; das helle Blau des Himmels und das dunklere der Nacht, das Weiß der Festungsmauern.

Herzog Philipp hatte sich ihm weder gezeigt noch ihm irgendeine Nachricht zukommen lassen. Giovanni hingegen hatte zwei Briefe verfasst – obwohl er wusste, dass sie bestimmt zensiert würden. Einen für Ferruccio und Leonora, die in seiner Villa in Fiesole weilten, und einen an seinen Bankier Pitti, einen Rivalen der de' Medici. Im ersteren beschrieb er heiter und unverbindlich seine Situation, verschlüsselte aber die eine oder andere Information zu seiner konkreten Lage. Ferruccio würde die Botschaft sicherlich zu entschlüsseln wissen. Im zweiten Brief wies er seinen Bankier an, ihm einen Vorschuss auf die nächsten Ernteerträge seiner Ländereien zu gewähren, damit er ›die anfallenden Ausgaben im Rahmen seines Aufenthaltes im Schloss von Vincennes tätigen könne‹ – wohl wissend, dass Pitti sich sofort mit diesem Schreiben brüsten würde. Lorenzo de' Medici würde davon hören und so erfahren, dass hier sonderbare Dinge vor sich gingen.

Von Fränzchen hatte Giovanni nichts mehr gehört. Die gesamte Reise über war er gefesselt gewesen und des Öfteren verhöhnt und ausgelacht worden. Er hatte es jedoch vorgezogen, keinerlei Reaktion zu zeigen. Als die ersten zwei Wochen des angstvollen Wartens vorbei waren, hatte Giovanni wieder mit dem Schreiben begonnen. Ihm fehlten die Texte und die Bücher, die er so liebte, aber sein phänomenales Gedächtnis hatte ihn, wie so oft, auch diesmal nicht im Stich gelassen. Er war in seiner Erinnerung zu den Anfängen seiner Studien gewandert, hatte seine Vorstudien rekapituliert, die ihn zu den Thesen geführt hatten, und hatte seine Gedanken auf den Weg der Magie gelenkt. Während seiner erzwungenen Ruhephasen stellte er sich vor – ohne jedoch seinen Ideen untreu zu werden –, ein Magier zu sein, der die Gesetze der Natur verstehen gelernt hatte und daraus Nutzen zu ziehen verstand. Was ihm jedoch nicht gelang, war, die Zeit zu vergessen, und so fühlte er jede einzelne Stunde quälend langsam verrinnen.

Als er am nächsten Tag – einen Tag vor der Olivenernte – während eines Gewitters aus dem Fenster schaute, bemerkte er, wie unter Fanfarenklängen eine kaiserliche Postille eintraf. Erst jetzt bemerkte er, dass das Lilienwappen von Karl VIII. auf azurblauem Grund an jedem Fenster hing, auch an den seinen. Er blickte auf die untergehende Sonne. Es wurde Zeit für das abendliche Mahl. Normalerweise überbrachten die Diener seinem Pagen die Mahlzeit mit reichlich Wasser und Wein, der sie Giovanni dann kredenzte. Am heutigen Abend war jedoch alles anders. Statt der

Diener betrat ein hochgewachsener Mann in einem blauen, reich bestickten Überrock den Raum. Seine breite Stirn unterstrich eine beginnende Glatze. Seine breiten, vollen Lippen presste er zusammen und fixierte Giovanni mit seinen leicht hervorstehenden Augen. Der Page verneigte sich tief vor ihm. Der Fremde bedeutete diesem jedoch, sich zu entfernen, und blieb vor Giovanni stehen. Seine Haltung deutete auf eine edle Herkunft. Offensichtlich erwartete er, dass Giovanni ihm seine Ehrerbietung erwies.

»Ich hoffe, Ihr verzeiht mir eines Tages, Graf. Und ich hoffe, dass es Euch in dieser Zeit des Arrests an nichts gemangelt hat.«

»Die Freiheit ist ein wertvolles Gut. Über den Rest haben Euch Eure Spione gewiss bereits alles zugetragen, nehme ich an; so wie ich auch glaube, mich in der Gegenwart des Herzogs Philipp von Bresse zu befinden.«

»Ich bin ein Mann der Waffen, Graf, und kein Studierter wie Ihr«, erwiderte der Herzog. In seinem Tonfall schwang Geringschätzung mit.

»Mein Leben lang habe ich mir alles, was ich besitze, hart erkämpfen müssen. Ich kenne den Kerker – und glaubt mir, er hat keinerlei Ähnlichkeit mit dem, über den Ihr lamentiert.«

Weil er merkte, dass es keinen Sinn mehr hatte, mit der Polemik fortzufahren, deutete Giovanni eine Verbeugung an und schwieg.

»Ich habe ein einfaches Mahl vorbereiten lassen, aber aus Gründen der Vertraulichkeit werden wir es hier oben einnehmen – wenn es Euch keinen Verdruss bereitet. Bei Tisch werde ich Euch einige Dinge erklären und, wenn es mir möglich ist, all Eure Fragen beantworten.«

Auf seinen Wink hin wurde innerhalb weniger Minuten das Abendessen aufgetragen. Es unterschied sich nicht allzu sehr von dem, das er normalerweise zu sich nahm: Wenigstens gab sich der Herzog nicht der Völlerei hin, dachte Giovanni, was er auch daran sah, dass der Herzog sein Mahl hastig beendete und seine Diener sofort abtragen ließ. Auf dem Tisch blieb eine Karaffe mit einem trüben, dickflüssigen Wein stehen, an welcher der Herzog von Bresse sich beherzter gütlich tat.

»Ihr seid ein ehrgeiziger Mann, Graf von Mirandola, und ich sage Euch frei heraus, dass Ihr viele Feinde und ebenso viele Freunde habt«, sagte er, nachdem er einen großen Schluck genommen hatte.

»Ich nehme an, dass die Zahl meiner Feinde größer ist als die meiner Freunde. Und Ihr? Zu welcher Gruppe gehört Ihr?«

»Weder zu der einen noch zu der anderen. Ihr seid mir gleichgültig, wenn es das ist, was Ihr zu wissen wünscht. Nichtsdestotrotz ist das, was ich tat, in Eurem Interesse – für den Moment jedenfalls.«

Giovanni verstand nicht, entschied sich aber dafür, versöhnlich gestimmt zu bleiben. Philipp von Bresse war der Einzige, der ihm die Informationen geben konnte, die er brauchte.

»Bei dem Mann, den wir während des kurzen Scharmützels im Wald Gottes in Gefangenschaft nahmen, handelt es sich wahrhaftig um Papst Innozenz' Sohn, aber das wusstet Ihr bereits. Sein Versuch, Euch zu fangen, hat mich einige meiner besten Männer gekostet.«

»Für meine Rettung möchte ich Euch meinen Dank aussprechen.«

»Ihr müsst mir noch viel mehr aussprechen, dazu aber später. Der Papst hat ein überaus großzügiges Lösegeld für seinen Sohn gezahlt und mir das Doppelte angeboten, wenn ich Euch, zusammen mit Fränzchen, dem Arm der Kirche übergebe. Ich habe Bitten, Ratschläge und Drohungen erhalten.«

»Nichtsdestoweniger bin ich aber immer noch Euer … Gast. Dafür wird es einen Grund geben.«

»Gewiss. Lasst mich deshalb eine Frage stellen, Graf, die Ihr mir bei Eurer Ehre beantworten müsst. Warum wolltet Ihr nach Paris gehen?«

»Um meine Thesen an der Universität zu disputieren. Also um das zu tun, was mir in Rom verweigert wurde.«

»Und wenn Ihr morgen frei wärt und gehen könntet, wohin es Euch beliebt, würdet Ihr nach wie vor nach Paris gehen wollen?«

»Das ist der Sinn meines Lebens, meine Mission. Ich habe nichts weiter, Herzog«, fügte Giovanni hinzu und erhob sich aufgeregt. »Mein ganzes Leben habe ich den Studien gewidmet. Dafür habe ich alles verloren: die Liebe und die Jugend. Der Weg meiner Erkenntnis ist mit dem Tod befleckt, doch ich bin bereit, ihm entgegenzutreten.«

»Diese Antwort habe ich befürchtet, und nach dem, was mir über Euch erzählt wurde, habe ich es auch nicht anders erwartet. Setzt Euch, ich bitte Euch, und hört mir zu. Königin Anne aus Frankreich sitzt zwischen zwei Stühlen. Auf der einen Seite ist der Papst, der sie bedrängt, ihm Euren Kopf zu servieren, und auf der anderen Lorenzo de' Medici, der sie erpresst, Euch gewähren zu lassen, weil ihr Reich ohne seinen Geldfluss untergehen würde. Darum haben sie, wie es den Regeln der Diplomatie entspricht, einen Kompromiss erzielt: Die Königin stellt sicher, dass Ihr nie in Paris vorsprechen werdet und in Sicherheit nach Florenz zurückkehrt, wo Euch alles zu tun freisteht, außer der Verbreitung Eurer Thesen. Diese Thesen, sagte man mir, brächten die Gleichgewichte der Königreiche im Himmel wie auf Erden in Gefahr. Ich weiß nicht, worüber Ihr handelt, aber es scheint, dass nicht einmal der Antichrist es wagen würde, auch nur zu denken, was Ihr niedergeschrieben habt.«

Giovanni fühlte sich auf einmal sehr alt. Er schloss die Augen und spürte, wie die Feuerkugel in ihrer Agonie schrie. Dann fühlte er für einen kurzen Augenblick einen befreienden Moment – ohne Leid, Bürden und Mühen. Es war genau der Moment, in dem die Seele bereit ist, aus dem Körper emporzusteigen – und eine große Leere erfüllte ihn.

»Morgen werdet Ihr nach Florenz abreisen«, fuhr der Savoyarde fort. »Ihr bekommt einen Geleitschutz gestellt, den nicht einmal die angelsächsische Armee angreifen würde. *Adieu*, Graf. Sollte ich je wieder Euren Namen hören, dann fürchte ich, wird es sich um die Nachricht von Eurem Ableben handeln – sollte dies vor dem meinigen eintreten.«

* * *

Es war kalt in Florenz, und es regnete bereits seit Wochen. Erst in San Martino lichteten sich die Wolken. Der Arno war zu einem tosenden Fluss angeschwollen und hatte viele Boote von den Ankerplätzen gerissen und fortgeschwemmt. An der Mündung von Arno und Ombrone hatten sie sich mit dem Treibholz verfangen und eine Art Damm aufgetürmt. Innerhalb weniger Stunden waren die Niederungen überflutet. Die Gewalt der Schlammmassen hatte Bauernhöfe und Häuser zerstört und Tausende von Tieren mit sich gerissen. Als die Regenfälle aufhörten, tauchten die aufgedunsenen Kadaver langsam an die Wasseroberfläche, und riesige Rattenkolonien taten sich an ihnen gütlich. Die Menschen wussten, dass sich dort, wo die Ratten in großen Mengen auftauchten, auch die Pest einnisten würde. In Pistoia würde sie ausbrechen und dann in die anderen Städte in der Nähe einfallen. In Florenz hatte der Hauptmann der Stadt bereits angeordnet, die Tore der Stadt zu schließen. Innerhalb der Mauern lebten die Menschen in Angst und Schrecken: Wer hustete oder sich schlecht fühlte – und wenn es nur wegen der Kälte war –, riskierte eine Anzeige und wurde unverzüglich in ein Lazarett verschleppt, in dem selbst die Gesündesten krank wurden.

Die französische Kompanie ritt direkt nach Fiesole, bis zur Villa Giovannis, von wo er im Frühling so hoffnungsfroh aufgebrochen war. Ferruccio und Leonora erwarteten ihn bereits.

* * *

Zwei Tage später, am vierzehnten November, ließ Papst Innozenz in Rom neben dem Siegel von Kaiser Maximilian das seinige anschlagen und beendete damit den Krieg zwischen der Republik Venetiens und dem mächtigen Herzog von Tirol. Sein Ansehen war gestiegen, und die französische Krankheit, unter der er litt, schien zurückzuweichen. Rodrigo Borgia gefiel die neue Allianz zwischen den Habsburgern und dem Papst genauso wenig wie die guten Nachrichten über den Gesundheitszustand Seiner Heiligkeit. Dieser Syphilitiker hatte das Leben dieses unsäglichen Fränzchens gegen das von Graf Mirandola getauscht. Lorenzo de' Medici hatte ihn wie einen dummen Jungen übervorteilt.

Sein einziger Trost waren all die Hexen, Kräuterfrauen und Zigeunerinnen. Nicht nur aus Italien, sondern auch aus Spanien und Deutschland erreichten ihn tröstliche Nachrichten. Je mehr sie von ihnen verurteilten, folterten und auf den Scheiterhaufen verbrannten, desto mehr neue von ihnen wurden entdeckt. In Deutschland hatten die fleißigen Drucker mehr als dreißigtausend Kopien des *Malleus Maleficarum* gedruckt. In jedem Kloster wetteiferten Richter und Inquisitoren darum, das Böse möglichst früh aufzudecken, um es an der Wurzel auszureißen, bevor es zu wuchern begann. Es konnte in jeder weiblichen Ritze lauern und sich von dort aus im Verborgenen überall verbreiten. Allein im Val-di-Fiemme-Tal waren über dreihundert Seelen durch das reinigende Feuer befreit worden. An diesen Orten war ein geheimnisvolles Weib, Bon Foga genannt, entdeckt worden, die, wie man sagte, die Gemahlin des Dämons war und gemeinsam mit ihrem Gemahl sogar einige in Klausur lebende Nonnen umgarnt und vom rechten Weg abgebracht hatte. In zwei Klöstern waren einzelne Satansaustreibungen nicht ausreichend gewesen – sie mussten bis auf ihre Grundfesten durch das reinigende Feuer zerstört werden.

Der Kardinal hatte diesen Eifer ausdrücklich begrüßt. Das Weib Bon Foga, hatte er den Seinen gesagt, sei deshalb so mächtig gewesen, weil sie das Ebenbild der Großen Mutter war, deren Name niemals ausgesprochen werden durfte. So konnte er also mit Zufriedenheit sein Werk betrachten, denn in weniger als einem Jahr hatten sich die Todesurteile und die darauf folgenden Verbrennungen auf dem Scheiterhaufen mehr als verdoppelt. Der

Kardinal wusste nur allzu gut, dass viele der Priester über das notwendige Maß der Untersuchungen und Foltermethoden weit hinausgegangen waren und dabei die verbotensten Freuden und Genüsse erfahren hatten. Aber um das Böse bekämpfen zu können, sagte sich Borgia, muss man es auch kennen.

Während er sich seine Finger ableckte, betrachtete er seine Gespielin, die mit ihrem jugendlichen Appetit eine Fleischsuppe genoss. Gleich würde er diesen Geschmack auf ihren Lippen schmecken. Zum Teufel mit Innozenz, der Mutter, Giovanni Pico und allem anderen! Damit würde er sich morgen wieder beschäftigen.

Florenz

Donnerstag, 10. November 1938

Jemand klopfte an Zugels Tür. Sofort griff dieser nach seiner Luger und positionierte sich neben dem Türrahmen.

»Wer ist da?«

»Der Portier. Ich habe eine Nachricht für Sie.«

Er erkannte die Stimme, versteckte die Pistole hinter dem Rücken zwischen Gürtel und Hose und öffnete die Tür einen Spaltbreit.

»Ein Herr hat eine Nachricht für Sie hinterlassen.«

Zugel erwartete, dass der Portier ihm die Nachricht aushändigte, dieser aber hielt die Arme weiter hinter dem Rücken verschränkt. Er hätte ihm ohne Probleme mit zwei Fingern den Kehlkopf zerquetschen können, aber stattdessen nahm er einen 10-Lire-Schein und gab dem Mann sein Trinkgeld. Daraufhin ging der Austausch schnell vonstatten, und Zugel schloss die Tür. Schon die ersten Worte ließen ihn gierig weiterlesen. Als er geendet hatte, lächelte er, zündete sich eine Zigarette an und verbrannte die Nachricht mit der Flamme seines Streichholzes.

Der Bahnhof, wo sich Busse, Straßenbahnen und Züge kreuzten, wimmelte vor Pendlern, die aus den Fabriken geströmt kamen. Sie grüßten sich und gingen ihrer Wege. Die meisten warteten auf die Straßenbahnen, die sie zu den Mietskasernen bringen würden, die vom Regime gebaut worden waren, um der neuen Arbeiterklasse ein Dach über dem Kopf zu geben. Der Treffpunkt war gut gewählt, auch für ihn – eine umsichtige Wahl. Ein Mann mit tief ins Gesicht gezogenem Hut stand unter einer Laterne und beobachtete ihn. Mit den Händen in den Taschen – ein schlechtes Zeichen.

»Es ist kalt heute, finden Sie nicht auch?«

Mit einem Ruck drehte sich Zugel um. Der elegante Herr mittleren Alters tippte zum Gruß an seinen Hut. Zugel schaute ihn fragend an. Verdammt, das war nicht das Codewort. Er erwiderte den Gruß, und der andere ging davon. Ein Fahrrad kam in Zugels Richtung. Der Radfahrer fuhr zwischen der Menge im Zickzack auf ihn zu. Zugel spannte alle Muskeln an, blieb stehen und wartete auf den Aufprall. Im letzten Moment bog der Fahrer ab, fuhr knapp an ihm vorbei und hätte ihn beinahe gestreift. Ein hochgewachsener schlanker Herr mit blauen Augen hinter der goldenen Brille, der in seiner Nähe gestanden hatte, faltete ein Giornale d'Italia und näherte sich ihm.

»Ist dies Ihre Zeitung?«, sagte der Fremde.

Das war die Frage, die sie vereinbart hatten.

»Ich lese nie vor Abend«, lautete die Antwort.

»Bitte, Herr Zugel. Gehen wir einen Espresso trinken«, sagte Giacomo de Mola.

Die Kaffeebar war erfüllt von Rauch und Stimmen. Sie fanden einen Tisch am Fenster, der von außen gut sichtbar war. De Mola winkte dem Kellner, und dieser brachte zwei Espressi.

»Sie haben etwas, das mir gehört«, sagte de Mola ohne Umschweife, »und Sie wollen es mir zurückgeben.«

»Was sollte das Ganze?«, fragte Zugel patzig. »Wer sind diese Personen?«

De Mola lächelte ihn an: Sein Blick war genauso kalt wie der des Mannes, der ihm das Buch entwendet hatte.

»Das ist nur, um Ihnen zu zeigen, dass ich nicht alleine bin. Genau wie Sie übrigens.«

»Sie glauben doch wohl nicht, dass ich so dumm bin und das Buch bei mir habe.«

»Nein, ich halte Sie für ganz und gar nicht dumm. Wollen wir über das Buch sprechen?«

»Wollen Sie nicht wissen, warum?«

»Nein … bevor wir zur Sache kommen – ich meine die Preisverhandlungen –, wollte ich trotzdem noch eine Information von Ihnen. Sie ist Teil der Abmachung, Herr Zugel, und sie wird Ihnen entsprechend honoriert werden.«

Zugel nahm einen Schluck Espresso, holte aus seiner Manteltasche Zigaretten und bot de Mola eine an. Der lehnte ab.

»Giovanni Volpe«, fuhr er fort, »ich will wissen, wo er ist.«

Zugel blinzelte. Was war das denn? Eine Falle? Er hatte ihn nicht mehr gesehen, seitdem er ihn zu Tode erschreckt und mit Elena Sex gehabt hatte. Er zog an der Zigarette und ließ den Rauch langsam durch die Nase entweichen.

»Ich habe keine Ahnung. Wenn Sie es nicht wissen …«

De Mola blickte ihn lange an. Er befürchtete, dass Zugel die Wahrheit gesagt hatte. Er war sich aber noch nicht ganz sicher.

»Ohne Volpe können Sie das Buch behalten.«

Natürlich bluffte de Mola, aber es war der letzte Trumpf, den er ausspielen konnte. Außerdem tat er es hinter dem Rücken und ohne Einwilligung von Omega, die Giovanni endgültig, so als hätte es ihn nie gegeben, aus der Organisation gestrichen hatten. Für ihn war es anders; er hatte Giovanni geliebt und ihn adoptieren wollen, wenn nur … De Mola betrachtete die angespannten Gesichtsmuskeln des Deutschen. Zugel war ein Killer, ein Fanatiker und einer der schlimmsten Gesellen, den die dunklen Zeiten hervorgebracht hatten. Aber in diesem Moment log er nicht. Das, was er sah, war nur Angst. Zugel wusste wirklich nichts von Giovannis Verbleib.

»Von Ihrem Giovanni Volpe weiß ich nichts, denn für mich hatte er keinerlei Bedeutung. Das ist die Wahrheit, und da ich nun hier bin, müsste das auch Ihnen klar sein.«

Giacomo de Mola spannte ihn einige bange Sekunden auf die Folter. Dann sagte er: »Wie viel wollen Sie, Zugel?«

»Die gleiche Summe, die ich Ihrem jungen Schüler versprochen hatte. Zweihunderttausend Dollar, in bar.«

»Das ist viel Geld.«

»Ich bin Ihnen keine Rechenschaft schuldig.«

De Mola dachte an Giovanni und an die Träume, die er mit diesem Geld geschmiedet hatte; er hatte es mit der mysteriösen Elena ausgeben wollen. Er dachte daran, wie Giovanni ihm im Suff alles gebeichtet hatte und dass er auf beides verzichtet hatte, auf das Geld und sie.

»In Ordnung. Sie übergeben uns das Manuskript. Wir werden es kontrollieren und Ihnen, wenn alles seine gute Ordnung hat, das Geld auf eine Bank Ihrer Wahl überweisen.«

Zugel wurde wütend und ballte seine Fäuste. Dass jemand davon Notiz nahm, entging ihm. »Nichts zu machen«, rief er eine Spur zu laut. »Wir machen es hier: Bares gegen das Buch. Die einzigen Banken, denen ich vertraue, und das wissen auch Sie, de Mola, sind in der Schweiz. Leider ist dort dicke Luft für mich, momentan jedenfalls.«

Er drückte nervös die halbgerauchte Zigarette aus, so fest, dass der ganze Tabak im Aschenbecher zerbröselte.

»Wir brauchen einige Zeit, um das Geld in bar zusammenzubekommen.«

»Ich gebe Ihnen maximal eine Woche Zeit.«

De Mola stützte seine Ellbogen auf den Tisch und legte sein Kinn auf die geballten Fäuste. Dann sagte er ruhig: »Sie warten so lange, bis wir bereit sind. Sie können nichts anderes tun, Zugel. Es gibt keinen anderen Käufer. Wir gehen davon aus, dass Sie einen anderen Bieter hatten, aber da Sie sich nun an uns wenden, muss irgendetwas schiefgegangen sein. Ich nehme sogar an, dass Sie wegen des geplatzten Deals auch alle Brücken hinter sich abbrechen müssen. Wir sind Ihre einzige Rettung.«

»Wie kommen Sie darauf?«, stieß Zugel abfällig hervor. »Vergessen Sie nicht, ich bin ein Offizier des Deutschen Reiches, und ich …«

»Zugel, nun sind Sie es, der mich für dumm verkauft. Hören Sie auf damit. Sie sind einer viel größeren Gefahr ausgesetzt als ich, denn Sie könnten jeden Moment von irgendjemandem hier wiedererkannt werden. Ich kann Sie jedoch beruhigen. Es ist auch in unserem Interesse, dass wir diese Sache schnellstmöglich hinter uns bringen.«

Zugel wollte antworten, aber ein Milizsoldat schrie mehrmals laut ›Ruhe!‹, und sofort drehte der Barmann willfährig das Radio lauter. Die Stimme, die aus dem Radio ertönte, hätte eigentlich Respekt einflößend und militärisch wirken sollen, aber die voll aufgedrehten Lautsprecher machten aus ihr nur ein undeutliches Gekrächze. Alle erhoben sich von ihren Plätzen, auch de Mola und Zugel. Nicht aufzustehen, wäre einer Beleidigung gleichgekommen, und sie wären nur unnötig aufgefallen. Das aber konnten und wollten sie sich nicht erlauben.

»Schwerwiegende Tat … begangen … junger jüdischer Fanatiker … Botschaftssekretär Rath … Meuchelmord … sofortige Reaktion … deutsche Kameraden … infames jüdischen Volk … endlich alle Synagogen zerstört … München … der Protest eskaliert … mehr als 300 Verschwörer … von einer Gruppe Patrioten getötet … 26.000 Verschwörer … Arbeitslager … München ist befreit! Es lebe der Duce!«

»Jawoll!«, schrie der Soldat.

»Jawoll«, antworteten alle zusammen.

»Ruhe! Der Duce spricht!«

Die unverwechselbare Stimme des Faschistenführers, die so oft imitiert wurde, erfüllte die Kaffeebar. Der ein oder andere nahm seinen Hut ab, andere hoben den rechten Arm zum Hitlergruß, und einer Frau standen die Tränen in den Augen, während sie sich am Arm ihres Mannes festhielt.

»Italiener … deutsche Kameraden … sie haben korrekt reagiert … große Trauer … vorbildliche Aktion … sofortige Vergeltung …«

»Stell endlich das verdammte Radio besser ein!«, schrie der Milizsoldat, »man versteht ja überhaupt nichts!«

Der Barmann versuchte, die richtige Wellenlänge zu finden,

aber es gelang ihm nicht. In seiner Verzweiflung haute er kräftig auf den Apparat – und endlich war die Stimme Benito Mussolinis klar und deutlich zu vernehmen. Mittlerweile war er bei seinen letzten Sätzen angelangt.

»Wir haben im letzten Jahr die Reinhaltung unserer Rasse durch die Abschaffung der Mischehen mit Erfolg gebannt, und wir werden weitere Maßnahmen ergreifen, nach dem Vorbild unserer deutschen Brüder, die unserem Herzen immer näher stehen. Mit diesen Maßnahmen erhalten wir das italienische Volk, dessen Reinheit der Grundstein des römischen Imperiums war. Denen aber, die mit ihren niederen Instinkten unsere Reichtümer, unsere Freiheit und das Vaterland selbst bedrohen, werden wir mit aller Macht Einhalt gebieten.«

»Ja ja ja!«, schrie der Milizsoldat.

»Ja, ja!«, antworteten im Chor die Anwesenden, um sich dann wieder ihren Getränken zu widmen.

»Abschaffung der Mischehen? Welcher Mischehen?«

Zugel schaute de Mola fragend an.

»Im letzten Jahr wurde ein Gesetz erlassen, das Ehen zwischen Italienern und Frauen aus den afrikanischen Kolonien verbietet und auch das Halten von Konkubinen. Nun ja … wir sind eben eine billige Kopie der Deutschen.«

»Wir werden siegen.«

De Mola schaute Zugel über seinen Brillenrand hinweg an. In seinem Blick war weder Ironie noch Befriedigung zu lesen.

»Wenn Sie sich dessen so sicher wären, dann säßen Sie heute nicht hier.«

Zugel wollte etwas erwidern, aber de Mola kam ihm zuvor.

»Auf Wiedersehen, Herr Zugel, wir sehen uns hier, zur selben Zeit, am ersten Dezember.«

»Und was mache ich bis dahin?«, blaffte der Deutsche zornig.

»Verstecken Sie sich, Zugel, und beschützen Sie das Manuskript.«

De Mola ging zur Kasse und zahlte mit einem Fünf-Lire-Schein.

Den Rest ließ er als Trinkgeld für die hübsche Kassiererin liegen. Bevor er die Kaffeebar verließ, warf er Zugel, der sitzen geblieben war, noch einen letzten Blick zu. Er sah, wie sich dieser auf die Lippen biss. Das Geld war zum Glück kein Problem, aber er musste Giovanni finden.

Drei Wochen später fand die Übergabe am vereinbarten Treffpunkt statt.

Um fünf Uhr nachmittags, am ersten Dezember 1938, machte Zugel den Volksempfänger aus, den er sich von dem wenigen Geld, das ihm übrig geblieben war, besorgt hatte. In den letzten Wochen hatte er oft Radio London gehört, eine neue Sendung der BBC. Für sein neues Leben brauchte er auch neue Informationen. Eben hatte er die Nachricht gehört. Laut der Engländer war ein von deutschen und italienischen Geheimdiensten organisierter Staatsstreich in Rumänien gescheitert. Die Zeitung *La Nazione*, die bei ihm auf dem Bett lag, hatte dieses Ereignis komplett unterschlagen. Zugel holte das in Geschenkpapier eingewickelte Manuskript unter der Matratze hervor und verstaute es in seiner ledernen Aktentasche.

Draußen war es dunkel und kalt. Er stellte seinen Mantelkragen hoch und ging zur Haltestelle Santa Maria Novella. An der Theke der Kaffeebar bestellte er ein Granatapfel-Sorbet – vollkommen absurd, aber so war es vereinbart worden. Der Barmann schüttelte nach Plan den Kopf, woraufhin Zugel einen Espresso verlangte. Mit dem Zuckertütchen würde ihm ein kleiner Zettel gereicht, auf dem eine Nummer und eine Uhrzeit notiert waren.

Der Zug aus Bologna Richtung Rom fuhr pünktlich auf dem dritten Gleis ein, und Zugel hastete zu den Waggons der ersten Klasse. Dort stieg der hochgewachsene Mann mit der Goldrandbrille, der diesmal einen gelben Seidenschal trug, aus. Er hatte eine Aktentasche aus dunkelbraunem Kalbsleder dabei. Die beiden umarmten sich wie die anderen Reisenden auf dem Bahnsteig auch und übergaben sich ihre Geschenke. Beide packten sie hastig aus, gerade weit genug, um den jeweiligen Inhalt zu kontrollieren. Es war 17.48 Uhr. Zwei Minuten später warf der Zugführer einen Blick auf seine Taschenuhr, blies in seine Trillerpfeife und wedelte mit der Signalscheibe. Der Zug fuhr ab, und die beiden grüßten sich ein letztes Mal.

Der Hotelbesitzer sah seinen deutschen Gast nie wieder. Nach einer Woche nahm er sich den Volksempfänger, um wenigstens irgendeinen Gewinn zu machen, denn die Zimmermiete konnte er nun endgültig abschreiben.

Florenz, Rom, Spanien

Von November 1487 bis März 1491

Sein Lebenswerk, der Welt die Existenz der Großen Mutter aufzuzeigen, war gescheitert und mit ihm auch sein Leben. Der Pakt, den Lorenzo de' Medici und Innozenz geschlossen hatten, war für Giovanni beinahe so schlimm wie Kerkerhaft, denn er durfte Florenz nicht verlassen. Er fühlte sich wie ein Vogel in einem großen Käfig, der sich jedes Mal, wenn er ihn verlassen wollte, mit seinen Flügeln in den eisernen Gitterstäben verfing. Nachdem er sich bei seinen Ausbruchsversuchen einige Male verletzt hatte und sich nun keine Illusionen mehr über eine mögliche Flucht machte, hoffte Giovanni, dass ihn alsbald ein gnädiger Tod ereilen möge.

Im Januar 1488 war Graf Mirandola an Ferruccios und Leonoras Seite, als die beiden sich, mit dem Segen von Bruder Girolamo Savonarola, vermählten. Savonarola nutzte die Gelegenheit, um in der Predigt seine Blitze gegen die Ernennung des kaum 13-jährigen Giovanni de' Medici zum Kardinal zu schleudern. Die Ernennung hätte bis zu seinem 18. Geburtstag geheim gehalten werden sollen, aber es ging, wie es mit gut gehüteten Geheimnissen immer geht: Der Papst hatte sich seinem Sohn anvertraut, der daraufhin mit seiner Gattin Magdalena, einer Tochter des Prächtigen, darüber gesprochen hatte, die das Geheimnis dann wiederum ihren Freundinnen und Vertrauten zutrug. Kurzum: Niemand hätte davon erfahren sollen, aber der noch bartlose Kardinal wurde, wo immer er erschien, Eminenz genannt und nach seinem Ring gefragt.

Im darauffolgenden Monat wurde Fränzchen zum Statthalter und Hauptmann Roms ernannt. Kardinal Borgia versuchte, die

Nominierung für ungültig erklären zu lassen, scheiterte jedoch. Eine Zeitlang trug er sich mit dem Gedanken, den Sohn des Papstes endgültig verschwinden zu lassen – und dingte schließlich einen Meuchelmörder, um ein Attentat auf Fränzchen zu verüben. Auch dies misslang: Der neue Statthalter entkam dem Mörder, weil ihm, wie er verlauten ließ, die Heilige Jungfrau zur Seite gestanden habe. Innozenz und Borgia selbst hielten am darauffolgenden Sonntag eine feierliche *TeDeum*-Dankesmesse in der Sankt-Peters-Basilika.

Zwei Jahre später, im Februar, ging es Innozenz urplötzlich sehr schlecht: Rote und purpurfarbene Flecken bedeckten seinen Körper, und eine hartnäckige Ruhr bekräftigte deutlich, dass es sich um eine Arsenvergiftung handeln musste. Dies beunruhigte Rodrigo Borgia aufs Äußerste, denn es stand nicht nur zu befürchten, dass er einen Rivalen am päpstlichen Hofe hatte, sondern dazu auch noch einen unfähigen. Arsen konnte vortrefflich als schleichendes Gift verwendet werden, aber um eine unmittelbare Wirkung zu erzielen, musste man schon auf andere Methoden zurückgreifen.

Fränzchen – besorgt wie jeder gute Sohn – verbrachte Tag und Nacht am Krankenbett seines Vaters, und erst, als es so aussah, als ob der oberste Diener Gottes seine Seele dem Schöpfer übergeben wollte, versuchte Fränzchen zu fliehen. Er wurde an den Toren Roms von den Wachen, die seinem Kommando unterstanden, aufgehalten. Diese waren nicht wenig überrascht, als sie in der Kutsche, die ihn begleitete, Gold und Geschmeide in großen Mengen vorfanden, die eilig in zwei Eisenkisten gestopft worden waren. Fränzchen hatte keine andere Wahl und gab zu, dass es sich dabei tatsächlich um den Schatz der Kirche handeln würde. Er hätte die Kostbarkeiten vorsorglich mitgenommen, um zu vermeiden, dass ein Gauner den unsicheren papstlosen Zustand ausnutzen und den Schatz verschwinden lassen könnte. Nach ein paar Tagen erholte sich Innozenz wieder, aber er war nicht mehr der Alte, zumal auch die französische Krankheit deutliche Spuren hinterlassen hatte. Es stand so schlimm um ihn, dass er sogar auf seine jungen Lieblingsgespielinnen verzichten musste. Für seine noble Tat und die mutige Demonstration, wie sehr ihm die Heilige Römische Kirche am Herzen lag, wurde Fränzchen der Titel des Grafen des Heiligen Lateranspalasts verliehen. Somit konnte er nun auch die Rechtsprechung verwalten. Außerdem wurden ihm die Ländereien von Cerveteri und Anguillara übergeben, verbunden mit dem Ratschlag, seine neuen Besitzungen des Öfteren zu besuchen und so lange wie möglich dort zu verweilen.

In Florenz disputierte Lorenzo de' Medici über philosophische Fragestellungen und komponierte Sonette: Außer den Hofdichtern applaudierte selbst das Volk seinem Lied an Bacchus mit großer Aufrichtigkeit. Die Ode an die Jugend, die einlud, das Hier und Jetzt zu genießen, da man auf die Zukunft ohnehin nicht zählen könne, gefiel den Massen. Allerdings war de' Medici über das Benehmen von Savonarola aufgebracht, der nach wie vor mit seinen Moralpredigten gegen die Kirche und vor allen Dingen gegen die Gepflogenheiten des florentinischen Adels wetterte. Zu guter Letzt verscheuchte ihn der Prächtige aus Florenz, holte ihn jedoch auf Bitten von Giovanni Pico nach ein paar Monaten an den Hof zurück. Ganz der Alte, dankte der Gottesmann es dem Prächtigen sogleich mit neuen Beschimpfungen und antwortete dem Düpierten auf seine Beschwerde hin, dass es nun an ihm sei, Florenz zu verlassen. In seinem Schwung sagte ihm der Mönch auch noch hämisch seinen baldigen Tod voraus.

Am dritten März 1491 unterzeichneten Ferdinand von Aragonien und Isabella von Kastilien einen Erlass über die Ausweisung aller Juden, die nicht zum christlichen Glauben konvertiert waren. Um Letztere kümmerte sich dann der Beichtvater der Königin und Generalinquisitor Tomás de Torquemada höchstpersönlich. Nachdem er ihnen Nägel und Zähne ausgerissen hatte, rang er ihnen das Geständnis ab, dass sie sich dem Glauben der Patres nur aus purer Habgier zugewandt hätten. Diejenigen, die die Scheiterhaufen überlebten, wurden für immer ohne Hab und Gut davongejagt.

In der Zwischenzeit bereitete sich Cristoforo Columbus auf seine Expedition vor. Die Vereinbarung, die zwischen dem spanischen Königshaus und seinem Vater getroffen worden war, stärkte ihm den Rücken. Der Königin hatte er einige Einzelheiten über die Existenz einer mächtigen weiblichen Gottheit, die bereits vor dem Anbeginn aller Religionen existiert hatte, verraten und so Spaniens Herrscherin betört. Denn Isabella, die reiche Königin des mächtigen und völkerreichen Kastiliens, hatte die Union mit dem armen und winzigen Königreich von Aragonien noch nie ertragen können, dessen einziger Reichtum der Hochmut seines Königs war. Dass ausgerechnet dieser großsprecherische Wichtigtuer aus dynastischen Gründen als ihr Gemahl ausgewählt wurde, war Isabella zutiefst zuwider.

Columbus verlangte und erhielt für sich und seine Erben den Gouverneursposten für alle Territorien, die er jenseits des finsteren Ozeans und der glühenden Erde entdecken würde. Dass es in jenen Gefilden nicht einmal Luft zum Atmen gab, wusste zwar jeder Matrose, doch Columbus erhielt seinen Willen.

Diese Ernennung verstand niemand bei Hofe, zumal sie die Aufteilung der Reichtümer zwischen Admiral Columbus und der spanischen Krone vorsah. Welchen Sinn hatte es, über die Territorien zu herrschen, die, wie zum Beispiel Indien, seit Jahrhunderten den rechtmäßigen und jeweiligen Herrschern gehörten? Aber niemand wagte es, der Königin zu widersprechen, und König Ferdinand war viel zu sehr damit beschäftigt, den Krieg gegen Granada, das letzte Bollwerk der großen arabischen Zivilisation, seinem Ende entgegenzuführen.

* * *

Ferruccio und Leonora de Mola grämten sich über das Schicksal ihres Freundes. So oft es ging, leisteten sie ihm Gesellschaft auf seinen langen Spaziergängen und versuchten, ihn von seiner Besessenheit abzulenken. Aber Graf Mirandola war nicht mehr derselbe, und sein Geist begann langsam, jedoch unübersehbar, den

Kontakt zur Wirklichkeit zu verlieren – so erschien es ihnen jedenfalls. Er sprach ohne Unterlass von der Möglichkeit, den Lauf der Dinge durch Magie beeinflussen zu können. Oft schaute er sich voller Argwohn um, blieb zweifelnd stehen – um dann wieder seinen Spaziergang aufzunehmen und so zu tun, als sei nichts geschehen. Er war sich sicher, behauptete Giovanni, dem alchimistischen Geheimnis in einem aus Rindenblättern gefertigten Buch von Nicholas Flamel – dem Unsterblichen – auf die Spur gekommen zu sein. Am meisten grämte ihn jedoch, dass er den Kontakt zu der Feuerkugel, die am Tage seiner Geburt und in den wichtigsten Momenten seines Daseins erschienen war, verloren hatte. Er behauptete, dass die Große Mutter ihn verlassen hätte, weil er nicht fähig gewesen war, der Welt ihre Existenz zu offenbaren. Und jede Nacht verfolgten ihn Visionen eines grausamen Gottes, die ihm körperliche und geistige Leiden verursachten. Hier gab Ferruccio dem schlechten Einfluss von Bruder Savonarola, der Giovanni Pico oft begleitete, die Schuld. De Mola verabscheute die Todesprophezeiungen und dessen düstere Beschreibungen der göttlichen Bestrafung. Der religiöse Eifer des Mönchs war ihm unerträglich geworden, obwohl er die Abneigung, die dieser gegen den römischen Hof hegte, durchaus teilte.

Florenz

Samstag, 7. April 1492
und die darauffolgenden Monate

Seit Monaten machten in Florenz mysteriöse Gerüchte über den Gesundheitszustand von Lorenzo dem Prächtigen die Runde. Als Ferruccio bei Hofe erschien, erzählte man ihm, dass sich der Gesundheitszustand des Herrschers in den Tagen nach dem Besuch seines Schwiegersohns, Fränzchen Cibo, urplötzlich verschlechtert hätte. Von den Dienern, die täglich die Räume ihres Herrn reinigten, erfuhr er dann noch ein paar Einzelheiten, die sein Misstrauen erweckten. Lorenzo verlor viel Blut aus dem Anus, und sie mussten ihm mehrfach am Tag die Bettlaken und Decken wechseln. Er erkundigte sich nach den Laken, um die Flecken zu begutachten, denn er hatte einen Verdacht: Dunkle Blutflecke würden auf eine Vergiftung hinweisen, und Ferruccio fürchtete, dass ein enges Familienmitglied das gut gehütete Geheimnis Lorenzos, dass er über keinerlei Geruchssinn verfügte, ausgenutzt haben könnte, um ihm während eines intimen Mahls ein stinkendes Pilzgift zu verabreichen. Nach Ferruccios Dafürhalten hatte niemand eine bessere Gelegenheit für solch ein Unterfangen gehabt als Magdalena und ihr Gatte Fränzchen. Aber zu seiner großen Überraschung wiesen die Bettlaken helle statt dunkler Blutflecken auf. Er ließ sich ein Stück Stoff, das er mit Gold teuer bezahlte, aus dem Haufen der Laken holen, die gerade mit heißem Wasser und Schaufeln von Asche in einer großen Wanne eingeweicht wurden.

Die Bettlaken waren so voller Blut, dass mehrere Waschgänge nötig sein würden, um sie zu säubern.

Es war Samstag, und er wusste, dass er den Medicus Paolo Regio mit Sicherheit in seinem Haus antreffen würde. Bevor dieser aus Spanien eingewandert war, hatte er den Namen Moses Coen getragen. Gemeinsam mit dem Medicus wartete Ferruccio, bis es Abend wurde. Dann vollzogen sie gemeinsam bei Kerzenlicht mit einem Glas Wein und Gewürzen die *Hawdala*, das Ritual der Trennung. Nachdem die drei rituellen Segnungen des Weins, der Gewürze und des Lichts vollzogen worden waren, widmete sich der Medicus der Untersuchung des Stoffes.

»Das Blut ist gesund«, sagte er, »aber der Mann, von dem es stammt, wird sterben. Seht nur den Schimmer auf den Flecken. Das sind winzige Teilchen von Edelsteinen, vielleicht von Rubinen, damit es unbequemen Augen verborgen bleibt.«

»Und was lösen die Partikel aus?«

»Sie sind so fein gemahlen, dass man sie beim Kauen kaum wahrnimmt, wenn sie über Fleisch gestreut werden. Wenn sie in den Magen und schließlich in die Gedärme gelangen, verursachen die Rubinkörner dort schreckliche Geschwüre: Die Wände dieser Organe werden durchlöchert, und sie beginnen zu bluten.« Der Medicus seufzte. »Es gibt leider keinen Weg, diese inneren Wunden zu heilen.«

Einen Tag später war ganz Florenz von dem Klang der Totenglocken erfüllt. Der große Lorenzo, Gönner und Despot, war tot. Nach ein paar Tagen erfuhr Ferruccio, dass Moses Recht gehabt hatte. Allerdings schien es kein Komplott gegeben zu haben. Der neue Medicus, Lazzaro da Pavia, der von der Sforza-Familie aus Mailand entsandt worden war, schrieb in den Totenschein, dass die Perlen und Edelsteine, die er den Herrscher von Florenz hatte schlucken lassen, nicht die ersehnte Heilung gebracht hätten. Diese Aussage hätte gut und gerne auch ein Versuch sein können, öffentlich ein Verbrechen zu erklären, das dann als solches nie stattgefunden hatte. Womöglich war es einfach nur menschliches Versagen? Oder doch ein seit langer Zeit geplantes Komplott?

Der Tod von Lorenzo de' Medici war folgenschwer für Italien – die Stärke der de' Medicis, ihr Einfluss und die Allianzen, die mit

Geduld gewoben worden waren – all das würde sich bald auflösen. Der König von Frankreich, ein Verbündeter der Sforza, wartete auf nichts anderes.

Eine erste Antwort auf seine Fragen erhielt Ferruccio wenige Tage später: Pier Leone von Spoleto, der alte Medicus von Lorenzo, der Lazzaro da Pavia zur Seite gestanden hatte, sprang vom Turm des Palazzo della Signoria. Oder wurde er hinuntergestoßen? Ferruccio vertraute sich Leonora an, seiner besten Freundin und Vertrauten, und gemeinsam versuchten sie, mit Giovanni darüber zu sprechen.

»Der, der sich gegen seinen Schöpfer versündigt, endet in den Händen eines Medicus«, antwortete Giovanni nur vage mit einem Zitat aus dem Buch Kohelet und zog sich dann wieder in seine Schweigsamkeit zurück.

Im Juli erhielt de Mola direkt aus Rom eine weitere Antwort, die seine Vermutungen bestätigte. Die Totenglocken erklangen erneut. Diesmal hatte sich der schwarze Schleier des Todes über Papst Innozenz gelegt. Aber auch hier war es nicht mit rechten Dingen zugegangen. Das Volk kannte zwar nicht die genauen Todesumstände, aber diejenigen, die den Kadaver des Papstes zu Gesicht bekommen hatten, erzählten von seinen schwarzen Lippen, der kaputten Haut und den zerbröselten Fingernägeln – die Einbalsamierer hatten zwar tapfer gearbeitet, jedoch nicht alle Spuren der Krankheit beseitigen können. Der zufriedene Gesichtsausdruck von Rodrigo Borgia sprach zudem Bände, und man flüsterte sich zu, dass sein Plan wohl endlich aufgegangen sei.

Ferruccios Befürchtung, dass ein riesiges, vielschichtiges Komplott im Gange war, um das Gleichgewicht Italiens zu verändern, bestätigte sich, als er von Kardinal Giovanni, dem jüngsten Sohn Lorenzos, eine weitere Nachricht erhielt. Knapp einen Monat nach Innozenz' Tod hatten 23 Kardinäle in einem halb geheimen Konklave Kardinal Rodrigo Borgia zum Papst gewählt – der sogleich den Namen Alexander VI. annahm, den er bereits vor langer Zeit auserkoren hatte.

Geheim gehalten wurde allerdings, dass Rodrigo einen alten Ritus verlangte und auch zugestanden bekam, bevor der weiße Rauch aus dem Kamin aufstieg. Um jede Möglichkeit auszuschließen, dass der Papst eine Frau war, setzte er sich auf den Papstthron aus rotem Marmor, der ein Loch in der Mitte hatte, und empfing die beseeligende Abtastung, während die helle Stimme des Kardinalvikars *Testes Habet* vor allen anwesenden Kardinälen proklamierte, die dem göttlichen Vater sogleich zu danken begannen. Während seine Genitalien begutachtet wurden, sann Rodrigo sehnsüchtig darüber nach, wie groß der Unterschied zwischen der knochigen Hand Sansonis und der weichen und sanften von Giulia Farnese doch war. Drei Jahre zuvor hatte er sie mit dem Sohn seiner Cousine, Orsino Orsini, dem Grafen von Nola, vermählt. Er hatte ihr befohlen, keinen Verkehr mit ihrem Gatten zu haben, und ihr als Strafe die Exkommunizierung für beide angedroht, sobald er Papst werden würde.

Die heilige Siegelrolle hingegen öffnete er noch am Abend seiner Wahl, und ohne in ihr zu lesen, brachte er an verschiedenen Stellen sein rotes Papstsiegel, das aus dem kreuzförmigen Wappen der Borgia und dem der Kirche bestand, auf. Das Siegel hatte er bereits lange vor Innozenz' Tod anfertigen lassen. Seitdem in ganz Europa die Prozesse und Scheiterhaufen gegen die sündigen und dämonischen Frauen wie ein Flächenbrand wüteten, war die Idee der Großen Mutter endgültig besiegt worden. Dank neuer Allianzen konnte nun eine neue Ära beginnen und ein gütiger und liebevoller Gottvater die Tore zum Paradies wieder öffnen. Und er, Rodrigo de Borja y Doms, hatte den ewigen Schlüssel hierzu.

* * *

Als Cristoforo Columbus die Nachricht vom Tod des Papstes, seines Vaters, erreichte, schrieb er einen Brief an Königin Isabella, die den italienischen *Hidalgo* mittlerweile vergötterte. Zum ersten Mal zeichnete er den Brief mit ›CMJ‹, eine Allusion an die drei großen Religionen: In ihrer Geheimsprache stand das ›C‹ für Christus, das ›M‹ für Mohammed und das ›J‹ für Jahwe. Diese Unterschrift sollte sie an ihr gemeinsames Geheimnis erinnern. Er erwähnte seinen Brief, der Isabella über die unmittelbare Abreise seiner Schiffe in Kenntnis setzte, und erinnerte weiter: »Der heilige Geist wirkt in Christen, Juden und Mohren und in jedem anderen Kult.«

Am dritten August verließ er Porto Palos und kam am 15. März des folgenden Jahres zurück. Von Glück und Stolz erfüllt, führte er die Beweise für die Existenz der neuen Länder mit sich. Dass er von deren Existenz vor allem aus Seekarten der Wikinger, Iren und Normannen wusste, sagte er genauso wenig, wie er zugab, den neuesten Erzählungen der Gebrüder Zeno gelauscht zu haben, nach denen der Kartograph Toscanelli seine Seekarten anfertigte. Cristoforo hatte seinen Halbbruder Bartolomeo, der ebenfalls Kartograph war, heimlich angewiesen, in diese Karten mehrere Varianten einzufügen, die, wie sich dann herausstellte, wesentlich zum Erfolg der Expedition beitrugen. Im Geheimen verriet Cristoforo seiner Königin, dass er sich sicher sei, nicht der Erste gewesen zu sein, der das große Meer bezwungen hatte. Und er versprach ihr, nach der nächsten Expedition die Beweise dafür zu liefern, dass der Graf von Orkney, Henry Sinclair, bereits Hunderte Jahre zuvor auf dem neuen Kontinent gewesen war. Derselbe Henry Sinclair, der die Zerstörung des heiligen Tempels in Jerusalem überlebt hatte, die damals von König Philipp und Papst Klemens veranlasst worden war.

Das Tagebuch der Zeno-Brüder erzählte weiter, dass Ritter Sinclair von einer geheimnisvollen Dame zu seiner Reise inspiriert und geführt worden sei, die alle Ritter des Ordens zutiefst verehrten. So erzählte es auch Cristoforo.

Sobald die Nachricht in aller Munde war, dass der italienische Navigator nach dreitausend gefährlichen Seemeilen den Seeweg nach Indien entdeckt hatte, stellte ein talentierter Künstler, Kartograph und Wissenschaftler – in Vinci geboren, aber seit Jahren am Hofe der Sforza tätig – einige Berechnungen an. Er stellte schnell fest, dass Cristoforo gelogen haben musste. Oder dass er sich bei der Zahl der zurückgelegten Seemeilen vertan hatte – es mussten mehrere zehntausend sein – oder dass die Territorien, die er entdeckt haben wollte, nicht Indien waren, sondern ein Kontinent, dessen Existenz sich aus präzisen alchimistischen Berechnungen ergab.

Stürme der Entdeckungen und Erfindungen waren über Länder, Herrscher und Völker in ganz Europa hinweggefegt und hatten geografische und wissenschaftliche Grenzen gesprengt. Philosophische Denkansätze zu Fragen der Religion, der Gerechtigkeit und der Freiheit wagten erstmals, Tabus in Frage zu stellen – aber Giovanni Pico Graf von Mirandola schien sich nicht mehr dafür zu interessieren: Für ihn war die Uhr des Lebens endgültig stehen geblieben.

Es kam sogar so weit, dass Alexander VI. ihm im Taumel seiner Allmachtsfantasien sogar verzeihen wollte. Seine Heiligkeit erließ eine Bulle, die sich explizit mit den *Neunhundert Thesen* Mirandolas auseinandersetzte. Er verfasste sie höchstpersönlich an einem Tag, an dem er glaubte, der Herrscher über die Welt zu sein oder sich diesem Zustand wenigstens sehr nahe fühlte. In der Bulle, einem rhetorischen Meisterwerk, verwies er geschickt darauf, dass die Thesen von Pico zwar häretisch seien, aber nicht unbedingt die Hände, die sie geschrieben hatten. Zu jener Zeit hatte Papst Borgia seinen Sohn Cesare zum Kardinal und *Gran Gonfaloniere* der Kirche ernannt. Nur bei Savonarola hatte er kein Glück, denn dieser lehnte das Angebot der Kardinalswürde mit dem Argument ab, dass er sich nur das blutrote Berett des Martyriums aufsetzen ließe. Diese unglaubliche Anmaßung beleidigte den Papst überaus, und er schwor sich, dass er diesem Savonarola seinen Wunsch sehr bald erfüllen würde.

Florenz

Montag, 17. November 1494

Der Zustand des Grafen Mirandola hatte sich langsam, aber stetig verschlechtert. Die verschiedenen Ärzte, die an sein Krankenbett geeilt kamen, waren sich einig, dass in seinem Körper kein Leben mehr wohnte. Seit Tagen ließ Ferruccio seinen Freund nicht mehr aus den Augen und ertrug dabei das Wehklagen von Girolamo Benivieni und die verstohlenen Besuche von Savonarola, dem anderen Girolamo. Mittlerweile war Giovanni nur noch ein Schatten seiner selbst, und Ferruccio musste akzeptieren, dass sein Freund sich entschlossen hatte, seinen Mund zu versiegeln und Essen und Trinken zu verweigern, indem er einfach die Augen verschloss und den Mund zusammenpresste. Eines Morgens schien Giovanni sich jedoch etwas erholt zu haben. Schwach winkte er Ferruccio an sein Lager.

»Hast du das Buch?«, fragte er ihn, nachdem er sich vergewissert hatte, dass sich sonst niemand im Raum befand.

»Ja, es ist an einem sicheren Ort, und nur ich weiß, wo es sich befindet.«

»Ich mache mich bereit, vor der Großen Mutter zu erscheinen, die sich nur durch mich zu erkennen geben wollte. Sie hat Recht, es ist noch nicht an der Zeit; die Welt ist noch nicht bereit für sie.«

»Giovanni, du musst standhalten«, sagte Ferruccio eindringlich. »Du darfst uns nicht verlassen, wir haben noch so viel …«

»Darauf habe ich keinen Einfluss – nun nicht mehr. Und gräme dich nicht, denn ich bin bereit zu gehen. Aber du musst mir etwas versprechen, Ferruccio.«

»Alles, was du willst«, versicherte dieser und nahm Giovannis Hand, die so knochig wie die eines alten Mannes war; dabei war Giovanni erst 31 Jahre alt.

»Ferruccio, du bist der Nachkomme eines Mannes, der den Lauf der Geschichte hätte verändern können, um uns ein Dasein in Frieden zu ermöglichen. Aber auch damals war die Zeit noch nicht reif. Hüte das Buch, Ferruccio, und wenn du bereit bist, dann überlasse es deinem Sohn und weise diesen an, es genauso gut zu bewahren wie du und es eines Tages an seinen eigenen Nachkommen zu geben. So sei es für alle Zeiten. Die de Mola werden die Hüter des Geheimnisses der Großen Mutter sein, so lange, bis jemand die Zeit für gekommen hält, es der Welt zu offenbaren. Dann wird das geschehen, zu dem ich entweder nicht fähig gewesen bin – oder was die Mutter vielleicht nie gewollt hat. An diesem fernen Tag werden die Menschen wieder lebendig und wissend. Dann werden sie begreifen, dass alles einem Akt der Liebe entsprang – jenem, den jede Frau durch die Geburt eines Kindes wiederholt. Möglicherweise werden diejenigen, die des bedrohlichen Gott – den Gott der Verfolgung und Verurteilung – erschaffen haben, darum ringen, ihre Macht zu bewahren. Möglicherweise werden sie alles tun, damit ihr Gott als Gewinner aus diesem Kampf hervorgeht. Aber wenn die Liebe und die Erkenntnis um die Große Mutter sich der Welt offenbaren, dann werden auch sie machtlos sein.«

»Ich verspreche es dir, Giovanni, bei meinem Leben.«

»Und noch etwas«, die Stimme des Grafen wurde immer schwächer, »beschütze Poliziano, ich bitte dich. Er ist meinetwegen in großer Gefahr. Er … ist wissend.«

»Giovanni, ich …«

»Geh nun, und lass mich ein letztes Mal zu *ihr* sprechen, bevor ich ihr entgegentrete.«

Ferruccio nickte und verließ den Raum. Leonora erwartete ihn vor Giovannis Gemach und umarmte ihn. Gemeinsam schauten sie aus dem Fenster, und zwischen den Zypressen konnten sie die

Dächer von Florenz erahnen, die ihr rotes Licht ausstrahlten. Sie nahmen einen erlesenen und berauschenden Duft wahr.

»Sonderbar«, murmelte Ferruccio.

»Was ist, mein Liebster?«

»Dieser Duft. Riech nur, es duftet nach Rosen, aber es ist zu früh dafür.«

»Vielleicht wollte eine Tochter der Natur ihren Schwestern zuvorkommen?«

»Das ist möglich, aber einmal erwähnte Giovanni, dass Savonarola ihm geraten habe, sich vor dem Nieswurz, der giftigen Rose, in Acht zu nehmen. Der Duft ähnelt dem des Klosterbusches, vor dem Margherita ermordet wurde. Und nun nehme ich diesen Duft wahr, den es hier nicht geben dürfte.«

Bevor die Sonne endgültig unterging, erblickte Leonora einen grünen Streif am Himmel, und es schien ihr, als ob sich eine Feuerkugel aus der Sonne löste und auf die Erde fiel.

Das war der Moment, in dem Giovanni Pico Graf von Mirandola aus dem Leben schied.

Pistoia

seit Mittwoch, 13. April 1939

Elenas Fruchtblase war geplatzt, und sie litt Höllenqualen. Während der Schwangerschaft hatte sie immer wieder gegen die Angst ankämpfen müssen, dass ihr Kind, das sie unter dem Herzen trug, vielleicht von Zugel war. In diesen Momenten hatte sie voller Wut auf ihren Bauch eingeschlagen, um es einen Augenblick später zu bereuen. Als sie zum ersten Mal eine Bewegung des Kindes in sich gespürt hatte, war sie in Tränen ausgebrochen. Die Welt außerhalb der Klostermauern war schrecklich, und sie hatte zu ihrem Erhalt beigetragen. Diese unschuldige Kreatur war ihretwegen dazu verdammt, auf diesem stinkenden Misthaufen zu leben. Elena lag stöhnend auf dem Bett. Die kleinen Händchen schienen sich in ihrer Gebärmutter festzukrallen, und die Kreatur schrie: ›Ich will nicht raus!‹. Schwester Camilla beruhigte sie – sie habe Wehen, und der Schmerz sei ganz normal. Alle Frauen hätten Wehen. Der Arzt sei bereits auf dem Weg, und sie bräuchte sich keine Sorgen zu machen.

»Camilla«, stöhnte Elena, »verstehst du nicht? Es will einfach nicht kommen. Es hat Angst – zu Recht. Und ich verdiene es nicht, Mutter zu werden.«

»Hör' auf, solche Dinge zu sagen. Das sagst du nämlich nur, weil du keinen aufgeregten Ehemann im Nebenzimmer sitzen hast, der um dich bangt. Denk daran, was die Madonna damals alles ertragen musste: mit ihrem Mann, der wusste, dass das Kind nicht die Frucht seines Samens war.«

Elena war und blieb jedoch skeptisch. Was quälte sich so in ihrem Bauch? Was rumorte so schrecklich in ihrem Inneren? Das war nicht normal. Vielleicht war es ja eine Ausgeburt des Teufels, der es Spaß machte, mit ihren kleinen Hörnern ihre Gebärmutter zu durchlöchern.

»Ich habe Angst, ich habe Angst, ich spüre den Dämon in mir«, jammerte sie.

»Jetzt hör schon auf damit! Und konzentriere dich auf das Kind«, antwortete Camilla unwirsch.

Elena stieß einen Schrei aus, und die Novizin, die neben der Tür stand, um Camilla notfalls zur Hand zu gehen, wurde ganz blass und bekreuzigte sich. Die Presswehen begannen, und Elena stieß einen weiteren Schrei aus. Endlich erschien der Arzt, ein dicklicher Mann mit kleinen Händen. Ohne ihr ins Gesicht zu blicken, entblößte er sie. Die Novizin wollte das Zimmer verlassen.

»Wo gehst du hin?«, fuhr er die Frau an. »Bring' mir sofort heißes Wasser und ein paar Handtücher. Und beeile dich!«

Elena spürte zwei eiskalte Hände, die sie anfassten.

»Zuerst haben sie Spaß und dann beklagen sie sich«, brummte er. »Jetzt hör mal gut zu, mein *Fräulein*«, sagte er dann zu Elena und sah sie endlich an, »du konzentrierst dich ab jetzt nur noch darauf zu atmen, hast du verstanden?«

Elena nickte wortlos.

Der Arzt zog seine Jacke aus, und da er nicht wusste, wo er sie ablegen sollte, wartetet er so lange, bis Schwester Camilla sie ihm abnahm und vorsichtig auf einem Stuhl ablegte. Dann schenkte sie dem Arzt ein falsches Lächeln und murmelte ein Ave Maria, für ihre und Elenas Sünden. Aber sie durfte sich nicht ablenken lassen, denn es war besser, gleich zu handeln. Zum Beten würde sie noch früh genug kommen.

»Es ist eine Steißgeburt«, sagte der Arzt, ohne irgendeine Regung zu zeigen.

Schwester Camilla erschrak, denn sie wusste, was das bedeutete. Elena stöhnte so laut, dass sie gar nichts mehr verstand.

»Es kommt«, sagte der Arzt plötzlich hektisch und fluchte. »Nein, verdammt! Die Nabelschnur!«

Zwischen Elenas Beinen kam etwas zum Vorschein, das wie eine rote, sich windende Schlange aussah. Sofort kam Camilla der Dämon, den Elena vormals beschworen hatte, in den Sinn, aber sie zwang sich, Ruhe zu bewahren. Mit banger Stimme fragte sie: »Was geschieht hier, Doktor?«

»Die Nabelschnur kommt vor dem Kind. Das Kind kann nicht herauskommen. Ziehen Sie sich Handschuhe an und helfen Sie mir, schnell!«

In diesem Moment betrat die Novizin mit dem heißen Wasser und den Handtüchern das Zimmer. Sie hatte gerade noch die Kraft, alles auf dem Boden abzustellen, bevor sie mit der Hand vor dem Mund davonstürzte.

»Ziehen Sie, aber vorsichtig! Achtung – jetzt.«

Schwester Camilla hielt die Nabelschnur in den Händen und begann, vorsichtig zu ziehen. Der Arzt steckte seine Hand in Elenas Vagina und versuchte, das Kind zu drehen, um es mit dem Kopf voran herauszuholen. Es gelang ihm jedoch nicht. Zusammen mit den Füßen erschien ein weiteres Stück Nabelschnur. Dann kam der Hintern und am Schluss der Kopf, der wie eine deformierte Quitte aussah. Endlich entspannte sich das vor Anstrengung gezeichnete Gesicht Elenas. Der Arzt durchtrennte die Nabelschnur und atmete aus.

»Es ist ein Junge«, sagte Schwester Camilla, verschwitzt und erschöpft, aber glücklich.

»Ja«, sagte der Arzt und setzte sich auf den Bettrand, »aber er atmet nicht.«

Schwester Camilla betrachtete den kleinen wehrlosen Wurm, der auf einem weißen Laken lag, das ihr nun wie ein Leichentuch erschien. Sie drehte sich zu dem Arzt um und begann weinend, ihn zu schlagen.

»Tun Sie etwas! Um Gottes Willen, so tun Sie doch etwas!«, kreischte sie in Panik.

Von den Schreien geweckt, öffnete Elena die Augen und betrachtete verständnislos die Szene.

»Schon gut, schon gut«, schrie der Mediziner dann und erhob sich von dem Bett. »Lassen Sie es mich versuchen!«

Er nahm das Neugeborene in beide Hände, kämpfte kurz mit dem Ekel vor all dem Blut und dem Schleim, legte seine Lippen auf die des Kindes und versuchte, ihm Sauerstoff einzuhauchen.

»Die Nase!«, schrie Schwester Camilla. »Halten Sie ihm die Nase zu!«

Der Arzt folgte ihrer Anweisung und blies weiter.

»Es ist sinnlos«, sagte er, »es ist tot.«

Camilla riss es ihm aus den Händen und wiederholte den Vorgang. Dreimal blies sie dem Neugeborenen Luft in den Mund, aber das Kind zeigte keinerlei Reaktion. Verzweifelt versuchte sie es mit aller Kraft erneut und betete im Geiste ein *Angelo Custode*. Als sie es auf das Bett zurücklegen wollte, drehte das Kind den Kopf.

»Geben Sie es mir!«, befahl der Arzt.

Er packte das Kind an den Beinen, hielt es für einen Moment mit dem Kopf nach unten und gab ihm dabei kleine Klapse auf den Rücken. Da geschah das Wunder: Das Kind schrie aus vollem Hals.

»Es lebt! Es lebt!«, rief Schwester Camilla. Außer sich vor Freude, umarmte sie den Arzt und gab ihm einen Kuss auf die Wange.

»Geben wir ihn der Mutter, jetzt.«

»Zuerst säubern wir ihn – er hat uns ja ganz schön zugerichtet. Sehen Sie nur hier.«

Der Arzt deutete auf sein Hemd, das voller Blut war.

»Ach, Doktor, was ist das schon! Ziehen Sie es aus, ich werde es gleich zum Waschen bringen. Das ist das Mindeste, was ich für Sie tun kann«, sagte sie hektisch. »… und entschuldigen Sie wegen vorhin.«

»Ach lassen Sie, ich kann zwar nicht behaupten, dass ich so etwas alle Tage erlebe, aber das ist eben unser Berufsrisiko«, sagte er lächelnd.

Das Kind wurde gesäubert und in ein weiches Handtuch gewickelt. Dann legten sie es vorsichtig auf Elenas Brust: Sie schien es in ihrer Erschöpfung jedoch gar nicht zu bemerken. Der Arzt fühlte ihr den Puls, er war schnell und unregelmäßig, und zu Camillas Entsetzen waren Elenas Gesicht und Hände stellenweise bläulich angelaufen. Er deckte sie vorsichtig mit einer Decke zu.

»Ich kann nicht viel für sie tun«, sagte er. »Es wäre besser, einen Arzt – ich meine, einen anderen – zu rufen. Ich kenne mich mit Kindern aus, aber diese Frau gefällt mir gar nicht.«

»Was wollen Sie damit sagen?«

»Ich will sagen, dass die Plazenta zu dunkel ist. Es kann in den nächsten Stunden zu starken Blutverlusten kommen. Diese Frau hat sehr gelitten und könnte innere Blutungen haben. Schauen Sie sich ihr Gesicht an.«

»Aber sie hat gerade erst eine Geburt hinter sich gebracht!«

»Danke, Schwester, das weiß ich auch. Deshalb sage ich es ja. Wir brauchen einen Arzt, einen Spezialisten für innere Medizin. Wir dürfen auf keinen Fall noch mehr Zeit verlieren.«

Kaum eine Stunde später wurde das Kind zum ersten Mal von Elena gestillt, die eine Weile durchhielt, dann jedoch ohnmächtig wurde. Als sie wieder erwachte, war sie blass und schwach. Schwester Camilla brachte ihr eine heiße Hühnersuppe, von der sie kaum etwas anrührte.

Am nächsten Morgen erschien der Internist im Konvent. Er begrüßte die Schwestern, die ihm wie aufgeregte Hühner entgegenkamen, überschwänglich. Dann zog Camilla ihn energisch in Elenas Zimmer. Der Arzt hörte ihr den Rücken ab, untersuchte ihre Iris, kontrollierte den flachen und schnellen Puls und maß Fieber, das sehr hoch war, obwohl Elena die ganze Nacht und den Morgen stark geschwitzt hatte. Sie habe keinen Hunger, erzählte die Schwester, aber Durst ohne Unterlass.

»Wie ist die Geburt verlaufen?«

»Es war eine Steißgeburt, und Elena hat furchtbar gelitten. Dann ist … das Ding … also … die Nabelschnur vor dem Kind ausgetreten. Eine schreckliche Sache.«

»Besser, ich untersuche sie komplett. Können Sie das Laken anheben, Schwester?«

Schwester Camilla befolgte die Anweisung, und als sie das Laken hob, war eine enorme Blutlache zwischen Elenas Beinen zu sehen.

»Decken Sie sie zu, ich habe genug gesehen.«

Der Arzt entfernte sich und bedeutete Schwester Camilla, ihm zu folgen.

»Ich fürchte, dass es sich um böse innere Blutungen handelt.«

»Ist es schlimm?«

»Ja, sehr schlimm. Sie hat viel Blut verloren, aber das ist nicht das Problem. Es ist gut möglich, dass es zu einer Blutvergiftung kommt. Ich verschreibe ihr ein neues Medikament, aber ich weiß nicht, ob es ausreichen wird. Haben Sie einen Tropf? Ich hänge sie schon mal an eine Zuckerlösung.«

»Ja, ich gehe ihn holen.«

Schwester Camilla standen die Tränen in den Augen.

»Wird sie überleben?«

Der Arzt schüttelte den Kopf und flüsterte: »Beten Sie, Schwester. Diesmal werde ich es auch tun. Jeder an seinen Gott, vielleicht werden wir ja ein Wunder vollbringen. Denn etwas anderes hilft ihr nicht mehr.«

Erst in diesem Moment fiel Schwester Camilla ein, dass Carlo Milano Jude war und dass er genau aus diesem Grund nur noch privat praktizierte, denn er war aus dem Krankenhaus entlassen worden.

»Gut«, sagte sie und zwang sich zu einem Lächeln, »zu zweit schaffen wir es ja vielleicht. Und gehen Sie diesmal bitte nicht, ohne vorher bezahlt worden zu sein.«

Elena erwachte kurz aus ihrer Benommenheit, und zum ersten Mal nahm sie ihr Kind bewusst wahr, das gierig ihre Milch einsaugte. Als sie in das kleine Gesicht blickte, dankte sie Gott und wusste nun, was zu tun war. Dass sie im Sterben lag, fühlte sie bereits.

»Camilla, komm' bitte näher.«

Ihr Leben hing an einem seidenen Faden. Ihre Augen wanderten von dem Kopf ihres Kindes zu den Zweigen einer Mimose, die, durch den sanften Wind gewiegt, mit ihren weichen gelben Blüten an ihr Fenster zu klopfen schien.

»Eines Tages werde ich sie beschneiden müssen«, sagte Schwester Camilla.

»Hör gut zu, Camilla, mir geht es schlecht. Nein, bitte, sag jetzt nichts. Ich glaube nicht, dass ich noch lange am Leben sein werde«, flüsterte Elena. »Ich spüre es, dass es zu Ende geht mit mir. Aber glaube mir, mein einziger Schmerz ist es, dieses Kind zu verlassen. Und dich auch, du Dummerchen… Ich möchte dich um einen Gefallen bitten. Eines möchte ich noch versuchen, und wenn ich es geschafft habe, bin ich mir sicher, dass ich in Ruhe sterben kann.«

* * *

Die italienischen Truppen und die Armee von General Franco waren triumphierend in Madrid aufmarschiert, und Italien hatte Albanien besetzt. Nach Italiens Einmarsch war bereits nach weniger als fünf Stunden die italienische Tricolore-Flagge mit dem savoyischen Wappen gehisst worden. Giacomo de Mola las, dass König Vittorio Emanuele die albanische Krone gnädigst angenommen habe. Was für ein gieriger Mann. In seiner Abgeschiedenheit im Konvent des Camaldoli-Ordens hatte sich Giacomo de Mola auferlegt, weder Zeitung zu lesen noch Radio zu hören. An jenem Tage aber hatte er, um sich die Zeit auf der Reise zu vertreiben, alle fünfe gerade sein lassen. Allerdings konnte er zu dem, was er früher gelesen hatte, und wie die Artikel heute geschrieben waren, keinen großen Unterschied feststellen. Höchstens eine kleine Verschlechterung, da nun auch der ehrwürdige

Corriere – genau wie das *Giornale d'Italia* – überaus schwülstige Töne anschlug.

Er hatte eine besondere Zelle zugeteilt bekommen, nahe dem Abt, der ihm seine Bibliothek zur Verfügung gestellt hatte. Der Camaldoli-Orden existierte seit mehr als tausend Jahren und war ihm geeignet erschienen, um das Buch von Giovanni Pico vor den Augen der Welt zu verbergen. Außerdem stellte das antike Symbol dieses Ortes zwei Vögel dar, die aus einem Kelch tranken. Pelikane oder Phönixe oder Pfauen – und der Gral: Ein deutliches Zeichen für die Präsenz der Templer, die ihm in Erinnerung an seine Urahnen Zufriedenheit und Schutz vermittelten.

Der Zug hielt am Bahnhof von Pistoia. Zu Fuß begann er den langsamen Aufstieg zum Konvent, in dem er endlich Elena treffen würde. Dieser Anruf hatte ihn sehr verstört. Was wollte diese Frau von ihm? Die Nonne, die am Telefon zu ihm gesprochen hatte, war sehr wortkarg und vorsichtig, ja fast ausweichend gewesen. Sie schien jedenfalls zu wissen, was sie tat – offensichtlich war sie jemand, der wusste und es vorzog, zu schweigen. Vor allen Dingen hatte ihn die Möglichkeit, etwas über Giovanni zu erfahren, dazu bewogen, sich vom Camaldoli-Konvent zu entfernen. Vielleicht wusste Elena ja etwas. Und vielleicht stimmte es auch gar nicht, dass es ihr so schlecht ging, wie die Nonne ihn hatte glauben machen wollen.

Giacomo fühlte sich durch den langen Weg, den er zurückgelegt hatte, gestärkt. Er mochte zwar die unberührte Natur um das Camaldoli-Kloster, hatte jedoch die Aussicht über den unter ihm liegenden Landstrich, der durch kleine lebhafte Häuseransammlungen charakterisiert war, genossen und die schon fast fröhliche Geschäftigkeit der Frauen und Männer, die seinen Weg gekreuzt hatten, geschätzt. War es denn möglich, dass sich diese freundlichen, ironischen und zurückhaltenden Menschen von irgendwelchen Symbolen und dem Krieg in den Tod reißen lassen würden? Sogar der friedfertige Corriere hatte auf der Titelseite eine Menschenmasse abgebildet, die dem Duce zujubelte, wie er den

Sieg über Albanien verkündete. Albanien. Die meisten wussten nicht einmal, wo das lag. Der Krieg habe nur zwölf Tote gekostet – hatte die Zeitung triumphierend erwähnt. Und wenn es nur einen einzigen Toten gegeben hätte – es wäre einer zu viel gewesen. Eine Nonne öffnete ihm das Tor.

»Sie sind?«

»Ich bin Doktor de Mola, Schwester, und ich wurde für eine Beratung gerufen.«

»Lassen Sie. Ich war es, die Sie anrief. Kommen Sie, Elena erwartet Sie«, fügte sie leise hinzu. »Sie wartet nur noch auf Sie, damit sie sterben kann.«

Wortlos trat de Mola in das Zimmer. Das Fenster war nur angelehnt, und in dem Raum konnte er einen sonderbaren Geruch, aus Leben und Tod zugleich, wahrnehmen. Er sah eine Frau, die mit geschlossenen Augen auf dem Bett lag. Sie musste einmal sehr schön gewesen sein, aber nun waren ihre Gesichtszüge zerfallen wie nach einer langen Krankheit. Was er jedoch neben dem Bett vorfand, berührte ihn zutiefst. Neugierig näherte er sich und sah einen Säugling, der in seinem Bettchen strampelte und ihn mit ausdrucksvollen Augen ansah.

»Nehmen Sie ihn ruhig auf den Arm, er mag es, gestreichelt zu werden«, sagte die Frau auf dem Bett.

Giacomo tat, wie ihm geheißen. Die Stimme der Frau hatte durch die Krankheit beinahe etwas Kindliches an sich. Er war es nicht gewohnt, einen Säugling in den Armen zu halten, und fühlte sich dabei unbeholfen und etwas verlegen. Er hatte den Eindruck, als würde das Kind fast nichts wiegen.

»Nehmen Sie ihm bitte sein Häubchen ab und betrachten sie ihn.«

Überaus vorsichtig tat er, wie ihm geheißen, und ein Schauer lief ihm über seinen Rücken. Er drückte das Kind an seine Brust und schloss die Augen.

»Ja«, gab Elena kaum hörbar von sich, »ich wusste, dass Sie ihn wiedererkennen würden. Als ich den roten Schopf sah, wusste ich, wer der Vater ist. Und ich wusste auch, dass es Ihnen gefallen würde, Giovannis Sohn kennenzulernen. Ich weiß, wie sehr er mit Ihnen verbunden war und …«

Elena wurde von einem Hustenanfall geschüttelt und konnte den Satz nicht mehr zu Ende bringen. Giacomo küsste sanft die Stirn des Säuglings und legte ihn in sein Bettchen zurück. Dann näherte er sich dem Bett.

»Wissen Sie, wo er ist?«

Seine Stimme war tief und freundlich und verriet keinerlei Groll.

»Nein, auch ich würde gerne wissen, wo er sich jetzt befindet. Ob er noch lebt und ob er mich hasst, für all das, was ich ihm angetan habe. Und nicht nur ihm.«

Elena nahm seine Hand.

»Ich möchte, dass Sie mir etwas versprechen. Ich weiß, Sie sind ein guter Mann – und rechtschaffen. Und ich weiß, dass ich keinen Gefallen verdiene, und ich bezahle gerade bitter für die Schuld, die ich auf mich geladen habe. Der Junge hat mir einen Grund gegeben, um weiterzuleben, und nun hat er es mir genommen. So ist es nur gerecht.«

»Ich werde alles tun, was in meiner Macht steht.«

»Das reicht mir nicht!«, sagte sie und versuchte ohne Erfolg, sich aufzurichten.

»Es ist nicht für mich. Es ist für ihn.«

»Ich verspreche es. Was es auch sein mag.«

»Sie müssen Giovanni finden – und wenn er lebt, dann bringen Sie ihm meinen Sohn, unseren Sohn.«

Giacomo drückte ihre Hand und nickte.

»Und sollte er tot sein oder nicht auffindbar, dann versprechen Sie mir, dass Sie sich um ihn kümmern werden. Heute Morgen ist er auf den Namen Giacomo getauft worden, so wie Sie.«

Wann hatte er das letzte Mal geweint? Während ihm die Tränen über die Wangen liefen, fühlte er neue Kraft und Hoffnung in sich aufsteigen.

»Giacomo«, sagte er langsam mit tränenerstickter Stimme, »du wirst nicht ohne einen Vater aufwachsen. Das verspreche ich dir.«

De Mola näherte sich Elena und küsste sie auf ihre glühende Stirn. Die Frau lächelte und bat ihn, ihr den Kleinen zu bringen. Sanft legte er ihn auf ihre Brust, und während er sich entfernte, warf er einen letzten Blick auf Mutter und Kind. Eine Feuerkugel, vielleicht ein Meteor, spiegelte sich in der Fensterscheibe. Die Mutter, die Andere, war in diesem Raum erschienen.

Epilog

Heute

Mittwoch, 2. September 2009

Wenn alles wahr ist, was geschrieben steht‹: Dann hat derjenige, den ich für meinen leiblichen Großvater hielt, meinen Vater adoptiert. Ich bin also der Enkel von jenem Giovanni Volpe, den ich an meinen roten Barthaaren und anhand einiger alter Fotografien wiedererkenne. Aber das ist nun alles zweitrangig. Vor mir liegt das Manuskript. Ich habe es einfach über Wasserdampf gehalten: Nach Dafürhalten meines Großvaters (ich nenne ihn auch weiterhin so) die einfachste Lösung und die effektivste – die Seiten ließen sich tatsächlich öffnen. Ich frage mich, wo sich die anderen beiden Exemplare wohl befinden, speziell jenes Manuskript, das Cristoforo Columbus aufgrund seiner alchimistischen Kunstfertigkeiten hatte öffnen können. Wahrscheinlich liegen sie irgendwo in den Geheimarchiven des Vatikans und werden dort bleiben, solange sich die Kirche noch irgendwie auf den Beinen halten kann.

Also müsste dieses ›*Wenn alles wahr ist, was geschrieben steht*‹ das dritte Exemplar sein, *ist es aber nicht*. Als ich es öffnete, fand ich nur dreihundert leere Seiten vor. Außer der Seite in der Mitte des Buches, die ich unzählige Male hin und her gewendet und untersucht habe. Und – die den Schlüssel zu des Rätsels Lösung enthält. Es ist ein einfacher Satz in lateinischer Sprache:

Ad Eius Ossa Versatus Est Quid Inquiris

Es bedeutet mehr oder weniger: ›*Das, was du suchst, findest du bei den Gebeinen*‹. Sprich: Wo es begraben liegt. Ich erschauerte, als ich verstand, dass sich mein Vorfahre auf den Grafen Mirandola bezog. Die Gebeine des Grafen Mirandola befinden sich in seiner Grabstätte. In der San-Marco-Basilika in Florenz. Und der Zufall wollte es, dass sie vor zwei Jahren geöffnet wurde, um durch einen DNA-Test eine Wahrheit zu untermauern, die allen bekannt war – nämlich, dass er seinerzeit einem Giftanschlag zum Opfer gefallen war. Mit dieser Erkenntnis fügten sie seine Gebeine wieder zusammen und verschlossen das Grabgewölbe. Das Geheimnis aber wurde nicht gelüftet.

Lange verweilte ich auf der Suche nach irgendwelchen Hinweisen vor Giovanni Picos Grab. Ich habe die Statue von Savonarola betrachtet, der ihm den Rücken zuwendet. Zu seinen Füßen befindet sich der Sarkophag von Angelo Poliziano. Seit fünfhundert Jahren ist Pico nun gezwungen, seine Grabstätte mit dem Poeten Benivieni zu teilen, den er wie einen Bruder liebte. Der Schlüssel muss in seiner Grabinschrift zu finden sein: *Ionnes iacet hic Mirandola caetera norunt et Tagus et Ganges forsan et antipodes*: ›Hier ruht Giovanni Mirandola, den Rest wissen der Tejo, der Ganges und vielleicht die Antipoden‹. Ich habe viele Nachforschungen angestellt und bin auf Dinge gestoßen, die ich nicht nachvollziehen konnte. Auf jeden Fall stammt der Text der Grabinschrift von Ercole Strozzi, dem vermeintlichen Liebhaber von Lucrezia Borgia. Tatsächlich wurde jedoch der gemeinsame Grabstein nach dem Tod Benivienis im Jahr 1542 gemeißelt, während Strozzi bereits 1508 ermordet wurde.

Wochenlang habe ich über diesen rätselhaften Spruch nachgedacht, der keinen Sinn ergab. Ich habe Mathematiker, Pico-Gelehrte, Historiker und Philosophen befragt. Einige von ihnen kannten den Spruch – viele haben mit den Schultern gezuckt. Es handelt sich doch nur um ein Jahrhunderte altes Geheimnis, das dazu bestimmt ist, ein solches zu bleiben, sagten sie. Nichtsdestotrotz habe ich gestern über Ferruccio und seine Herkunft nachgedacht und den Spruch unter einem neuen Licht betrachtet. Ferruccio war alt, und mit diesem Spruch wollte er die wahre Bedeutung als letzte Ehrerbietung für seinen Freund und Gönner verschlüsseln. Endlich habe ich verstanden, was der Spruch meinte, und ich habe entdeckt, wo sich das Original des Buches befindet: Es befindet sich in meinem Besitz. Ich muss entscheiden, was ich damit anfangen werde. Fünfhundert Jahre lang haben die Nachkommen Ferruccios eine Fälschung gehütet. Eine Fälschung, die von Ferruccio selbst angefertigt worden war, um das Geheimnis von Pico noch vollkommener zu wahren und sicherzustellen, dass es erst offenbart werden würde, wenn die Zeit wirklich reif sein würde. Und jetzt frage ich mich, ob diese Zeit gekommen ist.

Dramatis Personae

XV. und XVI. Jahrhundert

Papst Alexander VI. regierte neun Jahre lang despotisch und absolutistisch. Die Unart, Kardinäle, denen er zuerst Titel und Besitztümer verkauft hatte, mit Gift umzubringen – um sich daraufhin deren Reichtümer anzueignen und die Ämter dann erneut zu verkaufen, verließ ihn nie. Der letzte Versuch mit Kardinal Adriano Castellesi wurde ihm allerdings zum Verhängnis, denn sein eigener Sohn Cesare verwechselte die vergifteten Weinkelche, ob mit Absicht oder aus Versehen, sei dahingestellt – und vergiftete so seinen eigenen Vater. Seine letzte Geliebte, Giulia Farnese, lebte noch 19 Jahre. Für den ›Saal der Heiligen‹, der sich in seinem Papstappartement befand, wollte Alexander ein prächtiges Portrait von ihr anfertigen lassen und beauftragte damit Bernardino di Betto, auch Pinturicchio genannt. Auf Papst Alexander folgte Francesco Todeschini Piccolomini, Pius III., der bereits nach 26 Tagen im Amt ebenfalls einem Giftanschlag zum Opfer fiel. Endlich, am 31. Oktober 1503 kam der kultivierte und ausschweifende Giuliano della Rovere auf den Papstthron, den er zuvor bereits viermal zu besteigen versucht hatte. Im Volksmund nur ›der Sodomit‹ genannt, nahm er den Namen Julius II. an und starb nach zehn Jahren im Amt. Er war der erste Papst aus dieser Epoche, der still und heimlich ohne irgendein Grabmonument beigesetzt wurde, obwohl er dem Bildhauer Michelangelo Buonarroti einen Auftrag hierfür erteilt hatte – Julius hatte sich als Moses darstellen lassen wollen.

Fränzchen Cibo kam immer wieder davon. Nach dem Tod seines Vaters flüchtete er aus Rom, verkaufte seine Ländereien und verbrachte mit seiner Gattin Magdalena de' Medici noch einige Jahre des Amüsements und Müßiggangs zwischen Florenz und Genua. Von Julius II. erhielt er die Grafschaft Spoleto und wurde zum Freiherrn des Heiligen Römischen Reiches ernannt. Er starb 1519 an einer Magenverstimmung, die ihn während eines Mahls ereilte, das ihm der König von Tunesien, Mulah Mohammed, kredenzt hatte. Der tunesische Herrscher galt als Verbündeter der Christen gegen Kheir-ed-Din Barbarossa den größten Korsaren aller Zeiten. Cibo wurde neben seinem Vater in der Petersbasilika beigesetzt.

Girolamo Benivieni lebte noch lange und quälte sein Umfeld mit einer ganzen Reihe schwülstiger Poesien, in denen er seine große Liebe, die er für den Grafen Giovanni Pico della Mirandola empfunden hatte, beschrieb. Kurz vor seinem Tod im Jahr 1542 bat er um die Erlaubnis, mit dem Grafen gemeinsam in der San-Marco-Basilika in Florenz begraben zu werden. Dies wurde ihm gestattet, und man ist seinem letzten Wunsch nachgekommen.

Girolamo Savonarola verlor alle Schlachten, die er gekämpft hatte. Er fiel einer weltlichen Apotheose anheim, als er – um die Vertreibung der Medici aus Florenz zu feiern – Tausende von Kunstgegenständen beschlagnahmte und sie auf einem gigantischen Scheiterhaufen, der als *Falo delle Vanità* – ›das Fegefeuer der Eitelkeiten‹ – in die Geschichte einging. Ein Jahr später, im Jahr 1498, war er selbst an der Reihe: Auf der Piazza della Signoria wurde er erst angeklagt, dann gefoltert, aufgehängt und schließlich verbrannt.

Angelo Poliziano starb mit 40 Jahren im Jahr 1494. Über fünfhundert Jahre lang wurde der Poet durch die Verleumdung gebrandmarkt, an Syphilis gestorben zu sein. Bis die Untersuchung seiner Gebeine vor einem Jahr Überreste von Arsen- und Quecksilberspuren unter seinen Nägeln fand. Es handelte sich um dasselbe Gift, das zwei Monate später Giovanni Pico ins Grab brachte, dessen stiller und treuer Freund er gewesen war. Augenscheinlich schien Poliziano keine Feinde zu haben, aber er war mit Sicherheit der Geheimnisträger des Grafen von Mirandola.

Eucharius Silber Franck war ruiniert, nachdem er etliche Exemplare des *Malleus Maleficarum* ohne Lohn hatte drucken müssen. Bevor in Rom die Judenverfolgungen begannen, floh er nach Deutschland. Ein Kredit der Familie Fugger erlaubte es ihm, dort noch einmal von vorne anzufangen. Seiner Buchdruckerei entsprangen die ersten Exemplare der Bibel in deutscher Sprache, die aus der Vulgata übersetzt worden war. Sein Gehilfe, Israel Nathan, ging nach Soncino, in die Nähe von Cremona, und war am Druck der ersten Ausgaben des Talmuds beteiligt.

Leonora und Ferruccio de Mola lebten noch lange. Ein Nachlass des Grafen Mirandola befreite sie von allen finanziellen Sorgen. Ferruccio unterhielt beste Beziehungen mit der Familie de' Medici und ganz besonders mit Giovanni, Lorenzos Sohn, der später Papst Giulio II. werden sollte. Ferruccio war es auch, der die mysteriöse Grabinschrift auf dem Grab seines Freundes anbringen ließ. Ferruccios Ehe mit Leonora war glücklich bis zum Ende. Sie bekamen drei Kinder und etliche Enkel. Über viele Jahre hinweg hielt Ferruccio das Versteck der *Neunundneunzig Thesen* vor seinem Freund geheim. Als er die ersten Beschwerden des Alterns verspürte, entschloss er sich, seinem ältesten Sohn, Paolo Alberto, die ganze Geschichte zu erzählen, und bat ihn, nach seinem Ableben die Mission weiterzuführen. Paolo Alberto nahm diese Aufgabe für sich und seine Erben an.

XX. und XXI. Jahrhundert

Elena Russo starb zwei Tage, nachdem sie Giacomo zu sich hatte rufen lassen. Mit Hilfe eines befreundeten Notars und des Arztes Carlo Milano adoptierte Giacomo de Mola den Jungen, den er der Obhut von Schwester Camilla überließ. Sechs Monate später legte die Nonne ihren Schleier ab und absolvierte innerhalb kürzester Zeit eine Ausbildung zur Krankenschwester. Giacomo und sie zogen nach Fiesole. Die gesamte finanzielle Unterstützung, die aus den verschiedensten Quellen kam, wurde für den kleinen Giacomo bis zu seiner Volljährigkeit auf die Seite gelegt. Sein ganzes Leben lang nannte er Camilla Tante.

Wilhelm Zugel fand in Portugal eine Überfahrtmöglichkeit in die Vereinigten Staaten von Amerika. Während der Schiffsreise änderte er seinen Namen in Walter Pace, der vage an einen jüdischen Ursprung erinnern sollte. In New York, auf der Einwandererstation auf Ellis Island, ließ man ihn jedoch nicht einreisen. In den darauffolgenden Tagen wurde ein Kadaver angeschwemmt, an dessen Arm noch der leere Koffer hing. Einige Zeugen erkannten Walter Pace, dem es so wichtig gewesen war, amerikanischer Staatsbürger zu werden. Der Leichnam wurde unter diesem Namen beerdigt, aber viele Jahre später tauchte am Rande eines Geheimbundes namens Odessa ein Wilhelm Zugel auf. Bei der Organisation Odessa handelte es sich um eine Gruppierung ehemaliger SS-Angehöriger, die sich darauf spezialisiert hatten, kriminellen Nazis einen Unterschlupf in Südamerika zu besorgen.

Gianni Klauer, genannt Klaue, wurde bei Kriegsende zusammen mit zwei anderen Schlägern verhaftet, nachdem sie einen amerikanischen Soldaten, der farbig und komplett betrunken war, brutal zusammenschlugen. In Klauers Besitz wurde ein Tagebuch gefunden, in dem all seine Schandtaten aufgelistet waren. Ein Partisan, der in den toskanischen Apenninen in der Widerstandsbewegung gekämpft hatte und mit der Polizei zusammenarbeitete, erinnerte sich an seine blonde Tolle und gab zu Protokoll, dass Klauer möglicherweise etwas mit zwei Leichen zu tun gehabt haben könnte, die in einem verlassenen Haus aufgefunden worden waren. Der Partisan hatte die ihm unbekannten Toten namenlos verscharrt, diesen Mann jedoch immer in Verbindung mit den beiden Kadavern gebracht. Der amerikanische Soldat starb an seinen Verletzungen, und die Übergangsregierung verhängte über Klauer die Todesstrafe durch Erschießen. Das Urteil wurde einen Tag vor Weihnachten im Jahr 1945 vollstreckt. Giovanni Volpes Grab blieb namenlos.

Giovanni Pico Graf von Mirandola darf nicht in Frieden ruhen: Die dominikanischen Mönche und Hüter der San-Marco-Basilika waren fassungslos, als am 26. Juli 2007, unter dem Vorwand, seine Gebeine untersuchen zu wollen, der Grabstein entfernt wurde. Außerdem war eine Sondereinheit der Carabinieri, nämlich die wissenschaftliche Spurensicherung, anwesend. Den Grund hierfür habe ich nie ganz verstanden. Wegen eines Verbrechens, das vor fünfhundert Jahren begangen worden war? Oder um nötigenfalls eingreifen zu können, sollte ein Dokument ans Tageslicht gelangen, das eigentlich für immer im Grab ruhen sollte? In den letzten Jahren ist etwas herangereift, nämlich die eine oder andere Notiz oder Idee, die ihren Weg in Bücher, Artikel und Schriften gefunden haben. Am 17. Januar 2004 sprach Johannes Paul II. anlässlich eines Versöhnungskonzertes über die Notwendigkeit, Christen, Juden und Moslems unter einem einzigen Gott zu vereinen. Er sagte: ›… wir müssen in uns den Mut für Frieden finden. Wir müssen von *Oben* das Geschenk des Friedens erflehen. Wenn wir den Weg der Versöhnung gehen, wird sich dieser Frieden wie ein heilendes Öl verbreiten. Dann wird die Wüste zu einem Garten erblühen, in dem Gerechtigkeit herrscht. Und das Ergebnis dieser Gerechtigkeit wird Frieden sein.« Das war oberstes Ziel von Giovanni Picos *Neunhundert Thesen*. Vor ihm ist jedoch Johannes Paul I. noch weitergegangen und hatte während des Angelus am 10. September 1987 explizit gesagt, dass ›Gott die Mutter ist‹, und dass es notwendig sei, an *Ihn* wie an eine Mutter zu denken. Das war auch das zentrale Thema der *Neunundneunzig Thesen* gewesen – zusammen mit anderen Offenbarungen über die wahre Essenz, die Herkunft und die Göttlichkeit der Menschheit. Geheimnisse, die das Genie Mirandola entdeckte, und dem es zu seiner Zeit verwehrt worden war, sie zu offenbaren. Offensichtlich stellen sie auch heute noch eine tödliche Bedrohung für Länder und Institutionen dar. Dauerte aus diesem Grund die Amtszeit von Papst Albino Luciani nur 33 Tage?

Wer auch immer die jüngste Profanation in der San-Marco-Basilika in Auftrag gegeben hatte, war von den Ergebnissen der Untersuchung enttäuscht, aber teilweise auch beruhigt. Sie wissen nicht, dass Picos Traum hier ist, lebendig und mitten unter uns – und dass ich sein letzter Hüter bin.

GUIDO DE MOLA

LETZTER NACHKOMME VON FERRUCCIO DE MOLA

URENKEL VON JACQUES DE MOLAY

GROSSMEISTER

DES ORDENS DER TEMPELRITTER

Danksagung

Ohne die Intuition und die Ermutigung von meinem Agenten und Freund, Piergiorgio Nicolazzini, wäre dieser Roman nie entstanden. Mit genauso viel Leidenschaft und Professionalität begegnete mir mein Lektor Simone Caltabellota. Die gesamte Arbeit des Verlagsteams (aus Platzgründen kann ich leider nicht alle namentlich nennen) war überaus wertvoll.

Die Geduld und Liebe meiner Familie haben mir die Kraft gegeben weiterzumachen, wenn ich nicht mehr wollte, und die kleinen und großen Krisen, die das Schreiben mit sich bringt, zu überwinden. Abschließend möchte ich allen Freunden danken, die meinen Textauszügen und Kuriositäten mit Neugierde zuhörten, und deren Enthusiasmus mich unterstützt und immer wieder zu besseren Lösungen angespornt hat.